A ordem negra

A ordem negra

James Rollins

TRADUÇÃO:
Marcos José da Cunha

Ediouro

Título original
Black Order

Black Order © James Rollins, 2006

Copyright da tradução © Ediouro Publicações S.A., 2006

Capa
Simone Villas-Boas

Imagem da capa
Getty Images

Copidesque
Liciane Correa

Revisão
Taís Monteiro

Produção editorial
Cristiane Marinho

CIP-Brasil. Catalogação-na-fonte
Sindicato Nacional dos Editores de Livros, RJ.

B658o Rollins, James, 1961-
A ordem negra / James Rollins ; tradução Marcos José da Cunha. - Rio de Janeiro : Ediouro, 2007

Tradução de: Black Order
ISBN 978-85-00-02146-6

1. Ficção americana. I. Cunha, Marcos José da. II. Título.

06-4531. CDD 813
CDU 821.111(73)-3

07 08 09 10 8 7 6 5 4 3 2 1

Rua Nova Jerusalém, 345 - Bonsucesso
Rio de Janeiro - RJ - CEP 21042-235
Tel.: (21) 3882-8200 - Fax: (21) 3882-8212/3882-8313
www.ediouro.com.br

Para David,
por todas as aventuras

Agradecimentos

Escrever um romance, apesar do tempo que se passa sozinho com a página em branco, é um processo que envolve colaboração. Muitas pessoas deixaram suas impressões digitais espalhadas por todo este livro. Em primeiro lugar, gostaria de agradecer especialmente a Penny Hill pelos longos almoços, os comentários ricos em idéias, mas sobretudo a amizade. E também a Carolyn McCray, que ainda me repreende a fim de me desafiar a forçar um pouco mais a barra. Em seguida, é claro, tenho a honra de agradecer a meus amigos que se reúnem a cada duas semanas no Coco's Restaurant: Steve e Judy Prey, Chris Crowe, Lee Garrett, Michael Gallowglas, Dave Murray, Dennis Grayson, Dave Meek, Jane O'Riva, Dan Needles, Zach Watkins e Caroline Williams. Eles são o grupo de conspiradores por trás deste autor. E uma menção especial ao escritor Joe Konrath, por sua energia, apoio e profundo debate sobre alguns dos temas deste livro, e a David Sylvian, por arrastar uma câmera por toda a parte, mesmo no topo do pico mais alto da Sierra Nevada. Quanto à inspiração para esta história, devo atribuí-la aos livros de Nick Cook e às fascinantes pesquisas de Johnjoe McFadden. Por fim, meu muito obrigado às quatro pessoas que colaboraram em todos os níveis de produção: minha editora, Lyssa Keusch, sua colega May Chen e meus agentes, Russ Galen e Danny Baror. E, como sempre, devo enfatizar que todos os erros relacionados com fatos ou detalhes são da minha inteira responsabilidade.

Nota extraída do registro histórico

Nos últimos meses da Segunda Guerra Mundial, quando a Alemanha caiu, teve início uma nova guerra entre os Aliados: para pilhar a tecnologia dos cientistas nazistas. Numa corrida entre os britânicos, os americanos, os franceses e os russos, era cada país por si. Patentes foram roubadas: de novos tubos a vácuo, de novas substâncias químicas exóticas e plásticos, até mesmo de pasteurização do leite com luz ultravioleta. Mas muitas das patentes mais importantes desapareceram no abismo de projetos obscuros, como a *Operação Clipe de Papel*, que recrutou em segredo centenas de cientistas nazistas que trabalharam no projeto dos foguetes V-2 e os trouxe para os Estados Unidos.

Mas os alemães não desistiram tão facilmente da sua tecnologia. Eles também lutaram para proteger seus segredos, na expectativa de um renascimento do Reich. Cientistas foram assassinados; laboratórios de pesquisa, destruídos; e projetos, ocultos em cavernas, submersos no fundo de lagos e enterrados em criptas. Tudo isso com o fim de mantê-los fora do alcance dos Aliados.

A busca tornou-se desanimadora. Os laboratórios de pesquisa e de armas dos nazistas chegavam a centenas, muitos deles subterrâneos, espalhados pela Alemanha, Áustria, Checoslováquia e Polônia. Um dos mais misteriosos era uma mina adaptada nos arredores da pequena cidade montanhesa de Breslau. As pesquisas nessas instalações receberam o codinome *die Glocke*, ou "o Sino". As pessoas que viviam no campo próximo dali referiam-se a luzes estranhas e a doenças e mortes misteriosas.

As forças russas foram as primeiras a chegar à mina, porém ela estava deserta. Todos os 62 cientistas envolvidos no projeto haviam sido fuzilados. Quanto ao instrumento em si... só Deus sabe onde tinha ido parar.

Tudo isso sem dúvida é conhecido: o Sino era real.

Nota extraída do registro científico

A vida é mais estranha do que qualquer ficção. Todas as discussões suscitadas neste romance sobre mecânica quântica, *design* inteligente e evolução baseiam-se em fatos.

O fato de a evolução ser a espinha dorsal da biologia, e de a biologia estar, portanto, na situação peculiar de ser uma ciência fundamentada numa teoria não provada, faz dela, então, uma ciência ou uma fé?

— CHARLES DARWIN

A ciência sem a religião é manca, a religião sem a ciência é cega.

— ALBERT EINSTEIN

Quem diz que eu não estou sob a proteção especial de Deus?

— ADOLF HITLER

1945

4 de maio, 6:22h
Cidade-fortaleza de Breslau, Polônia

O corpo boiava no esgoto que corria pela galeria úmida e fria. O cadáver de um menino, inchado e comido por ratos, fora destituído das botas, da calça e da camisa. Nada ia para o lixo na cidade sitiada.

O *Obergruppenführer*[1] da SS Jakob Sporrenberg cutucou o cadáver ao passar, revolvendo a imundície. Detritos e excrementos. Sangue e bílis. O cacechol úmido amarrado em volta do nariz e da boca pouco contribuía para afastar o mau cheiro. Era a isso que a grande guerra havia chegado. Os poderosos obrigados a rastejar por esgotos para escapar. Mas ele recebera ordens.

Acima, o barulho das explosões e da fuzilaria da artilharia russa sacudia a cidade. Cada explosão golpeava suas entranhas com sua concussão violenta. Os russos haviam derrubado os portões, bombardeado o aeroporto, e naquele exato momento tanques esmagavam as ruas pavimentadas com pedras enquanto aviões de transporte aterrissavam na Kaiserstraße. A principal artéria da cidade havia se convertido numa pista de aterrissagem por filas paralelas de barris de petróleo flamejantes, que acrescentavam sua fumaça ao céu já abafado da madrugada, mantendo a aurora a distância. O combate era travado em cada rua, em cada lar, do sótão ao porão.

Cada casa uma fortaleza.

Essa fora a última ordem do *Gauleiter*[2] Hanke à população. A cidade tinha de resistir pelo tempo mais longo possível. O futuro do Terceiro Reich dependia disso.

E de Jakob Sporrenberg.

[1] Em alemão no original: comandante de um pelotão. (N. do T.)

[2] Em alemão no original: chefe de um distrito administrativo durante o período nazista. (N. do T.)

– *Macht schnell!*[3] – instava ele com os outros que vinham atrás.

Sua unidade do *Sicherheitsdienst* – designação do Comando Especial de Evacuação – rastejava atrás dele, com a água imunda até a altura dos joelhos. Quatorze homens.

Todos armados. Todos vestidos de preto. Todos com pesadas mochilas nas costas. No meio, quatro dos homens mais altos, ex-estivadores dos portos do mar do Norte, carregavam nos ombros varas que mantinham no alto caixotes enormes.

Havia um motivo para os russos estarem atacando aquela cidade solitária naquela região remota dos montes Sudetos, entre a Alemanha e a Polônia. As fortificações de Breslau guardavam a entrada para a região montanhosa além. Nos últimos dois anos, trabalhadores forçados do campo de concentração de Gross-Rosen haviam escavado o pico de uma montanha próxima. Cem quilômetros de túneis cavados por mãos humanas e por cargas de dinamite, todos a serviço de um projeto secreto, oculto dos olhos indiscretos dos Aliados.

Der Riese... o Gigante.

Mas a notícia já havia se espalhado. Talvez um dos aldeões que viviam nas imediações da mina Wenceslas tivesse falado sobre a doença, sobre o súbito mal-estar que afligira até as pessoas que viviam bem longe do complexo.

Se pelo menos eles tivessem tido mais tempo para concluir a pesquisa...

Todavia, uma parte de Jakob Sporrenberg hesitava. Ele não conhecia tudo o que estava envolvido no projeto secreto, apenas o codinome: Cronos. No entanto, sabia o suficiente. Vira os corpos usados nos experimentos. Ouvira os gritos es tridentes.

Abominação.

Essa era a única palavra que aflorara ao seu cérebro e fizera gelar seu sangue.

Ele não tivera problemas em executar os cientistas. Os 62 homens e mulheres haviam sido levados para fora e recebido dois tiros na cabeça. Ninguém devia saber o que havia ocorrido nas profundezas da mina Wenceslas... ou o que foi encontrado. Apenas uma pesquisadora teve a vida poupada.

Frau Doktor Tola Hirszfeld.

Jakob ouvia a mulher chapinhando atrás dele, meio arrastada por um de seus homens, os pulsos amarrados atrás das costas. Ela era alta para uma mulher, tinha quase 30 anos, seios pequenos, mas cintura larga e pernas bem-feitas. Seus cabelos eram lisos e pretos, sua pele estava branca como o leite, devido aos meses passados

[3] Em alemão no original: Andem rápido! (N. do T.)

embaixo da terra. Ela deveria ter sido morta junto com os outros, mas seu pai, o *Oberarbeitsleiter*[4] Hugo Hirszfeld, supervisor do projeto, finalmente revelara seu sangue corrompido, sua herança meio-judia. Ele tentara destruir seus arquivos da pesquisa, mas fora ferido a tiros por um dos guardas e morto antes que pudesse destruir seu escritório subterrâneo com bombas incendiárias. Para sorte de sua filha, alguém com pleno conhecimento de *die Glocke* tinha de sobreviver, a fim de levar o trabalho adiante. Um gênio como o pai, ela conhecia a pesquisa dele melhor do que qualquer um dos demais cientistas.

Mas ela teria de ser persuadida a partir dali.

O fogo ardia nos olhos dela toda vez que Jakob olhava em sua direção. Ele podia sentir o ódio dela como o calor de uma fornalha tipo Siemens-Martin. Mas ela cooperaria... como seu pai havia cooperado antes dela. Jakob sabia como lidar com *Juden*, em particular os de sangue misto. *Mischlinge*. Esses eram os piores. Parcialmente judeus. Havia cerca de 100 mil *Mischlinge* no serviço militar do Reich. Soldados judeus. Raras exceções à lei nazista haviam permitido que essas pessoas de sangue misto ainda fossem úteis, salvando suas vidas. Era necessário dispensa especial. Esses *Mischlinge* em geral se revelavam os soldados mais impetuosos, pois necessitavam demonstrar sua lealdade ao Reich acima da raça.

No entanto, Jakob jamais confiara neles. O pai de Tola provou a validade de suas suspeitas. A tentativa de sabotagem do doutor não lhe causara surpresa. Jamais se deveria confiar nos judeus, apenas exterminá-los.

Porém, os documentos de imunidade de Hugo Hirszfeld haviam sido assinados pelo próprio *Führer*, poupando não só pai e filha, mas também um casal de pais idosos em algum lugar no Oeste da Alemanha. Portanto, embora Jakob não confiasse nos *Mischlinge*, ele confiava inteiramente em seu *Führer*. Suas ordens haviam sido bem claras: tirar da mina os recursos necessários para continuar o trabalho e destruir o resto.

Isso significava poupar a filha.

E o bebê.

O recém-nascido foi envolto em cueiros e bem agasalhado, um bebê judeu, de no máximo um mês de idade. Haviam dado um sedativo leve à criança para mantê-la em silêncio enquanto eles fugiam.

[4] Em alemão no original: chefe de uma equipe de trabalhadores; neste caso, coordenador do projeto. (N. do T.)

Dentro da criança ardia o espírito da abominação, a verdadeira fonte da repulsa de Jakob. Todas as esperanças do Terceiro Reich estavam em suas minúsculas mãos – as mãos de um bebê *judeu*. A bílis causou-lhe engulhos quando ele teve esse pensamento. Seria melhor empalar a criança numa baioneta. Mas ele recebera ordens.

Ele também viu como Tola observava o menino. Os olhos dela brilhavam com um misto de fogo e pesar. Além de ajudar na pesquisa do pai, Tola havia desempenhado o papel de mãe de criação do menino, ninando-o, alimentando-o. A criança era a única razão por que a mulher na verdade estava cooperando. Uma ameaça à vida do menino fizera Tola afinal concordar com as exigências de Jakob.

Um morteiro explodiu acima deles, lançando-os todos de joelhos e ensurdecendo o mundo com um som agudo. O cimento rachou, e poeira precipitou-se na água fétida.

Jakob ficou em pé, praguejando entre os dentes.

Seu subcomandante, Oskar Henricks, arrastava-se ao lado dele e apontou para a frente, para uma bifurcação lateral da galeria de esgoto.

– Vamos seguir por aquele túnel, *Obergruppenführer*. É um antigo escoadouro de águas pluviais. De acordo com o mapa do município, a galeria principal desemboca no rio, não muito distante da ilha da Catedral.

Jakob concordou com um aceno de cabeça. Escondidas perto da ilha, duas canhoneiras camufladas deveriam estar esperando, tripuladas por outra unidade do Comando. Não era muito longe.

Ele seguiu na frente a um ritmo mais rápido à medida que o bombardeio russo se intensificava acima. O ataque renovado evidentemente anunciava a investida final deles contra a cidade. A rendição de seus cidadãos era inevitável.

Quando chegou ao túnel lateral, Jakob saiu da imundície represada e subiu para a plataforma cimentada da galeria que se bifurcava. A cada passo, suas botas produziam o ruído de quem chapinhava na lama. O mau cheiro gangrenoso de tripas e lodo foi ficando cada vez pior, como se o esgoto tentasse escorraçá-lo de suas entranhas.

O resto de sua unidade seguiu-o.

Jakob dirigiu a luz de sua lanterna pelo escoadouro de cimento abaixo. O ar tinha um cheiro um pouco mais fresco? Ele seguiu o feixe de luz com vigor renovado. Com a fuga tão próxima, a missão estava quase encerrada. Sua unidade já teria cruzado a metade da Silésia antes que os russos chegassem ao labirinto subterrâneo de caminhos de rato que constituíam a mina Wenceslas. Como calorosas boas-vindas, Jakob havia plantado armadilhas explosivas em todas as galerias do laboratório. Os russos e seus aliados nada encontrariam a não ser a morte em meio às montanhas.

Com esse pensamento de satisfação, Jakob seguiu em direção à promessa de ar fresco. O túnel de cimento formava um declive gradual. O ritmo da equipe aumentou, instigado pelo silêncio repentino entre as explosões da artilharia. Os russos estavam chegando com toda a força.

Seria por um triz. O rio não permaneceria desprotegido por muito tempo.

Como que sentindo o perigo, o bebê começou a chorar de mansinho, a gemer baixo quando o efeito do sedativo passou. Jakob havia advertido o médico da equipe para manter fraca a dose das drogas. Eles não ousavam pôr em risco a vida da criança. Talvez tivesse sido um erro...

Os gritos foram ficando mais estridentes.

Um único morteiro explodiu em algum lugar ao norte.

Os gritos transformaram-se em lamentos. O barulho ecoava pela estreita abertura de pedra do túnel.

– Acalme a criança! – ordenou ele ao soldado que carregava o bebê.

O homem, pálido e magro feito um caniço, sacudiu o embrulho de seu ombro, perdendo seu quepe preto ao fazê-lo. Ele lutou para libertar o menino, mas o resultado foram apenas mais gritos de aflição.

– Sol... solte-me – implorou Tola, resistindo ao homem que segurava seu cotovelo. – Ele precisa de mim.

O homem que carregava a criança olhou para Jakob. O silêncio tomou conta do mundo lá em cima. Os gritos estridentes continuavam embaixo.

Fazendo uma careta, Jakob acenou com a cabeça.

As cordas que atavam os pulsos dela foram cortadas. Esfregando os dedos para ativar a circulação, ela estendeu os braços para a criança. O soldado renunciou de bom grado à sua carga. Ela aninhou o bebê na dobra do braço, apoiando a cabeça dele e ninando-o suavemente. Inclinou-se sobre ele, aproximando-o de si. Sons suaves, sem palavras e confortadores, foram sussurrados acima dos gritos dele. Seu ser inteiro fundiu-se em torno da criança.

Lentamente, os gritos de aflição reduziram-se a um choro mais calmo.

Satisfeito, Jakob fez um aceno de cabeça para o guarda que a vigiava. O homem ergueu sua Luger e manteve-a pressionada nas costas de Tola. Em silêncio agora, eles continuaram sua caminhada através do labirinto subterrâneo embaixo de Breslau.

Rapidamente, o cheiro de fumaça sobrepôs-se ao mau cheiro dos esgotos. Sua lanterna iluminou uma cortina de fumaça que assinalava a saída do escoadouro de águas pluviais. As armas de artilharia permaneciam caladas, mas as explosões e o matraquear quase contínuos da fuzilaria continuavam – principalmente a leste. Bem perto, podia-se ouvir o ruído nítido de água.

Jakob gesticulou para que seus homens permanecessem onde estavam no túnel e indicou a saída com um aceno para o radiotelegrafista.

– Envie um sinal aos barcos.

O soldado fez um firme aceno de cabeça e avançou às pressas, desaparecendo na escuridão repleta de fumaça. Poucos instantes depois, alguns clarões passageiros transmitiram uma mensagem em código para a ilha próxima. Levaria apenas um minuto para que os barcos cruzassem o canal até onde eles estavam.

Jakob virou-se para Tola. Ela ainda carregava o bebê. O menino havia se acalmado de novo, e seus olhos estavam fechados.

Tola encarou Jakob com firmeza.

– O senhor sabe que meu pai estava certo – disse ela com uma certeza serena. Seu olhar deslocou-se rapidamente para os caixotes lacrados e depois de volta para ele. – Eu posso ver isso no seu rosto. O que nós fizemos... nós passamos dos limites.

– Não compete a nenhum de nós tomar tais decisões – respondeu Jakob.

– A quem, então?

Jakob sacudiu a cabeça e começou a se afastar. Heinrich Himmler havia lhe dado aquelas ordens pessoalmente. Não lhe cabia contestar. No entanto, ele sentiu a atenção da mulher voltada para ele.

– Isso desafia Deus e a natureza – sussurrou ela.

Um grito poupou-o de responder.

– Os barcos estão chegando – anunciou o radiotelegrafista, voltando da boca do escoadouro de águas pluviais.

Jakob gritou as últimas ordens e mandou seus homens entrarem em posição. Ele os conduziu ao fim do túnel, que se abria na margem íngreme do rio Oder. Eles estavam perdendo a proteção da escuridão. O sol nascente brilhava no leste, mas ali uma nuvem permanente de fumaça negra pairava baixo sobre a água, mantida densa pela vazão do rio. A cortina de fumaça ajudaria a ocultá-los.

Porém, por quanto tempo?

O tiroteio continuava a produzir seu matraquear estranhamente alegre, bombinhas para comemorar a destruição de Breslau.

Livre do mau cheiro do esgoto, Jakob removeu a máscara úmida e respirou fundo. Ele perscrutou as águas cor de chumbo. Dois barcos de seis metros de calado rasgaram as águas do rio, os motores balbuciando um zunzum contínuo. Em cada proa, ocultas apenas sob lonas impermeáveis verdes, haviam sido montadas duas metralhadoras MG-42.

Além dos barcos, mal se podia ver a massa escura de uma ilha. A ilha da Catedral não era uma ilha de verdade, porque acumulara bastantes sedimentos no século XIX, unindo-se à margem oposta. Uma ponte verde-esmeralda de ferro fundido, datando do mesmo século, ligava a ilha àquele lado do rio. Sob a ponte, as canhoneiras contornaram os pilares de pedra e aproximaram-se.

Os olhos de Jakob foram atraídos para cima quando um raio de sol penetrante atingiu as pontas das duas torres altíssimas da catedral que deu à ex-ilha seu nome. Era uma dentre meia dúzia de igrejas que se aglomeravam na ilha.

As palavras de Tola Hirszfeld ainda ecoavam nos ouvidos dele.

Isso desafia Deus e a natureza.

A friagem da manhã penetrava suas roupas ensopadas, deixando sua pele comichando e fria. Ele ficaria contente quando estivesse bem longe dali, capaz de bloquear toda a lembrança daqueles últimos dias.

O primeiro dos barcos chegou à margem. Contente pela distração, ainda mais feliz por estar em movimento, ele apressou seus homens para carregarem os dois barcos.

Tola permaneceu em pé com o bebê nos braços, um pouco mais afastada, flanqueada pelo guarda. Os olhos dela também haviam descoberto as pontas das torres da catedral resplandecentes no céu enfumaçado. O tiroteio continuava, chegando mais perto agora. Tanques podiam ser ouvidos rangendo em baixa velocidade. Gritos pontuavam tudo aquilo.

Onde estava aquele Deus que ela temia desafiar?

Certamente, não ali.

Com os barcos carregados, Jakob aproximou-se de Tola.

– Entre no barco.

Ele tencionara ser severo, mas alguma coisa no rosto dela suavizou suas palavras.

Ela obedeceu, com a atenção ainda voltada para a catedral e os pensamentos ainda mais longe, na direção do céu.

Naquele momento, Jakob percebeu como ela poderia ser bela... muito embora fosse uma *Mischlinge*. Mas então a ponta da bota dela deu uma topada, ela cambaleou e recuperou o equilíbrio, tomando cuidado com o bebê. Seus olhos voltaram-se para as águas cinzentas e para a cortina de fumaça. Seu rosto endureceu novamente, tornando-se pétreo. Até mesmo os olhos dela endureceram quando procurou um assento para si e o bebê.

Ela acomodou-se num banco no estibordo, os passos do guarda em cadência com os seus.

Jakob sentou-se em frente a eles e acenou para que o piloto do barco partisse.

– Nós não devemos nos atrasar.

Ele esquadrinhou o rio adiante. Eles seguiram para o oeste, para longe da frente oriental, para longe do sol nascente.

Ele consultou o relógio. Àquela altura, um avião de transporte alemão Junker Ju 52 deveria estar esperando-os num campo de aviação abandonado a 10km de distância. Ele fora pintado com o logotipo da Cruz Vermelha Alemã, camuflado como um avião de transporte médico, uma dose extra de precaução contra ataque.

Os barcos descreveram um círculo e entraram na parte mais funda do canal, os motores triplicando de intensidade. Os russos não podiam detê-los agora. Estava acabado.

Movimento voltou a atrair sua atenção para o outro lado do barco.

Tola inclinou-se sobre o bebê e deu um beijo suave nos cabelos finos de sua cabeça. Ela ergueu o rosto e encarou Jakob. Ele não viu desafio ou raiva. Apenas determinação.

Jakob sabia o que ela estava prestes a fazer.

– Não...

Tarde demais.

Mudando de posição, Tola inclinou-se para trás sobre a amurada baixa às suas costas e impulsionou o corpo com os pés. Com o bebê agarrado a seu peito, ela se lançou na água fria.

O guarda dela, surpreendido pela ação repentina, girou e disparou a esmo contra a água.

Jakob correu para o lado dele e forçou seu braço para cima.

– Você poderia atingir a criança.

Jakob inclinou-se sobre a borda do barco e esquadrinhou as águas. Os outros homens estavam em pé. O barco oscilou. Tudo o que Jakob viu nas águas cor de chumbo foi seu próprio reflexo. Ele acenou para que o piloto navegasse em círculos.

Nada.

Procurou bolhas reveladoras, mas a esteira do barco carregado agitava as águas, deixando-as obscuras. Ele deu um soco na amurada.

Tal pai... tal filha...

Apenas um *Mischlinge* cometeria uma ação tão drástica. Ele vira aquilo antes: mães judias asfixiavam seus próprios filhos para poupá-los de um sofrimento maior. Ele havia pensado que Tola fosse mais forte do que aquilo. Mas, no fim, talvez ela não tivesse escolha.

Ele deu voltas e mais voltas por bastante tempo a fim de ter certeza. Seus homens esquadrinharam as margens de cada lado. Ela se fora. Um morteiro que passou assobiando acima desencorajou-os de demorar-se mais.

Jakob acenou para que seus homens voltassem para seus assentos. E apontou para o oeste, na direção do avião que esperava. Eles ainda tinham os caixotes e todos os arquivos. Foi um revés, mas um revés que podia ser superado. Onde havia uma criança poderia haver outra.

– Vamos – ordenou.

Os dois barcos partiram de novo, os motores sendo acionados até a velocidade máxima.

Poucos instantes depois, eles haviam desaparecido na cortina de fumaça enquanto Breslau ardia.

Tola ouviu os barcos desaparecerem a distância.

Ela ficou boiando atrás de um dos grossos pilares que sustentavam a antiga ponte da Catedral, de ferro fundido. Mantinha uma das mãos pressionada sobre a boca do bebê, a fim de que ele ficasse em silêncio, rezando para que recebesse ar suficiente pelo nariz. Mas a criança estava fraca.

Como ela.

A bala havia trespassado um lado de seu pescoço. O sangue escorria em abundância, tingindo a água de vermelho. Sua visão estreitou-se. No entanto, ela lutou para segurar o bebê acima da água.

Momentos antes, quando se atirou no rio, ela tencionara afogar-se junto com o bebê. Mas, quando sentiu o choque do frio e seu pescoço ardeu por causa do ferimento à bala, alguma coisa a demoveu de sua decisão. Ela se lembrou da luz brilhando nas torres da igreja. Não era sua religião, sua herança. Mas era uma lembrança de que havia luz além da escuridão do momento. Em algum lugar, os homens não atacavam brutalmente seus irmãos. As mães não afogavam seus bebês.

Ela usara os pés para impulsioná-la até a parte mais funda do canal, permitindo que a correnteza a empurasse em direção à ponte. Embaixo d'água, usou seu próprio ar para manter o bebê vivo, apertando com força o nariz dele e exalando o ar através dos lábios dele. Embora ela tivesse planejado morrer, uma vez iniciada, a luta pela vida foi se tornando mais feroz, um fogo que ardia em seu peito.

O menino nunca teve um nome.

Ninguém deveria morrer sem um nome.

Ela continuou a soprar levemente seu ar na criança, respirações superficiais, exalando e inalando enquanto lutava contra a correnteza, cega na água. Um golpe de sorte a fez ir de encontro a um dos pilares de pedra e ofereceu-lhe um lugar para abrigar-se.

Porém, agora que os barcos estavam indo embora, ela não podia mais esperar.

O sangue jorrava dela. Ela sentia que apenas o frio a mantinha viva. Mas o mesmo frio estava consumindo a vida da frágil criança.

Tola começou a bater os pés a fim de chegar à margem, uma agitação frenética, descoordenada pela fraqueza e pelo entorpecimento. Ela desapareceu sob a água, arrastando a criança consigo para baixo.

Não.

Ela lutou para voltar à superfície, mas a água repentinamente ficou mais pesada, mais difícil de resistir.

Recusava-se a sucumbir.

Então, sob os dedos de seus pés, pedras escorregadias chocaram-se contra suas botas. Ela gritou, esquecendo-se de que ainda estava embaixo d'água, e engasgou ao sorver a água do rio. Afundou um pouco mais, e em seguida agitou os pés uma última vez a fim de livrar-se das pedras lodosas. Sua cabeça projetou-se para fora e seu corpo arremessou-se para a margem.

A ribanceira foi ficando mais íngreme sob seus pés.

De quatro, ela arrastou-se para fora da água, com o bebê preso à sua garganta. Ela alcançou a margem e caiu de bruços na margem rochosa. Não tinha força para mover um membro sequer. Seu próprio sangue banhava a criança. Fez um último esforço para se concentrar no bebê.

Ele não se movia. Não respirava.

Ela fechou os olhos e rezou enquanto uma escuridão eterna a tragava.

Chore, seu desgraçado, chore...

O padre Varick foi o primeiro a ouvir o gemido.

Ele e seus irmãos estavam abrigados na adega sob a igreja de São Pedro e São Paulo. Eles haviam fugido quando começou o bombardeio de Breslau na noite anterior. De joelhos, haviam rezado para que sua ilha fosse poupada. A igreja, construída no século XV, havia sobrevivido aos sempre mutáveis senhores da cidade fronteiriça. Eles buscaram proteção celestial para sobreviver mais uma vez.

Foi nessa devoção silenciosa que os gritos de lamento ecoaram até os monges.

O padre Varick ficou em pé, o que exigiu muito esforço de suas velhas pernas.

– Aonde o senhor vai? – perguntou Franz.

– Eu ouvi meu rebanho me chamando – disse o padre.

Nas duas últimas décadas, ele havia alimentado os gatos e o vira-lata ocasional que freqüentavam a igreja à beira do rio.

– Agora não é hora – advertiu outro irmão, com a voz cheia de medo.

O padre Varick havia vivido demais para temer a morte com um fervor tão próprio dos jovens. Ele atravessou a adega e curvou-se para entrar na curta passagem que terminava na porta que dava para o rio. Carvão costumava ser transportado até a mesma passagem e armazenado onde agora belas garrafas verdes estavam abrigadas em poeira e carvalho.

Ele alcançou a velha porta por onde o carvão escoava, ergueu a trave e abriu o trinco.

Usando um ombro, empurrou a porta, que se abriu com um rangido.

A ardência da fumaça atingiu-o primeiro – em seguida, o gemido atraiu seus olhos para baixo.

– *Mein Gott im Himmel...*[5]

[5] Em alemão no original: Deus do céu... (N. do T.)

Uma mulher havia desfalecido a alguns passos da porta na parede reforçada por um botaréu que sustentava a igreja junto ao canal. Ela estava imóvel. Ele correu para o lado dela, voltando a ajoelhar-se, com uma nova oração nos lábios.

Estendeu a mão para o pescoço dela, à procura de um sinal de vida, mas só encontrou sangue e ruína. Ela estava ensopada da cabeça aos pés e fria como as pedras.

Morta.

Então, de novo o choro... vindo do outro lado dela.

Ele mudou de posição e encontrou um bebê, semi-oculto sob a mulher, também ensangüentado.

Apesar de roxa por causa do frio e tão molhada quanto a mulher, a criança ainda vivia. Ele tirou o bebê que estava sob o corpo. Com o peso aumentado por estarem ensopados, seus cueiros desprenderam-se dele.

Um menino.

Ele rapidamente passou as mãos pelo corpo minúsculo e viu que o sangue não era da criança.

Apenas de sua mãe.

Ele olhou tristemente para a mulher. Tantas mortes. Ele esquadrinhou o outro lado do rio. A cidade queimava, turvando de fumaça o céu no alvorecer. O tiroteio continuava. Será que ela havia cruzado o canal a nado? Tudo para salvar o filho?

– Descanse – sussurrou ele para a mulher. – Você merece isso.

O padre Varick voltou para a porta de escoamento de carvão. Ele removeu o sangue e a água do bebê. Os cabelos da criança eram macios e finos, mas inequivocamente brancos como a neve. Ela não poderia ter mais de um mês de idade.

Com os cuidados de Varick, os gritos do menino ficaram mais fortes, seu rosto contraiu-se com o esforço, mas ele continuou fraco, com os membros sem firmeza e frio.

– Chore, pequenino.

Reagindo à sua voz, o menino abriu os olhos inchados. Olhos azuis saudaram Varick. Brilhantes e puros. Mas, pensando bem, a maioria dos recém-nascidos tinha olhos azuis. Todavia, Varick teve a sensação de que aqueles olhos conservariam seu azul-celeste profundo.

Ele aproximou o menino de si, a fim de transmitir-lhe calor. *Was ist das?* Ele virou o pé do menino. Alguém havia desenhado um símbolo em seu calcanhar.

Não, desenhado não. Ele esfregou para ter certeza.

Tatuado com tinta vermelha.

Ele observou-o. Parecia um pé de galinha.

Mas o padre Varick passara boa parte da juventude na Finlândia. Ele reconheceu o símbolo pelo que ele na verdade era: uma das runas nórdicas. Não tinha idéia de que runa era aquela ou do que ela significava. Sacudiu a cabeça. Quem havia feito uma coisa tão idiota?

Com o cenho franzido, olhou para a mãe.

Não tinha importância. Os filhos não deviam pagar pelos pecados dos pais.

Ele removeu o resto do sangue do topo da cabeça do menino e o aninhou em sua batina quente.

– *Du armer Junge...*[6] uma recepção tão dura neste mundo.

[6] Em alemão no original: Pobre menino... (N. do T.)

PRIMEIRA PARTE

CAPÍTULO 1

O teto do mundo

Época atual
16 de Maio, 6:34h
Himalaia
Acampamento-base no Everest, 5.400 metros de altitude

A morte viaja nos ventos.

Taski, o guia *sherpa*, pronunciou esse veredicto com toda a solenidade e certeza de sua profissão. O homem atarracado mal chegava a 1,5m, mesmo com o seu desgastado chapéu de vaqueiro. Mas ele se portava como se fosse mais alto do que qualquer um na montanha. Seus olhos, enterrados em pálpebras semicerradas, examinavam a fileira ondulante de bandeiras de orações.

A dra. Lisa Cummings focalizou o homem com a sua Nikon D-100 e bateu uma foto. Embora Taski fosse o guia do grupo, ele também era objeto dos testes psicométricos de Lisa. Um candidato perfeito à pesquisa dela.

Uma bolsa de pesquisa para estudar os efeitos fisiológicos de uma escalada sem oxigênio do Everest a trouxera ao Nepal. Até 1978, ninguém atingira o cume do Everest sem a ajuda de oxigênio suplementar. O ar era rarefeito demais. Mesmo alpinistas experientes, com o auxílio de cilindros de oxigênio, sentiam extrema fadiga, diminuição da coordenação, visão dupla e alucinações. Considerava-se impossível atingir o cume de uma montanha de 8 mil metros de altura sem uma fonte de ar engarrafado.

Todavia, em 1978, dois alpinistas tiroleses conseguiram o impossível e atingiram o cume, contando apenas com seus próprios pulmões ofegantes. Nos anos subseqüentes, cerca de sessenta homens e mulheres seguiram os passos deles, anunciando uma nova meta da elite de alpinistas.

Ela não poderia exigir um melhor teste de esforço em atmosferas de baixa pressão.

Antes de vir para o Nepal, a dra. Lisa Cummings havia acabado de concluir uma pesquisa de cinco anos sobre o efeito dos sistemas de *alta* pressão sobre o processo fisiológico humano. Para realizar isso, ela havia estudado mergulhadores de alto-mar durante o tempo que passou a bordo de um navio de pesquisa, o *Deep Fathom*. Depois disso, as circunstâncias exigiram que ela seguisse em frente... tanto com a sua vida profissional quanto com a pessoal. Por isso ela aceitara uma bolsa da National Science Foundation para fazer uma pesquisa antitética: estudar os efeitos fisiológicos dos sistemas de *baixa* pressão.

Por esse motivo ela fizera aquela viagem ao Teto do Mundo.

Lisa reposicionou-se para tirar outra foto de Taski Sherpa. A exemplo de muitos membros de seu povo, Taski adotara o nome de seu grupo étnico como sobrenome.

O homem afastou-se da fileira ondulante de bandeiras de orações, fez um firme aceno de cabeça e apontou um cigarro preso entre dois dedos para a montanha altíssima.

– Mau dia. A morte viaja nestes ventos – repetiu ele, depois pegou outro cigarro e afastou-se.

O assunto morreu ali.

Mas não para os outros integrantes do grupo.

Sons de desapontamento circularam entre os que fariam a escalada. Rostos olharam fixamente para o céu azul e sem nuvens acima. Fazia nove dias que a equipe de alpinistas, composta por dez homens, aguardava a melhora das condições meteorológicas. Até então, ninguém havia argumentado contra o bom senso de a escalada durante a tempestade da semana anterior não ter sido empreendida. O tempo havia sido agitado por um ciclone que varrera a baía de Bengala. Ventos furiosos haviam fustigado o acampamento, atingindo mais de 160km por hora, levando consigo uma das barracas onde se preparava o rancho, jogando as pessoas no chão, seguidos por quedas repentinas de neve que esfolava toda pele exposta como uma lixa grosseira.

Depois a manhã rompera mais luminosa do que eles haviam esperado. A luz do sol cintilava da geleira Khumbu com seu aspecto de cascata. O Everest, coberto de neve, flutuava acima deles, cercado por suas serenas montanhas vizinhas, uma festa de casamento de branco.

Lisa havia tirado cem fotos, captando as variações da luz em toda a sua beleza cambiante. Ela agora entendia os nomes do Everest na região: Chomolungma, ou Deusa-Mãe do Mundo, em chinês, e Sagarmatha, ou Deusa do Céu, em nepalês.

Flutuando entre as nuvens, a montanha era de fato uma deusa de gelo e rocha escarpada. E todos eles tinham vindo adorá-la, provar a si mesmos que eram dignos de beijar o céu. E isso não saíra barato: 65 mil dólares por cabeça. Pelo menos, o preço incluía o equipamento para acampar, carregadores, *sherpas* e, é claro, todos os iaques que fossem necessários. O mugido de um iaque fêmea ecoou sobre o vale, um dentre duas dúzias a serviço da equipe de alpinistas. A forma bojuda de suas barracas vermelhas e amarelas adornava o acampamento. Havia cinco outros acampamentos naquela escarpa rochosa, todos esperando que os deuses da tempestade virassem as costas.

Porém, de acordo com o guia *sherpa*, isso não aconteceria hoje.

– Isto é um tremendo absurdo – declarou o gerente de uma firma de artigos esportivos de Boston. Vestindo a última moda em trajes acolchoados de uma só peça, ele estava em pé com os braços cruzados ao lado de sua mochila carregada. – Mais de 600 dólares por dia para ficarmos sentados sem fazer nada? Eles estão nos ludibriando. Não tem uma nuvem sequer nesse maldito céu!

Ele falou entre os dentes, como que tentando incitar uma sublevação que ele próprio não tinha a intenção de liderar.

Lisa já vira o sujeito antes. Personalidade tipo A... *A* de asno. Numa percepção tardia, ela talvez não devesse ter dormido com ele. Ela encolhia-se de vergonha ao lembrar-se disso. O encontro fora nos Estados Unidos, depois de uma reunião sobre a organização da expedição no Hyatt de Seattle, após uma de muitas doses de uísque *sour*. O Bob de Boston tinha sido apenas outro porto numa tempestade... nem o primeiro, nem provavelmente o último. Mas uma coisa era certa: aquele era um porto no qual ela jamais voltaria a baixar âncora.

Ela suspeitava que, mais do que qualquer outro, aquele era o motivo da contínua beligerância dele.

Ela se afastou, desejando ao irmão caçula força para sufocar o tumulto. Josh era um alpinista com dez anos de experiência e havia coordenado a inclusão dela numa de suas primeiras escaladas ao Everest com acompanhantes. Ele liderava viagens ao redor do mundo para a prática de alpinismo pelo menos duas vezes por ano.

Josh Cummings ergueu uma das mãos. Louro e esguio como ela própria, ele usava *jeans* preto, enfiado nos canos de suas botas Millet One Sport, e uma camisa térmica cinza *expedition-weight*.

Ele pigarreou.

– Taski escalou o Everest doze vezes. Ele conhece a montanha e seus estados de espírito. Se ele diz que o tempo é imprevisível demais para prosseguirmos, então vamos passar mais um dia nos aclimatando e exercitando nossas habilidades. Se alguém quiser, eu posso mandar dois guias liderarem uma viagem de um dia à floresta de rododendros na parte inferior do vale do Khumbu.

Alguém do grupo ergueu a mão.

– Que tal uma viagem de um dia ao Everest View Hotel? Nós passamos os últimos seis dias acampados nestas malditas barracas. Eu bem que gostaria de um banho quente.

Murmúrios de concordância acompanharam esse pedido.

– Eu não sei se essa é uma idéia assim tão boa – advertiu Josh. – O hotel fica a um dia inteiro de caminhada daqui, e oxigênio é bombeado em seus quartos a fim de evitar o mal-das-montanhas. Isso poderia enfraquecer a aclimatação de vocês no momento e retardar a escalada.

– Como se nós já não tivéssemos sido retardados o bastante! – pressionou Bob de Boston.

Josh ignorou-o. Lisa sabia que seu irmão caçula não seria coagido a fazer algo tão estúpido quanto arriscar uma escalada com tempo inclemente. Embora o céu estivesse azul, ela sabia que aquilo poderia mudar numa questão de minutos. Ela havia crescido à beira-mar, na altura da costa da ilha Catalina. Como Josh. As pessoas aprendiam a decifrar sinais além da inexistência de nuvens. Josh podia não ter desenvolvido o olho de um *sherpa* para interpretar o tempo naquela altitude, mas sem dúvida sabia respeitar os que eram capazes de fazê-lo.

Lisa olhou fixamente para a coluna de neve arrancada pelo vento do topo do Everest. Era um sinal da corrente de jato, que, segundo se sabia, soprava a mais de 320km por hora através do cume. A coluna atingia uma altura incrível. Apesar de a tempestade ter cessado, o padrão de pressão ainda era devastador acima de 8 mil metros. A corrente de jato poderia fazer com que outra tempestade se precipitasse sobre eles a qualquer momento.

– Nós pelo menos poderíamos seguir para o Acampamento Um – insistiu Bob de Boston. – Acampar lá e ver o que o tempo nos reserva.

Um lamúria irritante havia penetrado na voz do gerente da loja de artigos esportivos, o qual tentava obter alguma concessão. Seu rosto havia enrubescido de frustração.

Lisa não conseguia compreender sua atração anterior pelo homem.

Antes que seu irmão pudesse dar uma resposta àquele palerma, ouviu-se um novo barulho. Um som surdo como o de tambores. Todos os olhos moveram-se para o leste. Um helicóptero surgiu em meio ao brilho ofuscante do sol nascente. Um B-2 Squirrel A-Star Ecuriel em forma de vespão. O helicóptero de resgate havia sido projetado para chegar até aquela altitude.

O silêncio caiu sobre o grupo.

Uma semana antes, pouco antes do início da tempestade recente, uma expedição havia subido pelo lado do Nepal. De acordo com as comunicações pelo rádio, eles estavam no Acampamento Dois, a mais de 6.400m de altitude.

Lisa protegeu os olhos da luz. Será que alguma coisa dera errado?

Ela havia visitado a clínica da Associação de Resgate do Himalaia (ARH) em Pheriche. Era o ponto de triagem de todos os tipos de doenças que rolavam a encosta até a sua entrada: ossos fraturados, edema pulmonar e cerebral, ulceração produzida pelo frio, cardiopatias, disenteria, nifablepsia e toda sorte de infecções, incluindo doenças sexualmente transmissíveis. Parecia que até mesmo a clamídia e a gonorréia estavam determinadas a chegar ao cume do Everest.

Mas o que dera errado dessa vez? Não tinha havido nenhum sinal de socorro na faixa de emergência do rádio. Um helicóptero só podia chegar até um pouco acima do Acampamento-Base, em virtude do ar rarefeito ali. Isso significava que os resgates pelo ar com freqüência exigiam que se viajasse a pé desde as alturas mais difíceis. Acima de 7.600m, os mortos eram simplesmente deixados onde caíam, transformando as vertentes superiores do Everest em cemitérios glaciais de equipamentos abandonados, cilindros de oxigênio vazios e cadáveres mumificados pelo frio intenso.

A batida dos rotores mudou de intensidade.

– Eles estão vindo nesta direção – disse Josh e acenou para que todos voltassem para os agrupamentos de barracas quatro estações resistentes a tempestades, deixando livre a extensão plana que servia de heliporto do acampamento.

O helicóptero negro desceu sobre eles. O distúrbio no ar causado pelos rotores fez turbilhonar a areia e fragmentos de rocha. O envoltório de uma barra de chocolate Snickers passou voando pelo nariz de Lisa. As bandeiras de orações dançavam e contorciam-se, e os iaques dispersaram-se. Depois de tantos dias de quietude na montanha, o barulho era ensurdecedor.

O B-2 pousou sobre seus patins com uma graça que não correspondia ao seu tamanho. As portas abriram-se e dois homens desceram. Um deles usava um uniforme de camuflagem verde e trazia uma arma automática pendurada no ombro: um soldado do Exército Real Nepalês. O outro era mais alto, usava uma túnica vermelha e um manto amarrado na cintura com uma faixa, e sua cabeça era raspada: um monge budista.

Os dois aproximaram-se e falaram rapidamente num dialeto nepalês com dois *sherpas*. Depois de uns breves gestos, um braço apontou.

Para Lisa.

O monge encaminhou-se até ela, flanqueado pelo soldado. Pelas rugas produzidas pelo sol no canto de seus olhos, o monge parecia ter uns 45 anos, a pele cor de café-com-leite, os olhos caramelo.

A pele do soldado era mais escura, e seus olhos, mais apertados. Seu olhar estava fixo abaixo do decote dela. Ela havia deixado a jaqueta aberta, e o sutiã esportivo que estava usando sob o colete de lã sintética parecia ter prendido a atenção dele.

Por outro lado, o monge budista manteve os olhos respeitosos e até curvou ligeiramente a cabeça. Ele falava um inglês preciso, com sotaque britânico.

– Dra. Cummings, peço-lhe desculpas pela intrusão, mas houve uma emergência. Fui informado pela clínica da ARH que a senhora é médica.

Lisa franziu o cenho, enchendo a testa de sulcos.

– Sim.

– Um mosteiro aqui próximo foi atingido por uma doença misteriosa que afetou quase todos os habitantes. Um único mensageiro, um homem de uma aldeia vizinha, foi enviado a pé e viajou três dias para chegar ao hospital de Khunde. Como a ARH havia sido alertada, esperávamos transportar um de seus médicos até o mosteiro, mas uma avalanche deixou a clínica com falta de pessoal. A dra. Sorenson nos informou da sua presença aqui no Acampamento-base.

Lisa recordou-se da médica canadense, uma mulher baixinha. Uma noite, elas beberam juntas seis latas de cerveja Carlsberg junto com chá com leite adoçado.

– Como eu posso ser útil? – perguntou Lisa.

– A senhora estaria disposta a nos acompanhar até lá? Apesar de isolado, o mosteiro pode ser alcançado de helicóptero.

– Quanto tempo...? – ela perguntou e olhou na direção de Josh, que se aproximava para juntar-se a eles.

O monge sacudiu a cabeça, os olhos preocupados e ligeiramente desconcertados por tê-la enganado.

– São quase três horas de viagem. Eu não sei o que vamos encontrar – disse ele, e voltou a sacudir a cabeça, preocupado.

Josh falou em voz alta:

– Hoje nós estamos retidos aqui de qualquer modo. – Ele tocou o cotovelo dela e inclinou-se para mais perto. – Mas eu iria com você.

Lisa rejeitou aquela sugestão. Ela sabia cuidar de si mesma. Porém, também fora instruída sobre o tenso clima político no Nepal desde 1996. Rebeldes maoístas vinham travando uma guerrilha na região montanhosa, na tentativa de derrubar a monarquia constitucional e substituí-la por uma república socialista. Sabia-se que eles decepavam os membros das vítimas – um a um – com foices. Embora no momento vigorasse um cessar-fogo, de vez em quando atrocidades ainda eram cometidas.

Ela olhou para o rifle automático bem untado nas mãos do soldado. Se até mesmo um homem santo precisava de escolta armada, talvez fosse melhor ela reconsiderar a oferta do irmão.

– Eu... eu tenho pouco mais que um estojo de primeiros socorros e alguns instrumentos de monitoramento – ela disse de maneira hesitante ao monge. – Eu mal estou preparada para uma situação médica mais grave, que envolva vários pacientes.

O monge fez um aceno de cabeça e apontou para o helicóptero parado, com os rotores ainda girando.

– A dra. Sorenson nos forneceu tudo o que poderíamos precisar por uns poucos dias. Nós não esperamos abusar de seus serviços por mais de um dia. O piloto tem um telefone via satélite para retransmitir suas descobertas. Talvez o problema já tenha sido resolvido, e poderíamos voltar para cá até o meio-dia.

Uma sombra passou pelas feições dele ao fazer esta última afirmação. Ele não acreditava nisso. A preocupação perpassou suas palavras... isso e talvez um resquício de medo.

Ela inalou profundamente o ar rarefeito, que mal encheu seus pulmões. Ela havia feito um juramento. Além disso, havia tirado fotografias suficientes e queria retomar o trabalho de verdade.

O monge deve ter percebido algo no rosto dela.

– Então a senhora vem.

– Sim.

– Lisa... – advertiu Josh.

– Eu estarei bem. – Ela apertou o braço dele. – Você tem uma equipe para impedir de amotinar-se contra você. – Josh voltou o olhar para Bob de Boston e suspirou. – Portanto, defenda o forte até eu voltar.

Ele a encarou de novo, não persuadido, mas não discutiu. O rosto dele permaneceu tenso.

– Tome cuidado lá fora.

– Eu tenho o que o Exército Real Nepalês tem de melhor para me proteger.

Josh olhou fixamente para a arma lubrificada do único soldado.

– É isso que me preocupa.

Ele tentou abrandar o que dissera com um riso abafado, mas o riso saiu mais amargo.

Lisa sabia que era o máximo que poderia conseguir dele. Ela lhe deu um rápido abraço, pegou a mochila com o material médico em sua barraca e poucos instantes depois estava abaixando-se sob a ameaça afiada dos rotores que giravam e acomodando-se no assento traseiro do helicóptero de resgate.

O piloto nem sequer a cumprimentou. O soldado acomodou-se no assento do co-piloto. O monge, que se apresentou como Ang Gelu, juntou-se a ela no assento traseiro.

Ela pôs um par de fones de ouvido que amorteciam o ruído. No entanto, os motores rugiam à medida que as hélices giravam mais rápido. O helicóptero agitou-se sobre seus esquis quando os rotores tentaram dominar o ar rarefeito. Um zumbido aumentou em amplitudes subsônicas. O helicóptero afinal se desprendeu do heliporto rochoso e subiu rapidamente.

Lisa sentiu um frio no estômago quando o helicóptero descreveu um círculo sobre um desfiladeiro próximo. Ela olhou pela janela lateral para o amontoado de barracas e iaques lá embaixo. Avistou o irmão, que acenava com um braço erguido, ou será que ele o erguera apenas contra o brilho ofuscante do sol? Taski Sherpa estava ao lado dele, facilmente identificável pelo seu chapéu de caubói.

O comentário anterior do *sherpa* acompanhou-a em direção ao céu, fazendo gelar seus pensamentos e preocupações.

A morte viaja nestes ventos.

Um pensamento nada agradável naquele momento.

Ao lado dela, os lábios do monge moviam-se numa oração silenciosa. Ele continuava tenso... ou por causa do meio de transporte deles ou por medo do que poderiam descobrir no mosteiro.

Lisa recostou-se com as palavras do *sherpa* ainda ecoando em sua cabeça.

Um mau dia de fato.

9:13h
Altitude: 6.800 metros

Ele movia-se pelo chão gretado com passos tranqüilos, grampos de aço abrindo profundos buracos na neve e no gelo. Em cada lado, erguiam-se penhascos de rocha nua, pictografados em líquen marrom. O desfiladeiro dobrava num ângulo para cima.

Na direção de sua meta.

Ele usava um traje de uma só peça com enchimento de penas de ganso, camuflado em tons de branco e preto. Sua cabeça estava coberta por uma balaclava de *polar fleece,* e seu rosto, oculto atrás de óculos de neve. Sua mochila de alpinismo pesava 21kg, incluindo a picareta para gelo presa com uma correia num lado e um rolo de corda de poliéster no outro.

Também carregava um rifle de assalto Heckler & Koch, um pente extra com trinta cartuchos e uma sacola com nove granadas incendiárias.

Não precisava de oxigênio adicional, nem mesmo naquela altitude. As montanhas tinham sido o seu lar nos últimos 44 anos. Ele estava tão habituado àquela região montanhosa quanto qualquer *sherpa*, mas não falava a língua deles, e uma herança diferente brilhava em seus olhos: um olho era de um azul glacial, e o outro, de um branco puro. A disparidade certamente o distinguia tanto quanto a tatuagem em seu ombro. Mesmo entre os *Sonnenkönige*, os Reis-Sol.

O rádio em seu ouvido zumbiu.

– Você já chegou ao mosteiro?

Ele tocou a garganta.

– Chego daqui a quatorze minutos.

– Ninguém deve ficar sabendo do acidente.

– Pode deixar comigo.

Ele manteve o tom de sua voz calmo, respirando pelo nariz. Na voz do outro, percebeu medo e comando. Quanta fraqueza. Era um dos motivos por que ele raras vezes visitava o *Granitschloß*, o Castelo de Granito, preferindo viver nos seus arredores, como era seu direito.

Ninguém lhe pedia que se aproximasse.

Eles apenas solicitavam suas habilidades quando mais precisavam delas.

Seu fone de ouvido estalou.

– Eles em breve chegarão ao mosteiro.

Ele não se deu o trabalho de responder. Ouviu o ruído surdo e distante de rotores e fez os cálculos mentalmente. Não era necessário apressar-se. As montanhas ensinavam a ter paciência.

Ele regularizou a respiração e continuou descendo em direção ao agrupamento de edifícios de pedra com teto de telhas vermelhas. O mosteiro Temp Och situava-se à beira de um penhasco, e só se podia chegar até ele por um único caminho vindo de baixo. Os monges e os discípulos raramente tinham de se preocupar com o resto do mundo.

Até três dias atrás.

O acidente.

O seu dever era terminar o serviço.

O som repetitivo do helicóptero que se aproximava foi ficando mais alto, erguendo-se de baixo. Ele manteve o passo constante. Dispunha de muito tempo. Era importante que os que estavam se aproximando entrassem no mosteiro.

Seria mais fácil matá-los todos.

9:35h

Do helicóptero, o mundo lá embaixo havia congelado num negativo fotográfico perfeito. Um objeto de estudo pleno de contrastes. Pretos e brancos. Neve e rocha. Picos envoltos em neblina e desfiladeiros tragados pelas sombras. A luz da manhã refletia-se dolorosamente das montanhas geladas e dos penhascos glaciais, ameaçando com nifablepsia por causa do ofuscante brilho aéreo.

Lisa desviou o olhar da claridade. Quem viveria tão distante de tudo? Num ambiente tão implacável como aquele? Por que o gênero humano sempre achava aqueles lugares inóspitos para reivindicar, quando vidas muito mais fáceis estavam à sua disposição?

Mas, pensando bem, sua mãe sempre formulava a mesma pergunta para ela. Por que tais extremos? Cinco anos no mar num navio de pesquisa, depois mais um ano treinando e condicionando-se para os rigores do alpinismo, e agora ali, no Nepal, preparando-se para fazer uma investida contra o Everest. Qual a razão desses riscos, quando uma vida mais fácil estava prontamente disponível?

A resposta de Lisa sempre fora simples: *pelo desafio.* George Mallory, lenda do alpinismo, não havia dado uma resposta semelhante quando lhe perguntaram por que ele havia escalado o Everest? *Porque ele estava lá.* Claro que a verdadeira história por trás dessa resposta famosa era que Mallory a havia pronunciado com raiva a um jornalista importuno. Será que a resposta de Lisa às perguntas da mãe não havia sido nada menos que uma reação automática? O que ela *estava* fazendo ali em cima? Todos os dias a vida oferecia desafios suficientes: ganhar seu sustento, economizar para a aposentadoria, encontrar alguém para amar, sobreviver à perda, criar filhos.

Lisa rejeitou aqueles pensamentos, reconhecendo uma pontada de ansiedade e dando-se conta do que isso poderia implicar. *Será que eu estou vivendo uma vida no limite a fim de evitar uma vida de verdade? Teria sido por isso que tantos homens passaram pela minha vida sem permanecerem?*

E ali estava ela. Trinta e três anos, sozinha, sem perspectivas, apenas sua pesquisa por companhia, e por cama um saco de dormir para uma só pessoa. Talvez ela simplesmente devesse raspar a cabeça e mudar-se para um daqueles mosteiros no topo das montanhas.

O helicóptero chacoalhou, descrevendo um ângulo para cima.

A atenção dela voltou a se concentrar no presente.

Ai, merda...

Lisa prendeu a respiração quando o helicóptero roçou num cume abrupto. Seus esquis quase removeram a borda de gelo varrida pelo vento e mergulharam no desfiladeiro próximo.

Ela forçou os dedos a fim de desafivelar o cinto de segurança preso ao braço da poltrona. De repente, uma cabana de três quartos para pessoas com dois ou três filhos não parecia assim tão mau.

Ao lado dela, Ang Gelu inclinou-se para a frente e apontou entre o piloto e o soldado, acenando para baixo. O rugido dos rotores tragou suas palavras.

Lisa encostou a face na janela da porta para perscrutar lá fora. A curva de plexiglas frio beijou sua face. Abaixo, ela avistou o primeiro resquício de cor. Uma confusão de tetos de telhas vermelhas. Um pequeno amontoado de oito cabanas de pedra erguia-se num platô, emoldurado por montanhas de 6.000m de altura em três lados e por um penhasco vertical no quarto.

O mosteiro Temp Och.

O helicóptero desceu precipitadamente em direção às construções. Lisa notou uma plantação de batatas em terraços num lado. Alguns currais e celeiros espalhavam-se no outro. Nenhum movimento. Ninguém saiu para cumprimentar os barulhentos recém-chegados.

De maneira mais sinistra, Lisa notou um grupo de cabras e ovelhas *bharal*[7] reunido nos currais. Elas também não se moviam. Em vez de entrarem em pânico por causa do helicóptero que descia, todas elas estavam estateladas no chão, com as patas torcidas, os pescoços flexionados, uma situação anormal.

Ang Gelu notou o mesmo e afundou no assento. Seus olhos encontraram os dela. O que havia acontecido? O piloto e o soldado discutiam no assento da frente. Era óbvio que o piloto não queria aterrissar. O soldado venceu a discussão pondo a palma de uma das mãos na culatra de seu rifle. O piloto fechou a cara e ajustou sua máscara de oxigênio, apertando-a ainda mais sobre o nariz e a boca. Não porque precisasse do suplemento de ar, mas por medo de contágio.

Todavia, o piloto obedeceu às ordens do soldado. Ele afogou os controles e baixou o helicóptero em direção ao solo. Dirigiu-se para o mais longe possível dos currais, descendo rumo à borda da plantação de batatas do mosteiro.

A plantação era formada por uma série de camadas, dispostas como num anfiteatro, revestidas por fileiras de minúsculos brotos verdes. O cultivo da batata em grandes altitudes fora introduzido pelos britânicos no início do século XIX, e as batatas haviam se transformado numa das culturas de subsistência da região. Com um solavanco estridente, os esquis do helicóptero atingiram o solo rochoso, esmagando uma fileira de plantas. Os brotos próximos agitaram-se e ondularam devido ao distúrbio no ar causado pelos rotores.

Mesmo assim ninguém percebeu a chegada deles. Ela pensou nos animais mortos. Será que havia pelo menos alguém para resgatar? O que havia acontecido ali?

[7] Também conhecidas como ovelhas azuis do Himalaia. (N. do T.)

Varias etiologias percorreram seu cérebro, junto com rotas de exposição: ingestão, inalação, contato. Ou será que era contagioso? Ela precisava de mais informações.

– Talvez a senhora deva ficar aqui – disse Ang Gelu a Lisa enquanto desafivelava o cinto de segurança. – Deixe-nos inspecionar o mosteiro.

Lisa pegou sua mochila com o material médico do assoalho do helicóptero e sacudiu a cabeça.

– Eu não tenho medo dos doentes. E talvez existam perguntas às quais só eu possa responder.

Ang Gelu acenou com a cabeça, falou apressadamente com o soldado e abriu a portinhola traseira. Ele desceu e voltou-se para estender uma das mãos para Lisa.

Ventos frios varreram o interior aquecido, auxiliados pela agitação dos rotores. Puxando para cima o capuz de sua parca, Lisa descobriu que a corrente de ar fria removia gradualmente o oxigênio que porventura ainda houvesse no ar naquela altitude. Ou talvez fosse o medo. Suas palavras anteriores eram mais corajosas do que ela sentia.

Ela segurou a mão do monge. Mesmo através das luvas de lã, ela sentiu a força e o calor dele. Ele não se deu o trabalho de cobrir a cabeça raspada, aparentemente esquecido do frio glacial.

Ela desembarcou, mas permaneceu abaixada sob o impetuoso movimento giratório das hélices do helicóptero. O soldado desceu por último. O piloto permaneceu na cabine. Embora tivesse aterrissado o helicóptero conforme ordenado, ele não ia correr o risco de abandonar seu abrigo.

Ang Gelu fechou a portinhola com força, e o trio saiu às pressas pela plantação de batatas em direção à confusão de construções de pedra.

Do solo, as cabanas de pedregulhos vermelhos eram mais altas do que pareciam do ar. A estrutura mais central parecia ter a altura de três andares, encimada por um teto no estilo de um pagode. Todos os edifícios eram elaboradamente decorados. Murais com as cores do arco-íris emolduravam portas e janelas. Folha de ouro fazia brilhar os dintéis, enquanto dragões esculpidos em pedra e pássaros míticos sorriam com expressão escarninha e olhavam de soslaio dos cantos dos telhados. Pórticos cobertos ligavam as várias construções, criando pequenos pátios e espaços privados. Moinhos de orações de madeira, gravados com inscrições antigas, estavam assentados sobre estacas em todas as estruturas. Bandeiras de orações multicores caíam em dobras das linhas do teto, estalando nas rajadas intermitentes de vento.

Embora a aparência fosse a de um conto de fadas, de uma Xangrilá no alto de uma montanha, Lisa percebeu que seus passos estavam lentos. Nada se movia. As venezianas da maioria das janelas estavam fechadas. O silêncio era opressivo.

Em seguida o ar ficou nitidamente pestilento. Apesar de ser sobretudo uma pesquisadora, Lisa havia se familiarizado o bastante com a morte quando era médica residente. O miasma fétido da putrefação não podia ser dissipado tão facilmente. Ela rezou para que ele estivesse vindo apenas dos animais no outro lado do pavilhão. Porém, pela falta de reação à presença deles, ela não acalentava muita esperança.

Ang Gelu seguiu na frente, flanqueado pelo soldado. Lisa foi obrigada a apressar-se para acompanhar o passo deles. Eles passaram entre dois edifícios e dirigiram-se para a estrutura elevada no centro.

No pátio principal, ferramentas agrícolas estavam espalhadas desordenadamente pelo chão, como se tivessem sido abandonadas às pressas. Uma carroça presa a um iaque estava virada de lado. O animal também estava morto, estatelado em seu flanco, a barriga inchada. Olhos leitosos fitavam-nos. Uma língua distendida projetava-se de lábios negros inchados.

Lisa observou a ausência de moscas ou de outros minúsculos oportunistas. Havia moscas naquela altitude? Ela não tinha certeza. Perscrutou o céu. Nenhum pássaro. Nenhum ruído, exceto o do vento agora calmo.

– Por aqui – disse Ang Gelu.

O monge encaminhou-se para um conjunto de portas altas que conduziam à habitação central, sem dúvida o templo principal. Ele testou o trinco, percebeu que estava destrancado e abriu-o com um gemido de dobradiças.

Além da soleira, esboçou-se o primeiro sinal de vida. Em cada lado da entrada, lâmpadas do tamanho de um barril luziam com uma dezena de pavios flamejantes. Lâmpadas de manteiga, alimentadas por manteiga de iaque. O odor fétido era pior no interior. Isso era um mau presságio.

Até mesmo o soldado, agora, se absteve de transpor a soleira, mudando a arma automática de um ombro para o outro, como para se tranqüilizar. O monge simplesmente entrou no templo. Ele gritou uma saudação, que ecoou.

Lisa entrou atrás de Ang Gelu. O soldado manteve seu posto à entrada.

Mais algumas lâmpadas grandes como barris iluminavam o interior do templo. De cada lado, moinhos de orações altíssimos revestiam as paredes, enquanto velas com odor de junípero queimavam perto de uma estátua de Buda de teca de 2,5m de altura. Outros deuses do panteão estavam enfileirados atrás de seus ombros.

Quando os olhos de Lisa se acostumaram ao interior escuro, ela observou as numerosas pinturas nas paredes e as mandalas intrincadamente esculpidas em madeira, representando cenas que, à luz bruxuleante, pareciam demoníacas. Ela olhou para cima. Uma fileira de pilares estendia-se até o segundo andar, sustentando um conjunto de lâmpadas suspensas, todas escuras e frias.

Ang Gelu tornou a chamar.

Em algum lugar acima de suas cabeças, algo rangeu.

O barulho súbito congelou-os. O soldado ligou uma lanterna e moveu-a para cima. Sombras tremeram e mudaram de posição, mas não havia nada ali.

O rangido de tábuas soou de novo. Alguém estava se movendo no andar superior. Apesar do sinal de vida positivo, a pele de Lisa ficou toda arrepiada.

Ang Gelu falou:

– Uma sala de meditação privada dá vista para o templo. Há uma escada nos fundos. Eu vou dar uma olhada. Fiquem aqui.

Lisa quis obedecer, mas sentiu o peso de sua mochila com o material médico e de sua responsabilidade. Os animais não haviam sido mortos por mãos humanas. Ela estava certa disso. Se houvesse um sobrevivente, alguém que pudesse dizer o que havia acontecido ali, ela estaria mais bem preparada para sua tarefa.

Ela pendurou a mochila mais alto no ombro.

– Eu também vou.

Apesar da voz firme, deixou Ang Gelu ir na frente.

Ele contornou a estátua de Buda até uma entrada em arco perto dos fundos e transpôs uma cortina de brocado bordado a ouro. Um pequeno corredor conduzia ainda mais para o interior da estrutura. Janelas providas de venezianas permitiam que alguns filetes de luz penetrassem na escuridão poeirenta. Eles iluminavam uma parede caiada. A mancha vermelha e a sujeira ao longo de uma parede não exigiam uma inspeção minuciosa.

Sangue.

Duas pernas nuas e inertes projetavam-se de uma entrada na metade do corredor... em meio a uma poça negra. Ang Gelu acenou para que ela voltasse para o templo. Ela sacudiu a cabeça e passou por ele. Ela não esperava salvar quem quer que estivesse caído ali. Era óbvio que ele já devia estar morto. Mas o instinto impulsionou-a. Em cinco passos, estava junto ao corpo.

Num piscar de olhos, ela compreendeu a cena e recuou.

Pernas. Isso era tudo o que restara do homem. Apenas um par de membros decepados, cortados na metade da coxa. Ela olhou mais para dentro do aposento, para o matadouro. Braços e pernas estavam empilhados como lenha no centro do quarto.

E depois as cabeças decepadas, enfileiradas metodicamente ao longo de uma parede, olhando para dentro, os olhos escancarados de horror daquilo tudo.

Ang Gelu estava ao lado dela. Ele enrijeceu diante daquela visão e murmurou algo que soou meio como uma oração, meio como uma maldição.

Como se o tivesse ouvido, alguma coisa mexeu-se no aposento. Ela ergueu-se no outro lado da pilha de membros. Uma figura nua, com a cabeça raspada, banhada de sangue como um recém-nascido. Era um dos monges do templo.

O homem emitiu um sibilo gutural. A loucura transparecia de maneira apática. Os olhos capturaram a luz escassa e refletiram-na de volta, como um lobo à noite.

Ele andava pesadamente na direção deles, arrastando pelas tábuas uma foice de um metro de comprimento. Lisa recuou vários passos no corredor. Ang Gelu falou mansamente, as palmas das mãos erguidas em súplica, sem dúvida tentando aplacar a criatura ensandecida.

– Relu Na – disse ele. – Relu Na.

Lisa percebeu que Ang Gelu reconhecera o louco, alguém que ele conhecia de uma visita anterior ao mosteiro. O simples ato de ter dado um nome ao homem humanizou-o e transformou a monstruosidade daquilo tudo em algo mais horrendo.

Com um grito áspero, o monge lançou-se sobre o seu confrade. Ang Gelu esquivou-se facilmente da foice. A coordenação do homem havia se deteriorado junto com sua mente. Ang Gelu atracou-se com ele, segurou-o, imprensando-o num dos lados do caixilho da porta.

Lisa agiu rápido. Ela baixou sua mochila, abriu um zíper, tirou um estojo de metal e abriu-o com o polegar.

Dentro havia uma fileira de seringas de plástico, protegidas e já com uma carga de vários medicamentos de emergência: morfina para dor, epinefrina para anafilaxia, Lasix para edema pulmonar. Embora cada seringa tivesse um rótulo, ela havia memorizado a posição de cada uma. Numa emergência, cada segundo contava. Ela pegou a última seringa.

Midazolam. Sedativo injetável. Loucuras e alucinações não eram incomuns em lugares tão altos como aquele, exigindo às vezes contenção por meio de substâncias químicas.

Usando os dentes, ela tirou o protetor da agulha e avançou às pressas.

Ang Gelu continuava a segurar o monge, mas ele se debatia e resistia à preensão firme do outro. O lábio de Ang Gelu estava rachado, e um lado de seu pescoço, todo arranhado.

– Mantenha-o imobilizado! – gritou Lisa.

Ang Gelu esforçou-se ao máximo – porém, naquele momento, talvez percebendo a intenção da médica, o louco moveu-se repentinamente para a frente e deu uma profunda mordida no rosto de Ang Gelu.

O monge deu um grito agudo quando sua carne foi rasgada até o osso.

Mas continuou a segurar o outro com força.

Lisa correu em seu auxílio, introduziu a agulha no pescoço do louco e empurrou o êmbolo até o fim.

– Pode soltá-lo!

Ang Gelu empurrou o homem com força de encontro ao marco da porta, batendo a cabeça dele contra a madeira. Eles recuaram.

– O sedativo vai surtir efeito em menos de um minuto.

Ela teria preferido uma injeção intravenosa, mas era impossível aplicá-la com a violenta agitação do homem. A injeção intramuscular profunda bastaria. Assim que o homem se acalmasse, ela poderia aprimorar os cuidados, talvez obter algumas respostas.

O monge nu gemeu, tocando o pescoço. O sedativo o afligia. Cambaleou de novo, na direção deles, estendeu a mão outra vez para a sua foice abandonada e reergueu-se.

Lisa puxou Ang Gelu para trás.

– Espere um pouco...

... crac...

A detonação do rifle foi ensurdecedora no corredor estreito. A cabeça do monge explodiu numa profusão de sangue e osso. O corpo recuou com o impacto e desabou no chão.

Lisa e Ang Gelu olharam horrorizados para o atirador.

O soldado nepalês mantinha a arma apoiada no ombro e baixou-a devagar. Ang Gelu começou a repreendê-lo em sua língua materna, quase arrebatando a arma do soldado.

Lisa foi até o corpo e checou o pulso. Nada. Olhou fixamente para o corpo, tentando encontrar alguma resposta. Seria necessário um necrotério com modernas instalações médico-legais para determinar a causa da loucura. Pela história do mensageiro, o que quer que houvesse ocorrido ali não havia afetado apenas aquele homem. Outros deviam ter sido afligidos em graus variados.

Mas pelo quê? Haveriam sido expostos a algum metal pesado na água, a um vazamento subterrâneo de gás venenoso ou a algum fungo tóxico em cereais velhos? Poderia ser algo viral, como o ebola? Ou mesmo uma nova forma da doença da vaca louca? Ela tentou lembrar se os iaques eram suscetíveis. Lembrou-se da carcaça inchada no pátio. Ela não sabia.

Ang Gelu voltou para o lado dela. Sua face estava toda ensangüentada, mas ele parecia esquecido do ferimento. Toda a sua dor estava concentrada no corpo no chão.

– O nome dele era Relu Na Havarshi.

– O senhor o conhecia.

Um aceno afirmativo de cabeça.

– Ele era primo do marido da minha irmã. De uma pequena aldeia rural em Raise. Ele havia sido influenciado pelos rebeldes maoístas, mas a crescente selvageria deles não estava em sua natureza. Ele fugiu. Para os rebeldes, fazer isso era assinar a sentença da própria morte. A fim de escondê-lo, consegui um lugar para que ficasse no mosteiro... onde os seus ex-camaradas jamais o descobririam. Aqui, ele encontrou um lugar sereno para se curar... ou eu havia rezado para isso. Agora, terá de encontrar o próprio caminho para essa paz.

– Sinto muito.

Lisa levantou-se. Imaginou a pilha de membros no aposento ao lado. Será que a loucura desencadeara algum choque pós-traumático, fazendo com que Relu Na expressasse em ações o que mais o aterrorizava?

Acima, outro rangido repentino soou.

Todos os olhos voltaram-se para cima.

Ela esquecera o que os trouxera até ali. Ang Gelu apontou para uma escada estreita e íngreme ao lado da entrada acortinada do templo. Ela não a notara. Era mais uma escada de mão do que uma escada comum.

– Vou subir – disse ele.

– Todos nós vamos ficar juntos – afirmou Lisa, que foi até a mochila, pôs outra dose de sedativo na seringa e a manteve na mão. – Apenas assegure-se de que o Pepe Legal ali do outro lado mantenha o dedo longe do gatilho.

O soldado foi o primeiro a subir a escada. Inspecionou as adjacências e acenou para que eles subissem. Lisa subiu e descobriu um aposento vazio. Pilhas de travesseiros finos estavam amontoadas num canto. O aposento cheirava a resina e a incenso provenientes da sala do andar de baixo.

O soldado manteve a arma apontada para uma porta de madeira no outro lado. Uma luz fraca vazava sob o umbral. Antes que algum deles pudesse se aproximar, uma sombra passou pela faixa de luz.

Alguém estava lá dentro.

Ang Gelu avançou e bateu à porta.

O rangido parou.

Ele gritou através da porta. Lisa não entendeu suas palavras, mas outra pessoa sim. Um rangido de madeira soou. Um trinco foi erguido. A porta foi entreaberta – mas não além.

Ang Gelu apoiou a palma de uma das mãos na porta.

– Tenha cuidado – sussurrou Lisa, segurando com mais força a seringa, sua única arma.

Ao lado dela, o soldado fez o mesmo com o rifle.

Ang Gelu escancarou a porta. O cômodo não era maior do que um quartinho onde cabia uma só pessoa. No canto havia uma cama imunda. Uma mesinha lateral sustentava uma lamparina a óleo. O ar estava empestado com o odor fétido de urina e fezes vindo de um urinol aberto ao pé da cama. Quem quer que houvesse se refugiado ali não se arriscara a sair por dias a fio.

Num canto, um velho estava em pé, de costas para eles. Ele usava a mesma túnica vermelha que Ang Gelu, mas suas vestes estavam esfarrapadas e manchadas. Havia amarrado as dobras inferiores ao redor das coxas, expondo as pernas nuas. Trabalhava num projeto, escrevendo na parede. Na verdade, pintura a dedo.

Com o próprio sangue.

Mais loucura.

Ele segurava um pequeno punhal na outra mão. As pernas nuas exibiam cortes profundos, a origem de sua tinta. Ele continuou a trabalhar, mesmo quando Ang Gelu entrou.

– Lama Khemsar – disse Ang Gelu, com preocupação e cautela na voz.

Lisa entrou depois dele, com a seringa pronta nos dedos. Ela fez um aceno de cabeça para Ang Gelu quando ele se virou para olhá-la. Também sinalizou para que o soldado se afastasse. Não queria uma repetição do que ocorrera lá embaixo.

Lama Khemsar virou-se. Seu rosto era apático e seus olhos pareciam vítreos e ligeiramente leitosos, mas a luz da lamparina refletia-se com intensidade, com muita intensidade, com a intensidade da febre.

– Ang Gelu – sussurrou o velho monge, olhando aturdido para as centenas de linhas de símbolos pintados nas quatro paredes. Um dedo ensangüentado ergueu-se, pronto para continuar a trabalhar.

Ang Gelu caminhou na direção dele, obviamente aliviado. O homem, mestre do mosteiro, ainda não era um caso perdido. Talvez fosse possível obter respostas. Ang Gelu falou na língua materna deles.

Lama Khemsar fez um aceno de cabeça, mas se recusou a afastar-se de sua obra em sangue. Lisa estudou a parede enquanto Ang Gelu persuadia o velho monge. Embora não estivesse familiarizada com a escrita, viu que o trabalho era simplesmente o mesmo agrupamento de símbolos repetidos incessantemente.

Percebendo que devia haver um significado naquilo, Lisa alcançou sua mochila e tirou a câmera com uma das mãos. Apoiando-a no quadril, focalizou a parede e tirou uma foto. Mas esqueceu-se do *flash*.

O aposento encheu-se de um brilho repentino.

O velho deu um grito e girou-se, com o punhal na mão. Golpeou violentamente o ar. Sobressaltado, Ang Gelu recuou. Mas não fora ele o alvo. Lama Khemsar gritou algumas palavras com um medo digno de pena e passou a lâmina pela própria garganta. Uma linha vermelha transformou-se numa torrente pulsante. O corte penetrou até a traquéia. O sangue formava bolhas com a respiração agonizante do velho monge.

Ang Gelu precipitou-se para ele e jogou a lâmina longe. Pegou Lama Khemsar e baixou-o até o chão, aninhando-o. O sangue ensopou a túnica, os braços e o colo de Ang Gelu.

Lisa largou a câmera e a mochila e correu para a frente. Ang Gelu tentava exercer pressão sobre a ferida, mas era inútil.

– Ajude-me a deitá-lo no chão – disse Lisa. – Tenho de obter uma via respiratória...

Ang Gelu sacudiu a cabeça. Sabia que seria em vão. Ele simplesmente embalava o velho lama. A respiração do homem, marcada pelas bolhas que saíam do corte, já havia cessado. A idade, a perda de sangue e a desidratação já haviam debilitado Lama Khemsar.

– Sinto muito – disse Lisa. – Eu pensei... – Ela apontou com um braço para as paredes. – Eu pensei que isto pudesse ser importante.

Ang Gelu balançou a cabeça.

– Isto não passa de símbolos incoerentes. Os rabiscos de um louco.

Sem saber o que mais poderia fazer, Lisa pegou o estetoscópio e enfiou-o sob a bainha da túnica do homem. Procurou dissimular sua culpa com algo improdutivo apenas para se manter ocupada. Em vão: nenhum batimento cardíaco. Mas descobriu cicatrizes ao longo das costelas do homem. Abriu suavemente a frente ensopada de sangue da túnica dele e expôs seu tórax.

Ang Gelu olhou para baixo e exalou bruscamente.

Parecia que as paredes não eram o único suporte sobre o qual Lama Khemsar escolhera trabalhar. Um símbolo derradeiro fora gravado no tórax do monge, talhado pelo mesmo punhal, muito provavelmente pela mesma mão. Ao contrário dos estranhos símbolos nas paredes, a cruz torcida não podia ser confundida.

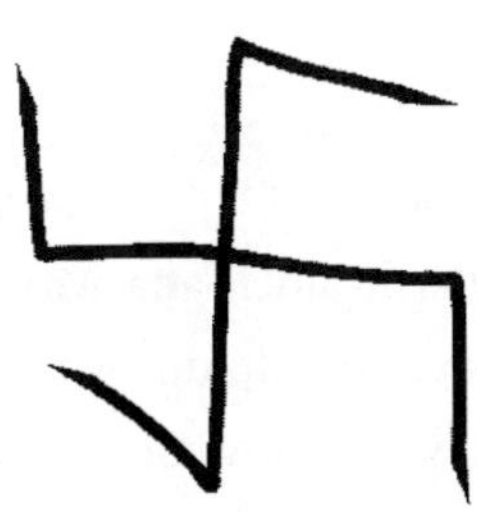

Uma suástica.

Antes que eles pudessem reagir, a primeira explosão sacudiu o edifício.

9:55h

Ele despertou em pânico.

O estrondo de um trovão tirou-o de uma escuridão febril. Não um trovão. Uma explosão. Pó de gesso precipitou-se do teto baixo. Sentou-se, desorientado, lutando para se localizar no tempo e no espaço. O quarto girou um pouco ao seu redor. Ele olhou para baixo, jogando para trás um cobertor de lã sujo. Estava deitado num catre estranho, usando apenas uma tanga de linho. Ergueu um braço, causando um tremor. Sua boca tinha o gosto de pasta morna, e, embora o quarto estivesse abrigado da luz, seus olhos doíam. Um ataque paroxístico de tremores sacudiu-o.

Ele não tinha idéia de onde estava e tampouco *quando*.

Movendo as pernas para fora do catre, tentou levantar-se. Má idéia. O mundo enegreceu de novo. Ele caiu bruscamente e quase entrou num estado de alheamento, mas os disparos de uma arma de fogo fizeram-no concentrar-se. Tiros de uma arma automática. Próximos. A breve rajada passou aos poucos.

Tentou outra vez, com mais determinação. A memória voltou quando ele cambaleou em direção à única porta, chocou-se contra ela, manteve-se em pé com o auxílio dos braços e girou a maçaneta.

Trancada.

9:57h

– Foi o helicóptero – disse Ang Gelu. – Ele foi destruído.

Lisa estava em pé em um dos lados da janela alta. Momentos antes, quando o eco da explosão se desvaneceu, eles haviam soltado os trincos da janela e aberto as venezianas. O soldado pensara ter visto movimento no pátio abaixo e disparou precipitadamente.

Não houve resposta aos tiros.

– Poderia ter sido o piloto? – perguntou Lisa. – Talvez tenha havido um problema com o motor e ele evacuou em pânico.

O soldado mantinha sua posição junto à janela, a coronha do rifle apoiada no parapeito, um olho na alça de mira, rastreando e explorando.

Ang Gelu apontou para a turbulência da fumaça oleosa que se erguia da plantação de batatas. Exatamente onde o helicóptero tinha pousado.

– Não acredito que tenha sido acidente mecânico.

– O que vamos fazer agora? – perguntou Lisa.

Será que outro monge demente havia mandado o helicóptero pelos ares? Em caso afirmativo, quantos outros maníacos estavam soltos no mosteiro? Ela imaginou o homem selvagem brandindo a foice, a automutilação do monge... que diabo estava acontecendo ali?

– Nós temos de sair daqui – disse Ang Gelu.

– E aonde nós vamos?

– Existem pequenas aldeias e uma e outra propriedades rurais a um dia de caminhada. Seja o que for que tenha ocorrido aqui, vai exigir mais de três pessoas para descobrir.

– E os outros que estão aqui? O estado mental de alguns talvez não esteja tão comprometido quanto o do primo do seu cunhado. Não deveríamos tentar ajudá-los?

– Minha principal preocupação deve ser com sua segurança, dra. Cummings. Além disso, as autoridades devem ser informadas.

– Mas se o agente que atacou as pessoas aqui for contagioso? Nós poderíamos disseminá-lo ao viajarmos.

O monge tocou com os dedos a face ferida.

– Com o helicóptero destruído, não dispomos de nenhum meio de comunicação. Se ficarmos aqui, também morreremos... e nenhuma notícia chegará ao mundo exterior.

Ele tinha razão.

– Nós podemos reduzir ao mínimo nossa exposição a outras pessoas até sabermos mais – prosseguiu ele. – Pedir ajuda, mas manter uma distância segura.

– Nenhum contato físico – murmurou ela.

Ele moveu a cabeça, confirmando.

– A informação que temos vale o risco.

Lisa concordou com um lento gesto com a cabeça. Ela olhou fixamente para a coluna de fumaça negra contra o céu azul. Era bem possível que um membro do grupo deles já estivesse morto. Não havia como saber o verdadeiro número de pessoas acometidas ali. A explosão com certeza havia despertado outras. Se eles quisessem escapar, teriam de ser rápidos.

– Vamos – disse ela.

Ang Gelu falou rude com o soldado. Ele reergueu-se, acenou positivamente e abandonou sua posição junto à janela, a arma de prontidão.

Lisa deu uma última olhadela preocupada no cômodo e no monge, considerando a possibilidade de contágio. Será que eles já estavam infectados? Ela percebeu que estava fazendo uma avaliação para si mesma de sua condição enquanto seguia os outros para fora do aposento e escada abaixo. Sua boca estava seca, os músculos de sua mandíbula doíam e seu pulso batia com força em sua garganta. Mas era só o medo, não era? Uma típica reação de luta ou fuga diante da situação, reações autônomas normais. Ela tocou a testa: úmida, mas sem febre. Respirou fundo para se acalmar, para reconhecer a insensatez. Ainda que o agente fosse infeccioso, o período de incubação seria superior a uma hora.

Eles cruzaram o templo principal, com seu Buda de teca e seus deuses secundários. A luz do dia brilhava com uma intensidade excepcional através da entrada.

A escolta armada checou o pátio por um minuto inteiro, depois acenou que o caminho estava livre. Lisa e Ang Gelu seguiram-no.

Quando entrou no pátio, Lisa examinou os cantos escuros à procura de movimento súbito. Tudo parecia quieto outra vez.

Mas não por muito tempo...

Quando ela virou as costas, uma segunda detonação sacudiu o edifício no outro lado do pátio. A força da explosão a fez cair de quatro. Ela jogou-se rapidamente no chão, girando-se sobre um ombro a fim de olhar para trás.

Telhas voavam em direção ao céu em meio a chamas. Duas granadas de mão detonaram através de janelas despedaçadas, enquanto a porta da moradia explodia numa ruína de estilhaços, expelindo mais fumaça e fogo. O calor passou sobre ela como a exalação de um alto-forno.

Alguns passos adiante, o soldado havia caído sentado em conseqüência da explosão. Ele mantivera posse da arma apenas fechando os dedos em sua alça de couro. Rastejava quando uma chuva de telhas quebradas caiu do céu.

Ang Gelu ficou em pé e estendeu uma das mãos para Lisa.

Foi a desgraça dele.

Uma explosão mais abrupta entremeou o barulho de telhas e o rugido das chamas. Um tiro. A parte superior do rosto do monge explodiu numa névoa de sangue.

Mas dessa vez não fora obra da escolta armada dela.

O rifle do soldado ainda estava pendurado pela alça enquanto o homem fugia da chuva de telhas de pedra. Ele parecia não ter ouvido o tiro, porém seus olhos arregalaram-se quando Ang Gelu tombou para a frente. Reagindo por puro reflexo, esquivou-se para a direita e abrigou-se na sombra de uma habitação próxima. Ele gritou para Lisa, ininteligível em seu pânico.

Lisa arrastou-se em direção à entrada do templo. Outro tiro produziu centelhas no pátio de pedra. Junto aos dedos dos pés dela. Ela precipitou-se através da soleira para o interior escuro.

Abaixando-se num canto, observou o soldado avançar furtivamente ao longo da parede, com cuidado para passar longe de onde calculava que o atirador de tocaia pudesse estar empoleirado.

Lisa esqueceu-se de como se respirava, os olhos fixos e arregalados. Examinou com minúcia toda a extensão do teto, as janelas. Quem havia fuzilado Ang Gelu?

Então ela o viu.

Uma sombra correu a toda velocidade através da fumaça que se elevava do edifício no outro lado. Ela captou um reflexo de chamas emitido de um objeto cinza metálico quando o homem correu. Uma arma. O atirador havia saído de sua posição original e rumava para uma nova posição vantajosa.

Lisa voltou para fora, rezando para que as sombras a ocultassem bem. Ela gritou e acenou para o soldado. As costas dele estavam pressionadas contra a parede, e ele deslizava em direção ao local onde ela estava, em direção ao templo principal. Seu olhar e sua arma estavam focados na linha do telhado acima. Ele não vira a fuga do atirador.

Ela tornou a gritar.

– Vamos, saia!

Ela não falava a língua dele, mas seu pânico deve ter sido óbvio. Os olhos dele encontraram os dela. Ela insistiu para que ele viesse para o esconderijo dela. Apontou, tentando ilustrar o caminho pelo qual o atirador havia fugido. Mas aonde ele havia ido? Será que já estava em posição?

– Corra! – gritou ela.

O soldado deu um passo na direção dela. Um brilho súbito sobre o ombro do homem revelou a suposição equivocada de Lisa. O atirador não correra a toda velocidade para conseguir uma nova chance. Chamas dançaram atrás de uma janela no edifício ao lado. Outra bomba.

Oh, Deus...

A detonação surpreendeu o soldado a meio passo. A entrada atrás dele explodiu com mil fragmentos flamejantes, que o trespassaram ao mesmo tempo que a explosão o erguia no ar e o projetava pelo pátio. Ele caiu pesadamente de bruços e deslizou.

Assim que parou, não se mexeu, mesmo quando as chamas incendiaram suas roupas.

Lisa seguiu com astúcia para as profundezas do templo principal, os olhos esquadrinhando a entrada. Afastou-se, em direção à saída dos fundos, voltando para o corredor estreito. Não tinha um plano. Na verdade, mal tinha controle sobre os próprios pensamentos.

Lisa só tinha uma certeza. Quem quer que tivesse assassinado Ang Gelu e o soldado que os escoltava não era um monge enlouquecido. As ações haviam sido calculadas demais, a execução havia sido muito bem planejada.

E agora ela estava sozinha.

Ela checou o corredor estreito e avistou o corpo ensangüentado de Relu Na. O resto do corredor parecia livre. Se conseguisse pegar a foice abandonada do homem morto... ter pelo menos uma arma na mão...

Ela entrou no corredor.

Antes que pudesse dar um segundo passo, uma forma materializou-se atrás dela. Um braço nu apertou com força seu pescoço. Palavras ásperas foram berradas ao seu ouvido.

– Não se mova.

Como não era uma garota obediente, Lisa deu uma cotovelada no estômago de seu agressor.

Um *ufa!* de satisfação e o braço desprendeu-se. O agressor recuou pela cortina de brocado bordado que cobria a entrada, arrastando-a para baixo com seu peso, e caiu sentado.

Lisa girou-se, agachou-se e preparou-se para correr.

O homem usava apenas uma tanga. Sua pele estava profundamente bronzeada, com várias marcas de cicatrizes antigas. Cabelos pretos lisos, desgrenhados, semiocultavam seu rosto. Pelo tamanho, musculatura e ombros largos, ele parecia mais um americano do que um monge tibetano.

Por outro lado, no entanto, poderia ser apenas a impressão causada pela tanga.

Com um gemido, ele ergueu os olhos para ela. Olhos azuis como o gelo refletiam a luz das lamparinas.

– Quem é você? – perguntou ela.

– Painter – respondeu ele com um gemido. – Painter Crowe.

CAPÍTULO 2

A Bíblia de Darwin

16 de maio, 6:05h
Copenhague, Dinamarca

Qual era a relação entre livrarias e gatos?

O comandante Grayson Pierce mastigou ruidosamente outro comprimido de Claritin quando saiu do hotel Nyhavn. A pesquisa do dia anterior entre a comunidade de bibliófilos de Copenhague havia-o conduzido a meia dúzia de livrarias da cidade. Em cada uma delas, grupos de felinos com seus alérgenos pareciam ter fixado residência, descansando nos balcões, espreitando no alto de prateleiras bambas repletas de poeira e de couro desfazendo-se em pó.

Ele agora sofria por isso, refreando um espirro. Ou talvez fosse simplesmente o começo de um resfriado. A primavera em Copenhague era úmida e fria como o inverno na Nova Inglatera. Ele não colocara agasalhos suficientes na bagagem.

Usava um suéter comprado em uma butique de preços abusivos perto do seu hotel. A gola rulê era de lã de merino canelada, não tingida e simples. E coçava. No entanto, protegia da friagem do início da manhã. Embora já fizesse uma hora que o dia raiara, o sol frio num céu cinza-azulado não oferecia esperança de um dia mais quente. Coçando na altura do colarinho, ele seguiu na direção da estação ferroviária central.

Seu hotel estava localizado ao lado de um dos canais da cidade. Casas geminadas pintadas com cores alegres – uma mistura de lojas, albergues e residências – enfileiravam-se em ambos os lados do canal, fazendo Gray lembrar-se de Amsterdã. Ao longo das margens, estava atracado um agrupamento heterogêneo de embarcações, uma imprensada contra a outra: chalupas rasas desbotadas, barcos de excursão brilhantes, escunas de madeira majestosas, iates brancos que cintilavam. Gray passou por um deles e sacudiu a cabeça: parecia um bolo de casamento flutuante. Já tão cedo, alguns visitantes com suas câmeras perambulavam de um lado para outro ou posicionavam-se ao longo dos parapeitos da ponte para tirar fotografias.

Ele cruzou o vão de pedra e seguiu pela margem do canal por meio quarteirão, depois parou e encostou-se no parapeito de tijolos com vista para o canal. Seu reflexo na água calma apareceu abaixo, sobressaltando-o por um momento. Meio encoberto pela sombra, o rosto de seu pai encarava-o: cabelos negros como carvão escorriam sobre olhos azuis, uma cova no queixo, todos os planos de seu rosto eram ângulos agudos, definindo uma inflexível herança galesa. Ele era inequivocamente filho de seu pai. Um fato no qual Gray vinha pensando um pouco demais ultimamente e que o mantinha acordado à noite.

O que mais ele havia herdado do pai?

Um casal de cisnes negros passou deslizando por onde ele estava, agitando as águas, fazendo o reflexo tremular. Os cisnes seguiram para a ponte, seus longos pescoços movendo-se vaidosos, os olhos com um ar indiferente.

Gray seguiu o exemplo deles. Endireitando-se, fingiu interesse em tirar uma foto da fileira de barcos, embora estivesse, na verdade, observando a ponte que acabara de cruzar. Estava atento a quaisquer vagabundos, a qualquer rosto familiar, a alguém suspeito. Aquela era uma das vantagens de residir perto do canal. As pontes eram locais de aglomeração perfeitos para observar qualquer pessoa que o estivesse seguindo. Ao ziguezaguear pelos vãos de pedra, ele obrigaria qualquer um na sua cola a se expor. Ele observou por um minuto, até ficar satisfeito, memorizando rostos e modos de andar, e então seguiu em frente.

Numa missão de menor importância como aquela, o hábito era mais paranóico que o necessário, mas ele trazia no pescoço um lembrete da importância da diligência: um cordão do qual pendia um amuleto com um pequeno dragão de prata. Fora um presente de uma agente que atuava no outro lado do muro. Ele carregava-o como um lembrete. Para ter cautela.

Quando começou a andar de novo, ele sentiu uma vibração familiar em seu bolso. Pegou seu telefone celular e abriu-o. Quem estaria lhe telefonando assim tão cedo?

– Alô – respondeu.

– Gray, ainda bem que o achei.

A suavidade familiar da voz aqueceu-o na friagem da manhã. Um sorriso suavizou suas feições duras.

– Rachel...? – Os passos dele vacilaram de preocupação. – Aconteceu alguma coisa?

Rachel Verona era o motivo principal por que Gray havia solicitado aquela missão, sobrevoando o Atlântico até a Dinamarca. Embora a investigação em curso pudesse ter sido conduzida por qualquer assistente de pesquisa de baixo nível na Sigma, a missão oferecia uma oportunidade perfeita de reencontrar a bela tenente de cabelos pretos dos *Carabinieri.* Os dois haviam se conhecido em Roma no ano anterior enquanto trabalhavam num caso. Desde então haviam inventado todo tipo de pretexto para se encontrarem. No entanto, isso se revelara difícil. O cargo dela mantinha-a presa à Europa, ao passo que o dele na Força Sigma restringia seu tempo longe de Washington, D.C. Fazia quase oito semanas que eles haviam estado juntos pela última vez.

Um tempo longo demais.

Gray imaginou o último encontro deles, numa vila em Veneza, a silhueta de Rachel recortada contra a porta aberta da sacada, a pele dela brilhante à luz do sol poente. Eles haviam passado aquela noite inteira na cama. As lembranças inundaram-no: o gosto de canela e chocolate dos lábios dela, o delicioso perfume de seus cabelos úmidos, o calor de sua respiração no pescoço dele, os gemidos suaves, o ritmo de seus corpos entrelaçados, a carícia da seda...

Ele rezou para que ela se lembrasse de pôr aquele ursinho de pelúcia preto na bagagem.

– Meu vôo atrasou – disse Rachel, interrompendo o devaneio dele com a realidade.

– O quê?

Ele ficou sério junto ao canal, incapaz de dissimular o desapontamento em sua voz.

– Fui transferida para um vôo da KLM. Vou chegar às dez da noite.

Dez da noite. Ele franziu a testa. Aquilo significava ter de cancelar a reserva para o jantar ao pôr do sol no St. Gertruds Kloster, um restaurante à luz de velas instalado na galeria subterrânea do mosteiro medieval. Ele tivera de fazer a reserva com uma semana de antecedência.

– Sinto muito – disse Rachel, enchendo o silêncio dele.

– Não... não se preocupe. Contanto que você chegue aqui. Isso é tudo que importa.

– Eu sei. Sinto tanto a sua falta.

– Eu também.

Gray sacudiu a cabeça por causa de sua resposta esfarrapada. Havia muito mais em seu coração, mas as palavras se recusavam a aflorar. Por que era sempre assim? O primeiro dia de cada encontro exigia a superação de certa formalidade entre eles, de uma timidez embaraçosa. Embora fosse compreensível romantizar que eles simplesmente cairiam fácil e imediatamente nos braços um do outro, a realidade era bem outra. Nas primeiras horas, eram apenas estranhos com um passado comum. É claro que se abraçavam, se beijavam e diziam palavras apropriadas, mas a intimidade mais profunda requeria tempo, horas necessárias para pôr em dia a vida de um e de outro em cada lado do Atlântico. Porém, ainda mais importante, eles tentavam encontrar seu ritmo de novo, aquela cadência calorosa que aos poucos se transformava em algo mais apaixonado.

E cada vez Gray receava que eles não a encontrassem.

– Como está seu pai? – perguntou Rachel, iniciando os primeiros passos da dança.

Ele recebeu bem o desvio da conversa, embora não necessariamente o assunto. Pelo menos tinha boas notícias.

– Ele está muito bem. Seus sintomas estabilizaram-se bastante há pouco tempo. Apenas alguns ataques de confusão. Minha mãe está convencida de que a melhora se deve ao *curry*.

– Ao *curry*? A especiaria?

– Exatamente. Ela leu um artigo que dizia que a curcumina, o pigmento amarelo do *curry*, atua como antioxidante e antiinflamatório. É até mesmo possível que ela ajude a decompor as placas amilóides às quais a doença de Alzheimer é atribuída.

– Isso parece promissor.

– Por isso, agora minha mãe põe *curry* em tudo. Até mesmo nos ovos mexidos que meu pai come de manhã. A casa inteira cheira como um restaurante indiano.

A risada suave de Rachel iluminou a manhã melancólica.

– Pelo menos ela está cozinhando.

O sorriso de Gray alargou-se. Sua mãe, uma professora de biologia estável na Universidade George Washington, jamais fora reconhecida pela habilidade doméstica. Ela estivera ocupada demais com o desenvolvimento de sua carreira, uma necessidade depois do acidente industrial que havia incapacitado o pai de Gray quase vinte anos atrás. Agora a família estava lutando contra um novo problema: os estágios iniciais da doença de Alzheimer de seu pai. Recentemente, a mãe de Gray havia tirado uma curta licença da universidade, a fim de ajudar a cuidar do marido, mas agora falava em voltar às salas de aula. Com tudo indo tão bem, a ocasião revelara-se propícia para Gray sair de Washington naquela curta viagem.

Antes que ele pudesse responder, seu telefone tocou com outra chamada. Ele verificou a origem da ligação. *Droga...*

– Rachel, eu estou recebendo um telefonema do comando central. Tenho de atender. Sinto muito.

– Ah, então eu vou liberar você.

– Espere, Rachel. Qual o número do seu vôo?

– O vôo é KLM 403.

– Memorizei. Vejo você hoje à noite.

– Hoje à noite – repetiu ela e desligou.

Gray atendeu o telefonema.

– Aqui é o Pierce.

– Comandante Pierce.

O sotaque entrecortado do homem que estava telefonando, típico da Nova Inglaterra, identificou-o imediatamente como Logan Gregory, o vice-diretor da Força Sigma, subordinado imediato do diretor Painter Crowe. Como era de costume, Logan não desperdiçou palavras.

– Temos novidades para relatar que podem estar relacionadas com a sua busca em Copenhague. A Interpol informa um súbito aumento no interesse pelo leilão de hoje.

Gray havia cruzado outra ponte. Parou de novo. Dez dias atrás, um banco de dados da Agência de Segurança Nacional (NSA)) havia transmitido informações sobre uma série de negócios no mercado negro, todos relacionados com documentos históricos que haviam pertencido a cientistas da era vitoriana. Alguém estava colecionando manuscritos, transcrições, documentos jurídicos, cartas e diários dessa era, muitos com vestígios de propriedade nebulosos. E, embora normalmente isso fosse de pouco interesse para a Força Sigma, que se concentrava em questões de segurança global, o banco de dados da NSA vinculava várias das vendas a facções no seio de organizações terroristas. E as rotas do dinheiro de tais organizações eram sempre examinadas.

Todavia, aquilo não fazia sentido. Embora sem dúvida esses documentos históricos tivessem se revelado um mercado crescente para investimento especulativo, não se tratava de um dos campos de atividade da maioria das organizações terroristas. Mas, por outro lado, os tempos estavam mudando.

De qualquer modo, a Força Sigma havia sido convocada para investigar os figurões envolvidos. A missão de Gray era obter informações sobre a venda que ocorreria no fim daquela tarde apenas para convidados, o que incluía pesquisar itens de particular interesse, vários dos quais seriam postos em leilão por colecionadores da cidade e lojas da área. Por isso ele passara os últimos dois dias visitando livrarias poeirentas e antiquários nas ruelas de Copenhague. Encontrou o máximo de ajuda em uma loja na Højbro Plads, cujo proprietário era um expatriado da Geórgia. Com a ajuda do ex-advogado, Gray sentia-se preparado. Seu plano naquela manhã fora examinar o local do leilão e instalar algumas microcâmeras próximas a todas as entradas e saídas. No leilão, Gray deveria apenas observar os figurões e fotografar suas faces sempre que possível. Uma missão insignificante; porém, se aumentasse o banco de dados de participantes periféricos da guerra contra o terror, tanto melhor.

– O que está causando sensação? – perguntou Gray.

– Um novo item que será leiloado à parte. Ele chamou a atenção de vários dos figurões sob investigação. Trata-se de uma Bíblia antiga que acabou de ser posta em leilão por uma pessoa física.

– E o que há de tão emocionante nisso?

– De acordo com a descrição do item, a Bíblia pertenceu originalmente a Darwin.

– O senhor está se referindo a *Charles* Darwin, o pai da evolução?

– Exatamente.

Gray bateu de leve o nó de um dedo no parapeito de tijolos. Outro cientista da era vitoriana. Pensava nisso enquanto observava a ponte vizinha.

Seus olhos fixaram-se numa adolescente usando uma jaqueta de malha de lã azul-escuro com o zíper fechado e o capuz puxado para cima. Devia ter 17, 18 anos. De rosto suave, sua pele era da cor de caramelo queimado. Indiana? Paquistanesa? O que ele pôde ver dos cabelos pretos dela revelava que eles eram longos, projetando-se de um lado do capuz numa única trança grossa. Ela trazia uma mochila verde e gasta no ombro esquerdo, como muitos estudantes universitários.

Só que Gray vira a moça antes... cruzando a primeira ponte. À distância de cerca de cinqüenta metros, os olhos dela encontraram os dele por um momento. Ela virou-se rápido demais. Displicente.

Ela estava seguindo-o.

Logan prosseguiu:

– Transferi o endereço do vendedor para o banco de dados do seu telefone. O senhor deve ter bastante tempo para interrogar o proprietário antes do leilão.

Gray deu uma olhada no endereço que aparecia na tela, destacado com precisão num mapa da cidade. A oito quarteirões de distância, perto da Strøget, a principal praça de pedestres, que se estendia pelo centro de Copenhague. Não era longe.

Mas primeiro...

Do canto do olho, ele continuou a monitorar o reflexo da ponte nas águas tranqüilas do canal abaixo. No espelho ondulante, observou a garota curvar os ombros, erguendo mais a mochila, numa frágil tentativa de ocultar suas feições.

Será que ela sabia que seu disfarce havia sido descoberto?

– Comandante Pierce? – disse Logan.

A garota chegou ao fim da ponte, afastou-se a passos largos e desapareceu numa rua transversal. Ele esperou para ver se ela voltava.

– Comandante Pierce, o senhor recebeu esse endereço?

– Sim. Vou investigá-lo.

– Ótimo.

Logan desligou.

Do parapeito do canal, Gray examinou minuciosamente os arredores, prestando atenção ao retorno da garota ou à aparição de cúmplices. Lamentou ter deixado sua Glock 9mm no cofre do hotel. Mas as instruções da casa de leilões advertiam que todos os participantes convidados seriam revistados à entrada, inclusive passariam por um detector de metais. A única arma de Gray era uma faca de plástico carbonizado na bainha de uma de suas botas. Isso era tudo.

Ele esperou.

O tráfego de pedestres fluía em torno dele à medida que a cidade despertava. Atrás dele, um comerciante cadavérico colocava gelo numa grande quantidade de caixotes na beira da rua e tirava apressadamente uma seleção de peixes frescos: solha-de-dover, bacalhau, galeota e o ubíquo arenque.

O cheiro afinal expulsou-o de seu posto junto ao canal. Ele foi embora, prestando atenção extra para ver se estava sendo seguido.

Talvez estivesse paranóico demais, mas, em sua profissão, esse tipo de neurose era saudável. Tocou com os dedos o pingente com o dragão ao redor do pescoço e continuou em direção ao centro da cidade.

Após vários quarteirões, sentiu-se seguro o bastante para sacar um bloco de anotações. Na primeira página, estavam escritos itens de interesse particular, colocados em leilão naquela tarde.

1. Um exemplar do artigo de Gregor Mendel, de 1865, sobre genética.

2. Os livros de Max Planck sobre física: *Thermodynamik*, de 1897, e *Theorie der Wärmestrahlung*, de 1906, ambos autografados pelo autor.

3. O diário do botânico Hugo de Vries, de 1901, sobre as mutações das plantas.

Gray havia anotado todas as informações possíveis sobre esses itens, de sua pesquisa do dia anterior. Acrescentou, então, a peça de interesse mais recente.

4. A Bíblia da família de Charles Darwin.

Fechando o bloco de anotações, ele se perguntou pela centésima vez desde que tomara um avião até ali: *Qual era a relação?*

Talvez fosse um quebra-cabeça que teria sido melhor deixar para alguma outra pessoa na Sigma. Pensou em pedir a Logan que passasse alguns detalhes a seus colegas Monk Kokkalis e Kathryn Bryant. Os dois haviam se revelado peritos em juntar detalhes e construir padrões onde não existia nenhum. Mas, pensando bem, talvez não houvesse *nenhum* padrão ali. Ainda era cedo demais para dizer. Gray precisava reunir um pouco mais de informações secretas e mais alguns fatos, em particular sobre o último item.

Até então, ele deixaria os dois pombinhos em paz.

21:32h, hora padrão do leste
Washington, D.C.

– É mesmo?

Monk pousou a palma de uma das mãos na barriga nua da mulher que ele amava. Ajoelhou-se ao lado da cama usando uma calça de moletom Nike laranja e preta. Sua camisa, úmida após a corrida noturna, estava caída no assoalho de madeira de lei, onde ele a jogara. Suas sobrancelhas, os únicos pêlos na cabeça raspada, estavam erguidas em esperançosa expectativa.

– Sim – confirmou Kat.

Ela tirou suavemente a mão dele e saiu da cama pelo outro lado.

O sorriso de Monk ficou mais largo. Ele não conseguia parar de sorrir.

– Você tem certeza?

Kat dirigiu-se ao banheiro, usando apenas uma calcinha branca e uma camiseta extragrande do Instituto de Tecnologia da Geórgia. Seus cabelos lisos castanho-avermelhados caíam soltos até os ombros.

– Minha menstruação estava cinco dias atrasada – respondeu ela num tom taciturno. – Fiz um teste de gravidez ontem.

Monk levantou-se.

– Ontem? Por que você não me contou?

Kat desapareceu no banheiro, deixando a porta meio fechada.

– Kat?

Ele ouviu a água escorrer no chuveiro. Contornou a cama e foi até a entrada do banheiro. Queria saber mais. Ela lhe deu a notícia surpreendente quando ele voltou da corrida e a encontrou enroscada na cama. Os olhos e o rosto dela estavam inchados. Ela havia chorado. Fora necessário um pouco de persuasão para descobrir o que a estivera perturbando o dia inteiro.

Ele bateu à porta. O barulho foi mais alto e mais insistente do que pretendia. Ele olhou zangado para a mão irritante. A prótese de cinco dedos era de última geração, repleta do que havia de mais moderno na coleção de engenhocas da DARPA.[8] Ele havia recebido a mão artificial após a perda da sua numa missão. Mas plástico e metal não eram carne. As batidas na porta de madeira haviam soado como se ele estivesse tentando arrebentá-la a socos.

– Kat, converse comigo – disse ele, gentilmente.

– Só vou tomar uma ducha rápida.

Apesar das palavras sussurradas, Monk percebeu a tensão na voz dela. Ele deu uma espiada no banheiro. Embora eles viessem se encontrando havia quase um ano, e ele tivesse uma gaveta própria ali no apartamento dela, as boas maneiras impunham limites.

Kat estava sentada no vaso sanitário tampado, com a cabeça apoiada nas mãos.

– Kathryn...

[8] Sigla de Defense Advanced Research Projects Agency (Agência de Projetos de Pesquisa Avançada em Defesa). (N. do T.)

Ela ergueu o olhar, claramente surpresa pela intrusão.

– Monk!

Ela inclinou-se para a porta, a fim de empurrá-la até fechar.

Ele bloqueou-a com o pé.

– Não parecia que você estava *usando* o banheiro.

– Eu estava esperando a água do chuveiro esquentar.

Monk notou o espelho embaçado pelo vapor quando entrou. O recinto cheirava a jasmim, uma fragrância que evocava todos os tipos de excitação dentro dele. Ele aproximou-se e ajoelhou-se de novo diante dela.

Ela recostou-se.

Ele pôs as mãos, a de carne e a sintética, sobre os joelhos dela.

Ainda cabisbaixa, ela não o olhou nos olhos.

Ele afastou os joelhos dela, inclinou-se entre eles, deslizou as mãos pela parte externa de suas coxas acima, envolveu suas nádegas com elas e puxou-a de encontro a si.

– Eu tenho de... – começou ela.

– Você tem de vir aqui.

Ele a ergueu e a pôs em seu colo, sentado de pernas abertas. O rosto dele estava a poucos centímetros do dela.

Ela, afinal, olhou-o nos olhos.

– Eu... eu sinto muito.

Ele inclinou-se para mais perto.

– Pelo quê?

Os lábios deles roçaram uns nos outros.

– Eu deveria ter sido mais cuidadosa.

– Não me lembro de ter-me queixado.

– Mas este tipo de erro...

– Nunca. – Ele beijou-a com força, não com raiva, e sim com decidida certeza, e sussurrou entre os lábios de ambos. – Nunca diga isso.

Ela fundiu-se com ele, os braços entrelaçados atrás do pescoço. Os cabelos dela exalavam cheiro de jasmim.

– O que nós vamos fazer?

– Eu posso não saber tudo, mas *sei* esta resposta.

Ele virou-se para o lado e baixou-a até o tapete de banheiro embaixo dele.

– Oh – disse ela.

7:55h
Copenhague, Dinamarca

Gray estava sentado no café em frente ao pequeno sebo. Ele examinou o edifício no outro lado da rua.

Na vitrine estava estampado SJÆDEN BØGER. LIVROS RAROS. A livraria ocupava o andar térreo de uma casa geminada de dois andares com um teto de telhas vermelhas. Ela parecia idêntica às casas vizinhas, enfileiradas uma após a outra rua abaixo. E, como as outras naquela parte menos próspera da cidade, estava em mau estado de conservação. As janelas superiores estavam vedadas com tábuas. Até mesmo a loja no andar térreo era protegida por um portão deslizante vertical de aço.

Fechada no momento.

Enquanto esperava a loja abrir, Gray olhou para o edifício de um modo mais objetivo, bebericando o chocolate quente ali da Dinamarca, tão espesso que tinha o sabor de uma barra de Hershey derretida. Ele observou além das janelas vedadas com tábuas. Embora o edifício tivesse entrado em decadência, seu charme europeu persistia: águas-furtadas parecidas com olhos de coruja surgiam do sótão, pesadas vigas expostas entrecruzavam-se no andar superior e um íngreme declive da linha do telhado estava sempre pronto a impedir a precipitação de neve durante um longo inverno. Gray até avistou marcas antigas abaixo das janelas onde outrora jardineiras haviam sido aparafusadas.

Ele pensou em maneiras de reformar a casa, trazer de volta sua glória original, reconstruindo-a em sua cabeça, um exercício mental que equilibrava engenharia e estética.

Ele quase pôde sentir o cheiro de pó de serra.

Este último pensamento subitamente azedou o devaneio. Outras lembranças vieram à tona, espontâneas e indesejadas: a marcenaria de seu pai na garagem, onde trabalhava ao lado dele depois da aula. O que em geral começava como um simples projeto de reforma com freqüência terminava em gritos e palavras duras demais para se esquecer. A hostilidade acabara fazendo Gray sair do ensino médio e entrar para as forças armadas. Só ultimamente pai e filho haviam descoberto novas maneiras de se comunicar, encontrado interesses comuns, aceitado as diferenças.

Todavia, Gray foi assaltado por uma observação impensada de sua mãe. Como pai e filho eram mais parecidos do que diferentes! Por que aquilo o incomondava tanto ultimamente? Ele afastou os pensamentos e sacudiu a cabeça.

Com a concentração interrompida, consultou o relógio, ansioso para dar continuidade ao seu dia. Ele já havia examinado minuciosamente o local do leilão e instalado duas câmeras nos pontos de acesso, na frente e nos fundos. Tudo o que tinha a fazer era interrogar o proprietário do sebo sobre a Bíblia e tirar algumas fotos instantâneas dos figurões envolvidos – então ele teria terminado e poderia passar um longo fim de semana com Rachel.

O pensamento do sorriso dela aliviou o nó que se criara entre suas escápulas.

Enfim, uma campainha soou no outro lado da rua. A porta da livraria abriu-se e o portão de segurança começou a subir.

Gray aprumou-se mais na cadeira, surpreso ao ver quem abria a livraria. Cabelos pretos presos numa trança, tez cor de chocolate, grandes olhos amendoados. Era a moça que o havia seguido mais cedo naquela manhã. Ela até usava a mesma jaqueta de malha de lã e a mochila verde e gasta.

Ele pegou um monte de cédulas e as deixou sobre a mesa do café, contente por deixar de lado seus pensamentos e voltar ao trabalho.

Atravessou a rua estreita a passos largos quando a garota terminou de prender o portão. Ela olhou para ele, sem demonstrar surpresa.

– Deixe-me adivinhar, colega – disse ela em inglês nítido, edulcorado pelo sotaque britânico, olhando-o de alto a baixo. – Americano.

Ele franziu o cenho por causa do jeito abrupto dela. Ele ainda não havia dito uma palavra. Mas manteve uma leve curiosidade no rosto, sem dar a entender que já sabia que ela o estivera seguindo mais cedo.

– Como você sabia?

– Pelo seu jeito de andar. Você empina o bumbum. Ele te denuncia.

– É mesmo?

Ela trancou o portão. Ele notou que ela usava vários broches na jaqueta: uma bandeira do Greenpeace com as cores do arco-íris, um símbolo celta de prata, um *ankh*[9] egípcio de ouro e uma variedade colorida de *buttons* com *slogans* em dinamarquês e um em inglês que dizia GO, LEMMINGS, GO. Também usava uma pulseira de borracha branca estampada com a palavra HOPE.

[9] Também conhecido como cruz ansata, era o símbolo da vida na escrita hieroglífica. (N. do T.)

Ela acenou para que ele saísse do seu caminho, mas deu um encontrão nele ao passar, pois ele não se afastou com rapidez suficiente. Ela atravessou a rua de costas.

– A livraria só abre daqui a uma hora. Sinto muito, colega.

Gray estava em pé no alpendre, olhando para a porta da livraria e a garota. Ela seguiu para o café. Passando pela mesa que ele acabara de desocupar, pegou uma das cédulas que Gray deixara e entrou. Ele esperou. Pela janela, observou-a pedir dois cafés grandes e pagar com a cédula furtada.

Ela voltou com uma caneca de isopor em cada mão.

– Ainda aqui? – perguntou ela.

– No momento não tenho nenhum outro lugar para estar.

– Que pena! – A garota acenou com a cabeça para a porta fechada e ergueu ambas as mãos. – E então?

Gray virou-se e abriu a porta para ela.

Ela entrou rapidamente.

– Bertal! – berrou ela, e em seguida olhou de novo para ele. – Você vai entrar ou não?

– Pensei que você tivesse dito...

– Besteira. – Ela revirou os olhos. – Chega de fingimento. Como se você não tivesse me visto mais cedo.

Gray ficou tenso. Então não foi mera coincidência. A garota *estivera* seguindo-o.

Ela gritou para dentro da livraria.

– Bertal! Venha cá!

Confuso e cauteloso, Gray a seguiu para o interior do sebo. Ele permaneceu junto à porta, pronto para agir se necessário.

A livraria era estreita como um beco. Em cada lado, fileiras de estantes iam do chão ao teto, abarrotadas com todos os tipos de livros, tomos, textos e panfletos. Alguns passos à frente, duas vitrines margeavam o corredor central, obviamente trancadas à chave. Dentro delas havia livros encadernados em couro e desfazendo-se em pó e o que parecia serem pergaminhos presos a cilindros brancos sem ácido.

Gray examinou mais a fundo.

Partículas de poeira flutuavam pelo espaço à luz oblíqua da manhã. O ar tinha um quê de antigo e desintegrava-se tanto quanto o estoque de papel da livraria. Era como grande parte da Europa. Velhice e antigüidade faziam parte da vida cotidiana ali.

No entanto, apesar da idade e do estado do edifício, a livraria destacava-se com uma graça acolhedora, dos candelabros de parede de vidro colorido ao punhado de escadas de mão encostadas nas estantes. Havia até duas cadeiras estofadas perto da janela da frente.

E o melhor de tudo...

Gray respirou fundo.

Nenhum gato.

E o motivo logo se tornou compreensível.

Perto de uma das estantes, surgiu uma grande forma peluda, movendo-se pesadamente. Parecia um mestiço de são-bernardo, um animal idoso com olhos castanhos empapuçados. O cão andou com dificuldade e de um jeito taciturno na direção deles, mancando da pata esquerda dianteira. A pata naquele lado era uma protuberância nodosa.

– Aí está você, Bertal. – A garota curvou-se e derramou o conteúdo de uma das canecas de isopor numa tigela de cerâmica no chão. – O beberrão sarnento é inútil antes do seu primeiro café matinal.

A última frase foi dita com afeição óbvia.

O são-bernardo chegou ao lado em que eles estavam e começou a lamber a tigela com avidez.

– Não creio que café seja bom para um cachorro – advertiu Gray.

A garota aprumou-se, jogando a trança sobre o ombro.

– Não se preocupe, é descafeinado. – E continuou livraria adentro.

– O que aconteceu com a pata dele? – perguntou Gray, conversando amigavelmente enquanto se ajustava à situação.

Ele deu um tapinha no cão quando ele passou, recebendo uma pancada do rabo.

– Gangrena produzida pelo frio. *Mutti* o acolheu há muito tempo.

– *Mutti*?

– Minha avó. Ela está à sua espera.

Uma voz gritou dos fundos da livraria.

– *Er det ham der vil købe bøgerne*, Fiona?[10]

– *Ja, Mutti!* O comprador *americano*. Em inglês, por favor.

– *Send ham ind paa mit kontor.*[11]

– *Mutti* vai vê-lo no escritório dela.

[10] Em dinamarquês no original: É ele quem quer comprar livros, Fiona? (N. do T.)

[11] Em dinamarquês no original: Mande-o vir ao meu escritório. (N. do T.)

A garota, Fiona, conduziu-o aos fundos da livraria. O cachorro, que havia terminado seu café matinal, seguiu bem atrás de Gray.

No meio da livraria, eles passaram por um pequeno balcão com a caixa registradora, um computador e uma impressora. Parecia que a idade moderna havia encontrado uma posição segura ali.

– Nós temos uma página própria na Internet – disse Fiona, percebendo a atenção dele.

Eles passaram pela caixa registradora e entraram numa sala nos fundos por uma porta aberta. O espaço ali era mais uma sala de visitas do que um escritório. Havia um sofá, uma mesa baixa e duas cadeiras. Mesmo a escrivaninha no canto parecia estar ali para sustentar a chapa elétrica e um bule de chá, em vez de ter alguma função no escritório. Porém, uma parede estava revestida por uma fila de prateleiras com arquivos pretos. Acima deles, uma janela gradeada deixava entrar a alegre luz da manhã, iluminando a única ocupante do escritório.

Ela ergueu-se e estendeu-lhe a mão.

– Dr. Sawyer – disse ela, usando a falsa identidade assumida por ele para aquela missão. Ela sem dúvida havia examinado algumas informações sobre ele. – Eu sou Grette Neal.

O aperto de mão da mulher era firme. Ela era magérrima, e, embora sua pele fosse pálida, a saúde indômita de seus compatriotas refletia-se através de seus poros. Com um aceno, indicou uma das cadeiras a Gray. Todo o jeito dela era informal, até suas roupas: *jeans* azul-marinho, blusa azul-turquesa e sapatilhas pretas despretensiosas. Seus longos cabelos grisalhos, lisos, acentuavam um ar sério, mas os olhos dela brilhavam com sarcástica diversão.

– O senhor encontrou minha neta. – Grette Neal era fluente em inglês, mas o sotaque dinamarquês era evidente. Ao contrário da neta.

Gray olhou para a pálida anciã e para a garota escura. Não havia nenhuma semelhança familiar, mas ele não tocou nesse assunto. Tinha questões mais importantes para esclarecer.

– Sim, nós nos encontramos – disse Gray. – Na verdade, parece que eu encontrei sua neta *duas vezes* hoje.

– Ah, a curiosidade de Fiona vai acabar metendo-a em encrenca de verdade um dia desses. – A repreensão de Grette foi suavizada por um sorriso. – Ela lhe devolveu sua carteira?

A fisionomia de Gray franziu-se. Ele tocou um de seus bolsos traseiros. Vazio.

Fiona enfiou a mão num bolso lateral de sua mochila e tirou a carteira de couro marrom dele.

Gray a pegou de volta. Lembrou-se da trombada que ela lhe dera quando saiu para comprar o café. Fora mais do que rudeza impaciente.

– Por favor, não se ofenda – tranqüilizou-o Grette. – É o jeito dela de dizer olá.

– Todos os documentos de identificação dele foram checados – disse Fiona com um dar de ombros.

– Então, por favor, devolva o passaporte do rapaz, Fiona.

Gray verificou seu outro bolso. Vazio. Pelo amor de Deus!

Fiona arremessou o livrinho azul com a águia americana na capa.

– Isso é tudo? – perguntou Gray, apalpando o corpo de cima a baixo.

Fiona deu de ombros.

– Mais uma vez, por favor, desculpe a extravagância da minha neta. Às vezes ela se torna excessivamente protetora.

Gray olhou para ambas.

– Vocês poderiam me explicar o que está acontecendo?

– O senhor veio perguntar sobre a *Bibel* de Darwin – disse Grette.

– Sobre a Bíblia – traduziu Fiona.

Grette fez um aceno de cabeça para a neta. O lapso verbal claramente revelava certa ansiedade em relação ao objeto.

– Eu represento um comprador que poderia estar interessado – disse Gray.

– Sim, nós sabemos. E o senhor passou o dia inteiro, ontem, fazendo perguntas a outras pessoas sobre lotes adicionais a serem leiloados no Leilão Ergenschein?

As sobrancelhas dele ergueram-se de surpresa.

– Nós somos uma pequena comunidade de bibliófilos aqui em Copenhague. As informações se difundem rápido entre nós.

Gray franziu o cenho. Ele pensara que tinha sido mais discreto.

– Foi a sua investigação que me ajudou a decidir sobre colocar minha Bíblia de Darwin em leilão. A comunidade inteira está excitada por causa do crescente interesse por tratados científicos da era vitoriana.

– O que faz do leilão uma boa ocasião para vendê-la – disse Fiona um pouco firme demais, como se aquele fosse o final de uma discussão recente. – O aluguel do apartamento está um mês atrasado...

As palavras dela foram interrompidas com um aceno.

– Foi uma decisão difícil. A Bíblia foi comprada pelo meu pai em 1949. Ele a apreciava muito. Há nomes de membros da família de Darwin escritos à mão, remontando a dez gerações que precederam o ilustre Charles. Mas a Bíblia também tem importância histórica. Ela acompanhou o homem em sua viagem ao redor do mundo a bordo do *Beagle*. E eu não sei se o senhor sabia disto ou não, mas Charles Darwin uma vez pensou em entrar para o seminário. Nessa Bíblia única, o senhor encontra a justaposição do homem religioso ao cientista.

Gray fez um aceno de cabeça. Não restava dúvida de que a mulher estava tentando despertar sua curiosidade. Será que tudo aquilo era uma manobra para fazê-lo participar do leilão? Para obter o melhor lance? De uma forma ou de outra, ele poderia usar aquilo em proveito próprio.

– E por que Fiona me seguiu? – perguntou ele.

Grette exibiu um ar de enfado.

– Minhas desculpas mais uma vez pela intrusão. Como eu mencionei antes, ultimamente surgiu um grande interesse pelas memoráveis obras da era vitoriana, e esta é uma comunidade pequena. Todos nós sabemos que algumas transações foram feitas... digamos... se não no mercado *negro*, então, sem dúvida, no cinzento.

– Ouvi alguns boatos a esse respeito – disse ele, fazendo-se de tímido, esperando arrancar mais informações.

– Alguns compradores descumpriram o lance final ou pagaram com recursos obtidos em transações ilícitas, com cheques sem fundos, etc. Fiona estava apenas tentando proteger meus interesses. E às vezes ela vai longe demais, recorrendo a talentos que era melhor ter deixado para trás. – A mulher ergueu uma única sobrancelha para a neta, em repreensão.

De repente, Fiona achou as tábuas do assoalho de particular interesse.

– Há um ano, um cavalheiro passou um mês inteiro vasculhando meus arquivos de procedência, os registros históricos de propriedade. – Ela acenou com a cabeça na direção da parede com os arquivos. – Só que pagou pelo privilégio com um cartão de crédito roubado. Ele mostrou particular interesse pela Bíblia de Darwin.

– E por isso nós não podemos ser cautelosas demais – disse Fiona, com ênfase outra vez.

– A senhora sabe quem era esse cavalheiro? – perguntou Gray.

– Não, mas eu me lembraria dele se voltasse a vê-lo. Um sujeito estranho, pálido.

Fiona ficou agitada.

– Mas uma investigação de fraude conduzida pelo banco seguiu o rastro dele desde a Nigéria até a África do Sul. Foi o mais longe que pôde ser seguido. O filho-da-puta encobriu suas pegadas.

Grette franziu o cenho.

– Modere a língua, mocinha.

– Qual o motivo de uma investigação tão diligente por causa de um calote? – indagou ele.

Fiona achou as tábuas do assoalho fascinantes outra vez.

Grette olhou severamente para a neta.

– Ele tem o direito de saber.

– *Mutti*... – disse Fiona, sacudindo a cabeça.

– De saber o quê?

Fiona olhou para ele e em seguida desviou o olhar.

– Ele vai contar aos outros, e nós vamos obter a metade do preço pela Bíblia.

Gray ergueu uma das mãos.

– Eu posso ser discreto.

Grette o examinou, um dos olhos estreitando-se.

– Mas o senhor pode ser confiável?... Isso é o que eu me pergunto, dr. Sawyer.

Gray sentiu que estava sendo observado atentamente por ambas as mulheres. Seria seu disfarce tão seguro quanto ele esperava? O peso do olhar simultâneo de ambas fez suas costas enrijecerem-se.

Grette afinal falou:

– O senhor deve saber. Pouco depois de o cavalheiro pálido fugir com as informações obtidas aqui, a livraria foi arrombada. Nada foi roubado, mas forçaram e abriram a vitrine na qual normalmente expomos a Bíblia de Darwin. Felizmente para nós, a Bíblia e nossas peças mais valiosas ficam escondidas num cofre embaixo do assoalho à noite. Além disso, a polícia reagiu prontamente ao alarme e os afugentou. O arrombamento permaneceu sem solução, mas nós sabíamos quem estava por trás dele.

– O imbecil hipócrita... – murmurou Fiona.

– Desde aquela noite, nós mantemos a Bíblia no cofre em um banco ali na esquina. Todavia, nossa livraria foi depredada duas vezes neste último ano. O criminoso esquivou-se ao alarme, e a loja foi saqueada em ambas.

– Alguém estava procurando a Bíblia – disse Gray.

– Foi o que supusemos.

Gray começou a entender. Não era apenas o lucro financeiro o fator decisivo na venda da Bíblia, elas também queriam se livrar daquela carga. Alguém queria a Bíblia, e na tentativa de obtê-la poderia apelar para meios mais violentos. E aquela ameaça poderia transferir-se para o novo comprador.

Do canto do olho, Gray examinou Fiona. Todas as suas ações foram cometidas para proteger a avó, para proteger a segurança financeira delas. Mesmo agora ele notava o fogo nos olhos dela. A garota obviamente desejava que a avó tivesse sido mais reticente.

– A Bíblia poderia estar mais segura numa coleção particular nos Estados Unidos – disse Grette. – Esses problemas talvez não ultrapassem o Atlântico.

Gray concordou com um aceno de cabeça, interpretando a estratégia de venda por trás das palavras.

– A senhora chegou a descobrir o que tanto obcecava o estranho para tentar obter a Bíblia? – perguntou ele.

Agora foi a vez de Grette mostrar certa reserva.

– Essa informação só pode tornar a Bíblia mais valiosa para o meu cliente – insistiu Gray.

Os olhos de Grette deslocaram-se rapidamente para ele. De algum modo ela sabia que ele estava mentindo. Ela o examinou de novo, avaliando algo mais do que apenas a verdade das palavras dele, olhando mais fundo.

Naquele momento, Bertal entrou sem firmeza no escritório, farejou, ansioso, alguns bolinhos para o chá ao lado do bule em cima da escrivaninha, depois passou para o lado onde Gray estava e deitou-se no assoalho com um suspiro. Apoiou o focinho na bota de Gray, sentindo-se claramente à vontade com aquele estranho na livraria.

Como se aquilo bastasse, Grette suspirou e fechou os olhos, e toda a aspereza suavizou-se.

– Eu não sei ao certo. Só tenho algumas suposições.

– Vou aceitar o que a senhora puder me oferecer.

– O estranho veio aqui à procura de informação sobre uma biblioteca que foi vendida aos poucos depois da guerra. Na verdade, quatro desses itens vão ser leiloados hoje à tarde. O diário de De Vries, um exemplar dos artigos de Mendel e dois livros do físico Max Planck.

Gray estava bem ciente da mesma lista no seu bloco de anotações. Eram os mesmos itens que haviam despertado atenção especial de entidades suspeitas. Quem os estava comprando e por quê?

– A senhora pode me dizer mais alguma coisa sobre a coleção dessa biblioteca antiga? Existe algum item cuja procedência possa ser reveladora?

Grette levantou-se e dirigiu-se aos seus arquivos.

– Eu tenho o recibo original emitido quando meu pai fez a compra, em 1949. Ele menciona uma aldeia e uma pequena propriedade. Deixe-me ver se consigo encontrá-lo.

Ela avançou para uma área abaixo da janela dos fundos pela qual entrava a luz do sol e abriu uma das gavetas do meio.

– Não posso lhe dar o original, mas ficaria contente em mandar Fiona tirar uma fotocópia para o senhor.

Enquanto a senhora remexia nos arquivos, Bertal ergueu o focinho da bota direita de Gray, deixando um rastro de baba, e rosnou baixo.

Mas o rosnado não era para Gray.

– Aqui está.

Grette virou-se e estendeu uma folha de papel amarelado pelo tempo numa capa de plástico protetora.

Gray ignorou o braço estendido da mulher e concentrou-se nos pés dela. Uma sombra ligeira deslocou-se pelo feixe da luz do sol onde Grette estava em pé.

– Abaixe-se!

Ele pulou em direção ao sofá, tentando alcançar a senhora.

Atrás dele, Bertal latiu forte, quase abafando o ruído de vidro estilhaçando-se.

Ainda tentando alcançá-la, Gray chegou atrasado. Tudo o que ele pôde fazer foi segurar o corpo de Grette Neal quando o rosto dela se dissolveu numa profusão de sangue e osso, atingido por trás por um disparo feito pelo atirador de tocaia no lado de fora da janela.

Gray aparou o corpo dela e foi em direção ao sofá.

Fiona gritou.

Através da janela dos fundos, dois estalos nítidos soaram junto com o estilhaçar do vidro. Duas caixinhas pretas de metal voaram para dentro do escritório, atingiram a parede oposta e caíram com um estrondo, quicando.

Gray saltou do sofá, protegendo Fiona com os ombros. Com força, empurrou-a para fora do escritório e para trás da quina da parede.

O cachorro arrastou-se com dificuldade atrás deles.

Gray praticamente carregava Fiona atrás de uma estante protetora quando detonações simultâneas destruíram o escritório, fazendo a parede voar pelos ares numa explosão flamejante de gesso e madeira lascada.

A estante tombou, indo de encontro à estante próxima a ela e inclinando-se sem nenhuma estabilidade. Gray protegeu Fiona sob seu corpo.

Acima, textos entraram em chamas e cinzas flamejantes começaram a cair.

Gray avistou o velho cão. Ele havia se movido devagar demais, mancando por causa da pata aleijada. A concussão havia projetado o pobre animal contra a parede. Ele não se mexia. Seu pêlo ardia em chamas.

Gray evitou que Fiona visse aquilo.

– Nós temos de sair daqui.

Ele puxou a garota, em estado de choque, debaixo da estante inclinada. Chamas e fumaça já tomavam conta da parte de trás da livraria. Acima, *sprinklers* começaram a lançar borrifos mornos. Poucos demais, tarde demais. Inútil com tanto material de fácil combustão tão perto.

– Vamos sair pela frente! – ele insistiu.

Ele avançou aos tropeções com ela.

Lento demais.

Diante deles, o portão de segurança externo caiu com um estrondo, impedindo a passagem pela porta e pela janela da frente. Gray notou sombras passarem em cada lado do portão gradeado. Mais atiradores.

Ele olhou para trás. Uma turbulenta barreira de chamas e fumaça enchia os fundos da livraria.

Eles estavam encurralados.

23:57h
Washington, D.C.

Monk cochilava naquele lugar feliz entre o êxtase e o sono. Ele e Kat haviam passado do piso do banheiro para a cama quando a paixão se dissolveu em sussurros suaves e em toques mais suaves ainda. Os lençóis e edredons ainda estavam emaranhados em torno de suas formas nuas; nenhum deles estava disposto a se desligar do outro, nem fisicamente nem de nenhum outro modo.

O dedo de Monk acompanhou a curva do seio de Kat, preguiçosamente, mais para tranqüilizar do que para excitá-la sexualmente. O arco macio do pé dela acariciou com delicadeza a panturrilha dele.

Perfeição.

Nada poderia arruinar aquele...

Um som agudo irrompeu no quarto, deixando ambos tensos.

Vinha do lado da cama, onde Monk jogara sua calça de moletom... ou melhor, onde ela fora arrancada dele. O *pager* ainda estava preso ao cós de elástico. Ele sabia que havia colocado o aparelho para vibrar quando voltou de sua corrida noturna. Apenas um tipo de chamada era feito naquele modo.

Emergência.

No outro lado da cama, na mesa-de-cabeceira, um segundo *pager* começou a emitir um toque semelhante.

O de Kat.

Ambos ergueram-se na cama, os olhos encontrando-se com preocupação.

– Comando central – disse Kat.

Monk estendeu a mão para baixo e pegou seu *pager*, arrastando sua calça de moletom junto com o aparelho. Ele confirmou as palavras dela.

Ele apoiou os pés no chão e estendeu a mão para o telefone. Kat sentou-se ao lado dele e puxou os lençóis para cobrir os seios nus, como se fosse necessário algum tipo de decoro para telefonar para o comando central. Ele discou o número da linha direta da Força Sigma e atenderam imediatamente.

– Capitã Bryant? – respondeu Logan Gregory.

– Não, senhor. É o Monk Kokkalis. Mas a Kat... a capitã Bryant está aqui comigo.

– Preciso de vocês dois de volta ao comando imediatamente.

Logan o pôs a par de tudo de maneira concisa.

Monk ouviu, fazendo acenos de cabeça.

– Sairemos agora – ele encerrou a conversa e desligou.

Kat olhou, fixa, para ele, a expressão aflita.

– O que está acontecendo?

– Problemas.

– Com o Gray?

– Não, tenho certeza de que ele está bem. – Monk vestiu sua calça de moletom. – É provável que ele esteja se divertindo a valer com Rachel.

– Então...?

– É o diretor Crowe. Aconteceu algo no Nepal. Os detalhes são vagos. Alguma coisa relacionada com uma praga.

– O diretor Crowe deu notícias?

– Esse é o problema. Há três dias ele deu notícias pela última vez, mas uma tempestade havia interrompido a comunicação. Por isso o pessoal não se preocupou muito. A tempestade, no entanto, cessou hoje, e ele ainda não entrou em contato com a Sigma. E agora há rumores de uma praga, de mortes e de uma rebelião por lá. Possivelmente um ataque de rebeldes.

Os olhos de Kat arregalaram-se.

– Logan está chamando todos de volta ao comando.

Kat deslizou para fora da cama e estendeu a mão para suas roupas.

– O que poderia estar acontecendo lá?

– Boa coisa não é, pode ter certeza disso.

9:22h
Copenhague, Dinamarca

– Tem saída lá em cima? – perguntou Gray.

Fiona olhou fixamente para o portão fechado, girou sem sair do lugar, os olhos arregalados e sem piscar. Gray percebeu os sinais de choque na garota.

– Fiona... – Gray deu a volta, inclinou-se e aproximou seu rosto do dela, preenchendo todo o campo de visão da garota. – Fiona, nós temos de escapar do incêndio.

Atrás dela, a tempestade de fogo espalhava-se rapidamente, alimentada pelas pilhas de livros secos e pelas prateleiras de pinho quebradas. As chamas haviam aumentado e alcançado o teto. A fumaça agitava-se e rolava ao longo dele. Os *sprinklers* continuavam a lançar borrifos tépidos no incêndio generalizado, adicionando vapor à nuvem tóxica.

O calor aumentava a cada respiração. Silenciosa, quando Gray segurou nas mãos de Fiona, ela estremeceu, seu corpo inteiro tremeu. Mas pelo menos o toque dele fez, afinal, os olhos dela fixarem-se nele.

– Tem uma saída lá em cima? Para outro andar?

Fiona ergueu o olhar. Uma cortina de fumaça obscurecia as folhas-de-flandres do teto.

– Alguns aposentos antigos. Um sótão...

– Sim. Perfeito. Podemos chegar lá em cima?

A princípio, ela sacudiu a cabeça devagar, em seguida com mais firmeza, despertando para o perigo.

– Não, a única escada fica... – ela acenou fracamente na direção do incêndio – nos fundos do edifício.

– No lado de fora.

Ela acenou afirmativamente com a cabeça. As cinzas turbilhonavam num redemoinho flamejante em torno deles à medida que a barreira de fogo avançava.

Gray praguejou em silêncio. Deve ter havido outrora uma escada interna, antes que o edifício fosse dividido numa loja e em aposentos superiores. Mas essa escada já não existia. Ele teria de improvisar uma.

– Você tem um machado? – perguntou ele.

Fiona sacudiu a cabeça.

– Um pé-de-cabra? Alguma coisa para abrir engradados ou caixas?

Fiona enrijeceu e acenou com a cabeça.

– Do lado da caixa registradora.

– Fique aqui.

Gray andou com cautela ao longo da parede esquerda, que oferecia o caminho mais livre de volta ao balcão no centro da loja. Na verdade, o fogo ainda não a havia atingido.

Fiona o seguiu.

– Eu disse para você ficar lá atrás.

– Eu sei onde o maldito pé-de-cabra está – respondeu ela bruscamente.

Gray reconheceu o terror por trás da raiva dela, mas era um avanço em comparação ao choque paralisante de alguns minutos antes. Além disso, ele competia contra a própria fúria. Contra si mesmo. Era bastante ruim que a garota o houvesse seguido mais cedo, mas agora ele havia permitido a si mesmo ser encurralado por assassinos desconhecidos. Ele estivera distraído demais, pensando em Rachel, desdenhoso demais daquela missão e seus parâmetros, e agora não era apenas sua vida que estava em risco.

Fiona passou à frente dele, os olhos vermelhos e tossindo por causa da fumaça.

– Está aqui.

Inclinou-se sobre a escrivaninha, estendeu a mão atrás dela e tirou uma longa barra de aço verde.

– Vamos.

Ele voltou na frente, em direção às chamas que avançavam. Tirou o suéter de lã e o trocou pelo pé-de-cabra.

– Molhe o suéter completamente. Ensope-o bem naquele *sprinkler*. – Ele apontou com o pé-de-cabra. – E a si mesma também.

– O que você vai...?

– Tentar construir nossa própria escada.

Gray subiu com dificuldade uma das escadas de mão encostadas nas estantes. A fumaça agitava-se acima de seu rosto erguido. O próprio ar queimava. Cutucou com o pé-de-cabra uma das folhas-de-flandres do teto. Ela foi facilmente deslocada e empurrada para o lado. Conforme ele havia esperado, o telhado da livraria era em declive e em cantiléver.* Ele ocultava o piso de caibros e tábuas do andar de cima.

Ele subiu até o alto da escada, escalou as últimas prateleiras da estante e posicionou-se em cima dela. Usando aquela posição vantajosa, calcou com força entre duas tábuas o pé-de-cabra, que penetrou profundamente. Apoiou o pé-de-cabra no ombro e o usou como uma alavanca. A barra de aço rachou a madeira antiga. No entanto, mal conseguiu fazer uma abertura do tamanho de um buraco de rato.

Os olhos lacrimejavam e ardiam. Gray inclinou-se. Uma tosse torturante sacudiu-o. Nada bom. Seria uma competição entre o pé-de-cabra e a fumaça. Ele voltou o olhar para o incêndio, que se tornara mais ameaçador. A fumaça expelida era cada vez mais espessa.

Ele jamais se sairia bem naquele ritmo.

Um movimento atraiu sua atenção de novo para baixo. Fiona havia subido a escada. Ela encontrara um lenço, ensopara-o e amarrara-o ao redor da parte inferior do rosto, como um bandido, um disfarce adequado no seu caso.

Ergueu o encharcado suéter de lã dele. Ela também estava bastante molhada, e parecia ter encolhido de tamanho como um cachorrinho molhado. Gray percebeu

* Apoiado em um só ponto. (N. do E).

que a garota tinha menos que os 17 anos que ele supusera mais cedo. Ela devia ter 15, no máximo. Os olhos dela estavam vermelhos de pânico, mas também brilhavam com esperança, depositando um pouco de fé cega nele.

Gray detestava quando as pessoas faziam aquilo... porque sempre funcionava.

Amarrou as mangas do suéter em torno do pescoço e deixou o resto cair sobre as costas. Puxou uma aba de lã encharcada para cobrir a boca e o nariz, oferecendo certo isolamento do ar repleto de cinzas.

Com a água encharcando as costas de sua camisa, Gray voltou a ajoelhar-se, pronto para atacar as tábuas resistentes. Sentiu a presença de Fiona abaixo. E a responsabilidade.

Ele examinou o espaço entre o teto em declive e os caibros, à procura de qualquer outro meio de fuga. Em toda a parte, canos e fios ziguezagueavam sem qualquer padrão, sem dúvida acrescentados aos poucos depois da divisão da casa de dois andares numa loja embaixo e num apartamento em cima. As reformas mais recentes pareciam de qualidade inferior, a diferença entre a perícia profissional européia e a construção moderna desleixada.

Enquanto examinava, Gray avistou uma interrupção na seqüência uniforme das tábuas e caibros. Uma área quadrada, de um metro cada lado, emoldurada por um suporte mais grosso. Ele a reconheceu de imediato. Estivera certo antes. O suporte marcava a abertura por onde uma escada interna, demolida havia muito tempo, levava ao andar acima.

Mas com que grau de segurança ela fora lacrada?

Só havia um modo de descobrir.

Gray ergueu-se na ponta dos pés, ficou em pé em cima da estante e percorreu-a como se fosse uma trave de ginástica, na direção da abertura emoldurada. Ela ficava a apenas alguns metros de distância, mas conduzia mais para o interior da loja, em direção ao incêndio.

– Aonde você vai? – indagou Fiona do alto da escada.

Gray não tinha fôlego para explicar. A fumaça sufocava mais a cada passo. O calor aumentou até a intensidade de uma fornalha. Ele afinal alcançou a parte da estante embaixo do poço da escada lacrado.

Ao olhar para baixo, Gray viu que as prateleiras inferiores da estante já estavam ardendo lentamente. Ele havia chegado ao ponto mais crítico da tempestade de fogo.

Não tinha tempo a perder.

Escorando-se, empurrou o pé-de-cabra com força para cima.

A ponta penetrou facilmente através das tábuas mais finas, que não passavam de chapas de fibra e telhas de vinil. Um serviço de qualidade inferior, como ele havia esperado. Graças a Deus pela falta da moderna ética profissional.

Gray empurrava com força o pé-de-cabra, girando-o como a uma manivela enquanto o ar queimava e o calor produzia bolhas. Em pouco tempo, havia feito um buraco largo o suficiente para que eles pudessem passar.

Gray atirou o pé-de-cabra através do buraco, e a ferramenta caiu com estrépito acima.

Ele acenou para que Fiona viesse para onde ele estava.

– Você pode subir no alto da estante e...?

– Eu vi como você chegou aí – ela respondeu e subiu no alto da estante.

Um estalo abaixo chamou a atenção de Gray. A estante estremeceu sob ele.

Oh-oh...

Seu peso e as prateleiras inferiores em chamas estavam enfraquecendo rapidamente seu precário ponto de apoio. Ele alcançou o buraco e impulsionou o corpo um pouco para cima, livrando a prateleira de seu peso.

– Depressa – ele apressou a garota.

Com os braços estendidos para manter o equilíbrio, Fiona avançou aos poucos pelo topo da estante. Quase um metro de distância.

– Depressa – repetiu.

– Eu ouvi quando você falou da primeira vez...

Com um estrondo ressonante, a parte da estante embaixo de Gray desabou. Ele segurou com mais força as bordas do buraco quando a estante tombou, espatifando-se no fogo. Uma nova onda de calor, cinzas e chamas precipitou-se para o alto.

Fiona gritou quando a área da estante onde ela estava estremeceu, mas se agüentou firme.

Suspenso pelos braços, Gray gritou para ela.

– Jogue-se sobre mim. Segure ao redor dos meus ombros.

Fiona não precisou de mais encorajamento quando a estante oscilou. Ela pulou e chocou-se com força contra ele, os braços fechando-se em torno do pescoço dele, as pernas em volta da cintura, quase o derrubando. Ele girou sem sair do lugar.

– Você pode usar meu corpo para subir pelo buraco? – perguntou ele com esforço.

– Eu... eu acho que sim.

Ela ficou agarrada a ele por mais algum tempo, sem se mover.

As bordas ásperas do buraco feriam os dedos dele.

– Fiona...

Ela tremeu de encontro a ele, depois foi girando com dificuldade até chegar às costas dele. Uma vez em movimento, subiu rapidamente, apoiando o dedão do pé no cinto dele e, em seguida, tomando impulso no ombro. Ela passou pelo buraco com toda a agilidade de um macaco-aranha.

Abaixo, uma fogueira de livros e prateleiras alastrava-se.

Gray ergueu-se com prazer depois dela, movendo-se cuidadosamente através do buraco e desabando no chão. Ele estava no centro de um corredor. Cômodos espalhavam-se em ambas as direções.

– O fogo chegou aqui em cima também – sussurrou Fiona, como se estivesse com medo de atrair a atenção das chamas.

Ao ficar em pé, Gray viu o brilho tremeluzente vindo dos fundos do apartamento. A fumaça obstruía aqueles aposentos, ainda mais espessa do que embaixo.

– Vamos – disse ele.

Ainda era uma corrida.

Gray avançou às pressas pelo corredor, afastando-se do fogo. Chegou a uma das janelas vedadas com tábuas no segundo andar. Deu uma olhadela entre duas ripas. Sirenes podiam ser ouvidas a distância. Pessoas aglomeravam-se na rua: espectadores e curiosos embasbacados. E, decerto, um ou dois pistoleiros escondidos no meio deles.

Gray e a garota ficariam expostos se tentassem sair pela janela.

Fiona também observou a multidão.

– Eles não vão nos deixar sair, não é mesmo?

– Então vamos sair por conta própria.

Gray recuou e esquadrinhou o ambiente. Lembrou-se da água-furtada do sótão, que vira mais cedo da rua. Eles precisavam chegar ao telhado.

Fiona entendeu a intenção dele.

– Tem uma escada retrátil no próximo aposento. – Ela seguiu na frente. – Eu às vezes vinha ler aqui em cima quando *Mutti*... – A voz dela falhou, e suas palavras sumiram.

Gray sabia que a garota seria assombrada pela morte da avó por muito tempo. Ele pôs o braço em torno do ombro dela, mas ela sacudiu-o com raiva e afastou-se.

– Por aqui – disse ela, e entrou no que outrora devia ter sido uma sala de estar. Nela, agora, havia apenas alguns engradados e um sofá desbotado e rasgado.

Fiona apontou para uma corda esfiapada que pendia do teto, presa a um alçapão.

Gray puxou-a com força, e uma escada retrátil de madeira deslizou até o chão. Ele subiu primeiro, seguido por Fiona.

O sótão estava inacabado: apenas material de isolamento, caibros e excrementos de ratos. A única luz vinha de duas águas-furtadas. Uma dava para a rua da frente e a outra para os fundos. Uma fumaça fina enchia o espaço, mas até então nada de chamas.

Gray decidiu tentar a água-furtada dos fundos. Ela estava voltada para o oeste, deixando o telhado com sombras àquela hora do dia. Além disso, aquele lado da casa geminada estava em chamas. Seus agressores talvez prestassem menos atenção na área.

Gray saltava de um caibro para outro. Ele podia sentir o calor vindo de baixo. Parte do material já ardia sem chamas, a fibra de vidro derretia-se.

Chegando à água-furtada, ele olhou para baixo, a fim de verificar se estava tudo bem. A inclinação do telhado era tal que ele não podia ver o pátio atrás da livraria. E, se ele não podia vê-lo, eles também não podiam vê-lo. Além do mais, a fumaça saía em grande quantidade das janelas quebradas abaixo, proporcionando proteção extra.

Pela primeira vez, o incêndio estava sendo vantajoso para eles.

Todavia, Gray ficou bem afastado para o lado quando soltou o trinco da janela e a abriu. Esperou. Nenhum tiro. Agora, sirenes podiam ser ouvidas reunidas na rua lá fora.

– Deixe-me ir primeiro – sussurrou ele no ouvido de Fiona. – Se o caminho estiver livre...

Um rugido baixo irrompeu atrás deles.

Ambos viraram-se. Uma língua de fogo projetou-se do centro do material isolante em chamas, lambendo alto, estalando e fumegando. Eles não tinham mais tempo.

– Siga-me – disse Gray.

Ele empurrou a janela, permanecendo abaixado. Estava maravilhosamente fresco do lado de fora do telhado, o ar era revigorante depois do perpétuo abafamento.

Animado por ter escapado, Gray examinou as telhas do teto. O declive era íngreme, mas suas botas tinham boa aderência. Com cuidado, era possível andar. Ele afastou-se do abrigo da água-furtada e dirigiu-se à linha do telhado ao norte. Adiante, o espaço entre as casas geminadas era inferior a um metro. Eles seriam capazes de saltá-lo.

Satisfeito, voltou para junto da janela.

– Tudo bem, Fiona... tome cuidado.

A garota pôs a cabeça para fora, olhou ao redor e em seguida arrastou-se de mansinho para o telhado. Permaneceu agachada, as mãos apoiadas no chão.

Gray esperou por ela.

– Você está indo muito bem.

Ela olhou para ele. Distraída, não viu uma telha rachada. Um dedo do seu pé penetrou na rachadura. A telha quebrou-se, fazendo-a perder o equilíbrio. Ela caiu pesadamente de barriga – e começou a deslizar.

Seus dedos das mãos e dos pés tentaram encontrar, em vão, um ponto de apoio.

Gray precipitou-se na direção dela, mas seus dedos encontraram apenas o vazio do ar.

A velocidade dela aumentava à medida que ela deslizava sobre as telhas. Mais telhas quebraram-se na frenética tentativa da garota de deter sua queda. Cacos de cerâmica trepidavam e quicavam à sua frente, transformando-se numa avalanche de telhas.

Gray permaneceu de bruços, obliquamente. Não havia nada que ele pudesse fazer para ajudar.

– A calha! – ele gritou atrás dela, deixando de lado a cautela. – Segure-se na calha!

Ela parecia surda às palavras dele, os dedos das mãos arranhando e os dos pés arrancando mais telhas. Ela virou de lado e começou a rolar. E deixou escapar um grito nervoso.

As primeiras telhas quebradas despencaram do telhado. Gray as ouviu espatifarem-se no pátio de pedra abaixo com estalidos de bombinhas.

Então foi a vez de Fiona, que caiu sobre a beira do telhado, os braços agitando-se.

E desapareceu.

CAPÍTULO 3

Ukufa

10:20h
Reserva de caça Hluhluwe-umfolozi
Zululândia, África do Sul

A 9.600 quilômetros e um mundo de distância de Copenhague, um jipe conversível percorria a vastidão sem estradas da África do Sul.

O calor já sufocante murchava a savana e criava miragens tremeluzentes. Pelo espelho retrovisor, as campinas crestavam brilhantemente sob o sol, interrompidas por moitas espinhentas e grupos solitários de salgueiros-vermelhos. Logo adiante erguia-se um outeiro baixo, densamente juncado de acácias nodosas e árvores... esqueléticas.

– É este o lugar, doutora? – perguntou Khamisi Taylor, girando o volante e fazendo o jipe atravessar aos solavancos o leito seco de um riacho, enquanto a poeira subia como o rabo de um galo. Ele olhou para a mulher ao seu lado.

A dra. Marcia Fairfield estava meio em pé no banco do carona, a mão apertando o canto do pára-brisa a fim de obter equilíbrio. Ela apontou com o braço.

– Dobre para o oeste, onde tem um buraco fundo.

Khamisi reduziu a velocidade e seguiu para a direita. Como o atual guarda-caça de serviço na Reserva de Caça Hluhluwe-umfolozi, ele tinha de seguir o protocolo. A caça ilícita era um crime grave, mas também uma realidade, sobretudo nas áreas mais solitárias do parque.

Mesmo o próprio povo, os membros da tribo zulu, às vezes seguiam os métodos e práticas tradicionais. Era necessário multar até mesmo alguns dos velhos amigos de seu avô. Os anciãos haviam lhe dado um apelido, uma palavra em zulu que significava "Garoto Gordo". Ela era pronunciada com pouco menosprezo aparente, porém Khamisi sabia que ainda havia certa aversão velada. Eles tinham menos consideração por ele como homem por aceitar o emprego de um homem branco, engordando à custa de outras pessoas. Ele ainda era um pouco estranho ali. Seu pai o levara para a Austrália quando ele estava com 12 anos, após a morte de sua mãe. Ele passara uma boa parte da vida nas imediações da cidade de Darwin, na costa norte da Austrália, e até estudara dois anos na universidade, em Queensland. Agora, aos 28 anos, estava de volta, tendo assegurado um emprego como guarda-caça – em parte devido à sua educação, em parte devido aos seus vínculos com as tribos dali.

Engordando à custa dos outros.

– Você pode ir mais rápido? – apressou-o sua passageira.

A dra. Marcia Fairfield era uma bióloga grisalha egressa de Cambridge, bem respeitada, que integrara o projeto original da Operação Rinoceronte, e com freqüência era chamada de Jane Goodall dos rinocerontes. Khamisi gostava de trabalhar com ela. Talvez fosse apenas a falta de pretensão dela, que ia da jaqueta de safári cáqui desbotada aos cabelos grisalhos presos para trás num rabo-de-cavalo simples.

Ou talvez fosse a paixão dela. Como agora.

– Se a fêmea morreu de parto, o filhote talvez ainda esteja vivo. Mas por quanto tempo? – Ela deu um soco no canto do pára brisa. – Não podemos perder ambos.

Como guarda-caça, Khamisi compreendia. Desde 1970, a população de rinocerontes negros havia diminuído 96 por cento na África. A reserva Hluhluwe-umfolozi procurava corrigir isso, como fizera com a população de rinocerontes brancos. Esse era o principal esforço de preservação do parque.

Cada rinoceronte negro era importante.

– O único motivo por que a encontramos foi o chip de rastreamento implantado – prosseguiu a dra. Fairfield. – Nós a avistamos do helicóptero. Mas, se ela deu à luz, não teremos como rastrear o filhote.

– Será que ele não vai ficar junto da mãe? – perguntou Khamisi.

Ele próprio havia testemunhado situação semelhante. Dois anos atrás, dois filhotes de leão foram encontrados encolhidos contra a barriga fria de sua mãe, morta por um caçador ilegal que caçava por esporte.

– Você conhece o destino dos órfãos. Predadores são atraídos pela carcaça. Se o filhote ainda estiver por perto, ensangüentado devido ao parto...

Khamisi fez um aceno de cabeça. Ele acelerou e fez o jipe subir aos solavancos o declive rochoso. A traseira do veículo derrapou em algum cascalho solto, mas Khamisi seguiu em frente.

Quando eles transpuseram a colina, o terreno à frente separou-se em ravinas profundas, cortadas por riachos com um fio d'água. Ali a vegetação tornava-se mais densa: sicômoros, mogno-de-natal e árvores-de-nyala. Era uma das poucas áreas "úmidas" do parque, também uma das mais remotas, bem distante das costumeiras trilhas de caça e das estradas turísticas. Só quem possuía autorização podia percorrer aquela área, sob severas restrições: apenas durante a luz do dia, sem pernoitar. O território estendia-se por todo o limite ocidental do parque.

Khamisi examinava o horizonte enquanto o jipe avançava devagar pelo outro lado da encosta. A pouco mais de um quilômetro e meio de distância, um trecho de cerca de caça invadia o terreno. A cerca preta de três metros de altura separava o parque de uma reserva privada vizinha. Essas reservas com freqüência partilhavam um dos limites de um parque, oferecendo a viajantes abastados uma experiência mais próxima.

Mas aquela não era uma reserva privada comum.

O Parque Hluhluwe-umfolozi fora fundado em 1895, o santuário mais antigo em toda a África. Assim, a reserva particular vizinha também era a mais antiga. Aquela grande extensão de terra já pertencia a uma família antes mesmo da fundação do parque, e seus proprietários eram uma dinastia da África do Sul ainda existente, o clã Waalenberg, uma das famílias bôeres originais, cujas gerações remontavam ao século XVII. Aquela reserva particular tinha um quarto do tamanho do parque em si. Dizia-se que em sua área a vida selvagem era abundante. E não eram apenas as cinco grandes espécies – o elefante, o rinoceronte, o leopardo, o leão e o búfalo-africano –, mas também predadores e presas de todas as espécies: crocodilos-do-nilo, hipopótamos, guepardos, hienas, gnus, chacais, girafas, zebras, cobos-de-meia-lua, cudos, impalas, cervicabras, javalis-africanos, babuínos. Dizia-se que, sem que se soubesse, na reserva Waalenberg havia vários dos raros ocapis, muito antes de esses parentes da girafa terem sido descobertos em 1901.

Mas sempre houve boatos e histórias associados à reserva Waalenberg. O único acesso ao parque era por meio de helicóptero ou de um avião pequeno. As estradas que outrora conduziam a ele haviam sido tomadas pelo mato havia muito tempo. Os únicos visitantes, ocasionais, eram importantes dignitários de todo o mundo. Dizia-se que Teddy Roosevelt uma vez caçou na reserva e até moldou o sistema de parques nacionais dos Estados Unidos de acordo com a reserva Waalenberg.

Khamisi daria tudo para passar um dia lá.

Mas aquela honra era restrita apenas ao guarda-caça-chefe do Hluhluwe. Uma volta pela propriedade Waalenberg era um dos privilégios quando se adquiria aquele cargo, e mesmo assim isso exigia uma declaração escrita e juramentada de sigilo. Khamisi esperava um dia atingir aquele objetivo elevado.

Porém, acalentava pouca esperança.

Não com sua pele negra.

Sua herança e educação zulus podiam tê-lo ajudado a obter aquele emprego, mas mesmo depois do *apartheid* havia limites. Os costumes custam a desaparecer – tanto para os homens negros quanto para os brancos. No entanto, seu cargo era um avanço. Um dos tristes legados do *apartheid* era o fato de uma geração inteira de crianças de inúmeras tribos ter sido criada com pouca ou nenhuma educação, sofrendo durante os anos de sanções, segregação e inquietação. Uma geração perdida. Por isso ele fez tudo o que podia fazer: abriu as portas possíveis e as manteve abertas para os que viessem depois.

Ele representaria o papel do Garoto Gordo, se fosse preciso.

Enquanto isso...

– Lá! – gritou a dra. Fairfield, assustando Khamisi e trazendo-o de volta à tortuosa trilha não sinalizada. – Dobre à esquerda perto daquele baobá no pé da colina.

Khamisi avistou a árvore gigante pré-histórica. Grandes flores brancas pendiam tristemente das extremidades de seus galhos. À esquerda, o terreno diminuía gradualmente, descendo numa depressão em forma de tigela. Khamisi notou o brilho de um minúsculo poço próximo ao fundo.

Uma cacimba.

Aquelas fontes espalhavam-se por todo o parque, algumas naturais, algumas artificiais. Elas eram os melhores lugares para um vislumbre da vida selvagem – e também os mais perigosos para se percorrer a pé.

Khamisi parou junto à árvore.

– Vamos ter de caminhar a partir daqui.

A dra. Fairfield concordou com um aceno de cabeça. Ambos pegaram seus rifles. Embora os dois fossem conservacionistas, eles também estavam familiarizados com o perigo permanente da savana.

Quando desceu do jipe, Khamisi pendurou no ombro sua espingarda de cano duplo de grosso calibre, uma Nitro Holland & Holland Royal calibre 465. Ela poderia deter um elefante numa arremetida. No mato denso, ele o preferia a qualquer rifle de repetição por ação de ferrolho.

Eles desceram a encosta, que pinicava por causa das gramíneas e pequenos arbustos espinhosos. Acima, o dossel mais alto os protegia do sol, mas criava sombras profundas abaixo. Enquanto marchava, Khamisi notou o silêncio opressivo. Nenhum canto de pássaros. Nenhum guincho de macacos. Apenas o zumbido de insetos. A quietude lhe causava arrepios.

Ao lado dele, a dra. Fairfield checou um rastreador portátil pelo sistema de posicionamento global.

Ela ergueu o braço e apontou.

Khamisi seguiu na direção que ela indicara, contornando a cacimba lamacenta. Enquanto passava silenciosamente através de alguns juncos, sentiu um crescente mau cheiro de carne em decomposição. Não levou muito tempo para entrar num matagal profundamente encoberto por sombras e descobrir a origem do odor.

O rinoceronte fêmea devia ter pesado mais ou menos uma tonelada e meia. Um espécime do tamanho de um monstro.

– Deus do céu! – exclamou a dra. Fairfield através de um lenço pressionado sobre a boca e o nariz. – Quando Roberto localizou os restos mortais do helicóptero...

– É sempre pior no solo – disse Khamisi.

Ele caminhou em direção à carcaça inchada, que jazia sobre o lado esquerdo. Moscas ergueram-se numa nuvem negra à aproximação deles. A barriga havia sido rasgada. Os intestinos projetavam-se para fora, distendidos por gases. Parecia impossível que tudo aquilo um dia coubera dentro do abdome. Outros órgãos estavam espalhados no chão. Uma mancha de sangue indicava para onde dentro da densa folhagem ao redor algum petisco selecionado havia sido arrastado.

As moscas voltaram a pousar.

Khamisi pulou sobre um pedaço de fígado vermelho carcomido. O membro traseiro parecia ter sido quase arrancado na altura do quadril. A força das mandíbulas para fazer aquilo...

Mesmo um leão adulto teria passado maus bocados.

Khamisi deu a volta até chegar à cabeça do animal.

Uma das orelhas curtas e grossas do rinoceronte havia sido arrancada a mordidas, e a garganta dele havia sido selvagemente rasgada. Olhos negros sem vida fitavam Khamisi, arregalados demais, parecendo congelados de pavor. Os lábios também estavam contraídos, como em terror ou agonia. Uma língua larga projetava-se, e havia sangue acumulado embaixo dela. Mas nada disso era importante.

Ele sabia o que tinha de verificar.

Acima das narinas cobertas de espuma, curvava-se um longo chifre, proeminente e perfeito.

– Sem dúvida, não se trata de um caçador ilegal – disse Khamisi.

O chifre teria sido levado. Era o principal motivo por que a população de rinocerontes ainda estava em rápido declínio. O pó do chifre era vendido no mercado asiático como uma suposta cura para disfunção erétil, um Viagra homeopático. Um único chifre atingia uma soma descomunal.

Khamisi aprumou-se.

A dra. Fairfield agachou-se próximo ao outro lado do corpo. Ela havia calçado luvas descartáveis e apoiado o rifle no corpo.

– Não parece que ela deu à luz.

– Então não existe nenhum filhote órfão.

A bióloga contornou a carcaça até a barriga de novo. Ela curvou-se e, sem nem ao menos estremecer de náusea, puxou com força uma aba da barriga dilacerada e introduziu a mão.

Ele afastou-se.

– Por que animais que se alimentam de carniça não limparam a carcaça? – perguntou a dra. Fairfield enquanto trabalhava.

– É muita carne – murmurou ele.

Khamisi tornou a dar a volta. A quietude ao redor continuava a exercer pressão nele, tornando mais sufocante o calor.

A mulher continuava o exame.

– Não acho que seja isso. O corpo está aqui desde a noite passada, perto de uma cacimba. Se fosse só isto, o abdome teria sido limpo por chacais.

Khamisi examinou o corpo outra vez. Ele olhou atentamente para a pata traseira dilacerada, para a garganta rasgada. Alguma coisa grande havia derrubado o rinoceronte. E rápido.

Ele sentiu um arrepio percorrer sua nuca.

Onde *estavam* os animais que se alimentavam de carniça?

Antes que ele pudesse refletir sobre o mistério, a dra. Fairfield falou:

– O filhote desapareceu.

– O quê? – Ele deu a volta. – Pensei que a senhora tivesse dito que ela não havia dado à luz.

A dra. Fairfield levantou-se, tirou as luvas e pegou sua arma. Com o rifle na mão, a bióloga afastou-se da carcaça, o olhar fixo no chão. Khamisi notou que ela estava seguindo a trilha de sangue, onde alguma coisa fora arrastada da barriga para ser devorada em particular.

Oh, Deus...

Ele a seguiu.

Na beira do matagal, a dra. Fairfield usou a ponta do rifle para afastar alguns galhos baixos, revelando o que havia sido arrastado da barriga.

O filhote de rinoceronte.

O corpo descarnado havia sido todo despedaçado, como se o tivessem disputado.

– Acho que o filhote ainda estava vivo quando foi dilacerado – disse a dra. Fairfield, apontando para uma mancha de sangue. – Pobrezinho...

Khamisi afastou-se, lembrando-se da pergunta anterior da bióloga. Por que nenhum outro animal que se alimentava de carniça havia devorado os restos mortais? Abutres, chacais, hienas, até mesmo leões. A dra. Fairfield tinha razão. Toda aquela carne não teria sido deixada para moscas e vermes.

Não fazia sentido.

A não ser que...

O coração de Khamisi bateu violentamente.

A não ser que o predador *ainda* estivesse ali.

Ele ergueu sua espingarda. Bem no fundo do matagal mergulhado em sombras, ele voltou a notar o silêncio opressivo. Era como se a própria floresta estivesse intimidada pelo que quer que houvesse matado o rinoceronte.

Ele flagrou-se examinando o ar, ouvindo, forçando a visão, permanecendo absolutamente imóvel. As sombras pareciam aprofundar-se em toda sua volta.

Por ter passado a infância na África do Sul, Khamisi estava bastante familiarizado com superstições, boatos de monstros que assombravam as selvas e as percorriam em busca de caça: o *ndalawo*, uma fera da floresta de Uganda que uivava e se alimentava de carne humana; o *mbilinto*, um hipopótamo do tamanho de um elefante das terras úmidas do Congo; o *mngwa*, um monstro peludo que se ocultava nos coqueirais da costa.

Mas, às vezes, até os mitos pareciam adquirir vida na África. Como o *nsui-fisi*. Tratava-se de um monstro listrado da Rodésia que se alimentava de carne humana, durante muito tempo considerado uma lenda por colonos brancos... isto é, até que décadas mais tarde se descobriu que se tratava de uma nova espécie de guepardo, classificada pela taxonomia como *Acinonyx rex*.

Enquanto investigava a selva, Khamisi se lembrou de outro monstro lendário, conhecido em toda a África. Era chamado por vários nomes: *dubu*, *lumbwa*, *kerit*, *getet*. A simples menção do nome fazia os nativos gritarem de medo. Grande como um gorila, era um verdadeiro demônio por sua rapidez, astúcia e ferocidade. Através dos séculos, caçadores – brancos e negros – afirmaram ter visto vislumbres dele. Todas as crianças aprendiam a reconhecer seu uivo característico. Aquela região da Zululândia não era exceção.

– *Ukufa*... – murmurou Khamisi.

– Você disse alguma coisa? – perguntou a dra. Fairfield, ainda curvada junto ao filhote morto.

Era o nome do monstro em zulu, um nome sussurrado ao redor de fogueiras de acampamentos e de cabanas das aldeias fortificadas da África do Sul.

Ukufa.

Morte.

Ele sabia por que aquela fera lhe viera à mente agora. Cinco meses atrás, um velho membro da tribo afirmou ter visto um *ukufa* perto dali. *Meio fera, meio fantasma, com olhos de fogo*, o velho afirmara com certeza absoluta. Apenas as pessoas tão velhas quanto aquele ancião enrugado prestaram atenção. Os outros, como Khamisi, fingiram acreditar na fantasia do membro da tribo.

Porém, ali, nas sombras escuras...

– Nós deveríamos ir embora – disse Khamisi.

– Mas não sabemos o que a matou.

– Não foram caçadores ilegais.

Aquilo era tudo o que Khamisi precisava ou queria saber. Ele acenou com a espingarda em direção ao jipe. Entraria em contato pelo rádio com o guarda-caça-chefe, encerraria a transmissão e daria o assunto por encerrado. Animal morto por predadores. Nenhuma caça ilegal. Eles deixariam a carcaça para os animais que se alimentavam de carniça. O ciclo da vida.

A dra. Fairfield ergueu-se com relutância.

Mais longe, à direita, um grito prolongado propagou-se pela selva mergulhada em sombras – *uu-iii-ÔÔÔÔ* –, pontuado por um guincho agudo feroz.

Khamisi tremeu no lugar onde estava. Ele reconheceu o grito, não tanto com a cabeça quanto com a espinha. Ele ecoava de volta ao passado, a fogueiras de acampamento à meia-noite, a histórias de terror e derramamento de sangue e, ainda mais longe no tempo, a algo primitivo, a uma época anterior à fala, quando a vida era instinto.

Ukufa.

Morte.

Quando o grito se desvaneceu, o silêncio voltou a cair opressivamente sobre eles.

Khamisi calculou mentalmente a que distância estavam do jipe. Eles precisavam se refugiar, mas não em pânico. Uma fuga assustada apenas excitaria a sede de sangue de um predador.

Na selva, outro guincho retumbou.

Depois outro.

E outro.

Todos de direções diferentes.

No silêncio repentino que se seguiu, Khamisi soube que eles só tinham uma chance.

– Corra!

9:31h
Copenhague, Dinamarca

Gray estava de bruços transversalmente sobre as telhas do teto, a cabeça para baixo, estatelado onde não conseguira segurar Fiona. A imagem da queda dela sobre a beira enfumaçada do telhado ardia em sua mente. Seu coração batia acelerado.

– Oh, Deus... o que foi que eu fiz...?

O barulho de sirene se aproximava da rua, esvaindo-se à medida que chegava perto do prédio em chama.

Por cima de seus ombros, uma nova torrente de chamas projetou-se da água-furtada do sótão, acompanhada por um fluxo estrepitante de calor e fumaça. Apesar da angústia, ele tinha de se mexer.

Gray fez esforço para se apoiar nos cotovelos, em seguida, nas mãos, empurrando o corpo para cima.

Ao lado, o fogo recuou, dando uma trégua momentânea. No silêncio súbito, ele ouviu vozes lá embaixo, urgentes, furtivas. Também mais perto dele... um gemido baixo. Pouco além da linha do telhado.

Fiona...?

Gray tornou a ficar de bruços e desceu rápido, num deslizar controlado, até a beira do telhado. Uma fumaça densa saía das janelas estilhaçadas e preenchia imediatamente a área abaixo. Ele usou a cortina de fumaça para ocultar sua aproximação.

Ao chegar à beira do telhado onde estava a calha, olhou para baixo.

Logo abaixo dele estendia-se uma sacada de ferro fundido... não, *não* uma sacada. Era o patamar de uma escada. A escada externa que Fiona mencionara.

A garota estava estatelada no patamar.

Com um segundo gemido fraco, Fiona se virou e começou a se erguer com dificuldade, usando as grades do parapeito.

Outros notaram o movimento dela.

No pátio abaixo, Gray enxergou duas figuras. Uma estava em pé no meio das lajes de pedra, com um rifle erguido à altura do ombro, à procura do tiro certeiro. Fumaça negra era expelida através da porta-janela quebrada do apartamento, impedindo que Fiona fosse vista. O atirador de tocaia esperou a garota pôr a cabeça acima do parapeito do patamar.

– Continue abaixada – sussurrou para Fiona.

Ela olhou para cima. Sangue vivo pingava de sua testa.

O segundo pistoleiro deu a volta, segurando com ambas as mãos uma pistola preta. Ele apontou para a escada, com a intenção de bloquear qualquer tentativa de fuga.

Gray acenou para que Fiona permanecesse agachada, em seguida rolou ao longo da linha do telhado até ficar acima do segundo pistoleiro. A fumaça, expelida em grande quantidade, ainda o mantinha oculto. A atenção dos assassinos continuava concentrada na escada. Uma vez em posição, Gray aguardou. Ele segurava uma pesada telha na mão direita, uma das telhas de pedra que Fiona deslocara durante a queda.

Ele teria apenas uma tentativa.

Embaixo, o homem segurou a pistola engatilhada e pôs um pé no degrau mais baixo.

Gray inclinou-se sobre a beira do telhado com o braço erguido.

Deu um assobio agudo.

O pistoleiro olhou para cima, girando a arma e apoiando-se num joelho. Extremamente rápido...

Mas a gravidade era mais rápida.

Gray jogou a telha. Ela girou no ar como um machado e acertou a face erguida do pistoleiro. O sangue jorrou do nariz do homem, que caiu pesadamente para trás. Sua cabeça bateu contra as lajes de pedra, quicou e não mais se moveu.

Gray rolou de novo – de volta em direção a Fiona.

O homem armado com o rifle deu um grito.

Gray manteve o olhar fixo nele. Tinha esperança de que, por ter tido o parceiro derrubado, o homem fugiria. Não tivera essa sorte. O homem armado com o rifle fugiu para o lado oposto e encontrou abrigo perto de uma lata de lixo, mas ficou numa posição da qual poderia disparar um tiro certeiro. Permaneceu de tocaia próximo aos fundos da livraria, que ardia em chamas, tirando vantagem dos rolos de fumaça que subiam de uma janela vizinha.

Gray voltou a alcançar Fiona e acenou para que ela permanecesse abaixada. Tentar puxá-la para cima seria a morte de ambos. Eles ficariam expostos por muito tempo.

Só restava uma chance.

Segurando a calha com uma das mãos, Gray arrastou-se pelo telhado abaixo e saltou. Caiu no patamar com o estrondo de aço, depois abaixou-se.

Um tijolo acima de sua cabeça estilhaçou-se.

Disparo de rifle.

Gray estendeu a mão para a bainha em seu tornozelo e pegou seu punhal.

Fiona observou o gesto.

– O que nós vamos...?

– *Você* vai ficar aqui – ordenou ele.

Ele estendeu uma das mãos para o parapeito acima. Tudo de que dispunha era do elemento surpresa. Nenhum colete de proteção, nenhuma arma, exceto seu punhal.

– Corra quando eu mandar – disse ele. – Desça a escada sem parar e pule a cerca do seu vizinho. Encontre o primeiro policial ou bombeiro. Você pode fazer isso?

Fiona olhou-o nos olhos. Parecia que ela estava prestes a objetar, mas seus lábios contraíram-se e ela acenou com a cabeça.

Boa menina.

Gray equilibrou o punhal na mão. Mais uma chance. Respirando fundo, pulou para cima e esquivou-se do parapeito, saltando sobre ele. Enquanto caía em direção às lajes de pedra, fez duas coisas ao mesmo tempo.

– Corra! – gritou ele, e atirou o punhal na direção do abrigo do atirador de tocaia.

Ele não esperava matá-lo, apenas distraí-lo por tempo suficiente para ficar a uma pequena distância do homem. Um rifle era inábil em situações difíceis.

Quando caiu no chão, ele notou duas coisas.

Uma boa, uma ruim.

Ele ouviu os passos de Fiona soando pela escada de metal abaixo.

Ela estava fugindo.

Ótimo.

Ao mesmo tempo, Gray observou seu punhal voar através do ar enfumaçado, acertar com violência na lata de lixo e bater no chão. Seu arremesso nem sequer chegara perto.

Isso era ruim.

O atirador ergueu-se imperturbável de sua posição, com o rifle preparado para atirar, e apontou diretamente para o tórax de Gray.

– Não! – Fiona gritou quando chegou ao fim da escada.

O homem nem sequer sorriu ao puxar o gatilho.

11:05h
Reserva de caça Hluhluwe-umfolozi
Zululândia, África do Sul

– Corra! – repetiu Khamisi.

A dra. Fairfield não precisava de mais nenhum estímulo. Eles fugiram rumo ao jipe à sua espera. Ao chegar à cacimba, Khamisi acenou para que a dra. Fairfield passasse à sua frente. Ela abriu caminho através dos juncos altos, porém não antes de olhá-lo nos olhos, em silêncio. Os olhos dela brilhavam de horror, refletindo o próprio horror dele.

Quaisquer que fossem as criaturas que haviam gritado na floresta, elas davam a impressão de ser grandes, fortes e estimuladas pela morte recente do rinoceronte.

Khamisi olhou para trás, para a carcaça macerada do animal. Monstros ou não, ele não precisava de outras informações sobre o que poderia estar escondido no labirinto de floresta densa, córregos com um fio d'água e ravinas encobertas pelas sombras.

Dando a volta à cacimba, Khamisi seguiu a bióloga. Ele olhava para trás, por sobre o ombro, com freqüência, apurando o ouvido para qualquer som de perseguição. Algo chamou atenção no poço ali próximo. Ele ignorou. O barulho na água foi insignificante. Insignificante demais. Seu cérebro filtrava os detalhes irrelevantes, ignorando o zumbido de insetos e o rangido de juncos. Khamisi estava concentrado em sinais reais de perigo. Seu pai o havia ensinado a caçar quando ele tinha apenas seis anos e lhe instruiu sobre os sinais a serem observados ao se aproximar silenciosamente de uma presa.

Só que agora a caça era ele.

O adejar aterrorizado de asas atraiu seus ouvidos e olhos.

Um movimento rápido.

À esquerda.

No céu.

Um único picanço levantou vôo.

Algo o assustara.

Algo em movimento.

Khamisi aproximou-se da dra. Fairfield enquanto eles saíam do meio dos juncos.

– Depressa! – sussurrou ele, os sentidos aguçando-se.

A dra. Fairfield estendeu o pescoço, o rifle oscilando. Ela respirava com dificuldade, seu rosto estava pálido. Khamisi acompanhou o olhar dela. O jipe deles estava no topo da encosta, estacionado à sombra do baobá, à beira da profunda depressão no terreno. A encosta parecia mais íngreme e longa do que quando eles desceram.

– Continue andando – insistiu ele.

Ao olhar para trás, Khamisi viu a fêmea castanho-amarelada de um antílope sul-africano pular da margem da floresta e saltitar rumo à encosta no outro lado, levantando poeira.

Em seguida, desapareceu.

Eles precisavam seguir seu exemplo.

A dra. Fairfield começou a subir a encosta. Khamisi a seguiu, deu um passo para o lado e apontou sua espingarda na direção da floresta atrás deles.

– Eles não mataram para comer – a dra. Fairfield disse ofegante à frente dele.

Khamisi examinou o escuro emaranhado da floresta. Por que ele sabia que ela estava certa?

– Não foi a fome que os incitou – prosseguiu a bióloga, lutando para apaziguar o pânico com ponderação. – Mal comeram alguns pedaços. Foi como se tivessem matado por prazer. Como um gato doméstico caçando um camundongo.

Khamisi havia trabalhado ao lado de muitos predadores. Aquele não era o método da natureza. Depois de uma refeição, leões raramente se revelavam uma ameaça, em geral descansavam e, até certa distância, eram inclusive afáveis. Um predador saciado não estraçalharia a fêmea de um rinoceronte e tiraria o filhote de sua barriga apenas por diversão.

A dra. Khamisi continuava sua ladainha, como se o perigo presente fosse um enigma a resolver.

– No mundo domesticado, é o gato doméstico bem alimentado que caça com *mais* freqüência. Ele tem energia e tempo para esse tipo de brincadeira.

Brincadeira?

Khamisi deu de ombros.

– Simplesmente continue andando – disse ele, sem querer ouvir mais.

A dra. Fairfield acenou com a cabeça, mas as palavras da bióloga permaneceram com Khamisi. Que tipo de predador mata apenas por diversão? É claro que havia uma única resposta óbvia.

O homem.

Mas aquilo não era obra de mãos humanas.

Um movimento voltou a atrair o olhar de Khamisi. Por um breve momento, uma forma pálida deslocou-se atrás da margem da floresta escura, vista de relance do canto do olho. E desvaneceu-se como fumaça branca quando ele concentrou o olhar no local.

Ele se lembrou das palavras do encarquilhado membro da tribo zulu.

Meio fera, meio fantasma...

Apesar do calor, sua pele esfriou. Ele apertou o passo, quase empurrando com os ombros a bióloga, uma mulher mais velha do que ele, ladeira acima. Xisto solto e argila arenosa moviam-se traiçoeiramente sob os pés de ambos. Mas eles estavam quase no topo. O jipe estava apenas a trinta metros de distância.

Então a dra. Fairfield escorregou.

Um dos joelhos dela fraquejou e ela caiu para trás, chocando-se contra Khamisi.

Ele deu um passo em falso para trás, escorregou e caiu sentado pesadamente. O ângulo da encosta e o impulso fizeram-no dar uma cambalhota. Ele rolou meia ladeira abaixo antes de, finalmente, interromper sua queda usando os calcanhares e a culatra da espingarda.

A dra. Fairfield ainda estava sentada onde havia caído, os olhos arregalados de medo, olhando fixamente para baixo.

Não para ele.

Para a floresta.

Khamisi virou-se e ficou de joelhos; sentiu uma dor lancinante no tornozelo: havia-o torcido ou talvez fraturado. Ele examinou ao redor e não viu nada, mas ergueu a espingarda.

– Vá! Vá! – gritou Khamisi, que deixara as chaves na ignição.

Ele ouviu a dra. Fairfield levantar-se com dificuldade, fazendo o xisto ranger.

Da margem da floresta, ergueu-se outro uivo, crocitante e inumano.

Khamisi apontou às cegas e puxou o gatilho. O estrondo de sua espingarda ecoou pela depressão. A dra. Fairfield gritou atrás dele, assustada. Khamisi esperava que o barulho também houvesse assustado o que quer que estivesse escondido na floresta.

– Vá para o jipe! – berrou ele. – Vá agora! Não espere!

Ele levantou-se, deslocando seu peso do tornozelo ferido, e manteve o rifle suspenso. A floresta voltara a ficar silenciosa.

Ele ouviu a dra. Fairfield chegar ao topo.

– Khamisi... – ela tornou a gritar.

– Entre no jipe!

Ele arriscou uma olhadela atrás de si, sobre o ombro.

A dra. Fairfield afastou-se da beira da encosta e caminhou na direção do jipe. Acima, movimento nos galhos do baobá atraiu a atenção dele. Algumas das flores brancas que pendiam da árvore balançavam suavemente.

Não ventava.

– Marcia! – gritou ele. – Não...!

Um grito selvagem irrompeu atrás dele, abafando o resto de sua advertência. A dra. Fairfield deu meio passo em sua direção.

Não...

Ela saltou das sombras profundas da árvore gigante, uma mancha pálida. Atacou a bióloga, e ambas sumiram de vista. Khamisi ouviu um grito aterrorizante da mulher, o qual se extinguiu num piscar de olhos.

O silêncio voltou a reinar.

Khamisi virou-se outra vez para a margem da floresta.

Morte acima e abaixo.

Ele só tinha uma chance.

Ignorando a dor no tornozelo, correu.

Ladeira abaixo.

Ele simplesmente deixou a gravidade tomar conta de si. Era menos uma corrida a toda velocidade do que uma queda livre. Ele correu de volta para o pé da colina, as pernas lutando para se manterem em pé. Ao chegar lá embaixo, apontou a arma na direção da floresta e disparou um segundo tiro.

Bum.

Ele não tinha qualquer esperança de assustar os caçadores. Procurava apenas conseguir uma fração extra de vida. O ricochete do rifle também o ajudou a manter-se em pé quando o declive se aplainou. Continuou correndo, o tornozelo pegando fogo, o coração retumbando.

Ele divisou, ou quem sabe meramente sentiu, o movimento de alguma coisa grande bem na margem da floresta. Um vulto matizado ligeiramente mais claro.

Meio fera, meio fantasma.

Embora invisível, ele sabia a verdade.

Ukufa.

Morte.

Hoje não, rezou ele, hoje não.

Khamisi moveu-se ruidosamente através dos juncos...

... e mergulhou de ponta-cabeça na cacimba.

9:32h
Copenhague, Dinamarca

O grito de Fiona acompanhou a detonação do rifle do atirador de tocaia.

Gray girou-se na tentativa de escapar de um ferimento mortal. Quando ele se virou, a forma indistinta de alguma coisa grande saiu com estardalhaço dos restos da janela enfumaçada da livraria.

O pistoleiro devia ter captado o mesmo movimento uma fração antes de Gray, o suficiente para errar a mira por uma distância mínima.

Gray sentiu a bala passar queimando pelo seu braço esquerdo.

E continuou a afastar-se do alcance de um tiro à queima-roupa.

Da janela, a grande forma pulou em cima da lata de lixo e avançou sobre o pistoleiro.

– Bertal! – gritou Fiona.

O peludo são-bernardo, completamente molhado, cravou os caninos no antebraço do pistoleiro. O ataque rápido e inesperado pegou o homem desprevenido, e ele caiu para trás, nas sombras atrás da lata de lixo. Seu rifle caiu com um estrondo nas lajes de pedra.

Gray arremeteu contra ele.

O latido do cão soou bem perto. Antes que Gray pudesse reagir, o assassino deu um pulo alto, colocou com firmeza o calcanhar de uma bota no ombro de Gray, fazendo-o chocar-se contra as pedras, e saltou sobre ele.

Gray ficou rapidamente de lado, esforçando-se para pegar o rifle caído. Mas o homem movia-se com excepcional astúcia. Com uma capa impermeável preta flutuando, pulou o muro de pedra do jardim e fugiu. Gray ouviu seus passos afastando-se pelo beco abaixo.

– Filho-da-puta...

Fiona correu ao encontro de Gray com uma pistola na mão.

– O outro homem... – Ela apontou atrás de si. – Acho que está morto.

Gray pendurou o rifle no ombro e tomou a pistola da mão dela. Ela não protestou, preocupada demais com outra coisa.

– Bertal...

O cão veio para fora, cambaleante, fraco, com um lado gravemente queimado.

Gray olhou para trás, para a livraria em chamas. Como a pobre criatura havia sobrevivido? Gray lembrou-se de onde tinha visto o cachorro pela última vez: lançado pelos ares com toda força contra a parede dos fundos pelas primeiras bombas incendiárias, onde caíra inconsciente.

Fiona abraçou o animal encharcado.

O cachorro devia ter caído sob um *sprinkler*.

Ela ergueu a cara do são-bernardo e fitou-o de perto, seu nariz quase roçando o focinho do cão.

– Bom cachorro.

Gray concordou. Ele tinha um dívida com Bertal.

– Todos os cafezinhos que você quiser, companheiro – prometeu ele num sussurro.

Os membros de Bertal tremiam. Ele desabou sobre suas ancas, depois sobre as pedras. A adrenalina que havia sustentado o pobre animal estava se esgotando.

À esquerda, vozes altas chegaram até eles, em dinamarquês. Um jato d'água voou bem alto. Os bombeiros haviam ido para o outro lado da loja.

Gray não podia ficar mais tempo.

– Eu tenho de ir.

Fiona levantou-se. Ela olhou para Gray e o cão.

– Fique com Bertal – disse ele, dando um passo para trás. – Leve-o a um veterinário.

O olhar de Fiona endureceu.

– E você simplesmente vai cair fora...

– Sinto muito.

Era uma resposta insatisfatória para encerrar os horrores: o assassinato da avó, o incêndio que destruiu completamente a livraria, a fuga por um triz. Mas ele não sabia o que mais dizer, e não tinha tempo para entrar em pormenores.

Virou-se e dirigiu-se ao muro dos fundos do jardim.

– Sim, vá em frente, caia fora! – gritou Fiona atrás dele.

Gray pulou o muro, o rosto queimando.

– Espere!

Ele desceu o beco às pressas. Detestava ter de abandoná-la, mas não havia escolha. Ela estaria mais segura. Com o pessoal de emergência, estaria abrigada, protegida. Aonde Gray tinha de ir em seguida não havia lugar para uma garota de 15 anos. No entanto, seu rosto continuava a queimar. Bem no fundo, ele não podia negar uma motivação mais egoísta: simplesmente estava contente de ter-se livrado dela, da responsabilidade.

Não tinha importância... estava feito.

Ele caminhou rapidamente pelo beco. Enfiou a pistola no cós da calça e tirou toda a munição do rifle. Quando terminou, empurrou o rifle para trás de uma pilha de madeira. Carregá-lo seria expor-se demais. Enquanto continuava a andar, tornou a vestir o suéter. Precisava abandonar seu hotel e mudar de identidade. As mortes ali seriam investigadas. Era hora de deixar a *persona* do dr. Sawyer morrer.

Porém, antes disso, ainda tinha uma tarefa a terminar.

Tirou seu telefone celular de um dos bolsos traseiros e apertou a tecla de discagem rápida para o comando central. Após alguns instantes, estava falando com Logan Gregory, o líder operacional de sua missão.

– Estamos com um problema aqui – disse Gray.

– O que há de errado?

– Seja o que for que esteja acontecendo, é mais importante do que nós a princípio pensamos. Importante o suficiente para que matem por esse motivo. – Gray fez o relato de sua manhã, e seguiu-se um longo período de silêncio.

Logan afinal falou, com a voz tensa.

– Então é melhor adiarmos esta missão até o senhor dispor de mais recursos aí no local.

– Se eu esperar por apoio, será tarde demais. O leilão é daqui a algumas horas.

– Seu disfarce já era, comandante Pierce.

– Eu não tenho certeza disto. Até onde os figurões sabem, sou um comprador americano que faz perguntas demais. Não tentarão nada às claras. Muitas pessoas estarão presentes ao leilão, e a segurança da casa é rigorosa. Ainda posso examinar minuciosamente o local e talvez averiguar algumas pistas sobre quem ou o que na verdade está por trás de tudo isso. Depois, sumirei do mapa, ficarei à espreita até a ajuda chegar.

Gray também queria pôr as mãos naquela Bíblia, ainda que apenas para inspecioná-la.

– Não acho isso prudente. O risco potencial supera o ganho potencial. Especialmente como um agente atuando sozinho – Logan falou.

Gray ficou exaltado.

– Quer dizer então que os filhos-da-puta tentam acabar comigo... e agora o senhor quer que eu não faça nada?

– Comandante.

Os dedos de Gray apertaram o telefone. Logan havia obviamente passado tempo demais fazendo trabalho burocrático na Sigma. Era adequado como líder de operações em uma missão de pesquisa, mas aquilo já não era uma missão para reunir fatos. Estava transformando-se numa operação plena da Força Sigma. E, se fosse aquele o caso, Gray queria alguém com liderança de verdade dando-lhe apoio.

– Talvez nós devêssemos envolver o diretor Crowe – disse Gray.

Seguiu-se outra longa pausa. Talvez ele houvesse dito algo errado. Não queria insultar Logan, passar por cima de sua autoridade, mas às vezes simplesmente era preciso saber quando sair do caminho.

– Sinto muito, mas acho que isso é impossível no momento, comandante Pierce.

– Por quê?

– No momento, o diretor Crowe está incomunicável no Nepal.

Gray ficou perplexo.

– No Nepal? O que ele está fazendo no Nepal?

– Comandante, o *senhor* o mandou.

– O quê?

Então Gray começou a entender.

Ele recebera o telefonema uma semana atrás.

De um velho amigo.

A mente de Gray voltou ao passado, aos seus primeiros dias na Força Sigma. Como todos os outros agentes daquela organização, Gray tinha passado pelas Forças Especiais: entrara para o Exército aos 18 anos e para os Rangers* aos 21. Porém, depois de ter sido submetido a julgamento perante a corte marcial por agredir um oficial superior, ele fora recrutado pela Força Sigma, diretamente de Leavenworth. No entanto, fora olhado com desconfiança. Tinha havido um bom motivo para ele agredir aquele oficial. A incompetência do homem resultara em mortes desnecessárias na Bósnia – de crianças –, mas a raiva de Gray tinha raízes mais profundas. Problemas relacionados com autoridade, que remontavam ao seu relacionamento com o pai. E, uma vez que aqueles problemas não tinham sido completamente resolvidos, fora necessário que um sábio mostrasse o caminho a Gray.

Esse homem fora Ang Gelu.

– O senhor está dizendo que o diretor Crowe está no Nepal por causa do monge budista meu amigo?

– Painter sabia como o homem era importante para o senhor.

Gray parou de andar e procurou abrigo nas sombras.

Ele passara quatro meses estudando com o monge no Nepal, paralelamente ao seu treinamento para a Sigma. Na verdade, foi por intermédio de Ang Gelu que

* Força de elite do Exército norte-americano, também conhecida como Boinas Pretas. (N. do E.)

Gray havia desenvolvido currículo singular na Sigma. Gray recebera prioridade para estudar biologia e física e obter dois graus de nível superior, mas Ang Gelu elevou os estudos dele, ensinando-o a procurar o equilíbrio entre todas as coisas. A harmonia dos opostos. O *yin* e o *yang* taoístas. O um e o zero.

Essa compreensão ajudou Gray a enfrentar demônios de seu passado.

Durante seu crescimento, ele sempre oscilara entre opostos. Embora sua mãe tivesse lecionado numa escola católica, instilando profunda espiritualidade na vida de Gray, ela também era uma bióloga talentosa, uma discípula devota da evolução e da razão. Depositava tanta fé e confiança no método científico quanto em sua religião.

E também havia seu pai: um galês que vivia no Texas, um engenheiro especializado em petróleo que ficara incapacitado na meia-idade e tivera de assumir o papel de dona de casa. Em conseqüência, sua vida veio a ser governada por supercompensação e raiva.

Tal pai, tal filho.

Até Ang Gelu mostrar outro caminho a Gray.

Um caminho entre opostos. Não era um caminho curto: ele estendia-se tanto no passado quanto no futuro. Gray ainda estava lutando contra isso.

Mas Ang Gelu ajudara Gray a dar os primeiros passos. Ele tinha uma dívida com o monge por isso. Portanto, quando Gray recebeu o pedido de ajuda uma semana atrás, não o ignorou. Ang Gelu relatara desaparecimentos inexplicáveis, doenças estranhas, tudo em determinada região perto da fronteira com a China.

O monge não soubera a quem recorrer. O próprio governo no Nepal estava muito concentrado nos rebeldes maoístas. E Ang Gelu sabia que Gray estava envolvido numa nebulosa cadeia de comando de operações secretas. Por isso, apelara para a ajuda do ex-aluno. Porém, já designado para a missão em curso, Gray passara o problema para Painter Crowe.

Transferindo a responsabilidade para outro...

– Eu apenas pensei que Painter mandaria um agente novato – gaguejou Gray, incrédulo. – Para checar a situação. Certamente havia outros que...

Logan interrompeu-o.

– As coisas estavam devagar por aqui.

Gray reprimiu um gemido. Ele sabia o que Logan queria dizer. A mesma calmaria nas ameaças globais havia-o trazido à Dinamarca.

– Então ele foi?

– O senhor conhece o diretor. Sempre quer sujar as mãos. – Logan suspirou, exasperado. – E agora há um problema. Uma tempestade impediu a comunicação por alguns dias, mas, agora que ela passou, nós ainda não recebemos informações atualizadas do diretor. Em vez disso, estamos ouvindo rumores através de várias fontes. As mesmas histórias relatadas pelo seu amigo: doença, praga, mortes, até possíveis ataques de rebeldes na região. Só que a situação está se agravando.

Gray agora entendia a tensão na voz de Logan.

Parecia que não era só a missão de Gray que estava dando errado.

Uma desgraça nunca vem só.

– Posso mandar o Monk para aí – disse Logan. – Ele e a capitã Bryant estão vindo para cá. Monk pode estar aí daqui a dez horas. Relaxe até lá.

– Mas o leilão terá terminado...

– Comandante Pierce, estas são as suas ordens.

Gray falou rapidamente, a voz endurecendo de novo.

– Senhor, eu já instalei microcâmeras nos pontos de entrada e saída da casa de leilões. Seria um desperdício deixá-las para lá.

– Está bem. Monitore as câmeras de um lugar seguro. Filme tudo. Mas só isso. O senhor entendeu, comandante?

Gray ficou indignado, mas Logan estava ocupadíssimo. Tudo por causa de um favor para Gray. Por isso ele tinha poucos motivos para objetar.

– Muito bem, senhor.

– Dê notícias após o leilão – disse Logan.

– Sim, senhor.

A linha emudeceu.

Gray continuou pelas ruelas de Copenhague, alerta a tudo à sua volta. Mas a preocupação o atormentava.

Com Painter, com Ang Gelu...

Que diabo estava acontecendo no Nepal?

CAPÍTULO 4

Luzes-fantasma

11:18h
Himalaia

– E a senhora tem certeza de que Ang Gelu foi morto? – perguntou Painter, olhando para trás.

Ela respondeu com um aceno de cabeça.

Lisa Cummings terminara sua história, dizendo como fora recrutada de uma equipe que ia escalar o Everest para investigar uma doença no mosteiro. Ela rapidamente relatara os horrores que se seguiram: a loucura, as explosões, o atirador de tocaia.

Painter reviu a história dela mentalmente enquanto os dois ziguezagueavam cada vez mais fundo no porão do mosteiro, onde ervas eram armazenadas. O estreito labirinto de pedra não fora projetado para alguém do seu tamanho. Ele tinha de se manter abaixado, e, mesmo assim, a parte de cima de sua cabeça roçou em alguns ramos de junípero pendurados para secar. As folhas aromáticas eram usadas para fazer bastões de incenso para cerimônias no templo acima, um templo que agora era apenas um enorme bastão de incenso, queimando e lançando fumaça no céu do meio-dia.

Desarmados, eles haviam fugido para o porão a fim de escapar às chamas. Painter havia parado apenas num vestiário o tempo suficiente para pegar um poncho pesado e um par de botas forradas de pele. Vestido com aquelas roupas, quase se parecia com um índio Pequot, ainda que fosse apenas mestiço. Ele não lembrava para onde suas roupas ou mochilas tinham sido levadas.

Três dias haviam esvaecido de sua vida.

Junto com cinco quilos.

Enquanto vestia a túnica, mais cedo, ele notou como suas costelas estavam proeminentes. Até seus ombros pareciam mais ossudos. Ele não havia escapado por completo à doença ali. No entanto, pelo menos suas forças continuavam a melhorar.

Elas precisavam melhorar.

Especialmente com um assassino ainda à solta.

Painter tinha ouvido disparos ocasionais à medida que fugiam para baixo. Um atirador de tocaia estava matando qualquer pessoa que fugisse do mosteiro em chamas. A dra. Cummings descrevera o agressor. Um único homem. Decerto havia outros. Será que eram rebeldes maoístas? Isso não fazia sentido. Qual seria a finalidade da chacina?

Com uma lanterna de bolso na mão, Painter ia na frente.

A dra. Cummings seguia logo atrás.

Painter soubera que ela era uma médica americana e membro de uma equipe que ia escalar o Everest. Ele a observou pelo canto do olho, avaliando-a. Era uma mulher de pernas longas e físico atlético, loura, usava um rabo-de-cavalo e suas faces estavam avermelhadas devido à queimadura provocada pelo vento. Ela também estava aterrorizada. Mantinha-se próxima a ele e sobressaltava-se ao ouvir os eventuais estalos abafados da tempestade de fogo acima. Todavia, ela não parava, não chorava, não se queixava. Parecia que afugentava qualquer choque por mera determinação.

Mas por quanto tempo?

Os dedos dela tremeram quando ela afastou do rosto um buquê de capim-limão que secava. Eles seguiram em frente. À medida que desciam cada vez mais fundo no porão de armazenagem de ervas, o ar ficava impregnado do aroma de todos os raminhos: alecrim, artemísias, rododendro-das-montanhas, *khenpa*. Todos prontos para serem transformados em vários bastões de incenso.

Lama Khemsar, o líder do mosteiro, havia ensinado a Painter os objetivos das centenas de ervas: purificar, fomentar as energias divinas, dispersar pensamentos disruptivos, até mesmo tratar a asma e o resfriado comum. Porém, naquele exato momento, tudo o que Painter queria lembrar era como chegar à porta dos fundos do porão. O porão de armazenagem de ervas ligava todos os edifícios do mosteiro. Os monges passavam de uma estrutura a outra durante as intensas precipitações de neve no inverno por meio do porão.

Inclusive para chegarem ao celeiro nos limites do terreno. Ele ficava bem distante das chamas e fora da visão direta.

Se eles conseguissem alcançá-lo... e depois fugir para a aldeia situada mais abaixo...

Ele precisava entrar em contato com o comando da Sigma.

Enquanto sua mente rodopiava com possibilidades, o mesmo acontecia com a galeria.

Painter apoiou uma das mãos na parede do porão para se equilibrar.

Tonto.

– O senhor está bem? – perguntou a médica, dando um passo à frente para ficar ao lado dele.

Ele inspirou algumas vezes antes de confirmar com a cabeça. Desde que havia despertado, surtos de desorientação o incomodavam. Mas estavam ocorrendo com menos freqüência – ou será que aquilo era fantasia?

– O que de fato aconteceu lá em cima? – perguntou a médica.

Ela tomou dele a minilanterna – na verdade, pertencia a ela, de seu estojo médico – e a apontou para os olhos dele.

– Eu não... eu não tenho certeza... Mas nós deveríamos continuar andando.

Painter tentou afastar-se da parede, mas ela pressionou a palma de uma das mãos contra o tórax dele, ainda examinando seus olhos.

– O senhor está exibindo um nistagmo acentuado – sussurrou ela e baixou a lanterna, a testa franzida.

– O quê?

Ela passou-lhe um cantil com água fria e acenou para que ele se sentasse num fardo de feno embrulhado. Ele não protestou. O fardo de feno estava duro como cimento.

– Seus olhos exibem sinais de nistagmo horizontal, uma contração espasmódica das pupilas. O senhor foi golpeado na cabeça?

– Acho que não. Isso é grave?

– É difícil dizer. Pode ser resultado de uma lesão no olho ou no cérebro. Um derrame cerebral, esclerose múltipla, um golpe na cabeça. Como o senhor está com vertigem, eu diria que sofreu algum dano no aparelho vestibular. Talvez no ouvido interno. Talvez no sistema nervoso central. É muito provável que não seja permanente. – Esta última frase foi murmurada com a voz muito desconcertante.

– O que a senhora quer dizer com *muito provável*, dra. Cummings?

– Me chame de Lisa – disse ela, tentando desviar a atenção dele.

– Ótimo. Lisa. Quer dizer que isto pode ser permanente?

Ela desviou o olhar.

– Eu precisaria de mais exames, de mais informações – disse ela. – Talvez o senhor pudesse começar me contando como tudo isso aconteceu.

Ele bebeu um longo gole d'água. Ele gostaria de poder contar. Uma dor instalou-se entre seus olhos quando tentou lembrar-se. Os últimos dias haviam se tornado obscuros.

– Eu estava hospedado numa das aldeias afastadas. No meio da noite, luzes estranhas apareceram no alto das montanhas. Não vi os fogos de artifício. Quando acordei, eles já haviam cessado. Mas, de manhã, todos na aldeia queixaram-se de dor de cabeça e náusea. Inclusive eu. Perguntei a um dos anciãos sobre as luzes. Ele disse que elas apareciam de vez em quando e remontavam a gerações. Luzes-fantasma. Ele as atribuía a espíritos malignos da profundeza das montanhas.

– Espíritos malignos?

– Ele apontou para onde as luzes eram vistas. Lá no alto, numa região remota das montanhas, uma área de desfiladeiros profundos e cascatas geladas que se estende ao longo de toda a fronteira com a China. Difícil de percorrer. O mosteiro situa-se num ombro de montanha que dá vista para essa terra de ninguém.

– Então o mosteiro estava mais perto das luzes?

Painter fez um aceno positivo de cabeça.

– Todas as ovelhas morreram dentro de 24 horas. Algumas caíram onde estavam. Outras bateram repetidamente a cabeça contra as pedras. Voltei para cá no dia seguinte, com dor e vomitando. Lama Khemsar me deu um pouco de chá. Esse é o último momento de que me lembro. – Ele tomou outro gole d'água do cantil e suspirou. – Isso foi há três dias. Acordei trancado num quarto. Eu tinha de cair fora.

– O senhor teve sorte – disse a mulher, pegando de volta o cantil.

– Como assim?

Ela cruzou os braços com força, num gesto protetor.

– Sorte de estar longe do mosteiro. A proximidade das luzes parece correlacionar-se com a gravidade dos sintomas. – Ela ergueu e desviou o olhar, como se tentasse ver através das paredes ali embaixo. – Talvez tenha sido alguma forma de radiação. O senhor não disse que a fronteira com a China não era distante? Talvez tenha sido algum tipo de teste nuclear.

Painter fizera a mesma pergunta a si mesmo dias atrás.

– Por que o senhor está sacudindo a cabeça?

Painter não havia percebido que estava. Ele ergueu a palma de uma das mãos até a testa.

Lisa franziu o cenho.

– O *senhor* ainda não disse o que está fazendo aqui, sr. Crowe.

– Me chame de Painter – disse ele, com um falso sorriso.

Ela não se impressionou.

Ele refletiu sobre até que ponto podia dizer mais. Naquelas circunstâncias, parecia mais prudente ser honesto. Ou pelo menos o mais honesto possível.

– Trabalho para o governo, para uma divisão chamada DARPA. Nós...

Ela o interrompeu com um estalar de dedos, os braços ainda cruzados.

– Eu conheço a DARPA, a divisão de pesquisa e desenvolvimento das Forças Armadas dos Estados Unidos. Tive uma bolsa de pesquisa uma vez lá. Qual é o interesse deles aqui?

– Bem, parece que você não era a única que Ang Gelu recrutou. Ele entrou em contato com nossa organização há uma semana, para investigar rumores de enfermidades estranhas aqui em cima. Eu estava apenas me inteirando da situação do terreno, determinando quais especialistas traria para cá – médicos, geólogos, militares –, quando as tempestades começaram. Eu não havia planejado ficar isolado por tanto tempo.

– Você conseguiu descartar alguma possibilidade?

– Pelas entrevistas iniciais, estava preocupado de que rebeldes maoístas na região tivessem se apossado de algum lixo nuclear, preparando uma arma suja de algum tipo. No sentido do que você conjecturou em relação aos chineses. Por isso fiz testes para detectar várias formas de radiação enquanto esperava as tempestades passarem. Não registrei nada de incomum.

Lisa olhou fixamente para ele, como se estivesse examinando um besouro estranho.

– Se nós pudéssemos levá-lo a um laboratório – disse ela de maneira objetiva –, talvez encontrássemos algumas respostas.

Então ela não o considerava tanto um besouro quanto um porquinho-da-índia. Pelo menos ele estava subindo na escala evolucionária.

– Primeiro nós temos de sobreviver – disse Painter, lembrando-a da realidade ali.

Ela olhou para o teto do porão. Já se passara algum tempo desde que eles ouviram alguns disparos.

– Talvez eles pensem que estão todos mortos. Se nós simplesmente ficarmos aqui embaixo...

Painter empurrou o fardo de feno e levantou-se.

– Pela sua descrição, o ataque aqui foi metódico, planejado com antecedência. Eles devem saber da existência destes túneis e vão acabar procurando aqui. Só podemos rezar para que eles esperem que os incêndios se extingam.

Lisa acenou com a cabeça e disse:

– Então seguiremos em frente.

– E fugimos. Nós podemos fazer isso – ele a encorajou e pôs uma das mãos na parede para se equilibrar. – Nós podemos fazer isso – repetiu, dessa vez mais para si mesmo do que para ela.

Eles partiram.

Depois de alguns passos, Painter sentiu-se mais firme.

Ótimo.

A saída não podia estar muito longe.

Como que confirmando isso, uma brisa soprou pelo corredor abaixo, agitando com um estalido seco os molhos de ervas pendurados. Painter sentiu o frio em seu rosto. Ele congelou-o no lugar. O instinto de caçador tomou conta dele – em parte devido ao treinamento especial como agente secreto, em parte devido à sua herança de mestiço. Ele estendeu a mão atrás de si e segurou o cotovelo de Lisa, fazendo-a calar-se.

E desligou a lanterna.

Adiante, algo pesado atingiu o chão, e o som ecoou pelo corredor. Botas. Uma porta fechou-se com um estrondo. A brisa extinguiu-se.

Eles não estavam mais sozinhos.

O assassino agachou-se no porão. Ele sabia que havia outras pessoas ali embaixo. Quantas? Pendurou o rifle no ombro e sacou uma pistola Heckler & Koch MK23. Já havia tirado as luvas externas, mais grossas, e vestia apenas luvas de lã mais finas, que deixavam os dedos nus. Permaneceu em sua posição, ouvindo.

O som levíssimo de passos arrastando-se e de rangidos.

Afastando-se.

Pelo menos duas... talvez três pessoas.

Estendendo a mão para cima, deu um puxão e fechou o alçapão que conduzia ao celeiro acima. A brisa fria extinguiu-se com uma última corrente sussurrada quando a escuridão o envolveu. Ele baixou sobre os olhos um par de óculos de visão noturna e acendeu uma lâmpada ultravioleta afixada em seu ombro. O corredor adiante brilhou em tons de um verde prateado.

Bem próximo, uma parede com prateleiras estava cheia de pilhas de alimentos enlatados e fileiras de potes de mel amarelo-âmbar lacrados com cera. Ele passou de mansinho, movendo-se devagar, em silêncio. Não era necessário pressa. As outras únicas saídas levavam a uma ruína de chamas. Ele havia fuzilado aqueles monges ainda com senso suficiente na cabeça confusa para escaparem às chamas.

Mortes misericordiosas, todas elas.

Como ele sabia muito bem.

O Sino havia soado alto demais.

Fora um acidente. Um entre muitos ultimamente.

No último mês, ele havia percebido a agitação entre as outras pessoas no *Granitschloß*. Mesmo antes do acidente. Algo sacudira o castelo e fora sentido até a região distante onde ele havia construído sua casa solitária. Ele havia ignorado aquilo. Por que deveria se preocupar?

Então ocorreu o acidente... e ele tornara-se seu problema.

Dar um jeito no erro deles.

Era seu dever como um dos últimos *Sonnenkönige* sobreviventes. Tamanha era a decadência dos Reis-Sol, tanto em número quanto em prestígio, debilitados e marginalizados, anacrônicos e um estorvo. Em breve, o último deles estaria morto.

E estaria bem assim.

Mas pelo menos seu dever hoje estava quase terminado. Ele poderia voltar para sua choupana depois de limpar aquele porão. A culpa da tragédia no mosteiro seria atribuída a rebeldes maoístas. Quem mais a não ser os maoístas ateus atacariam um mosteiro sem importância estratégica?

Para garantir aquela fraude, até sua munição era igual à dos rebeldes.

Incluindo sua pistola.

Com a arma em punho, passou despercebidamente por uma fileira de barris de carvalho abertos. Grãos, centeio, farinha de trigo, até maçãs secas. Ele andava com cuidado, precavido contra qualquer emboscada. A mente dos monges podia estar deteriorada, mas mesmo os loucos podiam demonstrar astúcia quando encurralados.

Adiante, o corredor dobrava para a esquerda. Ele manteve-se encostado à parede direita e parou para ouvir, alerta a qualquer ruído de calcanhares arrastando-se. Ergueu os óculos de visão noturna.

Escuro como breu.

Colocou os óculos e o corredor estendeu-se à sua frente, pintado de verde. Ele veria quaisquer pessoas de tocaia muito antes de ser visto. Não havia como escapar. Teriam de passar por ele para alcançar a única saída segura.

Ele esgueirou-se pelo canto.

Um fardo baixo de feno estava atravessado na passagem, como se tivesse sido empurrado às pressas para o lado. Examinou o trecho do porão à frente. Mais barris. O teto era sustentado por caibros, dos quais pendiam feixes de ramos para secar.

Nenhum movimento. Nenhum som.

Ele estendeu uma perna sobre o monte de feno, que bloqueava a passagem, e passou para o outro lado.

Sob o calcanhar de sua bota, um frágil ramo de junípero estalou.

Seus olhos voltaram-se para baixo. O chão inteiro estava coberto com uma grande quantidade de ramos.

Uma armadilha.

– Agora!

Ele ergueu o olhar quando o mundo acima irrompeu num brilho estroboscópico ofuscante. Amplificadas pela sensibilidade dos óculos, as supernovas que explodiam queimavam a parte de trás de seu crânio, cegando-o.

Flashes de máquina fotográfica.

Ele abriu fogo instintivamente.

As explosões eram ensurdecedoras no porão estreito.

Eles devem ter ficado à espreita, no escuro, ouvindo até ele pisar no ramo que estalou, denunciando sua proximidade, e então o emboscaram. Ele deu um passo atrás, quase tropeçando no fardo de feno.

Ao recuar, disparou um tiro para o alto.

Um erro.

Aproveitando a oportunidade, alguém investiu contra ele. Baixo. Golpeou-o nas pernas e derrubou-o sobre o fardo de feno. Suas costas bateram com força no chão de pedra. Alguma coisa penetrou na carne de sua coxa. Ele ajoelhou-se, recebendo um grunhido do agressor em cima dele.

– Vá! – gritou Painter, pressionando a pistola contra ele. – Fuja!

Seu agressor falava inglês. Não era um monge.

Uma segunda figura deu um pulo sobre o corpo dos dois, ainda indistinta enquanto sua visão começava a voltar. Ele ouviu os passos afastando-se em direção ao alçapão do celeiro.

– *Scheiße*[12] – praguejou ele.

Ele virou o corpo de lado e derrubou o homem de cima dele como se fosse uma boneca de pano. Os *Sonnenkönige* não eram como os outros homens. Seu agressor bateu na parede e voltou, e tentou seguir atrás do outro fugitivo. Mas a visão voltou rapidamente, graças à luz que recuava. Furioso, ele segurou o tornozelo de seu agressor e o puxou para trás.

O homem deu um chute com o outro pé, acertando seu cotovelo.

Resmungando, ele enfiou o polegar num nervo sensível atrás do tendão de Aquiles. O homem soltou um grito. Ele sabia como aquele beliscão podia doer. Era como fraturar o tornozelo. Ele puxou o homem pela perna.

Quando ele se aprumou, o mundo transformou-se num rodopio estonteante. Toda sua força subitamente esvaiu-se como se ele fosse um balão estourado. A parte superior de sua coxa ardia. Na área em que fora esfaqueado. Ele olhou para baixo. Não esfaqueado. Uma seringa ainda pendia de sua coxa, o êmbolo empurrado até o fim.

Drogado.

Seu agressor girou e livrou-se de seu domínio, cada vez mais fraco, rolou e levantou-se com a ajuda das mãos.

Ele não podia deixar o homem escapar.

Ergueu a pistola – agora pesada como uma bigorna – e disparou atrás dele. O tiro ricocheteou no chão. Enfraquecendo rapidamente, disparou um segundo tiro, mas o homem já estava fora do alcance de sua visão.

Ele ouviu seu agressor fugir.

Com os membros pesados, caiu de joelhos. Seu coração martelava em seu peito. Um coração com o dobro do tamanho médio. Mas normal para um *Sonnenkönig*.

Ele respirou fundo várias vezes, à medida que seu metabolismo voltava ao normal.

Os *Sonnenkönige* não eram como os outros homens.

Ele ficou em pé devagar.

[12] Em alemão no original: Merda. (N. do T.)

Ele tinha uma tarefa por terminar.

Era para isso que havia nascido.

Para servir.

Painter fechou o alçapão com um estrondo.

– Ajude-me com isto – disse ele, mancando para o lado. A dor subia em ferroadas pela sua perna. Ele apontou uma pilha de caixotes. – Empilhe-os em cima do alçapão.

Painter puxou o engradado no alto da pilha. Pesado demais para carregar, caiu no chão com o rangido de metal. Arrastou-o para o alçapão. Não sabia o que estava dentro dos caixotes, apenas que era pesado, terrivelmente pesado.

Empurrou-o para cima do alçapão.

Com grande esforço, Lisa moveu outro. Ele juntou-se a ela para pegar um terceiro.

Juntos, eles carregaram a carga até o alçapão.

– Mais um – disse Painter.

Lisa olhou fixamente para a pilha de caixotes sobre o alçapão.

– Ninguém vai conseguir passar através disso.

– Mais um – insistiu Painter, ofegante e fazendo careta. – Confie em mim.

Eles arrastaram o último, em conjunto. Foi necessário que ambos o erguessem sobre os outros já empilhados no alçapão.

– As drogas vão mantê-lo inconsciente por horas – disse Lisa.

Um único disparo foi a resposta que ela obteve. O projétil de um rifle perfurou a porta do alçapão com a pilha de caixotes e penetrou num dos caibros do celeiro.

– Eu acho que vou querer uma segunda opinião – disse Painter, afastando-a dali.

– Você injetou todo o midazolam... o sedativo nele?

– Claro que sim.

– Então como...?

– Não sei. E neste momento não me interessa.

Painter levou-a em direção à porta aberta do celeiro. Após esquadrinharem o terreno, a fim de ver se havia outros pistoleiros, saíram. À esquerda, o mundo era uma ruína flamejante e enfumaçada. Brasas turbilhonavam num céu ameaçador.

Nuvens da cor de granito obscureciam o cume acima.

– Taski tinha razão – murmurou Lisa, puxando para cima o capuz de sua parca.

– Quem?

– Um guia *sherpa*. Ele advertiu que hoje chegaria outra frente de tempestade.

Painter observou as chamas contorcerem-se em direção às nuvens. Densos flocos de neve começaram a precipitar, misturando-se com uma chuva negra de cinzas incandescentes. Fogo e gelo. Era uma cerimônia adequada em memória das dezenas de monges que haviam vivido naquele mosteiro.

Quando Painter se lembrou dos homens gentis que haviam feito do mosteiro seu lar, uma raiva sombria o atiçou. Quem chacinaria os monges com tamanha falta de misericórdia?

Ele não tinha resposta para o *quem*, mas sabia o *porquê*.

A doença ali.

Algo dera errado – e agora alguém procurava encobrir o ocorrido.

Uma explosão interrompeu qualquer outra refexão. Chamas e fumaça projetaram-se pela porta do celeiro. A tampa de uma das caixas voou no pátio.

Painter segurou o braço de Lisa.

– Será que ele acabou de mandar a si mesmo pelos ares? – perguntou Lisa, olhando horrorizada na direção do celeiro.

– Não, apenas o alçapão. Vamos. O fogo só vai retardá-lo por pouco tempo.

Painter seguiu na frente pelo terreno coberto com uma crosta de gelo, desviando das carcaças congeladas das cabras e ovelhas. Eles saíram pelo cercado dos animais.

A neve ficou mais densa. Uma bênção confusa. Painter usava apenas uma grossa túnica de lã e botas forradas com pele. Não era um isolante contra uma nevasca. Mas a atual queda de neve ajudaria a ocultar o rastro deles e a reduzir a visibilidade.

Ele seguiu na frente, em direção a uma trilha que corria ao longo de uma face íngreme do penhasco e seguia até a aldeia lá embaixo, que ele visitara alguns dias atrás.

– Veja! – exclamou Lisa.

Abaixo, uma coluna de fumaça revolvia-se no céu, uma versão menor da que se erguia atrás deles.

– A aldeia... – disse Painter, cerrando um punho.

Então não era apenas o mosteiro que estava sendo erradicado. A dispersão de cabanas abaixo também havia sido atacada com bombas incendiárias. Os agressores não deixaram testemunhas.

Painter afastou-se da trilha à beira do penhasco, pois ela ficava exposta demais. O caminho com certeza seria vigiado, e outros homens ainda poderiam estar lá embaixo. Ele voltou em direção às ruínas flamejantes do mosteiro.

– Para onde nós estamos indo? – perguntou Lisa.

Painter apontou para além das chamas.

– Para a terra de ninguém.

– Mas não é lá que...?

– Que as luzes foram vistas pela última vez – confirmou ele. – Mas devido ao terreno acidentado também desapareceremos de vista. Podemos encontrar abrigo para nos escondermos até a tempestade passar. Vamos esperar que outros venham investigar o incêndio e a fumaça.

Painter olhou para a grossa coluna negra. Ela devia ser visível a quilômetros de distância. Um sinal de fumaça, como seus ancestrais indígenas um dia usaram. Mas havia alguém para vê-lo? Seu olhar moveu-se para mais alto, para as nuvens. Ele tentou olhar através da camada de nuvens para o céu aberto além. E rezou para que alguém reconhecesse o perigo.

Até lá...

Ele tinha apenas uma opção.

– Vamos.

1:25h
Washington, D.C.

Monk cruzou a escura praça do Capitólio com Kat a seu lado. Eles andavam a passos largos, menos de acordo do que irritados.

– Eu preferia que esperássemos – disse Kat. – É muito cedo. Qualquer coisa poderia acontecer.

Monk podia sentir o suave cheiro de jasmim que ela exalava. Eles haviam tomado uma ducha juntos, às pressas, após o telefonema de Logan Gregory, acariciando um ao outro no vapor, entrelaçados enquanto se enxaguavam, uma última intimidade. Porém, em seguida, enquanto se enxugavam e se vestiam separadamente, a praticidade começou a impor-se a cada zíper puxado ou a cada botão preso. A realidade manifestou-se, esfriando a paixão deles tanto quanto a friagem da noite.

Monk olhava fixamente para ela agora.

Kat usava calça azul-marinho, blusa branca e um casaco com o brasão da Marinha dos Estados Unidos. Como ela era sempre profissional, o emblema estava tão polido quanto seus escarpins de couro preto. Monk, por sua vez, usava um par de tênis Reebok preto, *jeans* escuro e um suéter bege-claro de gola rulê, arrematado por um boné de beisebol do Chicago Cubs.

– Até eu ter certeza – prosseguiu Kat –, prefiro que guardemos segredo sobre a gravidez.

– O que você quer dizer com *até eu ter certeza*? Até você ter certeza de que *deseja ter* o bebê? Até você ter certeza em relação a *nós*?

Eles estavam discutindo desde o apartamento de Kat, no canto do Logan Circle, um ex-hotel vitoriano que oferecia apenas leito e café-da-manhã e que fora convertido em apartamentos, a poucos minutos a pé do Capitólio. Naquela noite, a curta caminhada parecia interminável.

– Monk...

Ele parou, estendeu uma das mãos para ela e em seguida baixou-a. No entanto, ela também parou.

Ele a olhou diretamente nos olhos.

– Diga-me, Kat.

– Eu quero ter certeza de que a gravidez... eu não sei... *vai correr bem*. Até ela ter avançado um pouco mais antes de contar a qualquer pessoa.

Os olhos dela cintilavam à luz da lua, à beira das lágrimas.

– Querida, é por isso que deveríamos contar a todos. – Ele aproximou-se e pôs uma das mãos na barriga dela. – Para proteger o que está crescendo aqui.

Ela virou-se, e a mão dele agora pousava na região lombar dela.

– E, além disso, talvez você tivesse razão. Minha carreira... quem sabe este não seja o momento certo.

Monk suspirou.

– Se todas as crianças nascessem apenas no momento certo, o mundo seria um lugar muito mais vazio.

– Monk, você não está sendo justo. Não se trata da sua carreira.

– Como não? Você acha que um filho não vai alterar minha vida, minhas escolhas a partir de agora? Ele muda tudo.

– Exatamente. É isso o que mais me assusta. – Ela inclinou-se na palma da mão dele, e ele a envolveu em seus braços.

– Nós vamos superar isto juntos – sussurrou ele. – Eu prometo.

– Eu ainda prefiro guardar segredo... pelo menos por mais alguns dias. Eu ainda nem fui ao médico. Talvez o teste de gravidez esteja errado.

– Quantos testes você fez?

Ela inclinou-se de encontro a ele.

– Então?

– Cinco – sussurrou ela.

– Cinco? – perguntou ele, sem conseguir disfarçar o divertimento em sua voz.

Ela deu um leve soco nas costelas dele, mas doeu.

– Não tire sarro da minha cara – respondeu, e ele percebeu o sorriso na voz dela.

Ele a abraçou com mais força.

– Está bem. Será nosso segredo por enquanto.

Ela virou-se nos braços dele e o beijou, não vividamente, não de um jeito apaixonado, apenas em agradecimento. Eles separaram-se, mas seus dedos permaneceram entrelaçados enquanto continuavam a andar pela alameda.

Adiante, intensamente iluminado, estava o destino deles: o Castelo Smithsonian. Suas muralhas, torres e pináculos de arenito vermelho brilhavam na escuridão, um monumento histórico anacrônico na cidade quieta ao redor dele. Enquanto o edifício principal abrigava o centro de informações do Instituto Smithsonian, o velho e abandonado abrigo antiaéreo havia sido transformado no comando central da Sigma, encobrindo a força secreta de cientistas militares da DARPA no coração dos muitos museus e laboratórios de pesquisa do Instituto Smithsonian.

Os dedos de Kat deslizaram dos dele quando eles se aproximaram do terreno do castelo.

Monk observou-a, dominado por preocupação.

Apesar do acordo entre os dois, ele percebeu que ela permanecia insegura. Seria algo além do bebê?

Até eu ter certeza.

Certeza de quê?

A preocupação incomodou Monk até os escritórios subterrâneos do comando da Sigma. Porém, uma vez lá embaixo, o relato da missão por Logan Gregory, diretor interino da Sigma, acrescentou toda uma nova leva de preocupações.

– A tempestade ainda estende-se por toda a região, enfraquecendo os sinais de rádio, com tempestades elétricas que varrem toda a baía de Bengala – explicou Logan, sentado atrás de uma escrivaninha organizada. Uma fileira de monitores de cristal líquido revestia uma parede. Dados rolavam por dois deles, um dos quais mostrava imagens ao vivo de um satélite meteorológico sobre a Ásia.

Monk passou para Kat a foto de uma das varreduras do satélite.

– Espero que tenhamos mais notícias antes do nascer do sol – continuou Logan. – Ang Gelu partiu do Nepal de madrugada a fim de levar alguns médicos de helicóptero até o mosteiro. Eles estavam tentando voar durante uma pausa entre as tempestades. Ainda é cedo. Lá é apenas meio-dia agora. Por isso espero receber mais informações em breve.

Monk e Kat entreolharam-se. Eles haviam sido informados sobre a investigação do diretor. Havia três dias Painter Crowe estava incomunicável. Pelo ar abatido, Logan Gregory estivera acordado o tempo todo. Ele usava seu habitual terno azul, mas que estava um pouco amarrotado nos cotovelos e nos joelhos, praticamente desalinhado para o vice-diretor da Sigma. Seus cabelos louro-claros e seu físico bronzeado sempre lhe deram uma aparência jovem, porém, naquela noite, os sinais de seus quarenta e tantos anos transpareciam: olhos inchados, rosto pálido e duas rugas entre os olhos, tão fundas quanto o Grand Canyon.

– E o Gray? – perguntou Kat.

Logan pôs um arquivo em ordem com uma batida firme na escrivaninha, como se aquilo resolvesse o assunto anterior. Sempre eficiente, empurrou uma segunda pasta para a frente e a abriu.

– Atentaram contra a vida do comandante Pierce há uma hora.

– O quê? – Monk de súbito inclinou-se para a frente. – Então, o que há com todos os boletins meteorológicos?

– Calma. Ele está em segurança e aguardando apoio. – Logan comentou os pormenores dos acontecimentos em Copenhague, incluindo a sobrevivência de Gray. – Monk, providenciei para que você se junte ao comandante Pierce. Há um jato à sua espera no Aeroporto de Dulles, com decolagem prevista para daqui a uma hora e 32 minutos.

Monk tinha de dar crédito ao homem. Ele nem ao menos consultou o relógio.

– Capitã Bryant – prosseguiu Logan, virando-se para Kat –, neste ínterim, eu gostaria que a senhora ficasse aqui enquanto monitoramos a situação no Nepal. Tenho gente de plantão na nossa embaixada em Catmandu. Posso usar sua experiência em inteligência, no país e no exterior.

– É claro que sim, senhor.

Monk de repente ficou contente por Kat ter feito carreira na área de inteligência. Ela seria o braço direito de Logan durante aquela crise. Ele preferia que ela ficasse ali, em segurança embaixo do Castelo Smithsonian, a vê-la em ação. Seria menos uma preocupação.

Ele percebeu que Kat mantinha o olhar fixo nele. Os olhos dela endureceram de raiva, como se ela pudesse ler seus pensamentos. Ele manteve o rosto fixo e imóvel.

– Então vou deixar vocês dois se situarem – Logan disse e levantou-se. Manteve a porta de seu gabinete aberta, efetivamente dispensando-os.

Mal a porta se fechou atrás deles, Kat segurou com força o braço de Monk acima do cotovelo.

– Você vai para a Dinamarca?

– Sim, e daí?

– E quanto...? – Ela arrastou-o para o toalete feminino, vazio àquela hora tão avançada. – E quanto ao bebê?

– Eu não estou entendendo. O que...?

– E se acontecer alguma coisa com você?

Ele piscou para ela.

– Não vai me acontecer nada.

Ela ergueu o outro braço dele, expondo sua mão artificial.

– Você não é indestrutível.

Ele baixou o braço, meio que escondendo a prótese atrás de si. Seu rosto enrubesceu.

– Trata-se de uma operação insignificante. Vou dar apoio ao Gray enquanto ele termina o trabalho por lá. Quer dizer, até mesmo a Rachel irá a Copenhague. É bem provável que eu seja a vela deles. Em seguida pegaremos o primeiro vôo de volta.

– Se a operação é tão insignificante, deixe outra pessoa ir. Posso dizer ao Logan que preciso da sua ajuda aqui.

– Como se ele fosse acreditar nisso.

– Monk...

– Eu vou, Kat. Você é quem quer manter a gravidez em segredo. Eu quero gritá-la para o mundo. De qualquer modo, nós temos nossos deveres. Você tem os seus, eu tenho os meus. E, confie em mim, eu não serei imprudente. – Ele pôs uma das mãos na barriga dela. – Vou proteger o meu traseiro por nós três.

Ela cobriu a mão dele com a sua e suspirou.

– Bem, é um belo traseiro.

Ele sorriu, e ela retribuiu o sorriso, mas ele também viu a exaustão e a preocupação nos olhos dela. Ele só tinha uma resposta para aquilo.

Inclinou-se, os lábios tocando os dela, e sussurrou:

– Eu prometo.

– Promete o quê? – perguntou ela, afastando-se ligeiramente.

– Tudo – ele respondeu e beijou-a com avidez.

Ele falava sério.

– Você pode contar ao Gray – ela disse quando eles afinal se soltaram dos braços um do outro. – Desde que você o faça jurar segredo.

– É mesmo? – Os olhos dele iluminaram-se, depois estreitaram-se em suspeita. – Por quê?

Ela passou por trás dele em direção ao espelho, mas não sem antes dar um tapa em suas nádegas.

– Eu quero que ele também cuide do seu traseiro.

– Tudo bem. Mas eu acho que essa não é a dele.

Ela sacudiu a cabeça e olhou o próprio rosto no espelho.

– O que é que eu vou fazer com você?

Ele aproximou-se de Kat por trás e a abraçou pela cintura.

– Bem, de acordo com o sr. Gregory, eu tenho uma hora e 32 minutos.

12:15h
Himalaia

Lisa andava com dificuldade atrás de Painter.

Com a habilidade de uma cabra montesa, ele seguia na frente por um declive íngreme, coberto de cascalho e perigoso por causa do xisto congelado. A neve caía em flocos espessos sobre eles, uma nuvem que se movia rapidamente e se espalhava num turbilhão denso reduzia a visibilidade a poucos metros, criando uma luz fraca, estranha e cinzenta. Mas pelo menos eles estavam livres das piores rajadas de vento gelado. O desfiladeiro profundo que haviam descido ficava na direção contrária à do vento.

No entanto, não havia como fugir ao frio glacial à medida que a temperatura caía. Mesmo em sua parca e luvas para tempestade, ela tremia. Embora estivessem viajando há menos de uma hora, o calor do mosteiro em chamas era uma lembrança distante. Os centímetros de pele exposta no rosto dela estavam queimados pelo vento e esfolados.

Painter devia estar em pior situação. Ele vestira uma calça grossa e luvas de lã, tiradas de um dos monges mortos. Mas não tinha um capuz de isolamento, apenas um cachecol amarrado na parte inferior do rosto. Sua respiração ofegante soltava pequenas nuvens brancas no ar gelado.

Eles precisavam encontrar abrigo.

E logo.

Painter estendeu a mão para ela quando ela deslizou sentada por um trecho particularmente inclinado, ficando ao lado dele. Eles haviam chegado ao fundo do desfiladeiro, que dobrava num ângulo, emoldurado por paredes íngremes.

O acúmulo de neve recente já chegava a trinta centímetros ali embaixo.

Seria difícil caminhar sem raquetes de neve.

Como que adivinhando a preocupação dela, Painter apontou para um lado da passagem estreita. Uma saliência projetava-se da rocha, oferecendo proteção contra o tempo. Eles seguiram para lá, arrastando-se pelo monte de neve armazenado pelo vento.

Assim que chegaram à saliência rochosa, a situação ficou mais fácil.

Ela olhou para trás. Os passos deles já estavam sendo preenchidos pela neve caindo. Dentro de minutos, teriam desaparecido. Embora isso com certeza ajudasse a ocultar o rastro deles de quaisquer pessoas que estivessem no seu encalço, a circunstância ainda a enervava. Era como se a própria existência deles estivesse sendo apagada.

Ela virou-se para ele.

– Você tem alguma idéia de aonde estamos indo? – perguntou.

Ela se deu conta de que estava sussurrando – não tanto por medo de denunciar a posição deles, mas intimidada pelo silêncio envolvente da tempestade.

– Muito pouca – respondeu Painter. – Estas terras fronteiriças são território não mapeado. Grande parte dele jamais foi pisada pelo homem. – Ele moveu um braço. – Quando cheguei aqui pela primeira vez, examinei algumas fotos de levantamento topográfico por satélite. Mas elas não têm muito uso prático. O terreno é muito acidentado, o que torna difíceis os levantamentos.

Eles deram mais alguns passos em silêncio.

Então Painter olhou para ela.

– Você sabia que em 1999 descobriram Xangrilá aqui em cima?

Lisa observou-o atentamente. Ela não podia dizer se ele estava sorrindo atrás do cachecol, tentando atenuar o medo dela.

– Xangrilá... de *Horizonte perdido*?

Ela se lembrava do filme e do livro. Um paraíso utópico, perdido e congelado no tempo no Himalaia.

Dando a volta, ele continuou a arrastar-se pela neve e explicou.

– Dois exploradores da *National Geographic* descobriram um desfiladeiro profundíssimo no Himalaia, a algumas centenas de quilômetros ao sul daqui, oculto sob o contraforte de uma montanha, um lugar que não aparecia nos mapas dos satélites. No fundo do desfiladeiro estava um paraíso subtropical. Cascatas, abetos e pinheiros, campinas repletas de arbustos, córregos margeados por cicutas e abetos-vermelhos. Uma paisagem semelhante a um jardim selvagem, cheia de vida, cercada por todos os lados por gelo e neve.

– Xangrilá?

Ele deu de ombros.

– Isso simplesmente nos mostra que a ciência e os satélites nem sempre revelam o que o mundo quer esconder.

Àquela altura, ele estava batendo os dentes. Até mesmo a conversa disperdiçava fôlego e calor. Eles precisavam encontrar seu próprio Xangrilá.

Continuaram em silêncio. A neve caía em flocos cada vez mais densos.

Dez minutos depois, a passagem fazia uma curva numa subida estreita em ziguezague. Ao alcançá-la, a saliência protetora desapareceu.

Eles pararam e olharam fixamente, entrando em desespero.

O desfiladeiro diminuía abruptamente a partir dali, alargando-se, abrindo-se. Um véu de neve caía à frente deles, enchendo o mundo. Através de rajadas de vento ocasionais, apareciam vislumbres trêmulos de um vale profundo.

Não era Xangrilá.

Adiante estendia-se uma série de penhascos irregulares cobertos de gelo e varridos pela neve, íngremes demais para transpor sem cordas. Um córrego precipitava-se através da paisagem escarpada numa série de cascatas altíssimas – o curso congelado em puro gelo, aprisionado no tempo.

Além, coberto pelo nevoeiro causado por cristais de gelo e pela neve, havia um desfiladeiro profundíssimo que, de onde eles estavam, parecia não ter fundo. O fim do mundo.

– Nós vamos encontrar um jeito de descer – disse Painter batendo os dentes.

Ele voltou a enfrentar a tempestade. A neve rapidamente utrapassou os tornozelos deles, depois chegou à metade das panturrilhas. Painter abria uma trilha para ela.

– Espere – disse ela, sabendo que ele não conseguiria agüentar-se por muito mais tempo. Ele a trouxera até ali, mas eles não estavam equipados para ir além. – Por aqui.

Ela o conduziu até a parede do penhasco. O lado situado na direção para onde sopra o vento oferecia um pouco de abrigo.

– Para onde...? – ele tentou perguntar, mas o chacoalhar de seus dentes interrompeu as palavras.

Ela apenas apontou para o riacho congelado, que se precipitava além do penhasco acima. Taski Sherpa lhes havia ensinado técnicas de sobrevivência ali em cima. Uma de suas lições mais rígidas era encontrar abrigo.

Ela sabia de cor os cinco melhores lugares para procurar.

Lisa foi até onde a cascata de gelo atingia o nível em que eles estavam. Conforme fora instruída, procurou o local onde a rocha negra se encontrava com o gelo branco-azulado. De acordo com o guia, o derretimento da neve no verão transformava as cascatas do Himalaia em torrentes violentas, capazes de talhar uma profunda cavidade na rocha. E, no fim do verão, o fluxo de água diminuía e congelava, deixando com freqüência um espaço vazio atrás de si.

Com alívio, ela percebeu que aquela cascata não era exceção.

Ela dirigiu uma prece de agradecimento a Taski e a todos os seus ancestrais.

Com o cotovelo, quebrou uma crosta de gelo e alargou uma brecha negra entre o gelo e a parede. Uma pequena caverna abriu-se do outro lado.

Painter juntou-se a ela.

– Deixe-me certificar se é seguro.

Ele virou-se de lado e, espremido, entrou na caverna e desapareceu. Um momento mais tarde, uma luz fraca brilhou, iluminando a cascata.

Lisa olhou através da fenda.

Painter estava em pé a alguns passos de distância, com a lanterna na mão. Ele vasculhou o pequeno nicho com seu feixe de luz.

– Parece seguro. Poderíamos ficar algum tempo aqui dentro, esperando a tempestade passar.

Lisa entrou pela brecha a fim de juntar-se a ele. Protegido do vento e da neve, o lugar já parecia mais quente.

Painter desligou a lanterna. Uma fonte de luz não era de fato necessária. A parede de gelo parecia capturar toda a luz diurna que a tempestade deixava penetrar e a amplificava. A cascata congelada cintilava, resplandecia.

Painter virou-se para ela, os olhos excepcionalmente azuis, que combinavam com o brilho intenso do gelo. Ela examinou o rosto dele à procura de sinais de ulceração causada pelo frio. A abrasão do vento havia deixado sua pele com um tom vermelho vivo. Ela reconheceu a herança indígena dele nos traços de seu rosto, admirável com seus olhos azuis.

– Obrigado – disse Painter. – Talvez você tenha acabado de salvar nossas vidas.

Ela deu de ombros, desviando o olhar.

– Eu lhe devia o favor.

No entanto, apesar das palavras desdenhosas, uma parte dela enterneceu-se com a gratidão dele – mais do que ela teria esperado.

– Como você sabia o modo de encontrar...? – As últimas palavras de Painter deram lugar a um forte espirro. – Ui!

Lisa tirou sua mochila do ombro.

– Chega de perguntas. Nós dois precisamos nos aquecer.

Ela abriu a mochila com o material médico e tirou um cobertor isolante. Apesar de sua finura enganadora, o tecido retinha 90 por cento do calor emitido pelo corpo. E ela não estava contando apenas com o calor do corpo.

Tirou da mochila um aquecedor catalítico compacto, aparelho fundamental no alpinismo.

– Sente-se – ordenou ela a Painter, estendendo o cobertor sobre a rocha fria.

Exausto, ele não protestou.

Ela sentou-se ao lado dele e puxou o cobertor sobre ambos, formando um casulo. Aninhada ali dentro, apertou a ignição automática do aquecedor. O aparelho sem chamas era alimentado por um pequeno cilindro de butano que durava 14 horas. Usando-o com moderação e de maneira intermitente, junto com o cobertor isolante, eles seriam capazes de resistir por dois ou três dias.

Painter tremia ao lado dela enquanto o aparelho aquecia o ambiente.

– Tire suas luvas e botas – disse ela, fazendo o mesmo. – Aqueça as mãos acima do aquecedor e massageie os dedos dos pés e das mãos, o nariz e as orelhas.

– Con... contra ulceração pro... produzida pelo fri... frio...

Ela fez um aceno de cabeça afirmativo.

– Amontoe o máximo de roupa entre seu corpo e a rocha, para restringir a perda de calor pela condução.

Eles despiram-se e revestiram seu ninho com penas de ganso e lã.

Pouco tempo depois o espaço parecia quase agradável.

– Tenho algumas barrinhas energéticas – disse ela. – Para obtermos água, podemos derreter neve.

– Uma mulher acostumada a sobreviver em regiões remotas – disse Painter com um pouco mais de firmeza, o otimismo voltando à medida que eles se aqueciam.

– Mas nada disto deterá uma bala – retrucou ela, olhando para ele, um nariz quase tocando o outro sob o cobertor.

Painter suspirou e acenou com a cabeça. Eles estavam protegidos do frio, mas não do perigo. A tempestade, antes uma ameaça, oferecia certa proteção. Mas, e depois? Eles não tinham nenhum meio de comunicação, nenhuma arma.

– Ficaremos escondidos – disse Painter. – Quem quer que tenha atacado o mosteiro com bombas incendiárias não conseguirá nos seguir. Equipes de busca virão verificar o que aconteceu quando a tempestade passar. Espero que em helicópteros de resgate. Podemos emitir sinais para eles com aquele sinalizador luminoso que eu vi na sua mochila de emergência.

– E simplesmente esperar que os resgatadores nos alcancem antes dos outros.

Ele estendeu a mão e apertou o joelho dela. Ela gostou do fato de ele não ter dito falsas palavras de encorajamento. Nada de subestimar a situação deles com palavras doces. A mão dela encontrou a dele e a segurou com força. Era encorajamento suficiente.

Eles permaneceram calados, perdidos em seus pensamentos.

– Quem você acha que eles são? – ela afinal perguntou suavemente.

– Não sei. Mas eu ouvi o homem praguejar quando investi contra ele. Em alemão. Tive a impressão de que havia atingido um tanque.

– Em alemão? Você tem certeza?

– Eu não tenho certeza de nada. Provavelmente era um mercenário contratado. Era óbvio que ele tinha algum treinamento militar.

– Espere – disse Lisa, inclinando-se para a mochila. – Minha câmera.

Painter sentou-se mais ereto, desprendendo uma aba do cobertor. Ele o enfiou embaixo de seu corpo para fechar a lacuna.

– Você acha que tem uma foto dele?

– A fim de que o *flash* estroboscópico funcionasse, ajustei a câmera para fotografar continuamente. Nesse modo, a câmera digital SRL captura cinco cenas por segundo. Eu não tenho a menor idéia do que foi registrado.

Ela virou-se e ligou a câmera.

Ombro a ombro, eles olharam fixamente para a minúscula tela de cristal líquido. Lisa exibiu as últimas fotos. A maioria estava desfocada, porém, à medida que ela avançava rapidamente pela série de fotos, era como assistir a uma reprise em câmera lenta da fuga deles: a reação de surpresa do assassino, seu braço erguido quando ele instintivamente tentou proteger os olhos, os disparos dele quando ela se abaixou depressa atrás do barril, o choque de Painter contra ele.

Algumas fotos haviam capturado fragmentos do rosto do homem. Juntando as peças do quebra-cabeça, eles obtiveram uma fotomontagem rudimentar: cabelos branco-alourados, rosto animalesco, mandíbula proeminente. A última foto da série devia ter sido tirada quando ela pulou por cima de Painter e do assassino. Ela capturou um *close-up* dos olhos dele, seus óculos de visão noturna caídos sobre uma orelha. A raiva ardia, uma brutalidade acentuada pelas pupilas vermelhas devido ao *flash* da câmera.

Lisa lembrou-se de Relu Na, o parente distante de Ang Gelu que os atacara com uma foice. Os olhos do monge enlouquecido haviam brilhado do mesmo jeito. Um frio que não tinha nada a ver com o clima percorreu sua pele nua.

Ela também notou outra característica em relação aos olhos do homem.

Eles não combinavam.

Um olho refletia um azul ártico brilhante.

O outro era branco sem vida.

Talvez fosse apenas um esmaecimento causado pelo *flash*...

Lisa pressionou a seta para retroceder e rever as fotos desde o começo. Ela excedeu-se e exibiu a última foto armazenada na câmera antes da série no porão de armazenagem de ervas. Era a foto de uma parede, cheia de rabiscos feitos com sangue. Ela esquecera-se de que a havia tirado.

– O que é isso? – perguntou Painter.

Ela já havia contado a ele a triste história do líder do mosteiro, Lama Khemsar.

– Isso é o que o velho monge estava escrevendo na parede. Parece a mesma série de símbolos, desenhados repetidamente.

Painter inclinou-se para mais perto.

– Você pode dar um *zoom* nela?

Ela o fez, embora perdesse boa parte da resolução e da clareza.

Painter franziu a testa.

– Isto não é nem tibetano nem nepalês. Veja como a escrita é angular. Isto se parece mais com runas nórdicas ou algo desse tipo.

– Você acha?

– Talvez. – Painter recostou-se com um gemido cansado. – De qualquer modo, isso faz você se perguntar se Lama Khemsar sabia mais do que fazia crer.

Lisa lembrou-se de algo que esquecera de contar a Painter.

– Depois que o velho monge cortou a garganta, encontramos um símbolo gravado em seu tórax. Eu o ignorei por considerá-lo apenas tolice e coincidência. Mas agora não tenho tanta certeza.

– Como era o símbolo? Você pode desenhá-lo?

– Não preciso desenhá-lo: era uma suástica.

As sobrancelhas de Painter ergueram-se.

– Uma suástica?

– Acho que sim. Será que ele estava voltando ao passado, expressando em ações algo que o assustava?

Lisa contou a história do parente de Ang Gelu. Como Relu Na havia fugido dos rebeldes maoístas, traumatizado pela crescente brutalidade deles quando pegaram foices para decepar os membros de agricultores inocentes. Então Relu Na fez o mesmo quando a doença destruiu sua sanidade, expressou em ações um trauma não superado.

Painter franziu o cenho quando ela terminou.

– Lama Khemsar tinha mais ou menos 75 anos, o que significa que estava no início ou no meio da adolescência durante a Segunda Guerra Mundial. Então é possível. Os nazistas tinham enviado expedições de pesquisa ao Himalaia.

– Aqui? Por quê?

Painter deu de ombros.

– Segundo consta, Heinrich Himmler, o chefe da SS, tinha fixação pelo oculto. Ele estudou antigos textos védicos da Índia que remontavam a milhares de anos. O filho-da-puta acabou acreditando que estas montanhas foram o berço da raça ariana original. E enviou expedições à procura de provas. É claro que o cara era doido de pedra.

Lisa sorriu para ele.

– No entanto, pode ser que, contratado como guia ou função parecida, o velho lama tenha se desentendido com os membros de uma daquelas primeiras expedições.

– Pode ser. Mas nós jamais saberemos. Quaisquer que fossem os segredos, morreram com ele.

– Talvez não. Talvez fosse isso que ele estava tentando fazer lá em cima, em seus aposentos. Libertando-se de algo horrível. Seu subconsciente tentando absolver a si mesmo ao revelar o que ele, Lama Khemsar, sabia.

– São muitas probabilidades. – Painter esfregou a testa, estremecendo. – E eu tenho mais uma: *talvez* fosse apenas linguagem inarticulada.

Lisa não tinha um contra-argumento. Ela suspirou, cansando-se rapidamente à medida que a adrenalina da fuga deles diminuía.

– Você está bastante aquecido?

– Sim, obrigado.

Ela desligou o aquecedor.

– Precisamos economizar o butano.

Ele concordou com um aceno de cabeça, e em seguida não conseguiu evitar um bocejo que fez sua mandíbula estalar.

– Deveríamos tentar dormir um pouco – disse ela. – Fazer rodízio.

Horas mais tarde, Painter despertou sobressaltado com alguém sacudindo seu ombro. Ele sentou-se onde estivera encostado à parede. Estava escuro lá fora. A parede de gelo diante dele estava tão negra quanto a rocha.

Pelo menos, parecia que a tempestade havia amainado.

– O que está acontecendo? – indagou ele.

Lisa havia baixado uma parte do cobertor deles.

Ela apontou e sussurrou:

– Espere.

Ele chegou para mais perto dela, repelindo qualquer vestígio de sono, e esperou meio minuto. Nada ainda. A tempestade claramente tinha diminuído. O uivo do vento cessara. Além da caverna deles, um silêncio cristalino de inverno havia caído sobre o vale e os penhascos. Ele se esforçou para ouvir algo suspeito.

Alguma coisa havia sem dúvida assombrado Lisa.

Ele percebeu o medo insuportável que praticamente vibrava do corpo tenso dela.

– Lisa, o que...?

De repente, a parede de gelo tremeluziu com um brilho intenso, como se fogos de artifício houvessem sido acesos no céu lá fora. Não se ouvia barulho. A radiância cintilante caiu como cascata ao longo das quedas-d'água e extinguiu-se. Em seguida o gelo voltou a escurecer.

– As luzes-fantasma... – sussurrou Lisa e virou-se para ele.

Painter retrocedeu a três noites atrás, quando tudo aquilo havia começado. *A doença na aldeia, a loucura no mosteiro.* Ele se lembrou da afirmação anterior de Lisa. A proximidade das estranhas luzes era diretamente proporcional à gravidade dos sintomas.

E agora eles estavam no coração do terreno acidentado.

Mais perto do que nunca.

Enquanto Painter observava, a cascata congelada fulgurou de novo, com uma luminosidade cintilante e fatal. As luzes-fantasma estavam de volta.

CAPÍTULO 5

Algo podre

18:12h
Copenhague, Dinamarca

Será que nada jamais começa na hora na Europa?

Gray consultou seu relógio de pulso.

O início do leilão fora marcado para as cinco horas.

Trens e ônibus podiam ser eficientes o bastante para que você acertasse o seu relógio ali, porém, quando se tratava de eventos com hora marcada, ninguém tinha certeza. Já passava das seis. No último consenso havia sido decidido que o início do leilão deveria ser por volta de seis e meia, devido ao atraso de alguns vôos, porque uma tempestade na costa do mar do Norte estava causando prejuízo ao tráfego aéreo com destino a Copenhague.

As pessoas que participariam do leilão ainda estavam chegando lá embaixo.

Enquanto o sol declinava no horizonte, Gray posicionou-se numa sacada no segundo andar do hotel Scandic Webers. Ele ficava em frente, no outro lado da rua, da Casa de Leilões Ergenschein, um moderno edifício de quatro andares que mais parecia uma galeria de arte do que uma casa de leilões, com seu moderno estilo minimalista dinamarquês, todo de vidro e madeira descorada. O leilão seria realizado no porão do edifício.

E tomara que em breve.

Gray bocejou e espreguiçou-se.

Mais cedo, ele passara no hotel onde antes estivera hospedado, próximo à Nyhavn, recolhera rapidamente seu equipamento de vigilância e pagara a conta. Com um novo nome e um novo MasterCard, hospedara-se naquele hotel, que oferecia uma vista panorâmica da praça da Prefeitura de Copenhague, e da sacada privada Gray podia ouvir o riso abafado e a música distantes de um dos parques de diversões mais antigos do mundo, o Tivoli.

Seu *laptop* estava aberto ao lado de um cachorro-quente que ele comera pela metade, comprado de um vendedor ambulante. Sua única refeição do dia. Apesar dos boatos, a vida de um agente secreto não era feita em absoluto de cassinos em Monte Carlo e restaurantes finos. No entanto, o cachorro-quente era ótimo, embora tivesse custado quase cinco dólares americanos.

A imagem na tela do *laptop* tremia à medida que a câmera sensível ao movimento batia uma rápida série de fotos. Ele já havia fotografado duas dúzias de participantes: banqueiros soberbos, escória européia descartável, três cavalheiros de pescoço grosso usando ternos lustrosos e com a palavra "mafioso" estampada na testa, uma mulher gorducha em trajes professorais e um quarteto de novos-ricos de terno branco e bonés de marinheiro idênticos que combinavam com a roupa. Claro que estes últimos falavam inglês americano. E em voz alta.

Ele sacudiu a cabeça.

Não era possível que ainda houvesse muita gente a chegar.

Uma longa limusine preta parou em frente à casa de leilões e duas figuras desembarcaram. Eram altas e magras, e trajavam ternos Armani pretos combinando. O dele e o dela. Ele usava uma gravata azul-esverdeado clara, e ela, uma blusa de seda com uma tonalidade parecida com a da gravata dele. Ambos eram jovens, tinham no máximo 25 anos. Mas se portavam como se fossem muito mais velhos. Talvez fossem os cabelos brancos descoloridos, penteados de maneira quase idêntica, curtos, grudados ao couro cabeludo, parecendo um casal de estrelas do cinema mudo da década de 1920. Seu modos conferiam-lhes uma graça imutável. Não sorriam, porém não eram frios. Mesmo nos instantâneos, havia em seus olhos um divertimento amigável.

O porteiro manteve a porta aberta para eles.

Cada um deles agradeceu com um aceno de cabeça – mais uma vez, sem calor excessivo, porém reconhecendo o gesto do homem. Eles desapareceram no interior do edifício. O porteiro virou uma tabuleta e seguiu atrás deles. Sem dúvida, aquele casal era o último, e talvez o próprio motivo por que o leilão havia atrasado até então.

Quem eram eles?

Ele deixou a curiosidade de lado. Havia recebido ordens de Logan Gregory.

Reviu as fotos a fim de se assegurar de que tinha imagens nítidas de cada participante. Satisfeito, copiou o arquivo num *pen drive* e o guardou num dos bolsos. Agora tudo o que tinha a fazer era esperar o fim do leilão. Logan dera um jeito de obter uma lista com os itens à venda e os nomes de arrematantes bem-sucedidos. Certamente, alguns eram pseudônimos, mas a informação seria partilhada com a força-tarefa americana contra o terrorismo e, no devido tempo, com a Europol e a Interpol. O que quer que realmente estivesse em curso ali, talvez Gray jamais viesse a saber.

Como, por exemplo, por que ele fora atacado? Por que Grette Neal fora morta?

Gray forçou seu punho a relaxar. Levara a tarde toda, mas, agora mais calmo, acabara aceitando as restrições que Logan lhe impusera. Ele não tinha a menor idéia do que de fato estava acontecendo ali, e agir às cegas, de maneira irrefletida, só faria com que outras pessoas fossem mortas.

Todavia, uma enorme sensação de culpa fazia doer a base de sua coluna vertebral, tornando difícil ficar sentado, imóvel. Ele passara a maior parte da tarde andando de um lado para outro em seu quarto de hotel. Os últimos dias haviam repassado em sua mente repetidas vezes.

Se ele tivesse sido mais cuidadoso no começo... tomado mais precauções...

O telefone celular de Gray vibrou em seu bolso. Ele o pegou e verificou o número no visor. *Graças a Deus.* Ele abriu o aparelho, levantou-se e foi até o balaústre da sacada.

– Rachel... Estou contente por você ter retornado a minha ligação.

– Recebi sua mensagem. Você está bem?

Ele percebeu tanto a preocupação pessoal quanto o interesse profissional num relato mais minucioso. Ele deixara apenas uma breve mensagem no celular dela, avisando-a de que o encontro deles teria de ser adiado. Ele não havia entrado em detalhes. Apesar do relacionamento deles, havia questões de autorização envolvidas.

– Eu estou bem. Monk está vindo para cá. Ele chegará aqui um pouco depois da meia-noite.

– Acabei de chegar a Frankfurt – disse Rachel. – Estou fazendo escala para o vôo para Copenhague. Verifiquei minhas mensagens após aterrissarmos aqui.

– Mais uma vez, sinto muito...

– Quer dizer que eu devo voltar para casa?

Ele receava envolvê-la de alguma maneira.

– Seria melhor. Nós teremos de remarcar nosso encontro. Se a situação se acalmar aqui, talvez eu possa fazer uma curta viagem a Roma e visitar você lá antes de voltar para os Estados Unidos.

– Eu gostaria disso.

Ele percebeu a decepção na voz dela.

– Eu vou lhe recompensar – disse ele, esperando que fosse uma promessa que pudesse cumprir.

Ela suspirou, não de irritação, mas de compreensão. Eles não eram ingênuos acerca de seu relacionamento a longa distância. Dois continentes, duas carreiras. Mas eles estavam dispostos a investir nele... para ver aonde ele conduziria.

– Eu esperava que tivéssemos uma chance de conversar – disse Rachel.

Ele sabia o que ela queria dizer, interpretando o significado mais profundo por trás das palavras dela. Eles haviam passado por muita coisa juntos, testemunhado o que cada um tinha de bom e de mau, e apesar da dificuldade de um romance a distância, nenhum dos dois estava disposto a desistir. Na verdade, ambos sabiam que era hora de discutir o próximo passo.

De encurtar aquela distância.

Provavelmente, era um dos motivos por que eles haviam ficado tanto tempo longe um do outro desde o último encontro. Um certo reconhecimento tácito de que ambos precisavam de tempo para pensar. Agora era hora de pôr as cartas na mesa.

De seguir ou não em frente.

Mas será que ele tinha uma resposta? Ele amava Rachel. Estava disposto a viver com ela. Eles haviam até conversado sobre filhos. No entanto... algo o perturbava. Fazia-o quase se sentir aliviado de que o encontro deles ali tivesse sido adiado. Não era algo comum, como insegurança. Então, o que era?

Talvez *fosse* melhor eles conversarem.

– Eu irei a Roma – disse ele. – Eu prometo.

– Vou obrigar você a cumprir essa promessa. Eu vou até mesmo deixar um pouco do *vermicelli alla panna* do tio Vigor esquentando no forno. – Ele sentiu menos tensão na voz dela. – Estou com saudades de você, Gray. Nós...

As próximas palavras dela foram interrompidas pelo som estridente da buzina de um automóvel.

Gray olhou para a rua. Lá embaixo, uma figura atravessou correndo duas pistas, indiferente ao trânsito. Uma mulher de jaqueta de caxemira e vestido até os tornozelos, os cabelos presos num coque. Gray quase não a reconheceu. Não até ela fazer um sinal obsceno com o dedo médio para o motorista que havia buzinado.

Fiona.

Que diabo a garota estava fazendo ali?

– Gray...? – disse Rachel em seu ouvido.

– Sinto muito, Rachel... Tenho de correr – ele falou às pressas.

Ele desligou e pôs o telefone celular no bolso.

Lá embaixo, Fiona correu até a casa de leilões e entrou. Gray voou para o seu *laptop*. Sua câmera capturou a imagem da garota através da entrada envidraçada. Ela estava discutindo com o porteiro. Por fim, o homem uniformizado checou um papel que ela empurrou em suas mãos, franziu a testa e acenou para que ela seguisse em frente.

Fiona passou por ele de maneira indelicada e desapareceu. A câmera escureceu.

Gray olhou para o *laptop* e para a rua.

Droga...

Logan não ficaria contente. Nada de ações precipitadas.

No entanto, o que Painter Crowe faria?

Gray voltou para o quarto e tirou suas roupas simples. O paletó de seu terno estava em cima da cama. Pronto, em caso de emergência.

Painter com certeza não ficaria sentado calmamente, sem fazer nada.

22:22h
Himalaia

– Nós temos de permanecer calmos – disse Painter. – Agüentar firme.

Diante deles, as luzes-fantasma continuavam a brilhar e a desvanecer-se, sombrias e silenciosas, incandescendo a cascata de gelo com um brilho ofuscante e depois extinguindo-se. Na escuridão resultante, a caverna parecia mais fria e mais negra.

Lisa aproximou-se dele. Sua mão encontrou a dele e, comprimindo-a, fez refluir quase todo o sangue de sua palma.

– Não é de admirar que eles não tenham se dado o trabalho de nos seguir – sussurrou ela, ofegante de medo. – Por que eles nos perseguiriam através desta tempestade, quando tudo o que têm a fazer é acender de novo aquelas malditas luzes e nos contaminar com a radiação? Nós não podemos nos esconder disso.

Painter se deu conta de que ela estava certa. Enlouquecidos, eles não teriam como se defender. Em tal estado irracional, a paisagem perigosa e o frio glacial sem dúvida os matariam tanto quanto a bala de qualquer atirador de tocaia.

Mas ele recusava-se a perder a esperança.

Levava horas para que a loucura se apoderasse das pessoas. Ele não desperdiçaria esse período. Se eles pudessem obter ajuda a tempo, talvez houvesse um modo de reverter o efeito.

– Nós vamos superar isto – disse ele, pouco convincente.

Isso apenas a irritou.

– Como?

Ela virou-se para ele quando as luzes voltaram a brilhar, fazendo a caverna cintilar com um reflexo como o do diamante. Os olhos de Lisa brilhavam com menos terror do que ele havia imaginado. Ela estava amedrontada – e com razão –, porém refletia uma luz forte, assim como o diamante.

– Não fale comigo de modo superior – disse Lisa, afastando sua mão da dele. – Isso é tudo o que eu peço.

Painter concordou com um aceno de cabeça.

– Se eles confiam que a radiação ou seja lá o que for vai nos matar, talvez não estejam vigiando as montanhas tão bem assim. Quando a tempestade passar, nós podemos...

Um ruído de tiros irrompeu, destruindo a quietude do inverno.

Os olhos de Painter encontraram os de Lisa.

Parecia perto.

Para provar isso, uma rajada de balas estilhaçou a parede de gelo. Painter e Lisa recuaram, deixando cair o cobertor. Refugiaram-se nos fundos da pequena caverna. Não havia como escapar.

Naquele momento, Painter notou outra coisa.

A luz-fantasma não se desvaneceu como antes. A cascata congelada permaneceu incandescente com seu brilho intenso. A luz manteve-se firme, encurralando-os.

Um megafone ressoou.

– Painter Crowe! Nós sabemos que o senhor e a mulher estão escondidos aí! – A voz que ordenava tinha um timbre feminino, além de sotaque. – Saiam! Com as mãos para cima!

Painter segurou os ombros de Lisa, pressionando-os a fim de tranqüilizá-la o máximo possível.

– Fique aqui.

Ele apontou para as roupas que haviam tirado, fazendo um gesto para que Lisa se vestisse. Calçou as botas e, em seguida, aproximou-se devagar da fenda no gelo e pôs a cabeça para fora.

Como era comum nas regiões montanhosas, a tempestade havia cessado tão rápido quanto havia começado. Estrelas brilhavam no céu negro. A Via Láctea descrevia um arco sobre o vale hibernal, demarcado por neve e gelo, salpicado com as brumas de um nevoeiro formado por cristais de gelo.

Ali próximo, um holofote penetrou a noite, seu feixe de luz centrado na cascata congelada. A cerca de cinqüenta metros de distância, num penhasco mais baixo, uma figura indistinta, que operava o holofote, pilotava um *snowmobile*. Tratava-se apenas de uma lâmpada comum, possivelmente xenônio, devido à sua intensidade e à sua cor azulada.

Não era nenhuma luz-fantasma misteriosa.

Painter sentiu uma onda de alívio. Fora aquela a luz o tempo todo, assinalando a aproximação dos veículos? Painter contou cinco deles. Também contou as várias figuras de parcas brancas, espalhadas pelo nível inferior e em cada lado do penhasco. Todas portavam rifles.

Sem nenhuma outra opção – e, além disso, terrivelmente curioso –, Painter ergueu os braços e saiu da caverna. O pistoleiro mais próximo, um homem grandalhão, chegou mais perto andando de lado, com o rifle erguido. Um minúsculo raio de luz marcava o tórax de Painter. Uma mira a laser.

Desarmado, Painter só podia permanecer firme. Ele pesou a probabilidade de arrebatar o rifle do pistoleiro.

Nada boa.

Os olhares deles se cruzaram.

Um dos olhos do pistoleiro era de um azul glacial e o outro de um branco fosco.

O assassino do mosteiro.

Ele se lembrou da força descomunal do homem. Não, a probabilidade não era nada boa. E, além do mais, com o número de homens ali, o que ele faria se tivesse êxito?

Uma figura surgiu por trás do ombro do homem. Uma mulher. Talvez a mesma que havia usado o megafone um momento antes. Ela estendeu a mão e usou um único dedo para forçar para baixo o rifle do assassino. Painter duvidou de que qualquer homem tivesse força para fazer aquilo.

Quando ela avançou, Painter observou-a no brilho do holofote. Ela devia ter quase 40 anos. Cabelos pretos cortados curtos, olhos verdes. Usava uma parca branca pesada com um capuz forrado de pele. A forma de seu corpo estava escondida sob as roupas, mas ela parecia esbelta e movia-se com elegância.

– Dra. Anna Sporrenberg – disse ela, e estendeu uma das mãos.

Painter olhou fixamente para a luva dela. Se ele a puxasse de encontro a si, lhe desse uma gravata e a usasse como refém...

Ao olhar o assassino nos olhos por cima do ombro dela, pensou melhor. Estendeu a mão e cumprimentou a mulher. Como eles ainda não haviam atirado contra ele, pelo menos poderia ser educado. Ele faria aquele jogo desde que o mantivesse vivo. Também tinha de pensar em Lisa.

– Diretor Crowe – disse ela. – Parece que tem havido muito blablablá nas últimas horas por intermédio dos canais da inteligência internacional a respeito de seu paradeiro.

Painter manteve o rosto impassível. Ele não via razão para negar sua identidade. Talvez pudesse até usá-la em proveito próprio.

– Então a senhora sabe até que ponto esses mesmos recursos irão para me encontrar.

– *Natürlich*[13] – ela fez um aceno de cabeça, resvalando o alemão. – Mas eu não contaria com o sucesso deles. Neste ínterim, devo pedir a você e a moça que me acompanhem.

Painter deu um passo defensivo para trás.

– A dra. Cummings não tem nada a ver com isto. Ela é apenas uma profissional de saúde que veio em auxílio dos doentes. Ela não sabe de nada.

– Nós verificaremos isso muito em breve.

[13] Em alemão no original: É claro. (N. do T.)

Então era isso, enunciado de maneira bem clara. Por enquanto eles estavam vivos apenas por causa de seu suposto conhecimento. E aquele conhecimento seria extraído com sangue e dor. Painter pensou em agir naquele instante. Em acabar com aquilo. Uma morte rápida em vez de uma lenta e agonizante. Ele tinha muitas informações secretas sobre assuntos delicados em sua mente para se arriscar a ser torturado.

Porém, não estava sozinho ali. Ele pensou em Lisa, aquecendo as mãos dela nas suas. Enquanto eles vivessem, havia esperança.

Outros guardas juntaram-se a eles. Lisa foi obrigada a sair da caverna sob a mira de armas. Eles foram conduzidos aos *snowmobiles*.

Os olhos de Lisa encontraram os seus, o medo brilhando intensamente.

Ele estava determinado a protegê-la da melhor maneira possível.

Anna Sporrenberg aproximou-se deles enquanto eram amarrados.

– Antes de começarmos a viagem, vou falar com franqueza. Nós não podemos deixar vocês irem embora. Creio que vocês compreendem isso. Não vou lhes dar essa falsa esperança. Mas eu posso lhes prometer um fim indolor e tranqüilo.

– Como o dos monges – disse Lisa asperamente. – Nós testemunhamos a misericórdia de vocês lá.

Painter tentou atrair o olhar de Lisa. Aquela não era a hora de se opor aos seus captores. Era óbvio que os filhos-da-puta não tinham nenhum remorso de matar imediatamente. Ambos precisavam interpretar o papel de prisioneiros cooperativos.

Tarde demais.

Anna deu a impressão, na verdade, de estar vendo Lisa pela primeira vez, e virou-se para ela. Um pouco de ardor surgiu na voz da mulher.

– *Foi* misericórdia, sim, dra. Cummings. – Os olhos dela moveram-se rapidamente para o assassino que ainda montava guarda. – A senhora nada sabe a respeito da doença que atingiu o mosteiro. Dos horrores que aguardavam os monges. Nós sabemos. A morte deles não foi assassinato, mas *eutanásia*.

– E quem lhes deu esse direito? – perguntou Lisa.

Painter aproximou-se dela.

– Lisa, talvez...

– Não, sr. Crowe. – Anna chegou mais perto de Lisa. – Que direito, a senhora pergunta? Experiência, dra. Cummings, experiência. Creiam em mim quando eu lhes digo... as mortes lá em cima foram um ato de bondade, não de crueldade.

– E os homens com quem eu vim até aqui no helicóptero? Aquilo também foi bondade?

Anna suspirou, cansada daquela discussão.

– Escolhas difíceis tiveram de ser feitas. Nosso trabalho aqui é importante demais.

– E quanto a nós? – Lisa gritou quando a mulher lhe deu as costas. – Será uma agulhada indolor se nós cooperarmos. Mas, e se não estivermos dispostos a colaborar?

Anna encaminhou-se para o *snowmobile* da frente.

– Não torturaremos ninguém, se é isso que quis dizer, só usaremos drogas. Não somos bárbaros, dra. Cummings.

– Não, vocês são apenas nazistas! – Lisa disse-lhe com veemência. – Nós vimos a suástica.

– Não seja tola. Nós não somos nazistas. – Anna olhou calmamente para eles enquanto erguia uma perna sobre o assento do *snowmobile*. – Não mais.

18:38h
Copenhague, Dinamarca

Gray atravessou a rua correndo em direção à casa de leilões.

O que Fiona estava pensando, intrometendo-se ali depois do que acontecera?

A preocupação com a segurança dela o afligiu. Mas Gray também tinha de admitir que a intrusão dela lhe proporcionava a desculpa de que ele precisava. De participar pessoalmente do leilão. Quem quer que tivesse atacado a livraria com bombas incendiárias, assassinado Grette Neal e tentado matá-lo... o rastro o levara até ali.

Gray chegou à calçada e diminuiu o passo. Os raios oblíquos do sol poente transformavam a porta da casa de leilões num espelho prateado. Ele checou suas roupas, pois havia se vestido num frenesi de modelo de alta-costura masculina. O terno, um Armani risca-de-giz azul-marinho, caía-lhe bem, mas a camisa branca engomada estava apertada no colarinho. Ele ajeitou a gravata amarelo-clara.

Não exatamente modesto. Mas ele tinha de representar o papel do comprador para um abastado financista americano.

Ele empurrou a porta e entrou na casa de leilões. O saguão era puro *design* escandinavo, o que significava uma falta total disso: madeira descorada, divisórias de vidro e pouca coisa mais. A única peça de mobília era uma cadeira esquelética parecida com uma escultura, posicionada junto a uma mesa lateral pequeníssima. Na mesa havia uma única orquídea em um vaso. Seu caule, semelhante a um junco, sustentava uma flor anêmica marrom e cor-de-rosa.

O porteiro bateu seu cigarro dentro do jarro da planta e caminhou na direção de Gray com uma expressão mal-humorada.

Gray enfiou a mão num bolso e tirou seu convite. Fora necessário depositar 250 mil euros no fundo da casa como garantia de que o comprador possuía os recursos financeiros para participar de um evento tão exclusivo.

O porteiro verificou seu convite, acenou com a cabeça e foi até uma corda de veludo que bloqueava o acesso a uma ampla escadaria que levava ao nível inferior. Ele desatrelou a corda e acenou para que Gray passasse.

No fim da escada, portas de vaivém duplas abriam-se para o interior do recinto principal, no qual seria realizado o leilão. Dois guardas escoltavam a entrada. Um segurava um detector de metais. Gray deixou-se revistar, com os braços estendidos. Ele notou as câmeras de vídeo instaladas em cada lado da entrada. A segurança era excelente. Assim que foi liberado, o outro guarda apertou um botão e abriu a porta.

O murmúrio de vozes chegou até ele. Gray reconheceu o italiano, o holandês, o francês, o árabe e o inglês. Parecia que o mundo inteiro tinha vindo ao leilão.

Ele entrou. Alguns olhares voltaram-se na sua direção, mas a maior parte da atenção permaneceu concentrada nas vitrines que revestiam as paredes. Empregados da casa de leilões, vestidos em um uniforme preto, estavam em pé atrás do balcão, como em uma joalheria. Usavam luvas brancas e ajudavam os participantes a examinar os objetos a serem leiloados.

Um quarteto de cordas tocava música suave num canto. Alguns garçons circulavam pelo recinto, oferecendo *flutes* de champanhe aos convidados.

Gray apresentou-se numa mesa próxima, recebeu uma tabuleta numerada e avançou pela sala. Um punhado de participantes já havia se sentado. Ele avistou o casal de retardatários que havia atrasado o leilão, o rapaz e a moça pálidos, as estrelas do cinema mudo. Eles estavam sentados na primeira fila. Uma tabuleta descansava no colo da mulher. O homem inclinou-se e sussurrou no ouvido de sua parceira. Foi um gesto estranhamente íntimo, talvez intensificado pelo pescoço arqueado da mulher, longo e gracioso, inclinado como se aguardasse um beijo.

Os olhos dela deslocaram-se rapidamente para Gray enquanto ele descia o corredor central. Olhou-o de cima a baixo e desviou o olhar.

Nenhum reconhecimento.

Gray continuou sua investigação, atingindo a frente da sala com seu estrado elevado e o pódio. Ele deu a volta num círculo lento. Não viu nenhuma ameaça aparente à sua presença.

Também não viu nenhum sinal de Fiona.

Onde ela estava?

Ele se aproximou lentamente de uma das vitrines e se encaminhou para o outro lado. Seus ouvidos estavam meio sintonizados com as conversas em torno dele. Ele passou por um atendente que ergueu e pousou suavemente um volumoso livro com encadernação em couro sobre a vitrine de exposição para um cavalheiro imponente. O interessado inclinou-se para perto, com um par de óculos pousado na ponta do nariz.

Gray observou o livro em questão.

Um tratado sobre borboletas, de cerca de 1884, com ilustrações desenhadas à mão.

Ele continuou a descer o corredor. Novamente próximo à porta, deparou com a mulher malvestida que filmara mais cedo. Ela estendeu-lhe um pequeno envelope branco, que Gray aceitou mesmo antes de se perguntar o que poderia ser. A mulher parecia não estar interessada em mais nada e afastou-se.

Gray sentiu um suave perfume no envelope.

Estranho.

Ele usou a unha de um dos polegares para romper o lacre e tirou do envelope uma folha de papel dobrada, um tipo de papel que, pela marca-d'água, sem dúvida era caro. Nela, havia um bilhete caprichosamente escrito.

ATÉ MESMO A GUILDA SABE QUE NÃO DEVE PERAMBULAR
PERTO DEMAIS DESSA CHAMA. TOME CUIDADO.
BEIJOS.

O bilhete não estava assinado, mas, na parte inferior, desenhado com tinta vermelha, estava o símbolo de um pequeno dragão enroscado. A outra mão de Gray moveu-se até seu pescoço, no qual estava pendurado um dragão de prata idêntico, um presente de uma rival.

Seichan.

Ela era uma agente secreta da Guilda, um cartel sombrio de células terroristas cujos caminhos haviam se cruzado com os da Força Sigma no passado. Gray sentiu arrepio na nuca. Ele virou-se e esquadrinhou a sala. A mulher desalinhada que lhe entregara o envelope desaparecera.

Ele tornou a olhar para o bilhete.

Uma advertência.

Antes tarde do que nunca...

Mas pelo menos a Guilda estava agindo ali. Isto é, se fosse possível acreditar em Seichan...

Na verdade, Gray estava disposto a levá-la a sério.

Honra entre ladrões e todas essas coisas.

Uma agitação atraiu sua atenção para os fundos da sala.

Um cavalheiro alto entrou no recinto do leilão por uma porta dos fundos. Resplandecente num *smoking*, era o estimado sr. Ergenschein em pessoa, atuando como leiloeiro. Ele ajeitou os cabelos pretos oleosos com a palma da mão – sem dúvida, obra de alguma tintura. Suas feições pálidas exibiam um sorriso fixo, como que recortado de um livro e colado em seu rosto.

O motivo de seu claro mal-estar veio em seguida. Ou melhor, estava sendo conduzido por um guarda, que segurava com força o braço dela.

Fiona.

O rosto dela estava vermelho. Seus lábios, enrugados de terror, haviam perdido a cor.

Furiosa.

Gray foi na direção deles.

Ergenschein afastou-se para o lado. Ele carregava um objeto embrulhado em camurça crua macia, e dirigiu-se à vitrine principal, perto da frente. Ela estivera vazia antes. Um dos funcionários destrancou a vitrine. Ergenschein desembrulhou o objeto com cuidado e o colocou lá dentro.

Ao perceber a aproximação de Gray, o leiloeiro esfregou as mãos e veio ao encontro dele, com as palmas postadas como que em oração. Atrás dele, a vitrine foi trancada por um atendente.

Gray notou o que fora colocado na vitrine.

A Bíblia de Darwin.

Os olhos de Fiona arregalaram-se quando ela avistou Gray.

Ele a ignorou e confrontou Ergenschein.

– Está havendo algum problema aqui?

– É claro que não, senhor. A mocinha está sendo conduzida para fora. Ela não tem convite para este leilão.

Gray tirou do bolso o próprio convite.

– Eu creio que tenho direito a um convidado para este leilão. – E estendeu a outra mão para Fiona. – Estou contente de ver que ela já está aqui. Uma conferência por telefone com o comprador que eu represento me reteve. Eu abordei a jovem senhorita Neal mais cedo, hoje, para pedir informações sobre uma venda particular. Sobre um item específico.

Gray acenou com a cabeça em direção à Bíblia de Darwin.

O corpo inteiro de Ergenschein suspirou com tristeza fingida.

– Uma tragédia, o incêndio. Mas acho que Grette Neal transferiu por escrito seu lote para a casa de leilões. Sem uma contra-ordem do advogado que administra o espólio dela, receio que o lote tenha de ser colocado em leilão. É a lei.

Fiona deu um puxão no braço do guarda, os olhos ardendo em fúria assassina.

Ergenschein parecia ter-se esquecido dela.

– Receio que tenha de dar seus próprios lances, senhor. Desculpe-me, mas estou de mãos atadas.

– Então, neste caso, o senhor certamente não se importaria que a senhorita Neal permanecesse ao meu lado. Para me ajudar, caso eu queira inspecionar o lote.

– Como queira. – O sorriso de Ergenschein tornou-se sombrio. Ele dispensou o guarda com um aceno vago. – Mas ela deve ficar sempre com o senhor. E, como sua convidada, ela está sob sua responsabilidade.

Fiona foi solta. Enquanto a conduzia para os fundos, Gray notou que o guarda os seguia ao longo do canto da sala. Parecia que eles tinham ganhado um guarda-costas particular.

Gray levou Fiona para a última fila. Uma campainha soou, anunciando que o leilão começaria em um minuto. Os assentos começaram a ser ocupados, a maioria perto da frente. Gray e Fiona tinham a última fila só para si.

– O que você está fazendo aqui? – sussurrou ele.

– Reavendo a minha Bíblia – disse ela com profundo desdém. – Ou pelo menos *tentando* reavê-la.

Ela afundou-se em sua poltrona, com os braços cruzados sobre a bolsa de couro.

Lá na frente, Ergenschein subiu ao pódio e fez algumas introduções formais. Os procedimentos seriam em inglês, a língua mais comum entre a clientela internacional do leilão. Ele entrou em pormenores sobre as regras dos lances, o ágio e as taxas da casa, até mesmo sobre o comportamento adequado. A regra mais importante era o limite permitido dos lances, dez vezes a quantia investida e garantida em depósito.

Gray ignorou a maior parte daquilo, continuando a falar com Fiona e recebendo alguns olhares descontentes das pessoas sentadas na fileira adiante.

– Você voltou por causa da Bíblia? Por quê?

A garota simplesmente cruzou os braços com mais força.

– Fiona...

Ela virou-se para ele, dura e zangada.

– Porque ela pertencia a *Mutti*! – Lágrimas cintilaram em seus olhos. – Eles a mataram por causa dela. Eu não vou deixar que eles a possuam.

– Quem?

Ela moveu um braço.

– Seja lá quem for o maldito que a assassinou. Eu vou reavê-la e queimá-la.

Gray suspirou e reclinou-se. Fiona queria vingar-se do modo que fosse possível. Ela queria feri-los. Gray não a censurava... mas a única probabilidade de suas ações inconseqüentes era a de que também fosse morta.

– A Bíblia é nossa. Eu tenho de recuperá-la.– A voz dela falhou. Ela sacudiu a cabeça e esfregou o nariz com um movimento lateral do braço.

Gray a abraçou.

Ela encolheu-se, mas não se afastou.

Na frente, o leilão começou. Tabuletas eram erguidas e baixadas. Itens iam e vinham. O melhor seria guardado até o fim. Gray observava quem comprava o quê. Ele observou especialmente quem foram os arrematantes dos itens registrados no seu bloco de anotações, os três itens de particular interesse: os artigos de Mendel sobre genética, os livros de física de Planck e o diário de De Vries sobre as mutações das plantas.

Todos eles foram para o casal de estrelas do cinema mudo.

A identidade deles continuava desconhecida. Gray ouviu sussurros entre os outros participantes. Ninguém sabia quem eles eram. Apenas o número da tabuleta que sempre erguiam.

Número 002.

Gray inclinou-se para Fiona.

– Você reconhece aqueles compradores? Você já os viu antes na sua livraria?

Fiona endireitou-se na poltrona, olhou fixamente por um minuto e depois voltou a afundar lenta e silenciosamente nela.

– Não.

– E o que você me diz de alguma outra pessoa?

Ela deu de ombros.

– Fiona, você tem certeza?

– Sim – disse ela bruscamente. – Eu tenho uma puta certeza!

Isso atraiu mais olhares irritados na direção deles.

Por fim o leilão chegou ao último item. A Bíblia de Darwin foi destrancada de sua vitrine e carregada como uma relíquia religiosa até um cavalete localizado sob um refletor especial de halogênio. Era um tomo sem graça: couro preto descamado, esfarrapado e manchado, que nem sequer exibia o título. Poderia ser qualquer diário antigo.

Fiona sentou-se mais ereta. Sem dúvida, aquilo é que a mantivera em seu assento o tempo todo. Ela segurou no pulso de Gray.

– Você vai mesmo fazer ofertas por ela? – perguntou a garota, a esperança manifestando-se em seus olhos brilhantes.

Gray franziu as sobrancelhas para ela – e então percebeu que não era uma idéia de todo má. Se os outros estavam dispostos a matar pela Bíblia, talvez alguma pista de todo aquele castelo de cartas pudesse ser discernida a partir dela. Além disso, ele estava ansioso para dar uma espiada naquele item. E a Força Sigma havia depositado 250 mil euros na conta da casa de leilões. Isso significava que ele podia fazer lances até o valor de 2,5 milhões de euros. Isso era o dobro do valor máximo estimado da Bíblia. Se vencesse, ele poderia examinar o objeto comprado.

Todavia, ele se lembrou da advertência de Logan Gregory. Já desobedecera às ordens ao seguir Fiona até ali. Não ousava envolver-se ainda mais.

Gray sentiu os olhos de Fiona sobre ele.

Se ele começasse a fazer lances, isso poria a vida deles em perigo, transformando ambos em alvos. E se ele não arrematasse a Bíblia? O risco teria sido em vão. Ele já não fora bastante imprudente hoje?

– Senhoras e senhores, com quanto devemos começar os lances do último lote de hoje? – disse Ergenschein de maneira solene. – Devemos abrir com 100 mil? Ah, sim, temos 100 mil... e de um *novo* licitante. Que maravilha. Número 144.

Gray baixou sua tabuleta com todos os olhos voltados para ele, comprometido agora.

Ao lado dele, Fiona deu um largo sorriso.

– E dobramos o lance – disse Ergenschein. – Duzentos mil do número 002!

As estrelas do cinema mudo.

Gray sentiu o foco da sala mudar de volta para ele, incluindo o casal na frente. Tarde demais para recuar. Ele ergueu sua tabuleta de novo.

Os lances continuaram por mais dez tensos minutos. A sala do leilão continuava cheia. Todos tinham permanecido ali para ver que valor a Bíblia de Darwin alcançaria. Havia uma tendência oculta de apoio a Gray. Muitos outros haviam sido vencidos pelo número 002. E quando a cifra ultrapassou a marca dos dois milhões, bem acima do valor máximo estimado, murmúrios de excitação silenciosa foram balbuciados pela sala.

Houve outro momento de excitação quando, por telefone, um licitante entrou na briga. O número 002, porém, fez um lance mais alto, e ele não cobriu.

Mas Gray sim. *Dois milhões e trezentos mil.* As palmas das mãos de Gray começaram a suar.

– Dois milhões e quatrocentos mil do número 002! Senhores e senhoras, por favor, permaneçam sentados.

Gray ergueu sua tabuleta mais uma vez.

– Dois milhões e quinhentos mil.

Gray sabia que estava perdido. Ele não podia fazer nada a não ser olhar enquanto o número 002 se erguia novamente, irrefreável, implacável, impiedoso.

– Três milhões – disse o rapaz pálido, cansando-se do jogo. Ele levantou-se e olhou para Gray, provocando-o a desafiar aquilo.

Gray havia chegado ao seu limite. Mesmo que quisesse, não podia oferecer mais. Sua mão esfregava-se em sua tabuleta. Ele sacudiu a cabeça, admitindo a derrota.

O outro curvou-se na direção dele, um adversário para outro. O homem inclinou um chapéu imaginário. Gray notou uma mancha azul na mão direita do sujeito, na área interdigital entre o polegar e o indicador. Uma tatuagem. Sua acompanhante, que àquela altura Gray percebeu que devia ser irmã do rapaz, talvez até gêmea, exibia a mesma marca na mão esquerda.

Gray memorizou a tatuagem, talvez uma pista sobre a identidade deles.

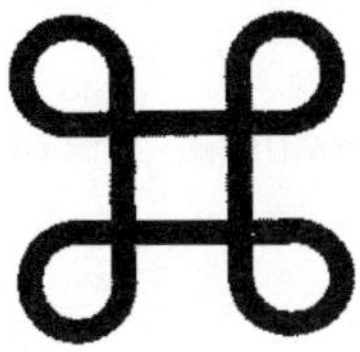

Sua atenção foi interrompida pelo leiloeiro.

– E parece que o número 144 encerrou! – disse Ergenschein. – Mais algum lance? – Dou-lhe uma, dou-lhe duas, dou-lhe três. – Ele ergueu o martelo, manteve-o suspenso no ar por um momento ansioso e em seguida o bateu na borda do pódio. – Vendida!

Aplausos educados seguiram-se ao arremate.

Gray sabia que a situação teria ficado mais tempestuosa se ele tivesse ganhado. Todavia, teve uma surpresa ao ver quem estava aplaudindo ao seu lado.

Fiona.

– Vamos sair daqui. – Ela deu um largo sorriso para ele.

Eles juntaram-se ao fluxo de pessoas que saía em fila pela porta. Enquanto deixava o local, Gray recebeu manifestações de solidariedade e de pesar de alguns dos outros participantes. Eles logo chegaram à rua, onde cada um seguiu seu caminho.

Fiona arrastou-o rua abaixo, passando por algumas lojas, e o levou a uma *pâtisserie* próxima, um estabelecimento francês com cortinas de chintz e mesas de café de ferro fundido. A garota escolheu um lugar perto de uma vitrine cheia de doces com recheio de creme, *petits-fours*, bombas de chocolate e *smørrebrød*, o onipresente sanduíche aberto dinamarquês.

Ela ignorou as guloseimas, sorrindo com estranho júbilo.

– Por que você está tão feliz? – perguntou Gray, afinal. – Nós perdemos o lance.

Gray estava sentado de frente para a janela. Eles teriam de tomar cuidado. No entanto, agora que a Bíblia fora vendida, ele esperava que o perigo talvez passasse.

– Nós os enganamos! – disse Fiona. – Fizemos a Bíblia chegar a três milhões. Brilhante!

– Não creio que dinheiro signifique tanto assim para eles.

Fiona puxou o grampo de seu coque e sacudiu os cabelos, soltando-os. Ela pareceu rejuvenescer dez anos. O divertimento continuava a brilhar em seus olhos, com uma ponta de prazer malicioso.

De repente, Gray sentiu o estômago embrulhar.

– Fiona, o que você fez?

Ela ergueu a bolsa até a mesa, inclinou-a na direção de Gray e a manteve aberta. Ele curvou-se para a frente.

– Oh, Deus... Fiona...

No fundo da bolsa dela estava um tomo desgastado com encadernação em couro.

Um exemplar da Bíblia de Darwin igual ao que acabara de ser vendido.

– Essa é a *verdadeira*? – perguntou ele.

– Eu a roubei bem a tempo daquele punheteiro insensível na sala dos fundos.

– Como...?

– Lancei a isca, ele caiu, eu fiz a troca. Levei o dia inteiro para encontrar uma Bíblia com o tamanho e o formato certos. Claro que tive de fazer alguns improvisos mais tarde. Depois, no entanto, tudo o que foi necessário foram muitas lágrimas e gritos, um pouco de hesitação... – Ela deu de ombros. – E, tudo bem, estava feito.

– Se você já tinha a Bíblia, por que me fez dar lances...? – Gray então se deu conta. – Você me usou.

– Para fazer aqueles filhos-da-puta pagarem três milhões por uma falsificação que custa uma ninharia.

– Eles logo vão descobrir que aquela não é a verdadeira Bíblia – disse Gray, o horror aumentando.

– Sim, mas eu planejo estar bem longe quando isso acontecer.

– Onde?

– Eu vou com você – respondeu Fiona, fechando a bolsa.

– Eu acho que não.

– Você se lembra de quando *Mutti* lhe contou sobre a biblioteca que foi vendida aos poucos? Da qual veio a Bíblia de Darwin?

Gray sabia do que ela estava falando. Grette Neal havia insinuado que alguém estava reorganizando a biblioteca antiga de um cientista. Ela ia deixá-lo tirar uma cópia do recibo de venda original, mas eles foram atacados e o documento foi destruído pelas chamas.

Fiona bateu de leve na testa.

– O endereço está armazenado bem aqui. – Em seguida, ela estendeu uma das mãos. – Então?

Com olhar de censura, ele ia sacudi-la.

Ela afastou a mão com aversão.

– Até parece. – Estendendo o braço de novo, ela virou a palma da mão para cima. – Quero ver seu verdadeiro passaporte, seu punheteiro. Você acha que eu não consigo identificar um passaporte falsificado quando vejo um?

Ele a olhou nos olhos. Ela havia roubado seu passaporte mais cedo. A fisionomia dela agora era inflexível. Franzindo a testa, ele enfiou a mão num bolso oculto de seu paletó e tirou seu verdadeiro passaporte.

Fiona o leu.

– Grayson Pierce. – Ela o jogou de volta sobre a mesa. – Prazer em conhecê-lo... *finalmente*.

Ele pegou seu passaporte.

– E a Bíblia? Qual a procedência dela?

– Só lhe direi se você me levar junto.

– Não seja ridícula. Você não pode vir comigo. Você é apenas uma criança.

– Uma criança com a Bíblia de Darwin.

Gray se cansou da chantagem. Ele poderia arrebatar a Bíblia quando bem quisesse, mas não podia fazer o mesmo com as informações dela.

– Fiona, isto não é uma brincadeira.

Os olhos dela endureceram ao fitá-lo, envelhecendo diante dele.

– E você acha que eu não sei disso? – As palavras dela eram extremamente frias. – Onde você estava quando eles tiraram minha *Mutti* naqueles sacos? Naqueles malditos *sacos*?!

Ele fechou os olhos. Ela havia tocado num assunto delicado, mas Gray recusava-se a ceder.

– Fiona, sinto muito – disse ele com a voz tensa –, mas o que você está pedindo é impossível. Eu não posso levar...

A explosão sacudiu a *pâtisserie* como um terremoto. A vidraça da frente chacoalhou, pratos espatifaram-se. Fiona e Gray levantaram-se e foram até a janela. Uma nuvem de fumaça subia no outro lado da rua, enfurecendo-se e agitando-se no céu escuro. Do lado despedaçado de um edifício no outro lado da rua chamas dançavam para cima devorando tudo.

Fiona olhou para Gray.

– Deixe-me adivinhar – disse ela.

– Meu quarto de hotel – admitiu ele.

– É o fim da vantagem inicial.

23:47h
Himalaia

Capturado pelos alemães, Painter ia atrás de Lisa em um trenó puxado por um dos *snowmobiles*. Fazia quase uma hora que eles estavam viajando, presos no lugar com tiras de plástico e amarrados juntos. Pelo menos o trenó deles era aquecido.

No entanto, ele permanecia curvado sobre Lisa, protegendo-a o máximo possível com seu corpo. Ela inclinou-se para trás, de encontro a ele. Era tudo o que podiam fazer. Seus pulsos estavam amarrados a suportes de ambos os lados.

Adiante, o assassino viajava no assento traseiro do *snowmobile* que os rebocava. Ele estava voltado para trás, com o rifle apontado para eles, os olhos desarmônicos jamais hesitando. Anna Sporrenberg, a líder daquele grupo, pilotava o veículo.

Um grupo de ex-nazistas.

Ou de nazistas *reformados*.

Ou seja lá o que fossem.

Painter deixou a questão de lado. Ele tinha um problema mais importante para resolver naquele momento.

Permanecer vivo.

A caminho, Painter soubera como ele e Lisa haviam sido facilmente descobertos naquela caverna. Por intermédio de raios infravermelhos. Contra a paisagem glacial, fora fácil captar o calor liberado pelo corpo deles, revelando seu esconderijo.

A mesma coisa tornaria quase impossível escapar através daquele terreno.

Ele continuava a refletir, a mente concentrada numa única meta.

Fugir.

Naquele período de uma hora, a caravana de *snowmobiles* havia avançado pela noite de inverno. Os veículos eram equipados com motores elétricos e deslizavam quase sem fazer barulho. Em silêncio, os cinco *snowmobiles* percorreram aquele labirinto com uma facilidade advinda da prática, deslizando ao longo da beira de penhascos, mergulhando em vales escarpados, cruzando rapidamente pontes de gelo.

Ele se esforçou ao máximo para memorizar o trajeto. Mas a exaustão e a complexidade do caminho confundiam-no. O fato de seu crânio ter começado a martelar de novo não ajudava. A dor de cabeça havia retornado, assim como a desorientação e a vertigem. Ele tinha de admitir que seus sintomas *não* estavam menos intensos. Ele também tinha de admitir que estava completamente perdido.

Esticando o pescoço, olhou para o céu noturno.

Acima, as estrelas irradiavam um brilho frio.

Talvez ele conseguisse memorizar sua posição.

Enquanto olhava fixamente, os minúsculos pontos de luz giravam no céu. Ele desviou o olhar, sentindo uma pontada dolorosa atrás dos olhos.

– Você está bem? – perguntou-lhe Lisa num sussurro.

Painter grunhiu entre os dentes, nauseado demais para falar.

– O nistagmo de novo? – ela supôs por si mesma.

Um resmungo áspero do assassino silenciou qualquer nova comunicação. Painter ficou grato. Ele fechou os olhos e respirou fundo, esperando aquilo passar.

Afinal passou.

Ele abriu os olhos quando a caravana se aproximou lentamente da crista de uma rocha e reduziu a velocidade até parar. Painter observou ao redor. Não havia nada ali. Um penhasco coberto de gelo abria uma fenda à direita da crista. A neve começou a cair de novo.

Por que eles haviam parado?

Adiante, o assassino saiu de seu assento.

Anna juntou-se a ele. Girando um ombro, o homem corpulento falou com a mulher em alemão.

Painter esforçou-se para ouvir e captou as últimas palavras do assassino.

– ... deveria simplesmente matá-los.

Isso não foi dito com nenhuma veemência, apenas com um terrível senso prático.

Anna franziu o cenho.

– Precisamos descobrir mais, Gunther. – A mulher olhou na direção de Painter. – Você sabe os problemas que tivemos ultimamente. Se ele foi enviado para cá... se ele souber de algo que possa deter isso.

Painter não tinha nenhuma pista do que eles estavam falando, mas deixou que tivessem essa falsa idéia. Sobretudo se ela o mantivesse vivo.

O assassino apenas sacudiu a cabeça.

– Ele é sinônimo de encrenca. Posso sentir o cheiro disso nele. – E começou a se afastar, desdenhoso, dando o assunto por encerrado.

Anna o deteve com um toque em sua face, terno, agradecido... e talvez algo mais.

– *Danke*,[14] Gunther.

O homem afastou-se, mas não antes de Painter notar o lampejo de dor nos olhos dele. O assassino caminhou com dificuldade até a face rachada do penhasco e desapareceu através de uma fenda na parede. Um instante depois, uma nuvem de vapor foi expelida, junto com um pouco de luz cor de fogo, e em seguida extinguiu-se.

Uma porta abriu e fechou-se.

Atrás dele, um dos guardas fez um ruído zombeteiro, murmurando uma palavra entre os dentes, um insulto, ouvido apenas pelos que estavam mais próximos a ele.

Leprakönig.

Rei Leproso.

Painter notou que o guarda havia esperado até que o homem corpulento chamado Gunther não pudesse ouvi-lo. Ele não ousara dizer aquilo na cara do homem. Porém, pela protuberância dos ombros do assassino e pelos seus modos grosseiros, Painter suspeitou que ele já tivesse ouvido aquilo antes.

Anna subiu no *snowmobile*. Um novo guarda armado tomou o lugar do assassino, com a arma apontada. Eles partiram outra vez.

A trilha ziguezagueva em torno de um contraforte rochoso e descia por um desfiladeiro ainda mais íngreme na montanha. O caminho à frente era um mar de nevoeiro formado por cristais de gelo, obscurecendo o que estava lá embaixo. Uma pesada crista da montanha projetava-se sobre o mar de névoa, com a forma de uma concha rasa, como duas mãos sendo aquecidas.

Eles desceram para o vasto banco de nevoeiro e luzes moviam-se rapidamente adiante.

Poucos momentos depois, a visibilidade reduziu-se a poucos metros. As estrelas desapareceram.

[14] Em alemão no original: Obrigada. (N. do T.)

Então a escuridão subitamente se intensificou quando eles passaram sob a sombra da saliência na rocha. Mas, em vez de ficar mais frio, o ar estava notavelmente cada vez mais quente. À medida que desciam ainda mais, afloramentos rochosos surgiam da neve. Água produzida pelo derretimento de neve e gelo escorria pelos penedos.

Painter percebeu que devia haver uma bolsa localizada de atividade geotermal ali. Fontes de água quente, embora raras e conhecidas sobretudo pelas pessoas originárias da região, estavam dispersas pelo Himalaia. Acreditava-se que aqueles pontos quentes geotermais, criados pelas intensas pressões da placa continental indiana em atrito com o contimente asiático, eram a origem da mitologia de Xangrilá.

Como a neve diminuiu, a caravana foi obrigada a abandonar os *snowmobiles*. Assim que eles foram estacionados, Painter e Lisa foram libertados de seu trenó, obrigados a ficar em pé, e seus pulsos foram atados. Ele permaneceu próximo a Lisa. Os olhos dela encontraram os de Painter, refletindo a preocupação dele.

Onde diabo eles estavam?

Rodeados de parcas brancas e rifles, foram conduzidos pelo resto do caminho. A neve transformava-se em rocha úmida sob suas botas. Sob seus pés surgiram degraus talhados na rocha, pelos quais escorria água produzida pelo derretimento de neve e gelo. Adiante, o nevoeiro perpétuo ficou mais esparso e dissipado.

Depois de mais alguns passos, uma das faces de um penhasco, abrigada pelo ombro da montanha, apareceu em meio à escuridão. Uma profunda gruta natural. Mas não era nenhum paraíso, apenas granito negro escarpado, gotejando e suando.

Mais para inferno do que para Xangrilá.

Lisa tropeçou ao lado dele. Painter a amparou da melhor maneira possível com seus pulsos atados. Mas ele compreendeu o passo vacilante dela.

Adiante, um castelo surgiu do meio das brumas.

Ou melhor, *quase* um castelo.

Quando eles se aproximaram, Painter reconheceu a forma como uma fachada, esculpida grosseiramente nos fundos da gruta. Duas torres gigantes com ameias flanqueavam uma masmorra central maciça. Luzes ardiam atrás de grossas janelas envidraçadas.

– *Granitschloß* – Anna anunciou e os conduziu para uma entrada em arco, com o dobro da altura de Painter, escoltada por cavaleiros gigantes de granito.

Uma pesada porta de carvalho, ornamentada com tachões e lâminas de ferro preto, lacrava a entrada. Porém, quando o grupo se aproximou, ela foi suspensa com um guincho, erguendo-se como uma porta levadiça.

Anna avançou a passos largos.

– Venham. Foi uma noite longa, *ja*?

Painter e Lisa foram conduzidos para a entrada sob a mira de armas. Ele examinou a fachada de muralhas, ameias e janelas em arco. Em toda a superfície, o granito negro suava e gotejava. A água parecia uma torrente de óleo negro, como se o castelo estivesse se dissolvendo diante dos olhos deles, fundindo-se de novo na face da rocha.

A iluminação rubra vinda de algumas das janelas fazia a superfície do castelo brilhar com uma incandescência infernal, fazendo Painter lembrar-se de uma pintura de Hieronymus Bosch. O artista do século XV havia se especializado em representações distorcidas do inferno. Se Bosch algum dia tivesse esculpido os portões do mundo inferior, aquele castelo seria essa escultura.

Sem escolha, Painter seguiu Anna e passou sob a entrada em arco do castelo. Olhou para cima, tentando descobrir se as palavras que Dante dissera porventura estavam entalhadas nos portões do inferno.

Abandonai toda a esperança, vós que aqui entrais.

As palavras não estavam ali, mas bem que poderiam estar.

Abandonai toda a esperança...

Aquilo era mais ou menos uma síntese disso.

20:15h
Copenhague, Dinamarca

Quando o eco da explosão do hotel se desvaneceu, Gray segurou Fiona pelo braço e saiu apressadamente com ela por uma porta lateral da *pâtisserie*. Ele se dirigiu a um beco próximo, abrindo caminho entre os fregueses reunidos na calçada.

Sirenes irromperam a distância.

Parecia que os bombeiros de Copenhague estavam tendo um longo dia hoje.

Gray chegou à esquina do beco, longe da fumaça e do caos, levando Fiona a reboque. Um tijolo rachou perto de seu ouvido, seguido por um zunido que ricocheteou. Um disparo de arma de fogo. Girando, ele puxou Fiona de repente para o beco e se abaixou. Examinou a rua à procura da pessoa que havia atirado.

E a encontrou.

Perto.

Meio quarteirão atrás, no outro lado da rua.

Era a mulher de cabelos branco-alourados do leilão. Só que agora ela usava um justo traje de corrida preto. Também havia ganhado um novo acessório da moda: uma pistola com silenciador. Segurava-a baixo, à altura do joelho, e caminhava rapidamente em direção ao lugar onde ele estava. Tocou o ouvido, os lábios moviam-se.

Rádio.

Quando a mulher passou embaixo de um poste de luz, Gray percebeu seu equívoco. Não era a mesma mulher do leilão. Os cabelos dela eram mais longos e o rosto mais esquálido.

Uma irmã mais velha dos outros dois.

Gray deu meia-volta.

Ele esperava que Fiona tivesse percorrido metade do beco, mas ela estava a apenas cinco metros de distância, montada em uma Vespa verde-musgo cheia de manchas de ferrugem.

– O que você está...?

– Arrumando transporte pra gente. – E jogou uma chave de fenda de volta dentro da bolsa aberta.

Gray correu para o lado dela.

– Não temos tempo para fazer uma ligação direta.

Fiona olhou para ele por cima de um ombro, enquanto seus dedos remexiam às cegas num emaranhado de fios da ignição. Ela torceu dois e o motor tossiu, gemeu e pegou.

Droga..

Ela era boa, mas existiam limites para a confiança.

Gray acenou para que ela se afastasse.

– Eu piloto.

Fiona deu de ombros e deslizou para o assento traseiro. Gray montou na lambreta, empurrou-a para tirá-la do estribo lateral e pressionou o acelerador. Mantendo o farol apagado, partiu pelo beco escuro. Ou melhor, resfolegou.

– Vamos – insistiu ele.

– Engate a segunda – disse Fiona. – Deixe a terceira pra lá. Você tem de exigir o máximo dessas lambretas velhas.

– Eu não preciso de alguém na garupa que me dê instruções sobre como pilotar esta coisa.

No entanto, Gray obedeceu, pressionando a embreagem e mudando a marcha. A Vespa pulou feito uma potranca assustada. Eles seguiram a toda velocidade pelo beco, ziguezagueando em volta de pilhas de latas de lixo.

Sirenes uivavam atrás deles. Gray olhou para trás. Um carro de bombeiros passou com a sirene ligada pela entrada do beco, as luzes resplandecentes, devido à explosão. Antes que Gray se virasse para a frente, avistou uma figura escura, delineada contra a iluminação mais forte da rua.

A atiradora.

Ele aumentou a potência, deu uma guinada em torno de uma lata de lixo alta de um edifício, deixando-a entre ele e a mulher. Se ele se mantivesse junto à parede, teria uma boa probabilidade de sair do beco a partir dali.

No outro extremo, a rua distante brilhava como um farol.

Era a única chance deles.

Concentrado adiante, ele viu uma segunda figura escura aparecer e parar. Os faróis de um carro que passava pratearam seus cabelos louros. Mais um irmão. O homem usava um longo casaco negro. Ele afastou a capa impermeável e ergueu uma espingarda de caça.

A mulher devia ter-se comunicado com ele pelo rádio, preparando aquela emboscada.

– Segure-se firme! – gritou Gray.

Quando o homem ergueu a arma com apenas um braço, Gray notou a tipóia em torno de seu outro braço, enfaixado do punho ao cotovelo. Embora seu rosto estivesse encoberto pelas sombras, Gray sabia quem impedia a fuga deles.

Era o homem que havia assassinado Grette Neal.

Ele ainda possuía as feridas causadas pelas mordidas de Bertal, agora enfaixadas.

A espingarda apontava para Gray.

Ele não tinha tempo.

Gray girou o guidom da lambreta, fazendo-a derrapar e soltar fumaça, inclinada para o lado, avançando para o homem.

A espingarda explodiu com um som abafado, acompanhado pelo ruído de estilhaços quando um punhado de grãos de chumbo atingiu uma porta próxima.

Fiona gritou de medo.

Mas aquele foi o único tiro do homem. Ele desapareceu rapidamente do caminho da lambreta que derrapava. Assim que saiu do beco escuro, Gray deteve a derrapagem do veículo pisando no acelerador e produzindo um som agudo de borracha no cimento. Com o uso da força, ele conseguiu aprumar a Vespa e entrar no tráfego, recebendo uma buzinada furiosa do descontente motorista de um Audi.

Gray afastou-se dali.

Fiona afrouxou seu aperto.

Gray manobrou em torno dos carros mais lentos, ganhando velocidade à medida que a avenida formava um declive bastante íngreme. Na parte inferior, ela terminava numa travessa arborizada. Gray freou para fazer a curva acentuada. A lambreta recusou-se a obedecer. Ele olhou para baixo. Um cabo quicava ao lado do pneu traseiro do veículo.

O cabo do freio.

Ele devia ter arrebentado durante a derrapagem.

– Reduza a velocidade – gritou Fiona em seu ouvido.

– O freio já era! – gritou ele em resposta. – Segure-se!

Gray afogou o motor, depois lutou para escapar ao impulso da lambreta com uma guinada, derrapando como um esquiador colina abaixo. Ele arrastou o pneu traseiro ao longo de um meio-fio, a borracha soltando muita fumaça.

Eles chegaram à esquina ainda depressa demais.

Gray inclinou a lambreta para o lado, o atrito do metal produzindo faíscas de brilho intenso. O veículo deslizou pelo cruzamento, passando em frente a um caminhão com cabine avançada. Buzinas ressoaram. Freios guincharam.

Em seguida, eles atingiram o meio-fio no outro lado.

A lambreta sacudiu bruscamente, e Gray e Fiona voaram.

Uma fileira de cerca viva amorteceu a maior parte do impacto de sua queda, mas mesmo assim eles acabaram rolando pela calçada e parando ao pé de um muro de alvenaria. Ao ficar em pé, Gray foi até o lado de Fiona.

– Você está bem?

Ela se levantou, mais zangada do que ferida.

– Eu paguei em coroas dinamarquesas o equivalente a 200 euros por esta saia. – A saia dela tinha um longo rasgo de um lado. Ela o cobriu com uma das mãos e curvou-se para pegar a bolsa.

O terno Armani de Gray estava em situação muito pior. Estava rasgado em um cotovelo, e parecia que o lado direito de seu paletó havia sido esfregado com uma escova de arame. Mas, além de alguns arranhões e escoriações, eles estavam ilesos.

O trânsito fluía pelo local do acidente.

Fiona afastou-se dali.

– Aqui ocorrem acidentes de Vespas o tempo todo. E elas são roubadas com a mesma freqüência. Propriedade de uma lambreta em Copenhague é modo de falar. Precisa de uma? Pegue uma. Mas a abandone para o próximo cara. Ninguém realmente se importa.

Mas alguém se importava.

Um automóvel cantando pneus chamou a atenção deles. Um sedã preto entrou na rua dois quarteirões atrás. Movia-se em grande velocidade na direção deles. Estava escuro demais para identificar o motorista ou os passageiros. Os faróis avançavam rapidamente na direção deles.

Gray arrastou Fiona ao longo da calçada arborizada, procurando as sombras mais escuras. Um alto muro de alvenaria emoldurava aquele lado da rua. Não havia nem edifícios nem becos. Apenas um longo muro alto. No outro lado, ouvia-se um som alegre de flautas e instrumentos de cordas.

Atrás deles, os ocupantes do sedã reduziram a velocidade, à procura.

Não restava dúvida de que a fuga deles de lambreta havia sido informada.

– Por aqui – disse Fiona.

Após colocar a bolsa sobre o ombro, ela o conduziu a um banco de jardim encoberto pelas sombras e subiu nele; depois, usando as costas do banco como apoio, pulou para cima e agarrou um dos ramos da árvore. Tomando impulso com os pés, enganchou as pernas no galho.

– O que você está fazendo?

– Crianças de rua fazem isto o tempo todo. Entrada franca.

– O quê?

– Vamos nessa.

Com as mãos, ela desceu pelo grosso galho enquanto ele se curvava sobre o muro. Ela pulou no outro lado e desapareceu.

Droga.

O sedan começou a mover-se outra vez rua acima.

Sem escolha, Gray seguiu o exemplo de Fiona. Ele subiu no banco e pulou para cima. Música flutuava por cima do muro, cintilante e mágica na noite escura. Uma vez pendurado de cabeça para baixo, ele esticou o pescoço por cima do muro.

Além estava um país das maravilhas com lanternas resplandecentes, palácios em miniatura e brinquedos que rodopiavam.

O Tivoli.

O parque de diversões da virada do século situava-se no coração de Copenhague. Daquela altura, Gray avistou o lago central do parque. Sua superfície espelhada refletia milhares de lanternas e luzes. Espalhando-se para fora, caminhos ladeados de flores conduziam a pavilhões iluminados por lâmpadas, montanhas-russas de madeira, carrosséis e rodas-gigantes. O velho parque estava menos para Disneylândia do que para um parque de bairro com um quê familiar.

Gray avançou depressa ao longo do galho em direção ao parque, passando por cima do muro.

No outro lado, Fiona, que aguardava embaixo, acenou para ele. Ela estava em pé nos fundos de um galpão de uso geral ou no qual se guardava o material de jardinagem.

Gray soltou as pernas e ficou pendurado pelos braços.

Um pedaço grosso da casca da árvore explodiu próximo à sua mão direita. Chocado, ele se soltou e caiu, os braços fazendo estrelinhas em busca de equilíbrio. Ele caiu pesadamente num canteiro de flores, machucando um joelho, mas a terra preta macia amorteceu sua queda. Do outro lado do muro, um motor roncou e uma porta fechou-se com um estrondo.

Eles haviam sido descobertos.

Fazendo uma careta, Gray juntou-se a Fiona. Os olhos dela estavam escancarados. Ela ouvira o disparo. Sem dizer nada, eles fugiram juntos rumo ao coração do Tivoli.

CAPÍTULO 6

O patinho feio

1:22h
Himalaia

Bem depois da meia-noite, Lisa tomou um fumegante banho de imersão em água mineral naturalmente aquecida. Ela pôde fechar os olhos e imaginar-se em algum spa europeu caro. Os móveis e acessórios dos aposentos eram sem dúvida bastante luxuosos: grossas toalhas e roupões de banho de algodão egípcio, uma cama de dossel maciça com uma pilha alta de cobertores sobre um colchão de penas de ganso com 30 centímetros de espessura. Tapeçarias medievais decoravam as paredes, e, sob os pés, tapetes turcos cobriam o piso de pedra.

Painter estava no quarto principal, alimentando a minúscula lareira deles.

Eles dividiam aquela pequena e agradável cela de prisão.

Painter dissera a Anna Sporrenberg que eles viviam juntos nos Estados Unidos. Um ardil com o objetivo de evitar que fossem separados.

Lisa não protestara contra isso.

Ela não quisera ficar sozinha ali.

Embora a temperatura da água fosse quase escaldante, Lisa tremia. Como médica, ela reconhecia seus próprios sinais de choque à medida que a adrenalina que a havia sustentado até aquele ponto diminuía. Ela se lembrou de quão precocemente havia vociferado contra a alemã, quase atacado a mulher. Em que estivera pensando? Poderia ter provocado a execução de ambos.

E o tempo todo Painter fora tão calmo. Mesmo agora, ela hauria forças ao ouvir Painter pôr mais lenha no fogo, simples demonstração de cuidado e conforto. Ele devia estar exausto. O homem já havia tomado um banho na imponente banheira, não tanto por uma questão de higiene e mais como uma prescrição contra ulceração produzida pelo frio. Lisa notara as manchas brancas na ponta das orelhas dele e insistira para que ele tomasse banho primeiro.

Como usava roupas mais quentes, ela passara melhor.

No entanto, ela imergiu por completo na banheira, enfiando a cabeça também na água, seus cabelos espalhando-se. O calor difundiu-se pelo corpo dela, aquecendo todos os seus tecidos. Seus sentidos aguçaram-se. Tudo o que ela precisava fazer era aspirar até se afogar. Um momento de pânico, e estaria terminado. Todo o medo, toda a tensão. Ela estaria no controle do próprio destino – tomando de volta o que seus captores mantinham como refém.

Apenas uma inalação...

– Você já está terminando seu banho? – As palavras abafadas chegaram até ela através da água, parecendo vir de muito longe. – Eles nos trouxeram um lanche extra.

Lisa mexeu-se, emergindo do vapor, a água escorrendo de seus cabelos e de seu rosto.

– Eu... eu vou terminar já, já.

– Não se apresse – gritou Painter do quarto principal.

Ela ouviu ele pôr outra acha de lenha na lareira.

Como ele ainda conseguia estar em movimento? Acamado por três dias, a luta no porão de armazenamento de ervas, a viagem através do gelo até ali... e no entanto ele continuava a fazer coisas. Isso lhe dava esperança. Talvez fosse apenas desespero, mas ela percebia uma fonte de energia nele que transcendia o físico.

Enquanto pensava nele, seus tremores finalmente diminuíram.

Ela saiu da banheira com a pele fumegando e enrolou-se em uma toalha. Um roupão grosso estava pendurado num gancho. Ela o deixou ali por mais um instante. Ao lado de uma bacia antiga para lavar as mãos havia um espelho que ia quase até o chão. Sua superfície estava embaçada, mas a forma dela nua era visível. Ela virou a perna, não em admiração narcisista, e sim para examinar a extensão das contusões em seu membro. A dor profunda em suas panturrilhas lembrava-a de algo essencial.

Ainda estava viva.

Ela olhou para a banheira.

Não lhes daria o prazer. Iria até o fim.

Vestiu o roupão. Após ajustá-lo bem em volta da cintura, ergueu o pesado trinco de ferro do banheiro e abriu a porta. Estava mais quente no aposento vizinho. Um registro de vapor mantinha o aposento habitável, mas o fogo recente na lareira havia fornecido ao lugar um calor agradável. A minúscula chama estalava e crepitava alegremente, inundando o quarto com uma luz suave e bruxuleante. Um grupo de velas ao lado da cama, a única outra fonte de iluminação, deixava o ambiente mais confortável.

Não havia eletricidade no aposento.

Ao aprisioná-los ali, Anna Sporrenberg explicou com orgulho que a maior parte da energia que eles consumiam era gerada geotermicamente, com base em um projeto secular desenvolvido por Rudolf Diesel, o engenheiro alemão nascido na França que inventaria o motor a diesel. Mesmo assim, a eletricidade não podia ser desperdiçada e fora limitada a áreas seletas do castelo.

E aquela não era uma delas.

Painter virou-se para Lisa quando ela entrou. Ela notou que os cabelos dele haviam secado desalinhados, dando-lhe uma aparência jovial e pueril. Descalço e usando um roupão igual ao dela, ele encheu duas canecas de pedra com uma infusão fumegante.

– Chá de jasmim – disse e acenou para que ela se sentasse num pequeno sofá em frente à lareira.

Uma travessa estava apoiada numa mesa baixa: queijos de massa dura, pão preto, fatias de rosbife empilhadas, mostarda e uma tigela de amoras-pretas com uma garrafinha de creme.

– Nossa última refeição? – perguntou Lisa, tentando ser irreverente, sem êxito, porém. Eles seriam interrogados de manhã cedo.

Painter deu um tapinha no assento ao lado dele ao se sentar.

Ela juntou-se a ele.

Enquanto ele cortava o pão, ela pegou um pedaço de *cheddar* com odor penetrante. Cheirou-o e o pôs de lado. Estava sem fome.

– Você deveria comer – disse Painter.

– Para quê? Para estar mais forte quando eles nos drogarem?

Painter enrolou uma fatia de rosbife e jogou-a na boca. Ele mastigava enquanto falava.

– Nada é definitivo. Se eu não aprendi nada na vida, pelo menos aprendi isso.

Não convencida, ela sacudiu a cabeça.

– Então o que você está dizendo? Que devemos simplesmente esperar que aconteça o melhor?

– Eu pessoalmente prefiro um plano.

Ela olhou para ele.

– E você tem um?

– Sim, um plano simples. Não exatamente o disparo de armas de fogo, a explosão de granadas.

– O quê, então?

Ele engoliu o rosbife e virou-se para ela.

– Algo que, na minha opinião, quase sempre funciona.

Ela esperou uma resposta.

– E então?

– Honestidade.

Ela recuou no assento, os ombros curvando-se.

– Excelente.

Painter pegou uma fatia de pão, espalhou um pouco de mostarda de má qualidade nela, acrescentou-lhe uma fatia de rosbife e colocou um pedaço de *cheddar* por cima. Ele estendeu o sanduíche para ela

– Coma.

Suspirando, ela aceitou a criação dele, apenas para satisfazê-lo.

Painter fez outro para si.

– Por exemplo, eu sou o diretor de uma divisão da DARPA chamada Sigma. Nossa especialidade é investigar ameaças aos Estados Unidos, empregando uma equipe de ex-soldados de Forças Especiais. O braço forte da DARPA lá fora em ação.

Lisa mordiscou a beira da casca do pão, sentindo um pouco do gosto picante de mostarda fresca.

– Podemos esperar que esses soldados nos resgatem?

– Tenho minhas dúvidas. Não no tempo de que dispomos. Eles vão levar dias para descobrir que o meu corpo não está entre as ruínas do mosteiro.

– Então eu não vejo...

Painter ergueu uma das mãos, mastigou ruidosamente um pedaço do sanduíche e murmurou:

– Eu estou falando de honestidade. De expressar tudo clara e abertamente. Ver o que acontece. Algo atraiu a atenção da Sigma para cá. Relatos de doenças estranhas.

Após operações tão secretas por tantos anos, por que todos esses erros nos últimos meses? Eu não sou uma pessoa de dar muito crédito a coincidências. Ouvi por acaso Anna falando com o soldado assassino. Ela fez alusão a algum problema aqui. Algo que os deixou aturdidos. Talvez as nossas metas e as deles tenham o mesmo propósito se desfizermos o mal-entendido. Talvez haja espaço para cooperação.

– E eles nos deixariam viver? – perguntou ela, meio escarnecedora, mas com uma parte de si acalentando esperança.

Ela deu uma mordida no sanduíche para ocultar sua tolice.

– Eu não sei – respondeu ele, sendo honesto. – Enquanto nós nos revelarmos úteis. Mas se pudermos ganhar aguns dias... isso aumentará nossa chance de resgaste ou talvez de uma mudança das circunstâncias.

Lisa mastigou enquanto refletia. Antes que se desse conta, seus dedos estavam vazios. E ela ainda sentia fome. Eles dividiram a tigela de amoras-pretas, despejando creme sobre elas.

Ela olhou para Painter com uma nova perspectiva. Ele era mais do que força obstinada. Havia um brilho intenso e muito bom senso atrás daqueles olhos azuis. Como que sentindo a análise dela, ele olhou para Lisa. Ela rapidamente voltou a examinar a travessa de comida.

Em silêncio, terminaram a refeição e bebericavam o chá. Alimentados, a exaustão pesou sobre ambos, tornando penosa até mesmo a conversa. Além disso, ela apreciava o silêncio, sentada ao lado dele. Ouvia-o respirar. Podia sentir o cheiro de sua pele recém-lavada.

Quando terminou de tomar o resto do chá adoçado, ela notou Painter esfregar a têmpora direita, um olho quase fechado. A dor de cabeça dele estava atacando de novo. Ela não queria bancar a médica, ser objetiva demais e preocupá-lo, mas observou-o de esguelha. Os dedos da outra mão dele tremiam. Ela notou a ligeira vibração nas pupilas dele enquanto ele olhava para o fogo que se extinguia.

Painter havia mencionado honestidade, mas será que queria a verdade sobre a própria condição? Os surtos pareciam estar ocorrendo com mais freqüência. E uma parte dela era egoísta o bastante para temer – não pela saúde dele, mas pelo fio de esperança de sobrevivência que ele havia instilado nela. Ela precisava dele.

Lisa levantou-se.

– Nós deveríamos dormir um pouco. O amanhecer não deve tardar.

Painter gemeu, mas concordou com um aceno de cabeça. Ele também se levantou. Lisa teve de segurar o cotovelo dele quando ele cambaleou.

– Estou bem – disse ele.

Chega de honestidade.

Ela o guiou até a cama e puxou os cobertores.

– Posso dormir no sofá – disse ele, resistindo.

– Não seja ridículo. Deite-se. Agora não é hora de ficar preocupado com nenhuma conduta imprópria. Nós estamos numa fortaleza nazista.

– Eles são *ex*-nazistas.

– Está bem, isso é um grande consolo.

No entanto, ele subiu para a cama com um suspiro, o roupão e tudo mais. Ela deu a volta e fez o mesmo, apagando as velas ao lado da cama. As sombras adensaram-se, mas a luz do fogo que se extinguia na lareira manteve o quarto agradavelmente iluminado. Lisa não sabia se conseguiria suportar a escuridão absoluta.

Ela acomodou-se sob os cobertores, puxando-os até o queixo, e deixou um espaço entre os dois, atrás de Painter. Ele deve ter sentido o medo dela e girou a fim de ficar de frente para ela.

– Se nós morrermos – murmurou Painter –, morreremos juntos.

Ela engoliu em seco. Aquelas *não* eram as palavras tranqüilizadoras que tinha esperado ouvir, mas, ao mesmo tempo, sentia-se estranhamente confortada. Alguma coisa no tom da voz dele, a honestidade, a promessa por trás de suas palavras, teve êxito onde fracas afirmações sobre a segurança deles teriam falhado.

Ela acreditava nele.

Aconchegou-se um pouco mais, sua mão encontrou a dele, os dedos entrelaçaram-se, nada sexual, apenas duas pessoas necessitando de contato. Ela puxou o braço dele em torno de si.

Ele apertou a mão dela de modo tranqüilizador e forte.

Ela aproximou-se ainda mais dele, que se moveu para abraçá-la de maneira mais aconchegante.

Lisa fechou os olhos, sem esperar adormecer.

Porém, nos braços dele, acabou adormecendo.

22:39h
Copenhague, Dinamarca

Gray consultou o relógio.

Fazia mais de duas horas que eles estavam se escondendo. Ele e Fiona haviam permanecido dentro do poço de serviço de uma animação chamada *Minen*, ou Mina. Era um brinquedo animatrônico antiquado no qual os carros passavam por animais animados semelhantes a toupeiras com petrechos de mineração, trabalhando em alguma pedreira subterrânea esquisita. O mesmo refrão musical era tocado repetidamente, uma forma auditiva de tortura chinesa.

Pouco depois de desaparecerem em meio à multidão do Tivoli, Gray e Fiona pularam no velho brinquedo, bancando pai e filha. Porém, na primeira curva não supervisionada, eles saíram do carrinho e entraram num cubículo de serviço atrás de uma porta de vaivém com um símbolo de perigo de descarga elétrica. Por não ter terminado a volta no brinquedo, Gray só podia imaginar o fim: as criaturas parecidas com toupeiras refesteladas alegremente nos leitos de um hospital, sofrendo de antracose.

Ou era o que ele esperava.

O alegre refrão em dinamarquês continuou pela milésima vez. Talvez não fosse tão ruim quanto o passeio no brinquedo *It's-a-Small-World*, na Disneylândia, mas era bem parecido.

No refúgio apertado, Gray abriu a Bíblia de Darwin no colo. Examinou as páginas com uma lanterna de bolso, procurando qualquer pista de sua importância, página por página. Sua cabeça latejava em sintonia com a música.

– Você tem uma arma? – perguntou Fiona, agachada em um canto, os braços cruzados. – Se tiver, me mate agora.

– Nós só temos mais uma hora. – Gray suspirou.

– Eu jamais vou conseguir.

O plano era esperar o parque fechar. Havia apenas uma saída oficial, mas Gray tinha certeza de que todas as saídas estavam sendo vigiadas àquela altura. A única chance deles era tentar escapar durante o êxodo em massa do parque à meia-noite. Ele tentara confirmar a chegada de Monk ao aeroporto de Copenhague, mas o ferro e o cobre no edifício antigo estavam interferindo seriamente no funcionamento de seu celular. Eles precisavam chegar ao aeroporto.

– Você ficou sabendo alguma coisa da Bíblia? – perguntou ela.

Gray sacudiu a cabeça. Era fascinante ver a linhagem da família representada por meio de um gráfico na parte interna da capa, a árvore genealógica da família do próprio Darwin. Mas, em outros aspectos, das páginas restantes que ele examinara até então, as folhas quebradiças e frágeis não ofereciam qualquer pista. Tudo o que ele descobriu foram alguns rabiscos. A mesma marca repetida várias vezes, em muitas posições e tamanhos diferentes.

Gray deu olhada em seu bloco de anotações. Ele havia desenhado os símbolos à medida que eles apareciam, escritos nas margens da Bíblia – se pela mão de Charles Darwin ou de um proprietário posterior, ele não sabia.

Ele empurrou o bloco de anotações na direção de Fiona.

– Algum lhe parece familiar?

Fiona suspirou e inclinou-se para a frente, descruzando os braços. Ela olhou de relance para os símbolos.

– Rabiscos de pássaros – respondeu ela. – Nada pelo que valha a pena matar.

Gray revirou os olhos, mas se segurou para não retrucar. O humor de Fiona havia acabado. Ele preferia o divertimento vingativo e a raiva maníaca da garota. Com o encarceramento deles ali, ela parecia estar retraída. Gray suspeitava que ela havia investido toda sua dor e energia no estratagema para obter a Bíblia, seu pequeno ato de vingança contra o assassino da avó. E agora, no escuro, a realidade estava manifestando-se.

O que ele podia fazer?

Pegou papel e caneta e procurou algum meio de mantê-la concentrada no presente. Desenhou outro símbolo, a pequena tatuagem no dorso da mão do arrematante.

Ele o empurrou para ela.

– E o que você me diz deste símbolo?

Com um suspiro ainda mais alto, mais dramático, ela tornou a inclinar-se para a frente, a fim de olhar o desenho, e sacudiu a cabeça.

– Um trevo-de-quatro-folhas. Eu não sei. O que será que isso... espere... – Ela pegou o bloco de anotações e olhou mais de perto. Seus olhos arregalaram-se. – Eu vi isto antes!

– Onde?

– Num cartão de visita – disse Fiona. – Só que não era bem assim, era só um contorno.

Ela pegou a caneta dele e começou a desenhar.

– De quem era o cartão de visita?

– Do idiota que veio meses atrás e examinou cuidadosamente nossos registros. O cara que nos trapaceou com o cartão de crédito falsificado. – Fiona continuou a desenhar. – Onde você o viu?

– Estava desenhado no dorso da mão do homem que comprou a Bíblia.

Fiona praticamente rosnou.

– Eu sabia! Então é o mesmo filho-da-puta que esteve por trás disto o tempo todo. Primeiro ele tenta roubá-la. Depois, tenta encobrir seus rastros matando *Mutti* e queimando a livraria por completo.

– Você se lembra do nome no cartão de visita? – indagou Gray.

Ela sacudiu a cabeça.

– Apenas do símbolo. Porque o reconheci.

Ela empurrou o desenho para ele. Era um desenho com traços mais detalhados da tatuagem uniforme, revelando mais da natureza emaranhada do símbolo.

Gray deu um tapa de leve na página.

– Você reconheceu isto?

Fiona fez um aceno positivo de cabeça.

– Eu coleciono broches. Claro que não podia usá-los com estas roupas sem graça.

Gray lembrou-se da jaqueta dela, com capuz, a que ela estava usando quando a viu pela primeira vez, enfeitada com *buttons* de todas as formas e tamanhos.

– Eu passei por uma fase celta – disse Fiona. – Era o único estilo de música que eu ouvia, e a maioria dos meus broches tinha desenhos celtas.

– E este símbolo aqui?

– É chamado de Quadrado da Terra ou Cruz de São João. Supõe-se que ele seja protetor, clamando por força aos quatro cantos da Terra. – Ela tocou nos círculos em forma de folha de trevo. – É por isso que ele às vezes é chamado de laço protetor, cujo objetivo é proteger você.

Gray concentrou-se, mas não encontrou nenhum significado na pista.

– Foi por isso que eu disse a *Mutti* para confiar nele – disse Fiona. – Ela estava de novo sem ânimo e sua voz havia se reduzido a um sussurro, como se ela estivesse com medo de falar. – Ela não gostou do homem à primeira vista. Mas quando eu vi o símbolo no cartão dele, pensei que ele devia ser um cara legal.

– Você não tinha como saber.

– *Mutti* sabia – disse ela asperamente. – E agora ela está morta. Por minha causa.

Culpa e raiva ecoaram nas palavras dela.

– Isso é um absurdo. – Ele aproximou-se e envolveu-a com um braço. – Sejam quem forem essas pessoas, elas estavam determinadas desde o começo. Você sabe disso. Elas teriam encontrado um modo de obter essa informação de vocês. Elas não teriam aceitado um não como resposta. Se você não tivesse convencido sua avó a deixá-los examinar os registros, elas poderiam ter matado vocês duas na hora.

Fiona encostou-se nele.

– Sua avó...

– Ela não era minha avó – interrompeu ela, a voz fingida.

Gray havia imaginado o mesmo, mas permaneceu calado, deixando Fiona falar.

– Ela me flagrou quando eu tentava roubar alguns itens na livraria dela há dois anos. Mas não chamou a polícia; em vez disso, preparou uma sopa para mim. Cevada com frango.

Gray não precisava enxergar no escuro para saber que Fiona havia dado um ligeiro sorriso.

– Ela era assim. Sempre ajudava crianças de rua. Sempre acolhia pessoas e animais perdidos.

– Como Bertal.

– E eu. – Ela ficou em silêncio por um longo momento. – Meus pais morreram num acidente de automóvel. Eram imigrantes paquistaneses, de Punjab. Nós tínhamos uma pequena casa em Waltham Forest, em Londres, até mesmo um jardim. Conversamos sobre ter um cachorro. Então... então eles morreram.

– Sinto muito, Fiona.

– Minha tia e meu tio me acolheram... eles tinham acabado de chegar de Punjab. – Outra longa pausa. – Depois de um mês, ele começou a entrar no meu quarto à noite.

Gray fechou os olhos. Deus do céu...

– Por isso fugi... Eu vivi alguns anos nas ruas de Londres, mas arrumei encrenca com as pessoas erradas. Tive de fugir. Então saí da Inglaterra e viajei de mochila pela Europa. Dando um jeito de sobreviver. E vim parar aqui.

– E Grette acolheu você.

– E agora ela também está morta. – De novo aquele tom de culpa. – Talvez eu só traga azar.

Gray abraçou Fiona com mais força.

– Eu vi a maneira como ela olhava para você. A sua entrada na vida dela *não* foi azar. Ela amava você.

– Eu... eu sei. – Fiona virou o rosto. Seus ombros sacudiam enquanto ela soluçava em silêncio.

Gray apenas continou a abraçá-la. Por fim, ela virou-se e enterrou o rosto no ombro dele. Agora era a vez de Gray lutar contra o remorso. Grette fora uma mulher tão generosa, protetora e instintiva, gentil e empática. E agora estava morta. Ele tinha seu próprio sentimento de culpa para contrabalançar naquele caso. Se tivesse agido com mais cautela... sido menos imprudente durante sua investigação...

E o preço da sua negligência.

Os soluços de Fiona continuaram.

Mesmo que o assassinato e o incêndio tivessem sido planejados independentemente de seus interrogatórios descuidados, Gray julgava suas ações posteriores. Ele havia fugido, abandonado Fiona ao caos, deixado-a com sua dor. Lembrou-se dela gritando para ele – primeiro com raiva, depois implorando.

Ele não havia parado.

– Eu não tenho ninguém agora – Fiona chorou mansamente em seu paletó.

– Você tem a mim.

Ela afastou-se, os olhos cheios de lágrimas.

– Mas você também vai partir.

– E você vem comigo.

– Mas você disse...

– Esqueça o que eu disse. – Gray sabia que a garota já não estava segura ali. Ela seria executada, se não para obterem a Bíblia, então para calarem-na. Ela sabia demais. Como... – Você mencionou que sabia o endereço que constava no recibo de venda da Bíblia.

Fiona o encarou com visível suspeita. Os soluços dela haviam cessado. Ela afastou-se e olhou para Gray, avaliando se a solidariedade dele era uma cilada para fazê-la revelar o que sabia. Ele entendia a cautela da garota agora, uma cautela nascida das ruas.

Gray sabia que não devia forçar a barra.

– Um amigo está vindo para cá num jato privado. Ele deve chegar à meia-noite. Podemos entrar em contato com ele e voar para algum lugar. Você pode me dizer aonde temos de ir assim que estivermos a bordo.

Ele estendeu a mão, pronto para selar o acordo.

Com um olho semicerrado de suspeita, Fiona apertou a mão dele.

– Fechado.

Era um pequeno remendo nos erros que Gray cometera naquele dia, mas era um começo. Ela teria de ser livrada do perigo, e estaria segura assim que embarcasse no avião. Poderia permanecer a bordo, sob guarda, enquanto ele e Monk fizessem mais investigações.

Fiona empurrou o bloco de anotações de volta para ele, com todos os símbolos sem sentido.

– Só para seu governo... precisamos ir a Paderborn, no oeste da Alemanha. Assim que estivermos lá, eu lhe darei o endereço exato.

Gray considerou a concessão dela uma pequena dose de confiança.

– Para mim está muito bom.

Ela fez um aceno de cabeça.

O acordo foi fechado.

– Agora, se você pudesse fazer esta música idiota parar – acrescentou ela com um gemido cansado.

No mesmo segundo a canção monótona e incessante parou. O zumbido constante e baixo das máquinas e a trepidação dos carros sobre os trilhos também cessaram. No silêncio repentino, passos soaram do lado de fora da porta estreita.

Gray ficou em pé.

– Fique atrás de mim – sussurrou ele.

Fiona recolheu a Bíblia e a enfiou na bolsa. Gray pegou um vergalhão que encontrara antes.

A porta foi aberta e uma luz forte brilhou nos olhos deles.

O homem gritou ríspido e assustado, em dinamarquês.

– O que vocês dois estão fazendo aqui?

Gray aprumou-se e baixou a barra. Ele quase havia trespassado o homem, que usava um uniforme da manutenção.

– O brinquedo está fechado – disse o homem, dando um passo para o lado. – Saiam daqui antes que eu chame a segurança.

Gray obedeceu. O homem fechou a cara para ele quando ele passou. Gray sabia a impressão que a cena dava. Um homem mais velho escondido com uma adolescente num cubículo de um parque de diversões.

– Você está bem, senhorita? – perguntou o empregado.

Ele devia ter notado os olhos inchados e as roupas rasgadas dela.

– Estamos bem. – Ela enganchou o braço no de Gray e requebrou um pouco os quadris. – Ele pagou por fora por *este* passeio.

O homem franziu o cenho com repugnância.

– A porta dos fundos é do outro lado. – Ele apontou para um sinal de saída em néon. – Não me deixem flagrar vocês aqui dentro de novo. É perigoso ficar vadiando aqui atrás.

Não tão perigoso quanto lá fora. Gray dirigiu-se à porta e a empurrou. Consultou o relógio. Passava pouco das 11. Só dali a uma hora o parque fecharia. Talvez eles precisassem tentar sair agora.

Quando dobraram a esquina da estrutura da mina, viram que aquela área do parque estava deserta. Não era de admirar que o brinquedo tivesse fechado cedo.

Gray ouviu música e gritos de alegria vindos da direção do lago do parque.

– Todo mundo está se reunindo para a parada elétrica – disse Fiona. – Ela encerra as atividades do parque, junto com os fogos de artifício.

Gray rezou para que os fogos de artifício daquela noite não terminassem com pessoas sangrando e soltando gritos estridentes. Ele examinou a área ao redor de onde estavam. Lanternas iluminavam a noite. Tulipas enchiam os canteiros até transbordarem. Os passeios e rampas de concreto ali tinham pouquíssimo movimento. Eles estavam expostos demais.

Gray avistou dois seguranças do parque, um homem e uma mulher, caminhando a passos largos de maneira um pouco intencional demais na direção deles. Será que, afinal, o operário da manutenção havia alertado a segurança?

– É hora de desaparecermos de novo – Gray disse e arrastou Fiona na direção oposta à dos guardas que se aproximavam. Ele seguiu para onde a multidão estava concentrada. Eles andavam rápido, permanecendo nas sombras embaixo das árvores. Apenas dois visitantes ansiosos para assistir à parada.

Eles saíram dos passeios do jardim e entraram na praça central com seu amplo lago, resplandecente com todas as luzes e lanternas dos pavilhões e palácios à volta. No outro lado do caminho, ergueu-se um aplauso quando o primeiro dos carros alegóricos da parada chegou à praça. Com altura equivalente à de três andares, ele representava uma sereia numa rocha, ornamentada com luzes verde-esmeralda e azul-celeste. Um braço acenava dando as boas-vindas. Outros carros alegóricos vieram atrás deste, resplandecentes com bonecos animados de cinco metros de altura. Flautas soavam alegremente, tambores rufavam.

– A parada de Hans Christian Andersen – disse Fiona –, em comemoração aos duzentos anos de nascimento do escritor. Ele é o santo padroeiro da cidade.

Gray seguiu com ela ao encontro da multidão que se enfileirava no trajeto da parada ao redor do lago central. Refletida nas águas calmas, uma flor incandescente gigante explodiu no céu, acompanhada por um som abafado. Cascatas fantásticas de serpentinas cintilantes assobiaram e espiralaram no céu noturno.

Aproximando-se da multidão que se avolumava para assistir à parada, Gray ficou vigiando as imediações todo o tempo. Ele procurava qualquer figura pálida vestida de preto. Porém, estava em Copenhague, onde uma a cada cinco pessoas era loura. E preto, ao que parecia, era a nova moda daquela estação na Dinamarca.

O coração de Gray batia no compasso dos tambores. Uma curta salva de fogos de artifício esmurrou seu tórax e tímpanos com suas concussões. Mas eles finalmente alcançaram a multidão.

Diretamente acima, outra flor flamejante, com chuviscos de fogo, crepitou e explodiu.

Fiona tropeçou.

Gray a segurou, sentindo os ouvidos zumbirem.

Quando os ecos da explosão desvaneceram-se, Fiona olhou fixamente para ele, chocada. Ela ergueu uma das mãos e a estendeu para ele, enquanto ele a puxava para o meio da multidão.

Sua palma estava coberta de sangue.

4:02h
Himalaia

Painter acordou na escuridão, o fogo da lareira apagado. Por quanto tempo ele dormira? Sem janelas, parecia que uma eternidade. Mas ele sentiu que não havia passado muito tempo.

Alguma coisa o havia acordado.

Ele apoiou-se num cotovelo.

No outro lado da cama, Lisa também estava acordada, olhando para a porta.

– Você sentiu...?

O quarto estremeceu com uma violenta trepidação. O som distante de uma explosão chegou até eles e foi sentido nas entranhas.

Painter jogou os cobertores para trás.

– Problemas.

Ele apontou para a pilha de roupas limpas fornecida por seus anfitriões. Eles vestiram-se às pressas: roupa de baixo comprida, *jeans* pesados desgastados e suéteres enormes.

No outro lado do quarto, Lisa acendeu as velas ao lado da cama e enfiou os pés num par de botas de couro resistente, um modelo masculino. Eles aguardaram em silêncio durante algum tempo... talvez vinte minutos, ouvindo o tumulto passar aos poucos.

Ambos voltaram a afundar na cama.

– O que você acha que aconteceu? – sussurrou Lisa.

Gritos estridentes ecoaram.

– Não sei... mas acho que estamos prestes a descobrir.

Botas andavam pesadamente no corredor de pedra além da grossa porta de carvalho. Painter levantou-se e aguçou o ouvido.

– Estão vindo para cá – disse ele.

Confirmando isso, uma batida forte fez a porta chacoalhar. Erguendo um braço, Painter segurou Lisa atrás de si e também recuou. Um forte rangido soou em seguida, soltando a barra de ferro que os trancava ali dentro.

A porta foi aberta com um empurrão. Quatro homens precipitaram-se dentro do quarto, com rifles apontados para eles. Um quinto entrou. Ele se parecia bastante com o assassino chamado Gunther. Um homem enorme, de pescoço grosso, cabelos curtos e espetados, brancos ou grisalhos. Usava calça marrom folgada enfiada em botas pretas que iam até o meio das coxas e uma camisa marrom combinando.

Exceto pela ausência da braçadeira com a suástica, parecia-se com um membro de uma tropa de assalto nazista.

Ou melhor, com um *ex*-membro de uma tropa de assalto nazista.

Ele também tinha a pele pálida como Gunther, só que alguma coisa parecia errada. O lado esquerdo de seu rosto era pendente como o de uma vítima de derrame cerebral. Seu braço esquerdo tremeu com uma paralisia quando ele apontou para a porta.

– *Kommen Sie mit mir!*[15] – disse ele rápida e asperamente.

Eles estavam recebendo ordens para sair. O líder enorme virou-se e afastou-se a passos largos, como se qualquer pensamento de desobedecer fosse simplesmente incogitado. Por outro lado, os rifles nas costas deles decerto reforçavam essa suposição.

Painter fez um aceno de cabeça para Lisa. Ela juntou-se a ele enquanto saíam, seguidos pelos guardas. O corredor era estreito, esculpido na rocha, e sua largura mal dava para duas pessoas. A única iluminação vinha das lanternas presas aos rifles dos guardas, projetando sombras à frente deles. Estava nitidamente mais frio no corredor do que no quarto deles, longe, porém, de ser um frio glacial.

Não os levaram longe. Painter calculou que eles foram conduzidos em direção à fachada da frente do castelo. E estava certo. Ele até ouviu um distante assobio do vento. A tempestade devia ter começado outra vez lá fora.

[15] Em alemão no original: Acompanhem-me! (N. do T.)

Adiante, o guarda corpulento bateu a uma porta de madeira entalhada. Uma resposta abafada o encorajou a abri-la. Uma luz morna inundou o corredor, junto com um sopro de calor.

O guarda entrou e segurou a porta.

Painter entrou com Lisa no aposento e observou o ambiente. Parecia tratar-se de uma sala de leitura e biblioteca rústica. Tinha dois pavimentos, e as quatro paredes eram cobertas de prateleiras de livros abertas. O piso superior era cercado por uma sacada de ferro, pesada e sem adornos. O único jeito de subir era por uma escada de mão.

A fonte de calor do aposento era uma grande lareira de pedra, na qual ardia uma pequena fogueira. Uma pintura a óleo de um homem usando um uniforme alemão os contemplava.

– Meu avô – disse Anna Sporrenberg, ao notar a atenção de Painter. – Ela ergueu-se detrás de uma enorme escrivaninha de madeira esculpida. Também vestia *jeans* escuro e um suéter. Aparentemente, eram os trajes usados como código no castelo. – Ele se apropriou do castelo depois da guerra.

Ela acenou para que eles se dirigissem a um círculo de poltronas com braços em frente à lareira. Painter notou as manchas escuras sob os olhos dela. Parecia que ela não havia dormido. Ele também sentiu o cheiro de fumaça nela, um odor parecido com o de cordite.

Interessante.

Painter olhou-a nos olhos quando ela se aproximou das pesadas poltronas. Os pêlos de sua nuca ficaram arrepiados. Apesar da exaustão, os olhos dela eram brilhantes e penetrantes. Painter reconheceu um lampejo ardiloso, predatório e calculista. Ali estava alguém para se observar atentamente. Ela também parecia estar avaliando-o atentamente, julgando-o.

O que estava acontecendo?

– *Setzen Sie sich, bitte1*[16] – disse ela, indicando as poltronas com um aceno de cabeça.

Painter e Lisa sentaram-se em cadeiras lado a lado. Anna escolheu uma em frente a eles. O guarda, de braços cruzados, manteve seu posto junto à porta fechada. Painter sabia que os outros guardas ainda esperavam do lado de fora. Ele esquadri-

[16] Em alemão no original: Sentem-se, por favor. (N. do T.)

nhou a sala à procura de rotas de fuga. A outra única saída era uma janela envidraçada, solidamente fixada, fosca até a obscuridade, com grades de ferro.

Não era possível fugir por ali.

Painter voltou sua atenção para Anna. Talvez houvesse outra saída. A conduta de Anna era cautelosa, mas eles haviam sido chamados ali por um motivo. Ele precisava do máximo de informações possível, mas teria de obtê-las com muita habilidade. Ele notou a grande semelhança entre Anna e o homem na tela a óleo. Poderia começar por esse assunto.

– A senhora disse que seu avô *se apropriou* do castelo – disse Painter, sondando em busca de respostas, permanecendo em terreno seguro. – Quem foi o dono antes dele?

Anna recostou-se na poltrona, obviamente aliviada por sentar-se em frente ao fogo por um momento tranqüilo. No entanto, era concentrada, as mãos entrelaçadas no colo, os olhos deslocando-se para Lisa, depois de volta para ele.

– O *Granitschloß* tem uma história longa e sombria, sr. Crowe. O senhor sabe quem foi Heinrich Himmler?

– O subcomandante de Hitler?

– *Ja*. O chefe da SS. Também um carniceiro e um louco.

Painter ficou surpreso de ouvir aquela definição. Será que aquilo era um truque? Ele sentiu um jogo em curso. Só que não conhecia as regras... pelo menos, ainda não.

Anna prosseguiu:

– Himmler acreditava que era a reencarnação do rei Henrique, um rei germânico dos saxões que viveu no século X. Até pensava que recebia mensagens psíquicas dele.

Painter acenou com a cabeça.

– Eu soube que ele se interessava pelo oculto.

– Era obcecado, na verdade. – Anna deu de ombros. – Era uma paixão de muitos na Alemanha, uma paixão que remontava a Madame Blavatsky, que cunhou o termo ariano. Ela afirmava que havia obtido conhecimento secreto enquanto estudava num mosteiro budista. Mestres em ciências ocultas supostamente lhe ensinaram que a humanidade havia evoluído de uma raça superior e um dia voltaria a evoluir.

– A proverbial raça superior – disse Painter.

– Exatamente. Um século mais tarde, Guido von List mesclou as crenças dela com a mitologia germânica, aprimorando uma origem nórdica como essa mítica raça ariana.

– E o povo alemão engoliu essa história – disse Painter, provocando-a um pouco.

– E por que não? Depois da nossa derrota na Primeira Guerra Mundial, uma idéia dessas era um conceito promissor. Ela foi adotada por um grande número de sociedades secretas na Alemanha. A Sociedade Thule, a Sociedade Vril, a Ordem dos Novos Templários.

– E, se bem me lembro, o próprio Himmler pertencia à Sociedade Thule.

– Sim, o *Reichsführer* acreditava plenamente nessa mitologia. Até na magia das runas nórdicas. Foi por isso que ele escolheu a dupla de runas *sig*, raios gêmeos, para representar sua própria ordem de sacerdotes-guerreiros, a *Schutzstaffel*, a SS. Pelo estudo da obra de Madame Blavatsky, ele acabou convencido de que foi no Himalaia que surgiu a raça ariana, e de que seria aqui que ela ressurgiria.

Lisa falou pela primeira vez.

– Então foi por isso que Himmler enviou expedições ao Himalaia.

Ela trocou um olhar com Painter. Eles haviam conversado sobre isso antes. Então eles não estavam tão enganados. Mas Painter ainda pensava na afirmação enigmática de Anna.

Nós não somos nazistas. Não mais.

Ele estimulou a mulher a falar enquanto ela permanecia sociável. Sentiu que havia um plano, mas não tinha a menor idéia de aonde ele estava levando. Odiava ficar no escuro, mas se recusava a demonstrar isso.

– Mas o que Himmler estava procurando aqui? – perguntou ele. – Alguma tribo perdida de arianos? Um Xangrilá com supremacia dos brancos?

– Não exatamente. Sob o pretexto de pesquisas antropológicas e zoológicas, Himmler enviou membros da sua SS a fim de procurar *indícios* de uma raça superior há muito perdida. Ele acabou convencido de que encontraria vestígios da antiga raça aqui. E, apesar de não ter encontrado nada, ficou mais determinado, foi levado ainda mais à loucura. Quando começou a construir uma fortaleza SS na Alemanha, um castelo pessoal chamado Wewelsburg, ele ergueu um castelo idêntico aqui, transportando de avião mil trabalhadores escravos dos campos de concentração alemães. Também despachou por navio uma tonelada métrica de lingotes de ouro, para nos tornar auto-suficientes. Conforme fiquei sabendo, com investimentos cuidadosos.

– Mas por que construir aqui? – perguntou Lisa.

Painter podia imaginar.

– Ele acreditava que a raça ariana renasceria nestas montanhas. E estava construindo a primeira cidadela para essa raça.

Anna fez um aceno de cabeça, como que dando um ponto de vantagem numa competição esportiva.

– Ele também acreditava que os mestres em ciências ocultas que um dia ensinaram Madame Blavatsky ainda estavam vivos. Ele estava construindo uma fortaleza para eles, um lugar central para reunir todo esse conhecimento e experiência.

– Esses mestres em ciências ocultas deram as caras por aqui alguma vez? – perguntou Painter em tom zombeteiro.

– Não, mas meu avô sim, no fim da guerra. E trouxe consigo algo milagroso, algo que poderia tornar realidade o sonho de Himmler.

– E o que era isso? – perguntou Painter.

Anna sacudiu a cabeça.

– Antes de prosseguirmos com a conversa, eu devo fazer-lhe uma pergunta. E gostaria de receber uma resposta honesta.

Painter franziu o cenho por causa da súbita mudança de rumo.

– A senhora sabe que eu não posso prometer isso.

Anna sorriu pela primeira vez.

– Eu agradeço até essa honestidade, sr. Crowe.

– Então, qual é a sua pergunta? – indagou ele, curioso. Ali devia estar o xis do problema.

Anna olhou fixamente para ele.

– O senhor está doente? Estou com dificuldade para reconhecer. O senhor parece muito lúcido.

Os olhos de Painter arregalaram-se. Ele não havia esperado aquela pergunta.

Antes que ele pudesse replicar, Lisa respondeu:

– Sim.

– Lisa... – advertiu Painter.

– Ela saberia de qualquer modo. Não é necessário ser médico para saber. – Lisa virou-se para Anna. – Ele está apresentando sinais vestibulares, nistagmo e desorientação.

– E o que a senhora me diz de enxaquecas com lampejos visuais?

Lisa confirmou com um aceno de cabeça.

– Era o que eu pensava. – Ela recostou-se. A informação pareceu tranqüilizar a mulher.

Painter não viu com bons olhos. Por quê?

Lisa pressionou.

– O que o está afetando? Eu acho que nós... que ele tem o direito de saber.

– Isso requer um pouco mais de discussão, mas eu posso lhe dar o prognóstico dele.

– E qual é esse prognóstico?

– Ele morrerá daqui a três dias, da maneira mais horrível.

Painter esforçou-se para não reagir.

Lisa permaneceu igualmente imperturbável, o tom da voz objetivo.

– Existe cura?

Anna olhou para Painter e depois de novo para Lisa.

– Não.

23:18h
Copenhague, Dinamarca

Ele tinha de levar a garota para um lugar seguro, a um médico. Gray sentiu o sangue pingar da ferida causada pelo tiro que atingira Fiona e encharcava a blusa dela enquanto ele a amparava com o braço.

A multidão se apertava em torno deles. Câmeras acendiam-se com o clarão dos *flashes*, o que deixava Gray nervoso. Música e canto ecoaram do lago quando a parada elétrica passou com seus carros alegóricos. Bonecos gigantes animados atingiam uma altura imensa, inclinavam-se para a frente e pendiam sobre a cabeça da multidão.

Fogos de artifício continuavam a ressoar e explodir sobre o lago.

Gray ignorou tudo aquilo. Permanecia abaixado, ainda procurando o atirador de tocaia que havia ferido Fiona. Ele havia dado uma olhadela no ferimento da garota. Apenas uma escoriação, pele queimada e sangue gotejando, mas ela precisava de cuidados médicos. A dor empalideceu o rosto dela.

O tiro tinha vindo de trás, o que significava que o atirador tinha de estar posicionado entre as árvores e arbustos. Eles tinham tido sorte de chegar até a multidão. No entanto, por terem sido avistados, os perseguidores provavelmente estavam indo em direção a eles. Com certeza já havia alguns em meio à multidão.

Consultou o relógio. Faltavam 45 minutos para o parque fechar.

Gray precisava de um plano... de um novo plano. Eles não podiam mais esperar até a meia-noite para fugir enquanto a multidão estivesse saindo do parque. Eles seriam descobertos antes disso. Tinham de sair agora.

Mas o trecho do parque entre a área da parada e a saída estava quase deserto, porque todos os visitantes haviam se reunido ao redor do lago. Se tentassem uma corrida desesperada rumo à saída, ficariam expostos outra vez, flagrados num espaço aberto. E, sem dúvida, o portão do parque também estava sendo vigiado.

Ao lado dele, Fiona mantinha uma das mãos pressionada sobre o local do ferimento. O sangue escorria entre seus dedos. Os olhos dela, cheios de pânico, encontraram os dele.

– O que nós vamos fazer? – ela sussurrou para ele.

Gray continuou andando com a garota através da multidão. Ele tinha apenas uma idéia – perigosa, mas a cautela não os faria sair do parque. Ele virou Fiona de frente para ele.

– Preciso ensangüentar minhas mãos.

– O quê?

Ele apontou para a blusa dela.

Franzindo o cenho, ela ergueu a barra da blusa.

– Tenha cuidado...

Ele removeu com suavidade o sangue que pingava da ferida esfolada. Ela encolheu-se e respirou ofegante.

– Sinto muito – disse ele.

– Seus dedos estão congelando – murmurou ela.

– Você está bem?

– Vou viver.

Aquele era o objetivo.

– Terei de carregar você daqui a pouco – disse Gray, levantando-se.

– O que você está...?

– Simplesmente esteja pronta para gritar quando eu lhe disser.

Ela enrugou o nariz, confusa, mas concordou com um aceno de cabeça.

Ele esperou o momento certo. Flautas e tambores começaram a soar a distância. Gray empurrou Fiona na direção dos portões principais. Após passarem por um grupo de estudantes, Gray avistou uma figura familiar numa capa impermeável, o braço numa tipóia, o assassino de Grette. Ele avançava com dificuldade através do grupo de jovens, os olhos procurando ao redor.

Gray recuou para o meio de uma multidão de alemães que cantavam uma balada em harmonia com as flautas e tambores. Quando a canção terminou, um estouro de fogos de artifício concluiu numa seqüência ensurdecedra de explosões crepitantes.

– Lá vamos nós – disse Gray, abaixando-se. Cobriu o rosto com sangue e pegou Fiona nos braços. Levantando-a, ergueu a voz e gritou em dinamarquês – Bomba!

Explosões crepitantes pontuaram seu grito agudo.

– Grite – sussurrou ele no ouvido de Fiona.

Ele ergueu o rosto outra vez, lambuzado de sangue. Conforme combinado, Fiona gemeu e soltou gritos estridentes de dor intensa nos braços dele.

– Bomba! – gritou ele de novo.

Rostos voltaram-ne na direção dele. Fogos de artifício estouravam. O sangue fresco cintilava em seu rosto. A princípio, ninguém se mexeu. Em seguida, como uma onda que reflui, uma pessoa recuou, colidindo com outra. Gritos confusos ergueram-se. Mais pessoas começaram a andar para trás.

Gray seguiu atrás das pessoas que se afastavam, permanecendo entre as que mais estavam em pânico.

Fiona gritava e se debatia. Ela moveu um braço, o sangue pingando dos dedos.

A confusão espalhou-se rapidamente. O berro de Gray foi como uma fagulha que atingiu material altamente inflamável, intensificado pelos ataques em Londres e na Espanha. Mais gritos "*Bomba!*" ecoaram através da multidão, transmitidos de boca em boca.

Como o estouro de uma boiada, a massa entrou em polvorosa e as pessoas chocaram-se umas contra as outras. A claustrofobia aumentava a ansiedade. Os fogos de artifício extinguiram-se acima, porém, àquela altura, gritos de medo irrompiam ao longo do trajeto da parada. Quando uma pessoa fugia, mais duas seguiam-na, numa ação reflexa que aumentava exponencialmente. Pés golpeavam o pavimento, batendo em retirada, indo em direção à saída.

Um pingo transformou-se numa onda.

A debandada em direção à saída começou.

Gray deixou-se levar por ela, com Fiona nos braços. Ele rezou para que ninguém fosse pisoteado. Mas, até então, as pessoas em retirada não estavam totalmente em pânico. Com o término do estourar dos fogos de artifício, reinava mais confusão que horror. No entanto, o fluxo da multidão dirigia-se às pressas para o portão principal.

Gray pôs Fiona no chão, deixando os braços livres. Ele removeu o sangue do rosto com a manga de seu paletó Armani. Fiona permanecia ao seu lado, com uma das mãos segurando o cinto dele a fim de continuar presa a ele no meio da multidão.

O portão apareceu adiante.

Gray inclinou a cabeça na direção dele.

– Se algo acontecer... *corra.* Continue em frente.

– Eu não sei se vou conseguir. Meu lado dói pra caramba.

Gray notou que ela estava mancando, ligeiramente curvada.

Um pouco à frente, ele viu seguranças tentando controlar a multidão que saía pelos portões, evitando que o empurra-empurra esmagasse alguém. Enquanto observava, avistou dois guardas um pouco mais afastados, que visivelmente não ajudavam a controlar a multidão. Um rapaz e uma moça, ambos com cabelos branco-alourados. Os arrematantes da casa de leilões. Disfarçados, vigiavam os portões. Ambos traziam pistolas no coldre, as palmas das mãos encostadas nelas.

Apenas por um momento, os olhos da mulher encontraram os dele na multidão.

Mas se desviaram.

Depois voltaram a mover-se rapidamente na direção dele.

Reconhecimento.

Gray começou a andar para trás, através da multidão, lutando contra a corrente.

– O que está acontecendo? – indagou Fiona, avançando atrás dele.

– Estamos voltando. Precisamos encontrar outro caminho.

– Como?

Gray afastou-se devagar para o lado, nadando contra a corrente. Estava difícil demais recuar. Um instante depois, saiu do meio da multidão. Apenas um punhado de pessoas ainda se apressava ao redor dele, uma pequena contracorrente na corrente maior.

Eles precisavam de melhor cobertura.

Gray viu que eles estavam próximos do trajeto da parada, agora deserto. Os carros alegóricos haviam parado, com as luzes ainda piscando, mas não havia música. Parecia que o pânico havia chegado até os condutores dos carros alegóricos. Eles haviam abandonado os carros e fugido. Até mesmo os seguranças tinham ido para os portões.

Gray avistou a porta aberta da cabine de um dos carros.

– Por aqui.

Ele meio que carregou Fiona para longe da multidão e correu o mais depressa possível rumo ao carro. Um boneco gigante iluminado, em forma de um pato desengonçado com uma cabeça desproporcional, elevava-se acima da cabine. Gray reconheceu a figura. Do conto de fadas *O Patinho Feio*, de Hans Christian Andersen.

Eles mergulharam sob uma de suas asas erguidas, sem dúvida destinadas a bater, resplandecente com luzes amarelas que piscavam. Gray ajudou Fiona a entrar na cabine, esperando receber um tiro nas costas a qualquer momento. Ele entrou em seguida e fechou a porta, batendo-a do modo mais silencioso possível.

Quando olhou pelo pára-brisa, foi grato a si mesmo por sua cautela.

Uma figura apareceu adiante, saindo da multidão, vestida de preto. O assassino de Grette. Ele não se deu o trabalho de esconder sua espingarda de caça. Toda a atenção havia se desviado para a frente do parque. Ele circundou a multidão que recuava, olhando fixamente na direção do lago e do circuito da parada.

Gray abaixou-se com Fiona.

O homem passou a poucos metros de distância e continuou seguindo a fila de carros alegóricos abandonados.

– Essa foi por pouco – sussurrou Fiona. – Nós deveríamos...

– Psiu.

Gray pressionou um dedo nos lábios dela. O cotovelo dele empurrou uma alavanca. Alguma coisa deu um clique no painel de instrumentos.

Ai, que merda...

Os alto-falantes embutidos no boneco acima começaram a grasnar:

– QUEN, QUEN..., QUEN...

O Patinho Feio havia despertado.

E todos sabiam disso.

Gray reergueu-se. A cerca de trinta metros de distância, o pistoleiro deu meia-volta.

Eles não tinham onde se enconder agora.

De repente, o motor da cabine roncou. Olhando de relance, Gray viu Fiona sentar-se e pisar na embreagem.

– Encontre a chave da ignição – disse ela, e engrenou a marcha.

O carro alegórico deu um solavanco para a frente, saindo da fila.

– Fiona, me deixe...

– Você dirigiu da última vez. E veja onde viemos parar. – Ela avançou direto para o pistoleiro com a espingarda. – Além do mais, eu tenho uma dívida com esse filho-da-puta.

Então ela também o havia reconhecido. O homem que havia assassinado sua mãe adotiva. Ela havia engrenado a segunda quando o homem ergueu a espingarda. Ela partiu para cima dele, indiferente à ameaça.

Gray procurou algum modo de ajudar, inspecionando a cabine.

Tantas alavancas.

O assassino disparou.

Gray encolheu-se; porém, antevendo, Fiona já havia dado uma guinada no volante. Um canto do pára-brisa trincou, formando uma teia de aranha a partir do grande furo produzido pelo projétil. Fiona girou o volante para o outo lado, tentando atropelar o homem.

Com o giro súbito, o carro alegórico, mal equilibrado, tombou sobre duas rodas.

– Segure-se! – gritou Fiona.

O carro rapidamente voltou a equilibrar-se nas quatro rodas, mas isso deu ao homem um momento extra para dar um salto para a esquerda. Incrivelmente ágil, ele já preparava sua espingarda, planejando disparar à queima-roupa através da janela lateral enquanto o carro alegórico passava.

Eles não tinham tempo para manobrar e sair do caminho.

Voltando sua atenção para a fileira de alavancas, Gray segurou a situada mais à esquerda. Só podia fazer sentido. Ele a puxou para baixo. As engrenagens rangeram. A asa esquerda do patinho, erguida um instante antes, bateu para baixo. Ela acertou o pistoleiro no pescoço, derrubando-o de lado, despedaçando vértebras. O homem foi erguido no ar e arremessado a distância.

– Siga para os portões! – exortou Gray.

O Patinho Feio sentiu o gosto de sangue pela primeira vez.

– QUEN, QUEN... QUEN, QUEN...

O apito da sirene do carro alegórico desobstruiu um caminho. As pessoas dispersaram-se para os lados. Os seguranças foram imprensados pela multidão. Inclusive os disfarçados. O portão de serviço ao lado da entrada principal, que havia sido escancarado para facilitar a fuga das pessoas, permanecia aberto.

Fiona avançou na direção dele.

O Patinho passou por ele, despedaçando tudo, rasgando sua mortífera asa esquerda. A cabine estremeceu, e eles chegaram à rua. Fiona afastou-se dali.

– Vire na primeira esquina – disse Gray, apontando.

Ela obedeceu, reduzindo a marcha na curva como uma profissional. O patinho dobrou a esquina. Depois de mais duas curvas, Gray insistiu com ela para que reduzisse a velocidade.

– Nós não podemos continuar dirigindo esta coisa – disse ele. – Ela chama muito a atenção.

– Você acha? – disse Fiona, olhando para ele e sacudindo a cabeça para provocá-lo.

Gray encontrou uma chave inglesa longa num jogo de ferramentas. Ele mandou-a parar no topo de um morro e acenou para que ela saísse do carro. Mudando de lugar, pisou na embreagem, escorou o acelerador com a chave inglesa e saltou para o meio-fio.

O Patinho Feio partiu, as luzes brilhando, mutilando os carros estacionados à medida que descia o morro. Onde quer que ele finalmente viesse a parar, o local da colisão distrairia a atenção de quaisquer pessoas no encalço deles.

Gray seguiu na direção oposta. Eles estariam em segurança por algumas horas. Ele consultou o relógio. Tempo suficiente para chegarem ao aeroporto. E até Monk. Seu avião aterrissaria em breve.

Fiona mancava ao lado dele, olhando para trás.

Atrás deles, o Patinho grasnava na noite:

– QUEN, QUEN... QUEN, QUEN...

– Vou sentir saudades dele – disse Fiona.

– Eu também.

4:35h
Himalaia

Painter estava em pé junto à lareira. Ele se levantara da poltrona ao ouvir o pronunciamento de sua sentença de morte.

O guarda corpulento deu três passos para a frente quando Painter ficou em pé, mas Anna fez o homem recuar ao erguer uma das mãos.

– *Nein, Klaus. Alles ist ganz recht.*[17]

Painter esperou o guarda, Klaus, retornar a seu posto junto à porta.

– Não existe cura?

Anna acenou com a cabeça.

– Eu disse a verdade.

– Então, por que Painter não está exibindo a mesma loucura dos monges? – perguntou Lisa.

Anna olhou para Painter.

– O senhor estava longe do mosteiro, *ja*? Na aldeia afastada. O senhor ficou menos exposto. Em vez da rápida degeneração neurológica, o senhor está passando por uma deterioração *do corpo* mais lenta e generalizada. No entanto, trata-se de uma sentença de morte.

Anna deve ter lido algo no rosto dele.

– Embora não exista cura, existe a esperança de retardar a deterioração. No decorrer dos anos, em experimentos com animais, nós idealizamos alguns modelos promissores. Podemos prolongar sua vida. Ou pelo menos poderíamos.

– O que a senhora quer dizer? – indagou Lisa.

Anna levantou-se.

– Foi por isso que eu os chamei aqui. Para lhes mostrar. – Ela acenou com a cabeça para o guarda, Klaus, que abriu a porta. – Venham comigo. E talvez encontremos um modo de ajudar uns aos outros.

Painter estendeu uma das mãos para Lisa enquanto Anna saía da sala. Ele ardia de curiosidade. Sentia tanto uma cilada quanto um pouco de esperança.

Poderia haver melhor isca?

Lisa inclinou-se para ele quando se levantou.

– O que está acontecendo? – ela sussurrou no ouvido dele.

– Não tenho certeza.

Ele olhou de relance para Anna enquanto ela falava com Klaus.

Talvez encontremos um modo de ajudar uns aos outros.

Painter pensara em propor o mesmo a Anna, até discutira isso com Lisa mais cedo, fazer um acordo em troca da vida de ambos, ganhar tempo. Será que haviam

[17] Em alemão no original: Não, Klaus, está tudo bem. (N. do T.)

escutado às escondidas a conversa deles? Instalado um aparelho de escuta em seu aposento? Ou será que os problemas simplesmente haviam piorado tanto ali a ponto de a cooperação deles ser de fato necessária?

Agora ele estava preocupado.

– Isso deve ter alguma coisa a ver com a explosão que nós ouvimos – disse Lisa.

Painter concordou, indicando com a cabeça. Sem dúvida, ele precisava de mais informações. Por ora, adiou qualquer preocupação com sua própria saúde... embora fosse difícil, pois outra enxaqueca desenvolveu-se atrás de seus olhos, fazendo doer seus molares, lembrando-o de sua enfermidade a cada latejo.

Anna acenou para que eles se aproximassem. Klaus deu um passo atrás. Ele não parecia feliz. Mas, pensando bem, Painter ainda estava para ver o homem feliz. E, por algum motivo, esperava jamais vê-lo contente. O que satisfazia aquele homem envolvia gritos estridentes e derramamento de sangue.

– Por favor, acompanhem-me – disse Anna com fria polidez.

Ela saiu pela porta, flanqueada por dois dos guardas que estavam no corredor. Klaus seguiu Lisa e Painter, seguidos, por sua vez, por mais dois homens armados.

Eles foram em uma direção diferente da de sua luxuosa cela de prisão. Um túnel reto, mais largo do que qualquer um dos outros, surgiu depois de algumas curvas, estendendo-se montanha adentro. Era também iluminado por uma seqüência de lâmpadas elétricas, enfileiradas em gaiolas de arame ao longo de uma parede. Foi o primeiro sinal de quaisquer confortos modernos.

Eles desceram o corredor.

Painter sentiu o forte cheiro de fumaça no ar. Ficava mais forte à medida que eles avançavam. Ele voltou a atenção para Anna.

– Quer dizer então que a senhora sabe o que me fez adoecer – disse ele.

– Foi o acidente, como eu disse antes.

– Um acidente envolvendo *o quê*? – pressionou ele.

– A resposta não é fácil. Ela remonta a uma fase remota da história.

– Ao tempo em que vocês eram nazistas?

Anna olhou para ele.

– À origem da vida neste planeta.

– É mesmo? – disse Painter. – Então, quão longa é essa história? Lembre-se, só me restam três dias.

Ela voltou a sorrir para ele e balançou a cabeça.

– Nesse caso, vou dar um pulo à frente, à época em que meu avô veio pela primeira vez ao *Granitschloß*. No fim da guerra. O senhor está familiarizado com a agitação naquela época? Com o caos na Europa enquanto a Alemanha se desintegrava?

– Tudo disponível para quem quisesse tomar posse.

– E não só a terra e os recursos alemães, mas também nossas pesquisas. As forças aliadas enviaram grupos rivais, cientistas e soldados, que esquadrinharam a zona rural da Alemanha, pilhando tecnologia secreta. Era uma briga de foice. – Anna franziu a testa para eles. – Essa expressão está certa?

Lisa e Painter acenaram afirmativamente com a cabeça.

– Só a Grã-Bretanha mandou cinco mil soldados e civis, sob o codinome Força T. Força de Tecnologia. Eles diziam que seu objetivo era localizar e preservar a tecnologia alemã de pilhagem e roubo, quando na verdade *pilhagem e roubo* eram o verdadeiro objetivo deles, em uma competição com os seus colegas americanos, franceses e russos. Vocês sabem quem foi o fundador da Força T britânica?

Painter sacudiu a cabeça. Ele não podia deixar de comparar sua própria Força Sigma com as antigas equipes britânicas da Segunda Guerra Mundial. Saqueadores de tecnologia. Ele adoraria discutir o mesmo assunto com o fundador da Sigma, Sean McKnight. Se vivesse para isso.

– Quem era o líder deles? – perguntou Lisa.

– Um cavalheiro chamado comandante Ian Fleming.

– O escritor que criou James Bond? – Lisa bufou com desdém.

– O próprio. Dizia-se que ele moldou seu personagem em alguns dos homens de sua equipe. Isso lhes dá uma idéia da exuberância rude e despótica desses saqueadores.

– O vencedor fica com os espólios da guerra – citou Painter com um dar de ombros.

– Talvez. Mas era dever do meu avô proteger tanto quanto possível aquela tecnologia. Ele era oficial do *Sicherheitsdienst* – disse ela, olhando para Painter a fim de testá-lo.

Então o jogo não terminara. Ele estava pronto para o desafio.

– O *Sicherheitsdienst* era o grupo de comandos SS envolvidos na evacuação dos tesouros alemães: obras de arte, ouro, antigüidades e tecnologia.

Ela fez um aceno de cabeça para ele.

– Nos últimos dias da guerra, enquanto a Rússia avançava através das linhas orientais, meu pai recebeu o que vocês, americanos, chamam de *missão obscura*.

Ele recebeu ordens do próprio Heinrich Himmler, antes de o *Reichsführer* ser capturado e cometer suicídio.

– E que ordens eram essas?

– Remover, salvaguardar e destruir todas as evidências de um projeto cujo codinome era Cronos. No âmago do projeto estava um aparelho simplesmente chamado *die Glocke*. Ou o Sino. O laboratório de pesquisas estava oculto nas profundezas da terra, em uma mina abandonada nos montes Sudetos. Ele não tinha a menor idéia de qual era o objetivo do programa, mas viria a saber. Ele quase o destruiu na época, mas recebera ordens.

– Então ele fugiu com o Sino. Como?

– Foram traçados dois planos. Um era a fuga para o norte pela Noruega, o outro, para o sul, através do Adriático. Havia agentes esperando para ajudá-lo em ambas as rotas. Meu avô optou por ir para o norte. Himmler havia lhe contado sobre o *Granitschloß*. Ele fugiu para cá com um grupo de cientistas nazistas, alguns haviam prestado serviços nos campos de concentração. Todos precisavam de um lugar para se esconder. Além disso, meu avô estava envolvido em um projeto ao qual poucos cientistas podiam resistir.

– O Sino – concluiu Painter.

– Exatamente. Ele oferecia algo que muitos cientistas na época vinham procurando por outros meios.

– E o que era?

Anna suspirou e olhou para trás, para Klaus.

– A perfeição.

Ela permaneceu calada por alguns instantes, perdida numa certa tristeza privada.

O corredor finalmente terminou um pouco adiante. Duas portas gigantes de pau-ferro estavam abertas no fim dele. Além do limiar, uma escada tosca descia em espiral pelo interior da montanha. Ela havia sido esculpida na rocha, mas circundava uma coluna de aço central grossa como o tronco de uma árvore. Eles desceram serpenteando em torno dela.

Painter ergueu os olhos. A coluna perfurava a superfície do teto e continuava ainda mais alto... possivelmente até a saída do ombro da montanha. Pára-raios, pensou ele, que também sentiu um vestígio de ozônio no ar, mais forte agora que a fumaça.

Anna notou a atenção dele.

– Nós usamos a coluna para expelir energias em excesso para fora da montanha – disse ela, apontando para cima.

Painter esticou o pescoço. Ele imaginou as luzes-fantasma relatadas na área. Será que aquela era sua origem? Tanto as luzes quanto, talvez, a doença?

Contendo a raiva, ele concentrou-se nos degraus. Sua cabeça latejava, e as voltas da escada agravavam a crescente vertigem. Procurando distrair-se, ele continuou o diálogo com Anna.

– De volta à história do Sino. O que ele fazia?

Anna interrompeu seu devaneio.

– A princípio, ninguém sabia. Isso veio a ser conhecido a partir das pesquisas de uma nova fonte de energia. Alguns pensavam que ele até poderia ser uma máquina do tempo rudimentar. Foi por isso que recebeu o codinome Cronos.

– Viagem no tempo? – disse Painter.

– O senhor deve lembrar-se – disse Anna – de que os nazistas estavam anos-luz à frente de outras nações em certas tecnologias. Foi por isso que houve essa intensa pirataria científica depois da guerra. Mas me deixe retroceder. No início do século, dois sistemas teóricos competiam entre si: a teoria da relatividade e a quântica. E, embora uma necessariamente não contradissesse a outra, até mesmo Einstein, o pai da relatividade, disse que as duas eram incompatíveis. As teorias dividiram o mundo científico em dois campos. E nós sabemos muito bem de que lado a maior parte do mundo ocidental ficou.

– Na relatividade de Einstein.

Anna balançou a cabeça afirmativamente.

– Que levou à fissão atômica, a bombas e à energia nuclear. O mundo inteiro se transformou no Projeto Manhattan, todo baseado na obra de Einstein. Os nazistas seguiram um caminho diferente, mas não com menos fervor. Eles tinham um equivalente próprio do Projeto Manhattan, porém baseado no *outro* campo teórico: a teoria quântica.

– Por que eles seguiram esse caminho? – indagou Lisa.

– Por um motivo simples. – Anna virou-se para ela. – Porque Einstein era judeu.

– O quê?

– Lembre-se do contexto da época. Einstein era judeu. Na opinião dos nazistas, isso conferia menos valor às descobertas dele. Em vez disso, os nazistas levavam a sério as descobertas físicas de cientistas alemães puros, considerando suas obras mais válidas e importantes. Os nazistas basearam seu Projeto Manhattan no trabalho de cientistas como Werner Heisenberg, Erwin Schrödinger e, sobretudo, Max Planck, o pai da teoria quântica. Todos tinham sólidas raízes na pátria. Assim, os nazistas adotaram o método de aplicações práticas baseadas na mecânica quântica, obra que ainda hoje é considerada inovadora. Os cientistas nazistas acreditavam que uma fonte de energia poderia ser criada com base em experimentos com modelos quânticos. Algo que só hoje está sendo percebido. A ciência moderna chama isso de "energia do ponto zero".

– Ponto zero? – Lisa olhou para Painter.

Ele fez um aceno afirmativo de cabeça, pois conhecia bem esse conceito científico.

– Quando alguma coisa é congelada até o zero absoluto – quase 300 graus Celsius abaixo de zero –, todo o movimento atômico cessa. Ocorre uma imobilidade total. O ponto zero da natureza. Apesar disso a energia persiste. Uma radiação de fundo que não deveria existir. A presença da energia não pôde ser adequadamente explicada pelas teorias tradicionais.

– Mas a teoria quântica pode explicá-la – disse Anna com firmeza. – Ela permite que haja movimento mesmo quando a matéria está congelada a um estado de imobilidade absoluta.

– Como isso é possível? – perguntou Lisa.

– No zero absoluto, as partículas podem não se mover para cima, para baixo, para a direita ou para a esquerda, mas, de acordo com a mecânica quântica, poderiam passar a *existir* e deixar de *existir* numa fração de segundo, produzindo energia. O que é chamado de energia do ponto zero.

– Passar a existir e deixar de existir? – Lisa parecia pouco convencida.

Painter assumiu o controle.

– A física quântica é um pouco esquisita. Mas, embora o conceito pareça maluco, a energia é real. Registrada em laboratórios. No mundo inteiro, cientistas procuram maneiras de ter acesso a essa energia que está no âmago de toda a existência. Ela oferece uma fonte de poder infinito, ilimitado.

Anna concordou com um gesto.

– E os nazistas estavam fazendo experimentos com essa energia com todo o fervor do Projeto Manhattan de vocês.

Os olhos de Lisa arregalaram-se.

– Uma fonte de poder ilimitado. Se eles a tivessem descoberto, isso teria mudado o curso da guerra.

Anna ergueu uma das mãos, corrigindo-a.

– Quem disse que eles *não* a descobriram? Está documentado que, nos últimos meses da guerra, os nazistas haviam alcançado progressos notáveis. Projetos chamados *Feuerball*[20] e *Kugelblitz.*[19] Os detalhes deles podem ser encontrados entre os arquivos não confidenciais da Força T britânica. Mas as descobertas ocorreram tarde demais. Instalações de pesquisa foram bombardeadas, cientistas foram mortos, pesquisas foram roubadas. O que quer que tenha restado desapareceu nos projetos obscuros de várias nações.

– Mas o Sino não – disse Painter, fazendo a discussão voltar ao ponto de partida. Suas náuseas não permitiriam que a conversa desviasse muito do assunto principal.

– O Sino não – concordou Anna. – Meu avô conseguiu fugir com a essência do Projeto Cronos, nascido da pesquisa da energia do ponto zero. Ele deu um novo nome ao projeto: *Schwarze Sonne.*

– Sol Negro – traduziu Painter.

– *Sehr gut.*[20]

– Mas, e esse Sino? O que ele fazia? – perguntou Painter.

– Foi o que deixou o senhor doente – disse Anna. – Causou-lhe dano no nível quântico, aonde nenhum comprimido ou outro medicamento pode chegar.

Painter quase tropeçou. Ele precisou de um momento para digerir a informação. *Dano no nível quântico.* O que isso significava?

Os últimos degraus apareceram adiante, bloqueados por uma barreira de vigas de madeira cruzadas, guardada por mais dois homens armados com rifles. Embora atordoado, Painter notou a rocha chamuscada ao longo do teto da última curva da espiral.

Mais à frente, abria-se uma galeria subterrânea. Painter não conseguia ver muito além, mas ainda podia sentir o calor. Todas as superfícies estavam enegrecidas. Uma fila de formas encurvadas jazia sob lonas. Cadáveres.

Ali estava a zona de deflagração das explosões que eles tinham ouvido mais cedo.

Enegrecida pelas cinzas, uma figura surgiu das ruínas, mas suas feições ainda eram reconhecíveis. Era Gunther, o guarda corpulento que havia queimado com-

[18] Em alemão no original: bola de fogo. (N. do T.)

[19] Em alemão no original: relâmpago em bola. (N. do T.)

[20] Em alemão no original: Muito bem. (N. do T.)

pletamente o mosteiro. Parecia que aquelas pessoas haviam colhido o que haviam plantado.

Fogo por fogo.

Gunther dirigiu-se à barreira. Anna e Klaus juntaram-se a ele. Com Klaus e Gunther lado a lado, Painter reconheceu uma semelhança entre os dois gigantes – não na aparência física, mas em certa dureza e exotismo difíceis de se determinar.

Gunther acenou com a cabeça para Klaus.

O outro mal notou sua presença.

Anna curvou a cabeça junto com Gunther, falando rapidamente em alemão. Tudo o que Painter conseguiu compreender foi uma única palavra, igual em alemão e em inglês.

Sabotagem.

Então nem tudo estava em ordem no Castelo de Granito. Será que havia um traidor ali? Se havia, quem? E qual era seu objetivo? Era amigo ou outro inimigo?

Os olhos de Gunther pousaram em Painter. Seus lábios moveram-se, mas Painter não conseguiu discernir o que ele disse. Anna sacudiu a cabeça, discordando. Os olhos de Gunther estreitaram-se, mas ele aquiesceu com um aceno de cabeça.

Painter sabia que deveria ficar aliviado.

Com um último olhar penetrante, Gunther virou-se e voltou a passos largos para as ruínas enegrecidas.

Anna retornou.

– É isto que eu queria mostrar a vocês – disse ela, apontando para a destruição.

– O Sino – disse Painter.

– Ele foi destruído. Um ato de sabotagem.

Lisa olhou para as ruínas.

– E foi esse Sino que deixou Painter doente.

– E que oferecia a única chance de cura.

Painter examinou a devastação.

– A senhora tem uma duplicata do Sino? – perguntou Lisa. – Ou pode fabricar outro?

Anna sacudiu a cabeça lentamente.

– Um dos componentes fundamentais não pode ser duplicado: o Xerum 525. Mesmo após sessenta anos, não conseguimos reformulá-lo.

– Quer dizer, sem Sino, sem cura – disse Painter.

– Mas talvez haja uma chance... se nós ajudarmos uns aos outros. – Anna estendeu a mão. – Se nós cooperarmos... Eu lhe dou minha palavra.

Painter estendeu a mão desajeitadamente e segurou a dela. No entanto, ele hesitou. Ele sentia certo subterfúgio ali. Alguma coisa que Anna não dissera. Toda a conversa dela... todas as explicações. Tudo aquilo visava a desorientá-los. Por que estavam oferecendo-lhe aquele acordo?

Então ele começou a compreender.

Ele sabia.

– O acidente... – disse ele.

Ele sentiu os dedos de Anna fugirem dos seus.

– Não foi um *acidente*, não é mesmo? – Ele se lembrou da palavra que tinha ouvido por acaso. – Também foi *sabotagem*.

Anna fez um aceno positivo de cabeça.

– A princípio, pensamos que havia sido um acidente. Nós tivemos problemas ocasionais com sobretensões que levaram ao aumento da produção de energia do Sino. Nada de importante. A vazão da energia causava algumas doenças aqui na região. Mortes ocasionais.

Painter teve de se controlar para não sacudir a cabeça. *Nada de importante*, dissera Anna. As doenças e as mortes eram *importantes* o suficiente para justificar o pedido internacional de ajuda de Ang Gelu, o qual trouxera Painter até ali.

– Mas algumas noites atrás, alguém manipulou os ajustes durante um teste de rotina do Sino, aumentando exponencialmente a produção de energia – Anna prosseguiu.

– Que atingiu o mosteiro e a aldeia.

– Isso.

Painter segurou a mão de Anna com mais força. Parecia que ela queria puxá-la. Ele não estava disposto a soltá-la. Ela ainda estava evitando revelar tudo. Porém, Painter sabia a verdade com a mesma certeza da dor de cabeça que pressionava agora. Isso explicava a oferta de cooperação.

– Mas não apenas os monges e a aldeia foram afetados – disse Painter. – Todos *aqui* também foram. *Todos* vocês estão doentes como eu. Não a rápida degeneração neurológica vista no mosteiro, porém a deterioração do corpo mais lenta pela qual estou passando.

Os olhos de Anna estreitaram-se, estudando-o, ponderando quanto dizer; em seguida, ela afinal concordou com um aceno de cabeça.

– Nós estávamos parcialmente abrigados aqui, um tanto protegidos. Descarregamos a pior parte da radiação do Sino para cima e para fora.

Painter lembrou-se das luzes-fantasma vistas dançando no topo das montanhas. Para pouparem a si mesmos, os alemães haviam arruinado a área próxima com radiação, incluindo o mosteiro vizinho. Porém, os cientistas ali não tinham conseguido escapar totalmente ilesos.

Os olhos de Anna encontaram os seus, sem piscar, sem demonstrar remorso.

– Todos nós agora estamos sob a mesma sentença de morte.

Painter considerou suas opções, mas ele não tinha nenhuma. Apesar de nenhum dos lados confiar no outro, estavam todos no mesmo barco, por isso eles bem que poderiam aproximar-se uns dos outros. Segurando a mão dela, ele a apertou, selando o pacto.

A Sigma e os nazistas juntos.

SEGUNDA PARTE

CAPÍTULO 7

Mamba negra

5:45h
Reserva Hluhluwe-umfolozi
Zululândia, África do Sul

Khamisi Taylor estava em pé diante da escrivaninha do guarda-caça-chefe. Com as costas rígidas, ele aguardava o guarda-caça Gerald Kellogg terminar de ler seu relatório preliminar sobre a tragédia do dia anterior.

O único som era o rangido de um ventilador de teto que girava lentamente.

Khamisi usava uma muda de roupa emprestada, a calça comprida demais, a camisa muito apertada. Mas elas estavam secas. Depois de passar o dia e a noite inteiros na cacimba de água morna, atolado até os ombros no buraco lamacento, os braços doendo enquanto mantinha a espingarda pronta para disparar, ele apreciava as roupas quentes e o terreno firme.

Ele também tinha apreço pela luz do dia. Através da janela de trás do escritório, o alvorecer pintava o céu de um rosa poeirento. O mundo voltou a surgir das sombras.

Ele sobrevivera. Estava vivo.

Mas ainda tinha de aceitar completamente a situação.

Os gritos do *ukufa* ainda ecoavam em seu cérebro.

Bem próximo, o guarda-caça-chefe, Gerald Kellog, passava a mão distraidamente em seu espesso bigode castanho-avermelhado enquanto lia. A luz da manhã brilhava em sua cabeça calva, dando-lhe uma luminosidade rósea oleosa. Por fim, ele ergueu os olhos por cima de um par de óculos de leitura meia-taça apoiado no nariz.

– E este é o relatório que o senhor pretende que eu arquive, sr. Taylor? – O guarda-caça correu um dedo ao longo de uma linha no papel amarelo. – "Um predador de topo desconhecido." Isto é tudo o que o senhor pode dizer a respeito do que matou e arrastou a dra. Fairfield?

– Senhor, eu não consegui ver o animal muito bem. Era grande e tinha pêlos brancos, conforme relatei.

– Talvez uma leoa – disse Kellogg.

– Não, senhor... não foi nenhum leão.

– Como o senhor pode ter certeza? O senhor não acabou de dizer que não o viu?

– Sim, senhor... o que eu quis dizer, senhor... foi que o que eu vi não correspondia a nenhum predador conhecido das estepes.

– Então, o que era?

Khamisi ficou calado. Ele tinha bom senso suficiente para não mencionar o *ukufa*. Na claridade de um dia comum, boatos de monstros só provocariam chacota. Os supersticiosos membros das tribos.

– Quer dizer então que alguma criatura atacou e arrastou a dra. Fairfield, alguma coisa que o senhor não viu com clareza suficiente para identificar...

Khamisi fez um lento aceno de cabeça.

– ... e, no entanto, o senhor correu e se escondeu na cacimba? – Gerald Kellogg amassou o relatório. – Como o senhor acha que isso repercute no nosso serviço aqui? Um dos nossos guarda-caças permite que uma mulher de 60 anos seja morta enquanto ele foge e se esconde. Virou as costas sem nem ao menos saber o que estava lá fora.

– Senhor, isso não é justo...

– Justo? – A voz do guarda-caça ressoava fortemente, alta o bastante para ser ouvida na sala externa, para onde toda a equipe fora chamada devido à emergência. – Até que ponto é *justo* que eu tenha de contatar os parentes mais próximos da dra. Fairfield e lhes dizer que a mãe ou a avó deles foi atacada e devorada enquanto um dos meus guarda-caças – um dos meus guarda-caças *armados* – corria e se escondia?

– Não havia nada que eu pudesse fazer.

– A não ser salvar a sua própria... pele.

Khamisi percebeu a palavra não pronunciada, omitida de propósito.

Salvar a sua pele *negra*.

Gerald Kellogg não se entusiasmara em contratar Khamisi. A família do guarda-caça tinha vínculos com o antigo governo africânder, e ele havia feito carreira por causa de suas relações. Ainda pertencia ao clube de campo Oldavi, exclusivo para brancos, no qual mesmo após a queda do *apartheid* muito poder econômico ainda era negociado. Embora novas leis tivessem sido aprovadas, barreiras caído no governo e coalizões sido formadas, negócios ainda eram negócios na África do Sul. Os De Beers ainda eram proprietários de suas minas de diamantes. Os Waalenberg ainda possuíam quase tudo mais.

A mudança seria lenta.

O cargo de Khamisi era um pequeno passo, um passo que ele pretendia manter aberto para as gerações futuras. Por isso ele manteve a voz calma.

– Tenho certeza de que assim que os investigadores examinarem o local eles apoiarão minha conduta.

– Será que agora eles vão apoiá-lo, sr. Taylor? Eu enviei uma dúzia de homens para lá, uma hora após o helicóptero de busca e resgate encontrá-lo, depois da meia-noite, chafurdado na água lamacenta. Eles entraram em contato comigo há 15 minutos. Encontraram a carcaça do rinoceronte, quase descarnada por chacais e hienas. Nenhum sinal do filhote que o senhor mencionou. E, ainda mais importante, nenhum sinal da dra. Fairfield.

Khamisi sacudiu a cabeça, procurando um jeito de escapar àquelas acusações. Ele fez um retrospecto de sua longa vigília na cacimba. O dia parecia interminável, mas a noite fora pior. Após o pôr do sol, Khamisi esperara ser atacado. Em vez disso, ouvira o gargalhar de hienas e o regougar de chacais descendo para o vale, acompanhados pelos rosnados e gritos furiosos de animais que brigavam pela carniça.

A presença dos animais que se alimentam de carniça quase o fizera acreditar que era seguro tentar uma corrida até o jipe. Se os chacais e as hienas de costume haviam retornado, então talvez o *ukufa* houvesse ido embora.

No entanto, ele não dera um passo.

A emboscada que pegara a dra. Fairfield de surpresa ainda era recente demais em sua mente.

– Com certeza havia outros rastros – disse ele.

– Sim, havia.

Khamisi animou-se. Se ele tivesse provas...

– Eram rastros de leões – disse o guarda-caça Kellogg. – Duas fêmeas adultas. Como eu disse antes.

– Leoas?

– Sim. Creio que nós temos algumas fotos dessas estranhas criaturas em algum lugar aqui. Talvez fosse melhor o senhor estudá-las para que possa identificá-las no futuro. Durante todo o tempo livre que o senhor terá.

– Senhor?

– O senhor está suspenso, sr. Taylor.

Khamisi não conseguiu disfarçar o choque em seu rosto. Ele sabia que, se tivesse sido qualquer outro guarda-caça... qualquer outro guarda-caça *branco*... haveria mais tolerância, mais confiança. Mas não quando a sua pele era a de um membro de uma tribo. Ele sabia que não devia argumentar. Isso apenas pioraria a situação.

– Sem pagamento, sr. Taylor. Até que uma investigação minuciosa seja levada a cabo.

Uma investigação minuciosa. Khamisi sabia como aquilo terminaria.

– E a polícia local me disse para informá-lo de que o senhor não deve sair das redondezas. Também há a questão da imprudência criminosa a ser descartada.

Khamisi fechou os olhos.

Apesar do sol nascente, o pesadelo recusava-se a terminar.

Dez minutos mais tarde, Gerald Kellogg ainda estava sentado à sua escrivaninha, seu gabinete estava agora vazio. Ele passou uma das mãos suadas pelo topo da cabeça, como se estivesse lustrando uma maçã. A expressão carrancuda em seus lábios recusava-se a relaxar. A noite fora interminável, tantos incêndios para apagar. E ainda havia mil detalhes dos quais cuidar: lidar com a mídia, assistir a família da bióloga, incluindo sua parceira.

Kellogg sacudiu a cabeça ao pensar neste último problema. A dra. Paula Kane seria o maior incômodo no dia que se iniciava. Ele sabia que o termo "parceria" entre as duas mulheres mais velhas ia além da pesquisa. Fora a dra. Paula Kane quem solicitara com urgência o helicóptero de busca e resgate na noite anterior, ao constatar que a dra. Fairfield não havia retornado para casa da viagem de um dia à selva.

Despertado no meio da noite, Gerald pedira cautela. Não era incomum que pesquisadores passassem a noite acampados. O que o tirara da cama foi saber *aonde* a dra. Fairfield fora com um de seus guarda-caças. Ao limite noroeste do parque, próximo à propriedade e reserva privada dos Waalenberg.

Uma busca ali perto exigia sua supervisão imediata.

Fora uma noite agitada, com a necessidade de ações e coordenação rápidas, mas tudo estava quase terminado, o gênio voltou para sua proverbial garrafa.

Exceto um último item do qual teria de se encarregar.

Não havia motivo algum para adiá-lo mais.

Ele pegou o telefone, discou um número particular e esperou a ligação ser atendida enquanto batia de leve uma caneta num bloco de anotações.

– Relate – foi a reação sucinta quando a ligação se completou.

– Acabei de interrogá-lo.

– E?

– Ele não viu nada... nada com clareza.

– O que isso quer dizer?

– Afirma ter tido vislumbres. Nada que pudesse identificar.

Seguiu-se um longo silêncio.

Gerald ficou nervoso.

– O relatório dele será publicado. Leões. Essa será a conclusão. Mataremos alguns animais por precaução e encerraremos o assunto em outra ocasião. Por ora, o homem foi suspenso.

– Ótimo. Você sabe o que tem de fazer.

Kellogg protestou contra isso.

– Ele foi suspenso. Não ousará complicar a situação. Eu o assustei bastante. Não acho...

– Exatamente. Não ache. Você recebeu ordens. Faça parecer um acidente.

A ligação encerrou-se com um estalido.

Kellogg pôs o fone no gancho. A sala era asfixiante, apesar do ruído do ar-condicionado e do ventilador que girava lentamente. De fato, nada podia resistir ao calor abrasador da savana à medida que o dia esquentava.

Porém, não foi a temperatura que fez rolar uma gota de suor pela testa dele.

Você recebeu ordens.

Ele sabia muito bem que não devia desobedecer.

Baixou o olhar para o bloco de anotações sobre sua escrivaninha. Distraidamente, tinha feito um desenho enquanto falava ao telefone, um reflexo de como o homem no outro lado da linha o deixara inquieto.

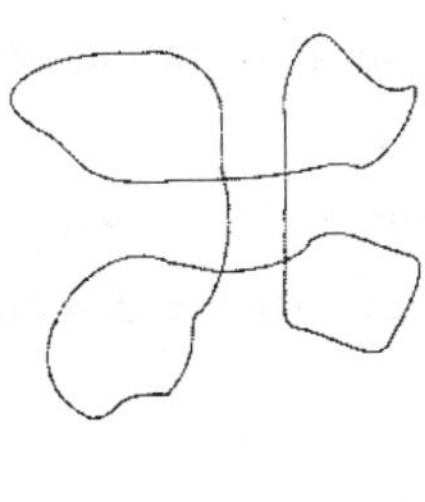

Gerald cobriu-o apressadamente de rabiscos, arrancou a folha e rasgou-a em pedacinhos. Nenhuma prova. Jamais. Essa era a regra. E ele recebera ordens.

Faça parecer um acidente.

4:50h
37 mil pés de altitude, Alemanha

– Vamos aterrissar daqui a uma hora – disse Monk. – Talvez você devesse tentar tirar outra soneca.

Gray espreguiçou-se. O zumbido baixo do jato executivo Challenger 600 o fizera adormecer, mas sua mente ainda repassava os acontecimentos do dia anterior, tentando juntar as peças do quebra-cabeça. A Bíblia de Darwin estava aberta diante dele.

– Como está Fiona? – perguntou ele.

Monk acenou com a cabeça para o sofá próximo à traseira do avião. Fiona estava esparramada sob um cobertor.

– Desabou, afinal. Eu a derrubei com alguns analgésicos. A garota não cala a boca.

Ela falara sem parar desde que ambos chegaram ao aeroporto de Copenhague. Gray havia alertado Monk por telefone, e este havia providenciado um carro particular para transportá-los em segurança até o jato que os aguardava, já sendo reabastecido. Logan havia resolvido antecipadamente todos os problemas diplomáticos e de emissão de vistos.

No entanto, Gray não suspirara de alívio até o Challenger taxiar pela pista e decolar.

– E o ferimento à bala dela?

Monk deu de ombros e desabou em uma poltrona próxima.

– Na verdade, uma escoriação. Está bem, uma escoriação de fato profunda e grave. Vai doer muito nos próximos dias. Mas, com um pouco de antisséptico, líquido cicatrizante para a pele e uma atadura, ela estará recuperada daqui a alguns dias. Pronta para roubar mais pessoas.

Monk apalpou seu paletó, certificando-se de que sua carteira ainda estava lá.

– Ela a roubou apenas como uma forma de dizer olá – disse Gray, ocultando um sorriso cansado.

Grette Neal explicara-lhe a mesma coisa ontem. Meu Deus, acontecera apenas ontem?

Enquanto Monk cuidava de Fiona, Gray comunicara-se com Logan. O diretor interino não ficou nem um pouco contente em saber de suas travessuras depois do leilão... um leilão ao qual Gray fora proibido de comparecer. No entanto, o dano estava feito. Felizmente, ele ainda tinha o *pen drive* com as fotos de todos os participantes, incluindo o casal de cabelos branco-alourados. Ele havia encaminhado todas a Logan, junto com cópias enviadas por fax de algumas páginas da Bíblia e de suas anotações. Enviara até seu desenho em forma de trevo-de-quatro-folhas igual à tatuagem que vira nos agressores que os haviam atacado à noite. Algum esquadrão desconhecido de assassinos louros.

Logan e Kat fariam sua parte para determinar quem estava por trás de tudo aquilo. Logan já havia pedido informações às autoridades de Copenhague. Elas não relataram morte no parque. Parecia que o corpo do assassino que eles haviam acertado no pescoço e lançado a distância havia desaparecido. Portanto, as conseqüências da fuga deles do Tivoli não se revelaram piores do que contusões e arranhões entre os visitantes acotovelados. Nenhum ferimento grave... exceto em um carro alegórico da parada.

Ele observou Monk checar o bolso do *jeans*.

– O anel ainda está aí? – perguntou Gray, caçoando do amigo.

– Ela não precisava roubá-lo também.

Gray tinha de reconhecer o mérito de Fiona: a garota tinha dedos ágeis.

– Então, você vai me contar sobre aquele estojo com o anel? – perguntou Gray, fechando a Bíblia de Darwin.

– Eu queria te fazer uma surpresa com ele...

– Monk, eu não sabia que você se importava tanto.

– Ora, cale a boca. Eu quis dizer que queria te contar sobre ele no momento adequado, e não... não porque aquela senhorita Copperfield ali o tirou da cartola.

Gray recostou-se, encarando Monk, os braços cruzados.

– Então você vai pedi-la em casamento. Eu não sei... a sra. *Kat* Kokkalis jamais vai se interessar por isso.

– Eu também acho que não. Comprei a maldita coisa há dois meses. Ainda não encontrei o momento oportuno de perguntar a ela.

– Parece mais que você não encontrou *coragem*.

– É, talvez seja isso também.

Gray estendeu a mão e bateu de leve no joelho de Monk.

– Ela te ama, Monk. Pare de se preocupar.

Monk sorriu como um adolescente para ele. Mas a expressão não lhe caía bem. Todavia, Gray reconheceu a intensidade da ternura nos olhos dele. Junto com um vislumbre de genuíno medo. Monk esfregou a articulação onde a mão artificial se juntava ao coto de seu punho. Apesar de sua fanfarrice, ele havia sido abalado pela mutilação ocorrida no ano anterior. A atenção de Kat ajudara grandemente a curá-lo, mais do que qualquer um dos médicos. No entanto, permanecia uma profunda tendência à insegurança.

Monk abriu o pequeno estojo de veludo preto e olhou fixamente para o anel de noivado com um diamante de três quilates.

– Talvez eu devesse ter comprado um diamante maior... especialmente agora.

– O que você quer dizer?

Monk olhou para ele. A nova expressão transparecia em seu rosto... uma esperança trêmula era a melhor maneira de descrevê-la.

– Kat está grávida.

Gray aprumou-se na poltrona, surpreso.

– O quê? Como?

– Eu acho que você sabe *como* – disse Monk.

– Meu Deus... meus parabéns – disse ele sem pensar, ainda se recobrando. A última frase foi pronunciada mais ou menos como uma pergunta. – Quero dizer... vocês vão querer o bebê.

Monk ergueu uma sobrancelha.

– É claro que sim – disse Gray, sacudindo a cabeça por causa de sua estupidez.

– Ainda é cedo – disse Monk. – Kat não quer que ninguém saiba... ela me disse que eu poderia contar a você.

Gray inclinou-se para a frente, levando tempo para assimilar a notícia. Ele tentou imaginar Monk como pai e ficou surpreso de como era fácil visualizar isso.

– Meu Deus, é uma excelente notícia.

– E quanto a você? – Monk fechou o estojo.

– Quanto a mim? – Gray franziu a testa.

– Você e Rachel. O que ela disse quando você telefonou para ela a fim de informá-la de suas travessuras no Tivoli?

A testa de Gray encheu-se de rugas.

Os olhos de Monk arregalaram-se.

– Gray...

– O quê?

– Você não telefonou para ela, não é mesmo?

– Eu não acho...

– Ela é membro dos *Carabinieri*. Portanto, você sabe que ela foi informada sobre qualquer possível ataque terrorista em Copenhague. Em particular sobre algum sujeito maluco gritando "Bomba!" num parque lotado e passeando sem permissão em um dos carros alegóricos da parada. Ela tem de saber que *você* estava envolvido.

Monk tinha razão. Ele deveria ter ligado imediatamente para ela.

– Grayson Pierce, o que é que eu vou fazer com você? – Monk sacudiu a cabeça tristemente. – Quando é que você vai deixar aquela garota livre?

– Sobre o que você está falando?

– Sem essa! Eu estou feliz por você e Rachel terem se dado bem, mas aonde isso está realmente levando?

Gray ficou indignado.

– Embora isso não seja da sua conta, nós planejamos discutir isso aqui, antes que tudo virasse um caos.

– Para sorte sua.

– Quer saber? O simples fato de você ter no bolso um anel de noivado comprado há dois meses não te transforma num especialista em relacionamentos.

Monk ergueu as palmas de ambas as mãos.

– Tudo bem... eu desisto... eu estava apenas dizendo...

Gray não ia deixá-lo safar-se assim tão facilmente.

– O quê?

– Que você na verdade não quer um relacionamento.

Ele piscou diante da agressão direta.

– Sobre o que você está falando? Rachel e eu temos feito um grande esforço para que o nosso relacionamento dê certo. Eu amo a Rachel. Você sabe disso.

– Sim, eu sei que você a ama. Eu nunca disse o contrário. Só que você não quer um relacionamento *de verdade* com ela. – Monk enumerou três itens nos dedos. – Isto significa uma *esposa*, uma *hipoteca* e *filhos*.

Gray simplesmente sacudiu a cabeça.

– Tudo o que você está fazendo com a Rachel é curtir um primeiro encontro prolongado.

Gray procurou alguma réplica, mas Monk estava quase acertando o alvo. Ele se lembrou de como era necessário superar certo constrangimento cada vez que ele e Rachel se encontravam, uma barreira que tinha de ser transposta antes que uma intimidade mais profunda pudesse ser restabelecida. Como em um primeiro encontro.

– Há quanto tempo eu te conheço? – perguntou Monk.

Gray ignorou a pergunta.

– E, durante este tempo, quantas namoradas sérias você já teve? – Monk fez um grande zero com a mão. – E veja só quem você escolheu para o seu primeiro relacionamento sério.

– A Rachel é maravilhosa.

– Ela é. E eu acho ótimo que você finalmente esteja se abrindo mais. Mas, cara, estou falando da criação de barreiras instransponíveis.

– Que barreiras?

– O que você me diz do maldito Atlântico como uma delas? Situado entre você e um relacionamento pleno.

Monk agitou três dedos para ele.

Esposa, hipoteca, filhos.

– Você não está pronto – disse Monk. – O que quero dizer é que você deveria ter visto a sua cara quando mencionei a gravidez de Kat. Você se borrou de medo. E se trata do *meu* filho.

O coração de Gray batia com força na garganta. Ele se deu conta de que estava respirando com mais dificuldade, como se tivesse levado um soco no estômago.

Monk suspirou.

– Você tem problemas, meu caro. Talvez algum assunto emocional que você tenha de resolver com o seu pai. Não sei.

Gray foi salvo da resposta pela interrupção do sistema de comunicação interna do jato.

– Estamos aproximadamente a trinta minutos do nosso destino. Logo vamos iniciar a descida – o piloto informou.

Gray olhou pela janela. O sol nascia no leste.

– Eu acho que vou tentar relaxar um pouco até aterrissarmos – murmurou Gray junto à janela.

– Parece uma boa idéia.

Gray virou-se para Monk. Ele abriu a boca para responder de algum modo às palavras do amigo, mas, em vez disso, apelou para a verdade.

– Eu realmente amo a Rachel.

Monk reclinou sua poltrona e virou para o lado dele com um resmungo.

– Eu sei. E é isso que torna o relacionamento de vocês tão difícil.

5:45h
Reserva Hluhluwe-umfolozi

Khamisi Taylor bebericava o chá na pequena sala de estar. Embora a bebida tivesse ficado bastante tempo em infusão e sido adoçada com mel, ele não sentia seu gosto.

– E não há a menor probabilidade de Marcia estar viva? – perguntou Paula Kane.

Khamisi sacudiu a cabeça. Ele não recuou diante da realidade. Não foi por isso que tinha ido ali depois da severa repreensão pelo guarda-caça-chefe. Ele quisera retirar-se para sua casa de um quarto na extremidade da reserva, onde uma fileira de casas atarracadas eram alugadas aos guarda-caças de serviço. Khamisi se perguntou por quanto tempo poderia permanecer na casa se sua suspensão acabasse em demissão.

No entanto, ele não havia regressado diretamente para casa. Em vez disso, havia percorrido de carro metade do parque, até outro agrupamento de moradias temporárias, um pequeno enclave onde os pesquisadores do parque residiam pelo tempo que durasse o dinheiro da bolsa.

Khamisi estivera muitas vezes naquela casa colonial de dois andares com a fachada mal-acabada pintada de cal, com suas acácias gigantes que projetavam sombras, seu minúsculo jardim e um pequeno quintal onde algumas galinhas perambulavam. Os recursos das bolsas de pesquisa das duas mulheres que residiam ali pareciam jamais se esgotar. Na verdade, na última vez que ele esteve ali foi para comemorar o décimo aniversário da dupla ali no parque. No seio da comunidade científica, elas haviam se transformado em figuras permanentes na Reserva Hluhluwe-umfolozi tanto quanto os cinco grandes animais cobiçados como troféus de caça.

Mas agora havia apenas uma.

A dra. Paula Kane estava sentada em um pequeno divã no outro lado da mesa baixa, em frente a Khamisi. Seus olhos estavam cheios de lágrimas, mas sua face permanecia seca.

– Está tudo bem – disse ela, os olhos desviando-se para uma parede repleta de fotos, um panorama de uma vida feliz. Ele sabia que as duas tinham vivido juntas desde o curso de pós-graduação em Oxford, há tantos anos. – Eu não havia acalentado muita esperança.

Ela era uma mulher baixa, de corpo frágil, com cabelos escuros levemente grisalhos cortados retos na altura dos ombros. Embora ele soubesse que ela estava com quase 60 anos, parecia dez anos mais jovem. Ela sempre conservara certa beleza dura, transpirando uma confiança que superava qualquer maquilagem. Porém, naquela manhã, ela parecia murcha, um fantasma de si mesma; algo vital se fora. Parecia que havia dormido de calça cáqui e camisa branca folgada.

Khamisi não tinha palavras para aliviar a dor estampada em cada linha do corpo dela, apenas solidariedade.

– Sinto muito.

Os olhos de Paula voltaram-se para ele.

– Eu sei que você fez tudo o que pôde. Eu ouvi os boatos lá fora. Uma mulher branca morre, mas um homem negro vive. Não me dou bem com certos tipos lá fora.

Khamisi sabia que ela estava referindo-se ao guarda-caça-chefe. Paula e Marcia haviam entrado em choque com o homem muitas vezes. Ela conhecia os vínculos e associações do guarda-caça, assim como qualquer outra pessoa. Embora o *apartheid* pudesse ter sido esmagado nas cidades e distritos municipais, ou na selva, o mito do Grande Caçador Branco ainda reinava supremo.

– A morte dela não foi culpa sua – disse Paula, lendo algo no rosto dele.

Ele desviou o olhar. Era grato pela compreensão dela, mas, ao mesmo tempo, as acusações do guarda-caça haviam alimentado sua própria culpa. Ao pensar de maneira racional, ele sabia que fizera todo o possível para proteger a dra. Fairfield. Mas ele saíra da selva, ela não. Eram estes os fatos.

Khamisi levantou-se. Não queria importuná-la mais. Viera apresentar suas condolências e dizer à dra. Kane em pessoa o que havia acontecido. E o fizera.

– Tenho de ir embora – disse ele.

Paula levantou-se e acompanhou-o à porta de tela. Ela o deteve com um toque antes de ele sair.

– O que você acha que foi?

Ele virou-se para ela.

– O que a matou? – perguntou Paula.

Khamisi olhou fixamente para a luz matinal, forte demais para se falar em monstros. Ele também fora proibido de discutir o assunto. Seu emprego estava em risco.

Ele olhou para Paula e disse-lhe a verdade.

– Não foi nenhum leão.

– Então o que...?

– Eu vou descobrir.

Ele empurrou a porta de tela e desceu os degraus. Sua pequena picape enferrujada esturricava ao sol. Ele encaminhou-se até ela, entrou na cabine sufocante e partiu para casa.

Pela centésima vez naquela manhã, o terror do dia anterior desenrolou-se. Ele mal ouvia o ronco do motor por causa do eco dos gritos de caça do *ukufa*. Não fora um leão. Ele nunca acreditaria nisso.

Ele alcançou a fileira de casas sobre estacas, provisórias e sem ar-condicionado, que abrigavam o pessoal residente no parque. Freou com uma nuvem de poeira vermelha ao lado do portão do pátio da frente.

Exausto, descansaria algumas horas.

Depois buscaria a verdade.

Ele já sabia *onde* queria iniciar sua investigação.

Mas isso teria de esperar.

Quando se aproximou da cerca do pátio da frente, Khamisi observou que o portão estava entreaberto. Ele sempre se certificava de fechá-lo com o trinco ao sair. Mas, por outro lado, quando os desaparecimentos foram informados na noite anterior, alguém poderia ter ido ali verificar se ele estava em casa.

No entanto, os sentidos de Khamisi ainda não haviam relaxado... não desde o momento em que ele ouviu o primeiro grito na selva. Na verdade, ele duvidava que seus sentidos relaxariam algum dia.

Ele esgueirou-se pelo portão e notou que a porta da frente parecia trancada. Avistou a correspondência saindo de sua caixa de correio, intocada. Subiu os degraus, um de cada vez.

Entrou, desejando ter pelo menos uma arma branca.

As tábuas do assoalho rangeram. O som não viera de sob os próprios pés, mas do interior da casa.

Todos os sentidos de Khamisi exortaram-no a fugir.

De novo não. Não desta vez.

Chegou à varanda, ficou em pé ao lado da porta e forçou o trinco.

Destrancado.

Ele desenganchou o trinco e abriu a porta. Próximo aos fundos da casa, outra tábua do assoalho rangeu.

– Quem está aí? – gritou ele.

8:52h
Himalaia

– Venha ver isto.

Painter acordou sobressaltado, instantaneamente alerta. Uma dor de cabeça pungente penetrava entre seus olhos. Ele deslizou pela cama, completamente vestido. Não percebera que havia adormecido. Ele e Lisa haviam retornado a seu aposento algumas horas atrás, escoltados. Anna precisara cuidar de certos assuntos e providenciar alguns itens que Painter solicitara.

– Por quanto tempo eu dormi? – perguntou ele, a dor de cabeça passando aos poucos.

– Sinto muito. Não percebi que você estava dormindo. – Lisa estava sentada com as pernas cruzadas junto à mesa em frente à lareira. Ela havia espalhado folhas de papel no tampo da mesa. – Não mais de quinze... vinte minutos. Eu queria que você visse isto.

Painter levantou-se. O quarto oscilou por um instante, depois voltou a firmar-se. Mau sinal. Ele aproximou-se de Lisa e afundou-se ao lado dela.

Ele notou que a câmera dela estava sobre algumas das folhas de papel. Lisa havia solicitado que a Nikon fosse devolvida como o primeiro ato de cooperação de seus captores.

– Veja. – Ela deslizou uma folha de papel na direção dele.

Lisa havia desenhado uma fileira de símbolos de um lado a outro do papel. Painter reconheceu-os como as runas que Lama Khemsar havia rabiscado na parede. Ela devia tê-los copiado da câmera digital. Painter viu que embaixo de cada símbolo havia uma letra correspondente.

– Era simplesmente um código de substituição, com cada runa representando uma letra do alfabeto. Foi necessário empregar um pouco do método das tentativas.

– *Schwarze Sonne* – ele leu em voz alta.

– Sol Negro. O nome do projeto aqui.

– Então Lama Khemsar sabia sobre tudo isto. – Painter sacudiu a cabeça. – O velho budista tinha mesmo vínculos aqui.

– E sem dúvida ele ficou traumatizado. – Lisa tomou-lhe o papel. – A loucura deve ter reaberto velhas feridas, deve tê-las reavivado.

– Ou talvez o velho lama estivesse cooperando o tempo todo, mantendo o mosteiro como algum posto de guarda do castelo aqui.

– Se é isso, veja o que a cooperação trouxe para ele – disse Lisa, incisiva. – Será que esse é um exemplo da recompensa que vamos obter pela nossa cooperação?

– Nós não temos escolha. É o único modo de permanecermos vivos. Sermos necessários.

– E depois disso? Quando nós não formos mais *necessários*?

Painter não ofereceu qualquer ilusão.

– Eles nos matarão. Nossa cooperação só está nos fazendo ganhar algum tempo.

Ele notou que ela não se esquivou à verdade, mas pareceu extrair forças dela. A determinação enrijeceu os ombros dela.

– Neste caso, o que vamos fazer primeiro? – indagou ela.

– Reconhecer o primeiro passo em qualquer conflito.

– E que passo é esse?

– Conhecer o inimigo.

– Eu acho que sei *demais* sobre Anna e seu bando da maneira como estão.

– Não. Eu quis dizer descobrir quem estava por trás do bombardeio aqui. O sabotador... e quem quer que o tenha contratado. Alguma coisa maior está acontecendo aqui. Esses primeiros atos de sabotagem – a manipulação dos controles de segurança do Sino, as primeiras enfermidades – tiveram o objetivo de nos atrair. De levantar um pouco de fumaça. De nos atrair para cá com os rumores de doenças estranhas.

– Mas por que fariam isso?

– Para assegurar que o grupo de Anna fosse descoberto e interrompesse suas atividades. Você não acha estranho que o Sino, o coração da tecnologia, só tenha sido destruído depois de nós chegarmos aqui? O que isso poderia indicar?

– Embora eles quisessem que o projeto de Anna fosse interrompido, não pretendiam que o coração da tecnologia caísse nas mãos de nenhuma outra pessoa.

Painter concordou com um aceno de cabeça.

– E talvez algo ainda pior. Tudo isso pode ter o objetivo de confundir. Um despiste. Dar uma olhada aqui enquanto o verdadeiro truque é escondido dos olhos de todos. Mas quem é o mágico misterioso agindo nos bastidores? Qual é o objetivo, a intenção dele? É isso o que nós temos de descobrir.

– E o equipamento eletrônico que você requisitou a Anna?

– Talvez seja um meio de nos ajudar a farejar o espião aqui. Se nós pudermos encurralar esse sabotador, poderemos obter algumas respostas, descobrir quem está realmente mexendo os pauzinhos aqui.

Uma batida à porta deixou ambos sobressaltados.

Painter levantou-se enquanto a barra era removida, e a porta, aberta.

Anna entrou com Gunther a seu lado. O guarda havia se lavado desde que Painter o vira pela última vez. O fato de nenhum outro guarda tê-los seguido até o interior do aposento era um sinal da ameaça do homem. Ele nem sequer tinha uma arma.

– Pensei que vocês gostariam de tomar o café-da-manhã conosco – disse Anna. – Quando terminarmos, o equipamento que o senhor requisitou deverá estar aqui.

– O equipamento todo? Como? De onde?

– De Catmandu. Nós temos um heliporto abrigado no outro lado da montanha.

– Sério? E vocês nunca foram descobertos?

Anna deu de ombros.

– É uma mera questão de misturarmos nossos vôos com as dezenas de excursões turísticas diárias e as equipes de alpinistas. O piloto deverá estar de volta dentro de uma hora.

Painter fez um aceno de cabeça. Ele planejava fazer o melhor uso possível daquela hora.

Reunir informações secretas.

Todo problema tinha solução. Pelo menos, era o que ele esperava.

Eles saíram do aposento. Os corredores além estavam surpreendentemente cheios. A notícia havia se propagado. Todos pareciam ocupados ou zangados, ou olhavam com rancor para eles... como se Painter e Lisa de algum modo fossem culpados da sabotagem ali. Mas ninguém chegou perto demais. O andar pesado de Gunther abriu-lhes caminho. O captor deles havia se tornado protetor.

Eles afinal chegaram à sala de leitura de Anna.

Uma mesa longa, coberta de travessas, havia sido posta diante da lareira. Salsichas, pão preto, ensopados fumegantes, mingaus, queijos maduros, uma variedade de amoras-pretas, ameixas e melões.

– Algum exército está vindo juntar-se a nós? – perguntou Painter.

– Combustível constante é de suma importância em climas frios, tanto para a família quanto para o coração – disse Anna, sempre a boa alemã.

Eles sentaram-se. A comida foi passada. Apenas uma família grande e feliz.

– Se existe alguma esperança de cura – disse Lisa –, nós teremos de saber mais sobre esse Sino de vocês. Sua história... como ele funciona.

Anna, taciturna depois da caminhada, ficou radiante. Que pesquisador não gostava de discorrer sobre suas descobertas?

– Ele começou como um experimento, como gerador de energia – começou ela. – Uma nova máquina. O Sino recebeu este nome por causa do seu vaso de confinamento externo em forma de sino, um recipiente de cerâmica do tamanho de um tambor de cem galões, revestido de chumbo. No interior havia dois cilindros de metal, um dentro do outro, que giravam em direções contrárias.

Anna fez uma descrição movendo as mãos.

– Lubrificando tudo isso e enchendo o Sino havia um metal líquido semelhante ao mercúrio. Esse metal foi chamado de Xerum 525.

Painter recordou-se do nome.

– Essa é a substância que a senhora disse que não poderia duplicar.

Anna confirmou com um aceno de cabeça.

– Por décadas a fio nós tentamos reproduzir o metal líquido. Aspectos de sua composição desafiam os testes. Sabemos que ele contém peróxidos de tório e berílio, mas isso é quase tudo. Tudo o que sabemos com certeza é que o Xerum 525 era um subproduto da pesquisa nazista da energia do ponto zero. Ele era produzido em outro laboratório, que foi destruído pouco depois da guerra.

– E a senhora não encontrou uma forma de produzir mais? – indagou Painter.

Anna sacudiu a cabeça.

– Mas o que o Sino na verdade fazia? – perguntou Lisa.

– Como eu disse antes, ele era apenas um experimento. Mais provavelmente, outra tentativa de derivar a força infinita do ponto zero. Porém, assim que os pesquisadores nazistas o ligaram, efeitos estranhos foram observados. O Sino emitia um brilho pálido. Equipamentos elétricos num enorme raio entraram em curto-circuito. Mortes foram relatadas. Durante uma série de experimentos posteriores, eles aperfeiçoaram o instrumento e construíram uma blindagem. Os experimentos eram feitos nas profundezas de uma mina abandonada. Não ocorreram mais mortes, mas aldeães que viviam a um quilômetro de distância da mina relataram insônia, vertigem e espasmos musculares. Algo estava sendo irradiado pelo Sino. O interesse aumentou.

– Como uma arma potencial? – imaginou Painter.

– Não sei dizer. Muitos dos registros foram destruídos pelo supervisor do projeto. Mas sabemos que a equipe original expôs todos os tipos de substâncias biológicas ao Sino: samambaias, fungos, ovos, carne, leite. E todo um espectro de vida animal. Invertebrados e vertebrados. Baratas, caracóis, camaleões, sapos e, é claro, camundongos e ratos.

– E o que a senhora me diz do topo da cadeia alimentar? – perguntou Painter. – Seres humanos.

Anna acenou com a cabeça.

– Receio que sim. Os princípios morais são com freqüência o primeiro infortúnio do progresso.

– Mas o que aconteceu durante os experimentos? – perguntou Lisa. Ela havia perdido todo o interesse por seu prato de comida. Não em repulsa por causa do assunto, mas por interesse cheio de admiração.

Anna pareceu sentir uma comunhão de interesses ali e voltou sua atenção para Lisa.

– Mais uma vez os efeitos foram inexplicáveis. A clorofila das plantas desaparecia, deixando-as brancas. Poucas horas depois, elas se decompunham numa lama gordurosa. Nos animais, o sangue endurecia nas veias. Uma substância cristalina formava-se dentro dos tecidos, destruindo as células de dentro para fora.

– Deixe-me adivinhar – disse Painter. – Apenas as baratas não eram afetadas.

Lisa franziu a testa para ele, depois dirigiu-se a Anna.

– A senhora tem alguma idéia do que causava esses efeitos?

– Nós só podemos conjeturar. Mesmo agora. Acreditamos que, quando o Sino gira, ele cria um forte vórtice eletromagnético. A presença do Xerum 525, um subproduto da pesquisa inicial do ponto zero, quando exposta a esse vórtice, propicia a emanação de energias quânticas estranhas.

Painter juntou as partes em sua cabeça.

– Quer dizer que o Xerum 525 é a fonte de *combustível* e o Sino é o *motor*.

Anna validou com um gesto.

– Transformando o Sino numa batedeira – uma nova voz ressoou.

Todos os olhos voltaram-se para Gunther. Sua boca estava cheia de salsicha. Pela primeira vez ele demonstrou qualquer interesse na conversa.

– Uma descrição grosseira, mas acurada – concordou Anna. – Imaginem a natureza do ponto zero como a tigela de uma batedeira de bolo. O Sino girando é como um misturador que mergulha e suga energia quântica para fora, na nossa existência, respingando todos os tipos de partículas subatômicas estranhas. Os primeiros experimentos foram tentativas de manipular a velocidade dessa batedeira e, assim, controlar os respingos.

– Para causar menos problemas.

– E com isso reduzir os efeitos colaterais degenerativos. E eles tiveram êxito. Os efeitos adversos diminuíram, e algo notável os substituiu.

Painter sabia que eles estavam chegando ao xis do problema.

Anna inclinou-se para a frente.

– Em vez de *degeneração* de tecidos biológicos, os cientistas nazistas começaram a notar *melhoras*. Crescimento acelerado em fungos. Gigantismo em samambaias. Reflexos mais rápidos em camundongos e desenvolvimento da inteligência em ratos. A consistência dos resultados não poderia ser atribuída apenas a mutações aleatórias. E parecia que, quanto mais elevada a ordem do animal, mais ele se beneficiava da exposição.

– Por isso cobaias humanas vieram em seguida – disse Painter.

– Mantenha uma perspectiva histórica, sr. Crowe. Os nazistas estavam convencidos de que dariam origem à próxima super-raça. E ali estava um instrumento para fazer isso em uma geração. Os princípios morais não ofereciam benefício algum. Havia um imperativo maior.

– Criar uma raça superior. Para dominar o mundo.

– Era nisto que os nazistas acreditavam. Com essa finalidade, eles investiram muitos esforços para aperfeiçoar a pesquisa do Sino. Mas, antes que ela pudesse ser concluída, o tempo deles esgotou-se. A Alemanha caiu. O Sino foi evacuado a fim de que a pesquisa pudesse prosseguir em segredo. Era a última grande esperança do Terceiro Reich. Uma chance de a raça ariana renascer. De renascer e dominar o mundo.

– E Himmler escolheu este lugar – disse Painter. – Nas entranhas do Himalaia. Que loucura – disse ele, sacudindo a cabeça.

– Muitas vezes, é a *loucura*, mais do que a *genialidade*, que faz o mundo avançar. Quem mais, a não ser os loucos, chegaria tão longe em busca do impossível? E, ao alcançá-lo, demonstraria que o impossível era possível?

– E, às vezes, ela meramente inventa o meio mais eficaz de genocídio.

Anna suspirou.

Lisa trouxe a discussão de volta ao rumo.

– O que foi feito dos estudos com seres humanos? – indagou ela, mantendo o tom de voz frio.

Anna reconheceu na médica alguém com quem poderia partilhar mais idéias.

– Nos adultos, os efeitos ainda eram danosos, especialmente quando expostos ao nível mais alto de radiação. Mas a pesquisa não parou aí. Quando *fetos* eram expostos no útero materno, uma em cada seis crianças nascidas dessa exposição exibia aperfeiçoamentos notáveis. Alterações no gene miostatina produziam crianças com músculos mais bem desenvolvidos. Também ocorreram outras melhoras. Visão mais aguçada, melhora da coordenação mão-olho e QIs surpreendentes.

– Supercrianças – disse Painter.

– Mas, tristemente, era raro essas crianças viverem além dos dois anos de idade – disse Anna. – Por fim, elas começavam a degenerar, a empalidecer. Cristais formavam-se nos tecidos. Os dedos das mãos e dos pés necrosavam e caíam.

– Interessante – disse Lisa. – Parecem os mesmos efeitos colaterais da primeira série de testes.

Painter olhou de relance para ela. Ela acabara de dizer *interessante*? O olhar de Lisa estava fixo em Anna, fascinado. Como ela podia permanecer tão racional? Então ele notou o joelho esquerdo dela subindo e descendo embaixo da mesa. Ele tocou o joelho dela e o acalmou. Ela tremeu ao toque dele. Aparentemente, seu rosto permanecia passivo. Painter se deu conta de que todo o *interesse* de Lisa era simulado. Ela estava contendo sua raiva e horror, permitindo que ele bancasse ora o bom policial, ora o mau policial. A atitude cooperativa dela permitia que ele instigasse o interrogatório com algumas perguntas mais complexas, facilitando a obtenção das respostas de que precisava.

Painter apertou o joelho de Lisa, reconhecendo o esforço dela.

Ela continuou a fingir.

– A senhora mencionou que um desses seis bebês exibiu esse desenvolvimento de curta duração. E os outros cinco?

Anna acenou com a cabeça.

– Natimortos. Mutações fatais. Morte das mães. O índice de mortalidade era alto.

– E quem eram essas mães? – perguntou Painter, expressando o choque de ambos. – Presumo que não eram voluntárias.

– Não julgue de maneira tão severa, sr. Crowe. O senhor sabe qual é o índice de mortalidade infantil em seu país? Ele é pior do que em algumas nações subdesenvolvidas. Que benefício se obtém dessas mortes?

Santo Deus, ela não podia estar falando sério. Era uma comparação absurda.

– Os nazistas tinham seu imperativo – disse Anna. – Pelo menos eram coerentes.

Painter procurou algumas palavras para criticá-la duramente, mas a ira travou sua língua.

Lisa falou no lugar dele. Sua mão encontrou a dele pousada sobre seu joelho e a apertou com força.

– Eu suponho que esses cientistas procuravam algum jeito de ajustar o Sino com mais precisão, de erradicar esses efeitos colaterais.

– É claro. Mas, no fim da guerra, não se progrediu muito. Existe apenas um relato isolado de êxito absoluto. Uma criança supostamente perfeita. Antes disso, todas as crianças nascidas sob a influência do Sino exibiam ligeiras imperfeições. Placas com perda de pigmentos, assimetria de órgãos, olhos de cores diferentes. – Anna olhou de esguelha para Gunther e, em seguida, de novo para eles. – Mas essa criança parecia não ter defeito. Até mesmo uma análise genética grosseira do genoma do menino apresentou resultados perfeitos. Mas a técnica empregada para alcançar esse resultado permaneceu desconhecida. O supervisor do projeto realizou este último experimento em segredo. Quando meu avô foi evacuar o Sino, ele objetou e destruiu todas as suas anotações pessoais feitas no laboratório. A criança morreu pouco tempo depois.

– Devido aos efeitos colaterais?

– Não, a filha dele afogou-se junto com o bebê.

– Por quê?

Anna sacudiu a cabeça.

– Meu avô recusou-se a falar sobre isso. Como eu disse, tratava-se do relato de um caso isolado.

– Qual era o nome desse pesquisador? – indagou Painter.

– Não me lembro. Posso fazer uma consulta, se o senhor quiser.

Painter deu de ombros. Se ao menos ele tivesse acesso aos computadores da Sigma. Ele sentia que havia mais alguma coisa na história do avô dela.

– E após a evacuação? – perguntou Lisa. – A pesquisa continuou aqui?

– Sim. Apesar de isolados, mantivemos informantes na comunidade científica de um modo geral. Após a guerra, os cientistas nazistas espalharam-se em todas as direções, muitos foram arregimentados para projetos obscuros no mundo inteiro. Europa. União Soviética. América do Sul. Estados Unidos. Eles eram nossos ouvidos e olhos no exterior, filtrando dados para nós. Alguns ainda acreditavam na causa. Outros foram chantageados por causa de seu passado.

– Então vocês se mantinham atualizados.

Ela respondeu com um aceno de cabeça.

– Nas duas décadas seguintes, os avanços foram muito rápidos. Nasceram supercrianças que viviam mais tempo. Elas eram criadas como príncipes aqui e recebiam o título de *Ritter des Sonnenkönig*. Cavaleiros do Rei-Sol. A fim de caracterizar seu nascimento a partir do projeto Sol Negro.

– Que coisa mais wagneriana – escarneceu Painter.

– Talvez. Meu avô gostava da tradição. Mas eu quero que saibam que todas as pessoas que se submeteram a testes aqui no *Granitschloß* eram voluntários.

– Mas essa era uma escolha moral? Ou era porque vocês não tinham judeus à mão no Himalaia?

Anna franziu a testa, sem nem ao menos se dignar a comentar a observação dele, e prosseguiu:

– Embora o progresso fosse contínuo, a decrepitude continuava a afligir os *Sonnenkönige*. Em geral, o início dos sintomas ainda ocorria em cerca de dois anos; eram, porém, mais brandos. O que era uma degeneração aguda se transformou em degeneração crônica. E, com a maior longevidade, surgiu um novo sintoma: deterioração mental. Paranóia aguda, esquizofrenia, psicose.

– Estes últimos sintomas... se parecem com o que aconteceu aos monges no mosteiro – Lisa falou.

Anna concordou.

– É tudo uma questão do grau de exposição e da idade da pessoa. As crianças expostas no útero materno a um nível controlado da radiação quântica do Sino exibiam melhoras, seguidas por uma degeneração crônica a vida toda. Já adultos, como Painter e eu, expostos a quantidades *moderadas* de radiação não controlada, eram acometidos por uma forma mais aguda da mesma degeneração, por um declínio mais rápido. Mas os monges, expostos a um *alto* nível da radiação, progrediram imediatamente para o estado mental degenerativo.

– E os *Sonnenkönige*? – quis saber Painter.

– Como no nosso caso, não havia cura para a doença deles. Na verdade, embora o Sino tenha um grande potencial de nos ajudar, os *Sonnenkönige* são imunes a ele. Parece que a exposição deles ainda tão jovens os torna resistentes a qualquer manipulação posterior pelo Sino – seja qual for o resultado.

– Então, quando eles enlouqueciam...?

Painter imaginou super-homens praticando atos violentos no castelo.

– Uma condição dessas ameaçava nossa segurança. Por fim, paramos de fazer testes com seres humanos.

– Vocês desistiram da pesquisa? – Painter não conseguiu dissimular sua surpresa.

– Não exatamente. Os testes com seres humanos já eram um meio ineficaz de experimentação. Levava-se muito tempo para avaliar os resultados. Novos modelos foram empregados. Raças de camundongo modificadas, tecido fetal desenvolvido *in vitro*, células-tronco. Com o mapeamento do genoma humano, os testes de DNA tornaram-se o método mais rápido de avaliar o progresso. Nosso ritmo acelerou-se. Eu suspeito que, se reiniciássemos o projeto dos *Sonnenkönige*, veríamos resultados muito melhores hoje.

– Então, por que vocês não tentaram de novo?

Anna deu de ombros.

– Ainda constatamos demência nos nossos camundongos. Isso é preocupante. Mas, sobretudo, desistimos dos estudos com seres humanos porque nossos interesses no decorrer da última década se tornaram mais objetivos. Nós não nos vemos como precursores de uma nova raça superior. Na verdade, nós não somos mais nazistas. Acreditamos que, uma vez aperfeiçoado, nosso trabalho pode beneficiar a humanidade como um todo.

– Então, por que não vêm a público agora? – perguntou Lisa.

– Para sermos atados pelas leis das nações e pelos ignorantes? A ciência não é um processo democrático. Essas coibições arbitrárias dos princípios morais simplesmente retardariam dez vezes nosso progresso. Isso é inaceitável.

Painter fez um esforço para não bufar. Parecia que *algumas* filosofias nazistas ainda floresciam ali.

– O que aconteceu com os *Sonnenkönige*? – perguntou Lisa.

– Uma situação das mais trágicas. Embora muitos tenham morrido de condições degenerativas, muitos outros tiveram de ser submetidos à eutanásia quando suas mentes se deterioraram. No entanto, um punhado sobreviveu. Como Klaus, que vocês conheceram.

Painter imaginou o guarda gigante que tinha visto mais cedo. Ele se lembrou do membro paralisado e do rosto repuxado do homem, sinais de degeneração. A atenção de Painter deslocou-se para Gunther. O homem o encarou, o rosto impossível de interpretar. Um olho azul, o outro branco fosco. Outro dos *Sonnenkönige*.

– Gunther foi o último que nasceu aqui.

Anna apontou para o próprio ombro e fez um sinal para o homenzarrão.

As rugas da testa de Gunther aprofundaram-se, mas ele estendeu a mão e arregaçou o punho desabotoado de sua manga a fim de expor o braço. Ele exibia uma tatuagem preta.

– O símbolo dos *Sonnenkönige* – disse Anna. – Uma marca de orgulho, dever e realização.

Gunther puxou a manga para baixo, ocultando a tatuagem.

Painter lembrou-se da viagem de trenó na noite anterior, do comentário sarcástico de um dos guardas sobre Gunther . Qual era mesmo a palavra? *Leprakönig*. Rei Leproso. Sem dúvida, havia pouco respeito pelos antigos Cavaleiros do Rei-Sol. Gunther era o último de sua espécie, caindo lentamente no esquecimento. Quem ficaria em luto por ele?

Os olhos de Anna demoraram-se em Gunther antes de voltarem a se concentrar neles.

Talvez houvesse alguém para ficar em luto por ele.

Ainda segurando a mão de Painter, Lisa falou:

– Algo que a senhora ainda tem de esclarecer. O Sino. Como ele produz tais alterações? A senhora disse que elas eram consistentes demais para serem mutações geradas ao acaso.

Anna fez um aceno de cabeça.

– Sim, é verdade. Nossa pesquisa não se limitou aos *efeitos* do Sino. Grande parte dos nossos estudos concentrou-se em *como* ele funciona.

– Vocês progrediram muito? – indagou Painter.

– É claro que sim. Na verdade, temos certeza de que compreendemos os princípios básicos de seu funcionamento.

Painter piscou, surpreso.

– É mesmo?

A testa de Anna enrugou-se.

– Eu pensei que fosse óbvio. – Ela olhou para Painter e Lisa. – O Sino controla a evolução.

5:45h
Reserva Hluhluwe-umfolozi

– Quem está aí? – repetiu Khamisi, de pé na soleira de sua casa.

Alguém estava escondido lá dentro, no quarto dos fundos.

Ou talvez fosse algum animal.

Macacos sempre invadiam as casas; às vezes, animais maiores também.

Todavia, ele recusou-se a entrar. Tentou espiar, mas todas as cortinas haviam sido fechadas. Após a viagem até ali sob o sol ofuscante, a escuridão de sua casa era tão densa quanto a de qualquer selva.

De pé na varanda, Khamisi estendeu a mão pela porta até o interruptor de luz. Seus dedos tatearam. Ele encontrou o interruptor e o ligou. Uma única lâmpada acendeu-se, iluminando a sala da frente, com sua mobília escassa, e uma minicozinha. Mas a luz não revelou quem ou o que esperava no quarto dos fundos.

Ele ouviu o som de passos arrastados.

– Quem...?

Uma picada aguda no lado de seu pescoço interrompeu suas palavras. Atordoado, ele avançou para o quarto e deu uma palmada no local da picada. Seus dedos encontraram alguma coisa emplumada incrustada ali.

Ele a puxou e olhou para ela, sem entender por um instante.

Um dardo.

Ele também os usava para sedar animais grandes.

Mas aquele era diferente

Ele caiu de seus dedos.

O momento de incompreensão foi o tempo que a toxina levou para chegar ao seu cérebro. O mundo inclinou-se para um lado. Khamisi lutou em vão para se equilibrar.

O assoalho de tábuas precipitou-se em direção ao seu rosto.

Ele conseguiu amparar ligeiramente sua queda, mas mesmo assim caiu pesadamente, batendo a cabeça. Minúsculos pontos luminosos fragmentaram-se numa escuridão que se adensava. Sua cabeça estava refestelada. De onde estava, ele avistou um pedaço de corda sobre as tábuas. Forçou mais a visão. *Não, não era uma corda.*

Era uma serpente de três metros de comprimento.

Ele a reconheceu imediatamente.

Uma mamba negra.

Estava morta, cortada ao meio. Um facão fora colocado ao lado. *Seu* facão.

O frio entorpeceu seus membros quando ele se deu conta da dura verdade.

O dardo envenenado.

Não era como os que ele empregava em seu trabalho de campo. Aquele dardo tinha *duas* agulhas. Como as presas inoculadoras de veneno de uma serpente.

Seus olhos pousaram sobre a serpente morta.

Uma encenação.

Morte pela picada de uma serpente.

As tábuas do assoalho rangeram no quarto dos fundos. Restara-lhe força suficiente apenas para virar a cabeça. Uma figura escura estava agora em pé à entrada, iluminada pela luz da lâmpada, observando-o, inexpressiva.

Não.

Não fazia o menor sentido.

Por quê?

Ele não teria a resposta.

A escuridão envolveu-o, levando-o consigo.

CAPÍTULO 8

Sangue misto

6:54h
Paderborn, Alemanha

– Você vai ficar aqui – disse Gray, em pé no centro da cabine principal do Challenger, as mãos nos quadris, sem arredar o pé.

– Uma ova! – retrucou Fiona a um passo de distância, opondo-se a ele.

Ao lado, Monk encostou-se na porta aberta do jato, os braços cruzados, divertindo-se.

– Eu ainda não te disse o endereço – argumentou Fiona. – Você pode passar o próximo mês procurando de porta em porta pela cidade inteira, ou eu posso ir com você e te levar ao lugar. A escolha é sua, colega.

O rosto de Gray esquentou. Por que ele não havia tomado o endereço da garota quando ela ainda estava fraca e vulnerável? Ele sacudiu a cabeça. *Fraca* e *vulnerável* eram palavras que não descreviam Fiona.

– E então, como é que vai ser?

– Parece que temos alguém na nossa cola – disse Monk.

Gray recusava-se a ceder. Talvez se a assustasse, se a lembrasse de que haviam escapado da morte por um triz no Tivoli.

– E seu ferimento à bala?

O nariz de Fiona dilatou-se.

– O ferimento? Praticamente curado. Aquele curativo líquido me remendou direitinho.

– Ela pode até nadar com ele – disse Monk. – É à prova d'água.

Gray olhou com um ar feroz para seu parceiro.

– O problema não é esse.

– Então qual é? – pressionou Fiona.

Gray voltou a olhar para ela. Ele não queria mais ser responsável pela garota. E decerto não tinha tempo para tomar conta dela.

– Ele receia que você seja ferida de novo – disse Monk, indiferente.

Gray suspirou.

– Fiona, simplesmente nos diga o endereço.

– Assim que estivermos no carro – disse ela. – Então eu direi a vocês. Não vou ficar enjaulada aqui dentro.

– O dia está passando – disse Monk. – E parece que vamos nos molhar.

O céu estava azul e a manhã era luminosa, mas nuvens escuras se acumulavam ao norte. Estava armando-se uma tempestade.

– Está bem.

Gray acenou para que seu parceiro saísse do avião. Ele poderia ao menos ficar de olho em Fiona.

Os três desceram os degraus do jato. Os problemas relacionados com a alfândega já haviam sido resolvidos, e um BMW alugado estava à espera deles. Monk carregava uma mochila preta num ombro, e Gray, outra igual. Ele olhou de relance para Fiona. Ela também tinha uma. Onde...?

– Havia uma extra – explicou Monk. – Não se preocupe. Não tem nenhuma arma de fogo ou granadas luminosas na dela. Pelo menos é o que eu acho.

Gray sacudiu a cabeça e continuou pela pista de decolagem em direção ao edifício-garagem. Além das mochilas iguais, todos usavam roupas parecidas: *jeans* pretos, tênis, suéteres. Turistas usando roupas caras. Pelo menos Fiona havia personalizado as suas com alguns broches. Um atraiu o olhar dele. Nele se lia: OS ESTRANHOS TÊM OS MELHORES DOCES.

Quando entrou no edifício-garagem, Gray checou secretamente suas armas uma última vez. Apalpou a Glock 9mm no coldre sob seu suéter e tocou com os dedos o cabo de um punhal de plástico carbonizado na bainha presa ao seu pulso esquerdo. Em sua mochila havia outras armas: granadas luminosas, pacotes de explosivo C4, pentes de balas extras.

Dessa vez, ele não iria despreparado a lugar nenhum.

Eles afinal chegaram ao carro, um BMW 525i azul-escuro.

Fiona encaminhou-se à porta do motorista.

Gray a interceptou.

– Muito engraçado – disse ele.

Monk deu a volta até o outro lado do carro e gritou:

– Espingarda de caça!

Fiona abaixou-se, esquadrinhando ao redor.

Gray a acalmou e a conduziu à porta traseira.

– Ele estava apenas reivindicando o assento da frente.

Fiona fechou a cara para Monk, do outro lado do carro.

– Punheteiro.

– Sinto muito. Não seja nervosa, criança.

Todos entraram no sedã. Gray deu partida no motor e voltou o olhar para Fiona.

– E agora? Aonde vamos?

Monk já havia desdobrado um mapa.

Fiona inclinou-se para a frente e estendeu o braço por cima do ombro de Monk. Um de seus dedos percorreu o mapa.

– Para fora da cidade. Vinte quilômetros a sudoeste. Temos de ir à aldeia de Büren, no vale do Alme.

– E qual é o endereço lá?

Fiona recostou-se.

– Muito engraçado – disse ela, repetindo as palavras dele de momentos antes.

Os olhos dele encontraram os dela no espelho retrovisor. Ela exibia um olhar de ódio àquela última tentativa ineficaz de coagi-la a prestar a informação.

Ela não podia culpar um cara por tentar.

Acenou para que ele partisse.

Sem escolha, ele obedeceu.

No outro lado do edifício-garagem, duas figuras estavam sentadas em um Mercedes branco conversível de dois lugares. O homem baixou os binóculos e pôs um par de óculos escuros italianos. Ele acenou com a cabeça para sua irmã gêmea ao seu lado. Ela falava ao telefone via satélite, sussurrando em holandês.

A outra mão dela segurava a dele. Ele massageava a tatuagem dela com o polegar.

Ela apertou os dedos dele.

Olhando para baixo, ele notou que ela havia roído uma das unhas até o sabugo. A imperfeição era tão óbvia quanto um nariz fraturado.

Ela percebeu a atenção dele e tentou esconder a unha, envergonhada.

Não havia razão para vergonha. Ele entendia a consternação e o pesar que a levaram a roer a unha. Eles haviam perdido Hans, um de seus irmãos mais velhos, na noite anterior.

Morto pelo motorista do carro que acabara de sair.

A fúria estreitou sua visão enquanto ele observava o BMW deslocar-se suavemente para fora do edifício-garagem. O GPS ligado ao *transponder* que eles haviam plantado rastrearia o veículo.

– Compreendido – disse sua irmã ao telefone. – Conforme havíamos esperado, eles seguiram a pista do livro até aqui. Sem dúvida, irão à propriedade dos Hirszfeld em Büren. Mandaremos vigiar o jato. Tudo está preparado.

Enquanto ouvia, ela flagrou o olhar de seu irmão gêmeo.

– Sim – disse ela, não só ao telefone, mas também para o irmão –, não vamos fracassar. A Bíblia de Darwin será nossa.

Ele concordou com um aceno de cabeça. Removeu sua mão da dela, girou a chave e ligou a ignição.

– Até logo, vovô – disse a irmã.

Baixando o fone, ela estendeu a mão e mexeu num único cacho dos cabelos louros dele, que havia saído do lugar. Ela o empurrou com os dedos de volta ao lugar e em seguida o ajeitou.

Perfeito.

Sempre perfeito.

Ele beijou as pontas dos dedos dela quando ela recuou a mão.

Amor e uma promessa.

Eles se vingariam.

O luto ficaria para depois.

Ele saiu bem devagar com seu Mercedes branco da vaga no estacionamento e começou a perseguição.

11:08h
Himalaia

A ponta da pistola de solda tremeluziu com um vermelho cor de fogo. Painter equilibrou a ferramenta. Sua mão tremia, mas não era por medo. A dor de cabeça continuava a martelar atrás de seu olho direito. Ele havia tomado um punhado de comprimidos de Tylenol, junto com dois de fenobarbital, um anticonvulsivo. Nenhum dos medicamentos evitaria a debilidade e a loucura finais, porém, de acordo com Anna, lhe dariam mais horas funcionais.

Quanto tempo ele tinha?

Menos de três dias, talvez até menos, antes de ficar incapacitado.

Ele lutou para bloquear essa preocupação. Desespero e preocupação poderiam debilitá-lo tão depressa quanto a doença. Como dizia seu avô naquele jeito sábio de índio pequot, "torcer as mãos só impede você de arregaçar as mangas".

Refletindo seriamente sobre isso, Painter concentrou-se em soldar a conexão do cabo a um fio-terra exposto. Os fios estendiam-se por todo o subterrâneo do castelo e para fora, até suas várias antenas, entre elas a parabólica para *uplink* oculta em algum lugar no topo da montanha.

Assim que terminou, Painter recostou-se e aguardou que a solda esfriasse. Ele estava sentado em um banco com uma série de ferramentas e peças cuidadosamente enfileiradas, como um cirurgião. Seu espaço de trabalho era circundado por dois *laptops* abertos.

Ambos fornecidos por Gunther, o homem que havia chacinado os monges e assassinado Ang Gelu. Painter ainda sentia uma onda de fúria sempre que estava perto dele.

Como agora.

O guarda enorme estava de pé junto a seu ombro, observando cada movimento seu. Eles estavam sozinhos numa sala de manutenção. Painter chegou a pensar em trespassar o olho do homem com a pistola de solda. Mas e depois? Eles estavam a quilômetros de distância da civilização, e uma sentença de morte cairia sobre sua cabeça. A cooperação era o único meio de eles sobreviverem. Para esse fim, Lisa permanecera com Anna em sua sala de leitura, dando continuidade à sua linha de investigação da cura.

O objetivo de Painter e de Gunther era outro.

Perseguir e capturar o sabotador.

De acordo com Gunther, uma bomba de fabricação artesanal havia destruído o Sino. E, como ninguém havia deixado a área do castelo desde a explosão, era provável que o sabotador ainda estivesse lá.

Se eles conseguissem pegar o sujeito, talvez pudessem saber mais.

Por isso uma pequena isca havia sido espalhada boca a boca.

Tudo o que restava era preparar a armadilha para levar o plano adiante.

Um *laptop* estava ligado aos sistemas de comunicação em rede do castelo. Painter já havia entrado no sistema, usando senhas fornecidas por Gunther. Ele havia emitido uma série de pacotes de códigos comprimidos cujo objetivo era monitorar o sistema para toda comunicação de saída. Se o sabotador tentasse se comunicar com o mundo exterior, sua localização seria determinada, e ele seria descoberto.

Mas Painter não esperava que o sabotador fosse tão descuidado. Ele ou ela havia sobrevivido e operado em segredo por muito tempo. Isso implicava astúcia – e um meio de comunicação independente da principal rede de comunicação do castelo.

Por isso Painter havia construído algo novo.

O sabotador devia ter obtido um telefone portátil particular via satélite, utilizado em segredo para se comunicar com seus superiores. Mas esse tipo de telefone precisava de uma linha de transmissão desobstruída entre a antena da unidade e o satélite geossíncrono em órbita. Infelizmente, havia uma grande quantidade de nichos, janelas e portinholas de serviço onde o sabotador poderia fazer isso, protegido demais para levantar suspeitas.

Portanto, foi necessária uma alternativa.

Painter verificou o amplificador de sinal que ele havia ligado ao fio-terra. Era um aparelho que ele mesmo havia projetado na Sigma. Antes de assumir a diretoria, sua especialidade como agente da Sigma tinha sido em vigilância e microengenharia. Essa era sua área de atividade.

O amplificador conectava o fio-terra ao segundo *laptop*.

– Deve estar pronto – disse Painter, a dor de cabeça finalmente diminuindo um pouco.

– Ligue-o.

Painter ligou a fonte de energia da bateria, determinou a amplitude do sinal e ajustou a freqüência de pulso. O *laptop* faria o resto. Ele monitoraria quaisquer sinais. Era na melhor das hipóteses grosseiro, não serviria como escuta telefônica. Só podia obter uma localização geral do sinal de uma transmissão ilícita, com acurácia, dentro de um raio de cerca de trinta metros. Devia ser suficiente.

Painter ajustou seu equipamento com precisão.

– Já montei tudo. Agora só o que temos a fazer é esperar que o filho-da-puta dê um telefonema.

Gunther fez um aceno de cabeça.

– Isto é, se o sabotador morder a isca – acrescentou Painter.

Meia hora antes, eles haviam espalhado o boato de que uma reserva de Xerum 525 havia resistido à explosão, trancada em uma câmara secreta revestida de chumbo. Isso deu esperança a todos os moradores do castelo. Se havia um pouco do combustível insubstituível, um novo Sino poderia ser fabricado. Anna até mandara os pesquisadores montarem um outro com peças sobressalentes. Se não oferecia cura para a doença progressiva, o Sino proporcionava a oportunidade de ganhar mais tempo. Para todos eles.

Mas a esperança não era o objetivo do ardil.

A notícia tinha de chegar ao sabotador. Ele precisava ser convencido de que seu plano fracassara, de que, apesar de tudo, o Sino podia ser reconstruído. A fim de buscar orientação de seus superiores, ele teria de dar um telefonema.

E, quando isso acontecesse, Painter estaria pronto.

Nesse ínterim, ele virou-se para Gunther.

– Qual é a sensação de ser um super-homem? – perguntou ele. – Um Cavaleiro do Sol Negro?

Gunther deu de ombros. A sua comunicação parecia não ir além de grunhidos, carrancas e algumas respostas monossilábicas.

– Quer dizer, você se sente superior? Mais forte, mais rápido, capaz de pular edifícios num único salto?

Gunther simplesmente o fitou.

Painter suspirou, tentando uma nova tática para fazer o cara falar, iniciar algum tipo de comunicação.

– O que significa *Leprakönig*? Eu ouvi pessoas usando essa palavra quando você estava por perto.

Painter sabia muito bem o que o termo significava, mas ele provocou a reação de que precisava. Gunther desviou o olhar, mas Painter notou o fogo em seus olhos. O silêncio prolongou-se. Ele não tinha certeza se o homem falaria.

– Rei Leproso – Gunther finalmente resmungou.

Então foi a vez de Painter ficar em silêncio, deixando-o pesar na pequena sala. Gunther afinal prosseguiu.

– Quando se procura a perfeição, ninguém deseja ver o fracasso. Se a loucura não nos acomete, é horrível testemunhar a doença. É melhor ser trancafiado, ficar fora de vista.

– Exilado. Como leprosos.

Painter tentou imaginar qual deveria ser a sensação de ser criado como o *último* dos *Sonnenkönige*, sabendo ainda bem jovem de seu destino adverso. Antes uma linhagem reverenciada de príncipes, agora uma linhagem de leprosos que andavam se arrastando e eram evitados.

– No entanto, você ainda ajuda aqui – disse Painter –, ainda é útil.

– Foi para isso que nasci. Eu conheço o meu dever.

Painter se perguntou se aquilo lhe fora incutido ou de algum modo transmitido geneticamente. Ele observou atentamente o homem. De alguma forma, ele sabia que a questão ia além daquilo. Mas o quê?

– Por que você ainda se preocupa com o que está acontecendo a todos nós? – indagou Painter.

– Eu acredito no trabalho desenvolvido aqui. Meu sofrimento um dia vai ajudar a poupar outras pessoas do mesmo destino.

– E a busca da cura agora? Ela não tem nada a ver com o prolongamento da sua própria vida.

Os olhos de Gunther cintilaram.

– *Ich bin nicht krank.*

– O que você quer dizer ao afirmar que não está doente?

– Os *Sonnenkönige* nasceram sob a influência do Sino – disse Gunther de maneira contundente.

Painter subitamente compreendeu. Ele se lembrou da descrição que Anna fizera dos super-homens do castelo, de como eles eram resistentes a qualquer manipulação posterior do Sino. *Fosse qual fosse.*

– Você é imune – disse ele.

Gunther deu-lhe as costas.

Painter absorveu a insinuação. Então não foi a autopreservação que impeliu Gunther a ajudar.

O quê, então...?

Painter de repente se lembrou do jeito como Anna olhara mais cedo para Gunther no outro lado da mesa. Com grande ternura. O homem não a havia desencorajado.

Sem dúvida, ele tinha outro motivo para continuar a cooperar, apesar da falta de respeito dos outros.

– Você ama Anna – disse Painter em voz alta.

– É claro que eu a amo – Gunther respondeu bruscamente. – Ela é minha irmã.

Refugiada na sala de leitura de Anna, Lisa estava em pé junto à parede em que estava pendurada uma caixa de luz. Normalmente, essas caixas iluminavam as radiografias de um paciente, mas no momento Lisa havia ajustado no lugar duas folhas de acetato com uma fileira de linhas pretas. Tratava-se de mapas de cromossomos arquivados da pesquisa sobre os efeitos mutacionais do Sino sobre o DNA fetal, colhido por amniocentese, antes e depois da exposição. As injeções feitas *depois* tinham círculos onde o Sino havia transformado certos cromossomos. Havia anotações em alemão ao lado deles.

Anna as traduzira e saíra para buscar mais livros.

Junto à caixa de luz, Lisa correu um dedo ao longo das alterações mutacionais, à procura de algum padrão. Ela havia revisto vários dos estudos de caso. Parecia não haver explicação ou motivo para as mutações.

Sem respostas, Lisa voltou para a mesa de jantar, agora com uma pilha imensa de livros e uma grande quantidade de dados científicos encadernados, um rastro de experimentos com seres humanos que remontavam a décadas.

A lareira crepitava atrás dela. Ela teve de conter um impulso de jogar a pesquisa nas chamas. Todavia, ainda que Anna não estivesse presente, Lisa provavelmente não o teria feito. Ela tinha vindo ao Nepal para estudar os efeitos fisiológicos em grandes altitudes. Embora fosse médica, no fundo ela era uma pesquisadora.

Como Anna.

Não... não exatamente como Anna.

Lisa empurrou para o lado a monografia de uma pesquisa que estava sobre a mesa. *Teratogênese no blastoderme embrionário.* O documento fazia um relato de monstruosidades que haviam resultado da exposição à irradiação do Sino e que foram abortadas. O que as listras pretas no acetato haviam delineado com isenção clínica as fotografias no livro revelavam com detalhes horripilantes: embriões sem membros, fetos com um olho só, crianças natimortas hidrocefálicas.

Não, decididamente ela não era como Anna.

A raiva tornou a formar-se no peito de Lisa.

Anna desceu a escada de ferro que conduzia ao segundo piso de sua biblioteca de pesquisa com outra carga de livros embaixo de um braço. Os alemães certamente não estavam mantendo nada em segredo. E por que haveriam de manter? Descobrir a cura da doença quântica era interesse de todos eles. Anna acreditava que o esforço era inútil, certa de que todas as possibilidades haviam sido exploradas nas últimas décadas, porém não fora necessário muita persuasão para fazê-la cooperar.

Lisa observara como as mãos da mulher tremiam com uma paralisia quase imperceptível. Anna ficava esfregando as mãos, tentando escondê-la. O resto dos moradores do castelo sofria mais às claras. A tensão no ar fora evidente a manhã inteira. Lisa havia testemunhado algumas lutas clamorosas e uma briga de socos. Ela também soubera de dois suicídios no castelo nas últimas horas. Com o Sino destruído e pouca esperança de cura, os moradores do castelo estavam perdendo o controle emocional. E se a loucura se manifestasse nela e em Painter antes que eles pudessem pensar em uma solução?

Ela afastou aquele pensamento. Não desistiria. Qualquer que fosse o motivo da cooperação em curso, pretendia usá-la da maneira mais vantajosa possível.

Lisa fez um aceno de cabeça para Anna quando ela se aproximou.

– O.k., eu acho que tenho a compreensão de um leigo do quadro mais amplo aqui. Mas antes a senhora tocou num assunto que está me importunando.

Baixando os livros na mesa, Anna sentou-se.

– E qual é o assunto?

– A senhora mencionou que acreditava que o Sino controlava a *evolução*. – Lisa apontou para a quantidade de livros e manuscritos sobre a mesa. – Mas o que eu vejo aqui é apenas certa radiação mutagênica que a senhora associou a um programa de eugenia. A criação de um ser humano melhor pela manipulação genética. A senhora estava apenas sendo pomposa quando usou a palavra *evolução*?

Anna sacudiu a cabeça, sem se sentir ofendida.

– Como *a senhora* define a evolução, dra. Cummings?

– Suponho que da maneira darwiniana de praxe.

– E o que é isso?

Lisa franziu a testa.

– Um processo gradual de mudança biológica... no qual um organismo unicelular se difundiu e se diversificou na variedade de organismos vivos dos nossos dias.

– E Deus não está envolvido nisto, afinal?

Lisa foi surpreendida pela pergunta dela.

– Como no criacionismo?

Anna deu de ombros, os olhos fixos nela.

– Ou *design* inteligente.

– A senhora não pode estar falando sério. Daqui a pouco vai me dizer que a evolução é apenas uma teoria.

– Não seja tola. Não sou uma leiga que associa *teoria* a um "palpite" ou "suposição". Nada na ciência atinge o nível de teoria sem um vasto acúmulo de fatos e hipóteses testados por trás disso.

– Quer dizer que a senhora aceita a teoria da evolução de Darwin?

– Claro que sim. Sem a menor dúvida. Ela é corroborada por todas as disciplinas da ciência.

– Então por que a senhora estava falando sobre...

– Uma coisa não exclui necessariamente a outra.

Lisa ergueu uma sobrancelha.

– *Design* inteligente *e* evolução?

Anna acenou com a cabeça.

– Mas recuemos a fim de que eu não seja mal compreendida. Vamos primeiro descartar os disparates dos criacionistas da Sociedade da Terra Achatada, que duvidam que o mundo seja sequer um globo, ou até mesmo os rigorosos literalistas bíblicos, que crêem que o planeta existe, quando muito, há dez mil anos. Agora vamos dar um passo à frente, para os principais argumentos dos que defendem o *design* inteligente.

Lisa sacudiu a cabeça. Uma ex-nazista discursando a favor de pseudociência. O que estava acontecendo?

Anna pigarreou.

– Segundo a opinião geral, eu vou afirmar que a maioria dos argumentos em favor do *design* inteligente é fraudulenta. Interpretação errônea da Segunda Lei da Termodinâmica, criação de modelos estatísticos que não resistem a uma revisão, descrição deturpada da datação radiométrica de rochas. A lista continua. Nada disso é válido, mas lança muita fumaça enganadora.

Lisa fez um aceno de cabeça. Era um dos principais motivos por que ela se preocupava com a atual campanha em prol do ensino de pseudociência junto com a evolução nas aulas de biologia das escolas de ensino médio. Era uma complexidade multidisciplinar que o Ph.D. típico teria dificuldade de separar, quanto mais um aluno do ensino médio.

No entanto, Anna não havia encerrado seu ponto de vista sobre a discussão.

– No final das contas, o campo do *design* inteligente tem uma proposta digna de consideração.

– E qual é?

– O caráter aleatório das mutações. O puro acaso não poderia produzir tantas mutações genéticas com o tempo. Quantos defeitos congênitos a senhora conhece que tenham produzido alterações benéficas?

Lisa ouvira aquele argumento antes. *A vida evoluiu depressa demais para ser puro acaso.* Ela não se deixava enganar por ele.

– A evolução não é puro acaso – contrapôs Lisa. – A seleção natural, ou a pressão do meio ambiente, elimina as alterações prejudiciais e só permite que organismos mais bem adaptados transmitam seus genes.

– A sobrevivência do mais apto?

– Ou apto *o suficiente.* As alterações não precisam ser perfeitas. Apenas boas o bastante para terem uma vantagem. E, durante o vasto espaço de centenas de milhões de anos, essas pequenas vantagens ou alterações acumularam-se na variedade que vemos hoje.

– Durante centenas de milhões de anos? Admito que esse é de fato um vasto período, mas será que ele ainda deixa bastante espaço para toda a abrangência da mudança evolucionária? E o que a senhora me diz dos rigorosos esforços ocasionais da evolução, quando imensas mudanças ocorreram rapidamente?

– Devo presumir que a senhora está se referindo à explosão cambriana. – disse Lisa.

Era um dos pilares do *design* inteligente. O período Cambriano abrangeu um espaço de tempo relativamente curto: 15 milhões de anos. Mas, durante esse período, houve uma vasta explosão de novas formas de vida: esponjas, caracóis, águas-vivas e trilobitos. Aparentemente do nada. Um ritmo rápido demais para os antievolucionistas.

– *Nein.* O registro fóssil tem muitas evidências de que essa "aparição repentina" de invertebrados não foi assim tão *repentina.* Havia uma quantidade enorme de esponjas e metazoários vermiformes pré-cambrianos. Até mesmo a diversidade de formas durante esse período poderia ser justificada pela aparição de genes Hox no código genético.

– Genes Hox?

– Um conjunto de quatro a seis genes de controle apareceram no código genético um pouco antes do período Cambriano. Constatou-se que eles eram chaves de controle do desenvolvimento embrionário, definindo os movimentos de um lado para outro, para a direita e para a esquerda, para cima e para baixo, a forma corporal básica. As moscas de frutas, os sapos, os seres humanos, todos têm exatamente os mesmos genes Hox. A senhora pode remover um gene Hox de uma mosca e substituí-lo no DNA de um sapo que ele funcionará muito bem. E, como esses genes são as chaves mestras fundamentais do desenvolvimento embrionário, são necessárias apenas alterações minúsculas em qualquer um deles para se criarem novas formas corporais em larga escala.

Embora insegura sobre aonde tudo aquilo estava conduzindo, a profundidade do conhecimento da mulher sobre o assunto surpreendeu Lisa. Rivalizava com o próprio conhecimento seu. Se Anna fosse uma colega em uma conferência, Lisa pensou que poderia de fato apreciar o debate. Na verdade, ela precisava continuar lembrando a si mesma com quem estava falando.

– Portanto, o surgimento dos genes Hox pouco antes do período Cambriano poderia explicar a impressionante explosão de formas. Mas – contrapôs Anna – os genes Hox *não* explicam outros momentos de evolução rápida, quase *intencional.*

– Como o quê?

A discussão estava ficando mais interessante agora.

– Como as mariposas *Biston betularia.* A senhora conhece a história?

Lisa fez um aceno afirmativo de cabeça. Agora Anna estava trazendo à baila um dos pilares no outro lado do campo. As mariposas das bétulas viviam nessas árvores e eram salpicadas de branco, a fim de se fundir com a casca e evitar serem comidas por pássaros. Porém, quando uma carvoaria foi inaugurada na região de Manchester e enegreceu as árvores com fuligem, as mariposas brancas viram-se expostas e transformadas em alvos fáceis dos pássaros. Mas, em apenas algumas gerações, a cor predominante da população mudou para um preto fechado, que servia de camuflagem nas árvores cobertas de fuligem.

– Se as mutações eram ao acaso – argumentou Anna –, parece um golpe de sorte surpreendente que o *preto* tenha surgido quando surgiu. Se elas nada mais eram que um acontecimento aleatório, então onde estavam as mariposas vermelhas, as verdes, as roxas? Ou mesmo as de duas cabeças?

Lisa teve de se controlar para não revirar os olhos.

– Eu poderia dizer que as mariposas de outras cores também foram comidas e que as de duas cabeças foram extintas. Mas a senhora está entendendo mal o exemplo. A alteração na cor dessas mariposas *não* foi causada por mutação. A espécie já tinha um gene preto. Algumas mariposas negras nasciam a cada geração, mas a maioria delas era comida, predominando branca a população geral. Mas, assim que as árvores enegreceram, as poucas mariposas pretas tiveram uma vantagem e aumentaram a população à medida que as mariposas brancas eram consumidas. Essa foi a questão. O meio ambiente *pode* influenciar uma população. Mas não se tratava de um acontecimento mutacional. O gene preto já existia.

Anna sorriu para ela.

Lisa se deu conta de que a mulher estivera testando seus conhecimentos. Ela aprumou-se na cadeira, zangada e, por outro lado, mais intrigada.

– Muito bem – disse Ana. – Então me deixe expor um evento mais recente, ocorrido no ambiente controlado de um laboratório. Um pesquisador produziu uma cepa da bactéria *Escherichia coli* que não conseguia digerir a lactose. Depois ele espalhou uma população em expansão sobre uma lâmina de crescimento na qual a única fonte alimentar era a lactose. O que a ciência diria que aconteceu?

Lisa deu de ombros.

– Incapazes de digerir a lactose, as bactérias passaram fome e morreram.

– E foi exatamente isso que aconteceu com 98 por cento das bactérias. Mas *dois por cento* continuaram a se desenvolver muito bem. Um gene delas havia sofrido uma mutação espontânea a fim de digerir a lactose. Numa geração. Eu acho isso surpreendente, *ja*? Isso vai contra toda a probabilidade de aleatoriedade. De todos os genes no DNA de uma *Escherichia coli*, e considerando a raridade da mutação, por que dois por cento da população sofreram mutação do único gene necessário à sobrevivência? Isso *desafia* a aleatoriedade.

Lisa teve de argumentar que era estranho.

– Talvez tenha havido contaminação no laboratório.

– O experimento foi repetido, com resultados semelhantes.

Lisa ainda não estava convencida.

– Eu vejo a dúvida em seus olhos. Então busquemos outro exemplo da impossibilidade de aleatoriedade na mutação genética.

– Onde ele está?

– No começo da vida. Na sopa primordial, na qual o motor da evolução foi ligado pela primeira vez.

Lisa lembrou-se de Anna ter mencionado antes que a história do Sino remontava à origem da vida. Era a isso que Anna estava conduzindo agora? Lisa ficou um pouco mais alerta, pronta para ouvir aonde aquela conversa levaria.

– Voltemos no tempo – disse Anna. – A uma época anterior à primeira célula. Lembre-se do princípio de Darwin: o que existe teve de se originar de uma forma mais simples, menos complexa. Portanto, o que existia antes da primeira célula? Até que ponto podemos reduzir a vida e ainda chamá-la de vida? O DNA é vivo? Um cromossomo é vivo? E uma proteína ou uma enzima? Onde está a linha divisória entre a química e a vida?

– Está bem, essa *é* uma pergunta intrigante – admitiu Lisa.

– Então eu farei outra. Como a vida deu o salto de uma sopa química primordial para a primeira célula?

Lisa sabia aquela resposta.

– A atmosfera primitiva da Terra estava repleta de hidrogênio, metano e água. Com o acréscimo de alguns choques de energia, digamos, da descarga de um raio, esses gases puderam formar compostos orgânicos simples. Estes então se transformaram na proverbial sopa primordial e acabaram formando uma molécula que podia se replicar.

– O que foi provado em laboratório – concordou Anna com um aceno de cabeça. – Uma garrafa cheia de gases primordiais produziu uma pasta fluida de aminoácido, o elemento constitutivo da proteína.

– E a vida teve início.

– Ah, a senhora está ansiosa para saltar à frente – provocou Anna. – Nós apenas formamos *aminoácidos*, o elemento constitutivo. Como passamos de alguns aminoácidos para essa primeira proteína inteiramente replicante?

– Misture junto bastantes aminoácidos, e eles acabarão se encadeando na combinação certa.

– De forma aleatória?

Lisa acenou a cabeça em resposta.

– É aí que chegamos ao xis do problema, dra. Cummings. Posso concordar com a senhora que a evolução de Darwin tenha desempenhado papel importante *depois* que a primeira proteína auto-replicante se formou. Mas a senhora sabe quantos aminoácidos devem se encadear para formar a primeira proteína replicante?

– Não.

– No mínimo 32. Essa é a menor proteína com capacidade de replicação. A probabilidade de ela formar-se ao acaso é astronomicamente pequena. Dez elevado à 41ª potência .

Lisa deu de ombros ao ouvir esse número. Apesar de seu sentimento em relação à mulher, um respeito relutante começou a se desenvolver.

– Coloquemos essa probabilidade em perspectiva – disse Anna. – Se a senhora pegasse *toda* proteína encontrada em *todas* as florestas tropicais do mundo e a dissolvesse em uma sopa de aminoácidos, ainda seria muito improvável que uma cadeia de 32 aminoácidos se formasse. Na verdade, seria necessário *cinco mil vezes* essa quantidade para formar uma dessas cadeias. Cinco mil vezes todas as florestas tropicais. Repetindo a pergunta, como passamos de uma pasta líquida de aminoácidos para esse primeiro replicador, o primeiro fragmento de vida?

Lisa sacudiu a cabeça.

Anna cruzou os braços, satisfeita.

– Essa é uma lacuna evolucionária que até Darwin teve dificuldade de pular.

– No entanto – contrapôs Lisa, recusando-se a entregar os pontos –, preencher essa lacuna com a intervenção divina não é ciência. O fato de nós ainda não termos uma resposta sobre o assunto não significa que a sua causa seja sobrenatural.

– Não estou dizendo que ela seja sobrenatural. E quem disse que eu não tenho uma resposta para preencher essa lacuna?

– Que resposta? – Lisa olhou-a pasmada.

– Algo que descobrimos há décadas por intermédio do nosso estudo do Sino. Algo que os pesquisadores de hoje estão apenas começando a explorar a sério.

– E o que é?

Lisa percebeu que estava sentada mais ereta, abstendo-se de qualquer tentativa de ocultar seu interesse por qualquer informação relacionada com o Sino.

– Nós chamamos de evolução *quântica.*

Lisa recordou-se da história do Sino e da pesquisa nazista sobre o estranho e indistinto mundo das partículas subatômicas e da física quântica.

– O que isso tem a ver com a evolução?

– Esse novo campo da evolução quântica não só fornece o mais forte respaldo ao *design* inteligente – disse Anna –, mas também responde à pergunta fundamental de quem é o *designer*.

– A senhora está brincando. Quem? Deus?

– *Nein*. – Anna olhou-a fixamente nos olhos. – Nós.

Antes que Anna pudesse dar mais explicações, um velho rádio ligado à parede chiou com estática, e uma voz familiar produziu um som estridente. Era Gunther.

– Temos uma pista do sabotador e estamos prontos para agir.

7:37h
Büren, Alemanha

Gray ultrapassou com o BMW um velho caminhão agrícola com um monte alto de feno na carroceria. Engatou rapidamente a quinta marcha e disparou pela última curva fechada. Chegando ao alto da colina, teve uma vista panorâmica do vale adiante.

– Vale do Alme – disse Monk ao lado dele, segurando com força uma alça acima da porta.

Gray voltou a passar a marcha, reduzindo a velocidade.

Monk o fulminou com os olhos.

– Estou vendo que Rachel andou te ensinando como dirigir à italiana.

– Uma vez em Roma...

– Nós não estamos em Roma.

Era óbvio que não estavam. Quando chegaram ao alto da colina, o amplo vale de um rio estendeu-se à frente, uma faixa verde de campinas, florestas e campos cultivados. No outro lado do vale, uma aldeia alemã digna de cartão-postal comprimia-se na planície, uma cidadezinha de tetos pontiagudos compostos de telhas vermelhas e casas de pedra encravadas em meio a ruas estreitas e sinuosas.

Mas todos os olhos fixaram-se no impressionante castelo no alto da colina distante, aninhado na floresta, dando vista para a aldeia. Torres projetavam-se bem alto, encimadas por bandeiras que se agitavam. Embora maciço e enorme, como muitas das construções fortificadas ao longo do Reno, um rio maior, o castelo também tinha um quê de conto de fadas, um lugar de princesas encantadas e cavaleiros montados em garanhões brancos.

– Se Drácula fosse *gay* – disse Monk –, seu castelo seria assim.

Gray sabia o que ele queria dizer. O lugar tinha algo de vagamente sinistro, mas poderia ser apenas o céu ameaçador ao norte. Eles teriam sorte de alcançar a aldeia lá embaixo antes que a tempestade caísse.

– Aonde vamos agora? – perguntou Gray.

O ruído de papel amassado ergueu-se do banco traseiro quando Fiona checou o mapa. Ela o confiscara de Monk e assumira o papel de navegadora, pois ainda não tinha revelado o destino a eles.

Ela inclinou-se para a frente e apontou para o rio.

– Você tem de cruzar aquela ponte.

– Tem certeza?

– Sim, eu tenho certeza. Eu sei interpretar um mapa.

Gray desceu para o vale, evitando uma longa fila de ciclistas num visual heterogêneo de malhas de corrida. Ele acelerou o BMW ao longo da estrada sinuosa até o fundo do vale e chegou aos arredores da aldeia.

Ela parecia ser de outro século. Uma Brigadoon[21] alemã. Em toda parte havia jardineiras cheias de tulipas penduradas nas janelas, e cada telhado pontiagudo sustentava coruchéus altos. Nos lados, ruas pavimentadas com pedras arredondadas estendiam-se a partir da via principal. Eles passaram por uma praça repleta de cafés e cervejarias ao ar livre e com um palanque central, no qual Gray tinha certeza de que uma banda tocava polca toda noite.

Em seguida, cruzaram a ponte e logo estavam de novo nos prados e nas pequenas granjas.

– Entre na próxima estrada à esquerda! – gritou Fiona.

Gray teve de frear bruscamente e dar uma guinada no BMW numa curva acentuada.

– Veja se avisa antes da próxima vez.

[21] Musical de Alan Jay Lerner e Frederick Loewe que conta a história de uma misteriosa aldeia na Escócia que aparece por apenas um dia a cada cem anos. Longe de ser uma maldição, o encantamento é visto pelos aldeães como uma bênção. De acordo com o pacto deles com Deus, ninguém de Brigadoon jamais poderá deixar a aldeia ou o encantamento será quebrado – e a aldeia, com todos os seus habitantes, desaparecerá nas brumas para sempre. (N. do T.)

A estrada foi ficando mais estreita, margeada em ambos os lados por altas cercas vivas. O asfalto transformou-se em pedras arredondadas. O BMW chacoalhava sobre a superfície irregular. Pouco depois, ervas silvestres brotavam entre as pedras. Portões de ferro apareceram à frente, indo de um lado a outro da estrada estreita, aguardando abertos.

Gray reduziu a velocidade.

– Onde nós estamos?

– Este é o lugar de onde veio a Bíblia de Darwin – disse Fiona. – A propriedade dos Hirszfeld.

Gray avançou aos poucos com o BMW pelos portões. A chuva começou a cair do céu nublado. Primeiro de mansinho... depois com mais força.

– Bem a tempo – disse Monk.

Além dos portões, abria-se um amplo pátio, emoldurado nos dois lados pelas alas de uma pequena casa de campo. A casa principal, bem em frente, tinha apenas dois andares, mas seu teto de telhas de ardósia erguia-se em inclinações íngremes, dando-lhe um pouco de imponência.

A explosão de um raio crepitou acima, atraindo os olhares.

O castelo que eles haviam notado antes erguia-se no topo da colina arborizada atrás da propriedade. Ele parecia agigantar-se sobre a casa de campo.

– Ei! – alguém gritou com hostilidade.

Gray voltou a concentrar sua atenção na direção.

Um ciclista que tirava apressadamente sua bicicleta da chuva quase fora atropelado. O rapaz, trajando uma camisa de futebol amarela e *short* de ciclismo, deu um tapa no capô do BMW.

– Preste atenção aonde você está indo, meu chapa! – disse ele, mostrando o dedo médio para Gray.

Fiona já havia baixado o vidro da janela traseira e posto a cabeça para fora.

– Cai fora, seu bundão! Por que você não olha para onde está correndo nesse seu shortinho de boiola?!

Monk sacudiu a cabeça.

– Parece que Fiona arrumou um encontro para mais tarde.

Gray avançou com o carro até uma vaga demarcada no chão perto da casa principal. Havia apenas outro carro, mas ele notou uma fileira de *mountain bikes* presas por correntes a suportes. Um grupo de rapazes e moças encharcados estava embaixo de um toldo, com as mochilas apoiadas no chão. Ele os ouviu falar enquanto desligava o motor. Espanhol. O lugar devia ser um albergue para jovens. Ou pelo menos era agora. Ele praticamente pôde sentir o cheiro de patchuli e de maconha.

Aquele era o lugar certo?

Mesmo que fosse, Gray duvidava que pudesse encontrar algo importante ali. Mas eles tinham ido até lá.

– Esperem aqui – disse ele. – Monk, fique com...

A porta traseira foi aberta e Fiona desceu.

– Da próxima vez – disse Monk, estendendo a mão para sua porta –, escolha o modelo com travas na traseira que não possam ser abertas por crianças.

– Vamos.

Gray seguiu atrás dela.

Com a mochila no ombro, Fiona andou a passos largos em direção à porta da frente da casa principal.

Ele a alcançou nos degraus da varanda e segurou o cotovelo dela.

– Nós vamos ficar juntos. Nada de cair fora.

Ela o encarou, igualmente zangada.

– Exatamente. Vamos ficar juntos. Nada de cair fora. Isso significa não me deixar em aviões ou carros. – Ela se livrou dele e abriu a porta.

Um som melodioso anunciou a chegada deles.

O recepcionista ergueu o olhar de trás de um balcão de recepção em mogno logo depois da porta. No início da manhã, o fogo ardia na lareira, espantando a friagem. O saguão de entrada tinha vigas retangulares e piso de ardósia. Murais de cores suaves, que pareciam ter séculos de idade, decoravam as paredes. Mas o lugar exibia sinais de abandono: pedaços de gesso desmoronando, poeira nos caibros, tapetes desgastados e desbotados no chão. Parecia que o lugar tinha visto dias melhores.

O recepcionista fez um aceno de cabeça para eles, um rapaz forte de camisa de rúgbi e calça verde. No fim da adolescência ou no início da casa dos 20, ele parecia algum calouro universitário de uma propaganda de alguma marca luxuosa.

– *Guten morgen* – o recepcionista cumprimentou Gray enquanto ele se dirigia ao balcão.

Monk esquadrinhou o saguão enquanto trovões ribombavam no vale.

– Não há nada de *guten* nesta manhã – murmurou ele.

– Ah, americanos – disse o recepcionista, ouvindo a queixa de Monk. Havia uma ligeira frieza no seu tom de voz.

Gray pigarreou.

– Nós gostaríamos de saber se esta é a antiga propriedade dos Hirszfeld.

Os olhos do recepcionista arregalaram-se ligeiramente.

– *Ja, aber*... há duas décadas é o Albergue Burgschloß, desde que meu pai, Johann Hirszfeld, herdou a propriedade.

Então eles estavam no lugar exato. Ele olhou de relance para Fiona, que ergueu as sobrancelhas para ele como se estivesse perguntando *O quê?*. Ela estava ocupada, vasculhando sua mochila. Ele rezou para que Monk estivesse certo e não houvesse nenhuma granada luminosa ali dentro.

Gray voltou sua atenção para o recepcionista.

– Eu gostaria de saber se poderia falar com o seu pai.

– Sobre...?

A frieza estava de volta, junto com alguma cautela.

Fiona empurrou-o para o lado.

– Sobre isto.

Ela jogou um livro familiar sobre o balcão da recepção. Era a Bíblia de Darwin.

Oh, meu Deus... ele deixara o livro sob guarda no jato.

Aparentemente não o bastante.

– Fiona – disse Gray num tom de advertência.

– Ela é minha – disse ela pelo canto da boca.

O recepcionista pegou o livro e o folheou rapidamente. Não houve qualquer sinal de reconhecimento.

– Uma Bíblia? Nós não permitimos proselitismo aqui no albergue. – Ele fechou o livro e o empurrou de volta para Fiona. – Além do mais, meu pai é judeu.

Com o segredo revelado, Gray foi direto ao ponto.

– A Bíblia pertenceu a Charles Darwin. Acreditamos que ela um dia tenha sido parte da biblioteca de sua família. Nós gostaríamos de saber se poderíamos perguntar mais ao seu pai a respeito dela.

O recepcionista olhou para a Bíblia com menos desdém.

– A biblioteca foi vendida antes de meu pai assumir o controle deste lugar – disse ele lentamente. – Jamais consegui vê-la. Eu soube por vizinhos que ela havia pertencido à minha família por séculos a fio.

O rapaz contornou o balcão da recepção e seguiu na frente, passando pela lareira, até uma abertura em arco que dava para uma pequena sala contígua. Em uma parede estavam alinhadas janelas altas e estreitas, dando à sala o aspecto de uma clausura. Na parede oposta, havia uma lareira apagada, grande o suficiente para que se pudesse entrar nela em pé. O aposento era repleto de fileiras de mesas e bancos, mas estava vazio, exceto pela presença de uma mulher mais velha de jaleco que varria o assoalho.

– Esta era a antiga biblioteca e sala de leitura da família. Agora é o refeitório do albergue. Meu pai recusou-se a vender a propriedade, mas havia impostos atrasados. Suponho que esse tenha sido o motivo da venda da biblioteca há meio século. Meu pai teve de leiloar a maior parte da mobília original. A cada geração, um pouco de história desaparece.

– Uma lástima – disse Gray.

O recepcionista fez um aceno de cabeça e afastou-se.

– Me deixem chamar meu pai. Ver se ele está disposto a conversar com vocês.

Alguns instantes depois, o rapaz acenou para eles e os guiou a uma porta dupla larga, que ele destrancou e segurou. Ela conduzia à parte privada da propriedade.

O recepcionista apresentou-se como Ryan Hirszfeld enquanto os conduzia aos fundos e ao exterior da casa, a uma estufa de vidro e bronze. As paredes estavam revestidas de samambaias em vasos e bromélias coloridas. Num lado provido de janelas, erguiam-se prateleiras escalonadas repletas de inúmeras espécimes de plantas, algumas parecidas com ervas silvestres. No fundo, elevava-se uma única palmeira, sua copa roçando o teto de vidro, algumas folhas amarelando devido à negligência. O lugar, desleixado e abandonado, tinha um quê de velho e sufocante. A sensação aumentava com as gotas d'água que vazavam através de uma vidraça rachada e caíam em um balde.

O solário estava longe de ser ensolarado.

No centro da estufa, um homem frágil estava sentado em uma cadeira de rodas, com um cobertor no colo, olhando para fora, em direção aos fundos da propriedade. A água da chuva escorria por todas as superfícies, fazendo o mundo além parecer insubstancial, irreal.

Ryan foi até ele, quase com timidez.

– *Vater, hier sind die Leute mit der Bibel.*[22]

[22] Em alemão no original: Pai, aqui estão as pessoas com a Bíblia. (N. do T.)

– *Auf Englisch*, Ryan... *auf Englisch.*[23]

O homem puxou uma roda e a cadeira girou, ficando de frente para eles. A pele dele parecia fina como papel. A voz chiava. Gray supôs que ele sofria de enfisema.

Ryan, o filho, exibia uma expressão angustiada. Gray se perguntou se ele ao menos estava ciente disso.

– Sou Johann Hirszfeld – disse o velho. – Então vocês vieram perguntar sobre a antiga biblioteca. Sem dúvida, tem havido muito interesse ultimamente. Silêncio durante décadas; agora, duas pessoas interessadas em um ano.

Gray lembrou-se da história que Fiona contara sobre o misterioso cavalheiro idoso que visitara a livraria de Grette e vasculhara os arquivos. Ele devia ter visto o instrumento de venda e seguido o mesmo caminho até ali.

– Ryan disse que vocês têm um dos livros.

– A Bíblia de Darwin – disse Gray.

O velho estendeu as mãos. Fiona deu um passo à frente, colocou-a nas palmas dele, e ele a acomodou no colo.

– Eu não a vejo desde que era menino – disse ele, chiando, e ergueu o olhar para o filho. – *Danke*, Ryan. Você deveria cuidar da recepção.

Ryan acenou com a cabeça, afastando-se com relutância, depois virou-se e saiu.

Johann esperou o filho fechar a porta da estufa e em seguida suspirou, os olhos voltados para a Bíblia. Ele abriu a capa e checou a árvore genealógica de Darwin na parte interna.

– Esta era uma das posses mais estimadas da minha família. A Bíblia foi um presente da Sociedade Real Britânica ao meu bisavô em 1901. Ele havia sido um eminente botânico na virada do século.

Gray sentiu a melancolia na voz do homem.

– Nossa família tem uma longa tradição de estudos e realizações científicos. Nada parecido com a obra de *Herr* Darwin, mas ganhamos algumas notas de rodapé. – Seus olhos deslocaram-se de novo para a chuva e para a propriedade encharcada. – Isso acabou há muito tempo. Agora creio que nós teremos de ser conhecidos como hoteleiros.

– A respeito da Bíblia – disse Gray. – O senhor pode me dar mais alguma informação sobre ela? A biblioteca sempre foi mantida aqui?

[23] Em alemão no original: Em inglês, Ryan... em inglês. (N. do T.)

– *Natürlich.* Alguns livros eram levados para o campo quando um ou outro dos meus parentes ia fazer pesquisas no exterior. Mas este livro deixou a nossa casa uma única vez. Eu só sei disso porque estava aqui quando ela foi devolvida. Remetida de volta pelo correio pelo meu avô. Causou um rebuliço aqui.

– Por quê?

–Eu pensei que vocês fossem perguntar, por isso mandei Ryan sair. É melhor que ele não saiba.

– Perguntar sobre o quê?

– Meu avô Hugo trabalhou para os nazistas. E sua filha, minha tia Tola, também. Os dois eram inseparáveis. Soube mais tarde, sussurrado de maneira escandalosa entre os parentes, que eles estavam envolvidos em algum projeto de pesquisa secreto. Ambos eram biólogos conhecidos e eminentes.

– Que tipo de pesquisa? – perguntou Monk.

– Ninguém jamais soube. Tanto meu avô quanto tia Tola morreram no fim da guerra. Mas um mês antes disso chegou um caixote enviado pelo meu avô. Esse caixote continha a parte da biblioteca que ele havia levado consigo. Talvez ele soubesse que estava condenado e quisesse preservar os livros. Cinco livros, na verdade. – O homem bateu de leve na Bíblia. – Este era um deles. Contudo, ninguém pôde me dizer o que ele poderia querer da Bíblia como instrumento de pesquisa.

– Talvez um pedacinho do lar – disse Fiona suavemente.

Johann pareceu ver por fim a garota. Ele acenou lentamente com a cabeça.

– Pode ser. Talvez alguma associação com o próprio pai. Alguma aprovação simbólica do que ele estava fazendo. – O velho sacudiu a cabeça. – Trabalhando para os nazistas, uma atitude horrível.

Gray lembrou-se de algo que Ryan dissera.

– Espere. Mas o senhor é judeu, não é?

– Sim. O senhor deve, no entanto, entender: minha bisavó, a mãe de Hugo, era alemã, com profundas raízes familiares locais. E isso incluía relações com o partido nazista. Mesmo quando a perseguição de Hitler começou, nossa família foi poupada. Nós fomos considerados *Mischlinge*, pessoas de sangue misto. Éramos alemães o suficiente para evitar uma sentença de morte. Mas, para provar essa lealdade, meu avô e minha tia foram recrutados pelos nazistas. Eles estavam reunindo cientistas como esquilos atrás de nozes.

– Então eles foram forçados – disse Gray.

Johann olhou para a tempestade lá fora.

– Eram tempos complicados. Meu avô nutria algumas crenças estranhas.

– Que tipo de crenças?

Pareceu que Johann não ouviu a pergunta. Ele abriu a Bíblia e folheou as páginas. Gray notou as marcas de tinta feitas à mão. Ele deu um passo à frente e apontou para algumas dessas marcas confusas.

– Nós nos perguntamos o que poderiam ser esses símbolos – disse Gray.

– O senhor já ouviu falar na Sociedade Thule? – indagou o velho, parecendo não ouvir sua pergunta.

Gray sacudiu a cabeça.

– Eles eram um grupo extremista de nacionalistas alemães. Meu avô era um dos membros, iniciado aos 22 anos. A família da mãe dele tinha vínculos com os membros fundadores. Eles tinham uma profunda crença na filosofia do *Übermensch*.

– *Übermensch*. Super-homem.

– Correto. A sociedade recebeu seu nome da terra mítica de Thule, algum vestígio do reino perdido de Atlântida, uma terra de alguma super-raça.

Monk fez um ruído desdenhoso.

– Como eu dizia – disse Johann, chiando –, meu avô nutria algumas crenças estranhas. Mas na época ele não fazia parte de uma minoria. Especialmente neste lugar. Foi nestas florestas que as antigas tribos teutônicas mantiveram a distância as legiões romanas, definindo a fronteira entre a Alemanha e o Império Romano. A Sociedade Thule acreditava que os teutões eram descendentes dessa super-raça perdida.

Gray compreendeu o apelo do mito. Se esses antigos guerreiros alemães eram super-homens, então seus descendentes – os alemães modernos – ainda carregavam a herança genética.

– Foi o começo da filosofia ariana.

– As crenças deles também estavam mescladas com muito misticismo e coisas ocultas. Eu nunca entendi isso tudo, mas, de acordo com a minha família, meu avô tinha uma curiosidade incomum. Sempre descobrindo coisas estranhas, investigando mistérios históricos. Durante o tempo livre, ele estava sempre interessado em aguçar sua mente. Truques de memorização, quebra-cabeças. Sempre com os quebra-cabeças. Depois ele descobriu algumas das histórias ocultas e procurou a verdade por trás delas. Isso virou uma obsessão.

Enquanto falava, a atenção do velho voltara a se concentrar na Bíblia. Ele folheou as páginas. E, quando chegou ao fim, examinou a parte interna da contracapa.

– *Das ist merkwürdig.*

Merkwürdig. Estranho.

Gray chegou mais perto e olhou sobre o ombro do homem.

– O quê?

O velho correu um dedo ossudo pela parte interna da contracapa. Passou depressa para a capa e, em seguida, de novo para a contracapa.

– A árvore genealógica da família de Darwin. Ela não estava escrita apenas na parte interna da capa... mas também na parte interna da contracapa. Eu era apenas um menino na época, mas me lembro claramente disso.

Johann ergueu o livro, exibindo a contracapa.

– A árvore genealógica na parte interna da contracapa desapareceu.

–Deixe-me ver.

Gray pegou o livro e examinou bem de perto a parte interna da contracapa. Fiona e Monk ficaram ao lado dele.

Ele correu um dedo ao longo da encadernação e, em seguida, observou a contracapa com cuidado.

– Olhem aqui – disse ele. – Parece que alguém cortou a guarda no fim da Bíblia e a colou sobre a parte interna da contracapa. *Sobre* o papelão original. – Gray olhou de relance para Fiona. – Grette teria feito isso?

– Não existe a menor probabilidade. Ela preferiria rasgar a Mona Lisa.

Se não fora Grette...

Gray olhou para Johann.

– Tenho certeza de que ninguém na minha família fez isso. A biblioteca foi vendida apenas alguns anos após a guerra. Depois que a Bíblia foi enviada de volta para cá, pelo correio, duvido que alguém a tenha tocado.

Com isso, restava apenas Hugo Hirszfeld.

– Um canivete – disse Gray, dirigindo-se a uma mesa de jardim.

Monk estendeu a mão para sua mochila e pegou um canivete do Exército suíço. Ele o abriu e o passou para Gray. Usando a ponta do canivete, Gray raspou as extremidades da folha de trás, depois puxou uma ponta para cima. A grossa guarda ergueu-se facilmente. Apenas a beira havia sido colada.

Johann empurrou sua cadeira a fim de se juntar a eles. Ele teve de se escorar pelos braços para ver por cima da mesa. Gray não escondeu o que estava fazendo. Ele poderia precisar da cooperação do homem para o que quer que viesse a ser exposto.

Gray removeu a guarda e revelou o papelão original da capa. Nele, cuidadosamente escrita, estava a outra metade da árvore genealógica de Darwin. Johann tinha razão. Porém, isso não era tudo o que havia ali agora.

– Horrível – disse Johann. – Por que meu avô faria isso? Desfigurar a Bíblia desse jeito?

Superposto à árvore genealógica, desenhado com tinta preta na página inteira, profundamente entranhado no papelão da contracapa da Bíblia, estava um estranho símbolo.

Com a mesma tinta, uma única frase em alemão havia sido escrita abaixo dele.

Gott, verzeihen mir.

Gray traduziu.

Deus, perdoa-me.

Monk apontou para o símbolo.

– O que é isso?

– Uma runa – disse Johann, fechando a cara e deixando-se cair em sua cadeira de rodas. – Mais da loucura do meu avô.

Gray virou-se para ele.

– A Sociedade Thule acreditava na magia das runas, no poder e nos ritos antigos associados com os símbolos nórdicos. Quando os nazistas passaram a levar a sério a filosofia dos super-homens da Sociedade Thule, eles também absorveram o misticismo relacionado com as runas – Johann explicou.

Gray estava familiarizado com a simbologia nazista e seu vínculo com as runas, mas qual era o significado daquela runa ali?

– O senhor conhece o significado deste símbolo específico? – perguntou Gray.

– Não. Não é um assunto que interesse a um judeu alemão. Não depois da guerra. – Johann virou sua cadeira de rodas e olhou fixamente para a tempestade. Trovões ribombaram, soando distantes e próximos ao mesmo tempo. – Mas eu conheço alguém que poderia ajudar vocês. Um curador do museu lá em cima.

Gray fechou a Bíblia e juntou-se a Johann.

– Que museu?

Um relâmpago iluminou a estufa. Johann apontou para cima. Gray esticou o pescoço. Na luz efêmera, encoberto pela chuva, erguia-se o enorme castelo.

– *Historisches Museum des Hochstifts Paderborn* – disse Johann. – Ele está aberto hoje e fica no interior do castelo. – O velho olhou com ar carrancudo para seus vizinhos. – Eles certamente sabem o que o símbolo significa.

– Por quê?

Johann o fitou como se ele fosse um tolo.

– Quem melhor do que eles? Aquele é o Castelo Wewelsburg. – Como Gray não disse nada, o velho prosseguiu com um suspiro. – O Camelot Negro de Himmler. A fortaleza da SS nazista.

– Então *era* o castelo de Drácula – murmurou Monk.

– No século XVII, bruxas foram julgadas, milhares de mulheres foram torturadas e executadas lá. Himmler apenas aumentou sua dívida de sangue. Mil e duzentos judeus do campo de concentração de Niederhagen morreram durante a reconstrução do castelo por Himmler. Um lugar amaldiçoado. Deveria ser demolido – Johann continuou.

– Mas, e esse museu? – perguntou Gray, desviando Johann de sua raiva crescente. O chiado do homem havia piorado. – Será que eles conhecem a runa?

Ele acenou positivamente com a cabeça.

– Heinrich Himmler era membro da Sociedade Thule, impregnada do saber das runas. Na verdade, foi assim que meu avô chamou a atenção dele. Ambos eram obcecados pelas runas.

Gray percebeu uma convergência de vínculos e acontecimentos, todos centrados nessa Sociedade Secreta Thule. Mas o quê? Ele precisava de mais informações. Uma ida ao museu do castelo era duplamente justificada.

Johann empurrou sua cadeira de rodas para longe de Gray, dispensando-o.

– Foi por causa desses interesses comuns com meu avô que Himmler concedeu o indulto à nossa família, uma famíla de *Mischlinge*. Nós fomos poupados dos campos.

Por causa de Himmler.

Gray compreendeu a origem da raiva do homem... e por que ele havia pedido ao filho que saísse da estufa. Era um fardo de família que seria melhor manter oculto. Johann olhou fixamente para a tempestade.

Gray pegou a Bíblia e acenou para que todos saíssem.

– *Danke* – disse ele para o velho.

Johann o ignorou, perdido no passado.

Gray e os outros logo estavam na varanda da frente de novo. A chuva continuava a cair torrencialmente do céu baixo. O pátio estava deserto. Ninguém pedalaria suas bicicletas ou faria excursão a pé hoje.

– Vamos embora – disse Gray, e saiu na chuva.

– Um dia perfeito para assaltar um castelo – disse Monk com sarcasmo.

Enquanto eles andavam às pressas pelo pátio, Gray notou um novo carro estacionado ao lado do deles. Vazio. O motor fumegava na chuva fria. Devia ter acabado de chegar.

Um Mercedes branco.

CAPÍTULO 9

O sabotador

12:32h
Himalaia

– De onde está vindo o sinal? – perguntou Anna.

A mulher havia corrido para a sala de manutenção, reagindo de imediato ao chamado de Gunther. Ela chegara sozinha, afirmando que Lisa preferira ficar na biblioteca para investigar algumas pesquisas mais a fundo. Painter pensou que fosse mais provável que Anna ainda quisesse mantê-los separados.

Ainda bem que Lisa estava fora de perigo.

Sobretudo se eles de fato estivessem na pista do sabotador.

Inclinando-se para mais perto da tela do *laptop*, Painter massageou as pontas dos dedos. Ele sentia um formigamento persistente atrás das unhas. Parou de fazer a massagem por tempo suficiente para apontar para o diagrama tridimensional do castelo.

– A melhor estimativa é esta área – disse Painter, tocando na tela.

Ele havia ficado surpreso de ver como o castelo se estendia vastamente montanha adentro. Ele fora escavado exatamente de um extremo a outro do pico. O sinal vinha do outro lado.

– Mas não temos o local preciso. O sabotador precisaria de uma linha de transmissão desobstruída para usar seu telefone via satélite.

Anna aprumou-se.

– O heliporto fica lá.

Gunther grunhiu, acenando com a cabeça.

Na tela, a superposição de linhas pulsantes de repente desapareceu.

– Ele está encerrando a chamada – disse Painter. – Temos de nos apressar.

Anna virou-se para Gunther.

– Entre em contato com Klaus. Mande os homens dele para perto do heliporto. Agora.

Gunther dirigiu-se a um fone na parede e ordenou a proibição de saída. O plano era revistar cada pessoa nas proximidades do sinal e descobrir quem possuía um telefone via satélite ilícito.

Anna virou-se para Painter.

– Obrigada pela ajuda. Nós investigaremos daqui em diante.

– Talvez eu possa ajudar mais. – Painter estava ocupado digitando no *laptop*. Ele memorizou o número que apareceu na tela, depois desconectou seu amplificador de sinal do fio-terra do castelo e aprumou-se. – Mas vou precisar de um dos seus telefones portáteis via satélite.

– Eu não posso deixar o senhor aqui com um telefone – disse Anna, tocando a têmpora com os nós dos dedos e estremecendo. Dor de cabeça.

– A senhora não precisa sair do meu lado. Eu irei com a senhora até o heliporto.

Gunther deu um passo à frente e sua carranca usual intensificou-se.

Anna acenou para que ele se afastasse.

– Nós não temos tempo para discutir.

Mas alguma comunicação silenciosa foi trocada entre o homenzarrão e sua irmã. Um aviso para que ele ficasse de olho em Painter.

Anna saiu da sala na frente.

Painter foi atrás, ainda esfregando os dedos. Suas unhas tinham começado a queimar. Ele as examinou pela primeira vez, esperando que os leitos delas estivessem inflamados. Em vez disso, porém, elas estavam estranhamente pálidas, sem cor.

Ulceração causada pelo frio?

Gunther lhe passou um dos telefones do castelo, observou a preocupação de Painter e sacudiu a cabeça. Ele estendeu uma das mãos. Painter, que não havia entendido, depois notou que faltavam as unhas dos três últimos dedos do homem.

Gunther baixou o braço e marchou atrás de Anna.

Painter fechou e abriu as mãos. Então o formigamento não era ulceração causada pelo frio. A doença quântica estava avançando. Ele se lembrou da relação de debilidades enumerada por Anna nas cobaias humanas submetidas aos experimentos com o Sino: perda dos dedos das mãos e dos pés, perda das orelhas. Não era diferente da lepra.

Quanto tempo?

Enquanto eles se encaminhavam para o outro lado da montanha, Painter examinou Gunther. O homem tinha passado a vida inteira com uma espada pendendo sobre sua cabeça.* Debilidade crônica e progressiva, acompanhada por loucura. Painter estava indo rumo à versão da *Reader's Digest* da mesma condição. Ele não podia negar que ela o aterrorizava – não tanto a debilidade quanto a perda da razão.

Quanto tempo ele tinha?

Gunther parecia ter percebido o devaneio dele.

– Não vou deixar isto acontecer a Anna – rosnou ele a meia-voz para Painter. – Vou fazer algo para deter isto.

Painter foi mais uma vez lembrado de que os dois eram irmãos. Só depois de saber disso é que ele observou as sutis semelhanças nas feições: curva do lábio, formato do queixo, rugas idênticas na testa. Família. Mas as semelhanças terminavam aí. Os cabelos escuros e os magníficos olhos verde-esmeralda de Anna faziam um forte contraste com o ar abatido do irmão. Apenas Gunther nascera sob o efeito do Sino, uma criança sacrificada, uma contribuição paga com sangue e o último dos *Sonnenkönige*.

À medida que eles cruzavam corredores e desciam escadas, Painter removeu a tampa traseira do telefone portátil. Ele a guardou no bolso, soltou a bateria e conectou temporariamente seu amplificador ao fio da antena atrás da bateria. A transmissão seria apenas um único aumento repentino na amplitude do sinal, duraria alguns segundos, mas deveria resolver o problema.

– O que é isso? – perguntou Gunther.

– Um rastreador GPS. O amplificador gravou as especificações do *chip* do telefone do sabotador durante a chamada. Eu posso usá-lo para persegui-lo até alcançá-lo, se ele estiver por perto.

Gunther grunhiu, engolindo a mentira.

Até agora, tudo bem.

A escada terminava em um corredor amplo, largo o suficiente para um tanque passar. Velhos trilhos de aço corriam ao longo do chão e avançavam diretamente para o coração da montanha. O heliporto estava localizado na outra extremidade, distante do castelo principal. Eles embarcaram num vagão-plataforma. Gunther

* Referência à espada de Dâmocles (mito). Significa que algo ruim pode acontecer às pessoas a qualquer momento, principalmente àquelas com grande poder. (N. do E.)

soltou o freio de mão e ligou o motor elétrico pressionando um pedal no assoalho. Não havia assentos, apenas grades. Painter segurou-se enquanto eles se deslocavam velozmente pelo túnel, iluminado a intervalos regulares por lâmpadas suspensas.

– Quer dizer então que vocês têm um metrô próprio – disse Painter.

– Para o transporte de mercadorias – respondeu Anna, estremecendo, sua testa franzindo de dor. Ela já havia tomado dois comprimidos. Será que eram analgésicos?

Eles passaram por uma série de depósitos com pilhas altas de barris, caixas e caixotes, aparentemente transportados de helicóptero e estocados. Um minuto depois, alcançaram o fim do túnel. O ar havia ficado mais quente, cheio de vapor, com um vago odor de enxofre. Um som profundo vibrou através da pedra e pelas pernas de Painter acima quando ele desceu do vagão. Ele havia espiado os diagramas do castelo e por isso sabia que a usina geotérmica estava localizada nas regiões inferiores daquela área.

Eles estavam, porém, seguindo para cima, não para baixo.

Uma rampa continuava a partir dali, larga o suficiente para acomodar um Humvee. Eles entraram numa caverna. A luz penetrava através de um conjunto de portas de aço abertas no teto. Parecia o armazém de um aeroporto comercial: guindastes, empilhadeiras de forquilha, equipamento pesado. E no centro estavam dois helicópteros A-Star Ecuriel, um preto e o outro branco, ambos com a forma de vespões zangados, próprios para vôos em grande altitude.

Klaus, o corpulento guarda da estirpe dos *Sonnenkönige*, notou a entrada deles e encaminhou-se até eles, poupando seu lado fraco. Ele ignorou todos, exceto Anna.

– Está tudo bem guardado – disse ele em alemão claro.

Ele acenou com a cabeça para uma fila de homens e mulheres num canto. Pelo menos uma dúzia estava sob os olhos vigilantes de um contingente de guardas armados.

– Ninguém passou furtivamente por você? – perguntou Anna.

– *Nein*. Nós estávamos de prontidão.

Anna havia posicionado quatro *Sonnenkönige* em cada quadrante principal do castelo, prontos para bloquear qualquer região que Painter localizasse com precisão com seu aparelho. Mas, e se ele tivesse cometido um erro? A agitação ali certamente alertaria o sabotador. Ele ou ela se esconderia ainda mais. Aquela era a única chance deles.

Anna também sabia disso. Ela cruzou a sala, rígida.

– Você encontrou...?

Ela deu um passo em falso, oscilando um pouco. Gunther segurou o braço dela, firmando-a, a preocupação estampada no rosto dele.

– Estou bem – ela sussurrou para ele e continuou sem ajuda.

– Nós revistamos todo mundo – disse Klaus, fazendo todo o possível para ignorar o passo em falso dela. – Não encontramos nenhum telefone ou aparelho. Íamos começar a revistar o heliporto.

O olhar de censura de Anna intensificou-se. Era o que eles haviam temido. Em vez de carregar o telefone, o sabotador poderia facilmente tê-lo escondido em algum lugar depois da chamada.

Ou, por outro lado, Painter poderia ter cometido um erro de cálculo.

Nesse caso, ele teria de se redimir.

Painter aproximou-se de Anna e ergueu seu aparelho improvisado.

– Eu posso acelerar a busca do telefone.

Ela o olhou desconfiada, mas eles tinham poucas opções. Ela concordou.

Gunther ficou ao lado dele.

Painter ergueu o telefone via satélite, ligou-o e digitou o número que havia memorizado. Nove dígitos. Nada aconteceu. Olhos estavam fixos nele.

Ele fez um esforço enorme para se concentrar e digitou os números de novo.

Nada ainda.

Será que ele havia obtido o número errado?

– *Was ist los?* – perguntou Anna.

Painter olhou fixamente para a seqüência de dígitos na pequena tela do telefone. Ele voltou a lê-los até o fim e percebeu seu erro.

– Eu embaralhei os dois últimos números, troquei a posição deles.

Ele sacudiu a cabeça e os digitou outra vez, concentrando-se muito, devagar. Finalmente era a seqüência certa. Anna o olhou nos olhos quando ele ergueu a cabeça. O erro dele ia além do estresse. Ela também sabia disso. A digitação num teclado de multifreqüência era muitas vezes usada como um teste de acuidade mental.

E aquele fora um simples número de telefone.

Mas um número importante.

O sinal de rede de Painter havia captado o número do telefone via satélite do sabotador. Ele pressionou a tecla ENVIAR e ergueu o olhar.

Após um milissegundo, um telefone tocou na câmara, soando alto.

Todos os olhos voltaram-se.

Para Klaus.

O *Sonnenkönig* deu um passo para trás.

– Seu sabotador... – disse Painter.

Klaus abriu a boca, pronto para negar; porém, em vez disso, sacou sua pistola, com o rosto endurecido.

Gunther reagiu um segundo mais rápido, e já estava com sua pistola MK23 na mão.

Ouviu-se o som de um disparo.

A arma de Klaus voou das pontas de seus dedos, o ricochete produzindo uma centelha.

Gunther precipitou-se para a frente, pressionando o cano fumegante de sua pistola contra a face de Klaus. A carne fria chiou, queimada pela boca ainda quente da arma. Klaus nem sequer estremeceu. Eles precisavam do sabotador vivo, para responder a perguntas. Gunther fez a primeira de todas.

– *Warum?* – grunhiu ele. Por quê?

Klaus lançou um olhar feroz de seu olho bom. A pálpebra do outro descaía junto com seu rosto semiparalisado, transformando seu sorriso escarninho em algo mais aterrador. Ele cuspiu no chão.

– Para pôr um fim ao reinado humilhante dos *Leprakönige.*

Um ódio por muito tempo reprimido refletia-se de seu rosto contorcido. Painter pôde apenas imaginar os anos de ódio ardendo a fogo lento nos ossos do homem, anos durante os quais foi ridicularizado enquanto seu corpo se deteriorava. Antigamente um príncipe, agora um leproso. No entanto, Painter sentiu que era mais do que mera vingança. Alguém havia transformado o homem em um espião.

Mas quem?

– Irmão – disse Klaus a Gunther –, não precisa ser desse jeito, uma vida de mortos-vivos. Existe cura. – Um pungente tom de esperança e súplica penetrou na voz do homem. – Nós podemos ser reis entre os homens de novo.

Então isso seria como as 30 moedas de prata.*

* Refefência às 30 moedas de prata pelas quais Judas Iscariotes traiu Jesus Cristo e o entregou aos seus captores. (N. do E.)

A promessa de cura.

Gunther não vacilou.

– Eu não sou seu irmão – respondeu do fundo do peito. – E *nunca* fui um rei.

Painter sentiu a verdadeira diferença entre esses dois *Sonnenkönige*. Klaus era dez anos mais velho. Como tal, ele havia crescido como um príncipe ali, apenas para que tudo lhe fosse tirado. Gunther, por outro lado, havia nascido no fim do período de testes, quando a debilidade e a loucura já haviam se tornado uma realidade conhecida. Ele sempre fora um leproso, não conhecera outra vida.

E havia outra diferença crucial entre eles.

– Você condenou Anna à morte com sua traição – disse Gunther. – Eu vou fazer você e todos os que te apoiaram sofrerem por isso.

Klaus não recuou, mas ficou mais sério.

– Ela também pode ser curada. É possível dar um jeito nisso.

Os olhos de Gunther estreitaram-se.

Klaus sentiu a hesitação, a esperança em seu adversário. Não por ele mesmo, mas pela irmã.

– Ela não precisa morrer.

Painter lembrou-se das palavras de Gunther mais cedo. *Não vou deixar isto acontecer a Anna. Vou fazer algo para deter isto.* Será que isso implicava trair todos os demais? Até mesmo desafiar os desejos da irmã?

– Quem te prometeu essa cura? – perguntou Anna com a voz dura.

Klaus deu uma gargalhada gutural.

– Homens muito mais importantes do que as pessoas hipócritas em que vocês se transformaram aqui. Nada mais justo do que vocês serem banidos. Vocês serviram ao seu propósito. Mas acabou.

Algo produziu um estalo alto nas mãos de Painter. O telefone via satélite que ele havia usado para expor o sabotador estilhaçou-se quando a bateria explodiu em virtude do curto-circuito causado pelo amplificador. Com os dedos doendo, ele largou os restos fumegantes do telefone e olhou para o céu, na direção das portas de aço no teto do heliporto. Ele rezou para que o amplificador tivesse durado tempo suficiente.

Ele não foi o único que se distraiu. Todos os olhos haviam se voltado para ele quando o telefone explodiu. Inclusive os de Gunther.

Aproveitando a desatenção momentânea, Klaus pegou uma faca de caça e partiu para cima do outro *Sonnenkönig*. Gunther abriu fogo, e a munição enorme acertou seu agressor no estômago. Ainda assim, enquanto Klaus caía, sua lâmina cortou de raspão a carne do ombro de Gunther.

Ofegante, Gunther girou e jogou Klaus no chão.

O homem caiu pesadamente, estatelando-se. Porém, conseguiu girar de lado, o braço saudável comprimindo a barriga. O sangue jorrava em grande quantidade do ferimento no estômago. Klaus vomitou. Mais sangue. Vermelho vivo. Arterial. O tiro sem pontaria de Gunther acertara algo vital.

Anna correu para o lado de Gunther com a intenção de olhar o ferimento dele. Ele afagou as costas dela, mantendo a pistola apontada para Klaus. O sangue encharcou a manga de Gunther e começou a gotejar na pedra.

Klaus simplesmente deu uma gargalhada, desagradável como o ranger de pedras.

– Todos vocês vão morrer! Estrangulados quando o nó apertar!

Ele tornou a tossir, já em convulsão. O sangue espalhou-se numa poça. Com um último estremecimento de escárnio, ele desabou de bruços no chão. Gunther baixou a arma. Klaus não precisava mais ser vigiado. Um último suspiro e o homenzarrão ficou imóvel.

Morto.

Gunther deixou Anna usar um trapo oleoso tirado de uma pilha próxima para atar seu ferimento até que fosse possível cuidar melhor dele.

Painter contornou o corpo de Klaus, incomodado com alguma coisa. Outras pessoas na sala haviam se reunido ao redor, conversando entre si com a voz ao mesmo tempo cheia de medo e de esperança. Todos tinham ouvido a menção à cura.

Anna juntou-se a ele.

– Vou mandar um dos nossos técnicos examinar o telefone via satélite dele. Talvez isto possa nos levar a quem orquestrou a sabotagem.

– Não dispomos de tempo suficiente – sussurrou Painter, desligando-se de tudo mais. Ele concentrou-se no que o incomodava. Era como tentar agarrar fios fora de alcance.

Enquanto andava de um lado para outro, reviu as pistas que Klaus tinha dado.

... nós podemos ser reis entre os homens de novo.

... vocês serviram ao seu propósito. Mas acabou.

Uma dor de cabeça o atacou enquanto ele tentava juntar as peças.

Klaus devia ter sido recrutado como agente duplo... num jogo de espionagem industrial. Para alguma pesquisa paralela em curso. E agora o trabalho no castelo havia se tornado supérfluo. Medidas haviam sido tomadas para eliminar a competição.

– Será que ele disse a verdade? – indagou Gunther.

Painter lembrou-se da hesitação do homenzarrão um momento antes, seduzido por uma oferta de cura para si mesmo e sua irmã. Tudo isso morrera com Klaus.

Mas eles não desistiriam.

Anna abaixou-se, apoiando-se num joelho, e tirou um pequeno telefone do bolso de Klaus.

– Vamos ter de trabalhar depressa.

– Você pode ajudar? – perguntou Gunther, apontando para o telefone com um aceno de cabeça.

A única esperança deles consistia em descobrir quem havia atendido à ligação.

– Se você pudesse rastrear o telefonema... – disse Anna, levantando-se.

Painter sacudiu a cabeça, mas não em negativa. Ele pressionou suas mãos contra os olhos. Sua cabeça latejava, a dor aumentando para uma enxaqueca plena. Mas não fora sequer aquilo que o fizera sacudir a cabeça.

Próximo... o que quer que o estivesse importunando estava próximo...

Anna aproximou-se dele e tocou em seu cotovelo.

– É pelo bem de todos nós...

– Eu sei – ele falou bruscamente. – Agora cale-se! Deixe-me pensar.

A mão de Anna soltou o braço dele.

A explosão dele deixou a sala em silêncio. Ele lutou para relembrar o que sua mente mantinha oculto. Era como trocar a posição dos números no telefone via satélite. Sua acuidade mental estava enfraquecida.

– O telefone via satélite... alguma coisa relacionada com o telefone via satélite... – sussurrou ele, fazendo a enxaqueca recuar por pura força de vontade. – Mas o quê?

– O que você quer dizer? – Anna falou suavemente.

Então ele se deu conta. Como pôde ter sido tão cego?

Painter baixou os braços e abriu os olhos.

– Klaus sabia que o castelo estava sob vigilância eletrônica. Então, por que ele fez a ligação, afinal? Por que se expôs? Por que correu o risco?

Um terror frio percorreu seu corpo. Ele virou-se para Anna.

– O boato. O boato de que restara uma reserva oculta de Xerum 525. Nós éramos os únicos que sabíamos que o boato era falso? Que na verdade não existe mais nada do metal líquido?

As outras pessoas na sala ficaram ofegantes ao ouvirem a revelação. Algumas vozes zangadas ergueram-se. O boato havia semeado muita esperança, inflamando o otimismo de que um segundo Sino pudesse ser construído. Agora estava tudo acabado.

Porém, decerto mais alguém havia acreditado no boato.

– Apenas Gunther sabia a verdade – disse Anna, confirmando o pior temor dele.

Painter olhou para fora, através do heliporto. Ele reviu mentalmente o diagrama do castelo. E agora sabia *por que* Klaus havia dado o telefonema... e *por que* ele fizera a chamada dali. O filho-da-puta pensou que poderia se esconder à vista de todos depois, tão confiante que nem sequer se desfizera do telefone. Ele escolhera especificamente aquele lugar.

– Anna, quando você espalhou o boato, onde você disse que havia mandado trancar o Xerum 525? Como ele havia sido salvo da explosão?

– Disse que ele estava trancado em uma câmara secreta.

– Em que câmara?

– Longe do local da explosão. A câmara secreta na minha sala de leitura. Por quê? No outro lado do castelo.

– Nós fomos enganados – disse Painter. – Klaus telefonou daqui sabendo que o castelo estava sendo monitorado. Ele *queria* nos atrair para cá, tirar nossa atenção da sua sala de leitura, da câmara secreta, da suposta última reserva escondida de Xerum 525.

Anna sacudiu a cabeça, sem entender.

– O telefonema de Klaus foi um *engodo*. A verdadeira meta o tempo todo era a fictícia última porção de Xerum 525.

Os olhos de Anna arregalaram-se.

Gunther também entendia agora.

– Deve existir um segundo sabotador.

– Enquanto nós estamos distraídos aqui, ele está indo atrás do Xerum 525.

– Minha sala de leitura – disse Anna, virando-se para Painter.

Finalmente entendeu o que o vinha atormentando ao máximo, deixando-o melancólico e nauseado. Irrompeu com uma violenta pontada de uma dor que cegava. Alguém estava bem no caminho do sabotador.

Lisa examinou o piso superior da biblioteca. Ela subira a escada de ferro fundido até a frágil sacada de ferro e agora dava uma volta pelo aposento, mantendo uma das mãos sobre a grade da sacada.

Ela passara a última hora reunindo livros e artigos sobre mecânica quântica. Chegou a encontrar o tratado original de Max Planck, o pai da teoria quântica, um conjunto de leis que definia um atordoante mundo de partículas elementares, um mundo no qual a energia podia ser fragmentada em quantidades mínimas, chamadas *quanta*, e no qual a matéria elementar se comportava como partículas *e* como ondas.

Tudo aquilo fazia a cabeça dela doer.

O que aquilo tinha a ver com a evolução?

Ela sentia que a cura estava na descoberta dessa resposta.

Ao estender a mão, inclinou um livro da prateleira e examinou a encadernação. Ela apertou os olhos para ler as letras desbotadas.

Será que aquele era o livro certo?

Uma agitação à porta atraiu sua atenção. Ela sabia que a saída estava sob guarda. E agora? Será que Anna já estava voltando? Será que eles haviam encontrado o sabotador? Lisa virou-se em direção à escada. Ela esperava que Painter estivesse com Anna. Ela não gostava de ficar longe dele. E talvez ele pudesse compreender aquelas estranhas teorias sobre matéria e energia.

Ela chegou até a escada e virou-se para pisar no primeiro degrau.

Um grito agudo, rapidamente silenciado, congelou-a no lugar.

Viera do lado de fora da porta.

Reagindo por instinto, Lisa voltou às pressas para cima e deitou-se, reta, na sacada de ferro fundido. A grade aberta do piso oferecia pouca proteção. Ela arrastou-se para perto das estantes, em direção às sombras, longe dos candelabros de parede naquele pavimento.

Enquanto ela permanecia deitada, imóvel, a porta no outro lado da sala foi aberta e fechada. Uma figura entrou de mansinho na sala. Uma mulher. Numa parca branca como a neve. Mas não era Anna. A mulher jogou o capuz para trás e puxou o cachecol para baixo. Seus cabelos eram longos e brancos e ela era pálida como um fantasma.

Amiga ou inimiga?

Lisa continuou escondida até ter certeza.

A mulher parecia confiante demais, e isso transpareceu na maneira como os olhos dela esquadrinharam a sala. Ela deu meia-volta. Um borrifo de sangue maculava o lado de sua jaqueta. Na outra mão, ela segurava uma catana curva, um sabre japonês curto. O sangue gotejava da lâmina.

A mulher bailou na sala, dando a volta num círculo lento.

Caçando.

Lisa não ousou respirar. Rezou para que as sombras a mantivessem oculta ali em cima. As poucas lâmpadas da biblioteca, assim como a lareira, que crepitava e brilhava com algumas chamas, iluminavam o pavimento inferior. Mas a sacada superior permanecia imersa na escuridão.

Isso seria suficiente para ocultá-la?

Lisa observou a intrusa descrever outro círculo, parando no meio da sala, a catana ensangüentada pronta para ser usada.

Aparentemente satisfeita, a mulher de cabelos branco-alourados dirigiu-se a passos largos para a escrivaninha de Anna. Ela ignorou o amontoado de livros na superfície e foi para trás da mesa larga. Estendeu a mão para uma tapeçaria na parede, puxou-a para trás e expôs um grande cofre de parede preto de ferro fundido.

Prendendo a tapeçaria do lado, ela ajoelhou-se e inspecionou a fechadura de segredo, a maçaneta, os cantos da porta.

Com a concentração da mulher tão focada, Lisa permitiu-se respirar. Qualquer que fosse o roubo em curso, que assim fosse. Que a mulher fugisse com o que quer que ela tivesse vindo procurar e fosse embora. Se a ladra havia matado os guardas, talvez Lisa pudesse transformar isso em vantagem. Se ela pudesse alcançar um telefone... a intrusão poderia ser, na verdade, algo bom.

Um barulho alto a assustou.

A alguns metros de distância, um pesado livro despencara da prateleira e caíra aberto na sacada de ferro fundido. As páginas ainda se agitavam por causa do impacto. Lisa reconheceu o livro que ela havia puxado um pouco do lugar um instante atrás. Esquecido até agora, a gravidade fizera o resto, libertando o livro lentamente.

Embaixo, a mulher recuou para o centro da sala.

Uma pistola aparecera em sua outra mão, como que do nada, apontada para cima.

Lisa já não tinha onde se esconder.

9:18h
Büren, Alemanha

Gray abriu a porta do BMW. Ele estava entrando no veículo quando ouviu um grito vindo de trás. Ele virou-se para a entrada do albergue. Ryan Hirszfeld corria na direção deles, encurvado embaixo de um guarda-chuva. Trovões ecoavam, e a chuva castigava o estacionamento da propriedade rural.

– Entrem – Gray ordenou a Monk e Fiona, acenando para o sedã.

Ele encarou Ryan quando o rapaz chegou a seu lado.

– Vocês estão indo ao castelo... a Wewelsburg? – perguntou ele, erguendo o guarda-chuva para proteger ambos.

– Sim, estamos. Por quê?

– Eu poderia pegar uma carona com vocês?

– Não acho...

Ryan o interrompeu.

– Vocês estavam fazendo perguntas sobre meu bisavô... Hugo. Talvez eu tenha mais informações para vocês. Isso só vai lhes custar uma carona até o alto da colina.

Gray hesitou. O rapaz devia ter escutado às escondidas a conversa deles com Johann, seu pai. O que Ryan poderia saber a mais que seu pai? Mas o rapaz o fitava com olhos sinceros.

Virando-se, Gray abriu a porta de trás e a manteve aberta

– *Danke* – disse Ryan, fechando o guarda-chuva ao entrar na parte traseira com Fiona.

Gray sentou-se ao volante. Poucos momentos depois, eles estavam movendo-se aos solavancos para fora da propriedade pelo acesso para carros.

– Você não deveria estar em casa, cuidando do albergue? – perguntou Monk do banco do carona, virando-se um pouco para trás a fim de se dirigir a Ryan.

– Alicia vai ficar na recepção para mim – disse Ryan. – A tempestade vai manter todo mundo perto da lareira.

Gray observou atentamente o rapaz pelo espelho retrovisor. Ele de repente pareceu desconfortável sob o olhar minucioso de Monk e Fiona.

– O que você queria nos contar? – indagou Gray.

Os olhos de Ryan encontraram os dele no espelho. Ele engoliu em seco e fez um aceno de cabeça.

– Meu pai pensa que não sei nada sobre meu bisavô Hugo. Ele acha melhor deixar essa história enterrada no passado, *ja*? Mas as pessoas ainda sussurram por aí. E fazem o mesmo a respeito de tia Tola.

Gray compreendeu. Os segredos de família sempre vinham à tona, não importava quão profundamente tivessem tentado enterrá-los. Era óbvio que haviam inculcado em Ryan curiosidade pelos seus ancestrais e pelo papel deles durante a guerra. Os olhos do rapaz praticamente refletiam isso.

– Você vem fazendo sua própria investigação do passado? – perguntou Gray.

Ryan acenou positivamente com a cabeça.

– Já faz três anos. Mas as pistas recuam ainda mais: à queda do Muro de Berlim e à desintegração da União Soviética.

– Não entendi – disse Gray.

– Você se lembra de quando a Rússia tornou públicos os antigos arquivos soviéticos?

– Creio que sim. Mas o que eles têm de importante?

– Bem, voltemos à época em que Wewelsburg foi reconstruído...

– Espere aí. – Fiona agitou-se. Ela estava sentada com os braços cruzados, como que descontente pela intrusão do estranho. Mas Gray havia percebido os olhares de esguelha que ela havia lançado para o rapaz, avaliando-o. Ele se perguntou se o rapaz ainda estaria com sua carteira. – Reconstruído? Eles reconstruíram esse lugar horrível? – indagou ela.

Ryan fez que sim com um aceno de cabeça enquanto o castelo surgia no alto da colina. Gray sinalizou com a seta e dobrou na Burgstraße, a estrada que conduzia ao castelo.

– Himmler mandou explodi-lo quase no fim da guerra. Apenas a Torre Norte ficou intacta. Depois da guerra, ele foi reconstruído. Parte dele se transformou num museu, parte num albergue para jovens. Ele ainda incomoda meu pai.

Gray podia entender por quê.

– A reconstrução foi concluída em 1979 – prosseguiu Ryan. – No decorrer dos anos, os diretores do museu solicitaram aos ex-governos aliados documentos e outras coisas relacionadas com o castelo.

– Incluindo a Rússia – disse Monk.

– *Natürlich.* Assim que os arquivos deixaram de ser usados, o diretor atual enviou arquivistas à Rússia. Há três anos, eles regressaram com caminhões carregados de documentos tornados públicos relacionados com a campanha russa na área. Os arquivistas também saíram daqui com uma longa lista de nomes para pesquisar nos arquivos russos. Entre eles o do meu bisavô, Hugo Hirszfeld.

– Por que ele?

– Ele estava intimamente envolvido nos rituais da Sociedade Thule no castelo. Ele era bastante conhecido neste lugar pelo seu conhecimento das runas, que decoram o castelo. Ele até se correspondia com Karl Wiligut, o astrólogo pessoal de Himmler.

Gray lembrou-se da marca tridentada na Bíblia, mas ficou calado.

– Os arquivistas voltaram com várias caixas especificamente sobre meu bisavô. Meu pai foi informado, mas não quis participar de maneira alguma.

– Mas você investigou lá? – perguntou Monk.

– Eu queria saber mais sobre ele – disse Ryan. – Imaginar por que... o que aconteceu... – Ele sacudiu a cabeça.

O passado tinha um modo de segurar e não mais largar.

– E o que você descobriu? – perguntou Gray.

– Pouca coisa. Uma caixa continha documentos do laboratório de pesquisa nazista no qual meu bisavô trabalhou. Ele recebeu o cargo de *Oberarbeitsleiter*. Supervisor do projeto. – A última frase foi dita tanto com vergonha quanto com provocação. – Mas, fosse qual fosse o projeto no qual eles estavam trabalhando, não deve ter sido tornado público. A maioria dos documentos era correspondência pessoal. Com amigos, com a família.

– E você leu todos esses documentos?

Ele acenou lentamente com a cabeça.

– O suficiente para ter a sensação de que meu bisavô havia começado a ter dúvidas acerca do próprio trabalho. Mas ele não podia abandoná-lo.

– Senão seria fuzilado – disse Fiona.

Ryan sacudiu a cabeça, uma expressão desolada desenvolvendo-se por um instante.

– Eu acho que era mais o projeto em si... ele não conseguia renunciar a ele. Não completamente. Era como se ele sentisse repulsa e atração ao mesmo tempo.

Gray sentiu que a busca pessoal de Ryan do passado parecia ter o mesmo impulso contraditório.

Monk inclinou a cabeça, e seu pescoço deu um estalo alto.

– O que isso tem a ver com a Bíblia de Darwin? – perguntou ele, retomando o assunto inicial.

– Eu encontrei um bilhete – respondeu Ryan. – Endereçado à minha tia-avó Tola. Ele menciona o caixote de livros que meu bisavô mandou de volta para casa. Eu me lembro do bilhete por causa das estranhas observações sobre ele.

– O que seu bisavô dizia?

– O bilhete está lá no museu. Eu pensei que vocês talvez quisessem ter uma cópia dele... para ajudar com a Bíblia.

– Você não se lembra do que o bilhete dizia?

Ryan franziu a testa.

– Só de algumas linhas. "A perfeição pode ser encontrada oculta em meus livros, querida Tola. A verdade é linda demais para deixar morrer e monstruosa demais para ser revelada."

Fez-se silêncio no carro.

– Ele morreu dois meses depois.

Gray refletiu sobre as palavras. *Oculta em meus livros.* Nos cinco livros que Hugo tinha despachado pelo correio de volta para casa antes de morrer. Será que ele tinha feito isso para manter algum segredo em segurança? Para preservar o que era *lindo demais para deixar morrer e monstruoso demais para ser revelado*?

Gray olhou fixamente para Ryan pelo espelho retrovisor.

– Você contou a mais alguém o que descobriu?

– Não, mas o senhor idoso com a sobrinha e o sobrinho... os que vieram no início deste ano falar com meu pai sobre os livros... já tinham ficado aqui, pesquisando os documentos do meu bisavô nos arquivos. Eu acho que eles devem ter lido o mesmo bilhete e vindo fazer mais perguntas a meu pai.

– Essa gente... a sobrinha e o sobrinho. Como eles são?

– Eles têm cabelos brancos, são altos e atléticos. De boa estirpe, como diria o meu avô.

Gray e Monk entreolharam-se.

Fiona pigarreou e apontou para o dorso da mão.

– Eles tinham uma marca... uma tatuagem aqui?

Ryan fez um lento aceno de cabeça.

– Eu creio que sim. Pouco depois da chegada deles, meu pai me mandou sair. Como hoje, para ficar a sós com vocês. Essas coisas não devem ser ditas na frente das crianças. – Ryan tentou sorrir, mas obviamente percebeu a tensão no carro. Seus olhos moveram-se rapidamente ao redor. – Vocês os conhecem?

– Competidores – disse Gray. – Colecionadores como nós.

A expressão de Ryan ficou atenta, descrente, mas ele não fez mais perguntas.

Gray voltou a pensar na runa desenhada à mão, oculta na Bíblia. Será que os outros quatro livros continham símbolos crípticos semelhantes? Será que essa runa estava relacionada com a pesquisa que Hugo desenvolvia para os nazistas? Era esse o cerne da questão? Parecia improvável que aqueles assassinos simplesmente aparecessem ali e começassem a investigar os arquivos... a não ser que estivessem procurando algo específico.

Mas o quê?

Monk ainda estava com o rosto voltado para trás. Mas virou-se e acomodou-se no seu assento. Falou baixo, sussurrando.

– Você sabe que nós estamos sendo seguidos, não sabe?

Gray fez apenas um aceno de cabeça.

Uns 400 metros atrás, avançando devagar pelas curvas atrás deles, um carro seguia na chuva. O mesmo que ele tinha visto antes, estacionado no albergue. Um Mercedes branco conversível de dois lugares. Talvez fossem apenas turistas fazendo uma visita ao castelo.

Certo.

– Talvez você não devesse segui-los tão de perto, Isaak.

– Eles já nos descobriram, Ischke. – Ele acenou com a cabeça, através do pára-brisa varrido pela chuva, para o BMW cerca de 400 metros à frente. – Observe como as curvas que ele faz são mais controladas, menos entusiasticamente abruptas e fechadas. Ele sabe.

– E é isso que nós queremos? Alertá-los?

Isaak inclinou a cabeça na direção da irmã.

– A caça é sempre melhor quando a presa está assustada.

– Não acho que Hans concordaria.

O semblante dela turvou-se de pesar.

Ele estendeu um dedo e tocou o dorso da mão dela, partilhando sua tristeza e desculpando-se. Ele sabia como ela podia ser sensível.

– Não há nenhuma outra estrada no alto da colina que leve até lá embaixo – ele a tranqüilizou. – A não ser esta em que estamos agora. Está tudo pronto no castelo. Tudo o que nós temos a fazer é atraí-los para a armadilha. Se eles estiverem olhando para trás, para nós, é menos provável que vejam o que está diante deles.

Ela inspirou profundamente, concordando e compreendendo.

– Está na hora de nós resolvermos esse trabalho incompleto. Então poderemos voltar para casa.

– Para casa – repetiu ela com um suspiro de satisfação.

– Estamos quase no fim. Sempre devemos nos lembrar da meta, Ischke. O sacrifício de Hans não será em vão, seu sangue derramado anunciará um novo alvorecer, um mundo melhor.

– Isso é o que vovô diz.

– E você sabe que é verdade.

Ele inclinou a cabeça na direção dela. Os lábios dela mostraram um sorriso cansado.

– Cuidado com o sangue, doce Ischke.

A irmã dele olhou para baixo, para a longa lâmina de aço do punhal. Ela vinha limpando-a distraidamente com um pedaço de camurça branca. Uma gota vermelha quase caíra no joelho de sua calça branca. Um pequeno detalhe a ser resolvido. Ainda restavam alguns.

– Obrigada, Isaak.

13:22h
Himalaia

Lisa olhou fixamente para a pistola erguida.

– *Wer ist dort? Zeigen Sie sich!* – gritou a mulher loura.

Embora não falasse alemão, Lisa entendeu a essência. Ergueu-se devagar, surgindo à vista.

– Eu não falo alemão – respondeu com as mãos para o alto.

A mulher olhou para ela, tão concentrada que Lisa jurou que podia sentir o olhar dela como um *laser* através de seu corpo.

– Você é um dos americanos – disse a mulher em inglês claro. – Desça. Devagar.

A pistola não oscilou.

Sem abrigo na grade aberta da sacada, Lisa não tinha escolha. Foi até a escada, virou-se de costas e desceu. A cada degrau, esperava ouvir uma detonação da pistola. Seus ombros ficaram tensos, mas ela chegou ao chão em segurança.

Lisa virou-se, os braços ainda um pouco erguidos.

A mulher veio na direção dela. Lisa recuou. Ela sentia que a prudência da mulher em não atirar imediatamente contra ela se devia principalmente ao barulho que o disparo poderia fazer. Com exceção de um único grito breve, ela havia matado os guardas lá fora quase sem fazer ruído com a espada.

A assassina ainda segurava a catana ensangüentada na outra mão.

Talvez Lisa estivesse mais segura se tivesse permanecido na sacada, fazendo com que a mulher abrisse fogo contra ela como se ela fosse um pato numa barraca de tiro ao alvo. Provavelmente os disparos atrairiam outras pessoas a tempo. Ela fora tola de ter-se colocado ao alcance da espada da intrusa. Mas o pânico havia eliminado sua capacidade de julgamento. Era difícil dizer "não" a alguém com uma arma de fogo apontada para a sua cara.

– O Xerum 525 está no cofre? – perguntou a mulher.

Lisa refletiu sobre sua resposta por um instante. Verdade ou mentira? Parecia haver poucas opções.

– Anna o levou – respondeu, acenando vagamente em direção à porta.

– Para onde?

Ela se lembrou da primeira lição de Painter após eles terem sido capturados. Torne-se necessária. Torne-se útil.

– Eu não conheço o castelo bem o suficiente para descrevê-lo. Mas sei como chegar lá. Eu... posso levá-la. – A voz de Lisa vacilou. Ela precisava ser mais convincente. E havia melhor maneira do que barganhar, como se a mentira dela fosse valiosa? – Eu *só* a levarei se você prometer me ajudar a sair daqui.

O inimigo do meu inimigo é meu amigo.

Será que a mulher se deixaria enganar por aquilo? Ela era impressionantemente bela: esbelta, pele sem marcas, lábios grossos, mas seus olhos de um azul glacial cintilavam com fria cautela e inteligência.

Ela apavorava Lisa.

A mulher tinha algo de sinistro.

– Então você vai me mostrar – disse a mulher, pondo a pistola no coldre e mantendo a catana na mão.

Lisa preferia que tivesse sido o contrário.

A espada apontou para a porta.

Lisa devia ir na frente. Ela moveu-se em direção à porta, mantendo certa distância. Talvez conseguisse fugir lá fora, nos corredores. Seria sua única esperança. Teria de esperar por um momento, alguma distração, uma hesitação, e depois simplesmente correr sem parar.

Uma breve corrente de ar e o tremeluzir da chama na lareira foram seu único aviso.

Lisa virou-se, e a mulher já estava ali, a um passo de distância, tendo se movido com rapidez e em silêncio por trás. Inacreditavelmente rápida. Os olhos das duas encontraram-se. No momento antes de a espada cair, Lisa soube que a mulher não acreditara nela um instante sequer.

Tudo fora uma armadilha para baixar a guarda de Lisa.

Seria o último erro dela.

O mundo congelou... capturado num brilho súbito de prata japonesa fina quando a espada mergulhou rumo ao coração de Lisa.

9:18h
Castelo Wewelsburg, Alemanha

Gray entrou devagar com o BMW em uma vaga no estacionamento ao lado de um ônibus de excursão Wolters azul. O enorme veículo alemão ocultava o sedã da vista direta da rua. A entrada em arco do pátio do castelo ficava bem em frente.

– Fiquem no carro – ordenou ele aos outros e girou ao redor. – Isso serve especialmente para você, mocinha.

Fiona fez um gesto obsceno, mas manteve o cinto afivelado.

– Monk, sente-se ao volante e deixe o motor ligado.

– Já saquei.

Ryan o fitou com os olhos arregalados.

– *Was ist los?*

– Não tem nada *los* – respondeu Monk. – Mas mantenha a cabeça abaixada, por via das dúvidas.

Gray abriu a porta. Uma rajada de chuva o atingiu, soando como o matraquear de uma metralhadora quando bateu na lateral do ônibus ao lado. Trovões ribombaram a distância.

– Ryan, você pode me emprestar seu guarda-chuva?

O rapaz fez um aceno de cabeça e passou-lhe o guarda-chuva.

Gray saiu do carro, sacudiu o guarda-chuva, abrindo-o, e correu para o outro lado do ônibus. Posicionou-se próximo à porta traseira, abrigando-se da chuva. Esperava dar a impressão de ser apenas outro funcionário da empresa de turismo. Manteve-se oculto pelo guarda-chuva enquanto observava a estrada.

Faróis surgiram da escuridão, subindo a última curva.

O Mercedes branco conversível de dois lugares apareceu um instante depois. Moveu-se devagar até o estacionamento e, sem reduzir a velocidade, passou por ele. Gray observou os faróis traseiros afastarem-se na chuva, seguindo na direção da pequena aldeia de Wewelsburg, aninhada na lateral do castelo. O carro desapareceu numa esquina.

Gray aguardou cinco minutos, deu a volta atrás do ônibus e sinalizou para Monk que estava tudo em ordem. Ele podia desligar o motor. Satisfeito porque o Mercedes não voltara, Gray acenou para que os outros saíssem.

– Até que ponto ele é paranóico? – perguntou Fiona ao passar e encaminhar-se para a entrada em arco.

– Não é paranóia se eles realmente estiverem a fim de te pegar – gritou Monk atrás dela. – Eles estão mesmo a fim de nos pegar?

Gray olhou fixamente para a tempestade. Ele não gostava de coincidências, mas não podia simplesmente deixar de seguir em frente só porque estava assustado.

– Fique grudado em Fiona e em Ryan. Vamos conversar com esse diretor, obter uma cópia do velho bilhete de Hugo para a filha e cair fora deste lugar.

Monk olhou para a massa volumosa composta pela torre e pela torrinha. A chuva caía torrencialmente sobre a pedra cinzenta e escorria por calhas verdes. Apenas algumas das janelas nos andares inferiores brilhavam com sinais de vida. Aquela massa enorme era escura e opressiva.

– Só para deixar claro – resmungou ele –, se eu vir um maldito morcego negro, me mando daqui.

13:31h
Himalaia

Lisa observou a espada mergulhar em direção ao seu tórax. Tudo aconteceu numa fração de segundo. O tempo ficou denso e lento. Era assim que ela ia morrer.

Então, um tilintar de vidro estilhaçou o silêncio... seguido pelo estalido suave do disparo de uma arma de fogo, soando inacreditavelmente muito longe. Ali próximo, a garganta da assassina abriu-se como um chafariz de sangue e osso, a cabeça lançada para trás.

Mesmo assim o golpe mortal da assassina completou seu arco.

A espada acertou o tórax de Lisa, perfurou a pele e chocou-se contra o esterno. O golpe, porém, não foi forte. Dedos frouxos soltaram o punho da catana. O tênar de uma agonizante mão a deixou cair antes que ela pudesse causar mais dano.

Lisa tropeçou para trás, liberta do encantamento.

A lâmina de aço japonesa fez uma pirueta e atingiu o chão com o som de um sino regulado com perfeição. O corpo da assassina veio em seguida, caindo pesadamente com um som surdo ao lado da catana.

Lisa recuou, descrente, entorpecida, insensível.

Mais tilintar de vidro.

As palavras chegaram até ela como se viessem debaixo d'àgua.

– Você está bem, Lisa...?

Ela olhou para cima. Através da biblioteca. Da única janela da biblioteca. Coberta de geada e embaçada antes, a vidraça estilhaçou-se sob o impacto da culatra de um rifle. Um rosto apareceu no buraco, emoldurado por cacos de vidro.

Painter.

Além do ombro dele, soprava um vendaval, fazendo turbilhonar a neve e o gelo derretido. Alguma coisa grande, pesada e escura desceu do céu. Um helicóptero. Uma corda com arnês balançava embaixo dele.

Lisa tremeu e caiu de joelhos.

– Nós logo estaremos aí – prometeu ele.

Cinco minutos depois, Painter passou sobre o corpo da assassina. O segundo sabotador. Anna estava apoiada num joelho, examinando a mulher. Um pouco mais afastada, Lisa estava sentada em uma cadeira junto à lareira, sem o suéter, com a camisa aberta, expondo o sutiã e um corte ensangüentado embaixo dele. Com a ajuda de Gunther, ela já havia limpado o ferimento e agora aplicava uma série de curativos adesivos para fechar a incisão de 2,5 centímetros. Ela tivera sorte. A armação de arame de seu sutiã ajudara a evitar que a lâmina penetrasse mais fundo, salvando sua vida, uma proteção extra.

– Nenhum documento, nenhuma identificação – disse Anna, virando-se para ele. O olhar dela caiu pesadamente sobre Painter. – Nós precisávamos da sabotadora viva.

Ele não tinha desculpa.

– Eu mirei no ombro dela.

Frustrado, ele sacudiu a cabeça. Um ataque debilitante de vertigem o havia paralisado após a descida pela corda. Mas eles não tinham tempo de sobra, mal tinham conseguido chegar ali a tempo, vindo do outro lado da montanha. Eles jamais teriam conseguido se tivessem vindo a pé pelo castelo. O helicóptero fora a única chance deles, voando sobre o ombro da montanha e baixando alguém numa corda com arnês.

Anna não atirava bem e Gunther pilotava o helicóptero.

Restava apenas Painter.

Assim, apesar da vertigem e da visão dupla, Painter arrastara-se até o castelo e mirara da melhor maneira possível através da janela. Ele teve de agir rápido quando viu a mulher investir contra Lisa, a espada suspensa.

Por isso havia disparado.

E, embora isso pudesse ter-lhes custado tudo – até mesmo o conhecimento do verdadeiro vilão que manipulava aqueles sabotadores –, Painter não se arrependeu de sua escolha. Ele tinha visto o horror no rosto de Lisa. A vertigem que se danasse, ele havia atirado. Sua cabeça ainda latejava. Um novo medo aflorou.

E se ele tivesse acertado Lisa...? Quanto tempo ele ainda tinha antes de se transformar mais num risco do que num trunfo? Ele repeliu esse pensamento.

Pare de torcer as mãos e arregace as mangas.

– Você encontrou algum sinal distintivo? – perguntou Painter, voltando ao jogo.

– Apenas este. – Anna virou o pulso da mulher e expôs o dorso da mão dela. – Você o reconhece?

Uma tatuagem preta marcava a pele branca e perfeita dela. Quatro laços entrançados.

– Parece algum símbolo celta, mas não me diz nada.

– Nem a mim – disse Anna, recostando-se e largando a mão do cadáver.

Painter notou mais algum detalhe e ajoelhou-se perto. Ele tornou a virar a mão dela, ainda quente. Faltava a unha do dedo mindinho da mulher, o leito marcado com uma cicatriz. Um pequeno defeito, mas de suma importância.

Anna tomou dele a mão da mulher e esfregou o leito da unha.

– Seco...

Um sulco profundo formou-se entre as sobrancelhas de Anna. Seus olhos encontraram os dele.

– Isso significa o que eu acho que significa? – perguntou ele.

O olhar dela deslocou-se para o rosto da mulher.

– Mas eu teria de fazer um exame da retina para ter certeza. Procurar petéquias em volta do nervo óptico.

Painter não precisava de mais nenhuma prova. Ele vira como a assassina se movera rápido pela sala, extraordinariamente ágil.

– Ela era um dos *Sonnenkönige.*

Lisa e Gunther juntaram-se a eles.

– Não um dos nossos – disse Anna. – Jovem demais. Perfeita demais. Quem quer que a tenha criado utilizou nossas técnicas mais recentes, as que nós aprimoramos nas últimas décadas a partir de estudos *in vitro*. Eles as levaram adiante em cobaias humanas.

– Alguém poderia tê-los criado aqui, às escondidas... durante a madrugada.

Anna sacudiu a cabeça.

– A ativação do Sino requer uma quantidade enorme de energia. Nós saberíamos.

– Então há apenas um significado.

– Ela foi criada em algum outro lugar. – Anna ficou em pé. – Outra pessoa tem um Sino em atividade.

Painter permaneceu onde estava, examinando a unha e a tatuagem.

– E essa outra pessoa, agora, quer interromper o trabalho de vocês – murmurou ele.

Fez-se silêncio na sala.

No silêncio, Painter ouviu um som baixinho, quase inaudível. Vinha da mulher. Ele se deu conta de que o tinha ouvido algumas vezes, mas com tanta agitação, tanta especulação, ele não o havia registrado completamente.

Ele puxou a manga da parca da mulher para cima.

Um relógio digital com uma grossa pulseira de couro de cinco centímetros de largura estava preso ao pulso dela. Painter examinou sua superfície vermelha. Um ponteiro holográfico dava voltas completas, marcando os segundos. Um dispositivo digital de leitura brilhava intensamente.

01:32

Os segundos diminuíam a cada volta.

Pouco mais de um minuto.

Painter tirou o relógio do pulso da mulher e verificou a parte interna da pulseira. Dois pontos de contato de prata estavam presos por um fio. Monitor dos batimentos cardíacos. E alguma coisa dentro do relógio devia ser um microtransmissor.

– O que você está fazendo? – perguntou Anna.

– Você verificou se ela tinha algum explosivo?

– Ela está limpa – disse Anna. – Por quê?

Painter levantou-se e falou rapidamente.

– Ela está conectada a um monitor. Quando seus batimentos cardíacos pararam, deve ter sido iniciada uma transmissão. – Ele olhou de relance para o relógio em sua mão. – Isto é simplesmente um *timer*.

Estendeu-o na direção deles.

01:05

– Klaus e esta mulher tiveram acesso total às instalações de vocês por sabe-se lá quanto tempo. Tiveram tempo de sobra para improvisar um sistema à prova de falhas. – Painter ergueu o relógio. – Algo me diz que nós não vamos querer estar aqui quando isto chegar ao zero.

O ponteiro dos segundos continuava a mover-se ao redor e um apito tênue soou quando a contagem baixou para menos de um minuto.

00:59

– Temos de sair daqui. Agora!

CAPÍTULO 10

Camelot Negro

9:32h
Castelo Wewelsburg, Alemanha

– A SS começou como a guarda pessoal de Hitler – disse em francês o guia que acompanhava um grupo de turistas encharcados pelo coração do museu do Castelo Wewelsburg. – Na verdade, o termo SS é derivado da palavra alemã *Schutzstaffel*, que significa "esquadrão de defesa". Só mais tarde é que ela se transformou na Ordem Negra de Himmler.

Gray afastou-se para o lado quando o grupo de turistas passou. Enquanto aguardava o diretor do museu, ele tinha ouvido discretamente o bastante da visita guiada para assimilar a essência da história do castelo. Como Himmler o arrendara por apenas um *Reichsmark*[24] e depois gastara 250 milhões reconstruindo-o para torná-lo seu Camelot pessoal, um pequeno preço comparado ao custo do sangue e sofrimento humanos.

Ele estava em pé ao lado de uma vitrine com um uniforme listrado do campo de concentração de Niederhagen.

Trovões ribombavam além das paredes, fazendo tremer as velhas janelas.

Quando o grupo de turistas se afastou, a voz do guia desapareceu aos poucos em meio ao murmúrio dos outros poucos visitantes, todos à procura de abrigo contra a tempestade.

Monk estava com Fiona. Ryan tinha ido buscar o diretor. Monk inclinou-se para examinar um dos abjetos anéis *Totenkopf* expostos, um aro de prata que os oficiais da SS recebiam. Ele estava gravado com runas, junto com uma caveira e ossos cruzados. Uma obra de arte horrenda, repleta de simbolismo e poder.

[24] Moeda oficial da Alemanha de 1924 a 1948.

Outras peças do acervo estavam distribuídas pela pequena sala: modelos em miniatura, fotografias da vida cotidiana, pertences da SS, até mesmo um estranho bulezinho de chá que pertencera a Himmler. Uma runa em forma de sol decorava o bule.

– Lá vem o diretor – disse Monk, dando um passo à frente. Ele fez um aceno de cabeça para um cavalheiro corpulento que saiu pela porta de uma sala privada. Ryan o acompanhava.

O diretor do museu parecia ter cerca de 60 anos, seus cabelos eram grisalhos e seu terno preto estava amarrotado. Enquanto se aproximava, tirou os óculos e estendeu a outra mão para Gray.

– Dr. Dieter Ulmstrom – disse o homem. – Diretor do Historisches Museum des Hochstifts Paderborn. *Willkommen.*

O ar ansioso do homem contradizia suas boas-vindas.

– O jovem Ryan aqui me explicou como vocês passaram a investigar algumas runas encontradas em um livro antigo. Que fascinante – ele prosseguiu.

Mais uma vez, o homem pareceu mais incomodado do que *fascinado*.

– Nós não queremos tomar muito o seu tempo – disse Gray. – Gostaríamos de saber se o senhor poderia nos ajudar a identificar uma runa específica e seu significado.

– Claro. Se há alguma coisa que um diretor do museu do Wewelsburg deve conhecer bem é o conjunto de fatos e tradições a respeito das runas.

Gray acenou para que Fiona lhe entregasse a Bíblia de Darwin. Ela já a havia tirado da bolsa.

Expondo a contracapa, Gray estendeu o livro.

Franzindo os lábios, o dr. Ulmstrom colocou os óculos e olhou mais de perto. Ele examinou a runa desenhada a tinta por Hugo Hirszfeld no verso da contracapa.

– Eu posso examinar o livro, *bitte*?

Após um momento de hesitação, Gray cedeu.

O diretor folheou as páginas, parando em algumas das marcas parecidas com pés de galinha na parte interna.

– Uma Bíblia... que estranho...

– O símbolo na contracapa – pressionou Gray.

– Sim, claro. É a runa *Mensch*.

– *Mensch* – disse Gray. – A palavra alemã para "homem".

– *Ja*. Observe a forma. É como uma figura de graveto degolada. – O diretor voltou para as páginas anteriores. – O bisavô de Ryan parecia muito fixado em símbolos associados ao Pai de Todos.

– O que o senhor quer dizer? – perguntou Gray.

Ulmstrom apontou para um dos desenhos nas páginas internas da Bíblia.

– Esta runa equivale ao *k* – afirmou o diretor –, também chamada de *cen* em anglo-saxão. É uma runa mais antiga para "homem", apenas dois braços erguidos, uma representação mais grosseira. E nesta outra página está a imagem espelhada da runa. – Ele folheou algumas páginas e apontou para outra runa.

– Os dois símbolos são mais ou menos como os dois lados da mesma moeda. *Yin* e *yang*. Macho e fêmea. Luz e trevas.

Gray fez um aceno de cabeça. Isso o lembrou das discussões com Ang Gelu, quando ele estudou com o monge budista, sobre como todas as sociedades pareciam ser transpassadas por essa dualidade. Essa digressão trouxe de volta sua preocupação com Painter Crowe. Ele ainda não recebera nenhuma notícia do Nepal.

Monk redirecionou a conversa.

– O que estas runas têm a ver com esse tal de Pai de Todos?

– Todas as três estão simbolicamente relacionadas. Com freqüência, considera-se que a runa grande, a *Mensch*, representa o deus nórdico Thor, um deus que doa a vida, um estado mais elevado do ser. Aquilo que nós nos esforçamos para nos tornarmos.

Gray ficou confuso com a resposta, imaginando-a em sua mente.

– E estas duas runas mais antigas, as runas *k*, formam as duas metades da runa *Mensch*.

– Como?! – grunhiu Monk.

– Assim – disse Fiona, compreendendo. Usando um dedo, ela desenhou na poeira acumulada sobre a vitrine. – Você junta as duas runas de dois braços para formar a runa *Mensch*. É como um quebra-cabeça.

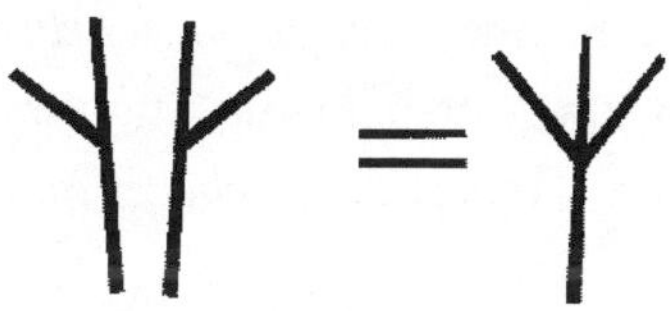

– *Sehr gut*[25] – disse o diretor, batendo de leve nas duas primeiras runas. – Estas representam o homem comum, em toda sua dualidade, juntando-se para formar o Pai de Todos, um ser supremo. – Ulmstrom devolveu a Bíblia a Gray e sacudiu a cabeça. – Estas runas certamente pareciam ser uma obsessão do bisavô de Ryan.

Gray olhou fixamente para o símbolo na contracapa.

– Ryan, Hugo era biólogo, correto?

Ryan agitou-se. Ele parecia consternado por tudo aquilo.

– *Ja*. Como minha tia-avó Tola.

Gray balançou lentamente a cabeça. Os nazistas sempre se interessaram pelo mito do super-homem, do Pai de Todos, do qual a raça ariana supostamente descendia. Será que todos aqueles rabiscos eram apenas a declaração de Hugo de sua crença nesse dogma nazista? Gray julgava que não. Ele se lembrou da descrição que Ryan fizera dos bilhetes de seu bisavô, da crescente desilusão do cientista – e depois

[25] Em alemão no original: Muito bem. (N. do T.)

de seu bilhete enigmático para a filha, uma pista para um segredo *lindo demais para deixar morrer e monstruoso demais para ser revelado.*

De um biólogo para uma bióloga.

Ele sentia que tudo aquilo estava interligado: as runas, o Pai de Todos, alguma pesquisa havia muito abandonada. Qualquer que fosse o segredo, parecia valer a pena matar por ele.

– A runa *Mensch* também era de particular interesse para os nazistas. Eles até a rebatizaram de *Lebensrune*. – Ulmstrom continuou.

– A runa da vida? – perguntou Gray, voltando a prestar atenção.

– *Ja*. Eles a usavam para representar o programa *Lebensborn*.

– O que é isso? – indagou Monk.

– Um programa de reprodução nazista. Criadouros para produzir mais crianças louras e de olhos azuis – Gray respondeu.

O diretor acenou com a cabeça.

– Mas, como no caso da dualidade da runa *k*, a *Lebensrune* também possui sua imagem invertida. – Ele fez um gesto para que Gray virasse a Bíblia de cabeça para baixo, aprumando o símbolo. – Invertida, a *Lebensrune* se transforma no seu oposto, a *Todesrune*.

Monk franziu a testa para Gray, que traduziu:

– A runa da morte.

13:31h
Himalaia

A morte era marcada pelo leve ruído do *timer*.

00:55

Painter estava em pé com o *timer* de pulso da assassina na mão.

– Não temos tempo para sair a pé. Jamais escaparíamos da zona da explosão.

– Então o quê...? – perguntou Anna.

– O helicóptero – disse Painter, apontando para a janela.

O helicóptero A-Star que eles haviam usado para chegar até ali ainda estava lá fora, o motor quente.

– Os outros – disse Anna, dirigindo-se ao telefone, pronta para dar o alarme.

– *Keine Zeit*[26] – gritou Gunther, detendo-a.

O homem desenganchou seu fuzil automático, um Bullpup A-91 russo. Com a outra mão, puxou uma granada do cós de sua calça e a enfiou no lançador de 40 milímetros do rifle.

– *Hier!* – Ele caminhou a passos largos até a enorme escrivaninha de Anna. – *Schnell!*

A um braço de distância, ele apontou o fuzil para a janela gradeada da sala.

Painter segurou a mão de Lisa e correu à procura de abrigo, Anna logo atrás deles. Gunther esperou até que eles estivessem próximos o suficiente e disparou. Um jato de gás explodiu da arma, firme como uma rocha.

Todos correram para trás da escrivaninha.

Gunther segurou a irmã pela cintura e a rolou para debaixo de seu corpo. A granada explodiu com um som ensurdecedor. Painter sentiu seus ouvidos estalarem. Lisa pressionou as mãos contra os dela. A concussão fez a escrivaninha deslocar-se uns trinta centímetros. Fragmentos de rocha e vidro arremessaram-se sobre a frente da escrivaninha. Pó de pedra e fumaça desceram sobre eles, asfixiando-os.

Gunther colocou Anna em pé. Eles não perderam tempo em conversas. No outro lado da biblioteca, a explosão havia formado um buraco irregular até o lado de fora. Livros – rasgados e em chamas – estavam espalhados pelo chão ou tinham sido lançados no pátio.

Eles correram para a saída.

O helicóptero estava além da projeção da montanha, a uns trinta e cinco metros de distância. Pulando ao longo da confusa zona da explosão, eles correram a toda velocidade para o helicóptero.

Painter, que ainda segurava o *timer* de pulso, só deu uma olhada nele quando estavam no helicóptero. Gunther o havia alcançado primeiro e aberto a porta traseira. Painter ajudou Anna e Lisa a entrar, e em seguida mergulhou atrás delas.

Gunther já estava no assento do piloto. Os cintos de segurança foram afivelados. Painter olhou para o *timer*. Não que isso fizesse diferença. Ou eles sairiam dali ou não.

Ele olhou fixamente para o número. Sua cabeça latejava, causando uma dor em pontadas em seus olhos. Ele mal conseguia distinguir o dispositivo digital de leitura.

[26] Em alemão no original: Nós não temos tempo. (N. do T.)

00:09

Não havia mais tempo.

Gunther ligou o motor e Painter olhou para cima. Os rotores tinham começado a girar... devagar, muito devagar. Ele olhou por uma janela lateral. O helicóptero estava pousado no alto de uma encosta íngreme, com acúmulo de neve recente devido à tempestade da noite anterior. Nuvens rasgavam o céu além e nevoeiros glaciais encobriam penhascos e vales.

Do assento dianteiro, Gunther praguejou baixinho. A aeronave recusava a elevar-se no ar rarefeito sem a velocidade máxima dos rotores.

00:03

Eles jamais conseguiriam.

Painter estendeu a mão para a de Lisa.

Ele a apertou com força, e de repente o mundo ergueu-se e desabou com um estrondo. Uma explosão surda soou a distância. Todos prenderam a respiração, prontos para serem lançados da montanha. Mas não aconteceu mais nada. Talvez não tivesse sido tão ruim, afinal de contas.

Em seguida, o amontoado de neve no qual o helicóptero estava pousado separou-se da montanha. A frente do A-Star inclinou-se para baixo. Os rotores giravam inutilmente acima. Toda a encosta coberta de neve separou-se numa vasta camada e começou a deslizar, como que se desvencilhando da montanha com uma sacudidela, levando consigo o helicóptero.

Eles desceram rumo à beira do penhasco. A neve precipitava-se sobre a aeronave numa torrente violenta.

O chão voltou a sacudir... outra explosão.

O helicóptero corcoveou, mas se recusou a decolar.

Gunther lutou com os controles, afogando o acelerador.

O penhasco avançava velozmente na direção deles. A neve podia ser ouvida além do ruído do motor do helicóptero, rugindo como corredeiras de classe V.

Lisa pressionou o corpo contra o de Painter, a mão dela cheia de tensão em torno dos dedos dele. Anna estava ereta e tesa, do outro lado de Lisa, o rosto pálido e os olhos fixos adiante.

Na frente, Gunther ficou em silêncio absoluto quando eles foram arrastados pelo penhasco.

Empurrados para a beira, inclinaram-se para o lado, a neve desprendendo-se debaixo deles, de trás deles. Descendo rapidamente, a aeronave estremeceu, sacudindo para a frente e para trás. Penhascos erguiam-se em todas as direções.

Ninguém fazia um ruído sequer. Os rotores gritavam por todos eles.

Então, de repente, a aeronave ergueu-se no ar. Com apenas um solavanco, como o de um elevador parando, o A-Star estabilizou-se. Gunther grunhiu enquanto manobrava os controles... devagar, bem devagar, fazendo a aeronave subir numa espiral.

Adiante, o resto da avalanche despencou sobre a face do rochedo.

O helicóptero subiu o bastante para que eles pudessem avaliar os danos ao castelo. Fumaça saía de todas as janelas da fachada. As portas da frente haviam sido destruídas pela explosão. Sobre o ombro da montanha, uma espessa coluna negra subia rumo ao céu, vinda do heliporto no outro lado.

Anna fraquejou, as palmas das mãos apoiadas na janela lateral.

– Quase 150 homens e mulheres.

– Talvez algumas pessoas tenham escapado – disse Lisa apaticamente, sem piscar.

Eles não viram nenhum movimento.

Apenas fumaça.

Anna apontou para o castelo.

– *Wir sollten suchen...*[27]

Porém, não haveria nem busca nem resgate.

Nunca.

Um clarão branco ofuscante, como a descarga de um raio, resplandeceu de todas as janelas. Além do ombro da montanha, um nascer do sol de vapor de sódio. Nenhum ruído. Como relâmpago sem trovão. Queimava dentro da retina, obstruindo a visão.

Cego, Painter sentiu o helicóptero dar um solavanco quando Gunther puxou a alavanca do comando coletivo. Ouviu-se um barulho, um longo e desagradável estrondo de rocha. Inacreditavelmente alto. Não se tratava apenas de uma avalanche. Ele soou tectônico, como o atrito de placas continentais.

O helicóptero estremeceu no ar, uma mosca num misturador de tintas.

A visão voltou de maneira dolorosa.

Painter pressionou o corpo contra a janela e olhou para baixo.

[27] Em alemão no original: Nós deveríamos procurar... (N. do T.)

– Meu Deus... – disse ele, horrorizado.

Pó de pedra obscurecia a maior parte da vista, mas não podia ocultar a extensão da destruição. O lado inteiro da montanha havia curvado em si mesmo. O ombro de granito que se projetava sobre o castelo havia desabado, como se tudo embaixo dele – o castelo e uma boa extensão da montanha – tivesse simplesmente se desvanecido.

– *Unmöglich*[28] – murmurou Anna, atordoada.

– O quê?

– Uma aniquilação como esta... tinha de ser uma bomba de EPZ – respondeu ela, cujos olhos tinham ficado vítreos.

Painter esperou que ela explicasse.

E ela explicou depois de outra inspiração que a fez estremecer.

– EPZ. Energia do ponto zero. As fórmulas de Einstein levaram à primeira bomba nuclear, utilizando a energia de alguns átomos de urânio. Mas isso não é nada se comparado à força potencial oculta nas teorias quânticas de Planck. Essas bombas utilizariam a própria energia gerada durante o *big bang*.

A cabine ficou em silêncio.

Anna sacudiu a cabeça.

– Experimentos com a fonte de combustível para o Sino – o Xerum 525 – indicavam o possível uso da energia do ponto zero como uma arma. Mas nós jamais seguimos esse caminho com algum propósito real.

– Mas outra pessoa sim – disse Painter, pensando na assassina de cabelos branco-alourados morta.

Anna virou-se para Painter. O rosto dela estava marcado por horror e extremo ultraje.

– Nós temos de detê-los.

– Mas deter quem? Quem são eles?

Lisa agitou-se.

– Eu acho que podemos descobrir – disse ela, apontando para estibordo.

Sobre o topo de uma montanha próxima, surgiram três helicópteros, camuflados de branco contra os picos cobertos de gelo. Eles dispersaram-se e precipitaram-se na direção do solitário A-Star.

Painter conhecia o bastante sobre combate aéreo para reconhecer o padrão.

Formação de ataque.

[28] Em alemão no original: Impossível... (N. do T.)

9:32h
Castelo Wewelsburg, Alemanha

– A Torre Norte é por aqui – disse o dr. Ulmstrom.

O diretor do museu conduziu Gray, Monk e Fiona pela saída dos fundos do saguão principal. Ryan saíra um pouco antes em companhia de uma mulher com roupas de *tweed*, uma arquivista do museu. Eles haviam ido tirar cópias do bilhete de Hugo Hirszfeld e de tudo mais relacionado com sua pesquisa. Gray sentia que estava perto de encontrar algumas respostas, mas precisava de mais informações.

Para esse fim, ele concordara em percorrer o castelo de Himmler tendo por guia o próprio diretor. Foi ali que Hugo havia começado seu relacionamento com os nazistas. Gray tinha a sensação de que, para avançar, precisaria de todas as informações possíveis – e quem melhor do que o curador do museu para fornecê-las?

– Para uma verdadeira compreensão dos nazistas – disse Ulmstrom, seguindo na frente –, vocês têm de parar de pensar neles como um partido político. Eles se autodenominavam *Nationalsozialistische Deutsche Arbeiterpartei* – Partido Nacional-Socialista dos Trabalhadores Alemães –, mas na realidade eles eram um culto.

– Um culto? – perguntou Gray.

– Eles ostentavam toda a pompa, *ja*? Um líder espiritual que não podia ser questionado, discípulos que usavam roupas idênticas, rituais e juramentos de sangue realizados em segredo e, mais importante de tudo, a criação de um poderoso totem para cultuar: a *Hakenkreuz*, ou cruz gamada, também chamada de suástica. Um símbolo para suplantar o crucifixo e a estrela-de-davi.

– *Hare krishnas* à custa de esteróides – murmurou Monk.

– Não brinque. Os nazistas compreendiam o poder inerente das idéias. Um poder maior do que o de qualquer arma de fogo ou foguete. Eles o usaram para subjugar e submeter a uma lavagem cerebral uma nação inteira.

Um raio crepitou, iluminando o corredor atrás deles. Um trovão veio logo em seguida, com um estrondo, sentido nas entranhas. As luzes tremeluziram.

Todos pararam no corredor.

– Um guincho de morcego – sussurrou Monk –, mesmo que seja um pequenininho...

As luzes brilharam com mais intensidade, depois se estabilizaram. Eles seguiram em frente. O corredor curto terminava numa porta de vidro com grades. Além, havia uma sala maior.

– A *Obergruppenführersaal.* – Ulmstrom sacou um pesado molho de chaves e destrancou a porta. – O santuário do castelo. Os visitantes comuns não têm acesso a ele, mas acho que vocês poderiam apreciá-lo.

Ele segurou a porta para que entrassem.

Entraram na sala. A chuva batia com violência contra o círculo de janelas em volta da câmara redonda.

– Himmler construiu este aposento espelhando-se em Camelot, do rei Artur. Ele tinha inclusive uma enorme mesa de carvalho redonda situada no centro do aposento e trazia os doze principais oficiais de sua Ordem Negra para reuniões e rituais aqui.

– O que é essa Ordem Negra? – indagou Monk.

– Era outro nome da SS de Himmler. Mas, em termos mais precisos, a Schwarzer Orden foi um nome dado ao círculo íntimo de Himmler, uma cabala secreta cujas origens remontavam à Sociedade Secreta Thule.

Gray prestou mais atenção. Outra vez a Sociedade Thule. Himmler era membro do grupo, bem como o bisavô de Ryan. Ele refletiu sobre a associação. Uma cabala interna de ocultistas e cientistas que acreditavam que uma raça dominante um dia dominara o mundo e voltaria a dominá-lo.

O diretor prosseguiu com a visita guiada.

– Himmler acreditava que esta sala e sua torre eram o centro espiritual e geográfico do novo mundo ariano.

– Por que aqui? – perguntou Gray.

Ulmstrom deu de ombros e caminhou para o meio do aposento.

– Esta é a região onde os teutões derrotaram os romanos, uma batalha fundamental na história alemã.

Gray tinha ouvido uma história semelhante do pai de Ryan.

– Mas os motivos podem ser vários. Este é um lugar propício a lendas. Nas proximidades, existe um conjunto de monólitos pré-históricos parecidos com Stonehenge, chamado Externsteine. Alguns afirmam que as raízes da Árvore do Mundo nórdico, Yggdrasil, estão embaixo dele. Além disso, é claro, houve as bruxas.

– As que foram mortas aqui – disse Gray.

– Himmler acreditava, e talvez com razão, que as mulheres foram mortas por serem pagãs e praticarem ritos e rituais nórdicos. A seu ver, o fato de o sangue delas ter sido derramado neste castelo só contribuiu para consagrar o lugar.

– Então é como os corretores de imóveis dizem – murmurou Monk. – Tudo é uma questão da localização, da localização e da localização.

Ulmstrom franziu a testa, mas prosseguiu.

– Qualquer que tenha sido o motivo, aqui está o objetivo último de Wewelsburg – afirmou ele, apontando para o chão.

Na escuridão, um desenho tinha sido feito em ladrilhos verde-escuros contra um fundo branco. Parecia um sol, do qual doze raios se irradiavam.

– O *Schwarze Sonne*. O Sol Negro. – Ulmstrom contornou sua circunferência. – Este símbolo também tem origem em muitos mitos. Mas para os nazistas ele representava a terra natal do Pai de Todos. Uma terra que possuía vários nomes: Thule, Hiperbórea, Agartha. Basicamente, o símbolo representa o sol sob o qual a raça ariana renasceria.

– Voltando ao Pai de Todos – disse Gray, imaginando a runa *Mensch*.

– Esta era a meta última dos nazistas... ou pelo menos de Himmler e sua Ordem Negra: fazer o povo alemão progredir à sua anterior condição divina. Foi por isso que ele escolheu este símbolo para representar a sua Ordem Negra.

Gray começou a perceber em que tipo de pesquisa Hugo poderia ter-se envolvido. Um biólogo com raízes em Wewelsburg. Será que ele estivera envolvido com uma forma deturpada do projeto *Lebensborn*, com algum tipo de programa eugênico? Mas por que as pessoas matariam por causa desse projeto hoje em dia? O que Hugo havia descoberto que, na opinião dele, deveria ser mantido em segredo, ocultando-o em código em seus livros de família?

Gray lembrou-se da recitação feita por Ryan do bilhete que seu bisavô escreveu à filha pouco antes de morrer. Ele referia-se a um segredo *lindo demais para deixar morrer e monstruoso demais para ser revelado*. O que ele descobrira? O que desejara manter em segredo de seus superiores nazistas?

Outro raio crepitou, brilhando através de todas as janelas. O símbolo do Sol Negro resplandeceu intensamente. As lâmpadas elétricas tremeluziram quando o trovão reverberou pelo castelo no alto da colina. Não era o melhor lugar para se estar durante uma tempestade elétrica.

Confirmando isso, as luzes tremeluziram outra vez e, em seguida, apagaram-se. Blecaute.

Todavia, pelas janelas entrava uma iluminação fraca mas suficiente para que se pudesse enxergar.

Vozes gritaram a distância.

Um som metálico alto soou bem próximo.

Todos os olhos voltaram-se na sua direção.

A porta da câmara havia fechado com um estrondo. Gray estendeu a mão para a coronha de sua arma, guardada no coldre embaixo de seu suéter.

– Bloqueio de segurança – tranqüilizou-os Ulmstrom. – Não há nada a temer. Geradores sobressalentes devem...

As luzes tremeluziram e em seguida voltaram a acender.

Ulmstrom fez um aceno de cabeça.

– Ah, lá vamos nós. *Es tut mir leid* – desculpou-se ele. – Por aqui.

Ele os guiou até a porta de segurança. No entanto, em vez de seguir para o saguão principal, encaminhou-se para uma escada ao lado. Parecia que a visita não havia terminado.

– Creio que vão achar a próxima câmara de particular interesse, porque lá verão representada a runa *Mensch* da Bíblia.

Passos rápidos aproximavam-se pelo corredor.

Gray voltou-se, percebendo que sua mão ainda estava pousada na arma. Mas não houve necessidade de tirá-la do coldre. Ryan apressava-se na direção deles, tendo na mão um envelope de papel-manilha cheio de material.

Ligeiramente sem fôlego, juntou-se a eles. Seus olhos correram um pouco ao redor, claramente assustado pelo breve blecaute.

– *Ich glaube...*[29] – pigarreou ele – que tenho toda a papelada, incluindo o bilhete à minha tia-avó Tola.

[29] Em alemão no original: Eu acho... (N. do T.)

Monk pegou o envelope.

– Agora nós podemos cair fora daqui.

Talvez eles devessem. Gray olhou de relance para o dr. Ulmstrom. Ele estava em pé próximo ao topo da escada que conduzia para baixo.

O curador caminhou na direção deles.

– Se vocês estiverem com pressa...

– Não, *bitte*. O que o senhor estava mesmo dizendo sobre a runa *Mensch*?

Seria tolice ir embora sem investigar completamente aquilo.

Ulmstrom ergueu um braço e apontou para a escada.

– Lá embaixo está a única câmara no castelo inteiro onde a runa *Mensch* pode ser encontrada. É claro que a presença da runa só faz sentido se levarmos em consideração...

– Se levarmos o que em consideração?

Ulmstrom suspirou e consultou o relógio.

– Venham, terei de ser rápido de qualquer modo.

Ele virou-se, encaminhou-se para a escada e desceu.

Gray acenou para que Fiona e Ryan fossem atrás. Monk revirou os olhos para Gray ao passar por ele.

– Este castelo é assustador... é hora de irmos embora...

Gray entendeu a ânsia de Monk de partir. Ele também a sentia. Primeiro o alarme falso com o Mercedes, depois o blecaute. Mas nada adverso acontecera. E Gray detestaria perder uma oportunidade de aprender mais sobre a runa da Bíblia e sua história ali no castelo.

A voz de Ulmstrom subiu até Gray. Os outros já haviam chegado ao patamar lá embaixo.

– Esta câmara situa-se bem embaixo da *Obergruppenführersaal*.

Gray juntou-se a eles enquanto o curador destrancava uma porta idêntica à de cima, também gradeada e lacrada com vidro grosso. Ele a manteve aberta para eles e entrou em seguida.

Além, havia outra câmara circular, porém sem janelas, iluminada escassamente por alguns candelabros de parede. Doze colunas de granito circundavam o espaço e sustentavam uma abóbada. No centro do teto havia sido pintada uma suástica.

– Esta é a cripta do castelo – disse Ulmstrom. – Observem o fosso no centro do aposento. É onde o brasão dos oficiais da SS mortos era queimado cerimonialmente.

Gray já tinha avistado o fosso de pedra, exatamente na direção da suástica no teto.

– Se ficarem em pé perto do fosso e olharem para as paredes, vocês verão as runas *Mensch* representadas.

Gray aproximou-se do fosso e seguiu as instruções dele. Nos pontos cardeais, as runas haviam sido gravadas nas paredes de pedra. Agora Gray compreendia a observação de Ulmstrom. *A presença da runa só faz sentido se levarmos em consideração...*

Todas as runas *Mensch* estavam de cabeça para baixo.

Todesrunen.

Runas da morte.

Um som metálico alto, idêntico ao que eles tinham ouvido pouco antes, ressoou pela câmara. Só que desta vez não houvera blecaute. Gray girou ao redor, percebendo seu erro. A curiosidade havia baixado sua guarda. Em nenhum momento o dr. Ulmstrom havia se afastado da porta.

Agora, o curador estava do lado de fora, trancando a fechadura.

Ele gritou através do vidro grosso, sem dúvida à prova de balas.

– Agora vocês vão entender o verdadeiro significado da *Todesrune.*

Um estalo alto soou em seguida e todas as luzes escureceram. Como não havia janelas, a câmara foi tragada por uma completa escuridão.

No silêncio que se seguiu ao choque, ouviu-se um novo som: um forte sibilo.

Ele não vinha, porém, de nenhuma cobra ou serpente.

Gray sentiu o gosto na parte de trás da língua.

Gás.

13:38h
Himalaia

Os três helicópteros espalharam-se para uma aproximação de ataque.

Painter observou a aproximação dos helicópteros por intermédio de binóculos. Ele havia desafivelado o cinto e ocupado o assento do co-piloto. Reconheceu os helicópteros do inimigo: Eurocopter Tigers, de peso médio, providos de plataformas de armas e mísseis ar-ar.

– O helicóptero é equipado com armas? – Painter perguntou a Gunther.

– *Nein.* – Ele sacudiu a cabeça.

Gunther pisou nos pedais do leme a fim de mudar de rumo, afastando-se dos adversários. Inclinou o helicóptero para a frente e acelerou. Aquela era a única verdadeira medida defensiva deles: a velocidade.

O A-Star, mais leve e desprovido de armas, era mais rápido e mais fácil de ser manobrado. Porém, mesmo aquela vantagem tinha suas limitações.

Painter sabia em que direção Gunther estava indo agora, forçado pelos outros. Painter havia examinado minuciosamente os mapas daquela região. A fronteira chinesa ficava apenas a cinqüenta quilômetros de distância.

Se os helicópteros de ataque não os eliminassem, a invasão do espaço aéreo chinês se ocuparia disso. E, com as atuais tensões entre o governo nepalês e os rebeldes maoístas, a fronteira era rigorosamente vigiada. Eles literalmente não tinham escolha.

Anna gritou do assento traseiro, a cabeça esticada para observar a retaguarda deles.

– Disparo de míssil!

Antes mesmo que ela completasse a advertência, uma faixa de fumaça e fogo passou zunindo como um raio pelo bombordo deles, sem acertar o alvo por poucos metros. O míssil chocou-se contra a crista da montanha coberta por uma crosta de gelo adiante. Fogo e rocha arremessaram-se para o alto. Uma parte enorme do penhasco desprendeu-se e começou a se deslocar, como um deslizamento de gelo de uma geleira.

Gunther inclinou o helicóptero para o lado e aumentou a velocidade para se livrar da chuva de fragmentos.

Ele fez o helicóptero descer bruscamente e acelerou por entre duas cristas de pedra. Eles estavam temporariamente fora da linha direta de fogo.

– E se nós aterrissássemos rápido e fugíssemos a pé? – perguntou Anna.

Painter sacudiu a cabeça, gritando a fim de ser ouvido acima do barulho do motor.

– Conheço esses Tigers, eles têm raios infravermelhos. O calor produzido pelo nosso corpo simplesmente nos denunciaria. Então não haveria como escapar às armas ou aos foguetes deles.

– Então o que vamos fazer?

A cabeça de Painter ainda sofria espasmos repentinos e violentos. Sua visão se contraíra a um foco de laser.

Lisa respondeu, inclinando-se para a frente, os olhos fixos na bússola.

– Everest – disse ela.

– O quê?

Ela acenou com a cabeça para a bússola.

– Nós estamos seguindo direto para o Everest. E se aterrissássemos lá e nos perdêssemos em meio à massa de alpinistas?

Painter refletiu sobre o plano dela. *Esconder-se da vista de todos.*

– A tempestade deixou a montanha apinhada – ela continuou em voz alta. – Cerca de duzentas pessoas estavam esperando para escalar quando eu parti. Incluindo alguns soldados nepaleses. Pode ser até que haja mais depois da destruição do mosteiro pelo incêndio.

Lisa olhou de relance para Anna. Painter interpretou a expressão dela. Eles estavam lutando pela própria vida junto com o mesmo inimigo que havia queimado completamente o mosteiro. Mas um adversário maior ameaçava-os todos. Embora Anna tivesse feito escolhas brutais, imperdoáveis, essa outra facção havia tornado necessárias as ações dela, pondo em movimento a cadeia de acontecimentos que os atraíra até ali.

E Painter sabia que aquilo não pararia ali. Era apenas o começo, um estratagema destinado a desviar a atenção deles. Algo monstruoso estava em curso. As palavras de Anna ecoaram em sua cabeça latejante.

Nós temos de detê-los.

– Com tantos telefones via satélite e transmissão de vídeos do acampamento-base, eles não ousariam atacar – Lisa concluiu.

– Ou é o que esperamos – disse Painter. – Se eles não recuarem, colocaremos muitas pessoas em risco.

Lisa recostou-se, digerindo as palavras dele. Painter sabia que o irmão dela estava entre as pessoas no acampamento-base. Os olhos dela encontraram os dele.

– É muito importante – disse ela, chegando à mesma conclusão à qual ele chegara pouco antes. – Nós temos de correr esse risco. A notícia deve ser divulgada!

Painter correu os olhos pela cabine.

– O vôo será mais curto se *sobrevoarmos* o ombro do Everest para chegarmos ao outro lado do que se seguirmos a rota mais longa *em torno* da montanha – Anna disse e apontou para o paredão da montanha diante deles.

– Então vamos seguir para o acampamento-base – disse Painter.

Todos eles estavam de acordo.

Os outros não.

Um helicóptero rugiu sobre a crista da montanha, seus esquis passando diretamente acima dos rotores do helicóptero deles. O intruso pareceu pasmado por deparar com eles. O Tiger girou e subiu numa pirueta de surpresa.

Mas eles haviam sido descobertos.

Painter rezou para que os outros estivessem espalhados num amplo padrão de busca; por outro lado, porém, um Tiger só bastava.

O desarmado A-Star deles saiu da depressão e entrou num desfiladeiro mais amplo, uma garganta em forma de tigela repleta de neve e gelo. Não havia abrigo. O piloto do Tiger reagiu rapidamente, mergulhando na direção deles.

Gunther aumentou a velocidade do motor e o passo das pás das hélices, tentando uma corrida a toda velocidade. Eles podiam deixar o Tiger, mais pesado, para trás, mas não seus mísseis.

Para evidenciar isso, ao mergulhar, o Tiger abriu fogo com suas plataformas de armas, cuspindo chamas e deixando um rastro de destruição pela neve.

– Pare de se preocupar em deixar o filho-da-puta para trás! – gritou Painter e apontou o polegar para cima. – Mude a corrida para esta direção.

Gunther olhou de relance para ele, as espessas sobrancelhas franzidas.

– Ele é mais pesado – explicou Painter movendo as mãos. – Podemos subir a uma altitude mais elevada. Para onde ele não pode nos seguir.

Gunther fez um aceno de cabeça e puxou para trás a alavanca do comando coletivo, transformando o movimento para a frente em movimento vertical. Como um elevador expresso, o helicóptero disparou para cima.

O Tiger foi pego de surpresa pela súbita mudança de direção e levou um momento extra para segui-los, subindo numa espiral atrás deles.

Painter deu uma olhada no altímetro. O recorde mundial de altitude alcançado por um helicóptero fora estabelecido por um A-Star sem acessórios especiais. Ele havia aterrissado no cume do Everest. Eles não precisavam subir tanto. O Tiger equipado com armas pesadas já estava sumindo aos poucos desde que eles ultrapassaram a marca de 22 mil pés, os rotores dele girando inutilmente no ar rarefeito, tornando difícil manter a guinada e o balanço rotacional, impedindo um ângulo de ataque necessário para empregar seus mísseis.

Por enquanto, o helicóptero deles continuava a subir rumo à segurança.

Mas eles não podiam permanecer ali em cima para sempre.

O que subia tinha de descer.

E, como um tubarão nadando em círculos, o helicóptero de ataque aguardava abaixo. Tudo o que ele precisava fazer era segui-los. Painter avistou os dois outros Tigers voarem na direção deles, chamados para a caça, uma alcatéia aproximando-se por todos os lados de sua presa ferida.

– Fique acima do helicóptero – disse Painter, fazendo um sinal com a palma de uma das mãos sobre a outra.

A expressão carrancuda de Gunther não abrandou, mas ele obedeceu.

Painter virou-se para Anna e Lisa.

– Vocês duas olhem pelas suas janelas laterais. Me digam quando o Tiger estiver bem embaixo de nós.

Elas responderam com acenos de cabeça.

Painter voltou sua atenção para a alavanca diante dele.

– Estamos quase lá! – gritou Lisa do seu lado.

– Agora! – reagiu Anna um segundo depois.

Painter puxou a alavanca. Ela controlava a unidade de içamento no trem de pouso do helicóptero. A corda com arnês havia baixado Painter mais cedo, quando ele estava perseguindo a assassina. Mas agora ele não estava baixando o arnês. A alavanca de emergência que ele segurou era usada para soltar o equipamento, caso emperrasse. Ele a puxou completamente para trás e sentiu o estalo do desengate.

Pressionou o rosto contra a janela.

Gunther fez uma curva, inclinando o helicóptero para que eles pudessem ver melhor.

A unidade de içamento caiu longitudinalmente, fazendo a corda desenrolar-se de maneira caótica.

Ele acertou o Tiger abaixo, chocando-se contra os rotores. O efeito foi tão destrutivo quanto o de qualquer bomba explosiva. As hélices partiram-se, voando em todas as direções. O helicóptero girou em torno do próprio eixo a uma velocidade vertiginosa, sacudindo-se para os lados e desaparecendo.

Sem tempo de sobra, Painter apontou para o único vizinho deles naquela altitude. O cume branco do Everest erguia-se adiante, envolto por nuvens.

Eles tinham de alcançar o acampamento-base nas suas encostas inferiores – mas abaixo o céu não era seguro.

Dois outros helicópteros, zangados como vespões, voavam a toda velocidade na direção deles.

E Painter não tinha mais unidades de içamento.

Lisa observou os outros helicópteros precipitarem-se na direção deles, passando de mosquitos a falcões. Agora era uma competição.

Inclinando o helicóptero abruptamente, Gunther saiu da atmosfera rarefeita. Dirigiu-se ao desfiladeiro entre o Everest e seu monte vizinho, o Lhotse. Uma crista em forma de ombro – o famoso desfiladeiro sul – ligava o Lhotse ao Everest. Eles precisavam transpor sua beira para que a montanha ficasse entre eles e os outros. No outro lado, o acampamento-base ficava ao pé do desfiladeiro.

Se eles pudessem alcançá-lo...

Ela imaginou o irmão, seu sorriso abobalhado, o cabelo levantado na parte de trás da cabeça, que ele estava sempre tentando alisar. Em que eles estavam pensando, ao trazerem aquela guerra ao acampamento-base, até o irmão dela?

Na frente dela, Painter estava curvado junto com Gunther. O rugido do motor devorava as palavras deles. Ela precisava confiar em Painter. Ele não colocaria a vida de ninguém em risco sem necessidade.

O desfiladeiro ergueu-se na direção deles. O mundo expandiu-se do lado de fora quando eles mergulharam rumo ao desfiladeiro na montanha. O Everest enchia o estibordo, uma coluna de neve soprando de seu cume. O Lhotse, a quarta montanha mais alta do mundo, era uma muralha à esquerda.

Gunther aumentou o declive do ângulo deles. Lisa segurou nas correias de seu assento. Ela teve a impressão de que poderia sair pelo pára-brisa dianteiro. Adiante, o mundo transformou-se num lençol de gelo e neve.

Um grito sibilante abafou o ruído do motor.

– Míssil! – gritou Anna.

Gunther puxou o manche. O nariz do helicóptero projetou-se para cima e deu uma guinada para a direita. O míssil passou voando sob os esquis do helicóptero e colidiu com a crista leste do desfiladeiro. Fogo subiu rumo ao céu. Gunther inclinou o helicóptero para livrá-los da erupção, baixando subitamente o nariz outra vez.

Pressionando a face contra a janela lateral, Lisa olhou para trás. Os dois helicópteros haviam se aproximado mais, voando obliquamente na direção deles. Em seguida, uma parede de gelo interrompeu a visão.

– Nós estamos sobre a crista! – gritou Painter. – Segurem-se firmes!

Lisa virou-se. O helicóptero mergulhou na vertiginosa encosta do desfiladeiro sul. Neve e gelo passavam voando embaixo deles. À frente, uma mancha mais escura apareceu: acampamento-base.

Eles seguiram para lá, como se quisessem espatifar-se de ponta-cabeça na cidade de barracas.

O acampamento crescia abaixo deles, mais a cada segundo, bandeiras de orações tremulando, cada barraca agora visível.

– Nossa aterrissagem vai ser difícil! – gritou Painter.

Gunther não reduziu a velocidade.

Uma oração, ou talvez um mantra, aflorou aos lábios de Lisa.

– Ai, meu Deus... ai, meu Deus... ai, meu Deus...

No último instante, Gunther fez o helicóptero parar, lutando com os controles. Rajadas de vento avançavam contra ele. A aeronave continuou a cair, os rotores agora guinchando.

O mundo além parecia um carrossel.

Jogada de um lado para outro, Lisa segurou nos braços do assento.

Em seguida, os esquis bateram com força no chão, e o nariz do helicóptero inclinou-se ligeiramente para baixo, lançando Lisa para a frente. O cinto de segurança a segurou. O distúrbio no ar causado pelos rotores revolveu a neve em rajadas, mas o helicóptero equilibrou-se nos seus patins, nivelado.

– Saiam todos! – gritou Painter enquanto Gunther desligava o motor.

As portinholas estalaram e eles desceram.

Painter apareceu ao lado de Lisa, dando-lhe o braço. Depois vieram Anna e Gunther. Uma massa de pessoas foi na direção deles. Lisa ergueu os olhos para a crista da montanha. Fumaça resultante do ataque do míssil erguia-se atrás do desfiladeiro. Todos no acampamento deviam ter ouvido, as barracas ficaram vazias.

Vozes numa mistura indistinta de línguas os surpreenderam.

Lisa, meio ensurdecida pelo helicóptero, sentia-se distante de tudo aquilo.

Então uma voz chegou até ela.

– Lisa!

Ela virou-se. Uma forma familiar de calça de neve preta e camisa térmica cinza abria caminho através da multidão, com cotoveladas e empurrões.

– Josh!

Painter permitiu que ela se afastasse do grupo para ir ao encontro dele. Pouco depois, Lisa estava nos braços do irmão, dando-lhe um abraço apertado. Ele cheirava vagamente a iaques. Ela jamais sentira um cheiro melhor.

Gunther grunhiu atrás deles.

– *Paß auf!*[30]

Um aviso.

Gritos ergueram-se em volta deles. A atenção desviou-se numa onda que se espalhava. Braços apontaram.

Lisa soltou-se dos braços do irmão.

Dois helicópteros de ataque flutuavam no alto do desfiladeiro, agitando a fumaça produzida pelo impacto do míssil. Eles pairavam no lugar, predatórios, letais.

Vão embora, Lisa orou, desejando isso com toda sua força. *Simplesmente vão embora.*

– Quem são eles? – perguntou uma nova voz, num tom agudo e irritante.

Lisa não precisou se virar para reconhecer Bob de Boston, um erro de seu passado. O sotaque e a eterna tendência a lamuriar-se identificavam-no com bastante clareza. Sempre intrometido, ele devia ter seguido Josh. Ela o ignorou.

Josh, porém, parecia ter percebido a tensão dela quando os helicópteros apareceram.

– Lisa...?

Ela sacudiu a cabeça, os olhos fixos no céu. Ela precisava de toda sua concentração para sugestioná-los a ir embora.

Mas foi em vão.

Em perfeita harmonia, ambos os helicópteros pararam de flutuar no ar e mergulharam encosta abaixo, na direção deles. Rápidas sucessões de fogo iluminavam o nariz deles. Neve e gelo eram revolvidos em linhas paralelas de morte, destruindo a encosta, seguindo diretamente para o acampamento-base.

– Não... – gemeu Lisa.

– Que diabo você fez? –Bob gritou, recuando.

A multidão, aturdida e congelada por um momento, de repente começou a gritar, separando-se e fugindo em todas as direções.

[30] Em alemão no original: Cuidado! (N. do T.)

Painter segurou o outro braço de Lisa. Ele a levou dali, arrastando Josh também. Eles recuaram, mas não havia onde se esconder.

– Um rádio! – Painter gritou para Josh. – Onde há um rádio?

O irmão dela olhava em silêncio para o céu.

Lisa sacudiu o braço do irmão, atraindo seus olhos para baixo.

– Josh, precisamos encontrar um rádio.

Ela entendeu o raciocínio de Painter. Acima de tudo, a notícia do que havia acontecido tinha de chegar ao mundo exterior.

O irmão dela tossiu, recuperou o controle e apontou.

– Por aqui... uma rede de comunicação de emergência foi montada depois do ataque dos rebeldes ao mosteiro.

Ele correu para uma grande barraca vermelha.

Lisa observou que Bob de Boston os acompanhou, olhando por cima do ombro, sentindo a autoridade que emanava de Painter e Gunther. Ou talvez fosse o fuzil automático que Gunther carregava. O alemão havia enfiado outra granada no lançador da arma. Ele estava pronto para resistir uma última vez, protegê-los enquanto tentavam comunicar-se pelo rádio.

Porém, antes de chegarem à barraca, Painter gritou:

– Abaixem-se!

Ele puxou Lisa para o chão. Todos seguiram o seu exemplo, embora Josh tivesse de puxar Bob pelas pernas.

Um som estridente, novo e estranho, ecoou subitamente das montanhas.

O olhar de Painter esquadrinhou o céu.

– O que...? – perguntou Lisa.

– Espere – disse Painter, com uma expressão confusa.

Em seguida, sobre o ombro do monte Lhotse, foram avistados dois jatos militares, formando duas esteiras de fumaça gêmeas. Fogo cintilou sob suas asas.

Mísseis.

Oh, não!

Mas o alvo não era a base. Os jatos abriram fogo acima, afastando-se como um raio e produzindo um estrondo ao passarem, e voaram diretamente para a atmosfera rarefeita.

Os dois helicópteros de ataque, que já haviam descido três quartos da encosta, explodiram quando os mísseis termo guiados lançados pelos jatos se chocaram contra eles. Ruínas flamejantes bateram com força na encosta, projetando neve e chamas no ar. Choveram detritos, mas o acampamento não foi atingido.

Painter ficou em pé e em seguida ajudou Lisa a levantar-se.

Os outros seguiram seu exemplo.

Bob avançou, dirigindo-se a Lisa de modo intimidador.

– Que diabo foi tudo isso? Que merda você fez descer sobre a nossa cabeça?

Lisa deu-lhe as costas. O que havia se apoderado dela em Seattle a ponto de ela dormir com ele? Era como se tivesse sido outra mulher.

– Não vire as costas para mim, sua cadela!

Lisa girou, os dedos fechados, mas não foi preciso. Painter já estava ali. O braço dele avançou com força e acertou em cheio a cara do homem. Lisa já tinha ouvido a expressão "nocauteado com um golpe", mas jamais a havia testemunhado. Bob recuou, rígido com uma tábua, e desabou no chão. Ele não se levantou, estatelado, o nariz quebrado, desacordado.

Painter sacudiu a mão, estremecendo.

Josh ficou embasbacado, depois riu.

– Puxa, cara, tem uma semana que eu estava querendo fazer isso.

Antes que se pudesse dizer mais alguma coisa, um homem de cabelos ruivos saiu da barraca de comunicação vermelha. Ele usava um uniforme das Forças Armadas. Um uniforme das Forças Armadas dos *Estados Unidos*. Ele encaminhou-se para o grupo deles e seus olhos pousaram em Painter.

– Diretor Crowe? – perguntou o homem, com a fala arrastada típica da Geórgia e o braço estendido.

Painter apertou a mão dele, fazendo uma careta ao sentir a pressão sobre os nós feridos de seus dedos.

– Logan Gregory lhe manda lembranças, senhor.

O homem acenou com a cabeça para o monte de ruínas fumegando na encosta.

– Antes tarde do que nunca – disse Painter.

– Ele está ao telefone e deseja falar com o senhor. Por favor, venha comigo.

Painter acompanhou o oficial da Força Aérea, major Brooks, até a barraca de comunicação. Lisa tentou ir atrás com Anna e Gunther, mas o major Brooks ergueu um braço, impedindo a passagem deles.

– Já, já eu estarei de volta – tranqüilizou-os Painter. – Esperem por mim.

Ele abaixou-se e entrou na barraca. Dentro dela havia uma série de equipamentos. Um oficial de comunicações afastou-se de uma estação de telecomunicação por satélite. Painter assumiu o lugar dele, pegando o fone.

– Logan?

A voz saiu clara.

– Diretor Crowe, é maravilhoso saber que o senhor está bem.

– Eu acho que tenho de lhe agradecer por isso.

– Nós recebemos seu pedido de socorro.

Painter fez um aceno de cabeça. Então sua mensagem havia saído, enviada pelo aumento da amplitude do sinal do amplificador improvisado no castelo. Felizmente, o sinal GPS havia sido transmitido antes da explosão do sobrecarregado amplificador. Obviamente, fora suficiente para ser rastreado.

– Foram necessárias algumas decisões rápidas para organizar a vigilância e trabalhar em conjunto com as Forças Armadas Nepalesas – explicou Logan. – No entanto, foi por um triz, por um triz.

Logan devia ter monitorado toda a situação por satélite, talvez desde o momento em que eles fugiram do castelo. Mas os detalhes podiam esperar. Painter tinha preocupações mais importantes.

– Logan, antes de fazer um relatório completo, preciso que você comece uma investigação. Vou lhe mandar por fax um símbolo, uma tatuagem. – Painter gesticulou para o major Brooks como se estivesse escrevendo num bloco, e trouxeram-lhe material de escritório. Ele desenhou rapidamente o símbolo que tinha visto na mão da assassina. Era tudo o que eles tinham para prosseguir.

– Comece imediatamente – prosseguiu Painter. – Veja se consegue descobrir se alguma organização terrorista, partido político, cartel de drogas ou mesmo um grupo de escoteiros pode estar associado a este símbolo.

– Cuidarei disto agora mesmo.

Ao terminar um desenho grosseiro da tatuagem em forma de trevo-de-quatro-folhas, Painter o passou para o oficial de comunicações, que foi até um aparelho de fax e introduziu a página nele.

Durante a transmissão, Painter resumiu o que acontecera. Ele estava grato por Logan não tê-lo interrompido com perguntas demais.

– Você já recebeu o fax? – perguntou Painter depois de alguns minutos.

– Sim, ele acabou de chegar às minhas mãos.

– Ótimo. A investigação... dê prioridade máxima a ela.

Seguiu-se uma longa pausa. Problemas no aparelho transmissor. Painter pensou que talvez eles tivessem perdido o sinal, mas em seguida Logan falou, hesitante, confuso.

– Senhor...

– O que é?

– Eu conheço este símbolo. Grayson Pierce o enviou para mim há oito horas.

– O quê?

Logan explicou os acontecimentos em Copenhague. Painter lutou para se concentrar. Com a adrenalina da perseguição se dissipando, o latejamento em sua cabeça confundia sua atenção e raciocínio. Ele lutou contra isso, juntando as peças. Os mesmos assassinos estavam atrás de Gray, *Sonnenkönige* nascidos sob a influência de um Sino estrangeiro. Mas o que eles estavam fazendo na Europa? Qual era a importância de um monte de livros? No momento, Gray estava na Alemanha, investigando ainda mais a pista, vendo o que conseguia descobrir.

Painter fechou os olhos, e sua dor de cabeça piorou. Os ataques na Europa apenas confirmavam ainda mais seu medo de que alguma coisa global estivesse em curso. Alguma coisa muito importante estava em movimento, prestes a ser realizada.

Mas o quê?

Havia apenas um lugar por onde começar, uma única pista.

– O símbolo deve ser importante. Temos de descobrir a quem ele pertence.

Logan falou claramente.

– Eu acho que tenho essa resposta.

– O quê? Já?

– Eu tive oito horas, senhor.

Certo. É claro. Painter sacudiu a cabeça. Ele baixou os olhos para a caneta em sua mão e, em seguida, notou algo estranho. Virou a mão. A unha de seu dedo anular se fora, tinha sido arrancada, talvez pouco antes, quando ele deu o soco naquele filho-da-puta. Não havia sangue, apenas palidez, carne ressecada, dormência e frio.

Painter entendeu o significado.

O tempo estava se esgotando.

Logan explicou o que sabia. Painter o interrompeu.

– Você passou essa informação secreta para Gray?

– Ainda não, senhor. Estamos com dificuldade de entrar em contato com ele no momento.

Painter franziu as sobrancelhas, descartando suas preocupações com a própria saúde.

– Transmita a notícia para ele – disse Painter com firmeza. – Do jeito que você puder. Gray não tem idéia do que está enfrentando.

9:50h
Castelo Wewelsburg, Alemanha

Luz tremeluziu na cripta quando Monk acendeu uma lanterna.

Gray encontrou a própria lanterna e a tirou da mochila. Ele a ligou, apontando-a para cima. Pequenos respiradouros contornavam as extremidades da abóbada. Um gás esverdeado começou a invadir a câmara, mais pesado do que o ar, descendo em cascatas de fumaça de todos os orifícios.

Eles eram altos demais e muito numerosos para serem tampados.

Fiona aproximou-se dele. Ryan estava no outro lado do fosso, os braços entrelaçados em torno de si mesmo, sem acreditar em seus olhos.

Um movimento atraiu a atenção de Gray de volta para Monk.

Ele havia sacado sua Glock 9mm e apontado para a porta de vidro.

– Não! – gritou Gray.

Tarde demais. Monk disparou.

A detonação da pistola ecoou, acompanhada por um zunido agudo quando a bala ricocheteou no vidro e acertou um respiradouro de aço, produzindo uma centelha. Pelo menos, parecia que o gás não era inflamável. A centelha poderia tê-los matado.

Monk pareceu perceber a mesma coisa.

– À prova de balas – disse num tom mal-humorado.

O curador confirmou isso.

– Tivemos de instalar segurança extra. Muitos neonazistas tentavam invadir a câmara.

O reflexo de suas lanternas no vidro ocultava a posição dele.

– Filho-da-puta – murmurou Monk.

O gás começou a preeencher a área inferior. O cheiro dele era rançoso e adocicado, mas o gosto era picante. Pelo menos não era cianeto, que possuía odor amargo de amêndoas.

– Continuem em pé, com a cabeça erguida – disse Gray. – Vão para o centro do aposento, para longe dos respiradouros.

Eles reuniram-se ao redor do fosso cerimonial. A mão de Fiona encontrou a dele. Ela a segurou com força e ergueu a outra mão.

– Eu bati a carteira dele, se é que isso faz alguma diferença.

Monk viu o que ela segurava.

– Excelente. Você não conseguiu roubar as chaves dele?

– Meu... meu pai sabe que nós estamos aqui em cima! Ele vai chamar a *Polizei*! – Ryan gritou em alemão.

Gray teve de reconhecer o mérito do rapaz. Ele estava esforçando-se ao máximo.

Uma nova voz respondeu, sem rosto atrás do vidro refletor.

– Eu acho que seu pai não vai chamar ninguém... nunca mais.

As palavras não foram pronunciadas como uma ameaça, apenas como uma afirmação.

Ryan deu um passo para trás, como se tivesse sido atingido fisicamente. Seus olhos moveram-se rapidamente para Gray e depois de novo para a porta.

Gray reconheceu a voz. E Fiona também. Os dedos dela apertaram com força os dele. Era o comprador tatuado da casa de leilões.

– Desta vez vocês não vão usar nenhum dos seus truques – disse o homem. – Vocês não vão escapar.

Gray começou a ficar tonto. Seu corpo foi ficando mais leve, cada vez mais sem peso. Ele sacudiu a cabeça a fim de se sentir melhor. O homem tinha razão. Eles não conseguiriam escapar. Mas aquilo não significava que estavam indefesos.

Conhecimento era poder.

Gray virou-se para Monk.

– Tire o isqueiro da sua mochila – ordenou ele.

Enquanto Monk obedecia, Gray pôs a própria mochila no chão, tirou seu bloco de anotações e o atirou no fosso.

– Monk, jogue aí dentro as cópias que Ryan tirou. – Gray estendeu a mão. – Fiona, a Bíblia, por favor.

Ambos obedeceram.

– Acenda o fosso – disse Gray.

Monk acendeu seu isqueiro e ateou fogo a uma das cópias que Ryan fizera pouco antes. Ele a jogou no fosso. Dentro de segundos, algumas chamas e fumaça ergueram-se, consumindo tudo. A fumaça que subia pareceu até repelir o veneno momentaneamente... ou era o que Gray esperava. A cabeça dele girou como se estivesse bêbado.

Além da porta, vozes murmuravam, baixas demais para que pudessem ser entendidas.

Gray ergueu a Bíblia de Darwin.

– Só nós sabemos que segredo está oculto nesta Bíblia! – gritou ele.

O assassino de cabelos branco-alourados, ainda sem rosto por trás do vidro, respondeu, vagamente divertido:

– O dr. Ulmstrom decifrou tudo que precisávamos saber: a runa *Mensch*. A Bíblia não tem mais valor para nós.

– É mesmo? – Gray ergueu o livro, iluminando-o com a sua lanterna. – Nós mostramos a Ulmstrom apenas o que Hugo Hirszfeld escreveu no papelão *de trás* da Bíblia, mas não o que estava desenhado no *da frente*!

Depois de um momento de silêncio, as vozes reduziram-se outra vez a murmúrios furtivos. Gray julgou ter ouvido a voz de uma mulher, talvez a gêmea pálida do homem louro.

Um claro *Nein* defensivo elevou-se na voz de Ulmstrom.

Fiona tropeçou ao lado dele, os joelhos dela fraquejando. Monk a segurou, mantendo a cabeça da garota acima do crescente acúmulo de gás venenoso. Mas mesmo as pernas dele cambalearam.

Gray não podia esperar mais.

Ele acendeu sua lanterna a fim de obter um efeito dramático e atirou a Bíblia no fosso em chamas. Ele ainda era católico romano o suficiente para sentir uma pontada de apreensão ao queimar uma Bíblia. As velhas páginas incendiaram-se imediatamente, tremeluzindo até a altura dos joelhos deles. Uma nova espiral de fumaça projetou-se para cima.

Gray respirou fundo, fazendo sua voz soar o mais convincente possível, precisando persuadi-los.

– Se nós morrermos, o segredo da Bíblia de Darwin morrerá também!

Ele aguardou, rezando para que seu ardil desse certo.

Um segundo... dois...

O gás subia embaixo deles. Cada inspiração agora causava náusea.

Ryan caiu subitamente, como se alguém tivesse cortado os cordões que o sustentavam em pé. Monk estendeu a mão para o braço dele, mas caiu apoiado num joelho, sobrecarregado por Fiona. Ele não voltou a se levantar: tombou, levando Fiona consigo.

Gray olhava fixamente para a porta preta. A lanterna de Monk rolou de seus dedos frouxos e saiu girando. Será que ainda havia alguém lá fora? Será que alguém acreditara nele?

Ele jamais saberia.

Quando o mundo desapareceu de vista, Gray mergulhou na escuridão.

17:30h
Reserva Hluhluwe-umfolozi

A milhares de quilômetros de distância, outro homem despertou.

O mundo retornou num miasma de dor e cores. Seus olhos moveram-se rapidamente para algo que esvoaçava sobre seu rosto, as asas de um pássaro. Um canto monótono enchia seus ouvidos.

– Ele está despertando – disse outra pessoa em zulu.

– Khamisi... – dessa vez foi a voz de uma mulher.

Levou um instante para que o homem que despertava associasse o nome a si mesmo. Ele se ajustava com dificuldade. Um gemido chegou a seus ouvidos. Em sua própria voz.

– Ajude-o a se sentar – disse a mulher.

Ela também falava zulu, mas tinha um sotaque britânico, familiar.

Khamisi sentiu quando foi arrastado para cima e colocado numa posição desengonçada, apoiado por travesseiros. Sua visão estabilizou-se. O aposento, uma cabana de tijolos de argila, estava escuro, mas dolorosos raios de luz penetravam em volta das janelas abrigadas e pelas extremidades de um tapete que fazia as vezes de porta da cabana. O telhado era decorado com cabaças coloridas, tranças de couro cru e fileiras de penas. O odor do local estava saturado de fragrâncias estranhas.

Alguma coisa estava presa embaixo de seu nariz. Recendia a amônia e empurrava sua cabeça para trás.

Ele debateu-se um pouco e viu que seu braço direito arrastava consigo uma linha intravenosa conectada a uma bolsa suspensa com um líquido amarelado. Seus braços estavam presos.

De um lado, o xamã de peito nu, usando um cocar, mantinha seu ombro firme. Fora ele quem estivera cantando e agitando uma asa de abutre dessecada sobre seu rosto, para afastar os carniceiros da morte.

Do outro lado, a dra. Paula Kane segurou seu braço, baixando-o de novo sobre a manta que ocultava sua nudez. O tecido estava encharcado de suor.

– Onde... o que...? – resmungou ele.

– Água – ordenou Paula.

A terceira pessoa no aposento, um ancião zulu corcunda, obedeceu e passou um cantil entalhado.

– Você consegue segurá-lo? – perguntou Paula.

Khamisi fez um aceno positivo de cabeça, as forças voltando debilmente. Ele pegou o cantil e bebeu a água tépida, libertando sua língua pastosa e suas lembranças. O ancião que trouxe o cantil... estivera na casa de Khamisi.

Seu coração de repente acelerou. Sua outra mão, arrastando a linha intravenosa, ergueu-se até seu pescoço, no qual havia um curativo. Ele lembrou-se de tudo: do dardo com presas, da mamba negra, da encenação do ataque pela serpente.

– O que aconteceu?

O velho preencheu as lacunas. Khamisi reconheceu o ancião que relatara ter visto um *ukufa* pela primeira vez no parque cinco meses antes. Na ocasião, suas afirmações tinham sido desdenhadas até por Khamisi.

– Eu soube o que aconteceu com a sá dotora. – Ele fez um aceno de cabeça para Paula em solidariedade e pesar. – E ouvi o que tu diz que viu. As pessoas fala. Eu passo pela tua casa pra conversar com tu. Mas tu não tá em casa. Então espero. Outros vêm, eu me escondo. Eles corta uma serpente, uma mamba, faz magia negra. Eu fico escondido.

Khamisi fechou os olhos, lembrando-se. Então ele chegara em casa, fora atingido pelo dardo e abandonado para morrer. Porém, seus agressores não sabiam que o velho estava escondido nos fundos da casa.

– Eu saio – continuou o ancião – e chamo outros. Em segredo, nóis leva tu embora.

Paula Kane terminou a história.

– Nós trouxemos você para cá – disse ela. – O veneno quase o matou, mas a medicina – tanto a moderna quanto a antiga – o salvou. Foi por um triz.

Khamisi olhou do frasco de infusão intravenosa para o xamã.

– Obrigado.

– Você se sente forte o bastante para andar? – indagou Paula. – Você deveria mover seus membros. O veneno atinge o sistema circulatório como uma carga de tijolos.

Com a ajuda do xamã, Khamisi levantou-se, mantendo recatadamente a manta encharcada em torno da cintura. O xamã o ajudou a chegar à porta. Enquanto dava os primeiros passos, ele sentiu-se fraco como um bebê, mas uma pequena força logo se espalhou pelos seus membros.

O tapete que cobria a entrada foi puxado para o lado.

A luz e o calor do dia penetraram na cabana, ofuscantes, fortíssimos.

Ele supôs que fosse o meio da tarde. O sol baixava no oeste.

Protegendo os olhos, ele saiu da cabana.

Reconheceu a pequenina aldeia zulu. Ela ficava na extremidade da Reserva Hluhluwe-umfolozi. Não muito longe de onde eles haviam encontrado o rinoceronte, de onde a dra. Fairfield fora atacada.

Khamisi olhou para Paula Kane. Ela estava em pé, os braços cruzados, o rosto exausto.

– Foi o guarda-caça-chefe – disse Khamisi. Ele não tinha dúvida. – Ele queria me silenciar.

– Sobre a maneira como Marcia morreu. Sobre o que você viu.

Ele acenou com a cabeça.

– O que você...?

As palavras dela foram interrompidas por um helicóptero bimotor que passou a toda velocidade, voando baixo e ruidosamente. O distúrbio no ar causado pelos rotores agitou os arbustos e os galhos das árvores. Tapetes tremularam na entrada das cabanas, como que tentando expulsar o intruso.

A pesada aeronave afastou-se velozmente, passando baixo sobre a savana.

Khamisi a observou. Não era uma excursão turística.

Ao lado dele, Paula havia erguido um par de binóculos Bushnell e acompanhava a aeronave. Ela flutuou mais um pouco e depois se preparou para a aterrissagem. Khamisi afastou-se um pouco mais para observar.

Paula passou-lhe os binóculos.

– Os vôos estão chegando e saindo o dia inteiro.

Khamisi ergueu os binóculos. O mundo ampliou-se e aproximou-se. Ele viu o helicóptero descer atrás de uma cerca preta de três metros de altura. Ela marcava o limite da propriedade particular dos Waalenberg. O helicóptero desapareceu atrás dela.

– Alguma coisa os deixou todos agitados – disse Paula.

Os pêlos na nuca de Khamisi ficaram arrepiados.

Ele girou o foco, fixando-o mais atentamente na cerca. Os velhos portões principais, raramente usados, estavam fechados. Ele reconheceu o antigo timbre da família, feito com filigrana de prata de um lado a outro dos portões. A cruz e a coroa dos Waalenberg.

TERCEIRA PARTE

CAPÍTULO 11

O demônio na máquina

00:33h
Sobrevoando o Oceano Índico

– A capitã Bryant e eu faremos o possível para investigar os Waalenberg aqui em Washington – disse Logan Gregory pelo telefone.

Painter usava um fone de ouvido com microfone. Ele precisava das mãos livres enquanto mexia na montanha de papéis que Logan havia enviado por fax para o centro de investigação deles em Catmandu. Eles continham tudo sobre os Waalenberg: história da família, relatórios financeiros, vínculos internacionais, até mesmo fofocas e insinuações.

No alto da pilha estava uma fotografia: um homem e uma mulher descendo de uma limusine. Gray Pierce havia tirado a foto de uma suíte de hotel no outro lado da rua de uma casa de leilões, antes do início do evento. A vigilância digital havia confirmado a avaliação de Logan. A tatuagem estava ligada ao clã Waalenberg. Os dois na foto eram os gêmeos Isaak e Ischke Waalenberg, os herdeiros mais jovens da fortuna da família, uma fortuna que rivalizava com o produto nacional bruto da maioria dos países.

Mas, ainda mais importante, Painter reconheceu a pele pálida e os cabelos brancos. Os dois eram mais que herdeiros: eram *Sonnenkönige*. Como Gunther, como a assassina no castelo na montanha.

Painter olhou para a frente da cabine do Gulfstream.

Gunther dormia, esparramado num sofá, as pernas pendendo sobre a extremidade. Sua irmã, Anna, estava sentada em uma poltrona próxima, encarando uma pilha de pesquisas tão desanimadora quanto a de Painter. Os dois estavam sob a guarda do major Brooks e de dois Rangers americanos armados. Os papéis agora estavam invertidos: os captores haviam se tornado prisioneiros. Porém, apesar da mudança de poder, nada na verdade havia mudado entre eles. Anna precisava dos contatos e do apoio logístico de Painter, que por sua vez precisava do conhecimento de Anna sobre o Sino e da ciência por trás dele. Conforme ela afirmara antes, "assim que isto acabar, resolveremos os problemas de legalidade e responsabilidade".

Logan interrompeu o devaneio dele:

– Kat e eu temos um compromisso de manhã na Embaixada da África do Sul. Vamos ver se eles podem ajudar a lançar um pouco de luz sobre essa família obscura.

E *obscura* era um eufemismo. Os Waalenberg eram os Kennedy da África do Sul: ricos, insensíveis, com sua propriedade do tamanho de Rhode Island nas imediações de Johannesburg. Embora a família possuísse vastas extensões de terra em outras partes, os Waalenberg raramente se afastavam da propriedade principal.

Painter pegou a foto digital granulada.

Uma família de *Sonnenkönige*.

Como o tempo estava se esgotando, só poderia haver um lugar onde um segundo Sino estaria possivelmente escondido: em alguma parte daquela propriedade.

– Um agente britânico vai encontrá-los quando vocês aterrissarem em Johannesburg. Há anos que o MI5 está de olho nos Waalenberg, no rastro de transações incomuns, mas não conseguiu transpor a barreira de privacidade e segredo deles.

Não era de surpreender, já que os Waalenberg eram praticamente os donos do país, pensou Painter.

– Eles vão lhes oferecer cobertura no solo e perícia local – concluiu Logan. – Terei mais detalhes quando vocês aterrissarem daqui a três horas.

– Ótimo. – Painter olhou fixamente para a foto. – E quanto a Gray e Monk?

– Eles sumiram do mapa. Encontramos o carro deles estacionado no aeroporto de Frankfurt.

Frankfurt? Aquilo não fazia sentido. A cidade era um importante centro de empresas aéreas internacionais, mas Gray tivera acesso a um jato do governo, mais rápido do que qualquer linha aérea comercial.

– E absolutamente nenhuma notícia?

– Não, senhor. Nós estamos prestando atenção a todos os canais.

A notícia era sem dúvida desconcertante.

Esfregando a cabeça por causa de uma cefaléia que nem mesmo a codeína conseguira atenuar, Painter concentrou-se no zumbido do avião enquanto ele voava através do céu escuro. O que acontecera com Gray? Eram poucas as opções: ou se escondera, ou fora capturado ou morto. Onde ele estava?

– Tente todos os meios, Logan.

– Já estamos cuidando disto. Também espero ter mais notícias a esse respeito quando vocês chegarem a Johannesburg.

– Você alguma vez dorme, Logan?

– Há uma cafeteria na esquina, senhor. Elas estão em *todas* as esquinas. – Um divertimento cansado suavizou suas palavras. – E o senhor?

Ele havia tirado uma soneca curta e revigorante em Catmandu enquanto todos os preparativos eram feitos, e os incêndios, apagados – tanto literal quanto politicamente – no Nepal. Eles haviam se atrasado demais em Catmandu.

– Estou suportando bem a situação, Logan. Não se preocupe.

Certo.

Quando desligou, Painter esfregou distraidamente o polegar na carne áspera e pálida que era o leito da unha do seu dedo anular. Todos os outros dedos das duas mãos formigavam – e agora os dos pés. Logan tentara convencê-lo a tomar um avião de volta para Washington, a fim de se submeter a exames no Johns Hopkins, mas Painter acreditava que o grupo de Anna estava muito na dianteira no que dizia respeito a essa doença específica. *Causou-lhe dano no nível quântico.* Nenhum tratamento convencional ajudaria. Para retardar o progresso da doença, eles precisavam de outro Sino em funcionamento. De acordo com Anna, o tratamento periódico com a radiação do Sino sob condições controladas poderia oferecer-lhes anos em vez de dias. *E, no futuro, até mesmo a cura total,* ela concluiu com esperança.

Mas primeiro eles precisavam de outro Sino.

E de mais informações.

Uma voz atrás de seu ombro o assustou.

– Acho que deveríamos conversar com Anna – disse Lisa, como que lendo a mente dele.

Painter virou-se. Ele pensara que Lisa estivesse dormindo na traseira da aeronave. Ela havia tomado uma ducha, arrumado-se, e agora estava inclinada no encosto do assento dele, vestindo calça cáqui e blusa creme.

Os olhos dela examinaram o rosto dele, objetivos, críticos.

– Você está parecendo um trapo – disse ela.

– Que comportamento delicado – respondeu ele, levantando-se e espreguiçando-se.

O avião inclinou-se e escureceu. Lisa segurou o cotovelo dele para firmá-lo. O mundo iluminou-se e estabilizou-se. Não fora o avião, apenas a cabeça dele.

– Prometa-me que você vai dormir um pouco mais antes de aterrissarmos – disse ela, dando um beliscão forte e exigente no cotovelo dele.

– Se eu tiver tempo... aiii!

O aperto dela era como ferro.

– Está bem, eu prometo – ele cedeu.

Ela relaxou o apertão e acenou com a cabeça para Anna. A mulher estava debruçada sobre uma pilha de faturas, examinando tíquetes de embarque para a propriedade dos Waalenberg. Ela procurava quaisquer sinais reveladores de que eles estivessem levando para sua propriedade suprimentos compatíveis com a operação de um Sino em funcionamento.

– Quero saber mais sobre como esse Sino funciona – disse Lisa –, sobre as teorias fundamentais por trás dele. Se a doença causa dano quântico, nós temos de entender como e por quê. Ela e Gunther são os únicos sobreviventes do *Granitschloß*. Tenho minhas dúvidas se Gunther foi instruído sobre os pontos mais delicados das teorias do Sino.

Painter fez um aceno de cabeça.

– Ele é mais um cão de guarda do que um cientista.

Como que confirmando isso, o homem deu um ronco alto.

– Todo o conhecimento que resta do Sino está na cabeça de Anna. Se ela enlouquecer...

Eles perderiam tudo.

– Nós precisamos obter as informações antes que isso aconteça – concordou Painter.

Os olhos de Lisa encontraram os dele. Ela não ocultou seus pensamentos. Eles estavam estampados em seu rosto. Ele se lembrou de quando ela embarcou no avião em Catmandu. Exausta, extremamente esgotada, no limite, ela não hesitara em acompanhá-los. Ela entendeu. Como agora.

Não eram apenas a razão e a memória de Anna que estavam em risco.

Painter também corria perigo.

Apenas uma pessoa estivera seguindo aquele rastro desde o começo, uma pessoa com intelecto médico e científico para entender tudo aquilo, uma mente livre da loucura iminente. No castelo, Lisa e Anna haviam tido longas conversas a sós.

Também por conta própria, Lisa explorara a fundo a biblioteca de pesquisa de Anna. Quem sabia qual fato insignificante poderia revelar-se crucial, a diferença entre o sucesso e o fracasso?

Lisa compreendera.

Não houvera discussão em Catmandu.

Ela simplesmente embarcara.

A mão de Lisa soltou-se devagar do cotovelo e deslizou para a mão dele. Ela apertou os dedos de Painter e fez um sinal na direção de Anna.

– Vamos lá aprender o que ela sabe.

– Para entender como o Sino funciona – explicou Anna –, vocês primeiro têm de entender a teoria quântica.

Lisa observou a alemã. As pupilas dela estavam dilatadas por causa da codeína. Ela estava tomando doses demais. Os dedos de Anna agitavam-se com tremores quase imperceptíveis. Ela segurava os óculos de leitura com ambas as mãos, como se elas fossem uma âncora. Eles haviam ido para a parte de trás do jato. Gunther ainda dormia sob guarda na frente.

– Não acho que tenhamos tempo para o programa completo de doutorado – disse Painter.

– *Natürlich.* Apenas três princípios precisam ser compreendidos. – Anna soltou dos óculos por tempo suficiente para erguer um dedo. – Primeiro, nós temos de entender que, assim que a matéria é decomposta no nível subatômico – o mundo dos elétrons, prótons e nêutrons –, as leis clássicas do universo começam a se desintegrar. Max Planck descobriu que os elétrons, os prótons e os nêutrons atuam como partículas *e* ondas, o que parece estranho e contraditório. As partículas têm órbitas e vias bem definidas, ao passo que as ondas são mais difusas, menos delimitadas, sem quaisquer coordenadas específicas.

– E essas partículas subatômicas agem como ambas? – indagou Lisa.

– Elas têm o *potencial* de ser ou uma onda ou uma partícula, o que nos conduz ao tópico seguinte: o Princípio da Incerteza de Heisenberg.

Lisa já estava familiarizada com esse princípio e havia lido mais a respeito dele na biblioteca de Anna.

– Heisenberg basicamente afirma que nada é certo até que seja observado – disse ela. – Mas eu não entendo o que isso tem a ver com elétrons, prótons e nêutrons.

– O melhor exemplo do princípio de Heisenberg é o Gato de Schrödinger – respondeu Anna. – Ponha um gato numa caixa lacrada presa a um dispositivo que pode ou não envenenar o gato a qualquer momento. Algo puramente ao acaso. Morto ou vivo. Heisenberg nos diz que nesta situação, com a caixa fechada, o gato está *potencialmente* morto *e* vivo. Só quando alguém abre a caixa e olha para dentro dela, a realidade escolhe um estado ou o outro: morto *ou* vivo.

– Parece mais filosófico que científico – disse Lisa.

– Talvez quando o assunto é um gato. Mas ele se revelou verdadeiro no nível subatômico.

– Ele se revelou verdadeiro? Como? – indagou Painter. Ele estivera sentado em silêncio até então, deixando Lisa conduzir as perguntas. Ela percebeu que ele já sabia muito sobre isso, mas que desejava que ela obtivesse todas as informações de que precisava.

– No clássico experimento da dupla fenda – respondeu Anna –, o que nos leva ao terceiro tópico.

Ela pegou duas folhas de papel, desenhou duas fendas em uma delas e as manteve eretas, uma atrás da outra.

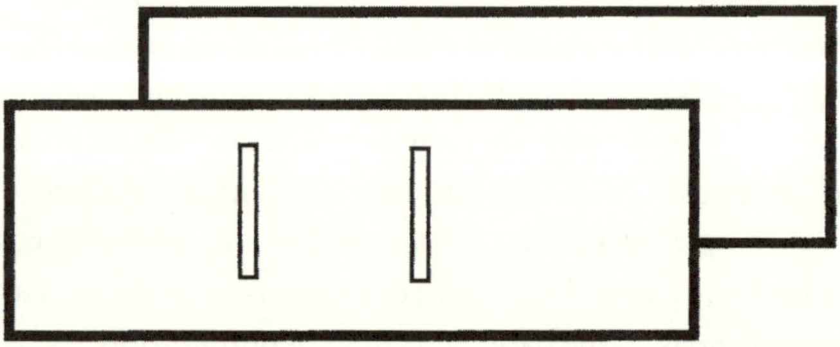

– O que eu estou prestes a lhes dizer vai soar estranho e contra o senso comum... Suponham que esta folha de papel fosse uma parede de concreto e as fendas fossem duas janelas. Se vocês pegassem uma arma de fogo e disparassem contra ambas as fendas, obteriam certo padrão na parede do outro lado. Deste jeito.

Ela pegou a segunda folha de papel e a encheu de pontos.

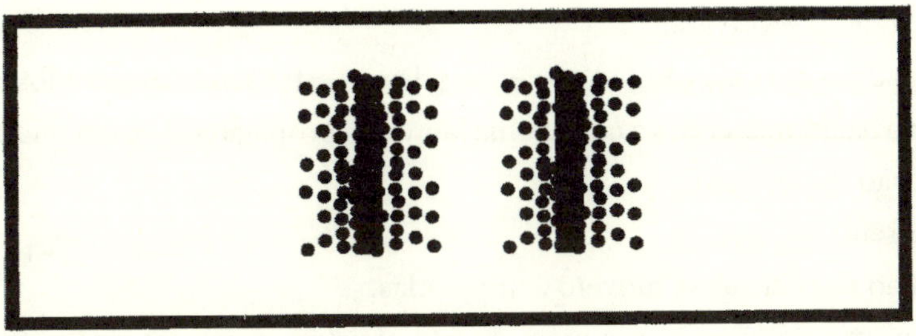

– Chamemos isto de "Padrão de difração A", ou seja, a forma como balas ou partículas passariam através destas fendas.

– Está bem. – Lisa acenou com a cabeça.

– Em seguida, em vez de usarmos balas, vamos iluminar a parede com um holofote grande, com luz passando através de ambas as fendas. Como a luz se propaga em ondas, obteríamos um padrão diferente na parede de trás.

Ela matizou um padrão de faixas claras e escuras numa nova folha de papel.

– Este padrão é causado pelas ondas de luz que se propagam através das janelas direita e esquerda interferindo uma na outra. Vamos chamá-lo "Padrão de interferência B", que é originado pelas ondas.

– Entendi – disse Lisa, sem saber aonde aquilo estava levando.

Anna manteve eretos os dois padrões.

– Agora pegue uma pistola de elétrons e dispare uma única linha de elétrons nas duas fendas. Que padrão você obteria?

– Já que você está disparando elétrons como se fossem balas, eu diria que o "Padrão de difração A" – respondeu Lisa, apontando para a primeira figura.

– Na verdade, em testes em laboratório, você obtém o segundo: o "Padrão de interferência B".

Lisa refletiu sobre isso.

– O padrão de ondas. Então os elétrons devem estar sendo disparados pela arma não como balas, mas como a *luz* de uma lanterna, propagando-se em ondas e criando o padrão B.

– Correto.

– Então os elétrons se movem como ondas.

– Sim, *mas* só quando ninguém de fato assiste à passagem dos elétrons pelas fendas.

– Eu não estou entendendo.

– Em outro experimento, cientistas colocaram um pequeno detector em uma das fendas. Ele apitava sempre que sentia um elétron passar pela fenda, medindo ou observando a passagem de um elétron por um detector. Qual era o padrão no outro lado quando o dispositivo foi ligado?

– Ele não deveria mudar, deveria?

– No mundo mais amplo, você está certa. Mas *não* no mundo subatômico. Assim que o dispositivo foi ligado, ele imediatamente mudou para o "Padrão de difração A".

– Quer dizer então que o simples ato de medir mudou o padrão?

– Exatamente como Heisenberg predisse. Apesar de isso parecer impossível, é verdade. Foi verificado repetidas vezes. Os elétrons existem em um estado constante tanto como ondas quanto como partículas até que sejam medidos. O simples ato de medir o elétron *o obriga* a colapsar numa realidade ou na outra.

Lisa tentou imaginar um mundo subatômico no qual tudo era mantido em constante estado de *potencial*. Não fazia o menor sentido.

– Se as partículas subatômicas formam os átomos – perguntou Lisa –, e os átomos formam o mundo que nós conhecemos, tocamos e sentimos, onde está a linha que separa o mundo-fantasma da mecânica quântica do nosso mundo de objetos reais?

– Mais uma vez, a única maneira de fazer o potencial *colapsar* é ter algo que o meça. Essas ferramentas de medição estão com freqüência presentes no meio ambiente. Pode ser uma partícula chocando-se contra outra, um fóton de luz atingindo algo. O meio ambiente está constantemente *medindo* o mundo subatômico, fazendo o potencial colapsar na dura realidade. Olhe para as suas mãos, por exemplo. No nível quântico, as partículas subatômicas que formam os seus átomos operam de acordo com regras quânticas vagas, mas se expandem para fora, para o mundo de bilhões de átomos que formam a unha do seu dedo. Esses átomos estão se chocando, empurrando-se e interagindo – medindo uns aos outros –, forçando o potencial a uma realidade fixa.

– Tudo bem...

Anna devia ter percebido o ceticismo na voz dela.

– Eu sei que é bizarro, mas eu mal engatinho no mundo vago da teoria quântica. Estou passando por cima de conceitos como não-localidade, tempo de tunelamento e universos múltiplos.

Painter acenou com a cabeça.

– Aí é que a coisa fica bastante esquisita.

– Mas tudo o que vocês precisam entender são estes três pontos – disse Anna, enumerando-os nos dedos. – As partículas subatômicas existem num estado quântico de potencial. É necessária uma ferramenta de medição para colapsar esse potencial. E é o *meio ambiente* que constantemente faz essas medições para determinar nossa realidade.

Lisa ergueu a mão, concordando no momento.

– Mas o que isso tem a ver com o Sino? Na biblioteca, você mencionou algo chamado *evolução quântica*.

– Exatamente – disse Anna. – O que é o DNA? Nada além de uma máquina de proteínas, *ja*? Que produz todas as unidades estruturais básicas das células, dos corpos.

– Da maneira mais simples.

– Em seguida, fica ainda mais simples. O DNA não é meramente códigos genéticos entrelaçados em ligações químicas? E o que quebra essas ligações, ativando e desativando os genes?

Lisa voltou para a química básica.

– O movimento de elétrons e prótons.

– E a quais regras essas partículas subatômicas obedecem: às clássicas ou às quânticas?

– Às quânticas.

– Portanto, se um próton pudesse estar em dois lugares – A ou B –, ativando ou desativando um gene, em que lugar ele seria encontrado?

Os olhos de Lisa estreitaram-se.

– Se ele tem o potencial de estar em ambos os lugares, então ele *está* em ambos os lugares. O gene está ativo *e* inativo. Até que alguma coisa o meça.

– E o que o mede?

– O meio ambiente.

– E o meio ambiente de um gene é...?

Os olhos de Lisa arregalaram-se lentamente.

– A própria molécula de DNA.

Anna fez um aceno de cabeça e sorriu.

– No seu nível mais elementar, a célula viva atua como o próprio dispositivo de medição quântica. E essa medição celular constante é o verdadeiro motor da evolução. Ela explica por que as mutações *não* são aleatórias. Por que a evolução ocorre em ritmo mais rápido do que o que pode ser atribuído à aleatoriedade.

– Espere – disse Lisa. – Você vai ter de recuar um pouco.

– Consideremos um exemplo, então. Lembre-se daquelas bactérias que não conseguiam digerir a lactose, de como, ao passarem fome por terem apenas a lactose como alimento, elas sofreram mutação numa velocidade milagrosa, a fim de desenvolverem uma enzima que pudesse digeri-la. Contra probabilidades astronômicas. – Anna ergueu uma sobrancelha. – Você pode explicar isso agora? Usando os três princípios quânticos? Em particular, se eu lhe disser que a mutação benéfica exigiu apenas um único próton para se mover de um lugar para outro.

Lisa estava disposta a tentar.

– Vamos lá, se o próton podia estar em ambos os lugares, a teoria quântica diz que ele *estava* em ambos os lugares. Portanto, o gene havia sofrido *e* não havia sofrido a mutação. Foi mantido no estado de potencial entre ambas as situações.

Anna acenou com a cabeça.

– Prossiga.

– Então a célula, agindo como uma ferramenta de medição quântica, obrigou o DNA a colapsar num lado da cerca ou no outro. Sofrer ou não sofrer mutação. E, como a célula está viva e é influenciada pelo seu meio ambiente, ela fez a balança pender, desafiando a aleatoriedade a fim de produzir a mutação benéfica.

– Que os cientistas agora chamam de mutação adaptativa. O meio ambiente influenciou a célula, a célula influenciou o DNA e ocorreu a mutação que beneficiou a célula. Tudo impulsionado pela mecânica do mundo quântico.

Lisa começou a ter uma vaga idéia de aonde isso estava conduzindo. Anna havia usado a expressão "*design* inteligente" em uma discussão anterior. A mulher havia até respondido à pergunta sobre *quem* ela achava que estava por trás daquela inteligência.

Nós.

Lisa agora entendia. Eram as *nossas* próprias células que estavam direcionando a evolução, reagindo ao meio ambiente e colapsando potencial em DNA a fim de se ajustarem melhor a esse meio ambiente. A seleção natural de Darwin, então, contribuía para preservar essas modificações.

– Mas, ainda mais importante – disse Anna, sua voz começando a prender e a irritar um pouco –, a mecânica quântica explica como teve início a *primeira* centelha de vida. Você se lembra da improbabilidade de aquela primeira proteína replicante se formar a partir da sopa primordial? No mundo quântico, a aleatoriedade é tirada da equação. A primeira proteína replicante se formou porque era a ordem além do alcance do caos. Sua capacidade de medir e colapsar o potencial quântico suplantava a aleatoriedade de meramente colidir e empurrar como havia acontecido na sopa primordial. A vida começou porque era uma *melhor* ferramenta de medição quântica.

– E Deus não teve nada a ver com isso? – disse Lisa, repetindo uma pergunta que Anna lhe fizera primeiro... o que parecia ter sido décadas atrás.

Anna ergueu a palma de uma das mãos até a testa, os dedos tremendo. Os olhos dela repuxaram. Ela olhou fixamente pela janela com uma expressão de dor. Sua voz era quase suave demais para ser ouvida.

– Eu também não disse isso... você está vendo a situação da maneira errada, na direção errada.

Lisa deixou aquilo de lado. Ela reconheceu que Anna estava ficando exausta demais para continuar. Todos eles precisavam dormir mais. Porém, havia uma pergunta que tinha de ser feita.

– O Sino... o que ele faz? – perguntou Lisa.

Anna baixou a mão e fitou primeiro Painter, depois Lisa.

– O Sino é o dispositivo *fundamental* de medição quântica.

Lisa prendeu o fôlego, refletindo sobre o que Anna estava dizendo.

Alguma coisa ardente transpareceu da exaustão de Anna. Era difícil de interpretar: orgulho, justificativa, fé... mas também uma boa dose de medo.

– O campo do Sino, se puder ser dominado, possui a capacidade não só de fazer o DNA *evoluir* para sua forma mais perfeita, como também de levar a humanidade consigo.

– E quanto a nós? – disse Painter, agitando-se. Pela sua expressão, era claro que ele estava indiferente ao ardor dela. – Você e eu? Como pode ser perfeição o que está acontecendo conosco?

O fogo extinguiu-se nos olhos de Anna, em conseqüência da exaustão e da derrota.

– Porque assim como o Sino possui o potencial de evoluir, o inverso também está oculto no interior de suas ondas quânticas.

– O inverso?

– A doença que acometeu nossas células – Anna desviou o olhar – não é apenas degeneração... é *involução*.

Painter a encarou, aturdido.

As palavras dela reduziram-se a um sussurro rouco.

– Nosso corpo está voltando para o lodo primordial do qual viemos.

5:05h
África do Sul

Os macacos acordaram-no.

Macacos?

A estranheza o chocou, fazendo-o passar bruscamente de uma sonolência grogue para um imediato estado de alerta. Gray apoiou-se nos cotovelos. A memória voltou em seguida, à medida que ele tentava compreender o ambiente.

Ele estava vivo.

Numa cela.

Ele se lembrou do fluxo de gás, do museu do Wewelsburg, da mentira. Havia queimado a Bíblia de Darwin, após afirmar que ela continha um segredo que só seu grupo conhecia. Havia esperado que a cautela superasse a vingança. E era evidente que a havia superado. Ele estava vivo. Mas onde estavam os outros: Monk, Fiona e Ryan?

Gray esquadrinhou sua cela. Ela era prática: um catre, um vaso sanitário e um boxe aberto com chuveiro. Não havia janelas. A porta tinha barras de ferro de 2,5 centímetros de espessura. Abria-se para um corredor iluminado por luzes fluorescentes no teto. Gray levou um instante para inspecionar a si mesmo. Alguém o havia deixado nu, mas roupas limpas tinham sido empilhadas sobre uma cadeira aparafusada ao pé da cama.

Ele jogou o cobertor para o lado e levantou-se. O mundo inclinou-se, mas algumas inspirações e expirações estabilizaram-no. Ele continuava a sentir um pouco de náusea. Seus pulmões pareciam ásperos e pesados: os efeitos secundários do envenenamento.

Gray também notou uma dor profunda na coxa. Ele tocou com os dedos uma contusão do tamanho de um punho na região lateral. Sentiu algumas picadas de agulha com crostas. Também havia um band-aid grudado no dorso de sua mão esquerda. Por causa de alguma infusão intravenosa? Era óbvio que alguém cuidara dele, salvara sua vida.

Ele ouviu a distância outra série de guinchos e gritos estridentes.

Macacos selvagens.

Não era um som vindo de uma jaula.

Parecia mais o mundo selvagem despertando.

Mas que mundo? O ar tinha um cheiro mais seco, quente, com uma fragrância almiscarada. Ele estava em um clima muito mais temperado. Talvez em algum lugar na África. Por quanto tempo estivera inconsciente? Não haviam lhe deixado nenhum relógio de pulso para verificar a hora do dia, muito menos *que* dia era aquele. Mas ele sentia que não se passara mais de um dia. A barba por fazer engrossando-se em seu queixo contradizia qualquer sono longo.

Ele foi até a porta e estendeu a mão até as roupas empilhadas.

Seu movimento chamou a atenção de alguém.

Bem em frente, no outro lado do corredor, Monk caminhou até a porta com grades na outra cela. Gray sentiu uma onda de alívio ao ver seu parceiro vivo.

– Graças a Deus... – murmurou ele.

– Você está bem?

– Grogue... mas está passando aos poucos.

Monk já estava vestido, usando um macacão igual ao que haviam deixado para Gray. Ele o vestiu.

Monk ergueu o braço esquerdo, exibindo o coto de seu pulso e os implantes de titânio por biocontato que normalmente ligavam a prótese a seu braço.

– Os filhos-da-puta levaram até minha maldita mão.

A falta da prótese de Monk era a menor das preocupações deles. Na verdade, poderia ser-lhes vantajosa. Mas em primeiro lugar as coisas mais importantes...

– Fiona e Ryan?

– Nenhuma pista. Talvez eles estejam em outra cela aqui... ou em algum outro lugar.

Ou mortos, acrescentou Gray em silêncio.

– E agora, chefe? – perguntou Monk.

– Não temos muita escolha. Vamos esperar que nossos captores dêem o primeiro passo. Eles querem a informação que nós temos. Veremos o que é possível ganharmos com esse conhecimento.

Monk acenou com a cabeça. Ele sabia que Gray havia blefado no castelo, mas o plano tinha de ser mantido. Era provável que o conjunto de celas estivesse sendo vigiado.

Para provar isso, uma porta abriu-se com um som metálico alto no fim do corredor.

Muitos passos aproximaram-se. Um grupo.

Eles surgiram à vista: uma tropa de guardas com uniformes em verde e preto de camuflagem, liderada pelo homem louro, alto e pálido, o comprador que participara do leilão. Como de hábito, ele estava impecavelmente vestido: calça de sarja preta e camisa de linho estampada, mocassins de couro branco e cardigã branco de caxemira. Parecia estar vestido para uma recepção ao ar livre.

Dez guardas o acompanhavam. Eles se dividiram em dois grupos, cada um em direção a uma das celas. Gray e Monk foram conduzidos para fora, descalços, com os braços presos atrás das costas com tiras de plástico.

O líder parou em frente a eles.

Seus olhos azuis caíram como gelo sobre Gray.

– Bom-dia – disse ele formalmente e com um pouco de afetação, como se fosse sensível às câmeras nos corredores, consciente de que estava sendo observado. – Meu avô deseja ter uma audiência com vocês.

Apesar da civilidade, uma raiva ameaçadora marcava cada palavra, uma promessa de dor não expressada. Haviam proibido o homem de matar Gray antes, e ele agora simplesmente aguardava o momento propício. No entanto, qual era a verdadeira causa de sua fúria? A morte de seu irmão... ou o fato de Gray ter sido mais esperto do que ele no castelo? De qualquer modo, por trás de toda a aparência e dos modos refinados ocultava-se algo brutal.

– Por aqui – ele disse e virou-se.

Ele voltou a conduzir o grupo pelo corredor, levando Gray e Monk a reboque. À medida que avançavam, Gray examinou as celas em cada lado. Vazias. Nenhum sinal de Fiona ou de Ryan. Será que eles ainda estavam vivos?

O corredor terminava em três degraus que levavam a uma porta de aço maciço. Ela estava aberta, sob guarda.

Gray saiu da masmorra estéril e entrou num país das maravilhas escuro e verdejante. O dossel de uma selva erguia-se alto por todos os lados, e dele pendiam trepadeiras espinhentas e orquídeas em flor. A densa folhagem ocultava o céu. Gray, no entanto, sabia que devia ser bem cedo, antes do nascer do sol. Adiante, lampiões pretos de ferro da era vitoriana marcavam os caminhos, que levariam a uma selva fantástica. Pássaros gorjeavam e gritavam. Insetos zumbiam. Mais distante no dossel, um único macaco escondido os anunciou com um grito em *staccato*, semelhante a um tossido. Sua gritaria despertou um pássaro com penas laranja-avermelhadas, fazendo-o voar por entre os galhos mais baixos.

– África – disse Monk num sussurro. – Subsaariana pelo menos, talvez equatorial.

Gray concordou. Ele calculou que devia ser a manhã do dia seguinte. Ele havia perdido de dezoito a vinte horas, e isso poderia situá-los em qualquer lugar na África.

Mas onde?

Os guardas os escoltaram ao longo de um caminho coberto de pedras e cascalhos. Gray ouviu o passo suave e cadenciado de algo grande que avançava pela vegetação rasteira a alguns metros da trilha. Porém, mesmo tão próximo, sua forma não pôde ser distinguida. A floresta ofereceria muita proteção se tentassem fugir.

Eles, porém, não tiveram essa chance. O caminho terminou após cerca de quarenta e cinco metros apenas. Mais alguns passos e a selva desapareceu em torno deles.

A floresta abriu-se num extenso gramado cuidadosamente aparado e iluminado por lampiões, um jardim de águas dançantes e chafarizes que jorravam. Água escorria de pequenos lagos e riachos. Cascatas borbulhavam. Um antílope de chifres compridos ergueu a cabeça quando eles apareceram, ficou parado por um instante e então fugiu, saltitando rumo à proteção da floresta.

O céu, claro acima, cintilava de estrelas, mas no leste um brilho róseo pálido anunciava a chegada da manhã, talvez dentro de uma hora.

Ali perto, outra visão atraiu os olhos de Gray e prendeu completamente sua atenção.

No outro lado dos jardins, erguia-se uma mansão de seis andares de pedra bruta empilhada e madeiras exóticas expostas. Ela o lembrava do hotel Ahwahnee, no Parque Nacional de Yosemite, porém essa mansão era muito maior, de proporções wagnerianas. Um Versalhes na selva. Devia abranger dez acres, erguendo-se em frontões e fileiras, sacadas e balaustradas. À esquerda, projetava-se uma estufa envidraçada, iluminada no interior, brilhando como o sol nascente na escuridão que antecedia a aurora.

A riqueza ali era desconcertante.

Eles seguiram para a mansão por um caminho de pedra que dividia o jardim rodeado d'água e formava um arco sobre alguns dos lagos e riachos. Uma serpente de dois metros de comprimento deslizava por uma das pontes de pedra. Ela só pôde ser identificada quando se ergueu e inflou o capuz.

Naja.

A serpente guardou a ponte até o homem de cabelos branco-alourados arrancar um longo caniço do leito de um riacho e enxotá-la como se fosse um gato teimoso. A serpente sibilou, com as presas à mostra, mas recuou, saiu se requebrando das lajes de pedra e deslizou para as águas escuras.

Eles continuaram, imperturbados. O pescoço de Gray esticou-se devagar quando eles se aproximaram da mansão.

Ele descobriu outra excentricidade na construção. Estendendo-se a partir dos pavimentos superiores, havia caminhos da altura da floresta – pontes suspensas de ripas de madeira – que permitiam aos hóspedes da família sair desses pavimentos e entrar diretamente no dossel da selva. Nesses caminhos também havia fileiras de lâmpadas que formavam uma constelação ao longo da selva escura. Gray descreveu um círculo enquanto andava. Elas brilhavam por toda a parte.

– É bom ficarmos atentos – murmurou Monk, acenando com a cabeça para a esquerda.

Na trilha do dossel, um guarda surgiu lentamente, delineado contra um dos lampiões, o rifle no ombro. Gray olhou de esguelha para Monk. Onde havia um devia haver mais. Um exército inteiro poderia estar escondido no dossel. A fuga parecia cada vez menos provável.

Chegaram afinal a uma escada que conduzia a uma varanda larga de pau-zebra envernizado. Uma mulher aguardava, gêmea do homem que os escoltava e vestida com igual elegância. O homem avançou e beijou ambas as faces dela.

Ele falou com a mulher em holandês. Embora não fosse fluente no idioma, Gray o conhecia o suficiente para captar a essência.

– Os outros estão preparados, Ischke? – perguntou ele.

– Só estamos esperando a ordem do *grootvader*. – Ela acenou para a estufa iluminada no outro lado da varanda. – Então a caça poderá começar.

Gray esforçou-se para ter uma pista da intenção daquelas pessoas, mas estava às cegas.

Com um profundo suspiro, o homem louro voltou-se para eles, empurrando com os dedos um cacho de cabelo solto de volta para o lugar.

– Meu avô vai vê-los no solário – disse o guia, mordendo cada palavra e seguindo pela varanda em direção à estufa. – Vocês vão falar com ele de maneira civilizada e com respeito, ou eu mesmo os farei sofrer por cada palavra desrespeitosa.

– Isaak... – gritou-lhe a moça.

Ele parou e virou-se.

– *Ja*, Ischke?

Ela falou em holandês de novo.

– *De jongen en het meisje?* Deveríamos trazê-los para fora agora?

A resposta foi um aceno de cabeça, acompanhado de uma última ordem em holandês.

Enquanto traduzia este último trecho, Gray teve de fazer um esforço violento para sair do lugar. Ele olhou de relance sobre um dos ombros para a mulher.

De jongen en het meisje.

O rapaz e a moça.

Eles tinham de ser Ryan e Fiona.

Os dois ainda estavam vivos. Gray teve um pouco de consolo com a revelação... mas as últimas palavras de Isaak o fizeram gelar de medo.

Faça-os sangrar primeiro.

5:18h
Sobrevoando a África

Painter estava sentado com uma caneta na mão. O único barulho no avião era o ronco ocasional de Gunther. O homem parecia esquecido do perigo ao encontro do qual estavam voando. Mas, por outro lado, Gunther não tinha as mesmas restrições de tempo que Anna e Painter. Embora todos os três estivessem seguindo para o mesmo lugar – a *involução* –, Anna e Painter estavam na via expressa.

Incapaz de dormir, Painter usara o tempo para rever a história do clã Waalenberg e obter o máximo possível de informações secretas sobre a família.

Conhecer o inimigo.

Os Waalenberg haviam chegado à África em 1617, passando por Argel. Eles orgulhosamente remontavam a história da família aos infames piratas da Barbária, situada ao longo do litoral do norte da África. O primeiro Waalenberg foi contramestre do célebre pirata Sleyman Reis De Veenboer, que comandava toda uma frota holandesa de corsários e galés fora dos limites de Argel.

Por fim, ricos com o lucro do tráfico de escravos, os Waalenberg foram para o sul e estabeleceram-se na grande colônia holandesa no cabo da Boa Esperança. Mas suas ações de pirataria não terminaram aí – elas simplesmente continuaram em terra firme. Eles conseguiram exercer forte influência sobre a população de imigrantes holandeses, de modo que, quando se descobriu ouro nas terras que estes colonizaram, foram os Waalenberg que mais lucraram. E o ouro encontrado não era pouco. O Witwatersrand Reef, cadeia de montanhas baixas perto de Johannesburg, era a fonte de 40 por cento de todo o ouro do mundo. Embora não fosse tão ostensivo quanto as famosas minas de diamantes dos De Beer, o ouro do "Reef" ainda era uma das mais valiosas fontes de riqueza da terra.

Foi com essa riqueza que a família criou uma dinastia que superou a Primeira e a Segunda Guerra dos Bôeres e todas as maquinações políticas em que se transformou a África do Sul atual. Eles eram uma das famílias mais ricas do planeta – embora nas últimas gerações os Waalenberg tivessem se tornado cada vez mais reclusos, especialmente sob os auspícios do atual patriarca, *sir* Baldric Waalenberg. E, à medida que deixavam de aparecer em público, cresciam os boatos sobre a família: atrocidades, perversões, vício em drogas, endogamia. Os Waalenberg, no entanto, ficavam cada vez mais ricos, com participações em diamantes, petróleo, produtos petroquímicos e farmacêuticos. Foram eles que puseram o *multi* em multinacional.

Será que essa família estava mesmo por trás dos acontecimentos no *Granitschloß*? Eles eram sem dúvida bastante poderosos e tinham amplos recursos. E a tatuagem que Painter havia encontrado na assassina loura tinha clara semelhança com a "cruz" do timbre dos Waalenberg. E, além disso, havia os gêmeos, Isaak e Ischke Waalenberg. Qual era o objetivo deles na Europa?

Tantas perguntas sem resposta.

Painter virou uma página e bateu de leve a caneta no timbre dos Waalenberg.

Alguma relação com o símbolo...

Além da história dos Waalenberg, Logan tinha enviado informações sobre o símbolo. Ele remontava aos celtas, outra tribo nórdica. Por representar o Sol, com freqüência o símbolo era encontrado brasonado nos escudos celtas, recebendo o nome de *nó protetor*.

A mão de Painter parou.

Nó protetor.

Palavras encheram sua cabeça, pronunciadas por Klaus enquanto morria, uma praga que lhes rogara.

Todos vocês vão morrer! Estrangulados quando o nó apertar!

Painter havia pensado que Klaus estivesse se referindo a um *laço* que aperta. Mas, e se, em vez disso, estivesse se referindo ao símbolo?

Quando o nó apertar...

Painter virou uma folha enviada por fax. Desenhou enquanto olhava fixamente para o timbre dos Waalenberg. Refez o símbolo como se alguém tivesse apertado o nó com mais força, puxando juntas as alças, como ao amarrar um cadarço.

– O que você está fazendo? – Lisa materializou-se junto ao ombro dele.

Novamente assustado, ele correu a caneta pelo papel, quase rasgando-o.

– Santo Deus, mulher, por favor, você poderia parar de se aproximar sorrateiramente de mim desse jeito?!

Bocejando, ela se acomodou no braço da poltrona dele, recostou-se ali e bateu de leve em seu ombro.

– Nossa, como você está bem-humorado! – Sua mão permaneceu no ombro dele quando ela se inclinava para mais perto. – Falando sério. O que você estava desenhando?

Painter de repente ficou atento demais ao seio direito dela próximo a seu rosto. Ele pigarreou e voltou a desenhar.

– Estava apenas brincando com o símbolo que nós encontramos na assassina. Outro dos meus agentes o viu num casal de *Sonnenkönige* na Europa. Netos gêmeos de *sir* Baldric Waalenberg. Ele deve ser importante. Talvez uma pista que não percebemos.

– Ou talvez o velho filho-da-puta simplesmente goste de marcar seus descendentes como se fossem gado. Eles certamente os estão criando como tais.

Painter acenou com a cabeça.

– Além disso, tem uma coisa que Klaus disse. Algo a respeito de apertar um nó. Como um segredo não revelado.

Ele terminou o desenho com alguns traços mais cuidadosos, comprimindo-o.

Pôs um ao lado do outro.

O original e o que fora comprimido.

Painter examinou ambos os desenhos e percebeu a implicação.

Lisa deve ter notado a ligeira inspiração dele.

– O quê? – perguntou ela, inclinando-se ainda mais.

Ele apontou a caneta para o segundo desenho.

– Não é de admirar que Klaus tivesse passado para o lado deles. E, talvez, por que os Waalenberg tenham se tornado tão reclusos nas últimas gerações.

– Eu não consigo entender.

– Neste caso, nós não estamos lidando com um novo inimigo, e sim com o *mesmo* inimigo.

Painter sombreou o centro do nó protetor comprimido, revelando o que ele ocultava em seu âmago.

– Uma suástica. – Lisa ficou boquiaberta.

Painter olhou de relance para o gigante adormecido e para sua irmã.

Ele suspirou.

– Mais nazistas.

6:04h
África do Sul

A estufa de vidro devia ser tão antiga quanto a casa original. Suas janelas envidraçadas tinham caixilhos de chumbo e eram torcidas, como que fundidas sob o sol da África, e encaixadas numa moldura de ferro preto que fazia Gray lembrar-se de uma teia de aranha. A condensação na parte interna do vidro turvava a visão da selva escura lá fora.

Assim que entrou, Gray ficou impressionado com a umidade, que na câmara devia ser de quase 100 por cento. Seu macacão de algodão fino cedeu contra seu corpo.

O solário, porém, não se destinava a seu conforto. Ele abrigava uma profusão de plantas verdes silvestres, em vasos e prateleiras, subindo em camadas, pendendo de cestos presos a correntes pretas. O ar era perfumado por centenas de flores. Uma pequena fonte de bambu e pedra ressoava calmamente no centro da estufa. Era um belo jardim, mas Gray se perguntou quem precisava de uma estufa quando já vivia na África.

A resposta veio em seguida.

Um senhor de cabelos brancos estava em pé na segunda prateleira com uma tesourinha de poda em uma das mãos e uma pinça na outra. Com a habilidade de um cirurgião, inclinou-se sobre um bonsai – uma ameixeira em flor –, cortou um pequeno ramo e endireitou-se com um suspiro de satisfação.

A árvore parecia antiga, retorcida, e era presa a um fio de cobre. Estava repleta de flores, todas perfeitamente simétricas, equilibradas de maneira harmoniosa.

– Ela tem 222 anos – disse o velho, admirando sua obra. Sua voz era gutural, o avô de Heidi de colete. – Já era velha quando o imperador Hirohito em pessoa me presenteou com ela, em 1941.

Ele pôs suas ferramentas de lado e virou-se. Usava um avental branco por cima de um terno azul-marinho e uma gravata vermelha. Estendeu uma das mãos para o neto.

– Isaak, *te'vreden*...

O rapaz correu para a frente e ajudou o ancião a descer da segunda prateleira. Em troca, recebeu um tapinha paternal no ombro. O velho tirou o avental, pegou uma bengala preta e apoiou-se pesadamente sobre ela. Gray notou o timbre proeminente sobre a coroa de prata da bengala. Um *W* maiúsculo filigranado encimava o familiar símbolo em forma de trevo-de-quatro-folhas, o mesmo ícone tatuado nos gêmeos, Ischke e Isaak.

– Eu sou *sir* Baldric Waalenberg – disse o patriarca suavemente, olhando para Gray e Monk. – Tenham a bondade de me acompanhar até o salão, nós temos muito o que conversar.

Virando-se, ele seguiu em direção aos fundos do solário, batendo de leve no chão com a bengala.

O velho devia ter cerca de 90 anos, mas, além da necessidade de uma bengala, demonstrava pouca debilidade. Tinha ainda uma densa cabeleira grisalha, dividida ao meio, e usava um corte um pouco jovial na altura dos ombros. Um par de óculos estava pendurado num cordão de prata em volta de seu pescoço, e uma de suas lentes estava equipada com o que parecia uma lupa de joalheiro.

Enquanto cruzavam o piso de ardósia, Gray observou que a flora da estufa consistia em seções organizadas: bonsais, um jardim de samambaias e, por fim, uma seção repleta de orquídeas.

O patriarca notou sua atenção.

– Eu tenho cultivado *Phalaenopsis* nas últimas seis décadas.

Ele parou junto a um pedúnculo alto com flores roxo-escuras, a cor de uma contusão madura.

– Bonitas – disse Monk, mas seu sarcasmo era óbvio.

Isaak olhou para Monk.

O velho parecia distraído.

– Mas a orquídea *negra* ainda me escapa. O Santo Graal do cultivo de orquídeas. Eu cheguei tão perto. Sob aumento, porém, percebe-se a presença de estrias ou de mais púrpura do que deveria haver num ébano maciço.

Distraidamente, ele tocou com os dedos a lupa de joalheiro.

Gray agora entendia a diferença entre a selva lá fora e a estufa. A natureza ali não era apreciada. Era para ser dominada. Sob a cúpula da estufa, a natureza estava podada, estrangulada e cultivada, seu crescimento era impedido com um bonsai atado a um fio de cobre, sua polinização era feita à mão.

Nos fundos do solário, eles passaram por uma porta com um vitral e chegaram a uma área com cadeiras de palhinha e mogno, um pequeno salão que se abria ao lado da casa principal. Na outra extremidade, uma porta dupla de vaivém, revestida com lâminas de isolamento, conduzia ao interior da mansão.

Baldric Waalenberg instalou-se em uma poltrona que parecia um trono.

Isaak foi até uma escrivaninha, equipada com um computador e um monitor LCD num suporte de parede. Ao lado havia um quadro-negro.

Em sua superfície uma linha de símbolos estava escrita a giz com destaque. Gray viu que todos eram runas, observando que a última era a runa *Mensch* da Bíblia de Darwin.

Gray os contou e memorizou discretamente. Cinco símbolos. Cinco livros. Ali estava o conjunto completo das runas de Hugo Hirszfeld. Mas o que elas significavam? Que segredo era *lindo demais para deixar morrer e monstruoso demais para ser revelado*?

O velho cruzou as mãos no colo e fez um aceno de cabeça para Isaak.

Ele pressionou uma tecla, e uma imagem de alta definição preencheu o monitor.

Uma jaula alta estava suspensa sobre o chão da selva. Era dividida em duas partes, e em cada lado havia uma pequena figura encolhida.

Gray deu um passo à frente, mas um guarda o impediu com a ponta de um rifle. Na tela, uma das figuras ergueu o olhar, o rosto brilhante, iluminado por um refletor suspenso.

Fiona.

E na outra metade da jaula estava Ryan.

A mão esquerda de Fiona estava enfaixada, enrolada na bainha de sua blusa. O tecido exibia uma mancha escura. Ryan mantinha a mão direita enfiada na axila, exercendo pressão. *Faça-os sangrar primeiro.* A cadela devia ter cortado a mão deles. Gray rezou para que aquilo fosse tudo. Uma terrível fúria deixou uma sensação de vazio em seu peito. Sua visão aguçou-se à medida que seu coração martelava.

– Agora nós vamos conversar, *ja*? – disse o velho com um sorriso caloroso. – Como cavalheiros.

Gray olhou para ele, mas o velho mantinha um olho na tela. Nada mais precisava ser dito sobre civilidade.

– O que o senhor deseja saber? – perguntou friamente.

– A Bíblia. O que mais você encontrou em suas páginas.

– E o senhor os libertará?

– E eu quero a minha maldita mão de volta! – Monk falou sem pensar.

Gray olhou para Monk e em seguida para o velho.

Baldric acenou com a cabeça para Isaak, que por sua vez gesticulou com a mão para um dos guardas e gritou uma ordem em holandês. O guarda deu meia-volta e passou pela porta de vaivém, entrando na mansão.

– Não há necessidade alguma de mais grosserias. Se vocês cooperarem, têm a minha palavra de que todos ficarão bem.

Gray não viu nenhuma vantagem em resistir, sobretudo porque ele não tinha nada de valor a não ser mentiras. Moveu-se para o lado e exibiu seus pulsos atados.

– Eu terei de mostrar ao senhor o que nós descobrimos. Eu não posso descrevê-lo com precisão. Trata-se de outro símbolo, como esses aí.

Outro aceno de cabeça, e num instante Gray estava livre. Ele esfregou os pulsos e aproximou-se do quadro-negro. Vários rifles estavam mortalmente apontados para ele.

Ele tinha de desenhar algo convincente, mas não estava muito familiarizado com as runas. Gray lembrou-se do bule de chá de Himmler, o que ele tinha visto no museu. Um símbolo rúnico decorava a cerâmica. Ele deveria ser bastante enigmático, bastante convincente. E, ao atrapalhar o plano daquelas pessoas, ele também poderia fazer com que elas demorassem a solucionar o enigma.

Ele pegou um bastão de giz e desenhou o símbolo que vira no bule.

Baldric inclinou-se para a frente, os olhos estreitados.

– Uma roda solar, interessante.

Gray estava em pé ao lado do quadro-negro, com o giz na mão, como um aluno esperando o veredicto do professor sobre um problema de matemática.

– E isso é tudo o que você encontrou na Bíblia de Darwin? – perguntou Baldric.

Do canto do olho, Gray observou um sorriso leve e presunçoso no rosto de Isaak.

Algo estava errado.

Baldric aguardou a resposta de Gray.

– Solte-os primeiro – exigiu Gray, acenando com a cabeça para o monitor.

O velho e Gray olharam fixamente um para o outro. Apesar da atitude dissimulada dele, Gray reconheceu uma inteligência extrema e o indício de uma crueldade implacável. O velho apreciava imensamente tudo aquilo.

Mas, afinal, Baldric acabou com o impasse, olhando de relance para o neto e fazendo outro aceno de cabeça.

– *Wie eerst?* – perguntou Isaak. Quem primeiro?

Gray ficou tenso. Sem dúvida havia algo errado.

Baldric respondeu em inglês, os olhos fixos em Gray, querendo apreciar por completo o entretenimento.

– O rapaz, creio. Vamos deixar a garota para mais tarde.

Isaak pressionou um comando no teclado.

Na tela, o fundo do alçapão abriu-se embaixo de Ryan. Ele gritou em silêncio, debatendo-se enquanto caía. Caiu pesadamente no capim alto embaixo e levantou-se rápido, olhando ao redor, aterrorizado. O rapaz claramente tinha noção de um perigo que Gray não enxergava, talvez atraído pelo sangue gotejante deles.

As palavras ditas antes por Ischke voltaram a soar na cabeça de Gray.

– *Só estamos esperando a ordem do* grootvader... *Então a caça poderá começar*

Que caça?

Baldric fez um sinal para Isaak, como se estivesse girando um botão.

Isaak pressionou uma tecla, e o som ergueu-se dos alto-falantes. Gritos estridentes ecoaram.

A voz de Fiona soou clara.

– Corra, Ryan! Suba numa árvore!

O rapaz moveu-se mais uma vez num círculo, depois correu, mancando, desaparecendo da tela. Pior ainda, Gray ouviu gargalhadas. De guardas fora do alcance da câmera.

Em seguida, um novo grito projetou-se dos alto-falantes.

Feroz e com uma enorme sede de sangue.

O grito deixou os pêlos do corpo inteiro de Gray arrepiados.

Baldric fez o movimento como o de um corte de um lado ao outro do pescoço, e o áudio foi desligado.

– Não são apenas orquídeas que nós reproduzimos aqui, comandante Pierce – disse Baldric, deixando de lado toda a falsa aparência de civilidade.

– O senhor nos deu sua palavra – disse Gray.

– Se vocês cooperassem! – Baldric levantou-se calmamente. Ele moveu um braço com desdém para o quadro-negro. – Você acha que nós somos tolos? O tempo todo sabíamos que não havia mais nada na Bíblia de Darwin. Nós já temos o que precisamos. Tudo isso foi um teste, uma demonstração. Trouxemos vocês para cá por outros motivos. Por causa de outras perguntas que precisam de respostas.

O que Gray estava ouvindo causou-lhe um choque, a percepção começando a se manifestar.

– O gás...

– Destinava-se apenas a incapacitar, não a matar. No entanto, sua simulação foi divertida, devo admitir. Agora é hora de seguirmos em frente.

Baldric aproximou-se da tela no suporte de parede.

– Você protege esta pequena, não é mesmo? Esta menina ardilosa e irascível. *Zeer goed.* Eu vou lhe mostrar o que espera por ela na floresta.

Um aceno de cabeça, a pressão de uma tecla, e outra imagem preencheu uma janela lateral no monitor.

Os olhos de Gray arregalaram-se de horror.

– Nós desejamos saber mais a respeito de certo cúmplice seu. Mas eu queria ter certeza de que agora os ardis terminaram, *ja*? Ou você precisa de outra demonstração? – Baldric falou.

Gray continuou a olhar fixamente para a imagem na tela, derrotado.

– Sobre quem? Sobre quem o senhor quer saber?

Baldric aproximou-se ainda mais.

– Sobre seu chefe, Painter Crowe.

CAPÍTULO 12

Ukufa

6:19h
Richards Bay, África do Sul

Lisa observou as pernas de Painter tremerem enquanto eles subiam a escada do escritório local da British Telecom International. Eles tinham ido até ali a fim de encontrar um agente britânico que lhes daria apoio logístico em terra para qualquer investida à propriedade Waalenberg. A empresa ficava a uma curta distância de táxi do aeroporto de Richards Bay, um importante porto no litoral sul da África do Sul. A propriedade Waalenberg ficava a apenas uma hora de carro dali.

Painter segurou no corrimão, deixando nele a marca úmida de sua mão. Ela segurou o cotovelo dele e o ajudou a subir o último degrau.

– Eu não preciso de ajuda – disse ele um tanto áspero.

Ela não reagiu à raiva dele, por saber que era conseqüência de uma ansiedade internalizada. Ele também sentia muita dor. Vinha tomando codeína como se estivesse comendo M&M's. Ele mancou em direção à porta da empresa de telecomunicações.

Lisa tivera a esperança de que o repouso no avião o ajudasse a recobrar um pouco as forças, mas o que se podia dizer era que a metade do dia passada no ar havia apenas contribuído para o avanço de sua debilidade... para sua *involução*, caso se acreditasse em Anna.

A alemã e Gunther permaneceram no aeroporto, sob guarda. Não que fosse necessária qualquer sentinela. Anna passara a última hora da viagem vomitando no banheiro do jato. Quando saíram, Gunther segurava Anna no sofá, e uma toalhinha úmida estava sobre a testa dela. O olho esquerdo dela havia ficado injetado e parecia dolorosamente contundido. Lisa tinha dado a ela um antiemético para as náuseas e uma injeção de morfina.

Embora Lisa não tivesse expressado isso em voz alta, achava que, na melhor das hipóteses, Anna e Painter deviam ter tido outro dia de descanso antes de irem longe demais em busca de qualquer esperança de tratamento.

O major Brooks, sua única escolta, abriu a porta em frente para eles. Seus olhos, sempre vigilantes, esquadrinharam as ruas lá embaixo, mas havia poucas pessoas nas ruas tão cedo.

Painter passou pela porta com as pernas rígidas, lutando para ocultar sua dificuldade em andar.

Lisa o seguiu. Em poucos minutos, eles foram conduzidos pela área da recepção, ao longo de um grande labirinto cinzento de cubículos e escritórios, e entraram em uma sala de reuniões.

A sala estava vazia. Sua parede envidraçada nos fundos dava para a lagoa de Richards Bay. Ao norte, estendia-se um porto industrial com guindastes e navios-cargueiros. Ao sul, dividida por um quebra-mar, espalhava-se parte da lagoa original, agora uma área de preservação ambiental e parque que abrigava crocodilos, tubarões, hipopótamos, pelicanos, biguás e os sempre presentes flamingos.

O sol nascente transformava as águas abaixo num espelho cor de fogo.

Enquanto esperavam, foram trazidos para a sala e espalhados sobre a mesa chá e bolinhos. Painter já havia se sentado em uma cadeira. Lisa juntou-se a ele. O major Brooks permaneceu em pé, próximo à porta.

Apesar de ela não ter perguntado, Painter interpretou algum pensamento na expressão dela.

– Eu estou bem.

– Não está, não – ela contrapôs suavemente.

Por algum motivo, a sala vazia a intimidava.

Ele sorriu para ela com os olhos faiscantes. A despeito de sua degeneração externa, o homem continuava perspicaz. Ela havia notado algumas palavras mal articuladas, mas poderia ser apenas conseqüência das drogas. A razão seria a última habilidade que ele perderia?

Por debaixo da mesa, ela estendeu a mão para a dele, um gesto ponderado.

Ele a segurou.

Ela não queria que ele se fosse. A intensidade da emoção dela a dominava, surpreendia. Ela mal começara a conhecê-lo. Queria conhecê-lo mais. A comida predileta dele, o que o fazia dar sonoras risadas, como ele dançava, o que sussurrava quando dizia boa-noite. Ela não queria que tudo isso desaparecesse.

Os dedos dela apertaram a mão dele, como se a vontade dela por si só pudesse mantê-lo aqui.

Naquele momento, a porta da sala tornou a ser aberta. O agente britânico finalmente chegara.

Lisa virou-se, surpresa de ver quem estava entrando. Ela estivera imaginando algum clone de James Bond, um espião alinhado num terno Armani. Em vez disso, uma mulher de meia-idade, usando um conjunto de safári cáqui amarrotado, entrou na sala. Ela carregava um chapéu amassado em uma das mãos. Seu rosto estava suavemente coberto de poeira vermelha, exceto ao redor dos olhos, provavelmente protegidos por óculos escuros. Isso lhe dava uma aparência assustada, apesar da postura cansada dos ombros e de certa tristeza nos olhos.

– Eu sou a dra. Paula Kane – disse ela, fazendo um aceno de cabeça para o major Brooks ao entrar, e em seguida vindo ao encontro deles. – Não temos muito tempo para nos estruturarmos.

Painter levantou-se, debruçando-se sobre a mesa. Uma sucessão de fotografias tiradas por satélite estava espalhada na mesa.

– Há quanto tempo estas fotos foram tiradas? – indagou ele.

– No crepúsculo da noite passada – respondeu Paula Kane.

A mulher já havia explicado seu papel ali. Depois de se formar Ph.D. em biologia, ela fora recrutada pelo serviço de inteligência britânico e designada para um posto na África do Sul. Ela e uma colega desenvolviam uma série de projetos de pesquisa enquanto secretamente monitoravam e observavam a propriedade Waalenberg. Elas vinham espionando a família por quase dez anos, até a tragédia ocorrida menos de dois dias atrás. Sua colega fora morta sob estranhas circunstâncias. *Ataque de leões* era a explicação oficial. A mulher, no entanto, pareceu pouco convencida quando deu essa explicação.

– Fizemos uma varredura com raios infravermelhos após meia-noite – prosseguiu Paula –, mas houve uma falha e perdemos a imagem.

Painter olhava fixamente para o esquema da imensa propriedade, com mais de 100 mil acres. Era possível distinguir uma pequena pista de aterrissagem, aberta numa clareira na selva. Anexos espalhavam-se por uma paisagem de regiões montanhosas cheias de florestas, vastas savanas cobertas de relva e selva densa. No centro da parte mais cerrada da floresta, erguia-se um castelo de pedra e madeira: a residência principal dos Waalenberg.

– E nós podemos obter uma visão melhor da topografia ao redor da mansão?

Paula Kane sacudiu a cabeça.

– A selva nessa área é floresta Afromontane, floresta antiga. Restam apenas algumas na África do Sul. Os Waalenberg escolheram esse local para sua propriedade tanto por ele ser remoto quanto para adquirirem o controle dessa floresta gigantesca. Ela é formada por árvores de 40 metros de altura que se estendem em camadas e dosséis distintos. A biodiversidade no interior dela é mais rica do que em qualquer floresta tropical ou selva do Congo.

– E ela oferece um isolamento perfeito – disse Painter.

– Só os Waalenberg sabem o que acontece sob aquele dossel. Mas nós sabemos que o projeto da mansão é apenas a ponta de um *iceberg*. Embaixo da propriedade existe um vasto complexo subterrâneo.

– Qual a profundidade? – perguntou Painter, olhando para Lisa.

Se eles estivessem fazendo experimentos com o Sino ali, iam querer escondê-lo.

– Não sabemos. Não com certeza. Mas os Waalenberg fizeram sua fortuna com a extração de ouro.

– No Witwatersrand Reef.

Paula ergueu os olhos para ele.

– Correto. Vejo que o senhor andou fazendo seu dever de casa. – Ela voltou a atenção novamente para as fotos tiradas por satélite. – A mesma técnica de engenharia de mineração foi usada para construir um complexo subterrâneo embaixo da mansão deles. Nós sabemos que o engenheiro de minas Bertrand Culbert foi consultado para a construção dos *alicerces* da mansão, mas ele morreu pouco depois.

– Me deixe adivinhar. Sob circunstâncias misteriosas.

– Esmagado por um búfalo. Mas a morte dele não foi a primeira nem a última associada aos Waalenberg. – Os olhos dela cintilaram de dor, obviamente devido à lembrança de sua parceira. – São abundantes os boatos de pessoas que desaparecem na área.

– E, no entanto, ninguém cumpriu um mandado de busca na propriedade.

– O senhor tem de entender a volatilidade da política sul-africana. Os governos podem mudar, mas o ouro sempre mandou aqui. Os Waalenberg são intocáveis. O ouro os protege melhor do que qualquer barricada formada por um exército pessoal.

– E quanto à senhora? – perguntou Painter. – Qual é o interesse do MI5 aqui?

– Na verdade, nosso interesse começou há muito tempo. O serviço de inteligência britânico está de olho nos Waalenberg desde o fim da Segunda Guerra Mundial.

Cansado, Painter voltou a sentar-se em sua cadeira. Um de seus olhos estava com dificuldade de focar. Ele o esfregou. Cônscio demais de que Lisa o observava, voltou a atenção para Paula. Ele não havia mencionado sua descoberta do símbolo nazista oculto no centro do timbre dos Waalenberg, mas o MI5 já devia saber da relação.

– Nós sabíamos que os Waalenberg eram os principais financiadores da Ahnenerbe Forschungs und Lehrgemeinschaft, a Sociedade de Pesquisa e Ensino da Herança Ancestral dos nazistas. O senhor conhece esse grupo?

Ele sacudiu a cabeça, provocando um espasmo. Suas dores de cabeça recentemente haviam se disseminado para o pescoço, provocando dor ao longo da coluna vertebral. Ele resistiu ao sofrimento, os dentes cerrados.

– A Sociedade da Herança Ancestral era um grupo de pesquisa dirigido por Heinrich Himmler. Eles conduziam projetos com o objetivo de descobrir as origens da raça ariana. Também foram responsáveis por algumas das atrocidades mais hediondas cometidas nos campos de concentração e em outras instalações secretas. Basicamente, eram cientistas loucos com armas.

Painter recuou com um estremecimento – desta vez, porém, era mais *psíquico* do que físico. Ele tinha ouvido a Sigma ser descrita em termos semelhantes: *cientistas com armas*. Era esse o verdadeiro inimigo deles ali? Uma versão nazista da Sigma?

Lisa agitou-se.

– Qual era o interesse dos Waalenberg nessa linha de pesquisa?

– Não temos certeza absoluta. Mas havia muitos simpatizantes do nazismo na África do Sul durante a guerra. Sabemos que o atual patriarca, *sir* Baldric Waalenberg, também tinha interesse pela eugenia e que havia participado de conferências científicas na Alemanha e na Áustria antes do início do conflito. Mas, depois da guerra, ele passou a viver em reclusão, levando a família inteira consigo.

– Recuperando-se do fracasso? – perguntou Painter.

– Nós acreditamos que não. Depois da guerra, as forças aliadas esquadrinharam a zona rural da Alemanha, à procura de tecnologia nazista secreta. – Paula deu de ombros. – Incluindo as forças britânicas.

Painter acenou com a cabeça. Ele já fora informado por Anna daquela pilhagem.

– Mas os nazistas souberam escamotear muito bem grande parte da sua tecnologia, empregando a política da terra arrasada.

Executaram cientistas, bombardearam instalações de pesquisa. Nossas forças chegaram a um desses locais na Baviera com alguns minutos de atraso. Nós descobrimos um cientista ainda vivo, numa vala, baleado na cabeça. Antes de morrer, ele revelou algumas pistas do que estivera sendo desenvolvido. Pesquisa de uma nova fonte de energia, descoberta por meio da experimentação quântica. Eles tinham feito algumas descobertas. Uma delas era uma fonte de combustível com poder extraordinário.

Painter e Lisa entreolharam-se, lembrando-se da discussão de Anna sobre a energia do ponto zero.

– Seja lá o que foi descoberto, o segredo saiu clandestinamente do país, escapou por intermédio de canais secretos organizados pelos nazistas. Pouco se sabe além do nome da substância e de *onde* o rastro terminava.

– Na propriedade Waalenberg? – supôs Lisa.

Paula fez um aceno de cabeça.

– E o nome da substância? – perguntou Painter, embora já soubesse a resposta, juntando as peças em sua cabeça. – Era Xerum 525?

Paula olhou bruscamente para ele e endireitou-se, franzindo a testa.

– Como você sabia?

– A fonte de combustível do Sino – Lisa murmurou para ele.

Para Painter, porém, aquilo tudo fazia sentido. Era hora de abrir o jogo com a dra. Paula Kane. Ele se levantou.

– Há alguém que a senhora precisa conhecer.

A reação de Anna não foi menos intensa.

– Então o segredo da produção de Xerum 525 não foi destruído? *Unglaublich!*

Todos eles estavam reunidos no aeroporto de Richards Bay, escondidos num hangar enquanto dois caminhões Isuzu Trooper estavam sendo carregados com armas e equipamentos.

Lisa verificava o conteúdo de um *kit* médico enquanto prestava atenção à conversa entre Painter, Anna e Paula. Gunther estava em pé ao lado de Lisa. A testa dele exibia profundas rugas de preocupação enquanto observava a irmã. Anna parecia mais firme depois do medicamento que Lisa lhe dera.

Mas por quanto tempo?

– Enquanto o Sino era levado para o norte pelo seu avô – Painter explicou a Anna –, os segredos do Xerum 525 devem ter sido enviados de navio para o sul, dividindo duas partes de um experimento. Em algum momento, os Waalenberg devem ter sido informados da conservação do Sino. Baldric Waalenberg, como o financiador da Sociedade da Herança Ancestral, deve ter tomado conhecimento da existência do *Granitschloß*.

– Foi essa sociedade que financiou as expedições de Himmler ao Himalaia – Paula concordou.

– E, uma vez descoberta a existência do *Granitschloß*, foi fácil para Baldric infiltrar espiões nele.

O rosto de Anna tinha ficado mais pálido, e não por causa da doença.

– O filho-da-puta nos usou! O tempo todo!

Painter acenou com a cabeça. Ele já havia explicado a essência daquilo a Lisa e Paula na viagem de volta ao hangar. Baldric Waalenberg vinha orquestrando tudo, mexendo os pauzinhos de longe. Como não era homem de desperdiçar talento nem de reinventar a roda, ele havia permitido aos cientistas do *Granitschloß*, especialistas no Sino, continuar sua pesquisa, enquanto o tempo todo seus espiões transfeririam aos poucos as informações para a África.

– Depois, Baldric deve ter construído o próprio Sino – disse Painter –, fazendo experiências em segredo, produzindo os próprios *Sonnenkönige*, aprimorando-os com as técnicas avançadas descobertas pelos cientistas da equipe de Anna. O plano era perfeito. Sem outra fonte de Xerum 525, o *Granitschloß* era vulnerável e estava involuntariamente sob a influência de Baldric Waalenberg. A qualquer momento, ele poderia puxar o tapete deles.

– E foi o que ele fez – disse Anna com veemência.

– Mas por quê – indagou Paula –, se essa maquinação secreta estava funcionando tão bem?

Painter deu de ombros.

– Talvez porque o grupo de Anna estivesse se afastando cada vez mais do ideal nazista de supremacia ariana.

Anna pressionou a testa com a palma de uma das mãos, como se isso fosse protegê-la do que ela sabia.

– E houve boatos... entre alguns dos cientistas... de seguirmos a corrente dominante, de nos juntarmos à comunidade científica e partilharmos nossa pesquisa.

– Mas eu não acho que seja apenas isso – disse Painter. – Tem mais alguma coisa em ação. Alguma coisa mais importante. Alguma coisa que de repente tornou o *Granitschloß* obsoleto.

– Eu creio que o senhor esteja certo – disse Paula. – Nos últimos quatro meses, houve um repentino aumento de atividade na propriedade. Algo os deixou agitados.

– Eles devem ter feito algum progresso por si mesmos – disse Anna com uma expressão preocupada.

Gunther finalmente falou, áspero, com um rangido.

– *Genug!* – Ele já estava farto e lutava contra o inglês em sua frustração. – O filho-da-puta tem Sino... tem *Xerum*... nós encontramos ele. Nós usamos ele. – Ele acenou com um braço para a irmã. – Chega de conversa!

Lisa concordou com entusiasmo, em apoio ao gigante.

– Nós temos de encontrar um jeito de entrar na propriedade. – E logo, acrescentou para si mesma: – Seria necessário um exército para invadir o lugar.

– Podemos contar com alguma ajuda do governo sul-africano? – Painter virou-se para Paula.

Ela balançou a cabeça.

– Não há a menor chance. Os Waalenberg subornaram muita gente. Vamos ter de encontrar uma infiltração mais dissimulada.

– As fotos tiradas por satélite não ajudaram muito – disse Painter.

– Então vamos usar baixa tecnologia – disse Paula, e os conduziu em direção ao Isuzu Troopers que aguardava. – Já tenho um homem no local.

6:28h

Khamisi estava deitado de bruços. Embora já tivesse amanhecido, os primeiros raios do sol apenas projetavam sombras profundas no chão da selva. Ele usava uniforme de camuflagem e trazia sua enorme espingarda de cano duplo, uma Nitro Holland & Holland Royal calibre 465, presa às costas pela alça. Na mão, carregava uma lança curta zulu tradicional, uma azagaia.

Atrás dele estavam deitados dois outros batedores zulus: Tau, o neto do ancião que resgatara Khamisi após o ataque, e seu melhor amigo, Njongo. Eles também portavam armas de fogo, junto com lanças curtas e longas. Estavam vestidos com roupas mais típicas, com peles de animais, o corpo lambuzado de tinta e faixas de pele de lontra na cabeça.

Os três haviam passado a noite mapeando a floresta nas proximidades da mansão, tentando encontrar uma aproximação que evitasse as passarelas e os guardas que as vigiavam. Eles haviam usado trilhas de caça que rasgavam a vegetação rasteira e seguido ao longo delas com um pequeno bando de impalas, mantendo-se ocultos nas sombras. Khamisi havia parado em vários pontos para camuflar cordas como trepadeiras, ligando as passarelas ao chão, junto com algumas outras surpresas.

Dever cumprido, ele e os batedores seguiam para um regato que corria sob a cerca da flora selvagem que rodeava a propriedade.

Mas, pouco antes, tinham ouvido o grito feroz.

UU-iii-ÔÔÔÔ.

Que terminou com um uivo estridente.

Khamisi congelou. Os próprios ossos lembravam-se do grito.

Ukufa.

Paula Kane estava certa. Ela acreditava que as criaturas tinham vindo da propriedade Waalenberg. Se haviam escapado ou sido colocadas ali de propósito para emboscar Khamisi e Marcia, ela não sabia. De qualquer modo, estavam à solta agora, caçando.

Mas quem?

O grito viera de certa distância à esquerda.

Os *ukufas* não estavam perseguindo-os. As criaturas eram caçadoras muito hábeis. Elas não denunciariam sua presença assim tão rápido. Alguma outra coisa as havia atraído, incitado sua sede de sangue.

Em seguida, ele ouviu uma voz gritar em alemão, um pedido de ajuda soluçado.

Mais perto dali.

Com os ossos ainda vibrando por causa do grito, Khamisi queria correr, fugir depressa para longe. Era uma reação primal.

Tau sussurrou em zulu atrás dele, insistindo na mesma idéia.

Em vez disso, Khamisi virou-se na direção do grito de súplica. Ele havia perdido Marcia para as criaturas. Lembrou-se do próprio terror, a água na altura de seu pescoço na cacimba, a espera do amanhecer. Não podia ignorar essa outra pessoa.

Rolando no chão até Tau, Khamisi passou-lhe os mapas que havia desenhado.

– Volte para o acampamento e entregue isto à dra. Kane.

– Khamisi... irmão... não, venha conosco.

Os olhos de Tau estavam enormes devido ao próprio medo. Seu avô devia ter-lhe contado histórias do *ukufa*, os mitos ganhavam vida. Khamisi tinha de reconhecer o mérito do homem e de seu amigo. Ninguém mais havia se oferecido como voluntário para entrar na propriedade. As superstições eram muito fortes.

Mas agora, confrontado com a realidade, Tau não tinha a intenção de ficar.

E Khamisi não podia culpá-lo. Ele se lembrou da experiência que passara com Marcia. Em vez de manter-se firme, ele havia fugido, corrido, permitindo que a doutora fosse morta.

– Vão – ordenou Khamisi e acenou para a distante cerca. Os mapas tinham de sair dali.

Tau e Njongo hesitaram por um instante. Em seguida, Tau acenou com a cabeça, e ambos ergueram-se do chão, ficaram bem agachados e desapareceram na selva. Khamisi não conseguia sequer ouvir o som dos passos deles.

A selva ficara num silêncio terrível, pesado e tão denso quanto a própria floresta. Khamisi partiu na direção dos gritos – tanto os do homem quanto os da criatura.

Depois de um minuto, outro uivo irrompeu na selva como o vôo de pássaros assustados. Terminou numa série de ganidos semelhantes a gargalhadas. Khamisi parou, impressionado por algo familiar naqueles ganidos sinistros.

Antes que pudesse refletir mais, um soluço suave chamou sua atenção.

Viera de algum ponto bem em frente.

Khamisi usou a boca de sua espingarda de cano duplo para afastar algumas folhas. Uma pequena clareira abriu-se adiante na selva, onde uma árvore caíra recentemente, iluminando uma parte do local. O buraco no dossel permitiu que um raio de luz do sol matinal penetrasse até o chão. Ele deixou a selva ao redor ainda mais escura com sombras.

No outro lado da clareira, um movimento chamou sua atenção. Um rapaz – não mais que um menino –, na parte inferior de uma árvore, lutava para alcançar outro galho, para subir mais alto. Ele não conseguia alcançá-lo, pois não podia segurar com a mão direita. Mesmo de onde estava, Khamisi viu o rastro de sangue que descia pela manga encharcada da camisa do rapaz enquanto ele lutava em vão.

Então, de repente, o rapaz caiu de joelhos, abraçando o tronco, tentando esconder-se.

E o motivo para o repentino terror do rapaz surgiu à vista.

Khamisi congelou quando a criatura entrou na clareira, embaixo da árvore. Ela era enorme, disfarçando em meio à floresta seus passos silenciosos. Era maior que um leão adulto, mas não era um leão. Seu pêlo denso era albino, seus olhos eram de um vermelho hiper-refletivo. Seu dorso curvava-se a partir dos ombros altos e atarracados até a parte traseira, mais baixa. Seu pescoço musculoso sustentava uma cabeça grande, com um focinho proeminente e duas orelhas largas em forma de sino, parecidas com as de um morcego. Eles giravam, concentrados na árvore.

Erguendo a cabeça, a criatura fungou para cima, atraída pelo sangue.

Os lábios repuxaram-se, expondo uma mandíbula com dentes que dilaceravam.

Ela uivou outra vez, terminando novamente numa série de gritos de arrepiar os pêlos, parecidos com gargalhadas.

Então começou a subir.

Khamisi sabia o que estava enfrentando.

Ukufa.

Morte.

Mas, por mais monstruosa que fosse sua aparência, Khamisi sabia seu verdadeiro nome.

6:30h

– Espécie *Crocuta crocuta* – disse Baldric Waalenberg, aproximando-se do monitor. Ele havia notado o olhar de Gray concentrado na tela, na criatura que encobria a imagem de Fiona na jaula.

Gray examinou a criatura imensa e semelhante a um urso, congelada, encarando a câmera, uivando, a boca escancarada, exibindo gengivas brancas e presas amarelas. Ela guardava os restos macerados de algum antílope.

– Hiena-malhada – prosseguiu o velho. – A espécie é o segundo maior carnívoro da África, capaz de derrubar um gnu sozinha.

Gray franziu a testa. A criatura no monitor não era uma hiena comum. Tinha de três a quatro vezes o tamanho normal. E o pêlo pálido. Alguma combinação de gigantismo com albinismo. Uma monstruosidade que sofrera mutação.

– O que o senhor fez com ela? – perguntou, incapaz de ocultar a aversão em sua voz. Ele também queria que o homem continuasse a falar, a fim de ganhar tempo. Trocou um olhar com Monk e depois voltou a atenção para o velho.

– Nós fizemos a criatura melhor, mais forte. – Baldric olhou de relance para o neto. Isaak continuava a assistir com desinteresse à brincadeira. – Não fizemos, Isaak?

– *Ja, grootvader.*

– Desenhos pré-históricos em cavernas na Europa mostram o grande ancestral da hiena de hoje. A hiena gigante. Encontramos um modo de fazer a *Crocuta* voltar à sua antiga glória. – Baldric falou com a mesma indiferença científica que demonstrou ao discorrer sobre o cultivo de orquídeas negras. – Até aumentamos a inteligência da espécie ao incorporarmos células-tronco humanas no córtex cerebral dela. Obtivemos resultados fascinantes.

Gray havia lido sobre experimentos parecidos com camundongos. Na Universidade de Stanford, cientistas haviam produzido camundongos cujos cérebros eram um por cento humanos. Que diabo estava acontecendo ali?

Baldric foi até o quadro-negro, no qual estavam desenhados os cinco símbolos rúnicos, e bateu nele de leve com a bengala.

– Temos uma série de supercomputadores Cray XT3 trabalhando no código de Hugo. Uma vez decifrado, ele nos permitirá fazer o mesmo com a humanidade: realizar a próxima evolução do homem. De novo fora da África, o ser humano renascerá de outra forma, pondo um fim às raças impuras e à miscigenação racial; uma pureza suplantará tudo. Isso espera apenas ser revelado do nosso código genético corrompido para ser purificado.

Gray ouviu ecos da filosofia nazista do *Übermensch*, o mito do super-homem. O velho era louco. Tinha de ser. Porém, Gray notou a lucidez de seu olhar. E na tela estava a prova de algum êxito monstruoso em direção àquele fim.

A atenção de Gray voltou-se para Isaak quando este apertou uma tecla e a hiena que sofrera mutação desapareceu. Ele então compreendeu. O albinismo na hiena. Isaak e sua irmã gêmea. Os outros assassinos de cabelos branco-alourados. Todos filhos. Baldric não vinha fazendo experiências apenas com orquídeas e hienas.

– Agora vamos voltar ao assunto Painter Crowe – disse o velho. Ele acenou com uma das mãos para a tela. – Agora que você entende o que aguarda a jovem *meisje* na jaula, caso não responda honestamente às nossas perguntas. Chega de brincadeiras.

Gray observou cuidadosamente a tela, a garota na jaula. Ele não podia deixar nada acontecer com Fiona. Se não pudesse fazer mais nada, ele precisava ganhar tempo para ela. A garota havia sido arrastada para tudo aquilo pela falta de cuidado dele durante as investigações em Copenhague. Ele era responsável por ela. E, mais que isso, gostava da garota, respeitava-a, mesmo nos momentos em que era irritante. Ele sabia o que tinha de fazer.

Olhou para Baldric.

– O que o senhor quer saber?

– Ao contrário de você, Painter Crowe tem se revelado um adversário superior ao que havíamos esperado. Ele desapareceu depois de escapar da nossa emboscada. Você vai nos ajudar a descobrir para onde ele foi.

– Como?

– Entrando em contato com o comando da Sigma. Nós temos uma linha com um dispositivo embaralhador, uma linha impossível de ser rastreada. Você vai romper o silêncio na comunicação e descobrir o que a Sigma sabe sobre o projeto Sol Negro e sobre o lugar onde Painter Crowe está escondido. E a qualquer sinal de traição...

Baldric acenou com a cabeça em direção ao monitor.

Gray agora entendia a lição cortante ali. Eles queriam que ele entendesse completamente, sufocando qualquer esperança de trapaça. Salvar Fiona ou trair a Sigma?

A decisão foi momentaneamente adiada quando um dos guardas voltou com outra das exigências de Gray.

– Minha mão! – gritou Monk, vendo que o guarda carregava a prótese. Ele lutou, os cotovelos ainda amarrados atrás das costas.

Baldric acenou para que o guarda avançasse.

– Entregue a prótese ao Isaak.

– O laboratório removeu todas as armas ocultas nela? – Isaak falou em holandês.

O homem fez um aceno de cabeça.

– *Ja*, senhor. Foram todas removidas.

Todavia, Isaak inspecionou a mão protética. Era uma maravilha da engenharia da DARPA, incorporando o controle direto dos nervos periféricos através de pontos de contato de titânio no punho. Também fora fabricada com o uso de mecânica avançada e acionadores que permitiam movimentos precisos e alimentação sensorial.

Monk olhou fixamente para Gray.

Gray notou que os dedos esquerdos de Monk tinham acabado de registrar um código nos pontos de contato no coto do punho direito dele.

Gray fez um aceno de cabeça, aproximando-se de Monk.

Havia outra característica na prótese eletrônica da DARPA.

Ela *não tinha fios.*

Um sinal transmitido por rádio passou de Monk para sua prótese.

Em resposta, a mão artificial separada do corpo fechou-se na mão de Isaak.

Os dedos formaram um punho.

Exceto o dedo médio, erguido.

– Foda-se – murmurou Monk.

Gray segurou o cotovelo de Monk e o empurrou na direção da porta de vaivém que conduzia ao interior da casa principal.

A explosão não foi grande: não mais que a explosão alta e brilhante de uma granada luminosa. A carga havia sido misturada diretamente na junta de plástico da parte externa da mão, impossível de ser detectada. E, apesar de não ter sido muita, revelou-se uma distração suficiente. Os guardas gritaram de surpresa e dor. Gray e Monk saíram a toda velocidade pela porta de vaivém, fugiram pelo corredor e dobraram no primeiro canto. Fora da visão direta, correram desabaladamente por assoalhos de madeira de lei encerados.

Os alarmes soaram imediatamente, estrepitosos e urgentes.

Eles precisavam de uma rota de fuga o mais rápido possível.

Gray observou uma escada larga que conduzia para cima e guiou Monk até ela.

– Para onde estamos indo? – perguntou Monk.

– Para cima, para cima, para cima... – respondeu Gray enquanto fugiam, subindo dois degraus de cada vez.

A segurança esperava que eles saíssem pela porta ou janela mais próxima, mas Gray conhecia outra saída. Um esquema da mansão revolveu-se em sua cabeça. Ele havia observado a propriedade com bastante atenção enquanto foram escoltados até ali. Gray concentrou-se, confiando em seu senso de direção e posição no espaço.

– Por aqui.

Ele arrastou Monk de um patamar e seguiu com ele por outro corredor. Eles estavam no sexto andar. Os alarmes continuavam a soar.

– Para onde...? – Monk começou de novo.

– Para um lugar alto – respondeu Gray, e apontou para o fim do corredor, onde havia uma porta. – Para a passarela que dá no dossel da floresta.

Porém, não seria assim tão fácil.

Como se alguém tivesse ouvido por acaso o plano deles, um portão interno de metal começou a baixar sobre a porta de saída. Um bloqueio automatizado.

– Corra! – gritou Gray.

O portão rolava rapidamente, três quartos da porta já estavam fechados.

Gray correu ainda mais depressa, deixando Monk para trás. Ao passar por uma cadeira no corredor, pegou-a e arremessou para a frente. Ela caiu no assoalho de madeira de lei e deslizou pela superfície encerada. Gray precipitou-se atrás dela. A cadeira atingiu a porta externa fechada quando o portão interno de metal bateu com força nela. As engrenagens rangeram. Uma luz vermelha acendeu-se acima da porta. Mau funcionamento. Gray tinha certeza de que alguma lâmpada de aviso já estava piscando na central de segurança principal da mansão.

Quando chegou à porta, as pernas de madeira da cadeira estilhaçaram-se e quebraram-se, esmagadas sob o portão que rangia.

Monk correu, sem fôlego, os braços ainda presos atrás das costas.

Gray mergulhou sob a cadeira e estendeu a mão para a maçaneta na porta de saída. Ele teve de fazer um grande esforço, com o portão bloqueando o caminho.

Seus dedos seguraram a maçaneta e giraram-na.

Trancada.

– Maldição! – praguejou ele.

A cadeira estalou um pouco mais. Atrás deles, o tropel de botas ecoou, subindo depressa a escada. Vozes gritavam ordens.

Gray girou o corpo.

– Me dê apoio! – disse ele a Monk.

Ele teria de abrir a outra porta com um chute.

De costas, com as pernas esticadas para cima e prontas, Gray apoiou-se no ombro de Monk para ganhar impulso.

Então a porta de saída simplesmente se abriu diante dele, revelando duas pernas num uniforme de camuflagem. Um dos guardas que vigiavam as passarelas devia ter notado o mau funcionamento e vindo investigar.

Gray mirou nas canelas do homem e deu um pontapé.

Pego de surpresa, as pernas do homem desapareceram por debaixo dele. O homem bateu a cabeça contra o portão, produzindo um som metálico alto, e caiu pesadamente sobre as ripas de madeira. Gray mergulhou para fora, agrediu-o de novo com o calcanhar, e o corpo dele ficou mole.

Monk veio em seguida, rolando até Gray. Antes, porém, ele soltou com um chute a cadeira presa embaixo do portão de segurança de metal, que continuou a descer e fechou com um estrondo.

Gray tirou as armas do guarda. Ele usou uma faca para cortar as faixas que atavam os braços de Monk e passou-lhe a arma portátil do homem, uma pistola HK Mark 23 semi-automática. Gray também confiscou o rifle.

Com as armas na mão, os dois fugiram pela ponte suspensa que levava ao dossel até o primeiro cruzamento. Ele se dividia no ponto em que a ponte alcançava a selva. Eles olharam em ambas as direções. Até ali o caminho estava livre.

– Vamos ter de nos separar – disse Gray – para aumentarmos nossas chances. Você tem de conseguir ajuda, encontrar um telefone, entrar em contato com Logan.

– E você?

Gray não respondeu. Ele não precisava responder.

– Gray... talvez ela já esteja morta.

– Nós não temos certeza.

Monk examinou o rosto dele. Ele tinha visto o monstro na tela do computador e sabia que Gray não tinha escolha.

Monk acenou com a cabeça.

Sem dizer mais nada, eles fugiram em direções opostas.

6:34h

Subindo por uma árvore no outro lado da clareira, Khamisi chegou à passarela no dossel. Ele movia-se rápida e silenciosamente.

Abaixo, o *ukufa* ainda andava em círculos em torno da árvore, encurralando sua presa. O som alto do disparo um instante atrás havia assustado o animal. Ele desceu da árvore com cautela e começou a andar ao redor dela outra vez, as orelhas empinadas. Alarmes e buzinas ecoavam da mansão.

A agitação também deixou Khamisi preocupado.

Será que Tau e Njongo haviam sido descobertos?

Ou será que haviam encontrado o acampamento-base deles, camuflado fora dos limites da propriedade? O ponto de encontro deles estava disfarçado como um acampamento de caça zulu, um dos muitos acampamentos nômades. Será que alguém havia percebido que era mais do que isso?

Qualquer que fosse a causa do alarme, o barulho pelo menos tinha deixado o monstro gigante em forma de hiena – o *ukufa* – mais cauteloso. Khamisi aproveitou a distração dele para chegar a uma das pontes suspensas. Rolou sobre as tábuas, soltando sua espingarda. A ansiedade mantinha seus sentidos aguçados. Contudo, já não sentia terror. Ele notara os passos lentos da criatura, o uivo suave e irritante, algumas gargalhadas agudas e nervosas que se transformavam lentamente em gritos.

O comportamento normal de uma hiena.

Embora seu tamanho fosse monstruoso, não possuía nada de mítico ou sobrenatural.

Khamisi recobrou as forças.

Correu pelas tábuas até onde a ponte cruzava próximo à árvore na qual o rapaz estava e desenganchou um rolo de corda de sua mochila.

Curvando-se sobre o cabo de aço da passarela, ele avistou o rapaz e deu um assobio agudo, um pio de ave. A atenção do jovem permanecera concentrada abaixo. O barulho súbito acima de sua cabeça o fez estremecer. Mas ele olhou para cima e avistou Khamisi.

– Vou tirar você daí – disse ele em voz baixa, em inglês, esperando que o rapaz entendesse.

Abaixo, outra coisa também ouviu Khamisi.

O *ukufa* ergueu o olhar para a ponte. Olhos vermelhos fitaram os de Khamisi. As pálpebras baixaram enquanto ele observava o homem na ponte. Os dentes estavam à mostra. Khamisi percebeu uma atenção astuta no olhar do monstro.

Era essa a criatura que havia emboscado Marcia?

O que Khamisi mais gostaria de fazer era descarregar ambos os canos naquela cara sorridente, mas o barulho da espingarda de grosso calibre chamaria muita atenção. A propriedade já estava em alerta total. Assim, em vez disso, ele pôs a arma junto a seus pés, pois precisaria de ambos os braços e ombros.

– Ei, garoto! – disse. – Vou jogar uma corda para você. Ajuste-a bem ao redor da cintura. – Ele mostrou-lhe com gestos o que fazer. – Vou puxar você para cima.

O rapaz fez um aceno de cabeça, os olhos escancarados, o rosto inchado por causa do choro e do medo.

Inclinando-se sobre a beira, Khamisi girou o rolo de corda e o jogou para o rapaz. A corda desenrolou-se, caindo ruidosamente entre as folhas. Mas não chegou até o rapaz, presa nos galhos acima.

– Você vai ter de subir até ela!

O rapaz não precisava de qualquer estímulo. Com uma oportunidade de escapar, seu esforço de subir pela árvore ficou mais determinado. Ele subiu com dificuldade, usando os pés para tomar impulso, e conseguiu chegar ao galho seguinte. Amarrou a corda em torno da cintura, agitando-a até soltá-la dos galhos. Mostrou certa habilidade com a corda. Ótimo.

Khamisi esticou a corda, prendendo-a em torno de um dos postes de aço que sustentavam a ponte.

– Vou começar a te puxar para cima! Você vai balançar.

– Depressa! – gritou o rapaz, de maneira brusca e alta demais.

Khamisi girou o quadril e viu que o *ukufa* notara o movimento renovado do rapaz. Isto atraíra o monstro como um gato atrás de um camundongo. Ele havia trepado na árvore e estava escalando-a, cravando nela suas garras.

Sem tempo a perder, Khamisi começou a puxar a corda, um braço após o outro. Ele sentiu o peso do rapaz sobrecarregar a corda quando foi erguido do apoio em que se equilibrava de maneira precária. Curvou-se para dar uma olhada e viu o rapaz oscilar de um lado para outro, como um pêndulo.

O *ukufa* fez o mesmo, os olhos acompanhando o arco. Ele continuou a subir. Khamisi entendeu a intenção dele: ele estava planejando pular e puxar o rapaz como a isca de um anzol.

Khamisi puxou mais rápido. O rapaz continuava a oscilar.

– *Wie zijn u*? – gritou de repente uma voz atrás dele.

Assustado, ele quase soltou a corda. Olhou sobre um ombro.

Uma mulher alta e ágil, vestida de preto, os olhos ferozes, estava em pé na passarela. Os cabelos dela eram louros, cortados rentes ao couro cabeludo. Uma das filhas mais velhas dos Waalenberg. Ela devia simplesmente ter ido até aquela parte da floresta e o descoberto. Já estava com uma faca numa das mãos. Khamisi não ousava deixar a corda cair.

Uma situação nada boa.

Abaixo, o rapaz gritou.

Khamisi e a mulher olharam para baixo.

O *ukufa* havia chegado ao galho em que o rapaz estivera empoleirado e se preparava para pular. Atrás de Khamisi, a mulher deu uma gargalhada, igual à da criatura abaixo. As tábuas rangeram quando ela caminhou em direção às costas dele, a faca na mão.

Ambos estavam encurralados.

6:38h

Gray ajoelhou-se no cruzamento. A passarela dividia-se em três caminhos. O esquerdo conduzia de volta à mansão. O do meio contornava a margem da floresta e levava aos jardins centrais. O da direita simplesmente seguia direto para o coração da selva.

Qual deles seguir?

Agachado, Gray estudou a inclinação das sombras, comparando-a com o padrão que ele havia examinado atentamente no monitor. A extensão e a direção das sombras tinham proporcionado uma pista geral da posição do sol nascente em relação ao local onde Fiona estava aprisionada. Mas aquilo ainda deixava uma grande extensão da propriedade por cobrir.

Pés soaram na passarela, sacudindo-a ligeiramente.

Mais guardas.

Ele já havia encontrado dois grupos.

Gray pendurou seu rifle no ombro, rolou para a beira da passarela e pendurou-se ali. Ficou suspenso pelos braços no cabo de aço e avançou mão após mão até o abrigo repleto de folhas do galho de uma árvore. Pouco depois, três guardas moveram-se com estardalhaço acima, sacudindo a passarela. Gray segurou-se com força, o corpo balançando.

Assim que passaram, ele usou o galho da árvore para voltar à passarela. Ao enganchar-se e passar a perna por cima dele, notou uma vibração rítmica no cabo em sua mão. Mais guardas?

Deitado de bruços nas tábuas, encostou um ouvido no cabo, escutando como um rastreador indígena numa trilha. O ritmo da vibração era nítido, audível, como uma corda dedilhada de uma guitarra de aço. Três sons rápidos, três lentos, três rápidos novamente. E eles se repetiam.

Código Morse.

S.O.S.

Alguém estava transmitindo às pressas um sinal pelo cabo.

Gray agachou-se e aproximou-se silenciosamente da ramificação da passarela. Tocou os outros cabos de sustentação. Apenas um vibrava. Ele se estendia ao longo do caminho da direita, o que conduzia às profundezas da selva.

– Será que...?

Sem uma pista melhor, Gray seguiu o caminho da direita. Caminhou próximo à beira da passarela, tentando manter seu passo silencioso e evitar que a passarela balançasse. O caminho continuou a se bifurcar. Gray parou em cada cruzamento a fim de encontrar o cabo que vibrava com o código e seguir sua trilha.

Ele estava tão concentrado no caminho que, quando se abaixou sob uma pesada folha de palmeira, de repente estava olhando fixamente para um guarda a cerca de quatro metros de distância. Cabelos castanhos, vinte e poucos anos, parecido com um típico membro da Juventude Hitlerista. O guarda inclinou-se sobre o corrimão, fitando Gray. Ele já estava erguendo a arma, em alerta pelo movimento da folha de palmeira.

Gray não teve tempo de erguer o rifle. Em vez disso, ainda em movimento, jogou seu peso para o lado – não era uma tentativa de se desviar da bala prestes a ser disparada. O guarda não poderia errar o alvo daquela distância.

Gray atingiu o cabo que servia como corrimão, fazendo-o chacoalhar.

O guarda, apoiado nele, foi sacudido. A boca de seu rifle subiu alto demais. Gray eliminou a distância em dois passos, ficando à mercê do guarda, o punhal furtado já em uma das mãos.

Gray usou o desequilíbrio do homem para silenciar seu grito, enfiando o punhal na traquéia dele, cortando a laringe. Um giro, e o sangue jorrou da carótida. Em segundos ele estava morto. Gray pegou o corpo dele e o arremessou sobre o corrimão. Não sentiu o menor remorso, lembrando-se das gargalhadas dos guardas quando Ryan foi jogado no covil do monstro. Quantos outros haviam morrido daquele modo? O corpo caiu num sussurro silencioso de folhas, depois se chocou com um estrondo contra a vegetação rasteira.

Agachado, Gray prestou atenção. Será que alguém ouvira a queda do guarda?

À esquerda, surpreendentemente perto, uma mulher gritou em inglês com sotaque:

– Pare de chutar as grades, ou vamos deixar você cair agora!

Gray reconheceu a voz. *Ischke*, a irmã gêmea de Isaak.

Uma voz mais familiar respondeu à mulher:

– Cai fora, sua lambisgóia idiota!

Fiona.

Ela estava viva.

Apesar do perigo, Gray riu, tanto de alívio quanto em consideração. Permanecendo abaixado, avançou pouco a pouco até o fim da passarela. Ela terminava num caminho circular que margeava uma clareira. A do vídeo. A jaula estava pendurada na passarela.

Fiona chutava as barras da jaula. *Três chutes rápidos, três lentos, três rápidos.* O rosto dela era uma máscara de determinação. Gray agora sentia a vibração sob seus pés, transmitida ao longo dos cabos que sustentavam a jaula.

Boa menina.

Ela devia ter ouvido os alarmes na mansão. Talvez tivesse suposto que fosse Gray e estivesse tentando enviar-lhe um sinal. Ou isso... ou então ela estava muito nervosa, e o padrão era apenas uma coincidência irritante.

Gray avistou três guardas nas posições das duas, três e nove horas. Ischke, ainda deslumbrante em sua roupa branca e preta, estava no outro lado – na posição das 12 horas – com ambas as mãos no corrimão interno, olhando para Fiona um pouco abaixo.

– Se eu meter uma bala no seu joelho, talvez você se acalme – ela gritou para a garota, colocando a palma de uma das mãos na pistola no coldre.

Fiona parou a meio caminho de um chute, murmurou alguma palavra entre os dentes e em seguida baixou o pé.

Gray calculou as probabilidades. Ele tinha um rifle contra três guardas, todos armados, e Ischke com sua pistola. Nada boas.

Uma onda de estática soou, vinda do outro lado da clareira. Palavras distorcidas seguiram-se.

Ischke tirou o rádio da presilha e o ergueu até os lábios.

– *Ja?*

Ela ouviu por meio minuto, fez outra pergunta que Gray não conseguiu compreender, depois desligou. Baixando o rádio, falou para os guardas:

– Novas ordens! – gritou em holandês. – Vamos matar a garota agora.

18:40h

O *ukufa* emitiu uma série de ganidos agudos, pronto para saltar sobre o rapaz pendurado na corda. Khamisi sentiu a aproximação da mulher às suas costas. Com ambas as mãos segurando a corda, ele não podia pegar nenhuma de suas armas.

– Quem é você? – a mulher tornou a perguntar, ameaçando com a faca.

Khamisi tomou a única atitude possível.

Flexionando os joelhos, atirou-se por cima do corrimão de cabo de aço e segurou a corda com força enquanto despencava. Acima, a corda assobiou em torno do poste de sustentação de aço. Enquanto caía rumo ao solo, Khamisi teve um vislumbre do rapaz sendo arrastado para cima, debatendo-se e dando um longo grito de surpresa.

O *ukufa* saltou sobre sua presa que fugia, mas o peso de Khamisi durante a queda alçou o rapaz diretamente até a passarela, fazendo-o chocar-se com força contra ela.

A parada repentina arrancou a corda das mãos de Khamisi.

Ele caiu de costas no capim. Acima, o rapaz agarrou-se à parte inferior da passarela. A mulher olhou fixamente para Khamisi, os olhos arregalados.

Alguma coisa grande caiu com um estrondo no chão a alguns metros dele.

Khamisi sentou-se.

O *ukufa* ficou em pé, lançando fios de saliva, furioso, rosnando.

Seu olhar vermelho caiu pesadamente sobre a única presa à vista.

Khamisi.

As mãos dele estavam vazias. A espingarda ainda estava nas tábuas acima.

A criatura uivou com sede de sangue e com ira. Pulou sobre ele, com a intenção de estraçalhar sua garganta.

Khamisi caiu de costas e ergueu sua única arma: a azagaia zulu. A lança curta ainda estava presa à sua coxa por uma tira. Quando o *ukufa* desceu sobre ele, Khamisi empurrou a lâmina para cima. Seu pai uma vez o ensinara a usar a arma. Como todos os meninos zulus. Antes de eles partirem para a Austrália. Com um instinto que remontava ao passado de seus ancestrais, Khamisi introduziu a lâmina entre as costelas da criatura – uma criatura de carne e osso, não um mito – e a empurrou profundamente quando o peso da hiena caiu sobre ele.

O *ukufa* soltou um grito agudo. A dor e o ímpeto do corpo do animal fizeram o resto por Khamisi e arrancaram o cabo da lança dos dedos dele. Khamisi rolou para o lado, desarmado agora. O *ukufa* desabou no capim, contorcendo-se em torno da lâmina fincada nele. Gritou uma última vez, com um forte espasmo, e em seguida ficou mole.

Morto.

Um grito de raiva acima atraiu seu olhar.

A mulher na ponte havia encontrado a espingarda de Khamisi e a apontava para ele. A detonação soou como uma granada. Um arbusto explodiu próximo a seus calcanhares, levantando um punhado de terra. Khamisi recuou. Acima, a mulher mudou a espingarda de posição, fazendo melhor pontaria através da alça de mira.

A segunda detonação soou estranhamente mais aguda.

Khamisi girou o corpo, mas viu que estava ileso.

Olhou para cima a tempo de ver a mulher tombar sobre o cabo, com o tórax ensangüentado transformado em destroços.

Uma nova figura surgiu na passarela.

Um homem musculoso com a cabeça raspada. Tinha uma pistola estendida, presa no coto de um dos punhos. Inclinou-se sobre o cabo e avistou o rapaz, ainda pendurado pelas mãos.

– Ryan...

O rapaz deu um soluço de alívio.

– Me tire daqui.

– Esse é o plano... – Seu olhar encontrou o de Khamisi. – Isto é, se aquele cara lá embaixo souber como é que se sai daqui. Estou completamente perdido.

18:44h

Os dois disparos ecoaram pela floresta.

Um pequeno bando de papagaios verdes levantou vôo de seus poleiros no dossel, grasnando em protesto, batendo as asas pela clareira.

Gray agachou-se.

Será que Monk fora descoberto?

Ischke devia ter pensado o mesmo, pois sua cabeça esticou-se na direção dos disparos. Ela acenou para os guardas.

– Chequem isso!

Ela voltou a erguer o rádio.

Os guardas, com rifles na mão, andavam pesadamente na passarela circular, todos na direção de Gray. Pego desprevenido, ele abaixou-se e rolou, o rifle abraçado contra o peito, e precipitou-se para fora das tábuas. O guarda mais próximo estaria à vista em meros segundos. Como antes, ele agarrou o cabo de sustentação das tábuas, porém, na pressa, sem equilíbrio, mal conseguiu um ponto de apoio com uma das mãos. Seu corpo balançava. O rifle escorregou de seu ombro e começou a cair.

Girando e estendendo a mão, ele segurou a alça de couro com um dedo. E suspirou de alívio em silêncio.

Os guardas de repente passaram com estrépito acima, as botas martelando, sacudindo seu precário ponto de equilíbrio.

A alça de couro do rifle soltou-se dos dedos de Gray. A gravidade o desarmou. A arma caiu, desaparecendo na vegetação rasteira. Gray encontrou outro ponto de apoio para a mão e ficou pendurado ali. Pelo menos, o rifle não disparara ao atingir o chão.

Os passos dos guardas ecoaram a distância.

Ele ouviu Ischke falando ao rádio.

E agora?

Ele tinha uma faca contra a pistola dela. Ele não punha em dúvida a compulsão em usá-la ou a pontaria certeira dela.

A única vantagem real que ele tinha era a surpresa.

E esta vantagem estava sendo bastante superestimada.

Mão após mão, Gray percorreu a parte inferior da passarela e chegou ao grande espaço circular. Continuou ao longo da parte inferior, mantendo-se na margem externa, longe da visão direta da caçula Waalenberg. Tinha de se mover devagar, ou seu peso oscilante a alertaria. Ele sincronizou seus movimentos com a brisa ocasional que agitava o dossel.

Mas sua aparição não passou despercebida.

Fiona agachou-se em sua jaula, deixando o maior número possível de grades entre ela e Ischke. Era óbvio que ela havia entendido as palavras anteriores da mulher em holandês. *Vamos matar a garota agora.* Embora os disparos tivessem distraído momentaneamente a gêmea loura, sua atenção acabaria voltando-se para Fiona.

De sua vantajosa posição agachada, Fiona avistou Gray, um gorila de macacão branco avançando pela parte inferior da passarela, semi-oculto pela folhagem. Ela estremeceu de surpresa, quase se levantando, mas depois se forçou a permanecer agachada. Os olhos dela acompanharam-no, seus olhares encontraram-se.

Apesar de toda a corajosa turbulência que fizera, Gray viu o terror estampado no rosto dela. A garota parecia muito menor na jaula. Ela envolveu o tórax com os braços, tentando controlar-se. Endurecida como ela fora pelas ruas, ele sentia que a única defesa dela contra um completo ataque de pânico eram seus rompantes de irritação. Porém, eles mal a sustentavam.

Usando o corpo como obstáculo, ela fez um sinal para ele: apontou para baixo e sacudiu ligeiramente a cabeça, os olhos arregalados de medo, alertando-o.

Não era seguro lá embaixo.

Ele esquadrinhou o mato cerrado e os arbustos da clareira. As sombras eram densas. Não viu nada, mas confiou no alerta de Fiona.

Não caia.

Gray calculou até que ponto tinha ido. Estava perto da posição das oito horas ao longo da passarela circular. Ischke estava na posição das 12 horas. Ele ainda tinha uma distância a percorrer, e seus braços estavam ficando cansados, seus dedos doíam. Teria de se mover mais rápido. A estratégia de parar e recomeçar estava matando-o. Mas ele receava chamar a atenção de Ischke se avançasse mais depressa.

Fiona parecia ter percebido o mesmo. Ela se levantou e começou a chutar as grades de novo, chacoalhando sua jaula, balançando-a com seu peso. O movimento permitiu que Gray aumentasse o ritmo.

Infelizmente, o esforço dela também atraiu a ira de Ischke.

A mulher baixou o rádio e gritou para Fiona:

– Basta de tolices, criança!

Fiona ainda segurava nas grades e chutava.

Gray passou às pressas pela posição das nove horas.

Ischke passou para o lado do corrimão interno, meio à vista. Felizmente, toda sua atenção estava concentrada em Fiona. A mulher tirou um aparelho do bolso do suéter, puxou a antena com os dentes e o apontou para a garota.

– É hora de você conhecer Skuld, cujo nome é uma homenagem à deusa nórdica do destino.

Um botão foi pressionado.

Embaixo dos pés de Gray, quase na mesma direção, alguma coisa gritou de raiva e dor. Ela saiu se debatendo das margens encobertas pelas sombras da selva e entrou na clareira coberta de grama. Uma das hienas que haviam sofrido mutação. Seu volume imenso devia ter uns 150 quilos, era todo músculos e dentes. Uivou baixo, com o dorso curvado todo eriçado. Os lábios repuxavam-se quando ela uivava e tentava abocanhar o ar vazio, fungando em direção à jaula.

Gray se deu conta de que o monstro devia estar seguindo-o o tempo todo lá de baixo. Ele suspeitava o que estava por vir.

Ele apressou-se e passou pela posição das dez horas.

Ischke gritou para Fiona, apreciando o terror, prolongando a crueldade.

– Um *chip* no cérebro de Skuld nos permite estimular a sede de sangue, o apetite dela.

Ela pressionou o botão outra vez. A hiena uivou, pulou a fim de alcançar a jaula, soltando fios de baba, incitada a uma voraz avidez por sangue.

Então era assim que os Waalenberg controlavam seus monstros.

Radioimplantes.

Subvertendo a natureza de novo ao bel-prazer deles.

– É hora de saciarmos a fome da pobre Skuld – disse Ischke.

Gray jamais chegaria a tempo. Não obstante, ele correu.

Posição das 11 horas.

Tão perto.

Mas muito tarde.

Ischke apertou outro botão. Gray ouviu um tilintar nítido quando o trinco do alçapão da jaula de Fiona soltou-se.

Oh, não.

Ele parou enquanto dava a volta e viu o alçapão abrir-se sob Fiona. Ela caiu em direção à imensa fera embaixo.

Ele preparou-se para pular atrás dela, para protegê-la.

Mas Fiona havia aprendido com a morte de Ryan. Ela estava preparada. Enquanto caía, segurou nas grades inferiores da jaula e ficou pendurada. A criatura, Skuld, saltou tentando alcançar as pernas dela. Ela se encolheu e subiu com a ajuda dos braços.

A fera errou o pulo e caiu com um baque surdo na vegetação, soltando um uivo de frustração.

Subindo, Fiona agora se agarrava ao exterior da jaula como um macaco-aranha.

Ischke gargalhou com um deleite sombrio.

– *Zeer goed, meisje.* Quanta habilidade! O *grootvader* bem que poderia ter pensado nos seus genes para a coleção dele. Mas em vez disso, que pena,você terá de satisfazer Skuld.

Debaixo da passarela, Gray observou Ischke erguer a pistola novamente.

Ele girou embaixo dela, olhando para cima por entre as tábuas.

– Agora vamos acabar com isto – murmurou Ischke em holandês.

Vamos mesmo.

Gray impulsionou o corpo para cima com os braços, moveu as pernas para trás e depois se balançou para a frente e para cima, como um ginasta numa barra fixa. Seus calcanhares acertaram Ischke na barriga quando ela se curvou sobre o corrimão, apontando a arma para Fiona.

Quando seus calcanhares a atingiram, a pistola dela disparou.

Gray ouviu o som de uma bala chocando-se contra o ferro.

Ela errara o alvo.

Ischke foi arremessada para trás, enquanto Gray veio em seguida e caiu com estrépito sobre as tábuas. Ele rolou, a faca na mão. Ischke apoiou-se num joelho. A pistola dela estava caída entre os dois.

Ambos mergulharam a fim de pegá-la.

Mesmo sem fôlego, Ischke revelou-se incrivelmente rápida, como uma serpente dando o bote. Os dedos dela alcançaram a pistola primeiro, agarrando-a.

Gray tinha uma faca.

Ele trespassou o pulso dela com a lâmina, que penetrou na tábua. Ela gritou de surpresa e soltou a pistola. Gray tentou pegá-la, mas a coronha quicou nas tábuas quando Ischke se debateu. A arma voou além da beira da passarela.

A distração momentânea foi longa o suficiente para Ischke libertar o pulso das tábuas, equilibrar-se no outro pulso e tentar acertar um chute na cabeça de Gray.

Ele recuou, mas a canela da mulher atingiu o ombro dele com a força do para-choque de um carro em alta velocidade. Gray rolou nas tábuas, contundido até o osso. Puta merda, ela era forte.

Antes que ele pudesse levantar-se, ela investiu contra ele, virando o braço junto ao rosto dele, tentando usar a ponta da lâmina para cegá-lo. Mal segurou no cotovelo dela, ele o torceu e a empurrou para a beira da passarela.

Ele não parou.

Engalfinhados, os corpos dos dois caíram da passarela.

Mas Gray enganchou o joelho esquerdo num dos postes de sustentação da passarela. Seu corpo parou com uma sacudidela, fazendo sua perna girar, torcendo seu joelho. Ischke desprendeu-se dele e despencou.

De cabeça para baixo, ele observou a mulher mergulhar rapidamente através de alguns galhos e cair com força no meio do capim.

Gray subiu com dificuldade de volta para a passarela, esparramando-se nas tábuas.

Sem acreditar, viu Ischke ficar de pé lá embaixo. Ela deu um passo mancando, a fim de se equilibrar, o calcanhar dolorosamente torcido.

Um barulho ao lado de Gray o sobressaltou.

Fiona caiu nas tábuas ao descer por um dos cabos pelos quais a jaula estava suspensa.

Durante a luta, a garota devia ter subido até o alto da jaula e em seguida usado os cabos para chegar à passarela. Ela correu na direção dele, agitando a mão esquerda e estremecendo. Sangue fresco jorrava do local em que Ischke a cortara.

Gray tornou a olhar para baixo.

A mulher o encarou com olhar assassino.

Mas ela não estava sozinha na clareira.

Aproximando-se por trás, Skuld correu na direção da mulher, o focinho quase tocando o solo, um tubarão na relva, sentindo o cheiro de sangue.

Muito apropriado, pensou Gray.

A mulher, no entanto, simplesmente ergueu o braço ferido para a fera. A enorme hiena parou de repente, ergueu o focinho, soltando baba, e esfregou-se contra a palma da mão dela como um *pitbull* selvagem saudando o dono que o maltratava. Ela choramingou e abaixou-se até ficar apoiada sobre a barriga.

Ischke não tirou os olhos de Gray o tempo todo.

Ela avançou mancando.

Gray olhou para baixo.

A alguns passos de distância, a pistola da mulher estava caída bem à vista.

Gray ficou em pé, segurou o ombro de Fiona e a empurrou para frente.

– Corra!

Ela não precisava de mais estímulo. Ambos correram em torno do arco da passarela. A garota voava, movida por medo e adrenalina. Eles alcançaram a saída.

Fiona chegou ao canto, segurando-se num dos postes de sustentação para manter o equilíbrio. Gray seguiu o exemplo dela. Quando ele se virou, um som ecoou do poste, acompanhado pela detonação de uma pistola.

Ischke encontrara sua arma.

Numa reação instintiva, correram mais depressa ao longo da estreita passarela, aumentando a distância entre eles e a atiradora que mancava. Um minuto depois, quando se aproximaram de um cruzamento das passarelas, Gray julgou que estivessem seguros. A cautela superou o pânico.

Ele fez Fiona reduzir o passo no mesmo cruzamento em que ele havia parado antes. Os caminhos conduziam em todas as direções. Qual deles seguir? Àquela altura, era bem provável que Ischke tivesse dado o alarme – a não ser que o rádio dela tivesse se quebrado na queda, mas ele não podia contar com isso. Teve de pressupor que já havia guardas reunidos em algum lugar entre a propriedade e o mundo exterior.

E quanto a Monk? Em que haviam resultado os disparos que acabaram com a pompa dos guardas de Ischke? Será que ele estava vivo, morto, ou fora recapturado? Havia muitas variáveis desconhecidas. Gray precisava de um lugar para se esconder, para ocultar seu rastro.

Mas onde?

Ele olhou para a passarela que levava de volta à mansão.

Ninguém pensaria em procurá-los lá. Além disso, havia telefones na casa. Se ele pudesse obter uma linha para fora... talvez até mesmo descobrir mais sobre o que estava de fato acontecendo ali...

Porém, era uma esperança ilusória. O lugar era muito bem seguro, uma fortaleza.

Fiona notou a atenção dele.

Ela puxou o braço dele e tirou do bolso algo parecido com algumas cartas de baralho presas numa corrente. Ela as ergueu.

Não eram cartas de baralho.

Eram cartões-*chave*.

– Eu os roubei daquela cadela insensível – disse Fiona, cuspindo um pouco –, pra dar uma lição nela por me cortar.

Gray pegou os cartões e os examinou. Ele se lembrou de Monk ter censurado Fiona por ela não ter roubado as chaves do diretor do museu quando eles foram encurralados na cripta de Himmler. Parecia que a garota havia levado a sério a lição dele.

Com os olhos estreitados, Gray estudou a mansão novamente.

Graças àquela pequena batedora de carteiras, ele agora tinha as chaves do castelo.

Mas o que fazer?

CAPÍTULO 13

Xerum 525

10:34h
Reserva Hluhluwe-umfolozi
Zululândia, África do Sul

Painter estava sentado na cabana de xisto limoso e capim trançado, as pernas cruzadas em torno de uma série de mapas e diagramas. O ar cheirava a esterco e poeira. Mas o pequeno acampamento zulu era o ponto de encenação perfeito, a apenas dez minutos da propriedade Waalenberg.

Helicópteros de segurança em sobrevôos rasteiros causavam alvoroços periódicos no acampamento, em decolagens da propriedade, cautelosos e atentos a seus limites, mas Paula Kane havia organizado bem o lugar. Do ar, ninguém poderia dizer que a aldeiazinha areenta não passava de um ponto de parada de tribos zulus nômades que ganhavam a vida com dificuldade na área. Ninguém suspeitaria de uma reunião sendo realizada em uma das cabanas caindo aos pedaços.

O grupo havia se reunido para desenvolver estratégias e partilhar recursos.

Anna e Gunther estavam sentados juntos, em frente a Painter. Lisa estava ao lado dele – como havia ficado desde que chegaram à África, o rosto estóico, mas os olhos preocupados. Próximo aos fundos, o major Brooks estava em pé nas sombras, sempre vigilante, a palma da mão pousada na pistola no coldre.

Todos prestavam atenção ao relato final de Khamisi, um ex-guarda-caça da reserva. Ao lado dele, inclinado para a frente, as cabeças próximas, estava o participante mais surpreendente da reunião.

Monk Kokkalis.

Para choque de Painter, Monk havia chegado ao acampamento com um rapaz exausto e traumatizado, ambos guiados por Khamisi. O garoto estava se recuperando em outra cabana, mantido fora de perigo, mas Monk passara a última hora relatando sua história, respondendo a perguntas e preenchendo lacunas.

Anna olhava fixamente para o conjunto de runas que Monk acabara de desenhar. Seus olhos estavam injetados. Ela estendeu uma das mãos trêmulas para o papel.

– Estas são todas as runas encontradas nos livros de Hugo Hirszfeld?

Monk acenou com a cabeça.

– E aquele velho escroto estava convencido de que elas eram muito importantes, cruciais para alguma próxima etapa de seu plano.

Anna ergueu o olhar para Painter.

– O dr. Hugo Hirszfeld era o supervisor do projeto Sol Negro original. Você se lembra de quando comentei que ele estava convencido de ter solucionado o enigma do Sino? Ele havia feito um último experimento em segredo, sem a presença de mais ninguém. Um experimento secreto que supostamente gerou uma criança perfeita, sem degeneração ou involução. Um Rei-Sol, um *Sonnenkönig* perfeito. Mas seu método... como ele gerou essa criança... ninguém conhece.

– E, pelo bilhete que ele escreveu à filha – disse Painter –, a descoberta o assustou. *Uma verdade [...] linda demais para deixar morrer e monstruosa demais para ser revelada.* E, para esse fim, ele ocultou o segredo em código rúnico.

Anna deu um suspiro cansado.

– E Baldric Waalenberg estava tão confiante em decifrar o código por conta própria, obter para si o conhecimento perdido, que destruiu o *Granitschloß*.

– Acho que a situação vai além do fato de vocês não serem mais necessários – disse Painter. – Talvez você estivesse certa antes. Seu grupo era uma crescente ameaça, com aquela conversa de saírem da clandestinidade, de seguirem a corrente dominante. E, com a perfeição tão próxima, a culminação do sonho ariano, ele não poderia correr o risco da presença contínua de vocês.

Anna virou para si o papel com as runas que Monk desenhara.

– Se Hugo estava certo, decifrar seu código poderia se revelar crucial no tratamento da nossa doença. O Sino já possui a capacidade de *retardá-la*. No entanto, se conseguíssemos solucionar este enigma, ele poderia oferecer a *cura* de verdade.

Lisa trouxe um pouco de realidade à discussão.

– Mas, antes que isso possa acontecer, precisamos ter acesso ao Sino dos Waalenberg. Depois poderemos nos preocupar com a cura.

– E quanto a Gray e à garota? – perguntou Monk.

Painter manteve a cara fechada.

– Não há como sabermos onde ele está: escondido, capturado, morto. No momento, o comandante Pierce está entregue à própria sorte.

O rosto de Monk ficou carrancudo.

– Posso entrar lá de novo, sorrateiramente, usando o mapa do terreno feito por Khamisi.

– Não, agora não é hora de dividirmos forças. – Painter esfregou a parte de trás da orelha direita por causa de uma dor de cabeça em fisgadas. Ele fez alguns ruídos e sentiu náuseas.

Monk o fitou.

Painter desconsiderou a preocupação do homem. Mas alguma coisa no olhar de Monk indicava que não era apenas a debilidade *física* de seu chefe que o preocupava. Será que estava fazendo as escolhas certas? Como estava seu estado mental? A dúvida mexeu com sua sensibilidade. Até que ponto ele *estava* pensando com clareza?

A mão de Lisa deslizou até o joelho de Painter, como se sentisse a consternação dele.

– Estou bem – murmurou ele, mais para si mesmo do que para ela.

A continuação do interrogatório foi interrompida quando o tapete pendurado na porta do aposento foi empurrado para o lado, deixando entrar a luz do sol e o calor. Abaixando-se, Paula Kane penetrou no ambiente escuro. Um ancião zulu a seguiu, num traje cerimonial completo: plumas, penas, pele de leopardo ornamentada com contas coloridas. Embora ele tivesse sessenta e poucos anos, seu rosto não tinha rugas, parecia ter sido esculpido em pedra, e sua cabeça estava raspada. Carregava um bastão de madeira com penas na extremidade, mas também portava uma arma de fogo antiga, que aparentava ser mais cerimonial do que funcional.

Painter reconheceu a arma quando se levantou: uma velha arma inglesa com cano liso "Brown Bess", uma espingarda de pederneira da época das Guerras Napoleônicas.

– Mosi D'Gana, chefe zulu – Paula Kane apresentou o visitante.

– Está tudo pronto – O ancião falou em inglês claro.

– Obrigado pela ajuda – disse Painter formalmente.

Mosi fez um ligeiro aceno de cabeça, reconhecendo as palavras.

– Mas não é por vocês que vamos emprestar nossas lanças. Os *Voortrekker* têm uma dívida conosco por causa do Rio de Sangue.

Painter franziu a testa, mas Paula Kane forneceu os detalhes.

– Quando os ingleses expulsaram os bôeres holandeses da Cidade do Cabo, eles começaram uma grande marcha para o interior. O atrito se intensificou entre os imigrantes que chegavam e as tribos nativas: os xosas, os pondos, os suázis e os zulus. Em 1838, ao longo de um afluente do rio Búfalo, os zulus foram traídos, milhares deles, mortos, a terra natal, perdida. Foi uma carnificina. O rio ficou conhecido como Rio de Sangue. O *Voortrekker* que tramou aquele ataque assassino foi Piet Waalenberg.

Mosi ergueu sua velha arma e a estendeu para Painter.

– Nós não esquecemos.

Painter não teve dúvida de que aquela arma estivera envolvida naquela batalha abominável. Ele a aceitou, consciente de que um pacto havia sido feito com a transferência da espingarda de pederneira.

Mosi acomodou-se no chão, baixando suavemente até sentar-se com as pernas cruzadas.

– Temos muito o que planejar.

Paula acenou com a cabeça para Khamisi e puxou a aba do tapete, mantendo-o aberto.

– Khamisi, seu caminhão está pronto. Tau e Njongo já estão esperando. – Ela consultou o relógio. – Vocês têm de se apressar.

O ex-guarda-caça levantou-se. Cada um deles tinha uma tarefa a cumprir antes do anoitecer.

O olhar de Painter encontrou o de Monk. E mais uma vez viu a preocupação nos olhos dele. Mas não com Painter – com Gray. Ainda faltavam oito horas para o pôr-do-sol. Até lá, porém, não havia nada que pudessem fazer.

Gray estava por conta própria.

12:05h

– Mantenha a cabeça baixa – Gray sussurrou para Fiona.

Eles caminharam na direção do guarda no fim do corredor. Gray usava um dos uniformes de camuflagem, das botas de montaria ao boné preto, a pala puxada para baixo, sobre os olhos. O guarda que emprestara o uniforme a Gray estava inconsciente, amordaçado e firmemente amarrado a um armário em um dos quartos superiores. Ele também havia tomado emprestado o rádio do guarda, preso ao seu cinto e do qual pendia um fone de ouvido. A conversa rápida na linha era toda em holandês, tornando difícil a compreensão, mas os mantinha a par dos acontecimentos.

Caminhando junto a Gray, Fiona usava um uniforme de criada, tirado do mesmo armário. Ele era um pouco grande, mas isso serviria para ocultar sua forma e idade. A maioria do pessoal da casa era de nativos com várias tonalidades de pele escura, o que era típico de uma família africâner. A pele moreno-escura de Fiona, sua herança paquistanesa, vinha muito a calhar. Ela também ocultava os cabelos lisos sob uma touca. Poderia passar por nativa se ninguém prestasse *muita* atenção. Para completar o disfarce, a garota andava a passos curtos e submissos, os ombros caídos, cabisbaixa.

Até então, os disfarces deles não haviam sido sequer postos à prova.

Haviam espalhado a notícia de que Gray e Fiona tinham sido vistos na selva. Com a mansão fechada, apenas uma patrulha reduzida estava a postos em seu interior. A maioria das forças de segurança estava esquadrinhando as florestas, os anexos e os limites da propriedade.

Infelizmente, a segurança ali não era tão frágil a ponto de deixar aberta uma linha telefônica externa. Pouco depois de usar um dos cartões-chave de Ischke para entrar novamente na mansão, Gray testou alguns telefones. Para ter acesso a uma linha era necessário passar por uma rede de segurança em código. Qualquer tentativa de obter uma linha externa só os deixaria expostos.

Por isso eram poucas as opções deles.

Eles poderiam esconder-se. Mas com que objetivo? Quem sabia se Monk conseguiria, e quando, chegar à civilização? Por isso não deviam esperar, e sim agir. O plano era primeiro obter um diagrama da mansão, o que significava penetrar na central de segurança no piso principal. As únicas armas deles eram uma pistola que Gray carregava e uma Taser[31] portátil no bolso de Fiona.

[31] Arma constituída basicamente de uma bateria acoplada a uma pistola que dispara dois dardos munidos de eletrodos, por intermédio dos quais são descarregados 50 mil volts durante cinco segundos. (N.do T.)

Adiante, no fim do corredor, uma sentinela guarnecia a sacada superior, vigiando a entrada principal com um fuzil automático. Gray seguiu na direção do homem. Ele era alto, atarracado, e tinha olhos com pálpebras pesadas que tornavam sua aparência grosseira e desprezível. Gray fez um aceno de cabeça e continuou rumo à escada. Fiona seguia logo atrás.

Tudo ia bem.

Então o homem disse algo em holandês. Gray não entendeu as palavras, mas elas tinham um tom sinistro, terminando numa risada baixa e gutural.

Ao virar-se um pouco, ele viu o guarda estender a mão para o traseiro de Fiona e beliscá-lo com firmeza. A outra mão estendeu-se para o cotovelo dela.

Ele cometera um erro.

Fiona virou-se para o homem:

– Cai fora, seu punheteiro!

A saia dela roçou o joelho do homem. Uma centelha azul saiu através do bolso de Fiona e atingiu a coxa dele, queimando-o. O corpo do guarda arqueou para trás, e ele produziu um ruído sufocado semelhante a um gargarejo.

Gray o segurou enquanto caía para trás, ainda em convulsão em seus braços. Ele o arrastou do patamar para um quarto lateral. Baixou-o até o chão, deu-lhe uma coronhada com a pistola para que ficasse inconsciente e começou a amordaçá-lo e amarrá-lo.

– Por que você fez isso? – perguntou Gray.

Fiona foi para trás de Gray e beliscou a bunda dele, com força e de modo brusco.

– Ei!

Ele ficou em pé e virou-se.

– O que você acha disto? – disse Fiona enfurecida.

Ele entendeu o ponto de vista dela. No entanto, advertiu:

– Não posso continuar amarrando estes filhos-da-puta.

Fiona ficou em pé com os braços cruzados. Embora seus olhos exibissem raiva, também estavam assustados. Ele não podia culpá-la pela reação precipitada. Gray removeu um pouco de suor frio da testa. Talvez eles devessem simplesmente se esconder e esperar pelo melhor.

O rádio de Gray chiou. Ele ouviu com atenção. Será que tinham sido vistos atacando o guarda junto à escada? Ele traduziu em meio aos ruídos distorcidos da transmissão.

– ... *ge'vangene*... entrando pela porta principal...

Seguiram-se mais informações. Gray, porém, ouviu muito pouco além da palavra *ge'vangene*.

Prisioneiro.

Aquilo só podia ter um significado.

– Pegaram o Monk... – sussurrou, gelando.

Fiona descruzou os braços, o rosto preocupado.

– Vamos – ele disse e caminhou em direção à porta.

Ele havia pegado a Taser e pendurado no ombro o rifle do guarda caído no chão.

Gray seguiu na frente, de volta à escada. Ele sussurrou seu plano para Fiona enquanto desciam às pressas a escada do saguão principal. O piso inferior estava vazio, assim como o vestíbulo adiante.

Eles cruzaram o chão encerado, ornamentado com tapetes com motivos africanos. Os passos deles ecoavam. Em cada lado, troféus de caça empalhados preenchiam as paredes: a cabeça de um rinoceronte negro sob risco de extinção, um leão enorme com uma juba roída por traças, uma fileira de antílopes com várias formas de chifres.

Gray dirigiu-se ao vestíbulo. Fiona puxou um espanador de um bolso do avental, uma parte de seu disfarce. Ela foi para um lado da porta; Gray posicionou-se no outro, com o rifle na mão.

Eles não precisaram esperar muito, mal assumindo suas posições a tempo.

Quantos guardas estariam acompanhando Monk?

Pelo menos ele estava vivo.

O portão de metal da entrada principal começou a subir, movendo-se com estrépito. Gray inclinou-se para contar as pernas. Ele ergueu dois dedos para Fiona. Dois guardas acompanhavam um prisioneiro de macacão branco.

Gray surgiu à vista quando o portão rolou completamente para cima.

Os guardas nada viram a não ser um deles, um guarda de sentinela com um rifle à porta. Eles entraram com o prisioneiro sob domínio. Nenhum deles notou Gray segurando uma Taser ou Fiona vindo do outro lado.

Em poucos instantes o ataque terminou.

Os dois guardas contorceram-se no tapete, os calcanhares martelando o chão. Gray chutou o lado da cabeça de cada um, provavelmente com mais força do que deveria. Mas a raiva ardia nele.

O prisioneiro não era Monk.

– Quem é a senhora? – perguntou à assustada prisioneira enquanto arrastava com pressa o primeiro guarda para um depósito de suprimentos próximo.

A mulher de cabelos grisalhos usou o braço livre para ajudar Fiona a arrastar o segundo homem. Ela era mais forte do que aparentava. O braço esquerdo estava enfaixado e preso atravessado no peito numa tipóia justa. No lado esquerdo de seu rosto havia alguns arranhões, suturados e em carne viva. Alguma coisa a havia atacado e machucado. Apesar dos ferimentos recentes, seus olhos encontraram os de Gray, faiscantes e determinados.

– Eu sou a dra. Marcia Fairfield.

12:25h

O jipe descia a pista vazia.

Atrás do volante, o guarda-caça Gerald Kellogg enxugou a testa suada. Uma garrafa de Bimkenhead Premium Lager estava presa entre suas pernas.

Apesar da manhã agitada, Kellogg recusava-se a quebrar a rotina. De qualquer modo, não havia mais nada que ele pudesse fazer. A segurança da propriedade Waalenberg havia relatado os detalhes superficiais: uma fuga. Kellogg já havia alertado os guardas do parque e colocado homens junto a todos os portões. Ele passou adiante fotos, enviadas por fax da propriedade Waalenberg. O disfarce era de caçadores clandestinos, armados e perigosos.

Até que a notícia de que os haviam descoberto chegasse ao escritório de Kellogg, não havia nada que o impedisse de tirar as costumeiras duas horas de almoço em casa. Terça-feira era dia de galinha assada e batatas-doces. Ele conduziu seu jipe através do mata-burro e entrou no caminho principal, margeado em ambos os lados por cercas vivas baixas. À frente, uma casa colonial de dois andares com painéis de madeira erguia-se numa propriedade de um acre com a grama cuidadosamente aparada, um dos privilégios de seu cargo. Dez empregados cuidavam do terreno e da casa que só ele ocupava. Ele não tinha pressa de se casar.

Para que se amarrar?

Além disso, seu gosto tendia para flores jovens.

Ele tinha uma nova garota na casa, a pequena Aina, de 11 anos, da Nigéria, preta como breu, exatamente como ele gostava que elas fossem, por ser melhor para ocultar as equimoses. Não que houvesse alguém que o questionasse. Ele tinha um empregado, Mxali, um suázi bruto, recrutado da prisão, que administrava sua casa com disciplina e terror. Quaisquer problemas eram solucionados rapidamente, não só em casa, como também, quando necessário, em outros lugares. E os Waalenberg simplesmente ficavam contentíssimos em ajudar a dar fim a qualquer encrenqueiro. O que acontecia aos que eram jogados de helicóptero na propriedade Waalenberg, Gerald preferia não saber. Mas ele tinha ouvido boatos.

Apesar do calor do meio-dia, ele estremeceu.

Era melhor não fazer perguntas demais.

Estacionou o carro à sombra de uma acácia frondosa, desceu do veículo e seguiu pelo caminho revestido de seixos que conduzia até a porta lateral da cozinha. Dois jardineiros capinavam o canteiro de flores. Eles mantiveram os olhos baixos quando Gerald passou, conforme lhes fora ensinado.

O cheiro de galinha assada e de alho despertou seu apetite. Seu nariz e estômago fizeram-no subir depressa os três degraus de madeira até a porta de tela aberta. Ele entrou na cozinha com a barriga roncando.

À esquerda, a porta do forno estava aberta. O cozinheiro estava ajoelhado nas tábuas com a cabeça dentro do forno. Kellogg franziu a testa diante do estranho quadro. E levou um momento para perceber que não era o cozinheiro.

– Mxali...?

Kellogg finalmente notou o cheiro de carne queimada encoberto pelo do alho. Algum objeto projetava-se do braço do homem. Um dardo emplumado. A arma preferida de Mxali, em geral envenenada.

Algo estava terrivelmente errado.

Kellogg recuou e virou-se para a porta.

Os dois jardineiros haviam largado suas enxadas e tinham rifles apontados para a grande barriga dele. Não era incomum que pequenos bandos de saqueadores, imundície vinda de municípios negros, atacassem de surpresa fazendas e casas em lugares remotos. Kellogg ergueu os braços, a pele esfriando de terror.

O rangido de uma tábua o fez virar-se, meio abaixado.

Uma figura negra saiu das sombras do aposento ao lado.

Kellogg ficou boquiaberto quando reconheceu o invasor – e o ódio nos olhos dele.

Não eram saqueadores. Era muito pior.

Um fantasma.

– Khamisi...

12:30h

– Então, o que exatamente está errado com ele? – perguntou Monk, apontando com o polegar para o local em que Painter havia desaparecido no interior de uma das cabanas próximas com o telefone via satélite da dra. Paula Kane. O diretor estava coordenando com Logan Gregory.

Ele estava sentado em um tronco de madeira com a dra. Lisa Cummings, sob a sombra projetada do beiral de outra cabana. A médica era uma mulher muito atraente, mesmo coberta de poeira e com olheiras que a deixavam com um ar atormentado.

Ela voltou a atenção para Monk.

– As células dele estão desnaturando, dissolvendo-se de dentro para fora. Isto de acordo com Anna Sporrenberg. Ela estudou em profundidade os efeitos nocivos da radiação do Sino no passado. Essa radiação causa falência múltipla de órgãos. O irmão dela, Gunther, também sofre de uma versão crônica da doença. Mas a velocidade do definhamento dele é retardada pelas elevadas capacidade de recuperação e imunidade do grandalhão. Anna e Painter, expostos já adultos a uma dose excessiva da radiação, não têm essa proteção inata.

Ela entrou em mais detalhes, pois sabia que Monk também tinha formação médica: contagem baixa de plaquetas, nível crescente de bilirrubina, edema, sensibilidade muscular com surtos de rigidez em torno do pescoço e dos ombros, infarto ósseo, hepatosplenomegalia, sopros audíveis nos batimentos cardíacos e uma estranha calcificação das extremidades distais e do humor vítreo dos olhos.

Mas tudo acabou se reduzindo a uma pergunta:

– Quanto tempo eles têm? – indagou Monk.

Lisa suspirou e voltou o olhar para a cabana na qual Painter havia desaparecido.

– Não mais que um dia. Mesmo que se pudesse encontrar a cura hoje, receio que ainda possa haver dano permanente.

– Você notou a pronúncia inarticulada dele... como ele engole as palavras? Isso é causado pelas drogas... ou... ou...?

Lisa voltou a olhar para ele com profunda angústia.

– É mais do que as drogas.

Monk sentiu que essa foi a primeira vez que ela admitiu isso para si mesma. Foi dito com medo e desesperança. Também viu quanto ela sofria por causa disso. A reação dela excedia a de uma médica interessada ou de uma amiga preocupada apenas. Ela se importava com Painter e era óbvio que lutava para reprimir suas emoções, para proteger seu coração.

Painter apareceu à entrada e acenou para que Monk fosse até lá.

– Kat está ao telefone.

Monk levantou-se rapidamente, verificou se havia helicópteros no céu e foi até Painter. Pegou o telefone, cobriu o bocal e acenou com a cabeça na direção da dra. Cummings.

– Chefe, acho que ela gostaria de companhia.

Painter revirou os olhos, que estavam injetados, manchados por hemorragias na esclera. Ele usou a mão para proteger os olhos sensíveis e foi até Lisa.

Monk observou da entrada e ergueu o telefone.

– Oi, gata.

– Não me chame de *gata*. Que diabo você está fazendo na África?

Monk sorriu. A repreensão de Kat era bem-vinda como água no deserto. Além do mais, a pergunta dela era retórica, pois sem dúvida havia sido informada.

– Pensei que essa missão seria moleza – continuou ela.

Monk simplesmente esperou, deixando-a desabafar.

– Quando você chegar em casa, vou te trancar...

Ela continuou por mais um longo minuto, durante o qual as palavras ficaram confusas.

Finalmente, Monk teve chance de falar.

– Eu também estou com saudade de você.

A gritaria reduziu-se a um suspiro.

– Soube que o Gray ainda está desaparecido.

– Ele deve estar bem – ele a tranqüilizou, embora esperasse a mesma coisa.

– Encontre-o, Monk. Faça o que for necessário.

Monk apreciou a compreensão dela. Era exatamente aquilo que pretendia fazer. Ela lhe pediu que não fizesse qualquer promessa de que agiria com cautela, já que o conhecia muito bem. No entanto, ele percebeu as lágrimas nas palavras seguintes dela.

– Eu te amo.

Aquilo era cautela suficiente para qualquer homem.

– Eu também te amo. – Ele baixou a voz e ficou ligeiramente de costas. – Eu amo vocês *dois*.

– Volte para casa.

– Tente me deter.

Kat tornou a suspirar.

– Logan está me enviando uma mensagem pelo *pager*. Tenho de desligar. Nós temos um encontro marcado às sete horas com um adido na Embaixada da África do Sul. Faremos o possível para exercer pressão daqui.

– Infernize a vida deles, gata.

– Nós faremos isso. Tchau, Monk.

– Kat, eu...

Mas ela havia desligado. Droga.

Monk baixou o telefone e olhou para Lisa e Painter. Os dois estavam encostados um no outro, conversando, mas Monk sentiu que era mais a necessidade de estarem próximos do que de qualquer comunicação real. Ele olhou para o telefone. Pelo menos, Kat estava sã e salva.

12:37h

– Eles estavam me levando para uma cela lá embaixo – disse a dra. Marcia Fairfield. – Para me interrogar mais. Alguma preocupação deve estar atingindo-os.

Os três estavam de volta ao vestíbulo no primeiro andar. O guarda que havia assediado Fiona ainda estava caído inconsciente no chão, o sangue escorrendo das narinas.

A dra. Fairfield tinha feito um rápido relato de sua história: como havia sido emboscada no campo, atacada pelos animais de estimação dos Waalenberg e por eles arrastada. Os Waalenberg tinham descoberto por certos canais que ela talvez trabalhasse para a inteligência britânica. Por isso haviam encenado seu seqüestro como um ataque fatal de leões. Seus ferimentos sem dúvida ainda estavam inchados e em carne viva.

– Consegui convencê-los de que meu acompanhante, um guarda-caça, havia sido morto. Foi tudo o que pude fazer. Espero que ele tenha conseguido voltar para a civilização.

– Mas o que os Waalenberg escondem? – perguntou Gray. – O que eles estão fazendo?

A mulher sacudiu a cabeça.

– Alguma versão macabra de um Projeto Manhattan genético. Isso é tudo o que eu sei. Mas acho que existe algum outro esquema em curso. Um projeto secundário. Talvez até mesmo um ataque. Ouvi por acaso os guardas conversando. Algo a respeito de um tipo de soro. Eu os ouvi dizer soro 525. Também mencionaram a cidade de Washington no mesmo contexto.

Gray franziu a testa.

– A senhora os ouviu falar sobre algum horário?

– Não exatamente. Mas, pelo riso deles, tive a impressão de que, seja lá o que esteja para acontecer, será em breve. Muito breve.

Gray deu alguns passos de um lado para outro, apoiando o queixo com os nós dos dedos. *Esse soro... talvez seja um agente para uso numa guerra biológica... um patógeno, um vírus...* Sacudiu a cabeça. Precisava de mais informações, e rápido.

– Temos de entrar naqueles laboratórios no porão – murmurou ele. – Precisamos descobrir o que está acontecendo.

– Eles estavam me levando para essa área de confinamento – disse a dra. Fairfield.

Ele acenou com a cabeça, compreendendo.

– Se eu me fizer passar por um de seus guardas, isso poderia ser nosso bilhete de entrada lá embaixo.

– Teríamos de nos apressar – disse Marcia. – A esta altura, eles devem estar se perguntando o que está me atrasando.

Gray virou-se para Fiona, pronto para uma discussão. Seria mais seguro se ela permanecesse escondida no quarto, longe dos olhos dos outros. Seria difícil explicar a presença dela junto a uma prisioneira e um guarda. Isso só levantaria suspeita e chamaria atenção.

– Eu sei! Não tem nenhum lugar para uma criada – disse Fiona, surpreendendo-o mais uma vez. Ela cutucou com o pé o guarda caído no chão. – Vou fazer companhia a este Casanova até vocês voltarem.

Apesar das palavras corajosas, seus olhos brilhavam de medo.

– Não vamos demorar muito – prometeu ele.

– É melhor que não demorem mesmo.

Com a questão resolvida, Gray pegou seu rifle, acenou para que a dra. Fairfield se encaminhasse à porta e disse:

– Vamos.

Gray fez Marcia entrar rapidamente no elevador principal sob a mira da arma. Ninguém os abordou. Um leitor de cartões restringia o ingresso aos níveis subterrâneos. Ele passou o segundo cartão-chave de Ischke pela leitora. Os botões iluminados de acesso aos níveis subterrâneos mudaram de vermelho para verde.

– A senhora tem alguma idéia de por onde devemos começar? – perguntou Gray.

Marcia estendeu a mão.

– Quanto maior o tesouro, mais fundo ele está enterrado.

Ela apertou o último botão. Seis níveis abaixo. O elevador começou a descer.

Enquanto Gray observava a contagem regressiva dos andares, as palavras de Marcia martelavam em seu cérebro.

Um ataque. Possivelmente em Washington.

Mas que tipo de ataque?

6:41h hora padrão do Leste
Washington, D.C.

A Embassy Row ficava a apenas três quilômetros do National Mall. O motorista dobrou na avenida Massachusetts e seguiu em direção à Embaixada da África do Sul. Kat estava sentada com Logan no banco traseiro, verificando as últimas anotações. O sol acabara de nascer, e a embaixada surgiu à frente.

Os quatro andares de calcário Indiana brilhavam intensamente à luz do sol matinal, realçando seus frontões e águas-furtadas típicos do estilo holandês do Cabo. O motorista estacionou na ala residencial da embaixada. O embaixador havia concordado em encontrá-los em seu gabinete particular de manhã muito cedo.

Parecia ser melhor tratar de quaisquer assuntos relacionados com os Waalenberg longe da vista de todos.

O que para Kat era ótimo.

Ela tinha uma pistola no coldre preso ao tornozelo.

Kat desceu do carro e esperou por Logan. Quatro colunas acaneladas sustentavam um parapeito esculpido com o brasão da África do Sul. Embaixo dele, um porteiro notou a chegada deles e abriu a porta envidraçada da frente.

Como vice-diretor, Logan seguiu na frente. Kat ficou um ou dois passos atrás, vigiando a rua, cautelosa. Como os Waalenberg controlavam uma fortuna imensa, ela não confiava em quem pudesse estar a serviço deles... e isso incluía o embaixador, John Hourigan.

O saguão de entrada ampliou-se em volta deles. Um secretário num elegante traje de passeio azul-marinho os conduziu pelo cômodo.

– O embaixador Hourigan vai descer daqui a pouco. Devo levá-los a seu gabinete. Posso lhes trazer chá ou café?

Logan e Kat recusaram.

Logo estavam instalados em uma sala com paredes ricamente revestidas. A mobília – escrivaninhas, estantes, algumas mesas – era toda feita da mesma madeira: um tipo de canela-amarela nativa da África do Sul, tão rara que já não estava disponível para exportação comercial.

Logan sentou-se junto à escrivaninha. Kat permaneceu em pé. Eles não tiveram de esperar muito.

As portas voltaram a abrir-se, e um homem alto e magro, de cabelos ruivos, entrou. Usava um terno azul-marinho, mas carregava o paletó pendurado em um braço. Kat suspeitou que sua tentativa de aproximação informal fosse puro artifício, destinado a fazer sua conduta parecer mais amigável e cooperativa. Como o encontro ali, na residência dele.

Ela não se deixou enganar.

Enquanto Logan fazia as apresentações, Kat inspecionava a sala. Com experiência nos serviços de inteligência, ela imaginou que a conversa ali seria gravada secretamente. Estudou o espaço na tentativa de adivinhar onde o equipamento de vigilância estaria escondido.

O embaixador Hourigan sentou-se, afinal, em sua cadeira.

– Vocês vieram para perguntar sobre a propriedade dos Waalenberg... ou foi o que me informaram. Como posso lhes ser útil?

– Acreditamos que alguém a serviço deles pode ter envolvimento em um seqüestro na Alemanha.

Seus olhos arregalaram-se com muita perfeição.

– Estou chocado por ouvir essas alegações. Mas não soube de nada a esse respeito pela BKA[32] alemã, pela Interpol ou pela Europol.

– Nossas fontes são concretas – insistiu Logan. – Tudo o que pedimos é a cooperação dos seus Escorpiões para investigar no local.

Kat observou o homem fingir uma expressão profundamente pensativa. Os Escorpiões eram o equivalente sul-africano do FBI. A cooperação parecia improvável. O máximo que Logan procurava ali era manter essas organizações fora do caminho da Sigma. Embora não pudessem negociar a ajuda contra uma fonte de influência política como os Waalenberg, poderiam exercer pressão suficiente para impedir que quaisquer autoridades policiais os ajudassem. Uma pequena concessão, porém significativa.

Kat continuou em pé, observando a lenta dança que aqueles dois homens executavam, cada qual tentando obter melhor vantagem.

– Eu lhe asseguro que os Waalenberg têm o máximo respeito pela comunidade internacional e pelos organismos governamentais. A família tem apoiado esforços de ajuda, organizações de caridade multinacionais e fundações sem fins lucrativos em todo o mundo. Na verdade, em seu mais recente ato de generosidade, doaram a réplica de um sino de ouro centenário a todas as embaixadas e chancelarias sul-africanas ao redor do mundo, para comemorar o centésimo aniversário da primeira moeda de ouro cunhada na África do Sul.

– Está tudo muito bem, mas não...

Kat interrompeu Logan, falando pela primeira vez:

– O senhor disse *sino* de ouro?

Os olhos de Hourigan encontraram os dela.

– Sim, presentes do próprio *sir* Baldric Waalenberg. Cem sinos centenários folheados a ouro, exibindo o brasão da África do Sul. O nosso está sendo instalado no saguão da residência, no quarto andar.

[32] Abreviatura de Bundeskriminalamt, o equivalente alemão do Departamento de Polícia Federal. (N. do T.)

Logan a olhou nos olhos.

– Seria possível vê-lo? – perguntou ela.

A estranha mudança do rumo da conversa perturbou o embaixador, mas ele não conseguiu encontrar um bom motivo para negar o pedido, e Kat imaginou que ele esperava que isso pudesse ser um modo de obter uma vantagem na tranqüila guerra diplomática que estava sendo travada.

– Eu ficaria encantado em mostrá-lo a vocês. – Levantou-se e consultou o relógio. – Receio que tenhamos de ser rápidos. Tenho uma reunião no café-da-manhã para a qual não devo me atrasar.

Como Kat imaginara, Hourigan estava usando a visita ao saguão como um pretexto para encerrar a conversa cedo, para se esquivar a qualquer compromisso. Logan a fitou. Ela esperava estar certa.

Eles foram conduzidos a um elevador e levados ao último andar do edifício. Passaram por corredores decorados com obras de arte e artesanato sul-africanos. Depois, um grande saguão abriu-se. Parecia mais um museu do que um espaço habitável. Havia vitrines, mesas compridas e arcas enormes com acessórios de bronze trabalhados à mão. Uma parede com janelas dava para o pátio dos fundos e para os jardins. Num canto estava pendurado um gigantesco sino de ouro. Parecia ter sido desembalado recentemente, porque pequenos tufos da palha do enchimento ainda estavam espalhados pelo chão. O sino em si tinha um metro de altura, e sua boca, meio metro de diâmetro. O brasão havia sido gravado nele.

Kat aproximou-se. Um grosso fio elétrico descia do topo e enroscava-se no chão.

O embaixador notou a atenção dela.

– Ele é automatizado e está programado para soar a determinadas horas do dia. É uma maravilha e tanto da engenharia. Se a senhora olhar dentro do sino, vai ver um espetáculo de engrenagens, como um Rolex da mais alta qualidade.

Kat virou-se para Logan. Ele havia empalidecido. Como Kat, ele estudara os desenhos que Anna Sporrenberg havia feito do Sino original. Aquela era uma duplicata de ouro perfeita. Ambos também tinham lido sobre os efeitos nocivos provocados pela irradiação do aparelho. Loucura e morte. Kat olhou pela janela do quarto andar. Daquela altura, ela só pôde distinguir a cúpula branca do Capitólio.

As palavras anteriores do embaixador tornaram-se horríveis.

Doaram... a todas as embaixadas e chancelarias... ao redor do mundo... Cem sinos folheados a ouro.

– Foi necessário um técnico especializado para instalá-lo – prosseguiu o embaixador, apesar de a sua voz agora ter passado a apresentar um ritmo ligeiramente entediado, fazendo o encontro caminhar para o fim. – Eu acho que ele está em algum lugar por aqui.

A porta do aposento fechou-se atrás deles, batendo ligeiramente.

Todos os três se voltaram.

– Ah, ei-lo aí – disse Hourigan ao se virar. Sua voz extinguiu-se quando ele viu a submetralhadora que o recém-chegado carregava. Os cabelos dele eram branco-alourados. Mesmo do outro lado do aposento, Kat avistou uma tatuagem escura na mão que segurava a arma.

Kat mergulhou para o coldre no tornozelo.

Sem dizer uma palavra, o assassino abriu fogo, cuspindo rajadas de balas.

Vidro estilhaçou-se, madeira lascou-se.

Atrás dela, atingido por projéteis que ricocheteavam, o sino de ouro tocava repetidamente.

12:44h
África do Sul

As portas do elevador abriram-se no sétimo andar subterrâneo. Gray saiu com o rifle na mão e esquadrinhou ambas as direções ao longo de um corredor cinza. Ao contrário das madeiras caras e do artesanato sofisticado da mansão, aquele nível subterrâneo era iluminado por lâmpadas fluorescentes e decorado com uma esterilidade rígida: assoalhos de linóleo fosco, paredes cinza, teto baixo. Portas de aço lisas com fechaduras eletrônicas resplandecentes revestiam um lado do corredor. As outras portas pareciam mais comuns.

Gray colocou a palma da mão contra uma delas.

A placa de aço vibrava. Ele ouviu um zumbido rítmico.

Uma casa de força. Devia ser imensa.

Marcia aproximou-se, ficando ao lado dele.

– Acho que descemos demais – sussurrou ela. – Isto se parece mais com uma área de armazenagem e de despensas.

Gray concordou. No entanto...

Ele foi até uma das portas de aço trancadas.

– A pergunta é: o que eles estão armazenando?

Na placa afixada à porta estava escrito: EMBRYONAAL.

– Laboratório embrionário – traduziu Marcia.

Ela juntou-se a ele, os olhos cautelosos e um ligeiro estremecer ao mover o braço enfaixado e preso na tipóia.

Gray ergueu o cartão de Ischke novamente e o passou pelo leitor. A luz indicadora ficou verde e uma tranca magnética soltou-se. Ele empurrou a porta. Havia pendurado o rifle no ombro e sacado a pistola.

As lâmpadas fluorescentes acima tremeluziram e em seguida estabilizaram-se.

A sala era um longo corredor, com uns 40 metros de comprimento. Gray notou como o ar ali dentro era gelado, mais revigorante, filtrado. Uma fileira de *freezers* de aço inoxidável embutidos, que iam do chão ao teto, cobria um lado. Compressores zumbiam. No outro lado, havia carrinhos de aço, tanques de nitrogênio líquido e um grande microscópio de mesa ligado por fios a uma mesa de microdissecção.

Parecia algum tipo de laboratório de criônica.

Na estação de trabalho central, um computador HP estava ocioso. O protetor de tela girava no monitor LCD. Um símbolo prateado rodava contra um fundo negro. Um símbolo familiar. Gray o tinha visto desenhado no chão do Castelo Wewelsburg.

– O Sol Negro – murmurou Gray.

Marcia olhou para ele.

Gray apontou para o *sol* giratório.

– O símbolo representa a Ordem Negra de Himmler, uma cabala de ocultistas e cientistas da Sociedade Thule obcecados pela filosofia do super-homem. Baldric também deve ter sido membro.

Gray sentiu que haviam fechado o círculo: do bisavô de Ryan até aquele lugar. Ele acenou com a cabeça na direção do computador.

– Procure um diretório principal. Veja o que a senhora consegue descobrir.

Enquanto Marcia se dirigia à estação de trabalho, Gray foi até um dos *freezers* e o abriu. Ar gélido soprou para fora. Dentro havia gavetas, indexadas e numeradas. Atrás de si, Gray ouviu Marcia digitando ao computador. Ele abriu uma gaveta. Cuidadosamente presos por braçadeiras, havia um grande número de pequeninos tubos de ensaio cheios de um líquido amarelo.

– Embriões congelados – disse Marcia por trás dele.

Ele fechou a gaveta e olhou ao longo do corredor para a quantidade de *freezers* gigantes. Se Marcia estivesse certa, devia haver milhares de embriões armazenados ali.

Ela falou, atraindo-o até a estação de trabalho.

– O computador é um banco de dados com uma lista de genomas e genealogias. – Olhou para ele. – Tanto de seres humanos quanto de animais. Espécies de mamíferos. Olhe para isto.

Anotações estranhas enchiam a tela.

NUCLEOTIDE VARANDERING (DNA)
[*CROCUTA CROCUTA*]
Quinta 6 de nov. 14:56:25 GMT

Schema V.1.16

VERANDERING	CODE RANGSCHIKKEN
Loci A.0. Transversie	
A.0.2. Dipirimidina para Ditimidina (c[CT]>TT)	ATGGTTACGCGCTCATG
	GAATTCTCGCTCATGGA
	ATTCTCGCTCGTCAACT
Loci A.3. Gedeeltelijk	
A.3.3.4. Dinucleotídio (transcriptie)	CTAGAAATTACGCTCTTA
	CGCTTCTCGCTTGTTTAC
	GCGCTCA

Loci B.5.	
B.5.1.3. Cryptische plaatsactivering	GTTACGCGCTCGCGCTCA TGGAATTCTCGC TCATG
Loci B.7.	
B.7.5.1. Pentanucleotídio (g[TACAGATTC] verminderde stabiliteit)	ATGGTTACGCGCTCCGC TGGAATTCTCGCTC ATG GAATTCTCGCTC

– Parece uma lista de alterações mutacionais – disse Marcia –, definidas até o nível de polinucleotídios.

Gray bateu de leve no nome no alto da lista.

– *Crocuta crocuta* –leu. – A hiena-malhada. Eu vi o resultado dessa pesquisa. Baldric Waalenberg mencionou que estava aperfeiçoando a espécie, inclusive com a implantação de células-tronco humanas no cérebro dos animais.

Marcia ficou animada e voltou para um diretório principal.

– Isso explica o nome do banco de dados inteiro: *Hersenschim*, cuja tradução é "quimera", termo biológico para um organismo com material genético de mais de uma espécie, sejam enxertos em plantas ou a introdução de células estranhas em um embrião. – Ela bateu de leve uma das mãos no computador, concentrada. – Mas para que fim?

Endireitando-se, Gray olhou ao longo do laboratório embrionário. Será que tudo aquilo diferia em alguma coisa da manipulação de orquídeas e bonsais por Baldric? Seria apenas outra maneira de controlar a natureza e planejá-la de acordo com a definição dele de perfeição?

– Humm... – murmurou Marcia. – Estranho.

Gray voltou para onde ela estava.

– O quê?

– Como eu disse, há embriões humanos aqui. – Ela olhou por cima de um ombro para Gray. – De acordo com as referências cruzadas genealógicas, todos estes embriões estão geneticamente ligados aos Waalenberg.

Não era nenhuma surpresa. Gray havia notado as semelhanças nos descendentes de Waalenberg. O patriarca vinha refinando a linhagem da família por gerações.

Mas, aparentemente, aquilo não era o mais estranho.

– Cada um dos embriões dos Waalenberg, por sua vez, está relacionado com séries de células-tronco que remontam à *Crocuta crocuta* – Marcia continuou.

– Às hienas?

Marcia fez um aceno de cabeça.

A compreensão e o horror aumentaram.

– A senhora está dizendo que ele vem plantando as células-tronco dos *próprios* filhos naqueles monstros?

Gray não conseguiu disfarçar seu choque. Será que as atrocidades daquele homem, a presunção, nunca terminavam?

– Mas isso não é tudo – disse Marcia.

Gray sentiu um choque nauseante nas entranhas, sabendo o que ela ia dizer em seguida.

Marcia apontou para uma tabela complicada na tela.

– De acordo com isto, há referências cruzadas entre as células-tronco das hienas e a geração seguinte de embriões humanos.

– Deus do céu...

Gray pensou em Ischke estendendo a mão e detendo a hiena que investia contra ela. Era mais do que simplesmente dono e cão. Era família. Baldric implantara em seus filhos células das hienas que haviam sofrido mutação, fazendo uma espécie de polinização cruzada, como no caso de suas orquídeas.

– Mas *isso* ainda não é o pior... – começou Marcia, pálida e perturbada até a medula. – Os Waalenberg têm...

Gray a interrompeu, pois já tinha ouvido o bastante. Eles tinham mais a procurar.

– Deveríamos continuar.

Marcia olhou para o computador com relutância, mas acenou com a cabeça e se levantou. Eles saíram do laboratório de monstros e seguiram corredor adiante. Na porta seguinte, havia uma placa com a inscrição FOETUSSEN. Um laboratório fetal. Gray continuou a seguir pelo corredor, sem parar. Ele não tinha a menor vontade de ver que horrores estavam ali dentro.

– Como eles estão alcançando esses resultados? – perguntou Marcia. – As mutações, as quimeras bem-sucedidas...? Eles devem ter algum jeito de controlar a manipulação genética.

– É possível – murmurou ele. – Mas elas não estão aperfeiçoadas... não ainda.

Gray se lembrou do trabalho de Hugo Hirszfeld, do código que ocultara em suas runas. Ele agora entendia a obsessão de Baldric pelo código. Uma promessa de perfeição. *Linda demais para deixar morrer e monstruosa demais para ser revelada.*

E decerto as preocupações com o monstruoso não assustavam Baldric. Na verdade, ele criava o monstruoso na própria família. E agora que tinha o código de Hugo, qual seria seu próximo passo? Em particular com a Sigma em seus calcanhares. Não era de admirar que ele quisesse tão desesperadamente saber sobre Painter Crowe.

Chegaram a outra porta. A sala no outro lado devia ser imensa, pois ficava a uma boa distância do laboratório fetal. Gray notou o nome na porta.

XERUM 525.

Ele e Marcia entreolharam-se.

– Não era *soro* – disse Gray.

– Xerum – leu Marcia, sacudindo a cabeça sem compreender.

Gray usou o cartão roubado. A luz verde acendeu-se, a tranca soltou-se e ele entrou. As luzes da sala tremeluziram. O ar ali tinha um cheiro vagamente corrosivo, com um traço de ozônio. O assoalho e as paredes eram escuros.

– Chumbo – disse Marcia, tocando as paredes.

Gray não gostou daquilo, porém tinha de saber mais. O espaço imenso parecia uma instalação para armazenagem de resíduos perigosos. Prateleiras estendiam-se sala adentro. Empilhados nelas estavam barris amarelos de aproximadamente quarenta litros cada com o número 525 estampado.

Gray se lembrou da preocupação com um agente para uso em guerra biológica. Ou será que os barris continham algum tipo de material físsil, lixo nuclear? Será que aquele era o motivo para o revestimento de chumbo da sala?

Marcia parecia pouco preocupada. Foi até as prateleiras. Cada ponto da prateleira tinha um rótulo que marcava cada barril.

– Albânia – ela leu, depois foi para o seguinte. – Argentina.

Outros países eram mencionados, em ordem alfabética.

Gray olhou para as prateleiras de um extremo a outro. Devia haver pelo menos cem barris.

Marcia olhou para ele, que entendeu a súbita preocupação nos olhos dela.

Oh, não...

Gray avançou às pressas pela sala, examinando as prateleiras, parando aqui e ali para ler um rótulo: BÉLGICA... FINLÂNDIA... GRÉCIA...

Ele continuou.

Finalmente, chegou ao ponto que estava procurando.

ESTADOS UNIDOS.

Ele se lembrou do que Marcia tinha ouvido por acaso, algo a respeito da cidade de Washington. Um possível ataque. Gray olhou para as fileiras de barris. Dados todos os lugares mencionados ali, não era apenas Washington que estava sob ameaça. Pelo menos, ainda não. Gray pensou na preocupação de Baldric com Painter, com a Sigma. Eles eram a ameaça mais imediata.

Para compensar, Baldric devia ter feito uma mudança no seu horário.

Acima do rótulo com o nome ESTADOS UNIDOS, a prateleira estava vazia.

O barril de Xerum 525 correspondente havia sido levado.

7:45h hora padrão do Leste
Hospital da Universidade Georgetown
Washington, D.C.

– ETA para MedSTAR? – perguntou o operador do rádio. Ele estava sentado diante do programa no monitor sensível ao toque do hospital, usando fones de ouvido sem fio.

O helicóptero respondeu com um estalido:

– A caminho. Mais dois minutos.

– A emergência está pedindo uma atualização.

Todos tinham ouvido falar do tiroteio na Embassy Row. Os protocolos de Segurança Interna tinham sido acionados. Telefonemas e alarmes soavam por toda a cidade. A confusão reinava no momento.

– O pessoal do departamento médico referiu-se imediatamente a dois. Dois dos deles. Cidadãos sul-africanos, entre eles o embaixador. Mas dois americanos também foram feridos.

– Qual o estado deles?

– Um morto... um em estado grave.

CAPÍTULO 14

Pátio dos animais selvagens

13:55h
África do Sul

Fiona ouvia junto à entrada, a Taser na mão. Vozes aproximavam-se do primeiro andar. O terror a dominou. A reserva de adrenalina que a estivera sustentando nas últimas vinte e quatro horas estava chegando ao fim. Suas mãos tremiam, sua respiração permanecia superficial e rápida.

O guarda amordaçado e amarrado, o que a havia beliscado, estava estatelado no chão. Ela fora obrigada a dar outro choque nele quando o sujeito começou a gemer.

As vozes aproximaram-se do esconderijo dela.

Fiona ficou tensa.

Onde estava Gray? Já fazia quase uma hora que tinha saído.

Duas pessoas aproximaram-se da porta. Ela reconheceu uma das vozes: era a da cadela loura que havia cortado a palma de sua mão. Ischke Waalenberg. Ela e seu companheiro falavam holandês, mas Fiona era fluente no idioma.

– ... cartões-chave – disse Ischke com raiva. – Devo ter perdido os meus quando caí.

– Bem, querida *zuster*, agora você está em casa e segura.

Zuster. Irmã. Então eles eram irmãos.

– Nós trocaremos os códigos por precaução – acrescentou ele.

– E ninguém encontrou os dois americanos ou a garota?

– Dobramos a guarda de todos os limites da propriedade. Estamos confiantes em que eles ainda estejam por aqui. Vamos encontrá-los. E o *grootvader* vai ter uma surpresa.

– Que tipo de surpresa?

– A garantia de que ninguém sairá vivo da propriedade. Lembre-se de que ele colheu amostras do DNA deles quando chegaram aqui.

Ischke deu uma gargalhada que fez o sangue de Fiona gelar. As palavras começaram a ficar distantes.

– Venha. – A voz do irmão sumiu pouco a pouco na escada enquanto eles desciam para o andar principal. – O *grootvader* quer todos nós lá embaixo.

As vozes deles diminuíram até parar quase no pé da escada. Com o ouvido pressionado contra a porta, Fiona não conseguia entender mais nenhuma palavra, mas parecia uma discussão sobre algum assunto. Porém, ela escutara o bastante.

Ninguém sairá vivo da propriedade.

O que eles estavam planejando? A gargalhada glacial de Ischke, sombria e satisfeita, ecoava na cabeça de Fiona. O que quer que estivesse sendo tramado, eles pareciam seguros do resultado. Mas o que o DNA deles tinha a ver com isso?

Fiona sabia que só havia um jeito de descobrir. Ela não tinha idéia de quando Gray voltaria e receava que o tempo estivesse se esgotando para todos eles. Precisavam saber qual era o perigo... se quisessem evitá-lo.

E isso tinha apenas um significado.

Ela enfiou sua Taser no bolso e tirou o espanador. Girou o trinco da fechadura e destrancou a porta. Para aquela caçada, precisava de todas as habilidades aprendidas nas ruas. Abriu a porta e saiu de mansinho do quarto. Fazendo uma pausa, com as costas voltadas para a porta, fechou-a com o traseiro. Jamais se sentira tão só, tão completamente assustada. Reconsiderando, apoiou a mão na maçaneta. Fechou os olhos e ajeitou-se, oferecendo uma prece, não a Deus, mas a alguém que lhe ensinara que a coragem podia vir em várias formas, entre elas o sacrifício.

– *Mutti*... – suplicou ela.

Ela sentia falta de sua mãe adotiva, Grette Neal. Velhos segredos do passado tinham sido responsáveis pela morte da mulher, e agora novos segredos ameaçavam Fiona e os outros. A fim de acalentar qualquer esperança de sobrevivência, ela precisava ser tão corajosa e altruísta quanto *Mutti*.

As vozes afastaram-se escada abaixo.

Fiona aproximou-se, hesitante, com o espanador erguido para se defender. Ela observou com atenção por cima da sacada do primeiro patamar, o suficiente apenas para avistar as cabeças branco-alouradas dos gêmeos. E tornou a ouvir as palavras deles.

– Não deixe o *grootvader* esperando – disse o irmão.

– Eu vou descer já, já. Só quero ver como está Skuld, ter certeza de que voltou ao canil dela. Ela estava bastante excitada, e receio que possa machucar a si mesma pela frustração.

– O mesmo se pode dizer de você, minha doce *zuster*.

Fiona deu mais um passo à frente. O irmão tocou a face da irmã num gesto asquerosamente íntimo.

Ischke inclinou-se ao toque dele, depois se afastou.

– Não vou demorar.

O irmão acenou com a cabeça e dirigiu-se ao elevador principal.

– Vou informar o *grootvader*.

Ele apertou um botão e as portas se abriram.

Ischke seguiu numa direção diferente, para os fundos da mansão.

Fiona apressou-se a fim de segui-la. Ela segurou a Taser no bolso. Se conseguisse pegar a cadela sozinha, fazê-la falar...

Descendo os degraus numa carreira, Fiona reduziu o passo quase no pé da escada, continuando num ritmo mais lento. Ischke seguia por um corredor que parecia cruzar o coração da mansão.

Fiona seguia a certa distância, cabisbaixa, o espanador envolto em seus braços como uma freira com uma Bíblia. Ela dava passos miúdos, uma criada tímida e insignificante. Ischke desceu cinco degraus, passando por duas sentinelas, e seguiu por outro corredor à esquerda.

Fiona aproximou-se dos dois guardas. Aumentou o passo, dando a impressão de uma criada atrasada para algum dever obscuro. Todavia, continuou profundamente curvada, meio escondida no uniforme de tamanho desproporcional.

Ela chegou à curta escada.

Os guardas a ignoraram, sem dúvida comportando-se muito bem depois que a senhora da casa passara por eles. Fiona desceu aos pulos os cinco degraus. Ao chegar ao corredor inferior, percebeu que estava vazio.

Ela parou.

Ischke desaparecera.

Um misto de alívio e de terror a inundou em partes iguais.

Será que devo voltar para o quarto e esperar pelo melhor?

Ela se lembrou da gargalhada fria de Ischke. Então a voz da mulher explodiu num berro agudo, próximo, vindo das portas duplas decorativas de ferro e vidro à direita.

Algo havia irritado a cadela.

Fiona avançou às pressas e ficou ouvindo junto à porta.

– A carne deve estar ensangüentada! Fresca! – gritou Ischke. – Ou vou te colocar lá dentro com ela.

Alguém sussurrou um pedido de desculpas e afastou-se, correndo.

Fiona inclinou-se para mais perto, encostando o ouvido no vidro.

Um erro.

A porta foi empurrada, acertando a lateral de sua cabeça. Ischke moveu-se de maneira enraivecida e violenta, chocando-se diretamente com Fiona.

A mulher praguejou e a empurrou com o cotovelo.

Fiona reagiu de modo instintivo, recorrendo a velhas habilidades. Ela desvencilhou-se e amontoou-se numa bola, apoiando-se num joelho, encolhida. Não foi preciso representar muito.

– Preste atenção para onde você está indo! – enfureceu-se Ischke.

– *Ja, maitresse* – disse servilmente, curvando-se ainda mais.

– Saia da minha frente!

Fiona entrou em pânico. Aonde ela deveria ir? Como encontrara Fiona junto à porta, Ischke poderia se perguntar o que ela estava fazendo agachada ali. O corpo da mulher ainda mantinha a porta aberta. Fiona encontrou uma saída: passando curvada pela porta aberta, ela saiu da frente de Ischke.

A garota estendeu a mão para a Taser escondida, mas levou um instante para soltar o que havia acabado de roubar do bolso do suéter da gêmea Waalenberg. Não fora sua intenção roubar aquilo, agira apenas por reflexo. Fora estupidez. Agora o atraso lhe custava tudo. Antes que ela pudesse pegar a Taser, Ischke praguejou e afastou-se a passos largos. A pesada porta de ferro e vidro fechou-se com um estrondo.

Fiona agachou-se, amaldiçoando a si mesma. E agora? Ela teria de esperar um pouco para sair. Seria muito suspeito se fosse flagrada no rastro de Ischke de novo. Além do mais, sabia aonde a mulher tinha ido: de volta ao elevador. Infelizmente não conhecia a casa bem o bastante para seguir por outro caminho até o saguão principal e tentar uma emboscada.

Lágrimas ameaçaram brotar, numa mistura de medo e frustração.

Ela havia atrapalhado tudo.

Desesperada, notou, afinal, a câmara adiante. Estava intensamente iluminada, com a luz natural do sol penetrando através de um teto geodésico de vidro. Era algum tipo de pátio interno circular. Palmeiras imensas erguiam-se do piso central, e suas copas subiam em direção ao teto. Em toda volta, colunatas maciças sustentavam o teto alto e formavam profundas galerias ao redor da câmara. Três corredores majestosos, em arco e tão altos quanto o pátio central, ramificavam-se como capelas da nave de uma igreja, formando uma cruz.

Mas aquele saguão não era um local de culto.

Primeiro sentiu o cheiro: almiscarado, fétido, o odor desagradável de uma capela mortuária. Gritos e uivos ecoavam pelo espaço imenso. A curiosidade a impeliu a dar um passo à frente. Três degraus conduziam ao piso principal, sem empregados no momento. O homem que ela tinha ouvido fugir após a repreensão por Ischke não era visto em lugar nenhum.

De onde estava, ela esquadrinhou a câmara.

Em cada uma das profundas galerias ao redor da extremidade do gigantesco pátio havia jaulas enormes, lacradas na frente por grades de ferro e vidro, como a porta de entrada. Por trás das grades, ela avistou formas maciças, algumas enroscadas, dormindo calmamente, outras andando de um lado para o outro, uma de cócoras sobre uma cabeça de fêmur, roendo. Eram as hienas gigantes.

Mas isso não era tudo.

Em outras jaulas, avistou mais monstruosidades. Um gorila estava sentado taciturno próximo à frente de uma jaula, olhando diretamente para Fiona com uma inteligência enervante. Pior ainda, algum tipo de mutação havia deixado a fera sem pêlo. Pele enrugada como a de um elefante pendia de seu corpo.

Em outra jaula, um leão andava de um lado para o outro. Ele tinha pêlo, porém descolorido e de crescimento irregular, e, no momento, sujo de fezes e sangue coagulado. Ele arfou, os olhos avermelhados. Suas presas eram proeminentes, longas e afiadas, encurvadas como foices.

Por toda a parte havia formas distorcidas: um antílope listrado com chifres espiralados, dois chacais esqueléticos e altos, um javali-africano albino com uma couraça como a de um tatu. Horripilante e triste ao mesmo tempo. Os chacais que ocupavam a mesma jaula gemiam de dor e ganiam, moviam-se rigidamente, aleijados.

No entanto, a pena pouco contribuía para reprimir o terror de ver as hienas gigantes. Os olhos dela fixaram-se na que estava roendo o fêmur de algum animal de grande porte. Búfalo-do-rio ou gnu. Um pouco de carne e de pêlo escuro ainda esperava ser arrancado do osso a dentadas. Fiona não conseguiu deixar de imaginar que poderia ter sido ela. Se Gray não a tivesse salvado...

Ela estremeceu.

Retesando suas possantes mandíbulas, a hiena gigante rachou o fêmur, quebrando-o com o ruído de um tiro.

Fiona teve um sobressalto, tornando a despertar.

Ela voltou em direção à porta, pois já havia esperado por bastante tempo. Com o fracasso de sua missão, pretendia voltar sorrateira a seu esconderijo, com o rabo entre as pernas.

Ela segurou a porta e a puxou.

Trancada.

14:30h

Gray olhou fixamente para a fileira de pesadas alavancas de aço, o coração pulsando na garganta. Ele havia demorado muito para encontrar os principais comutadores de controle do painel de circuitos elétricos. Podia sentir a energia fluir através do cabo gigantesco na sala, uma força eletromagnética sentida na base do pescoço.

Já havia perdido tempo demais.

Depois de descobrir que faltava um dos barris de Xerum 525, um destinado aos Estados Unidos, a urgência deixou Gray profundamente angustiado. Ele desistira de qualquer tentativa de explorar os demais andares subterrâneos. Naquele exato momento, era mais importante prevenir Washington.

Marcia lhe dissera que tinha visto um rádio de emergência de ondas curtas no setor de segurança enquanto era tirada de sua cela. Ela sabia para quem telefonar, para sua parceira, a dra. Paula Kane, que poderia transmitir o aviso adiante. No entanto, ambos sabiam que tentar alcançar o rádio era provavelmente uma missão suicida. Mas que opção eles tinham?

Pelo menos, Fiona estava escondida em um lugar seguro.

– O que o senhor está esperando? – perguntou Marcia. Ela havia cortado a tipóia e vestido um guarda-pó de laboratório tirado de um dos armários de armazenagem. No escuro, poderia passar por uma das pesquisadoras do laboratório.

Marcia estava em pé atrás dele, segurando uma lanterna de emergência.

Gray ergueu uma das mãos para a primeira alavanca.

Eles já haviam localizado a escada de incêndio que levava aos andares subterrâneos. A escada devia conduzir de volta à mansão. Mas para saírem e chegarem ao setor de segurança, eles precisavam de um recurso adicional de distração, de segurança extra.

A resposta viera alguns momentos antes. Gray estava encostado em uma das portas do corredor e notou a vibração e o zumbido da casa de força daquele andar. Se conseguissem danificar o painel principal – criar mais caos, talvez cegar seus captores por algum tempo –, eles teriam uma melhor chance de chegar até o rádio.

– A senhora está pronta? – perguntou Gray.

Marcia ligou a lanterna. Ela o olhou nos olhos, respirou fundo e acenou com a cabeça.

– Vamos lá.

– Apaguem-se as luzes – disse Gray, e puxou a primeira alavanca.

Depois a outra, e a outra.

14:35h

Fiona observou as lâmpadas ao redor do pátio tremeluzirem e apagarem-se.

Oh, meu Deus...

Ela estava no meio do pátio, perto de um pequeno chafariz. Poucos momentos antes, havia saído de mansinho de perto da porta principal, trancada, e cruzado bem devagar metade do pátio central. Estava procurando outra saída. Decerto devia existir uma.

Agora ela estava paralisada de medo.

Um silêncio momentâneo espalhou-se pelo pátio, como se os animais sentissem alguma mudança primária, uma perda do perpétuo zumbido subsônico do poder. Ou talvez fosse apenas uma sensação de poder passando *para* eles.

Uma porta abriu-se com um estalo atrás dela.

Fiona virou-se lentamente.

Uma das jaulas de ferro e vidro se abriu, empurrada pelo focinho de uma das hienas gigantes. O blecaute havia desmagnetizado as trancas. A fera saiu furtivamente da jaula. Sangue pingava de seu focinho. Era a que estivera roendo o fêmur. Ela emitiu um rosnado baixo.

Em algum lugar atrás dela, Fiona ouviu um ganido parecido com uma gargalhada, como se os predadores se comunicassem de maneira silenciosa através do pátio. As dobradiças de ferro rangeram em outras portas.

Fiona permaneceu imóvel junto ao chafariz. Até a bomba-d'água havia parado de funcionar, silenciando as águas, como que temerosa de chamar a atenção para si mesma.

Em alguma parte das capelas laterais em arco, um grito nítido ecoou. Um grito humano. Fiona imaginou que fosse o zelador dos animais, a quem Ischke havia repreendido. Parecia que as criaturas sob os cuidados dele afinal obteriam sua refeição ensangüentada. Passos seguiram na direção dela. Então um novo grito irrompeu, atormentado e distorcido em meio a uma algazarra de ganidos e gritos.

Fiona fechou os ouvidos ao último grito, seguido pelo som de algum animal comendo.

Toda a sua atenção estava concentrada na primeira fera que havia escapado.

A hiena com o focinho ensangüentado aproximou-se. Fiona reconheceu a criatura pela sombra das manchas em seu flanco, mal discerníveis, branco sobre branco. Era a mesma fera da selva.

O animal de estimação de Ischke.

Skuld.

Sua refeição enjaulada lhe fora negada antes.

Mas não mais.

14:40h

– Nos ajude... *bitte*! – disse Gunther, ao entrar correndo na cabana, seguido pelo major Brooks.

Lisa levantou-se, baixando o estetoscópio do tórax de Painter. Ela estava monitorando um sopro sistólico. Somente na metade do último dia, um sopro com pico precoce havia evoluído para um sopro com pico tardio, indicando uma estenose de progressão rápida da válvula aórtica. Uma angina branda havia piorado para ataques de síncope, acompanhados por desmaios caso Painter se extenuasse. Ela jamais vira uma degeneração tão rápida, e suspeitava de calcificação em volta da válvula cardíaca. Esses estranhos depósitos mineralizados tinham começado a aparecer no corpo inteiro dele, mesmo nos fluidos de seus olhos.

Deitado de costas, Painter ergueu-se com um estremecimento até ficar apoiado nos cotovelos.

– Qual o problema? – indagou a Gunther.

O major Brooks respondeu com sotaque sulista arrastado cheio de preocupação.

– É a irmã dele, senhor. Está tendo algum tipo de ataque... uma convulsão.

Lisa pegou o *kit* médico. Painter tentou levantar-se, mas teve de ser ajudado por Lisa na segunda tentativa.

– Fique aqui – ela o advertiu.

– Eu posso me virar – respondeu ele, mostrando sua irritação.

Lisa não tinha tempo para discutir. Ela soltou o braço dele, que oscilou, e correu até Gunther.

– Vamos.

Brooks esperou, sem saber se deveria seguir Lisa e Gunther ou ajudar Painter.

Painter acenou para que o major saísse e foi mancando atrás deles.

Lisa saiu correndo da cabana em direção à outra ao lado. O calor do dia a atingiu como se ela estivesse entrando em um forno. O ar estava parado, queimava, era impossível respirar. O sol cegava. Mas em um instante Lisa mergulhou na escuridão mais fresca da cabana ao lado.

Anna estava deitada em uma esteira de palha, meio de lado, o corpo arqueado, os músculos contraídos. Lisa correu até ela. Como já havia colocado um cateter intravenoso no antebraço dela – e no de Painter também –, era mais fácil administrar medicamentos e líquidos.

Lisa abaixou-se rapidamente, apoiando-se num joelho, pegou uma seringa já preparada com diazepam e aplicou a dose inteira num único bolo intravenoso. Em poucos segundos, Anna relaxou, voltando a baixar no chão. Os olhos dela tremularam e abriram-se, e a consciência voltou, grogue, porém atenta.

Painter chegou. Monk apareceu atrás dele.

– Como ela está? – perguntou Painter.

– Como você acha que ela está? – perguntou Lisa, irritada.

Gunther ajudou a irmã a sentar-se. O rosto dela estava cinzento e banhado de suor. Painter estava fadado a passar pela mesma experiência na próxima hora.

Apesar de ambos terem sido expostos, o corpo mais volumoso de Painter parecia mantê-lo um pouco mais bem-disposto. Mas a sobrevivência deles estava reduzida a horas.

Lisa olhou para o raio de sol que entrava no aposento por intermédio de uma greta na janela. O crepúsculo ainda estava longe.

Monk falou no silêncio angustiante.

– Conversei com Khamisi. Ele me disse que as luzes na maldita mansão acabaram de se apagar. – Ele exibiu um sorriso hesitante, inseguro se alguma boa notícia seria bem-vinda. – Acho que foi obra de Gray.

Painter franziu as sobrancelhas. Era sua única expressão ultimamente.

– Nós não sabemos se foi.

– E não sabemos se não foi. – Monk passou uma das mãos pelo alto da cabeça raspada. – Senhor, acho que nós devemos pensar em mudar o horário. Khamisi disse...

– Khamisi não está no comando desta missão – disse Painter, tossindo asperamente.

Monk olhou para Lisa. Os dois tinham conversado em particular vinte minutos antes. Foi um dos motivos por que Monk havia telefonado para Khamisi. Certas oportunidades tinham de ser aproveitadas. Monk acenou com a cabeça para ela.

Ela tirou uma segunda seringa do bolso e aproximou-se de Painter.

– Me deixe lavar seu cateter – disse Lisa. – Há sangue nele.

Painter levantou o braço trêmulo.

Lisa apoiou o pulso dele e injetou a dose. Monk veio para o lado de Painter e o segurou quando as pernas desabaram embaixo dele.

– O que...?

A cabeça de Painter inclinou-se para trás.

Monk o apoiou com os ombros.

– É para o seu bem, senhor.

Painter franziu a testa para Lisa. Seu outro braço moveu-se na direção dela – se para golpeá-la ou para expressar algum choque pela traição dela, Lisa duvidava que ele soubesse. O sedativo o deixou inconsciente.

O major Brooks assistia boquiaberto.

Monk deu de ombros para o oficial da Força Aérea.

– O senhor nunca viu um motim antes?

Brooks recuperou o controle.

– Tudo o que posso dizer, senhor... é que está mais do que na hora.

Monk fez um aceno de cabeça.

– Khamisi está a caminho daqui com o pacote. Unidade de transmissão de explosivos em três minutos. Ele e a dra. Kane vão assumir o apoio no solo aqui.

Lisa virou-se para Gunther.

– Você pode carregar sua irmã?

Como prova, ele a segurou e levantou-se.

– O que todos vocês estão fazendo? – perguntou ela com a voz fraca.

– Vocês dois não vão resistir até o anoitecer – disse Lisa. – Vamos tentar chegar até o Sino.

– Como...?

– Não esquente essa sua linda cabecinha – disse Monk, e saiu apoiando Painter com dificuldade, ajudado pelo major Brooks. – Nós vamos fazer isso em segredo.

Mais uma vez Monk e Lisa entreolharam-se, e ela interpretou a expressão dele. Talvez já fosse tarde demais.

14:41h

Gray subiu a escada na frente, com a pistola na mão. Ele e Marcia moviam-se o mais silenciosamente possível. Ela cobria a lâmpada da lanterna com a palma de uma das mãos, reduzindo a iluminação ao mínimo – apenas o suficiente para eles verem aonde estavam indo. Com os elevadores parados, ele receava deparar com um guarda perdido na escada.

Embora estivesse disfarçado como um guarda que conduzia uma pesquisadora para fora do porão escuro, ele ainda preferia evitar confrontos desnecessários.

Eles passaram pelo sexto andar subterrâneo, escuro como o outro abaixo.

Gray prosseguiu, aumentando o ritmo, contrapondo a cautela ao medo de que geradores de reserva começassem a funcionar a qualquer momento. Quando chegaram ao patamar seguinte, um brilho surgiu à frente.

Erguendo uma das mãos, ele deteve Marcia, que vinha logo atrás.

A luz não se moveu, permaneceu fixa.

Não era um guarda fazendo a ronda. Talvez fosse uma lâmpada de emergência.

No entanto...

– Fique aqui – sussurrou para Marcia.

Ela acenou com a cabeça.

Gray seguiu em frente, a pistola erguida e engatilhada. Subiu os degraus. No patamar seguinte, a luz vazava de uma porta semi-aberta. Quando se aproximou, Ele ouviu vozes. Na parte mais alta da escada, estava tudo escuro. Então, por que havia luz e energia ali? Aquele andar devia ter um circuito separado.

Vozes ecoaram pelo corredor.

Vozes familiares: Isaak e Baldric.

Eles estavam fora da visão direta, ocultos no fundo da sala. Gray olhou para baixo e viu o rosto de Marcia delineado à luz que inundava a escada. Ele acenou para que ela subisse até ali.

Ela também ouviu as vozes.

Isaak e Baldric pareciam despreocupados com a falta de eletricidade. Com energia ali, será que eles ao menos sabiam que o resto da mansão estava às escuras? Gray conteve a curiosidade. Ele tinha de avisar Washington.

Palavras chegaram até ele.

– O Sino vai matá-los, todos – disse Baldric.

Gray fez uma pausa. Será que eles estavam conversando sobre Washington? Em caso positivo, quais deveriam ser os planos deles? Se ele soubesse mais...

Ergueu dois dedos para Marcia. Dois minutos. Se não voltasse, ela deveria continuar sozinha. Deixou a segunda pistola com ela. Se pudesse ver esse *Sino*, isso poderia ser a diferença entre salvar vidas e perdê-las.

Voltou a erguer os dois dedos.

Marcia confirmou com um gesto. As coisas dependeriam dela se Gray fosse pego.

Ele comprimiu-se na abertura, sem mover a porta, receoso de que um rangido das dobradiças alertasse os dois ali dentro. O mesmo corredor cinza iluminado por lâmpadas fluorescentes estendia-se à frente. Mas ele terminava logo adiante, num conjunto de portas de aço duplas, em frente ao lugar onde o elevador escuro se abria naquele andar.

Uma das portas duplas estava aberta.

Gray moveu-se depressa, equilibrando-se nos calcanhares. Chegou às portas e manteve-se junto à parede. Abaixou-se, apoiando-se num joelho, e perscrutou além da extremidade da porta.

A câmara além tinha o pé-direito baixo, mas era imensa, abrangia todo aquele andar subterrâneo. Ali estava o coração do laboratório. Um conjunto de computadores preenchia uma parede. Os monitores brilhavam com números e códigos enfileirados. Os computadores provavelmente eram alimentados pelo circuito separado, um fornecimento de energia só para o laboratório.

Os ocupantes da sala, tão concentrados em sua tarefa, não haviam percebido a falta de energia nos demais ambientes. Porém, eles decerto seriam alertados a qualquer minuto.

Baldric e Isaak, avô e neto, estavam debruçados sobre uma estação de trabalho. Na parede, um monitor com tela plana de trinta polegadas fazia brilhar rapidamente uma série de runas, uma após a outra. Eram as cinco runas dos livros de Hugo.

– O código ainda não foi decifrado – disse Isaak. – É prudente prosseguirmos com o programa do Sino em todo o mundo apesar de não termos solucionado este enigma?

– Ele será solucionado! – Baldric esmurrou a mesa. – É apenas uma questão de tempo. Além disso, estamos bastante próximos da perfeição. Como no seu caso e da sua irmã. Vocês viverão por muito tempo, 50 anos. A deterioração só irá enfraquecê-los na última década de vida. É hora de seguirmos em frente.

Isaak pareceu pouco convencido.

Baldric endireitou-se. Ergueu um braço e o moveu na direção do teto.

– Veja o que os atrasos causaram. Nossa tentativa de distrair a atenção internacional para o Himalaia foi contraproducente.

– Porque nós subestimamos Anna Sporrenberg.

– E a Sigma – acrescentou Baldric. – Mas não importa. Governos agora estão nos monitorando de perto. O ouro só nos dará proteção. Nós temos de agir agora. Primeiro Washington, depois o mundo. E nesse caos haverá muito tempo para decifrarmos o código. A perfeição será nossa.

– E fora da África surgirá um novo mundo – disse Isaak mecanicamente, como se fosse uma oração incutida nele ainda muito jovem, cimentada em seu código genético.

– Puro e livre de degradação – acrescentou Baldric, mas suas palavras eram igualmente destituídas de entusiasmo. Era como se tudo aquilo não passasse de outra etapa em seu programa de reprodução, um exercício científico.

Baldric cambaleou e, apoiando-se em sua bengala, ficou mais ereto. Gray notou como o homem na verdade parecia enfraquecido, sem mais ninguém por perto a não ser o neto. Gray se perguntou se a antecipação do horário não fora estimulada mais pelo iminente fim do próprio Baldric do que por qualquer necessidade real. Será que todos eles eram peões involuntários do desejo do velho de levar adiante seu plano? Será que ele havia orquestrado este panorama de propósito – consciente ou inconscientemente – para justificar o fato de agir agora, durante sua vida?

Isaak voltou a falar. Ele havia mudado para outra estação de trabalho.

– Nós temos luzes verdes no painel. O Sino está carregado de energia e pronto para ser ativado. Agora poderemos livrar a propriedade dos prisioneiros fugitivos.

Gray ficou rígido. O que significava aquilo?

Baldric virou as costas para o código rúnico que brilhava e voltou o olhar para o centro da sala.

– Prepare-se para a ativação.

Gray mudou de posição a fim de ver mais dentro da sala.

No centro havia um invólucro enorme, feito de algum tipo de cerâmica ou composto metálico. Tinha a forma de um sino aprumado e a altura de Gray. Ele duvidou se seria capaz de envolver com os braços metade de sua circunferência.

Motores soavam, movendo-se ruidosamente e ecoando, e uma luva interna de metal descia do teto, envolta por um mecanismo cheio de engrenagens. Ela desceu até o invólucro externo maior. Ao mesmo tempo, a gaxeta de um tanque amarelo se abriu ao lado e um fluxo de líquido metálico apurpurado escorreu para o coração do Sino.

Lubrificante? Fonte de energia?

Gray não tinha a menor idéia, mas notou os números estampados na lateral do tanque: 525. Era o misterioso Xerum.

– Erga o escudo protetor contra explosões – ordenou Baldric. Ele tinha de gritar para ser ouvido acima das engrenagens estridentes do motor. Apontou para o chão com a bengala.

Aquele andar era revestido pelo mesmo ladrilho cinza, com a exceção de uma área circular de um preto fosco em volta do Sino, a cerca de trinta metros. Ela era circundada por uma borda elevada, com trinta centímetros de altura, como o picadeiro de um circo. O teto era um espelho do chão, porém tinha uma borda endentada.

Tudo era de chumbo.

Gray se deu conta de que o aro externo no chão devia erguer-se sobre pistões e penetrar no teto, formando um cilindro inteiro, fechado em torno do Sino.

– O que há de errado? – gritou Baldric de novo, dirigindo-se a Isaak em sua estação de trabalho.

Isaak moveu um comutador alternado para a frente e para trás.

– Não temos energia para os motores do escudo protetor!

Gray olhou para o chão. Os motores deviam estar no andar de baixo, no andar *às escuras*. Um telefone tocou na sala, estridente, competindo com os motores. Gray pôde imaginar quem estava telefonando. A segurança, afinal, havia descoberto onde os donos da casa estavam escondidos.

Era hora de sair dali.

Gray ergueu-se e virou-se.

Um cano vibrou e atingiu seu pulso, arrancando a pistola de sua mão. O agressor tentou acertar sua cabeça, e ele mal teve tempo de se abaixar.

Ischke veio na direção dele. Atrás dela, as portas do elevador escuro estavam abertas, forçadas com uma alavanca. A mulher devia ter ficado presa no elevador pela falta de energia e depois descido até ali. O barulho dos motores do Sino impedira Gray de ouvir as portas sendo abertas atrás dele.

Ischke ergueu o cano, sem dúvida hábil na arte de luta com bastão.

Gray fixou os olhos nela e recuou para dentro da câmara do Sino. Ele recusava-se a olhar para a escada de incêndio. Rezou para que Marcia já houvesse partido, para que ela estivesse a caminho do rádio de ondas curtas a fim de soar o alarme em Washington.

Com as roupas manchadas de óleo e o rosto sujo, Ischke seguiu Gray para o interior da câmara do Sino.

– *Wat is dit?* – Baldric falou atrás de Gray. – Parece que a pequena Ischke pegou na ratoeira o camundongo que roeu os fios.

Gray virou-se.

Desarmado. Sem opções.

– Os geradores estão voltando a funcionar – disse Isaak, entediado, sem se impressionar com a intrusão.

O rangido de motores retumbava sob os pés de Gray. O escudo protetor começou a erguer-se do chão.

– Agora vamos exterminar os outros ratos – disse Baldric.

14:45h

Monk gritou para que pudesse ser ouvido acima dos rotores do helicóptero. Areia e poeira turbilhonavam ao redor deles na agitação no ar causada pelo giro dos rotores.

– Você sabe fazer este pássaro voar?

Gunther acenou com a cabeça, segurando o manche do helicóptero.

Monk deu um tapinha no ombro do homenzarrão. Teria de confiar no nazista. Monk não poderia pilotar o helicóptero, não com apenas uma das mãos. Todavia, com a dedicação do gigante agora centrada na sobrevivência da irmã, ele achou que seria seguro.

Anna estava sentada na traseira com Lisa. Painter afundou-se entre elas, a cabeça pendendo. Ele só havia sido levemente sedado, e de vez em quando murmurava palavras sem sentido, avisando sobre alguma tempestade de areia iminente, perdido em medos passados.

Abaixando a cabeça sob as hélices, Monk contornou o helicóptero. No outro lado, Khamisi estava em pé junto a Mosi D'Gana, o chefe zulu. Eles seguraram o antebraço um do outro.

Mosi havia tirado seu traje cerimonial e agora usava uniforme cáqui de camuflagem e boné, e trazia um rifle automático pendurado num ombro. Uma pistola no coldre pendia de um cinto preto. Mas ele não havia abandonado sua herança por completo. Uma lança curta com uma lâmina afiada estava presa por uma correia às suas costas.

– O comando é seu – disse Mosi formalmente a Khamisi quando Monk se aproximou.

– É uma honra para mim, senhor.

Mosi fez um aceno de cabeça e soltou o braço de Khamisi.

– Eu ouvi boas coisas a seu respeito, Garoto Gordo.

Monk juntou-se a eles. Garoto Gordo?

Os olhos de Khamisi ficaram arregalados, um misto de vergonha e honra brilhando neles. Ele retribuiu o aceno de cabeça e afastou-se. Mosi embarcou no helicóptero. Ele integraria o primeiro grupo de assalto. Monk não teve escolha, devia isso ao chefe zulu.

Khamisi foi até Paula Kane. Os dois coordenariam o ataque no solo.

Monk examinou além da coluna turbilhonante de areia e poeira. As forças haviam se reunido com rapidez, chegando a pé, a cavalo, em motocicletas enferrujadas e em caminhões em péssimo estado. Mosi havia espalhado a notícia. E, a exemplo de seu grande antepassado Shaka Zulu, reuniu um exército. Homens e mulheres usando peles tradicionais, uniformes camuflados gastos e Levi's. E mais ainda estavam chegando.

Caberia a eles manter ocupado o exército dos Waalenberg, bloquear a propriedade se possível. Como os zulus se sairiam contra as forças de segurança da propriedade, mais bem armadas e mais experientes? Seria um novo Rio de Sangue?

Só havia um modo de descobrir.

Monk entrou no compartimento traseiro lotado. Mosi acomodou-se em um assento ao lado do major Brooks. Eles estavam sentados no banco de frente para Anna, Lisa e Painter. Outro recém-chegado, um guerreiro zulu seminu chamado Tau, também estava sentado na traseira, com o cinto de segurança afivelado. Ele girou um pouco o corpo para manter uma lança curta pressionada contra a garganta do co-piloto do helicóptero.

Amarrado e amordaçado, com um dos olhos inchado e roxo, o guarda-caça-chefe Gerald Kellogg estava sentado ao lado de Gunther.

Monk deu um tapinha no ombro de Gunther e acenou com um dedo para que levantasse vôo. Com um aceno de cabeça de reconhecimento, Gunther puxou para cima a alavanca, e o helicóptero ergueu-se no ar com um rugido dos motores.

O solo foi se distanciando. A propriedade estendeu-se diante deles. Monk fora informado de que a propriedade estava equipada com mísseis superfície-ar. Sem armas, o lento helicóptero comercial seria um alvo aéreo.

Isso não seria nada bom.

Monk inclinou-se para a frente.

– É hora de você fazer algo para ganhar a vida, guarda-caça.

Monk deu um sorriso malicioso. Ele sabia que não era um ponto de vista agradável, mas vinha a calhar agora.

Kellogg empalideceu.

Satisfeito, Monk estendeu a mão para a frente e ergueu o bocal do rádio até os lábios do guarda-caça.

– Nos ponha em contato com a faixa da segurança.

Khamisi já havia obtido os códigos, daí o olho roxo de Kellogg.

– Atenha-se ao roteiro – advertiu Monk, ainda sorrindo.

Kellogg inclinou-se um pouco mais para frente.

Será que seu sorriso era mesmo *tão* apavorante?

Para reforçar a ameaça, Tau pressionou a ponta de sua lança contra a carne macia do pescoço do homem.

A estática do rádio cessou, e Kellogg transmitiu a mensagem conforme fora instruído.

– Nós recapturamos um dos prisioneiros de vocês – disse o guarda-caça à segurança na base. – Monk Kokkalis. Nós o estamos transportando até o heliporto no terraço.

Gunther monitorou a resposta da segurança através de seus fones de ouvido.

– Recebido e entendido. Câmbio final – disse Kellogg.

Gunther gritou um pouco.

– Recebemos sinal verde. Lá vamos nós.

Ele moveu o helicóptero para a frente e seguiu a toda velocidade rumo à propriedade. Adiante, a mansão surgiu à vista. Ela parecia ainda maior vista do ar.

Girando o corpo e acomodando-se em seu assento, Monk encarou Lisa. Ao lado dela, Anna estava encostada na janela, os olhos fechados com força por causa da dor. Painter estava preso em correias e gemia. O efeito do sedativo estava passando.

Lisa o ajudou a acomodar-se de novo no assento.

Monk notou que ela segurava a mão de Painter – e a havia segurado o tempo todo.

O rosto dela encontrou o de Monk.

O medo brilhava intensamente nos olhos dela.

Mas não por si mesma.

14:56h

– A antena de transmissão está erguida? – perguntou Baldric.

Isaak acenou com a cabeça em seu console.

– Prepare o Sino para a ativação.

Baldric virou-se para Gray.

– Nós introduzimos os códigos genéticos de seus companheiros no Sino. Ele modificará sua saída para desnaturar e destruir seletivamente qualquer DNA que corresponda, mas permanecerá inofensivo a todos os outros. Nossa versão de um recurso final.

Gray imaginou Fiona escondida lá em cima, no quarto. E Monk estava vindo de helicóptero para a propriedade naquele exato momento.

– Não há necessidade de matá-los – disse Gray. – O senhor recapturou meu parceiro. Deixe os outros em paz.

– Se eu não aprendi nada nestes últimos dias, aprendi que é melhor não deixar questões não resolvidas.

Baldric fez um aceno de cabeça para Isaak.

– Ative o Sino.

– Espere! – gritou Gray, dando um passo à frente.

Ischke havia pegado a pistola dele, e o advertiu para que recuasse, apontando-a para ele.

Baldric olhou para trás, chateado e impaciente.

Gray tinha apenas mais uma cartada.

– Eu sei como decifrar o código de Hugo.

A surpresa suavizou o ar carrancudo de Baldric. Ele ergueu uma das mãos na direção de Isaak, para que ele esperasse.

– Sabe? Você pode ter êxito quando uma série de supercomputadores até agora fracassou?

A dúvida soava na voz do homem.

Gray sabia que tinha de oferecer a Baldric alguma coisa, qualquer coisa, para impedi-lo de ligar o Sino e irradiar seus amigos. Ele apontou para o monitor, que exibia as runas repetidamente, de maneira cíclica. O computador as embaralhava e procurava uma combinação que proporcionasse algum criptograma mnemônico.

– O senhor vai fracassar por conta própria – prometeu Gray.

– E eu posso saber por quê?

Amedrontado, Gray lambeu os lábios secos, mas tinha de permanecer concentrado. Tinha certeza de que o computador fracassaria porque ele já havia solucionado o enigma das runas. Não entendia a resposta, mas sabia que estava certo, sobretudo levando em consideração a herança judaica de Hugo Hirszfeld.

Porém, quanto poderia revelar? Ele tinha de barganhar usando o máximo de sua habilidade, equilibrando-se entre a verdade e a resposta.

– O senhor tem a runa errada da Bíblia de Darwin – disse Gray honestamente. – E são *seis* runas, não apenas *cinco*.

Baldric suspirou. A descrença aprofundou as rugas em volta de sua boca.

– Como a roda solar que você desenhou antes, eu suponho.

Ele voltou-se para Isaak.

– Não! – Gray gritou com firmeza. – Me deixe mostrar ao senhor!

Ele olhou ao redor e avistou uma caneta hidrográfica de ponta grossa sobre uma das estações de computadores. Apontou e acenou a fim de que a jogassem para ele.

– Me passe aquilo.

Com as sobrancelhas contraídas, Baldric acenou com a cabeça para Isaak.

A caneta foi jogada para ele.

Gray a pegou e ajoelhou-se no chão. Escreveu no piso de linóleo cinza com a caneta preta.

– A runa da Bíblia de Darwin.

Desenhou um símbolo.

– A runa *Mensch* – disse Baldric.

Gray bateu de leve nela.

– Ela representa a condição mais elevada do homem, o plano divino oculto em todos nós, nosso eu perfeito.

– E daí?

– Essa era a meta de Hugo, o resultado final procurado. Certo?

Baldric acenou lentamente com a cabeça.

– Hugo não incorporaria o *resultado* no seu código, que conduz a isto. – Ele bateu com mais força na runa. – E isto não faz parte do seu código.

A compreensão surgiu aos poucos... assim como a crença do velho nele.

– As outras runas na Bíblia de Darwin...

Gray desenhou no assoalho, ilustrando seu ponto de vista.

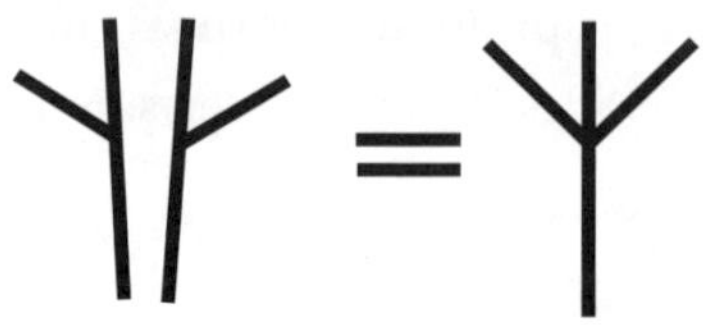

– Estas duas runas formam a terceira. – Ele fez um círculo ao redor das duas runas bifurcadas. – Elas representam a humanidade no que ela tem de mais básico, aquilo que leva ao estado mais elevado. Assim, estas duas runas é que devem ser incorporadas ao código.

Gray escreveu a série de runas original.

– Esta é a seqüência errada.

Ele as riscou e inscreveu a série correta, dividindo a última runa.

Baldric aproximou-se.

– E esta é a série correta? A que deve ser decifrada?

Gray respondeu honestamente.

– Sim.

Baldric acenou com a cabeça, os olhos apertados enquanto refletia sobre aquela revelação.

– Acho que o senhor está certo, comandante Pierce.

Gray levantou-se.

– *Dank u* – disse Baldric e virou-se para Isaak. – Ative o Sino. Mate os amigos dele.

15:07h

Lisa ajudou a erguer Painter a fim de tirá-lo do helicóptero quando os rotores pararam de girar. O guerreiro zulu Tau apoiou com o ombro o outro lado dele. O sedativo que ela tinha dado a Painter era de curta ação, e seu efeito passaria em mais alguns minutos.

Gunther apoiava Anna, cujos olhos estavam vítreos. A mulher havia aplicado em si mesma outra injeção entorpecedora de morfina. Mas começara a escarrar sangue.

À frente deles, Monk e Mosi D'Gana estavam em pé junto aos cadáveres de três guardas do heliporto. A segurança havia sido pega desprevenida, pois esperava receber um prisioneiro. Fora necessária apenas uma breve descarga de duas pistolas equipadas com silenciadores para eles tomarem o heliporto.

Monk trocou de lugar com Tau.

– Fique aqui e vigie o helicóptero. Fique de olho no prisioneiro.

O guarda-caça Kellogg havia sido tirado do helicóptero e jogado no teto. Estava amordaçado, com as mãos algemadas atrás das costas e os tornozelos amarrados. Não iria a lugar algum.

Monk acenou para que o major Brooks e Mosi D'Gana assumissem a liderança. Todos haviam revisto os diagramas da casa que Paula Kane lhes fornecera e calculado o melhor trajeto para os andares subterrâneos. Era um longo caminho a percorrer. O heliporto estava situado próximo aos fundos da mansão.

Brooks e Mosi os guiaram em direção à porta do terraço que dava para a mansão, os fuzis automáticos mantidos no ombro. Os dois moviam-se como se já tivessem trabalhado juntos antes, em sincronia, com eficiência. Gunther também carregava uma pistola na mão e um rifle automático de cano curto pendurado atravessado nas costas. Repletos de armas, chegaram à porta.

Brooks precipitou-se para a frente. Os cartões-chave tirados dos guardas mortos abriram o caminho que conduzia para baixo. Brooks e Mosi desapareceram lá dentro, inspecionando primeiro. Os outros hesitaram.

Monk consultou o relógio. A cronometragem era tudo.

Um assobio curto veio de baixo.

– Vamos descer – disse Monk.

Eles passaram às pressas pela porta e encontraram o poço de uma escada que levava ao sexto andar. Brooks estava em pé no patamar. Outro guarda estava estendido na escada, com o pescoço cortado, o sangue sendo bombeado para fora do corpo. Mosi agachou-se no patamar seguinte, com a faca ensangüentada na mão.

Eles continuaram a descer, dando voltas e mais voltas na escada. Não encontraram mais nenhum guarda. Como haviam esperado, a maioria das forças da propriedade havia sido enviada para fora. A massa de zulus devia estar atraindo a maior parte da atenção delas.

Monk tornou a consultar o relógio.

Ao chegarem ao segundo andar, saíram da escada e seguiram por um longo corredor de madeira encerada. Ele estava sombrio e escuro. Os candelabros de parede tremeluziam, como se o sistema elétrico ainda não estivesse funcionando adequadamente depois do blecaute... ou como se alguma coisa estivesse consumindo muita energia.

Lisa também notou um cheiro desagradável no ar.

O corredor terminava numa passagem em cruz. Brooks olhou para a direita, a direção que eles tinham de seguir. Voltou subitamente, encostado à parede.

– Voltem... voltem...

Um rosnado feroz e desafiador irrompeu na esquina. Seguiu-se uma série de sons parecidos com gargalhadas... e de ganidos excitados. Um único grito de terror abafou tudo aquilo.

– *Ukufa* – disse Mosi, acenando para que todos recuassem.

– Corram! – disse Brooks. – Vamos tentar assustá-los e depois pegá-los.

Monk arrastou Lisa e Painter.

– O que...? – perguntou Lisa, as palavras sufocadas.

– Alguém soltou os cachorros em cima de nós – disse Monk.

Gunther avançava aos tropeções com Anna. O gigante carregava a irmã, os pés dela arrastando-se inutilmente no chão.

Uma saraivada de balas irrompeu atrás deles.

Ganidos e uivos transformaram-se em gritos de dor e ira.

Eles correram mais depressa.

Mais disparos ecoaram, soando quase frenéticos.

– Maldição! – praguejou Brooks em voz alta.

Lisa olhou para trás.

Brooks e Mosi haviam abandonado seus postos e avançavam pesadamente pelo corredor, as armas apontadas para trás, atirando.

– Vão, vão, vão... – gritou Brooks. – Há um monte delas!

Três criaturas de pêlo branco imensas dobraram correndo a esquina atrás dos homens, a cabeça delas quase encostando no chão, as mandíbulas prontas para a carnificina, os pêlos eriçados. As garras penetravam no piso de madeira à medida que elas corriam num padrão sinuoso, quase antevendo as balas, evitando os tiros letais. Todas três tinham feridas que sangravam, porém pareciam mais instigadas pelos ferimentos do que enfraquecidas.

Lisa voltou-se para a frente a tempo de ver duas daquelas feras saírem das salas de cada lado no fim do corredor, interrompendo a fuga.

Uma emboscada.

A enorme pistola de Gunther explodiu feito um canhão, ensurdecedora. Seu tiro não acertou a criatura-guia, porque ela mudou de posição como a oscilação de uma sombra.

Monk ergueu a própria arma, parando de repente.

O impulso de Lisa a lançou para a frente. Ela caiu equilibrada num joelho, arrastando consigo a forma mole de Painter. Ele desabou com um estrondo, despertando com o impacto, no entanto ainda débil.

– Onde...? – perguntou ele com a voz grogue.

Lisa o puxou para baixo enquanto o corredor se enchia de tiros.

Um grito agudo ergueu-se atrás dela.

Ela moveu-se aos solavancos. Uma forma extremamente musculosa arremeteu por uma porta próxima e atirou o major Brooks contra a parede.

Lisa debateu-se, soltando um grito.

Mosi correu em auxílio do homem, a lança acima da cabeça, um berro em seus lábios.

Lisa abraçou Painter.

As criaturas estavam em toda parte.

Um movimento atraiu os olhou de Lisa. Outra fera surgiu de trás de uma porta à esquerda, fazendo as dobradiças rangerem. Seu focinho estava lambuzado de sangue fresco. Olhos vermelhos brilhavam na sala escura. Ela recordou-se da loucura do primeiro monge budista que tinha visto, voraz, selvagem, mas ainda agindo com astúcia e inteligência.

Estava acontecendo o mesmo ali.

Quando o monstro caminhou na direção dela, seus lábios deram um rosnado de triunfo.

CAPÍTULO 15

Os chifres do touro

15:10h
África do Sul

Khamisi deitou-se em uma vala oculto por uma lona camuflada.

– Três minutos – disse a dra. Paula Kane a seu lado, também deitada de bruços.

Os dois examinavam a linha negra da cerca com binóculos.

Khamisi mantinha suas tropas espalhadas ao longo do limite do parque. Alguns homens da tribo zulu perambulavam a plena vista, conduzindo algumas vacas por velhas trilhas. Um grupo de anciãos, usando tradicionais colares de contas, plumas e penas, trazia os ombros envoltos em mantas. Na aldeia, o som dos tambores e da cantoria recomeçara, alto e animado. A aglomeração naquele ponto de parada fora preparada como uma cerimônia de casamento.

Motocicletas, motos de quatro rodas do tipo todo-o-terreno e caminhões estavam estacionados casualmente pela área. Alguns dos guerreiros mais jovens, e até mesmo algumas mulheres, escondiam-se à volta dos veículos; uns poucos casais comprimiam-se em abraços amorosos; outros erguiam canecas esculpidas em madeira e gritavam como se estivessem embriagados. Um grupo de homens sem camisa, pintados para a celebração, saltava em uma dança tradicional com bastões.

E, à exceção dos bastões, não se avistava nenhuma arma.

Khamisi ajustou o foco de seu binóculo. Mudou e ampliou seu campo de visão acima da cerca alta, com espirais de arame farpado no topo. Podia distinguir qualquer movimento na copa da selva a distância. As tropas de Waalenberg estavam reunidas nas passarelas e espionavam sobre a cerca, guardando os limites da propriedade.

– Um minuto – disse Paula. Ela estava com um rifle de mira telescópica armado sobre um tripé, sob a tenda de lona protegida pela sombra de uma figueira-brava.

Khamisi se surpreendera ao saber que ela havia ganhado medalhas de ouro nas olimpíadas, perita em tiro ao alvo.

Ele abaixou os seus binóculos. A estratégia de ataque zulu tradicional era chamada de "o Búfalo". O corpo maior, chamado de "tórax", lideraria o ataque frontal maciço enquanto, de cada lado, "os chifres do touro" atacariam as laterais, impedindo qualquer retirada, cercando o inimigo. Khamisi, porém, fizera uma ligeira modificação, substituindo algumas armas tradicionais por modernas. Esta fora a razão de ele ter percorrido o terreno a noite inteira: plantar suas surpresas.

– Dez segundos – avisou Paula, começando a sussurrar a contagem regressiva e encostando o rosto na lateral do rifle.

Khamisi ergueu seu transmissor, girou a chave e posicionou o polegar sobre a seqüência de botões.

– Zero – completou Paula.

Khamisi pressionou o primeiro botão.

Além da cerca, as cargas que ele plantara durante a noite começaram a detonar com violência, estilhaçando-se para o alto e iniciando uma seqüência de caos total. Muitas tábuas e galhos flamejantes voavam alto, no mesmo instante em que uma floresta inteira de pássaros debandava – uma explosão de confetes formando um arco-íris apavorado.

Khamisi plantara explosivos plásticos C4, fornecidos por canais britânicos, em junções-chave e nos postes de sustentação das passarelas. As explosões se espalhavam, contornando a mansão, expondo as forças de elite dos Waalenberg, destruindo dosséis e incitando pânico e confusão.

Mais à frente, guerreiros zulus deixaram cair suas mantas, revelando seus rifles, ou desenterraram lonas que ocultavam armamentos, transformando-se no tórax do Búfalo. De ambos os lados, motores aceleravam em volta de Khamisi enquanto guerreiros subiam nos veículos, fazendo das motos e dos caminhões os "chifres do Búfalo".

– Agora! – gritou Paula.

Khamisi pressionou os botões seguintes, um após o outro.

Mais de meio quilômetro de cerca voou pelos ares em um violento retorcido de metal e arame farpado. Trechos inteiros foram ao chão, expondo o ventre do inimigo.

Khamisi saiu de seu esconderijo e colocou-se de pé. Uma motocicleta vinda de trás acelerou, espirrando areia e lama, e derrapou até parar ao seu lado. Njongo acenou para que montasse. No entanto, Khamisi ainda tinha uma última tarefa a cumprir. Ergueu uma corneta acima de sua cabeça e a acionou. O som do instrumento ecoou por todo o território zulu, fazendo ressoar novamente o sinal de ataque do Búfalo.

15:13h

As explosões ecoaram de cima para baixo, fazendo tremular as luzes por toda a câmara do Sino. Todos ficaram paralisados. Baldric estava de pé com o neto Isaak junto ao painel de controle. Ischke impedia Gray de escapar, com a pistola tomada dele elevada à altura do peito. Os olhos desviados para o teto, perplexos.

Não os olhos de Gray.

Estes permaneciam fixos para o medidor de energia no console. Os indicadores lentamente se elevavam até a potência máxima. Após ignorar os apelos de Gray, Baldric ativara o Sino. Um zunido crescente penetrava o cilindro de chumbo que envolvia o aparelho. Em um monitor de vídeo, o revestimento externo do Sino irradiava um azul pálido.

Assim que o medidor de energia atingisse seu pico, um pulso irromperia com violência e seria transmitido num raio de oito quilômetros, matando Monk, Fiona e Ryan, onde quer que estivessem escondidos. Somente Gray estava seguro dentro da câmara, sob o escudo.

– Descubra o que está acontecendo – ordenou Baldric afinal ao neto depois que as explosões cessaram.

Isaak já estava para alcançar o telefone vermelho.

O tiro da pistola assustou a todos, sonoro e muito próximo com o silenciar das explosões.

Gray girou sobre o próprio corpo, enquanto o sangue salpicava o piso de cerâmica.

Uma flor vermelha brotou do ombro esquerdo de Ischke enquanto ela girou com o impacto, atingida pelas costas. Infelizmente sua pistola estava na mão direita. Sacudida violentamente pela pancada, Ischke apontou a arma para o atirador junto à porta.

A dra. Marcia Fairfield se ajoelhara na posição de um atirador; no entanto, com o braço direito incapacitado, disparou com o esquerdo, errando o tiro fatal.

Ischke não ficara em situação tão difícil assim. Mesmo pega de surpresa sua pontaria continuou firme como uma rocha.

Até Gray se lançar sobre ela.

Duas pistolas dispararam de modo ensurdecedor dentro da câmara – a de Ischke e a de Marcia.

Ambas erraram o alvo.

Gray deu uma gravata em Ischke por trás. A mulher, no entanto, era forte e lutou como uma gata selvagem. Ele conseguiu agarrar o pulso direito dela.

O irmão correu na direção dos dois com um longo punhal alemão em uma das mãos, abaixada.

Marcia disparou de sua posição, mas também não conseguiu uma mira precisa de Isaak, uma vez que os corpos engalfinhados de Gray e de Ischke bloqueavam sua linha de tiro.

Gray comprimiu com força seu queixo contra o ombro ensangüentado de Ischke. Ela ofegou, enfraquecendo lentamente. Gray agarrou o braço e apertou os dedos dela. A pistola que ela segurava disparou. Ele pôde sentir o coice da arma no próprio ombro. O disparo saiu muito baixo, atingindo o chão junto ao pé de Isaak. Ao ricochetear, porém, atingiu de raspão a panturrilha do homem, fazendo-o cambalear.

Ischke, ao ver seu irmão gêmeo ferido, lutou selvagemente e conseguiu livrar o braço e dar uma forte cotovelada nas costelas de Gray. O ar escapou dele de uma só vez e em seu lugar surgiu uma dor aguda, refletida em seus olhos. Ischke estava livre.

Atrás dela, Isaak conseguia recuperar o equilíbrio, o olhar assassino, o punhal cintilando.

Gray não esperou. Lançou-se à frente e bateu com o ombro nas costas de Ischke. A mulher, ainda um pouco sem equilíbrio pelo esforço feito para se livrar de Gray, voou em direção ao irmão.

Sobre o punhal.

A lâmina serrilhada penetrou em seu tórax.

Um grito de surpresa e de dor irrompeu de seus lábios. E ecoou nos lábios do gêmeo. A pistola caiu da mão de Ischke no instante em que ela se agarrava ao irmão, o olhar ainda incrédulo.

Gray mergulhou e apanhou a pistola antes mesmo que chegasse ao chão.

Deslizando sobre suas costas, mirou em Isaak.

O homem poderia ter-se movido – deveria ter-se movido –, entretanto apenas segurou a irmã em seus braços com uma expressão de agonia no rosto.

Gray disparou de lado, um tiro certeiro na cabeça, livrando Isaak de seu sofrimento.

Os gêmeos desabaram juntos no chão, os membros entrelaçados, o sangue formando uma única poça.

Gray levantou-se.

Marcia correu sala adentro com a pistola apontada para Baldric. O velho olhava fixamente para os netos sem vida. Mas não havia pesar em seus olhos enquanto se apoiava sobre a bengala; apenas um frio desinteresse, uma consternação pelos resultados laboratoriais frustrantes.

A luta toda levou menos de um minuto.

Gray percebeu que o medidor de energia do Sino estava na zona vermelha. Talvez ainda restassem dois minutos antes da irradiação. Gray encostou a boca ainda quente da pistola no rosto do velho.

– Desligue.

– Não – Baldric o encarou.

15:13h

Com o cessar das explosões do lado de fora, o quadro de pavor no corredor superior da mansão Waalenberg começou a se desfazer. As hienas mutadas haviam se encolhido junto ao chão no irromper dos estrondos. Algumas fugiram; as remanescentes, no entanto, ficaram próximas às suas presas encurraladas. Por todo o lado, massas gigantescas de músculos se firmavam novamente sobre as patas.

– Não atirem! – sussurrou Monk com urgência. – Todos para aquela sala!

Ele indicou uma porta ao lado, onde poderiam se defender melhor e ficar menos expostos. Gunther puxou Anna. Mosi D'Gana afastou-se da fera que espetara com uma lança. Em seguida ajudou o major Brooks a se levantar. Escorria muito sangue da mordida profunda que o major levara na coxa.

Antes que pudessem seguir adiante, um rosnado feroz de alerta surgia pelo outro lado de Monk.

Alguém sussurrou seu nome:

– Monk...

Lisa agachou-se junto à forma debilitada de Painter, caído ao chão, perto de outro corredor. Uma enorme criatura, sem dúvida a maior, ergueu-se atrás do casal, protegida pela porta, escudada por Lisa e Painter.

Ela assomou, ocupando todo o espaço, vigiando suas presas. Todo o seu focinho se enrugou e expôs seus dentes como lâminas, rosnando, gotejando sangue e saliva. Seus olhos reluziam avermelhados, alertando-os do perigo iminente.

Monk pressentiu que se qualquer um deles movesse uma arma que fosse, a criatura rasgaria ambos em pedaços. Ele tinha de arriscar; antes, porém, de ensaiar o primeiro passo, um grito vociferou do salão de entrada, cheio de autoridade.

– Skuld! Não!

Monk se voltou.

Fiona surgiu no fim do corredor. Passou em silêncio por duas das criaturas, ignorando-as enquanto se abaixavam aos choramingos até se deitarem de lado. Uma Taser crepitou com faíscas azuis em uma de suas mãos. Ela trazia um aparelho na outra. A antena apontava para a fera que pairava acima de Lisa e de Painter.

– Cachorro mau! – exclamou Fiona.

Para o espanto de Monk, a criatura afastou-se, os rosnados diminuindo, os pêlos eriçados se acalmando. Como por encanto, o animal refestelou-se um pouco no corredor. As chamas em seus olhos se apagaram à medida que se deitava no piso de madeira. Soltou um suave gemido, parecendo meio em êxtase.

Fiona se pôs ao lado deles.

Monk observou de um extremo ao outro do corredor. Os outros monstros estavam sob o mesmo feitiço.

– Os Waalenberg implantaram *chips* nos cretinos – explicou Fiona, avaliando o dispositivo em uma das mãos. – Estavam conectados para lhes causar dor... e *prazer.*

Um gemido de contentamento surgiu do imenso monstro no corredor.

Monk franziu as sobrancelhas diante do transmissor.

– Como você conseguiu?

Fiona olhou nos olhos dele e acenou com o aparelho para que a seguissem.

– Você a roubou – disse Monk.

Ela deu de ombros e seguiu pelo corredor.

– Digamos que esbarrei em uma velha amiga e de algum modo isso veio parar em meu bolso. Ela não estava usando mesmo.

Ischke, pensou Monk enquanto reunia os outros para segui-la.

Monk ajudou Lisa com Painter. Gunther carregou Anna sob um de seus braços. Mosi e Brooks apoiaram-se um no outro. Eles formavam uma lamentável equipe de assalto.

Entretanto, agora tinham reforços.

Atrás deles, seguindo enfileirados, uma dúzia de vezes mais fortes, muito unidos, seduzidos pela aura de prazer que emanava da garota, a própria Flautista de Hamelim dos monstros.

– Não consigo me livrar deles – disse Fiona, balbuciando um pouco. Monk reparou que as mãos dela tremiam. Estava aterrorizada.

– Depois que descobri o botão certo – disse ela –, eles me seguiram de suas jaulas. Então me escondi de volta na sala onde Gray me mandou esperar... mas eles devem ter ficado pelos corredores e salas aqui em volta.

Ótimo, pensou Monk, e nós corremos direto para eles, o aperitivo perfeito logo após uma transa.

– Depois eu ouvi seus gritos, e em seguida as explosões, e...

– Ótimo – afinal Monk a interrompeu. – Mas e Gray? Onde está?

– Ele pegou o elevador lá de baixo. Isso foi há mais de uma hora. – Ela apontou para a frente, onde o corredor terminava em uma sacada, que dava para um imenso salão. – Vou lhes mostrar.

Ela se apressou. Eles seguiram tropeçando pelo caminho para conseguir acompanhá-la, olhando de vez em quando para trás a fim de vigiar o bando. Fiona os conduziu a um lance de escadas abaixo até a entrada do corredor principal. As portas fechadas dos elevadores ficavam em frente às portas excessivamente entalhadas da entrada da mansão.

O major Brooks mancou até as trancas eletrônicas, passando os olhos por um conjunto de cartões-chave. Experimentou vários até encontrar um que mudou a luz vermelha para verde. Ouviu-se o barulho de um motor e de roldanas se movendo. O elevador começou a subir de algum lugar lá embaixo.

Enquanto aguardavam, o bando de hienas desceu de modo furtivo as escadas, espreguiçando-se, usufruindo a prazerosa irradiação do dispositivo que Fiona trazia consigo. Algumas se acomodaram no chão do corredor, inclusive a chamada Skuld.

Ninguém ousava falar, olhando fixamente os monstros.

A distância, abafado pela porta, o som de gritos e de tiros chegava até eles. Khamisi estava no auge da própria batalha. Quanto tempo ainda levaria para que conseguisse chegar até eles?

Como se pudessem ler os pensamentos de Monk, as portas duplas da mansão escancararam-se. Os distantes disparos de armas de fogo ficaram repentinamente claros e aterrorizantes, com seus estampidos e explosões. Os gritos aumentaram. Os homens se precipitaram para dentro. As tropas dos Waalenberg estavam se retirando. Entre eles, Monk divisou os membros da elite, todos vestidos de preto, irmanados por um louro brilhante, muito fortes, um pouco inquietos, como se voltassem para casa depois de um revigorante dia em uma quadra de tênis.

Com a guerra prosseguindo do lado de fora, as duas forças se encontraram frente a frente no corredor.

Nada bom.

A equipe de Monk recuou com pressa, ficando imobilizada contra a parede. Estavam em desvantagem de cinco para um.

15:15h

Gray afastou-se um pouco de Baldric Waalenberg.

– Vigie-o – ordenou a Marcia.

Gray deslizou para a estação de trabalho que Isaak ocupara, mantendo o olhar no medidor de energia do Sino. Ele segurou uma chave comutadora que já vira Isaak manuseando. Ela controlava o escudo protetor que envolvia o equipamento ativado.

– O que está fazendo? – perguntou Baldric, a voz grave com súbita preocupação.

Então, havia algo capaz de assustar o velho mais do que uma bala. Bom saber. Gray mudou a chave de posição. Os motores soaram sob os seus pés e o escudo começou a baixar. Uma luz azul de grande intensidade trespassou sua borda superior, resplandecendo do lado de fora à medida que a parede de chumbo baixava do teto.

– Não faça isso! Você vai matar todos nós!

Gray encarou o velho.

– Então, *desligue* essa maldita coisa!

Baldric olhava fixamente para a proteção descendo e para o console.

– Não posso desligá-la, *ezel*![33] O Sino foi programado. *Precisa* ser descarregado.

Gray deu de ombros.

– Sendo assim, vamos todos assistir a isso enquanto ocorre.

O aro de luz azul ficou mais espesso.

Baldric praguejou e voltou-se para o console.

– Mas posso apagar da memória a programação para matar. Posso neutralizá-la. Assim não ferirá seus amigos.

– Faça isso.

Baldric digitava com rapidez, seus dedos roliços movendo-se velozmente.

– Apenas levante o escudo de proteção!

– Depois que você tiver concluído. – Gray observava sobre os ombros do homem. Viu todos os nomes aparecerem na tela juntamente com um código alfanumérico assinalado GENETISCH PROFIEL. O homem apertou a tecla *delete* quatro vezes e os perfis genéticos foram apagados.

– Terminado! – exclamou Baldric, voltando-se para Gray. – Feche o escudo!

Gray alcançou a chave e a virou novamente ao som de um estalido.

Ouviu-se um tipo de gemido sob seus pés. A seguir algo crepitou com um solavanco de estremecer o chão. O escudo de chumbo parou no lugar, parcialmente abaixado.

Além da sua borda, um sol azul resplandecia no coração da câmara principal. O ar se agitava em volta do Sino à medida que seu revestimento externo girava em uma direção e a interior em outra.

– Faça alguma coisa! – suplicou Baldric.

– O mecanismo hidráulico emperrou – Gray murmurou.

Baldric recuava, seus olhos mais arregalados a cada passo.

– Você selou o destino de todos aqui! Depois de completamente carregado, o pulso bruto e sem proteção do Sino matará todos em um raio de oito quilômetros... ou pior ainda.

Gray não ousou perguntar o que poderia ser pior.

[33] Em holandês no original: asno. (N. do T.)

15:16h

Monk observava os rifles se erguerem em sua direção.

Em desvantagem.

O elevador ainda não chegara naquele andar e, mesmo se chegasse, levariam muito tempo para entrar e fechar as portas. Não havia como evitar um tiroteio.

A não ser que...

Monk inclinou-se para Fiona.

– Que tal um pouquinho de dor...?

Ele acenou para a escada onde as hienas haviam se retirado.

Fiona compreendeu e moveu o dedo no aparelho, trocando de prazer para dor. Apertou o botão.

O efeito foi instantâneo. Foi como se alguém tivesse posto fogo no rabo das hienas. Gritos lancinantes de dor partiram de várias gargantas. Algumas criaturas caíram do alto das sacadas internas no chão. Outras rolaram pelas escadas sobre os homens. Garras e dentes atacavam com violência tudo que se movesse em uma ferocidade cega. Os homens berravam, disparando seus rifles.

Por trás de Monk as portas do elevador finalmente se abriram.

Monk recuou, levando Fiona consigo e guiando Lisa e Painter.

Despejaram uma saraivada de tiros sobre eles, mas a maioria das forças dos Waalenberg se concentrava nas hienas. Mosi e Brooks responderam ao fogo enquanto se retiravam para o elevador.

Ainda assim, foi por pouco. E depois? Alertadas, as forças simplesmente os caçariam.

Monk apertava às cegas os botões do subsolo.

Teria de se preocupar com isso mais tarde.

Entretanto, havia alguém em seu grupo que não era dado a maiores delongas.

Gunther empurrou Anna para os braços de Monk.

– Leve-a! Eu os mantenho lá fora.

Anna tentou alcançá-lo enquanto as portas se fechavam. Gunther gentilmente abaixou o braço dela e afastou-se. Voltou-se, então, a pistola em uma das mãos, o rifle na outra – mas não sem antes olhar nos olhos de Monk, selando assim um compromisso silencioso:

Proteja Anna.

Em seguida as portas se fecharam.

15:16h

Khamisi corria pela selva, totalmente curvado sobre a motocicleta. Paula Kane vinha na garupa com seu rifle no ombro. Guerreiro zulu e agente britânica. Estranhos aliados. Algumas das mais sangrentas histórias daquelas terras ocorreram durante as guerras anglo-zulus no século XIX.

Não mais.

Agora eles formavam uma equipe muito afinada.

– Esquerda – gritou Paula.

Khamisi virou o guidom. O cano da arma de Paula mudou para o outro lado. Ela atirou. Uma sentinela dos Waalenberg tombou de costas com um grito.

De todos os lados, tiros e explosões ecoavam pela selva.

As tropas da propriedade estavam em fuga desordenada.

De repente, sem aviso prévio, a moto em que estavam saltou da selva, entrando em um bem cuidado jardim de quarenta metros quadrados. Khamisi pressionou o freio até parar, deslizando para se protegerem sob os ramos de um salgueiro.

A mansão era tudo o que se enxergava à frente.

Khamisi ergueu seu binóculo do pescoço e esquadrinhou o telhado. Avistou o heliporto em que o helicóptero do parque pousara. Um movimento atraiu seus olhos. Ele ajustou o binóculo e focalizou uma figura familiar em suas lentes. Tau. Seu amigo zulu estava em pé na beirada do terraço, estudando a guerra abaixo.

A seguir, à esquerda, uma figura entrou em seu campo de visão; por trás de Tau, um cano acima da cabeça dele. O guarda-caça Gerald Kellogg.

– Não se mova – pediu Paula atrás de Khamisi.

A coronha de seu rifle estava em cima da cabeça de Khamisi, enquanto ela fazia pontaria com sua mira telescópica.

– Posso vê-lo – disse ela.

Khamisi encolheu-se, imóvel, e olhou atento pelo binóculo.

Paula apertou o gatilho. O rifle detonou, fazendo seus ouvidos tilintarem.

A cabeça do guarda-caça estourou, lançando-o para trás. Tau quase caiu do telhado de susto, mas escapou ileso, sem saber que sua vida acabara de ser salva.

Khamisi sentiu um pouco do medo de Tau, um tremor de pressentimento depois que seu amigo escapou da morte por um triz. Como os outros estariam se saindo lá dentro?

15:17h

– Você selou nosso destino! – repetiu Baldric.

Gray recusava-se a desistir.

– Você pode retardar a descarga do Sino? Ganhe algum tempo para que eu possa descer. Para consertar o escudo.

O velho observou o escudo protetor paralisado, coroado pela luz azul. Seu rosto tinha uma expressão de medo.

– Pode ser que exista uma maneira, mas... mas...

– Mas o quê?

– Alguém tem de entrar lá. – Apontou a bengala vacilante para a câmara principal e balançou a cabeça, claramente se recusando a ser voluntário.

– Eu entrarei – disse uma voz quando a porta se abriu.

Gray e Marcia giraram e ergueram suas pistolas.

Uma visão surpreendente entrava com dificuldade no recinto. Monk veio primeiro, apoiando a mulher de cabelos negros que acabara de se pronunciar. A maioria dos outros eram estranhos. Um homem negro mais velho mancava ao lado de um jovem de barba feita e com um corte de cabelo bem curto, em estilo militar. Vinham seguidos por Fiona e uma loura alta de porte atlético, que parecia ter acabado de correr uma maratona. As duas sustentavam um homem de mais idade, debilitado, que mal agüentava o seu próprio peso. O movimento parecia ser a única coisa que ainda o mantinha em pé. Assim que as mulheres pararam, ele começou a ceder. O rosto dele, baixo até então, reergueu-se e encontrou o olhar atento de Gray com seus familiares olhos azuis.

– Gray... – ele sussurrou entorpecido.

Um choque de familiaridade o atravessou.

– Diretor Crowe?

Gray correu em sua direção.

– Não há tempo – avisou a mulher de cabelos negros, ainda apoiada por Monk. Ela parecia estar um pouco melhor do que Painter. Seus olhos examinavam o escudo e o Sino com uma expressão de conhecimento.

– Precisarei de ajuda para entrar na câmara. E ele entrará comigo.

Ela ergueu o braço trêmulo para Baldric Waalenberg.

O velho ficou aflito.

– Não...

A mulher o encarou com raiva.

– Vamos precisar de dois pares de mãos nos conduítes de polaridade. E você conhece a máquina.

Monk sinalizou para o homem negro.

– Mosi, ajude-me a colocar Anna lá dentro. Precisamos de uma escada.

Em seguida olhou para Gray e lhe deu um breve aperto de mãos, inclinando-se para a frente a fim de tocar ombro com ombro, em um gesto mais amigável.

– Não temos muito tempo – Gray disse ao ouvido de Monk, surpreso com o alívio que sentia por sua chegada. Ele sentiu uma esperança renovada .

– Nem me diga. – Monk desenganchou um rádio e o deu a Gray. – Ponha essa geringonça para funcionar. Vou dar um jeito de as coisas andarem por aqui.

Gray apanhou o rádio e saiu. Tinha inúmeras perguntas que, no entanto, teriam de esperar. Manteve o canal do rádio aberto. Ouviu ruídos e vozes, discussões e alguns gritos. Passos o seguiam, correndo. Ele olhou para trás. Era Fiona.

– Vou com você! – ela gritou, alcançando-o quando ele chegou às escadas de incêndio.

Ele desceu.

Ela levantou um transmissor com a antena estendida.

– Para o caso de você se deparar com algum daqueles monstros.

– Apenas não desanime – brincou ele.

– Ah, cale a boca.

Eles correram o restante do caminho, chegando à entrada do andar subterrâneo e à sala de máquinas.

– Anna e aquele velho cretino estão lá dentro da câmara – Monk falou pelo rádio. – É claro que ele não está muito satisfeito com isso. Uma pena. Logo agora que já estávamos quase nos tornando grandes amigos.

– Monk... – alertou Gray, fazendo seu subordinado concentrar-se de volta na tarefa.

– Vou passar o rádio para Anna. Ela irá coordenar com você. Ah, a propósito, vocês têm menos de um minuto. *Ciao.*

Gray sacudiu a cabeça e empurrou a porta da sala de máquinas.

Trancada.

Fiona o viu puxar a porta com força mais uma vez e suspirou.

– Sem as chaves?

Gray franziu a testa, sacou a pistola da cintura e apontou para a fechadura. Disparou. O tiro ecoou no corredor, deixando um buraco esfumaçado no lugar da tranca. Ele deu um empurrão e a porta se abriu.

Fiona o seguiu.

– Acho que isso também funciona.

À frente ele avistou as instalações do motor e os pistões para erguer e abaixar o escudo protetor.

Uma estranha estática ritmada fluía no rádio, aumentando e diminuindo como as ondas na praia. Gray entendeu que deveria ser interferência do Sino. Monk devia ter passado o rádio para Anna.

Confirmando isso, ouviu uma voz de mulher discutindo em meio à estática. Era uma discussão técnica confusa, uma mistura enraivecida de alemão e holandês. Gray perdeu quase todo o contato ao contornar as máquinas. Em seguida, a voz da mulher soou mais clara em inglês.

– Comandante Pierce?

Ele pigarreou.

– Prossiga.

Sua voz estava à beira da exaustão.

– Estamos com nossos dedos no proverbial "dique" aqui em cima, mas isso não irá segurar.

– Agüentem firme.

Gray descobriu o problema. Um fusível queimado junto a um dos pistões. Com a ponta de sua camisa, o removeu. Voltou-se para Fiona.

– Precisamos de outro. Deve ter um reserva por aqui em algum lugar.

– Depressa, comandante.

A estática aumentava como um mau presságio, mas não o bastante para encobrir as palavras de Baldric, sussurradas em regime de urgência:

– ... junte-se a nós. Poderíamos usar outra especialista com o Sino.

Mesmo apavorado, Baldric fazia todas as tentativas a seu alcance.

Gray prestou mais atenção. Será que ela iria traí-los? Ele acenou para Fiona.

– Joga para cá esse transmissor.

Ela o passou para Gray de má vontade. Ele o apanhou e arrancou a antena de metal. Não tinha tempo para procurar por um fusível sobressalente. Teria de fazer uma ligação direta. Enfiou a antena entre os contatos e foi até o painel de controle com um forte pé-de-cabra. A operação era auto-explicativa.

No topo estava escrito "OP" e abaixo trazia "ONDER'AAN".

Para cima e para baixo.

Não exigia exatamente muita perspicácia.

– Anna – Gray falou ao rádio. – Você e Baldric já podem sair daí.

– Não podemos, comandante. Um de nós tem de permanecer com o dedo no dique. Se ambos sairmos, o Sino explodirá instantaneamente.

Gray fechou os olhos. Não ousariam confiar na cooperação de Baldric.

A estática já aumentara para um ruído enfadonho em seu ouvido.

– Você sabe o que deve fazer, comandante.

Ele o fez.

Empurrou a alavanca.

As últimas palavras dela soaram ao longe:

– Diga a meu irmão... que eu o amo.

Ainda, enquanto ela abaixava o rádio, uma última afirmação escapou em meio aos ruídos – em resposta à oferta de Baldric, como uma última declaração ao mundo ou simplesmente para sua própria satisfação.

– Não sou nazista.

15:19h

Lisa ajoelhou-se no chão, embalando Painter. Em seguida, sentiu o ruído surdo de motores pesados sob seus joelhos. À sua frente, o escudo gigantesco de chumbo subia em direção ao teto, fazendo desaparecer a brilhante luz azul.

Ergueu-se um pouco. Anna ainda estava lá dentro. Até Monk deu um passo em direção ao escudo protetor que se fechava.

Um grito de horror irrompeu de seu interior.

Era o velho. Lisa avistou os dedos dele arranharem acima da beirada, de modo frenético, à procura de um local para se segurar. Tarde demais. O escudo elevou-se acima de seu alcance e se prendeu suavemente ao fecho em forma de anel no teto.

Seus gritos ainda podiam ser ouvidos, abafados, desvairados.

Então, Lisa sentiu. Nas entranhas. Uma poderosa *pancada* de energia. Era algo indescritível. Um tremor que aturdia sem movimento algum. E então, nada. Silêncio total, como se o mundo inteiro prendesse o fôlego.

Painter gemeu, como se o efeito lhe causasse dor.

A cabeça dele estava reclinada em seu colo. Ela o examinou. Os olhos dele reviraram. A respiração rangia por causa dos fluidos. Ela o sacudiu de modo gentil. Nenhuma reação. Semicomatoso. Eles o estavam perdendo.

– Monk...!

15:23h

– Depressa, Gray! – Monk chamou pelo rádio.

Gray apertou o passo ao subir de volta, seguido por Fiona. Embaixo, ele se demorara apenas o suficiente para encontrar um fusível extra e consertar o escudo protetor. Não compreendeu tudo o que Monk retransmitira, mas preencheu as lacunas com o que já sabia. Painter fora envenenado com alguma espécie de radiação, e no Sino estava a única possibilidade de cura.

Ao se aproximar da plataforma no quinto andar, ele ouviu passos pesados de botas seguindo aos tropeções na direção deles. Gray sacou a pistola. E agora, o que mais?

Uma figura pesada, com sobrancelhas cerradas e de um branco pálido surgiu no alto, cambaleando pelas escadas em sua direção. Sua camisa estava banhada em sangue. Um corte feio riscava seu rosto do alto da cabeça até a garganta. Ele sustentava um pulso quebrado contra a barriga.

Gray ergueu a arma.

Fiona passou por ele, empurrando-o.

– Não! Ele está do nosso lado. – E, em um tom mais baixo, disse para Gray: – É o irmão de Anna.

O gigante tropeçou até onde estavam e também reconheceu Fiona. Seus olhos se voltaram para Gray, desconfiados, porém, esgotados. Ainda assim acenou com o rifle em direção ao alto das escadas.

– *Blockiert* – grunhiu.

Bloqueado.

O gigante dera tempo a eles com o próprio sangue.

Eles desceram o corredor às pressas em direção à câmara do Sino.

Gray, entretanto, sabia que precisava preparar Gunther. Depois do sacrifício de Anna, era o mínimo que poderia fazer pelo irmão dela.

– Sobre Anna... – começou.

Gunther voltou-se para ele, tenso, uma expressão de dor nos olhos, como se já esperasse o pior.

Gray enfrentou aquele receio e explicou de maneira concisa, sem omitir nada, concluindo com a grande verdade.

– A dedicação de Anna salvou a vida de todos.

As pernas do homenzarrão amoleceram diante do relato. O que seus ferimentos não puderam debilitar o pesar o fez, afinal. Ele foi caindo lentamente de joelhos.

Gray fez uma pausa.

– Suas últimas palavras... foram para você, expressando seu amor.

O homem encobriu o rosto e curvou-se no chão.

– Sinto muito... – balbuciou Gray.

Monk surgiu no corredor.

– Gray, que diabos você está...?

Então, enxergou Gunther em posição de pura tristeza. Sua voz morreu.

Gray se aproximou de Monk.

Ainda não terminara para nenhum deles.

15:22h

– Abaixem o escudo!

Lisa viu num relance o comandante Pierce entrar a passos largos na câmara junto com Monk, ambos com a cabeça inclinada, juntas. Ela estava em pé junto à mesa de controle do Sino. Passara os últimos minutos familiarizando-se com o equipamento. No decorrer dos eventos, Anna lhe passara em detalhes o funcionamento do Sino. Ela temia estar debilitada demais para supervisionar sua operação. Alguém mais precisava saber. Esse ônus recaiu sobre Lisa.

– O escudo! – Gray gritou para ela de novo, ao lado de Monk.

Ela acenou com uma expressão vaga e moveu a chave.

Motores estalaram abaixo deles. Ela se voltou para assistir ao escudo protetor descer. Com o Sino inativo, a luz não resplandecia mais em seu interior. A um passo de distância, Painter encontrava-se deitado no chão sobre uma lona, no momento sendo atendido pela dra. Fairfield. À sua direita, Mosi e Brooks enrolavam em outra lona o corpo dos gêmeos.

E quanto ao avô dos dois?

O escudo de proteção continuou abaixando, já pelo meio agora. O Sino estava em silêncio ao centro, esperando ser ativado mais uma vez. Lisa lembrava-se da descrição que Anna fizera do formato do Sino. O instrumento fundamental de medida quântica. Aquilo a deixava em pânico.

À sua esquerda, gritando um bocado a fim de ser ouvido com o barulho da máquina, Monk relatava a mensagem de Khamisi pelo rádio. As forças zulus tomaram a propriedade, conduzindo todas as forças restantes dos Waalenberg para a mansão, no momento sitiada. Um tiroteio sem fim prosseguia no alto.

– Gunther bloqueou as escadas de emergência – disse Gray. – E as portas dos elevadores estão presas, abertas. Isso deve nos dar algum tempo.

Ele acenou para Brooks e Mosi.

– Vigiem o corredor externo!

A seguir eles empunharam as armas e saíram.

Assim que partiram, Gunther entrou cambaleando. Pela expressão de seu rosto, Lisa soube que tinham lhe falado sobre Anna. Ele largara todas as armas. Cada passo pesava como chumbo, à medida que se aproximava do escudo que descia. Precisava testemunhar o fim. Como uma forma de absolvição por todo o sangue em suas mãos.

O escudo parou. Os motores silenciaram.

Lisa temia ver os estragos pessoalmente; no entanto, tinha uma tarefa a executar.

Atravessou a sala até o Sino.

Anna estava deitada de lado à sombra do aparelho, curvada como um bebê. Sua pele estava branca como cinzas, seus cabelos negros brancos como a neve, como se ela houvesse se transformado em uma estátua de mármore. Gunther se aproximou da beira do escudo e se ajoelhou ao lado da irmã. Sem uma só palavra, ou mesmo expressão em seu rosto, curvou-se e a aconchegou em seus braços. Ela ficou totalmente relaxada, amolecida na morte, sua cabeça descansando no ombro do irmão.

Gunther ergueu-se, deu as costas para o Sino e saiu.

Ninguém tentou impedi-lo.

Desapareceu porta afora.

O olhar de Lisa posou sobre a outra figura estatelada no piso do escudo de chumbo. Baldric Waalenberg. Tal como a de Anna, a pele dele ficara excepcionalmente branca, quase translúcida. Entretanto, a radiação queimara também todos os cabelos, deixando-o careca, até mesmo sem sobrancelhas e cílios. A carne também recuara até os ossos, dando-lhe uma aparência mumificada. E havia ainda algo com relação à sua estrutura óssea, algo estava... estava errado.

Lisa ficou paralisada, horrorizada para dar mais um passo adiante.

Sem cabelos, a carne afundada, o esqueleto estava visivelmente deformado, como se houvesse sido parcialmente derretido e depois voltado ao estado sólido. As mãos estavam torcidas, os dedos estranhamente alongados, como os de um macaco. A palavra *involução* preencheu sua mente.

– Tirem-no daqui. – ordenou Gray enojado, dirigindo-se em seguida a Lisa: – Vou ajudá-la a colocar Painter lá dentro.

– Não podemos... – Ela não conseguia tirar os olhos do horror retorcido que restara do ex-patriarca Waalenberg. Não poderia deixar que acontecesse o mesmo a Painter.

Gray aproximou-se dela.

– O que você quer dizer com isso?

Ela engoliu em seco, ainda contemplando enquanto Monk segurava a monstruosidade pela manga da camisa, cheio de medo de sequer tocar no corpo.

– Painter já foi muito longe. A esperança, com o Sino, é apenas adiar ou desacelerar a debilitação, não revertê-la. Você gostaria de manter seu diretor no atual estado?

– Enquanto há vida, há esperança.

As palavras dele, ditas com suavidade, de modo gentil, quase obtiveram sucesso em desviar a atenção dela, enquanto Monk arrastava a forma degenerada do velho para fora da máquina, batendo na beirada.

Lisa abriu a boca para argumentar contra falsas esperanças.

Mas então os olhos de Baldric Waalenberg arregalaram-se, leitosos e cegos, mais parecidos com pedras do que com carne. Sua boca se arreganhou em um longo e silencioso berro. Suas cordas vocais não existiam mais. Não tinha mais língua. Não havia mais nada dentro dele, à exceção de horror e dor.

Lisa deu voz ao homem, berrando alto, afastando-se até esbarrar no console. Monk também ficou horrorizado com a situação. Afastou-se em um salto, largando Baldric nos ladrilhos fora do escudo de proteção.

A forma transmutada desmoronou. Os membros continuavam sem cor e totalmente flácidos. A boca, no entanto, abria-se e fechava, como peixe fora d'água. Os olhos arregalados fitavam o nada.

Gray, então, pôs-se entre Lisa e aquele horror. Ele a segurou com firmeza no ombro.

– Dra. Cummings. – O olhar dela, trêmulo de pânico, voltou-se para o dele. – O diretor Crowe precisa da senhora.

– Não há... não há nada que eu possa fazer.

– Há sim. Podemos usar o Sino.

– Não posso fazer isso com o Painter – ela elevou a voz. – Não *isso*!

– Não acontecerá. Monk me contou como Anna a orientou. Você sabe como programar o Sino para uma emissão mínima, para uma radiação paliativa. O que acabou de ocorrer aqui foi diferente. Baldric elevou a amperagem do Sino ao máximo, preparando-o para nos matar. E no fim das contas... no fim das contas cada um colhe o que planta.

Lisa cobriu o rosto com as mãos, como se quisesse bloquear tudo o mais.

– Mas o que você está tentando colher? – queixou-se ela. – Painter está às portas da morte. Por que fazê-lo sofrer ainda mais?

Gray puxou as mãos de Lisa para baixo e inclinou-se, procurando atrair a atenção dela.

– Conheço o diretor Crowe. E creio que você também o conhece. Ele lutaria até o fim.

Como médica, ela já ouvira esse tipo de argumento; mas também era realista. Quando não existe esperança, tudo o que alguém que cuide de outras pessoas pode oferecer é um pouco de paz e dignidade.

– Se houvesse uma chance de cura – disse ela sacudindo a cabeça, sua voz recuperando a firmeza –, uma só que fosse, eu correria o risco. Se soubéssemos o que Hugo Hirszfeld tentava comunicar à filha. Seu código aperfeiçoado. – Ela sacudiu a cabeça outra vez.

Gray segurou o queixo dela com os dedos. Ela procurou se livrar, faiscando de irritação. Mas ele segurava o rosto dela com segurança e firmeza.

– Eu sei o que Hugo escondeu naqueles livros – disse.

Ela franziu o rosto para ele, entretanto, leu a verdade em seus olhos.

– Eu tenho a resposta – completou ele.

CAPÍTULO 16

O enigma das runas

15:25h
África do Sul

– Não é um código – disse Gray. – *Nunca* foi.

Ele ajoelhou-se no chão com uma caneta hidrográfica nas mãos. E então circulou o conjunto de runas que desenhara para Baldric Waalenberg.

Os outros juntaram-se à sua volta, mas ele manteve a atenção concentrada em Lisa Cummings. A conclusão a que Gray chegara não fazia sentido, mas ele pressentia que aquilo era a *fechadura*, e aquela mulher, que sabia mais a respeito do Sino do que todos os outros na sala, poderia ter a *chave*. Eles teriam de trabalhar juntos.

– Runas de novo – disse Lisa.

Gray franziu a testa como que pedindo uma explicação.

Ela acenou para o chão.

– Vi outro conjunto de runas, um conjunto diferente, desenhado com sangue. Elas formavam as palavras *Schwarze Sonne.*

– Sol Negro – traduziu Gray.

– Era o nome do projeto de Anna no Nepal.

Gray refletiu sobre o significado. Lembrou-se do símbolo do Sol Negro na estação de trabalho, abaixo. O grupo original da trama de Himmler devia ter-se dividido após a guerra. O grupo de Anna seguira para o norte e o de Baldric para o sul. Uma vez separados, os dois grupos afastaram-se cada vez mais e mais, até que aliados se tornassem adversários.

Lisa bateu de leve nas runas desenhadas no chão, chamando de volta sua atenção.

– As runas que decifrei eram uma simples transposição de letras para símbolos. Isso aqui é a mesma coisa?

Gray sacudiu a cabeça negativamente.

– Baldric chegou à mesma suposição. E por isso teve tanta dificuldade de decifrar as runas. No entanto, Hugo não enterraria seu tesouro assim tão na superfície.

– Se não é um código – perguntou Monk –, então, o que é?

– É um quebra-cabeça – respondeu Gray.

– O quê?

– Lembra-se da ocasião em que falamos com o pai de Ryan?

Monk assentiu com a cabeça.

Gray recordou-se do encontro com Johann Hirszfeld, o homem deficiente devido a um enfisema, perdido no passado, a propriedade da família eternamente à sombra do Castelo Wewelsburg e o sujo segredinho nazista da família.

– Ele descreveu o quanto seu avô Hugo era curioso. Sempre pesquisando coisas estranhas, investigando mistérios históricos.

– Foi isso que o levou aos nazistas. – disse Fiona.

– E, em seu tempo livre, Hugo estava sempre exercitando a mente.

As palavras de Johann ecoaram na lembrança de Gray: *Truques de memorização, quebra-cabeças. Sempre com os quebra-cabeças.*

Gray bateu de leve no conjunto de runas.

– Isso era apenas mais uma atividade para estimular a mente. Mas não um código... e sim um quebra-cabeça. As runas eram formas a serem manipuladas, reagrupadas, para trazer de volta a ordem a partir do caos.

Gray solucionara o enigma em sua cabeça ao longo do dia, permitindo que as runas mudassem de posição e girassem em sua imaginação, até que uma figura ganhasse forma. Ele sabia que ali estava a resposta. Especialmente conhecendo a angústia de Hugo no fim da vida, seu remorso franco pela colaboração com os nazistas. Mas qual seria o significado daquilo? Seus olhos se voltaram para Lisa.

Ele redesenhou as seis runas no chão, uma após a outra, reorganizando-as em sua seqüência correta. Completou o quebra-cabeça no chão, inserindo a última runa e dando assim forma ao símbolo.

A ordem a partir do caos.

A absolvição a partir da colaboração.

O sagrado a partir do profano.

Das runas pagãs, Hugo revelou sua verdadeira herança.

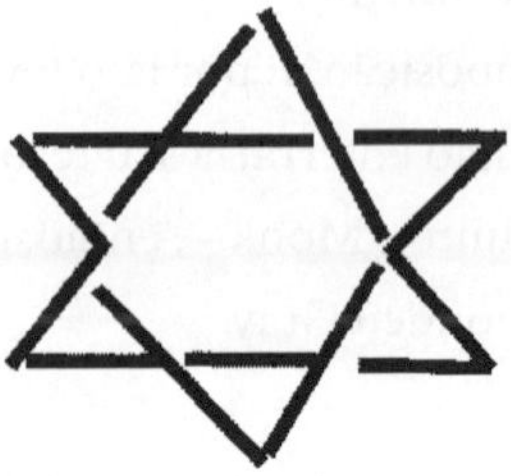

– É uma estrela – comentou Monk.

Lisa ergueu os olhos.

– Não é uma estrela qualquer... é a estrela-de-davi.

Gray concordou com um aceno de cabeça.

Fiona fez a pergunta mais importante:

– Mas o que significa?

Gray suspirou.

– Não sei. Não faço a menor idéia do que isso tem a ver com o Sino, com o aperfeiçoamento do aparelho. Quem sabe não era apenas uma última declaração sobre quem ele era , uma mensagem secreta para sua família.

Gray lembrou-se das últimas palavras de Anna: *Não sou nazista.*

Não seria o código rúnico de Hugo uma outra maneira de dizer o mesmo?

– Não! – disse Lisa de forma categórica, sua convicção ressoando pelo ambiente. – Se quisermos chegar a uma solução, temos de agir como se isto fosse a resposta.

Gray notou algo nos olhos dela, alguma coisa que faltava minutos antes.

Esperança.

– De acordo com a Anna – prosseguiu ela –, Hugo entrou na câmara do Sino sozinho com um bebê. Sem qualquer ferramenta especial. Eram somente ele e o menino. E depois que as experiências terminaram, testes mostraram que ele fora bem-sucedido em gerar o primeiro verdadeiro e puro Sonnenkönig.

– O que ele fez lá dentro? – perguntou Fiona.

Lisa bateu de leve na estrela-de-davi.

– Isto está de algum modo ligado ao segredo. Mas desconheço o significado do símbolo.

Gray conhecia. Ele estudara uma infinidade de religiões e de ramos de estudos espirituais durante a juventude, e também enquanto aprimorava seu treinamento Sigma.

– A estrela possui significados distintos. É um símbolo de oração e fé. E talvez mais do que isso. Reparem como a estrela de seis pontas também é, na verdade, dois triângulos, um sobre o outro. Um aponta para baixo, outro para cima. Na cabala judaica, os dois triângulos equivalem ao *yin* e ao *yang*, à luz e às trevas, ao corpo e à alma. Um dos triângulos representa a matéria e o corpo. O outro, nossa alma, nosso ser espiritual, nossa mente consciente.

– E juntos, eles se tornam *ambos* – disse Lisa. – Não apenas uma partícula ou uma onda – mas *ambos.*

Gray vislumbrou uma possibilidade de compreensão, uma luz.

– O quê?

Lisa ficou olhando para a câmara.

– Anna afirmou que o Sino era basicamente um aparelho de medição quântica para manipular a evolução. Evolução *quântica.* Tem tudo a ver com mecânica quântica. A resposta tem de estar aí.

Gray franziu a testa.

– O que você quer dizer com isso?

Lisa explicou o que Anna a ensinara. Gray, que estudara biologia e física avançadas para a Sigma, precisava pensar.

Fechou os olhos e recostou-se à procura da conexão entre a estrela-de-davi e a mecânica quântica. Será que havia uma resposta comum às duas?

– Você disse que Hugo entrou na câmara apenas com o bebê? – inquiriu Gray.

– Sim – disse Lisa suavemente, como se pressentisse que ele precisava ficar a sós com seus pensamentos.

Gray concentrou-se. Hugo lhe dera a *fechadura.* Lisa, a *chave.* Agora, dependia dele. Deixando de lado a pressão do tempo, ele permitiu que sua mente revolvesse e revirasse as pistas e os fragmentos, testando, rejeitando.

Como mais um dos quebra-cabeças de Hugo.

Assim como ocorreu com a estrela-de-davi, a combinação certa se formou, afinal, em sua cabeça. De modo tão claro, tão perfeito. Deveria ter pensado nisso antes.

Gray abriu os olhos.

Lisa parecia ter percebido algo em seu olhar.

– O quê?

Gray levantou-se.

– Liguem o Sino – ordenou ele, indo até o controle. – Agora!

Lisa o seguiu e deu início aos procedimentos.

– Levará quatro minutos até atingir um pulso paliativo. – Enquanto trabalhava, ela olhou de relance para Gray, com olhos inquisidores. – O que estamos fazendo?

Gray voltou-se para o Sino.

– Hugo não entrou na câmara sem alguma ferramenta.

– Mas foi isto que Anna...

– Não – interrompeu Gray. – Ele entrou com a estrela-de-davi. Ele entrou com oração e com fé. Mas, principalmente, ele entrou com o próprio computador quântico.

– O quê?

Gray falou muito rápido, sabia que estava certo.

– A consciência tem desconcertado os cientistas por séculos... essa questão retrocede até Darwin. O que é a consciência? É apenas o nosso cérebro? Apenas nervos em ação? Qual é a fronteira entre o cérebro e a mente? Entre a matéria e o espírito? Entre o corpo e a alma?

Ele apontou o símbolo.

– Pesquisas recentes afirmam que está aí. Somos ambos. Somos ondas *e* partículas. Corpo *e* alma. A própria vida é um fenômeno quântico.

– Muito bem, agora é que não estou entendendo nada mesmo – disse Monk, juntando-se a ele e puxando Fiona.

Gray respirou fundo, entusiasmado.

– Os cientistas modernos rejeitam a espiritualidade e definem o cérebro apenas como um computador complexo. A consciência surge como mero subproduto da discarga de uma complexa interconectividade de neurônios, formando basicamente um computador com uma rede neural que opera em nível quântico.

– Um computador quântico – disse Lisa. – Você já o mencionou, mas o que diabos é isso?

– Você já viu um código de computação fragmentado em seus níveis mais elementares. Páginas de zero e de um. É assim que um computador atual pensa. Ligando ou desligando um comando. O zero ou o um. Se pudesse ser construído, o computador quântico teórico, apresentaria uma terceira opção. O velho *zero* ou *um*, mas também uma terceira escolha: zero *e* um.

Os olhos de Lisa estreitaram-se.

– Como os elétrons no mundo quântico. Podem ser ondas ou partículas, ou ambas ao mesmo tempo.

– Uma terceira escolha – disse Gray, concordando. – Pode não parecer muito, mas ao adicionar essa possibilidade ao arsenal de um computador, torna-se possível que o aparelho resolva tarefas com algoritmos múltiplos simultaneamente.

– Assobiar e chupar cana – emendou Monk.

– Tarefas que exigiriam anos até que os computadores atuais as desempenhassem poderiam ser realizadas em frações de segundo.

– E nosso cérebro faz isso? – perguntou Lisa. – Age como computadores quânticos?

– Esse é o consenso mais recente. Nosso cérebro propaga um campo eletromagnético mensurável, gerado por nossa complexa interconectividade neural. Alguns cientistas conjecturam que é nesse campo que reside a consciência, criando uma ponte entre os problemas relacionados com o cérebro e o universo quântico.

– E o Sino é hipersensível aos fenômenos quânticos – lembrou Lisa. – Portanto, quando Hugo juntou-se ao bebê dentro da câmara, ele influenciou o resultado.

– O que é observado é modificado pelo ato de observar. Mas creio que foi *mais* do que isso – Gray disse e acenou para a estrela-de-davi: – Por que isso? Um símbolo de oração?

Lisa sacudiu a cabeça.

– O que é a oração senão uma concentração da mente, uma concentração da consciência... e se a consciência é um fenômeno quântico, então, a *oração* é um fenômeno quântico.

– E como todo fenômeno quântico, ele mensura e precisa mensurar e assim influencia o resultado – Lisa compreendeu.

– Em outras palavras... –Gray esperou.

– A oração funciona – emendou Lisa.

– É isso o que Hugo descobriu; foi o que escondeu em seus livros. Algo espantosamente perturbador e, porém, maravilhoso demais para que deixasse morrer.

Monk inclinou-se sobre o console próximo a Lisa.

– Você está dizendo que ele desejou que o bebê fosse perfeito?

Gray acenou com a cabeça. – Quando Hugo entrou na câmara com o bebê, orou por perfeição, um pensamento concentrado e específico, abnegado e puro.

A consciência humana, em forma de oração, atua como uma ferramenta perfeita de mensuração quântica. Sob o Sino, o *potencial* quântico puro no menino foi medido, influenciado pela concentração e pelo desejo de Hugo. Como resultado, todas as variáveis harmonizaram-se perfeitamente. Um lance perfeito de dados genéticos.

Lisa voltou-se.

– Então, talvez possamos fazer o mesmo a fim de inverter o dano quântico causado em Painter. Salvá-lo antes que seja tarde demais.

Uma nova voz intrometeu-se, a de Marcia, que ainda cuidava de Painter no chão:

– É melhor se apressarem.

15:32h

Monk e Gray colocaram Painter às pressas dentro do escudo protetor, envolto em uma lona.

– Coloquem-no próximo ao Sino – orientou Lisa.

Enquanto eles obedeciam, ela passou a dar as instruções finais aos outros. O Sino já estava girando, com seus dois envoltórios em rotações opostas. Ela se lembrou da descrição de Gunther: batedeira. Ótima definição! Um brilho suave também reluziu de seu envoltório externo de cerâmica.

Ela ajoelhou-se ao lado de Painter e verificou seus sinais vitais, o pouco que ainda restava.

– Posso ficar com você – disse-lhe Gray, sobre seu ombro.

– Não. Creio que mais de um computador quântico venha a interferir no resultado.

– Cozinheiros demais na cozinha – concordou Monk.

– Então me deixe ficar – pediu Gray.

Lisa sacudiu a cabeça.

– Só teremos uma chance. Se é preciso concentração e desejo para curar Painter, talvez seja melhor que a mente direcionando essa orientação seja a de um médico.

Gray suspirou, pouco convencido.

– Você já fez sua parte, Gray. Nos deu uma resposta. Nos deu esperança. – Ela ergueu os olhos para ele, acima. – Deixe-me fazer a minha.

Ele acenou e afastou-se.

Monk inclinou-se até ela.

– Tenha apenas muito cuidado com o que desejar – pediu. Suas palavras estavam carregadas de significado. Ele não era tão bobo e desajeitado quanto fingia ser. Em seguida deu-lhe um beijo no rosto.

O casal partiu.

Marcia avisou do console:

– Irradiação em um minuto.

A seguir deu meia–volta.

– Levante o escudo protetor.

Assim que as engrenagens rangeram embaixo dela, Lisa inclinou-se sobre Painter. A pele dele estava meio azulada, mas talvez fosse apenas o brilho do Sino outra vez. De qualquer modo, restava a ele pouco tempo de vida. Os lábios dele estavam rachados, a respiração muito fraca, a ausculta do coração parecia mais sopros do que batimentos. Até mesmo as raízes dos seus cabelos estavam brancas como neve. Ele definhava a uma velocidade exponencial.

O escudo de proteção ergueu-se à volta dela, – isolando-os do restante do grupo. As vozes do outro lado, já bastante silenciosas, ficaram ainda mais abafadas e cessaram completamente depois que o escudo encaixou-se no teto.

Sozinha, sem ninguém olhando, Lisa curvou-se sobre Painter, apoiando a testa dele em seu peito. Ela não precisava concentrar sua vontade em alguma espécie de transe meditativo. Diz-se que não há ateus em uma trincheira na linha de frente. Esse era com certeza o caso ali. Ela, porém, não sabia a que Deus recorrer para pedir por socorro naquele instante.

Lisa lembrou-se da conversa com Anna a respeito de evolução e de *design* inteligente. A mulher insistia em que eram as mensurações quânticas que, em última análise, colapsaram potencial em realidade. Os aminoácidos formaram as primeiras proteínas replicantes, porque a vida era o melhor instrumento de mensuração quântica. E se levarmos isso mais adiante, a *consciência,* que era um instrumento ainda melhor de medição quântica do que a vida em si, evoluiu pela mesma razão. Mais um elo na cadeia evolucionária. Ela imaginou a seqüência:

AMINOÁCIDOS »»» PRIMEIRA PROTEÍNA »»» PRIMEIRA VIDA »»» CONSCIÊNCIA

No entanto, o que há além da consciência? Se o futuro ditava o passado por meio das mensurações quânticas, o que desejou que a consciência se formasse? Que instrumento melhor de mensuração quântica há lá na frente, no futuro, ditando o presente? Até que ponto no futuro vai essa corrente? E o que há no seu fim?

AMINOÁCIDOS »»» PRIMEIRA PROTEÍNA »»» PRIMEIRA VIDA »»» CONSCIÊNCIA »»» ???

Lisa recordou mais uma declaração misteriosa de Anna, quando a confrontou sobre o papel de Deus em tudo isso. Enquanto a evolução quântica parecia deixar a intervenção divina de fora das repentinas mutações benéficas, as últimas palavras de Anna sobre o assunto foram: *Você está vendo a situação da maneira errada, na direção errada.* Lisa atribuíra a enigmática afirmação à exaustão de Anna. Mas talvez a mulher tivesse refletido sobre a mesma questão. O que existia no fim da evolução? Seria meramente um instrumento perfeito e incorruptível de medição quântica?

E se for, seria isso Deus?

Ela não tinha resposta alguma ao se reclinar sobre Painter. Tudo o que sabia, era que desejava que ele vivesse. Ela podia ter ocultado dos outros a exata profundidade de seus sentimentos por ele – quem sabe até de si mesma. No entanto, já não conseguia mais esconder.

Ela abriu seu coração, permitindo que sua vulnerabilidade reluzisse.

À medida que o zunido do Sino crescia e o brilho se intensificava, ela relaxava mais.

Talvez isso é o que faltou ao longo de toda sua vida, o porquê dos homens parecerem sumir de seu caminho, o motivo de ela estar sempre fugindo. Assim ninguém perceberia o que podia ser tão facilmente ferido. Ela escondia sua vulnerabilidade protegendo-se atrás do profissionalismo e de namoros fortuitos. Escondia o coração. Não é de admirar que ela estivesse sozinha, no topo de uma montanha, quando Painter entrou por acaso em sua vida.

Mas ela dera um basta!

Ergueu a cabeça, ajeitou-se e beijou Painter suavemente nos lábios, mostrando o que tentara esconder.

Fechou os olhos durante a contagem dos últimos segundos. Abriu o seu coração, desejando um futuro para aquele homem, desejando que ficasse saudável, cheio de vigor. Acima de tudo, orou por mais tempo com ele.

Seria aquela a função primordial do Sino? Abrir um canal quântico até o grandioso instrumento de medição quântica, situado no fim de toda a evolução, um vínculo pessoal com aquele último *designer*?

Lisa sabia o que tinha de fazer. Livrou-se da cientista dentro dela, livrou-se de si mesma. Seu objetivo estava além da própria consciência, além da oração.

Era simplesmente *crer.*

Em meio à pureza daquele momento, o Sino irrompeu em um brilho ofuscante, unindo-os como se fossem um, transformando a realidade em puro potencial.

15:36h

Gray moveu a chave comutadora e o escudo começou a abaixar. Todos prenderam a respiração. O que encontrariam? Os motores rangiam. Juntaram-se à volta do escudo protetor.

Monk olhava com visível preocupação.

Em meio ao silêncio, ouviu-se um pequeno apito, vindo da esquerda.

A câmara aparecia aos poucos. O Sino, silencioso e escuro, repousava inerte no centro. Então surgiu Lisa, de costas para eles, agachada sobre Painter.

Ninguém falou.

Lisa virou-se lentamente, levantando-se. As lágrimas, mantidas suspensas por seus cílios, escorreram pelo seu rosto. Ela ergueu Painter com o braço enquanto se levantava. Ele não parecia melhor. Pálido, fraco, debilitado. No entanto, suspendeu a cabeça sozinho e avistou Gray.

Seus olhos traziam um brilho de firmeza e concentração.

Gray sentiu-se aliviado.

Em seguida ouviu-se o pequeno apito mais uma vez.

Os olhos de Painter tremularam na direção dela e na de Gray. Painter moveu os lábios, mas nenhuma palavra aflorou deles. Gray aproximou-se mais, a fim de ouvi-lo.

Os olhos de Painter estreitaram-se com força, fixos nele. Fez nova tentativa. A palavra saiu fraca e não fazia o menor sentido. Gray ficou preocupado com o estado mental de Painter.

– Bomba... – repetiu o homem com a voz rouca.

Lisa também ouviu. Ela olhou subitamente na mesma direção que Painter. Para o corpo de Baldric Waalenberg. Então empurrou Painter em direção a Monk.

– Leve-o.

Ela dirigiu-se até a forma retorcida do homem. Em algum momento, sem ser visto, sem ser pranteado, Baldric havia, afinal, morrido.

Gray juntou-se a ela.

Lisa ajoelhou-se e ergueu a manga do homem. Ele usava um grande relógio de pulso. Ela o virou para cima. Um ponteiro de segundos girava rapidamente sobre um dispositivo digital de leitura. – Já vimos isso antes – disse Lisa. – Um monitor de batimentos cardíacos preso a um micro transmissor. Depois que o coração parou, o aparelho iniciou uma contagem regressiva.

Lisa torceu o pulso de Baldric para que Gray pudesse enxergar os números.

02:01

Enquanto ele observava, o ponteiro de segundos girou mais duas vezes sobre o número. O aparelho voltou a emitir o já familiar apito ao marcar menos de **02:00**.

– Temos menos de dois minutos para sair daqui – disse Lisa.

Gray concordou com ela e empertigou-se:

– Todos para fora! Monk, envie uma mensagem a Khamisi pelo rádio! Diga–lhe para evacuar todos os seus homens para o mais longe possível da mansão.

Seu companheiro obedeceu.

– Temos um helicóptero no terraço – lembrou Lisa.

Em segundos, todos estavam correndo. Gray tirou Painter de Monk. Mosi ajudou Brooks. Lisa, Fiona e Marcia os seguiram.

– Onde está Gunther? – Fiona perguntou.

– Ele partiu com a irmã. Não queria que ninguém o seguisse – Brooks respondeu.

Não havia tempo para procurá-lo. Gray apontou o elevador. O grupo de Monk prendera as portas abertas com uma poltrona do corredor, para que ninguém o usasse a fim de segui-los. Mosi a arrancou fora com uma só mão e atirou corredor abaixo.

Eles se amontoaram dentro do elevador.

Lisa apertou o botão mais alto. Sexto andar. Começaram a subir lentamente.

– Passei um rádio para o nosso homem lá em cima – Monk falou. – Ele não sabe pilotar, mas sabe acionar a ignição. Vai ligar e aquecer os motores.

– A bomba – disse Gray, virando-se para Lisa. – O que podemos esperar dela?

– Se for do mesmo tipo da do Himalaia, é das grandes. Eles desenvolveram alguma espécie de bomba quântica usando o Xerum 525.

Gray lembrou-se dos tanques armazenados no subsolo.

– Merda...

O elevador continuou subindo, passando pelo andar principal, que estava em silêncio sepulcral. E prosseguiram para cima.

Painter remexeu-se, ainda incapaz de agüentar o próprio peso. Mas encontrou o olhar de Gray.

– Da próxima vez... – sussurrou ainda rouco – ... você vai sozinho para o Nepal.

Gray sorriu. Ah, sim, Painter estava de volta.

Mas por quanto tempo?

O elevador chegou ao sexto piso e a porta abriu-se.

– Um minuto – disse Marcia. Ela tivera a presença de espírito de anotar e monitorar o tempo.

Subiram as escadas em disparada para o terraço e encontraram o helicóptero aguardando, as hélices girando. Correram até ele, amparando-se uns aos outros. Já debaixo dos rotores, Gray passou Painter de volta para Monk.

– Mande todos embarcarem.

Gray correu para o outro lado e ocupou o lugar do piloto.

– Quinze segundos – avisou Marcia.

Gray acionou a alavanca de velocidade do motor. As hélices guincharam. Puxou o outro controle e o pássaro de metal ergueu os patins do terraço. Gray nunca ficara tão radiante por sair de algum lugar. O helicóptero alçou vôo. De quanta distância precisariam?

Ele ajustou o passo das pás para ganhar mais velocidade.

Enquanto eles subiam Gray deu uma guinada e mudou de direção. Em seguida examinou os arredores da propriedade. Avistou jipes e motocicletas a toda velocidade para todas as direções, afastando-se da mansão.

Marcia iniciou a contagem regressiva:

– Cinco, quatro...

Sua precisão estava em leve descompasso.

Um clarão ofuscante subitamente resplandeceu abaixo deles, como se estivessem saindo do sol. O efeito mais perturbador, no entanto, foi o completo e absoluto silêncio. Impossibilitado de enxergar, Gray lutava para manter o helicóptero no ar. Era como se o ar tivesse desaparecido debaixo dele. Ele sentiu o helicóptero mergulhar em direção ao solo.

Logo a seguir, a luz decaiu ao redor deles com um enorme estrondo, espalhando-se como água.

Os rotores de súbito encontraram ar novamente, sacolejando no espaço por um longo momento.

Gray estabilizou a aeronave e a inclinou, afastando-se, completamente apavorado. Olhou para trás, onde costumava ficar a mansão. Uma imensa cratera de paredes lisas estava em seu lugar, com um corte uniforme, atravessando rochas e solo. Era como se um titã tivesse enfiado uma colher para sorvete gigante na mansão, levando junto a maior parte dos jardins ao redor.

Tudo desaparecera. Nem escombros, nem ruínas. Somente um vazio.

Lagos e córregos, cortados ao meio, escorriam pela borda em quedas–d'água que mal passavam de um filete.

Mais afastados da borda, Gray avistou veículos parando e pessoas olhando para trás, algumas aproximando-se para conferir de perto. O exército de Khamisi. Em segurança. O povo zulu reunido ao longo das fronteiras, reivindicando o que haviam perdido há muito tempo.

Gray passou acima deles, com o helicóptero voando de lado para contornar a cratera. Ele lembrou-se do tambor de Xerum 525 que faltava, o que estava marcado para os EUA. Ligou o rádio e começou a passar uma longa série de códigos de segurança para o Comando da Sigma.

Ficou surpreso ao ouvir alguém que não era Logan entrar na linha. Era Sean McKnight, ex–diretor da Sigma. Uma apreensão súbita tomou conta de Gray. O que ele fazia lá? Algo estava errado. McKnight rapidamente o colocou a par do que ocorrera. A última notícia chegou como um soco no estômago.

Desligou, afinal, entorpecido e chocado.

Monk inclinou-se em sua direção, notando sua crescente consternação.

– O que há de errado? – perguntou.

Ele voltou-se. Precisava olhar o parceiro nos olhos quando contasse.

– Monk... é a respeito da Kat.

17:47h hora padrão do Leste
Washington, D.C.

Três dias haviam se passado. Três *longos* dias pondo as coisas em ordem na África do Sul.

O avião em que viajaram finalmente aterrissara no aeroporto internacional de Dulles, depois de um vôo direto de Johannesburg. Monk livrara-se de Gray e dos outros no terminal. Chamara um táxi e partira. Em seguida o táxi parou em um congestionamento próximo ao estacionamento. Monk teve de se controlar para não abrir a porta e sair correndo a pé, até que afinal o trânsito foi liberado e eles voltaram a se mover.

Monk inclinou-se à frente.

– Cinqüenta pratas se você chegar lá em menos de cinco minutos.

A aceleração lançou Monk de volta ao encosto do banco. Assim estava bem melhor.

Dois minutos depois, surgia a confusão de prédios em tijolo aparente. Eles passaram a toda por uma placa com a inscrição HOSPITAL DA UNIVERSIDADE DE GEORGETOWN. Os pneus cantaram ao parar no estacionamento de visitantes, quase batendo na lateral de uma ambulância.

Monk atirou um punhado de notas ao motorista e saltou do carro.

Ele se espremeu de lado na porta automática, impaciente porque demorou a abrir. Passou a toda velocidade pelo saguão, driblando pacientes e enfermeiros. Ele sabia qual era o quarto da UTI.

Cruzou rapidamente uma enfermaria, ignorando um grito para diminuir o passo.

Hoje não, querida.

Monk fez uma curva e avistou a cama. Acelerou, jogou-se de joelhos nos últimos passos, deslizou sobre a calça de moletom até o pé da cama e acabou por bater com certa força contra a grade lateral abaixada.

Kat o fitou com os olhos arregalados e uma colher cheia de gelatina de limão tremulando, a meio caminho de sua boca.

– Monk...?

– Vim assim que pude – disse ele, quase sem fôlego.

– Mas eu falei com você há apenas uma hora e meia, pelo telefone via satélite.

– Isso é conversa.

Ele deu um impulso para cima, inclinou-se sobre a cama e a beijou direto na boca. Kat tinha o ombro esquerdo e o tórax enfaixados, meio ocultos por um avental hospitalar. Três projéteis, quase um litro de sangue perdido, um pulmão lacerado, clavícula estilhaçada e baço perfurado.

Mas ela estava viva.

E tivera muita sorte.

O funeral de Logan Gregory estava marcado para dali a três dias.

Mesmo assim, ela e Logan haviam salvado Washington de um ataque terrorista: derrubaram a tiros o Waalenberg assassino e impediram que um plano secreto fosse posto em ação. O Sino de ouro cerimonial estava agora bem enterrado no laboratório de pesquisas da Sigma. O carregamento de Xerum 525 destinado ao Sino fora encontrado em um pátio de cargas marítimas em New Jersey. No entanto, quando as agências de inteligência dos EUA rastrearam o carregamento – com dificuldade devido à vasta rede de corporações, depósitos e subsidiárias de propriedade dos Walenberg –, aquela última amostra de Xerum fora encontrada degradada, deixada exposta ao sol por muito tempo, inerte devido à refrigeração inadequada. E, sem sua fonte de combustível, os Sinos, até mesmo aqueles recuperados de outras embaixadas, jamais soariam novamente.

Já foram tarde!

Monk preferia a evolução à moda antiga.

Sua mão deslizou para a barriga dela. Estava com receio de perguntar.

Não precisava. A mão de Kat cobriu a dele.

– O bebê está ótimo. Os médicos dizem que não deve haver complicações.

Monk caiu novamente de joelhos, apoiando a cabeça de lado na barriga de Kat, aliviado. Fechou os olhos. Passou um dos braços ao redor da cintura dela, com delicadeza e cuidado por causa dos ferimentos, e apertou o corpo contra o dela.

– Graças a Deus.

Kat tocou o rosto dele.

Ainda de joelhos, Monk enfiou a mão em um bolso e retirou o estojo preto com o anel. Ele o ergueu, de olhos ainda fechados e com uma oração nos lábios.

– Case comigo.

– Está bem.

Monk abriu os olhos, contemplando o rosto da mulher que amava.

– O quê?

– Eu disse: está bem.

Monk levantou a cabeça.

– Tem certeza?

– Você está tentando me dissuadir?

– Bem, você está sob o efeito de drogas. Talvez seja melhor eu lhe pedir...

– Pode passar esse anel para cá. – Ela pegou o estojo e abriu. Ficou fitando-o por alguns instantes. – Está vazia!

Monk pegou o estojo e o examinou. O anel sumira.

Ele sacudiu a cabeça.

– O que aconteceu? – perguntou Kat.

– Fiona – Monk rosnou.

10:32h

Na manhã seguinte, Painter estava deitado de costas em outra ala do Hospital da Universidade de Georgetown. A mesa deslizou para fora da máquina de tomografia computadorizada em forma de tubo. O exame levara mais de uma hora. Ele quase pegara no sono por ter dormido muito pouco nos últimos dias. A ansiedade invadira suas noites.

Uma enfermeira abriu a porta.

Lisa a seguiu para dentro do quarto.

Painter sentou-se. O quarto estava gelado. Também, pudera! Ele não usava nada além de um avental hospitalar puído. Tentou aparentar alguma dignidade, cobrindo-se e ajeitando-se, mas afinal aceitou a derrota.

Lisa sentou-se ao lado dele. Acenou às suas costas, em direção à sala de monitoração. Um grupo de pesquisadores do Johns Hopkins e da Sigma trabalhava lado a lado, com a atenção concentrada na saúde de Painter.

– Parece bom – disse Lisa. – Todos os sinais de calcificação interna estão sumindo. Seus índices clínicos laboratoriais estão todos se normalizando. Pode ser que você fique com uma pequena cicatriz residual na válvula da aorta, mas possivelmente nem isso. A taxa de recuperação é extraordinária... se me permite dizer, miraculosa.

– Eu permito – respondeu Painter. – Mas, o que você me diz disso?

Ele passou os dedos pela faixa de cabelos brancos acima de uma orelha.

Ela estendeu a mão para cima e seguiu os dedos dele com os seus.

– Eu gosto. E você ficará ótimo.

Ele acreditava nela. Pela primeira vez, bem no fundo, sabia que ficaria bem. Deixou aflorar um suspiro estremecido. Ele viveria. Ainda tinha toda uma vida à sua frente.

Painter segurou a mão de Lisa, beijou sua palma e a abaixou.

Ela enrubesceu, a face refletida no vidro da sala de monitoração – entretanto, não retirou sua mão da dele, enquanto conversava com uma enfermeira sobre questões técnicas.

Painter a analisava. Ele fora ao Nepal não só para investigar as enfermidades relatadas por Ang Gelu mas também para vivenciar uma odisséia particular, um tempo de reflexão pessoal. Esperava encontrar incensos, meditação, cânticos e orações, mas, em vez disso, a odisséia particular se transformara em uma viagem infernal e violenta ao redor de meio mundo. Ainda assim, no fim, talvez o resultado tenha sido o esperado.

Sua mão apertou a dela.

Ele a encontrara.

E apesar de terem passado por tantas experiências juntos nos últimos dias, ainda mal se conheciam. Quem era ela de fato? Qual era o prato preferido? O que a fazia dar uma gostosa gargalhada? Como deveria ser dançar com ela? O que ela sussurraria ao dizer boa-noite?

Painter só tinha uma certeza, estava ali sentado em seu avental hospitalar, praticamente nu ao lado dela, exposto ao nível de seu DNA.

Queria saber de tudo.

14:22h

Dois dias depois, rifles dispararam os últimos tiros em direção ao céu azul, com estampidos magníficos que ressoaram pelas colinas verdes do Cemitério Nacional de Arlington. O dia estava excessivamente límpido para um funeral, um dia glorioso.

Gray afastou-se para o lado ao fim do funeral. A distância, contemplando o grupo de pessoas de luto em seus trajes negros, erguia-se o Túmulo dos Soldados Desconhecidos; oitenta toneladas de mármore do Colorado. Ele representava a perda sem nome, uma vida ceifada a serviço da nação.

Logan Gregory agora se juntava a eles. Mais um desconhecido. Poucos saberiam de seu heroísmo, o sangue derramado para proteger a todos os demais.

No entanto, alguns sabiam.

Gray observava o vice-presidente passar uma bandeira dobrada para a mãe de Logan, toda de preto, apoiada por seu pai. Logan não tinha mulher, nem filhos. A Sigma fora sua vida... e sua morte.

Lentamente, depois de um discurso, entre condolências e despedidas, a cerimônia foi encerrada. Todos caminhavam devagar em direção às limusines pretas e carros oficiais.

Gray acenou para Painter. Ele apoiava-se em uma bengala, recuperando-se da fraqueza, e cada dia estava mais forte. A seu lado a dra. Cummings vinha com um braço em volta de seu ombro, não para apoiá-lo, mas simplesmente para estar perto dele.

Monk seguia atrás deles, a caminho da fila de carros que aguardava.

Kat ainda estava internada. O funeral teria sido muito para ela de todo jeito. Ainda era muito cedo.

Ao chegar aos carros estacionados, Gray aproximou-se de Painter. Tinham alguns assuntos para acertar.

Lisa beijou o diretor no rosto.

– Vejo você lá. – E afastou-se com Monk. Eles tomariam outro carro até a casa da família de Logan, onde haveria uma pequena reunião.

Gray se surpreendera ao descobrir que os pais de Logan moravam a poucos quarteirões de seus pais, no Takoma Park. Isso só mostrava como sabia pouco a respeito daquele homem.

Painter foi até a um carro oficial modelo Lincoln e abriu a porta. Entraram no banco de trás. O motorista ergueu a janela interna, para dar privacidade aos ocupantes, e arrancou com o veículo.

– Gray, li seu relatório – disse Painter afinal. – É um ponto de vista muito interessante. Vá em frente e prossiga nessa linha. Só que isso significará mais uma viagem à Europa.

– Tenho de cuidar de alguns assuntos pessoais por lá, de qualquer modo. É sobre isso que queria conversar. Preciso de alguns dias extras.

Painter ergueu uma das sobrancelhas com um ar de brincadeira.

– Não sei se o mundo está pronto para mais uma de suas férias a trabalho.

Gray teve de aceitar que isso poderia ser verdade.

Painter mudou de assunto, claramente ainda sentindo algumas dores.

– E a respeito do relatório da dra. Marcia Fairfield? Você acha... acredita que a descendência dos Waalenberg...? – perguntou ele sacudindo a cabeça.

Gray também lera o relatório. Lembrava-se de quando ele e a doutora britânica vasculharam às escondidas o laboratório embrionário no último nível do subsolo. A dra. Fairfield afirmara certa ocasião que, quanto maior o tesouro, mais fundo estaria enterrado. O mesmo podia ser dito dos segredos, em especial aqueles guardados pelos Waalenberg. Como o experimento deles com quimera, misturando células-tronco humanas e de animais no cérebro.

No entanto, isso ainda não era o pior.

– Checamos os registros médicos gerais a partir do início da década de 1950 – disse Gray. – Foi confirmado. Baldric Waalenberg era estéril.

Painter balançou a cabeça novamente.

– Não é de admirar que o cretino fosse tão obcecado com procriação e com genética, lutando continuamente para sujeitar a natureza à sua vontade. Ele foi o último dos Waalenberg. Mas e as novas crianças... as que usou nos experimentos? É verdade?

Gray encolheu os ombros.

– Baldric estava envolvido intimamente com o programa nazista *Lebensborn*. O programa de procriação ariana deles. Juntamente com outros projetos relacionados à eugenia e também tentativas recentes de armazenar óvulos e esperma. Ao fim da guerra, parece que o programa Xerum 525 não foi o único projeto secreto que chegou às mãos de Baldric. Um outro teve o mesmo destino. Um congelado em tubos de ensaio. Uma vez descongelados, Baldric utilizou as amostras para inseminar sua jovem mulher.

– Tem certeza disso?

Gray acenou, confirmando.

– Lá embaixo, no laboratório subterrâneo, a dra. Fairfield tinha visto a verdadeira árvore genealógica do novo e aprimorado clã dos Waalenberg. Ela vira o nome datilografado ao lado do da mulher de Baldric. Heinrich Himmler, o chefe da Ordem Negra. O nazista cretino podia ter se matado após a guerra, entretanto possuía um plano para continuar vivendo, para trazer à vida o novo super-homem ariano, uma nova linhagem de reis germânicos, a partir do seu próprio sêmen degradado.

– E com o clã Waalenberg erradicado – disse Gray –, esse monstro está finalmente fora de combate também.

– Pelo menos é o que esperamos.

Gray concordou.

– Estou em contato com Khamisi. Ele está nos mantendo informados sobre a limpeza da propriedade. Até agora já capturaram diversos guardas. Ele teme que alguns dos animais tenham escapado para as profundezas da floresta, mas de fato a maioria foi morta durante a explosão. As buscas prosseguem.

Khamisi fora nomeado guarda-caça-chefe interino da reserva Hluhluwe-umfolozi. Também lhe foi dada autoridade policial de emergência pelo governo da África do Sul, para ajudar a coordenar a ajuda à tribo local junto ao chefe Mosi D'Gana. As dras. Paula Kane e Marcia Fairfield davam-lhe apoio técnico para lidar com a reação das comunidades internacionais de inteligência ao ataque e ao bombardeio à mansão.

As duas mulheres haviam se instalado de novo em sua residência na reserva, felizes em encontrarem uma à outra, vivas e bem, assim como também haviam aberto sua casa para Fiona. As duas espiãs ajudaram até mesmo Fiona a entrar em um programa de admissão antecipada em Oxford.

Gray contemplou rapidamente o panorama. Ele esperava que Oxford tivesse tudo lacrado com pregos, com toda segurança. Suspeitava que a baixa taxa de crimes nos arredores da universidade estava prestes a sofrer um repentino e significativo aumento.

Pensando em Fiona, Gray lembrou-se que precisava verificar como estava Ryan. Com o assassinato do pai, o rapaz colocara a propriedade da família a leilão, determinado a finalmente escapar da sombra do castelo Wewelsberg.

Era melhor assim

– E quanto a Monk e Kat? – perguntou Painter, atraindo de volta sua atenção. Sua voz estava mais clara, encobrindo um pouco da tristeza com a perda do amigo, ou ao menos a deixando de lado. – Soube que ficaram noivos ontem.

Gray estava sorrindo pela primeira vez naquele dia.

– Ficaram.

– Valha-nos Deus.

Mais uma vez Gray teve de concordar com o amigo. Compartilhavam aquela pequena alegria. A vida prosseguia. Conversaram sobre inúmeros outros detalhes, até que afinal o motorista fez uma curva e entrou na rua arborizada de Takoma Park e estacionou diante de uma casinha de madeira verde ao estilo vitoriano.

Painter desceu.

Lisa já estava lá.

– Vamos encerrar por aqui?

– Sim, senhor!

– Avise-me sobre o que descobrir na Europa. E tire aqueles dias extras.

– Obrigado, senhor.

Painter ofereceu o braço. Lisa aceitou. Os dois seguiram juntos até a casa.

Assim que Gray desceu, Monk aproximou-se e acenou com a cabeça na direção da mulher e do diretor.

– Quer apostar?

Gray observou-os subir as escadas da varanda. Os dois haviam se tornado praticamente inseparáveis desde que deixaram a propriedade Waalenberg. Com Anna morta e Gunther desaparecido, Lisa era agora a única fonte de informação viva sobre a operação do Sino. Ela passara longas horas na Sigma, sendo interrogada. Mesmo assim Gray achava que os relatos e relatórios também serviam como desculpas para que Painter e Lisa passassem mais tempo juntos.

Parecia que o Sino fizera mais do que simplesmente curar o corpo.

Gray fitou por um momento as mãos deles dadas enquanto chegavam à varanda. Refletiu na pergunta de Monk. *Quer apostar?* Naquele ponto, talvez fosse muito cedo para certezas. Se a vida e a consciência são um fenômeno quântico, talvez o amor também fosse.

Amar ou não amar.

Onda ou partícula?

Talvez para Lisa e Painter ainda fosse *ambos* um potencial suspenso que apenas o tempo poderia determinar.

– Não sei – murmurou Gray, respondendo à pergunta de Monk.

Seguiu em direção à casa, pensativo sobre o próprio futuro.

Como todas as outras pessoas, ele tinha a própria realidade para medir.

Epílogo

18:45h
Wroclaw, Polônia

Ele estava atrasado.

Enquanto o sol baixava no horizonte, Gray cruzava a ponte verde de ferro fundido. A ponte barroca erguia-se sobre o rio Oder, uma extensão verde e plana que o sol poente transformara no brilho de um espelho.

Gray consultou o relógio. O avião de Rachel devia estar aterrissando naquele momento. Eles haviam combinado de se encontrar em um café no outro lado da rua do hotel deles, no antigo bairro histórico. Mas primeiro ele tinha um último assunto para resolver, um último encontro.

Continuou pela ponte de pedestres. Abaixo, um casal de cisnes negros deslizava majestosamente sobre as águas. Algumas gaivotas passaram rápido pelo céu, refletido no rio. O ar tinha cheiro de mar e dos lilases que cresciam ao longo das margens do canal. Ele começara aquela jornada em uma ponte em Copenhague, e agora ela terminava em outra.

Ergueu o olhar para a cidade antiga, com suas torres de flecha pretas, torrinhas com teto de cobre e torres de relógio em estilo renascentista. O nome antigo de Wroclaw era Breslau, uma cidade fortificada na fronteira da Alemanha com a Polônia. Grandes trechos da cidade haviam sido arruinados durante a Segunda Guerra Mundial quando o Wehrmacht alemão combateu o Exército Vermelho russo.

As conseqüências do ataque também trouxeram Gray até ali... quase sessenta anos depois.

Adiante surgiu a Ilha da Catedral. As torres góticas gêmeas da catedral de São João Batista, que dera o nome à ilha, brilhavam intensamente à medida que o dia chegava ao fim. Mas o destino de Gray não era a catedral. Havia muitas outras igrejas menores amontoadas na ilha. A meta de Gray ficava apenas a alguns passos da ponte.

Suas botas passaram do rangido de ferro para a rua com calçamento de pedras.

A igreja de São Pedro e São Paulo situava-se despretensiosamente à esquerda, fácil de passar despercebida, com sua fachada de trás fundindo-se com o muro de alvenaria junto ao rio. Gray avistou uma pequena porta para o escoamento de carvão que conduzia da margem rochosa do canal aos fundos da reitoria da igreja.

Será que uma certa criança havia brincado ao longo daquela margem?

Uma criança perfeita.

Gray soubera por intermédio de arquivos russos recentemente tornados públicos que o garoto sem mãe fora criado no orfanato outrora administrado pela igreja de São Pedro e São Paulo. Havia tantas crianças como esta, abandonadas depois da guerra, mas Gray havia restringido as possibilidades a idade, sexo e cor dos cabelos.

O último desses parâmetros, sem sombra de dúvida, era *branco-alourados*.

Gray também encontrara registros das buscas empreendidas pelo Exército Vermelho na cidade, da procura nas montanhas por laboratórios subterrâneos nazistas de armas, da descoberta na mina Wenceslas. Eles por pouco não capturaram o *Obergruppenführer* da SS Jakob Sporrenberg, avô de Anna e Gunther, enquanto ele evacuava o Sino. Lisa soubera por intermédio de Anna que foi naquela cidade, naquele rio, que Tola, a filha de Hugo, havia afogado o bebê.

Mas havia mesmo?

Foi essa possibilidade que fizera Gray e um punhado de pesquisadores da Sigma se debruçarem sobre velhos arquivos, seguir uma pista que esfriara havia muito, reconstituída a partir de pequenos fragmentos. Então veio a descoberta... o diário de um padre – do padre que administrava o orfanato ali –, contando sobre um bebê do sexo masculino, frio e sozinho, encontrado com a mãe morta. Ela havia sido enterrada em um cemitério ali próximo, anônima até agora.

O bebê, porém, sobrevivera, crescera ali e ingressara no seminário sob a tutela do mesmo padre que o resgatara, recebendo o nome de padre Piotr.

Gray dirigiu-se à porta da reitoria. Ele telefonara antes para marcar uma entrevista com o padre de 60 anos, fazendo-se passar por um repórter que estava pesquisando órfãos da época da guerra para um livro. Ergueu e bateu a aldraba de ferro contra a porta comum de tábuas.

Ele pôde ouvir pessoas cantando na igreja propriamente dita: uma missa estava sendo celebrada.

Depois de alguns momentos, a porta foi aberta.

Gray soube no mesmo instante quem o cumprimentava, reconhecendo de fotos antigas o rosto velho e sem rugas e a densa cabeleira branca partida ao meio. O padre Piotr vestia roupas informais: *jeans*, camisa preta, o colarinho romano de sua profissão e um suéter leve abotoado.

Ele falava inglês com forte sotaque polonês.

– Você deve ser Nathan Sawyer.

Gray não era, mas confirmou com um aceno de cabeça, subitamente pouco à vontade por mentir para um padre. Aquele subterfúgio, porém, era necessário, tanto para o bem do padre quanto para o seu próprio.

Ele pigarreou.

– Obrigado por me conceder este encontro.

– Claro. Por favor, entre. Seja bem-vindo.

O padre Piotr conduziu Gray pelo saguão da reitoria até uma pequena sala com um fogão a carvão aceso no canto. Um bule de chá estava em infusão em cima dele. Ele acenou para que Gray se acomodasse em uma cadeira. Assim que se sentou, Gray pegou um bloco com várias perguntas.

Piotr encheu duas xícaras de chá e sentou-se em uma poltrona que parecia um trono surrado, cujas almofadas havia muito tinham ficado marcadas com o contorno do corpo do homem. Uma Bíblia estava sobre uma mesa, ao lado de um abajur com cúpula de vidro, junto com alguns esfarrapados romances de mistério.

– Você veio para perguntar sobre o padre Varick – perguntou o homem, com um sorriso suave e autêntico. – Um grande homem.

Gray fez um aceno de cabeça.

– E sobre a vida do senhor aqui no orfanato.

Piotr bebericou seu chá e acenou com os dedos para que Gray prosseguisse.

As perguntas não eram assim tão importantes, a maioria visava a preencher lacunas. Gray já sabia quase tudo sobre a vida do homem. Vigor, tio de Rachel, como chefe do setor de inteligência do Vaticano, havia fornecido à Sigma um dossiê completo e detalhado sobre o padre.

Inclusive o prontuário médico.

O padre Piotr levava uma vida modesta no seio da Igreja. Não havia nada especialmente digno de nota sobre suas realizações além da dedicação constante a seu rebanho. No entanto, sua saúde continuava excepcionalmente boa. Não havia quase nada nos seus antecedentes médicos. Uma fratura óssea quando era adolescente, ao cair de uma rocha. Mas, exceto isso, os exames médicos de rotina revelavam um indivíduo com a saúde perfeita. Ele não era enorme como Gunther ou tão ágil como os Waalenberg. Apenas obstinadamente saudável.

O encontro não revelou qualquer novidade.

Gray por fim fechou seu bloco de anotações e agradeceu ao padre o tempo que lhe dedicara. Só para ser meticuloso, ele obteria amostras de sangue e de DNA quando o padre se submetesse ao próximo exame médico, de novo fornecidas pelo tio de Rachel. Mas Gray não esperava que muita coisa resultasse disso.

A criança aperfeiçoada de Hugo não passava de um homem bom e atencioso com uma saúde de ferro. Talvez aquilo fosse perfeição suficiente.

Quando estava de saída, Gray avistou um quebra-cabeça inacabado espalhado sobre uma mesa no canto da sala. Ele indicou com a cabeça em direção ao objeto.

– Então o senhor gosta de quebra-cabeças?

O padre Piotr sorriu com culpa, porém de maneira afável.

– É apenas um passatempo. Mantém a mente aguçada.

Gray concordou com um aceno de cabeça e saiu. Ele pensou no interesse de Hugo Hirszfeld pelo mesmo jogo. Será que alguma essência espiritual do pesquisador judeu havia sido passada para o menino, transmitida pelo Sino? Ao sair da igreja e voltar-se na direção do rio, Gray refletiu sobre tais associações. Pais e filhos. Era apenas genética? Ou havia algo mais? Alguma coisa no nível quântico?

A pergunta não era nova para Gray. Ele e seu pai jamais haviam tido um bom relacionamento; só recentemente é que pontes começaram a ser construídas. E, além disso, havia outras questões, problemas de fato inquietantes. A exemplo do quebra-cabeça de Piotr, o que Gray havia herdado do pai? Ele sem dúvida não podia negar o medo do mal de Alzheimer, uma possibilidade genética real, mas a questão era bem mais profunda que isso, retrocedia ao relacionamento difícil entre eles.

Que tipo de pai ele seria?

Apesar de estar atrasado, a pergunta fez Gray parar gélido na ponte de ferro.

Naquela única pergunta, a realidade mudou para ele. Ele lembrou-se de Monk provocando-o durante o vôo para a Alemanha, por causa de Rachel, do relacionamento deles. As palavras dele voltaram à mente de Gray ali na ponte.

Você deveria ter visto a sua cara quando mencionei a gravidez de Kat. Você se borrou de medo. E se trata do meu *filho.*

Ali estava a origem de seu pânico.

Que tipo de pai ele seria?

Seria como seu pai, sem tirar nem pôr?

Gray encontrou a resposta no lugar mais improvável. Uma garota passou por ele na ponte, enfiada num suéter com capuz para se proteger da brisa do rio. Ele pensou em Fiona. Lembrou-se dos dias de terror, da mão dela apertando a sua, precisando dele, mas sempre brigando com ele. Lembrou-se da sensação daquela experiência.

Segurou com força no parapeito da ponte.

A sensação fora maravilhosa.

E ele queria mais.

Deu uma curta gargalhada ao se dar conta disso, apenas um louco numa ponte. Ele não tinha de ser como seu pai. Embora existisse o potencial de seguir as pegadas do pai, ele também tinha livre-arbítrio, uma consciência que poderia colapsar o potencial em qualquer direção.

Afinal liberto, voltou a caminhar pela ponte, permitindo lentamente que essa realidade colapsasse outros potenciais, caindo como um efeito dominó, um após o outro, levando a um último potencial hesitante, não resolvido.

Rachel.

Saiu da ponte e seguiu para o encontro.

Quando chegou ao café, ela já estava esperando no terraço. Ela também devia ter acabado de chegar, e ainda não o tinha visto. Ele parou, admirado com a beleza dela. Uma beleza que o impressionava de maneira diferente toda vez que se encontravam. Alta, pernas compridas, uma convidativa curva dos quadris, dos seios e do pescoço. Ela virou-se e o notou, fitando-a. Um sorriso aflorou nos lábios dela. Os olhos dela, cor de caramelo, brilharam calorosamente. Ela correu uma das mãos pelos cabelos negros, quase com timidez.

Quem não haveria de querer passar o resto da vida com ela?

Ele atravessou a rua, fechando a lacuna, estendendo uma das mãos para os dedos dela.

Naquele momento, ele voltou a se lembrar da provocação de Monk. Parecia tão distante. Uma provocação a respeito do rumo que Gray e Rachel haviam seguido. Uma provocação feita com três dedos erguidos.

Esposa, hipoteca, filhos.

Em outras palavras, *realidade.*

Um relacionamento não poderia ficar suspenso para sempre como puro *potencial.* Como amar *e* não amar. A evolução não toleraria isso. A realidade é que deveria medir isso.

E foi o que fez naquele instante para Gray.

Esposa, hipoteca, filhos.

Gray tinha sua resposta. Ele estava pronto para o desafio que os três representavam. E, consciente disso, a última peça do dominó caiu no seu coração.

Amar ou não amar.

Ondas ou partículas.

Gray segurou nos dedos de Rachel. Ele via a situação com clareza, e, no entanto, o resultado ainda o surpreendia. Ele a puxou na direção de uma pequena mesa e notou que havia sobre ela um prato com bolinhos junto a duas xícaras escuras fumegantes de café com leite, já à espera deles.

A habitual amabilidade de Rachel.

Ele a conduziu a uma cadeira e sentou-se na outra.

Olhou-a fixamente nos olhos. Não conseguiu disfarçar em sua voz o pesar e o pedido de desculpas, mas também não deixou de expressar sua firme decisão.

– Rachel, nós precisamos conversar.

Gray, então, viu isso nos olhos dela também. Realidade. Duas carreiras, dois continentes, duas pessoas com caminhos separados a partir dali.

Ela apertou os dedos dele.

– Eu sei.

O padre Piotr havia observado o rapaz cruzar a ponte. Estava em pé junto à porta aberta para o escoamento de carvão que conduzia à adega da reitoria. Ele esperou que seu recente visitante desaparecesse na rua do outro lado e então suspirou.

Um rapaz simpático, mas envolto em sombras.

O pobre rapaz tinha muito pesar à sua frente.

Mas assim era a jornada da vida.

Um miado suave chamou sua atenção para baixo. Um gato malhado esquelético esfregava-se em seus calcanhares, a cauda ereta, os olhos erguidos para ele em expectativa. Um dos animais abandonados do padre Varick. Agora sob os cuidados dele. Piotr ajoelhou-se e pôs um pratinho com restos de comida em cima de uma pedra. O gato, que vivia na beira do rio, esfregou-se uma última vez nele e em seguida andou com passinhos miúdos até a comida.

O padre Piotr agachou-se e fixou o olhar no rio, resplandecente com os últimos raios do sol. Notou uma coisinha com penugem perto de seu tornozelo. Um pardal marrom com o pescoço quebrado. Um dos muitos presentes que seus órfãos deixavam à sua porta.

Ele sacudiu a cabeça, recolheu o pássaro mole entre as palmas das mãos e ergueu-o até os lábios. Soprou suas penas, fazendo-as eriçar-se, levantando uma asa, que aparou o ar com um movimento surpreso. O pardal levantou vôo de sua palma, disparando e dançando de novo no céu.

Piotr observou-o por um instante, tentando interpretar algo na trilha traçada no ar. Em seguida esfregou as mãos e levantou-se, espreguiçando-se.

A vida permanecia sempre um mistério maravilhoso.

Mesmo para ele.

Nota do autor:

Verdade ou ficção

Obrigado por me acompanhar nesta viagem mais recente. Como de hábito, pensei que deveria tomar este último momento do seu tempo para *desconstruir* o romance, para revelar em que ponto a pesquisa terminou e a imaginação prosseguiu.

Comecemos pelos aspectos menos relevantes:

A DARPA de fato desenvolveu próteses ortopédicas usando tecnologia revolucionária (embora eu não creia que eles tenham incorporado cargas luminosas em seus compostos de plástico).

À semelhança do *ukufa* do livro, a Universidade de Stanford produziu uma espécie quimérica de camundongos cujos cérebros contêm células nervosas humanas. Os cientistas agora cogitam a tentativa de produzir camundongos cujos cérebros contenham 100 por cento de células nervosas humanas.

Em 2004, um menino alemão nasceu com uma mutação do gene da miostatina, cujo resultado foi uma condição chamada de hipertrofia muscular, com aumento da força e do tônus muscular. Será que esse menino é o primeiro *Sonnenkönig* de nascimento natural?

Xangrilá foi descoberto em uma região remota do Himalaia em 1998, um oásis perdido de água fluindo em abundância e de vegetação exuberante em meio aos picos congelados. Que mais poderia estar oculto lá?

Passemos agora aos conceitos mais importantes:

Conforme mencionado no início do livro, o Sino é real, provando que a realidade é muitas vezes mais estranha do que a ficção. Os nazistas haviam construído um aparelho incomum, alimentado por uma substância desconhecida chamada Xerum 525. Pouco se sabe sobre como ele realmente funcionava; apenas que, quando era ligado, uma doença obscura acometia os cientistas envolvidos, chegando até as aldeias próximas. No fim da guerra, o Sino desapareceu, os cientistas que trabalharam no projeto foram executados, e até hoje não se sabe o que aconteceu com o aparelho. Se você quiser saber mais sobre esse estranho fragmento da história, a respeito da competição no pós-guerra entre as forças aliadas pela tecnologia nazista e sobre o fascínio dos alemães pela pesquisa quântica, recomendo-lhe uma das principais obras de pesquisa para este romance: *The Hunt for Zero Point*, de Nick Cook.

Neste romance, também passei um tempo considerável descrevendo o fascínio de Heinrich Himmler pelas runas, pelo oculto, e sua busca do lugar de origem da raça ariana no Himalaia. Tudo isso é baseado em fatos, incluindo o cenário do Camelot Negro de Himmler, o Castelo Wewelsburg. Para mais informações sobre esses assuntos, sugiro *Himmler's Crusade*, de Christopher Hale, e *Unholy Alliance*, de Peter Levenda.

Por fim, um livro colaborou para estimular o cerne deste romance: *Quantum Evolution*, de Johnjoe McFadden, que discorre de maneira fascinante sobre a mecânica quântica e seu possível papel nas mutações e na evolução. Também sonda a evolução da consciência, abordada no fim do romance. Para uma análise mais abrangente desses tópicos, indico-lhe, e muito, a leitura da obra.

E isso traz à baila o princípio último do livro: a questão *design* inteligente *versus* evolução. Espero que este romance suscite perguntas na mesma medida em que fornece respostas. Mas, em última análise, creio firmemente que grande parte do atual debate está mal orientada. Em vez de nos concentrarmos de maneira tão decidida no lugar de onde viemos, uma pergunta mais importante merece atenção ainda mais fervorosa: *Para onde estamos indo?*

Para respondê-la, para seguir esse caminho, o mistério e a aventura são suficientes para todos.

Este livro foi composto em Minion 10,5/15
e impresso pela Ediouro Gráfica sobre
papel pólen soft 70g para a Ediouro em janeiro de 2007.